GRANDES NOVELISTAS

Wilbur Smith

EL PODER DE LA ESPADA

Traducción de Edith Zilli

Wilbur Smith

EL PODER DE LA ESPADA

EMECÉ EDITORES

Diseño de tapa: *Eduardo Ruiz*

Título original: *The Power of the Sword*
© *Wilbur Smith 1986*

© *Emecé Editores, S.A, 1987*
Alsina 2062 - Buenos Aires, Argentina

Ediciones anteriores: 31.000 ejemplares
9ª impresión en offset: 3.000 ejemplares

Impreso en Compañía Impresora Argentina S.A., Alsina 2041/49,
Buenos Aires, mayo de 1993

I.S.B.N.: 950-04-0639-X
8.636

*A Danielle
con todo mi amor*

"Si yo hubiera tomado un camino arbitrario, de modo que todas las leyes se sometieran al Poder de la Espada, no me encontraría aquí."

Carlos I de Inglaterra,
discurso en el cadalso, 30 de enero de 1649

La niebla sofocaba el océano, apagando todo color, todo ruido. Ondulaba y empapaba la primera brisa de la mañana, que la barría hacia tierra. El pesquero yacía en la niebla, a cinco kilómetros de la costa, en el margen de la corriente oceánica, donde las vastas oleadas surgidas desde las profundidades, ricas en vivificante plancton, se encontraban con las suaves aguas de la costa en una línea de color verde más oscuro.

Lothar De La Rey, de pie en la timonera, se apoyó en el timón de madera para escudriñar en la niebla. Le gustaban esos minutos silenciosos, cargados de espera, en el alba. Percibía en la sangre cierto cosquilleo eléctrico: la lujuria del cazador, que tantas veces le había servido de apoyo. Era una adicción tan poderosa como la del opio o las bebidas fuertes.

Recordó aquella suave aurora rosada que se había filtrado subrepticiamente en las colinas de Magersfontein, mientras él, tendido contra los parapetos de las trincheras, esperaba a la infantería de las Tierras Altas, que brotaría de la oscuridad, para marchar entre el balanceo de sus faldas escocesas y sus sombreros con cintas hacia los máuser preparados. El recuerdo le erizó la piel.

Desde entonces había pasado por otras cien auroras, siempre esperando una presa grande: el gran león melenudo del Kalahari, el viejo búfalo con cabeza armada de cuernos, el sagaz elefante gris, de piel arrugada y preciosos colmillos de marfil. Pero en este momento la presa era más pequeña que nunca, aunque vendría en multitudes tan vastas como el océano mismo.

El niño, al bajar por la cubierta desde la cocina, interrumpió esos pensamientos. Caminaba descalzo; sus piernas eran largas, bronceadas y fuertes. Tenía casi la estatura de un adulto, y por eso tuvo que agacharse para franquear la puerta de la timonera, llevaba un tazón de café humeante en cada mano.

—¿Azúcar? —preguntó Lothar.

—Cuatro cucharaditas, papá. —El niño le devolvió la sonrisa.

La niebla se había condensado en gotas de rocío sobre sus largas pestañas, y él parpadeó para quitarlas, como un gato soñoliento. Aunque el sol había desteñido en vetas de platino su pelo rubio y rizado, las cejas y las pestañas, densas y negras, destacaban sus ojos, del color del ámbar.

—Buena pesca. —Lothar cruzó los dedos de la mano derecha dentro del bolsillo, para evitar la mala suerte de haberlo dicho en voz alta. "Nos hace falta", pensó. "Para sobrevivir necesitamos una pesca bien abundante."

Cinco años antes sucumbió, una vez más, a la tentación de la caza y la naturaleza. Después de vender su próspera compañía constructora de caminos, levantada con tantos sacrificios, apostó cuanto tenía y cuanto consiguió en préstamo.

Conocía los tesoros ilimitados que ocultaban las aguas frías y verdes de la Corriente de Bengala. Las había visto durante aquellos caóticos días, hacia el final de la Gran Guerra, mientras presentaba la última resistencia a los odiados ingleses y a Jan Smuts, la marioneta traidora que encabezaba el ejército de la Unión de Sudáfrica.

Desde una base secreta de suministros, oculta entre las altas dunas desérticas que flanqueaban el Atlántico Sur, Lothar había proporcionado combustible y armas a los submarinos alemanes que asolaban las flotas mercantes británicas. Durante los horribles días de espera, al borde del océano, mientras aguardaba la llegada de los submarinos, había visto moverse el mar en su abundancia ilimitada. Todo estaba allí para quien quisiera tomarlo. En los años siguientes al indignante tratado de Versailles, trazó sus planes mientras trabajaba duramente en el polvo y el calor, perforando los pasos montañeses o trazando sus rutas en línea recta, a través de las planicies reverberantes. Para esa aventura había ahorrado y proyectado.

Los barcos que halló en Portugal, para la pesca de sardinas, estaban podridos y descuidados. Allí encontró también a Da Silva, viejo ducho en las costumbres del mar. Entre ambos repararon y reequiparon los cuatro antiguos pesqueros; con tripulaciones mínimas, los llevaron hacia el sur, a lo largo del continente africano.

La compañía envasadora provenía de California; una empresa la había instalado allí para la exploración del atún, pero sobreestimó su abundancia y subestimó el costo de atrapar esos huidizos e imprevisibles "pollos del mar". Lothar compró la fábrica por una fracción del costo original y la envió al África, completa. Volvió a armarla en las compactas arenas del desierto, junto a las ruinas de un puesto de balleneros, que había dado a esa desolada zona el nombre de Bahía Walvis.

Durante las tres primeras temporadas, él y Da Silva tuvieron pesca abundante y depredaron los inagotables cardúmenes hasta que Lothar pagó sus préstamos. Inmediatamente reemplazó los decrépitos pesqueros portugueses por barcos nuevos y al hacerlo se metió en deudas más profundamente que el comienzo de la empresa.

Y entonces se acabaron los peces. Por motivos que nadie podía adivinar, los inmensos cardúmenes de arenques desaparecieron, dejando sólo pequeños grupos aislados. Mientras buscaban inútilmente, adentrándose ciento cincuenta kilómetros o más para revisar la larga costa desértica, mucho más allá de los que resultaba productivo para la envasadora, los meses pasaban sin misericordia; cada uno traía una nota por intereses adeudados que Lothar no podía pagar; los costos de la fábrica y de los barcos se amontonaban, obligándolo a suplicar nuevos préstamos.

Dos años sin pesca. De pronto, dramáticamente, justo cuando Lothar se reconocía derrotado, se producía un cambio sutil en la corriente oceánica o en los vientos predominantes, y la pesca volvía desenfrenada, densa como el pasto nuevo en cada aurora.

—Que dure —rogó Lothar, silencioso, con la vista perdida en la niebla—. Dios quiera que dure.

Otros tres meses: eso era todo lo que necesitaba. Sólo tres cortos meses para pagarlo todo y verse otra vez libre.

—La niebla se está levantando —advirtió el niño.

Lothar parpadeó, meneando levemente la cabeza al volver de sus recuerdos.

La niebla se estaba levantando como un telón de teatro, y la escena revelada resultaba melodramática y espectacular, demasiado colorida como para ser parte de la naturaleza. El alba despedía humos y destellos, como en una exhibición de fuegos artificiales, anaranjados, verdes y dorados cuando chisporroteaban sobre el océano, haciendo que las retorcidas columnas de niebla tomaran el color de la sangre y de las rosas, hasta que las aguas mismas parecieron arder con fuegos ultraterrenos. El silencio realzaba aquel mágico espectáculo: un silencio pesado y lúcido como el cristal, hasta dar la impresión de que todos se habían vuelto sordos, de que los otros sentidos les habían sido robados, concentrados en una visión que contemplaban llenos de maravilla.

De pronto, el sol se abrió paso en un brillante rayo de luz dorada, sólida, penetrando la parte superior del banco de niebla. Jugaba en la superficie, iluminaba totalmente la línea de la corriente. El agua próxima a la costa se veía empañada de un azul nuboso, calmo y liso como el aceite. La línea donde se encontraba con el oleaje de la verdadera corriente oceánica era recta y nítida como el filo de una navaja; más allá, la superficie se veía oscura y agitada, como terciopelo verde acariciado a contrapelo.

—*Daar spring hy!* —chilló Da Silva desde la cubierta delantera, señalando la línea de agua oscura—. ¡Allá salta!

Cuando el sol bajo tocó el agua, un solo pez saltó fuera de ella. Era apenas más largo que la mano de un hombre: una diminuta astilla de plata pulida.

—¡Arranque!

La voz de Lothar sonaba ronca de exaltación. El niño dejó su jarrito en la mesa de mapas, salpicándola con las últimas gotas de café, y se lanzó por la escalerilla hacia la sala de máquinas. Lothar movió las llaves y reguló el acelerador, mientras el muchachito, allá abajo, se inclinaba sobre la manivela.

—¡Hazla girar! —gritó Lothar.

El niño, preparándose para el esfuerzo, luchó contra la compresión de

15

los cuatro cilindros. Aún no tenía trece años, pero ya era casi tan fuerte como un hombre; los músculos se abultaban en la espalda al trabajar.

—¡Ahora!

Lothar cerró las válvulas. El motor, aún caliente por la carrera desde el puerto, entró en funcionamiento con un rugido. Hubo una bocanada de humo negro, aceitoso, proveniente del caño de escape de babor. La máquina se asentó en un ritmo regular.

El muchachito trepó por la escalerilla y salió disparado por la cubierta hasta llegar a la proa, en donde estaba Da Silva.

Lothar hizo girar la proa para bajar por la línea de la corriente. La niebla se disipó, permitiéndoles ver los otros barcos. También ellos habían estado inmóviles en el banco de niebla, aguardando los primeros rayos del sol. Pero en ese momento navegaban ansiosamente por la línea, cortando con sus largas estelas ondulantes la plácida superficie; las olas provocadas por la proa lanzaban cremosos destellos a la luz del sol. A lo largo de cada barandilla se agrupaba la tripulación, con el cuello estirado para mirar hacia adelante, y el parloteo excitado se imponía al batir de las máquinas.

A través de los vidrios de la timonera, Lothar disponía de una visión panorámica sobre las zonas de trabajo del pesquero, e hizo una última revisión de los preparativos. La larga red fue extendida desde la barandilla de estribor, con la línea de flotantes enroscada en minuciosas espirales. El peso de la red, en seco, era de siete toneladas y media; mojada pesaría varias veces más. Lothar había pagado arriba de cinco mil libras por ella, más de lo que un pescador común ganaría en veinte años de esfuerzos implacables. Y cada uno de los otros barcos estaba igualmente equipado. Desde la popa, asegurado por una pesada boza, cada pesquero arrastraba su *bucky*: un chinchorro de cinco metros de eslora, de tingladillo simple.

De un vistazo, Lothar se aseguró de que todo estuviera listo para la operación. Luego apartó la mirada hacia adelante, en el momento en que saltaba otro pez. En esa oportunidad, a tan poca distancia que eran visibles las líneas laterales oscuras a lo largo de su flanco centelleante y la diferencia de color (verde etéreo por encima de la línea y plata reluciente por abajo). Cuando volvió a caer, con una zambullida, dejó un hoyuelo oscuro en la superficie.

Como si eso fuera una señal, el océano cobró vida de inmediato. Las aguas se tornaron oscuras, como si súbitamente las hubieran cubierto densas nubes. Pero la mancha provenía desde abajo; se elevaba desde las profundidades y las aguas se agitaban como si un monstruo se moviera en lo hondo.

—¡Pesca loca! —gritó Da Silva, volviendo hacia Lothar el rostro curtido, arrugado y pardo, mientras tendía los brazos para abarcar el sector del océano que se movía con los peces.

Ante ellos se extendía un solo cardumen oscuro, de un kilómetro y medio de amplitud, y tan profundo que su límite más alejado se perdía en los bancos de niebla restantes. En todos sus años de cazador, Lothar no había visto nunca semejante acumulación de vida, semejante multitud de una sola especie. En comparación, las langostas que solían oscurecer el sol del mediodía africano y las bandadas de diminutos pájaros que llegaban a quebrar las ramas en donde se posaban, eran algo insignificante. Hasta los tripulantes de los pesqueros quedaron en silencio, maravillados, cuando el cardumen quebró la superficie y las aguas se tornaron blancas, centelleantes como un banco de nieve; millones de cuerpecitos escamosos reflejaban la luz del sol, eran elevados fuera del agua por la presión de una infinidad de semejantes, debajo de ellos.

Da Silva fue el primero en reaccionar. Giró en redondo y bajó a toda carrera por la cubierta, ágil como un muchacho, deteniéndose sólo ante la puerta de la timonera:

—María, Madre de Dios, haz que todavía tengamos red al terminar el día.

Era una advertencia patética. El viejo siguió corriendo hasta la popa y cruzó la borda para pasar al chinchorro. Siguiendo su ejemplo, el resto de la tripulación reaccionó y corrió a los puestos.

—¡Manfred! —llamó Lothar a su hijo.

El niño, que estaba hipnotizado en la proa, agitó la cabeza en un gesto de obediencia y corrió hacia su padre.

—Hazte cargo del timón.

Era una responsabilidad enorme para un muchacho de tan corta edad, pero Manfred había demostrado su capacidad tantas veces que Lothar salió de la timonera sin temor alguno. Desde proa, fue haciendo señales sin mirar atrás, sintiendo cómo se inclinaba la cubierta bajo sus pies mientras Manfred hacía girar la rueda y seguía indicaciones de su padre para iniciar un amplio círculo alrededor del cardumen.

—Cuántos peces —susurró Lothar.

Mientras sus ojos calculaban la distancia, el viento y la corriente, la advertencia del viejo Da Silva estaba sobre todas sus apreciaciones: el pesquero y su red podían manejar ciento cincuenta toneladas, tal vez hasta doscientas, con suerte y habilidad, de esos diminutos arenques.

Ante él tenía un cardumen de millones de toneladas. Si manejaba la red con poco juicio, podía llenarla con diez o veinte mil toneladas, cuyo peso e impulso desgarrarían la trama, haciéndola trizas; inclusive era posible que la desprendieran por completo, arrastrándola a las profundidades. Peor aún: si las líneas de flotantes y la bita resistían, el pesquero podía dar una vuelta de campana como consecuencia del peso. Así no sólo perdería una red valiosa, sino también el barco y las vidas de su tripulación y de su hijo.

Involuntariamente echó un vistazo por sobre el hombro. Manfred le sonrió desde la ventana de la timonera, con la cara encendida de entusiasmo. Los ojos ambarinos, relucientes, y el destello de sus dientes blancos, lo convertían en la imagen de su madre. Lothar experimentó una amarga punzada antes de volver a su trabajo.

Esos instantes de distracción estuvieron a punto de perderlo. El pesquero avanzaba precipitadamente hacia el cardumen; en pocos momentos irrumpiría en la masa de peces; toda ella, moviéndose en esa misteriosa armonía, como si fueran un solo organismo, que desaparecería en las profundidades oceánicas. Hizo una áspera señal, indicando giro, y el muchachito respondió instantáneamente. El pesquero giró y rozó el borde del cardumen, manteniéndose a quince metros, en espera de la oportunidad.

Otra mirada rápida indicó a Lothar que sus otros barcos también se apartaban cautelosamente, hechizados por la cantidad de arenques que estaban rodeando. Swart Hendrick le lanzó una mirada fulminante: era un negro enorme, toruno, cuya calva brillaba como una bala de cañón a la luz del sol temprano. Compañeros de guerra y de cien aventuras desesperadas, había hecho con Lothar, de buen grado, la transición de la tierra al mar; en ese momento era tan hábil pescador como en otros tiempos había sido cazador de elefantes o de hombres. Lothar le hizo la señal de "cautela" o "peligro", y Swart Hendrick sonrió, respondiendo con un gesto del brazo.

Graciosos como bailarines, los cuatro barcos zigzagueaban y hacían piruetas alrededor del gran cardumen, en tanto los últimos retazos de la niebla se disolvían, arrastrados por la brisa ligera. El sol franqueó el horizonte y las lejanas dunas del desierto relumbraron como bronce recién salido de la forja, en un dramático telón de fondo a la cacería en desarrollo.

La masa de peces mantenía aún su formación compacta, y Lothar comenzaba a desesperar. Hacía más de una hora que estaban en la superficie, más que lo habitual. En cualquier momento podían nadar hacia las profundidades y desaparecer, sin que uno solo de los barcos hubiera echado una red. Los frustraba la abundancia; eran mendigos en presencia de un tesoro ilimitado, y Lothar sintió que la audacia se apoderaba de él. Ya había esperado demasiado.

"¡Arrojo, qué diablos!", pensó. E hizo a Manfred la señal de aproximarse, entornando los ojos para defenderlos del resplandor, al volverlos contra el sol.

Antes de que pudiera cometer una tontería oyó el silbido de Da Silva. Cuando miró hacia atrás, el portugués estaba de pie en la bancada del chinchorro, gesticulando salvajemente. El cardumen, detrás de ellos, comenzaba a abultarse. La sólida masa circular estaba alterando su forma. Desarrolló un tentáculo, un grano... No, era, antes bien, la forma de una cabeza sobre un cuello delgado, una parte del cardumen que se separaba del cuerpo principal. Era lo que habían estado esperando.

—¡Manfred! —gritó Lothar, haciendo girar el brazo derecho como un aspa de molino.

El niño movió el timón en redondo; el barco describió un giro y retrocedió a toda velocidad, apuntando la proa hacia el cuello del cardumen, como si fuera la cuchilla de un verdugo.

—¡Aminora!

Lothar agitó verticalmente la mano y el pesquero frenó su avance. Con mucha suavidad, acercó la proa al estrecho cuello del cardumen. El agua estaba tan clara que Lothar divisó a cada pez por separado, encapsulado en el arco iris de luz dispersa, y por debajo la masa verde oscura del cardumen, compacta como un témpano.

Con mucha delicadeza, Lothar y Manfred hicieron pasar la proa por entre ese bulto viviente, con la hélice girando apenas, para no alarmar y provocar una inmersión. El cuello angosto se abrió al paso del barco, separándose el grupo menor. Como hace el perro pastor con el rebaño, Lothar fue apartándolo con maniobras de retrocesos, giros y avances, en tanto Manfred seguía las señales de sus manos.

—¡Todavía es demasiado! —murmuró Lothar, para sí.

Por el rabillo del ojo vio que Da Silva le hacía agitadas señales de precaución; acabó silbando chillonamente. El viejo tenía miedo de semejante pesca. Lothar sonrió; sus ojos amarillos se entornaron, centelleantes como topacio pulido. Indicó a Manfred que aumentara la velocidad y, deliberadamente, volvió la espalda al anciano.

Al llegar a cinco nudos contuvo al niño y le hizo describir un giro cerrado, para obligar al cardumen menor a que se agrupara en el centro del círculo. Cuando giraron por segunda vez, pasando a favor del viento con respecto a los peces, Lothar puso cara a la popa y usó las manos como bocina.

—*Los!* —bramó—. ¡Arrojen!

El tripulante herrero, de pie en la popa, soltó el nudo que sujetaba el cabo del chinchorro y lo arrojó por la borda. Con Da Silva aferrado a la bancada, todavía aullando sus protestas, el pequeño bote de madera se quedó atrás, balanceándose en la estela y arrastró consigo la punta de la pesada red parda.

A medida que el pesquero emitía vapor al realizar el rodeo, la tosca trama siseaba al caer por la barandilla, con la línea de flotantes desenroscada como una pitón, cordón umbilical entre el barco y el chinchorro. Al bajar contra el viento, los corchos de la línea, parejamente espaciados como las cuentas de una sarta, formaron un círculo en derredor del denso cardumen. El chinchorro, en donde Da Silva arqueaba resignadamente los hombros, estaba entonces bien hacia adelante.

Manfred equilibró el timón para resistir la tracción de la gran red, efectuando pequeños ajustes para mantener el pesquero junto al bamboleante bote; cuando se tocaron apenas, cerró el acelerador. En ese momento la red estaba rodeando el cardumen; Da Silva trepó por el flanco del barco, llevaba sobre los hombros los extremos de las pesadas cuerdas.

—Vas a perder la red —aulló a Lothar—. Sólo a un loco se le ocurre encerrar este cardumen; se irá con tu red. Pongo por testigos a San Antonio y al bendito San Marcos...

Pero los tripulantes herrero, bajo las secas órdenes de Lothar, ya estaban dedicados a recoger la red. Dos de ellos tomaron la principal línea de flotantes, que Da Silva traía al hombro, y se hicieron cargo rápidamente de ella, mientras otro ayudaba a Lothar en la cabina.

—La red es mía y la pesca también —le gruñó el patrón, mientras echaba a andar la cabina con un rugido atronador—. ¡Engancha el chinchorro!

La red pendía a más de dos metros de profundidad en el agua verde y clara, pero por debajo estaba abierta. Lo primero y más urgente era cerrarla antes de que el cardumen descubriera esa vía de escape. Agachado sobre el molinete, con los músculos de los brazos anudados bajo la piel bronceada, Lothar movía rítmicamente los hombros; recogía el cable, mano sobre mano, en torno al tambor giratorio de aquél. El cable, al deslizarse por los aros de acero que la red tenía en su borde inferior, iba cerrándola como una monstruosa bolsa de tabaco.

En la timonera, Manfred realizaba delicados toques de avance y retroceso para maniobrar con la popa, manteniéndola lejos de la red a fin de que no se enredara en la hélice. Mientras tanto, el viejo Da Silva había llevado el chinchorro al otro lado de la línea de flotantes para engancharlo a ésta y así mantenerla a flote en el momento crítico en que el enorme cardumen, al verse atrapado, cayera en el pánico. Lothar trabajaba con celeridad recogiendo el pesado cable hasta que, por fin, el manojo de aros, relucientes y chorreando agua, surgió por el costado. La red estaba cerrada; el cardumen, en la bolsa.

Lothar, a quien el sudor le corría por las mejillas hasta empapar la camisa, se reclinó contra la bancada, tan falto de aliento que no podía hablar. Su largo pelo platinado le caía mojado sobre la frente, metiéndosele en los ojos cuando gesticulaba en dirección a Da Silva.

La línea de flotantes, tendida sobre las suaves ondulaciones de la corriente de Bengala, formaba un pulcro círculo con el chinchorro enganchado en el punto más alejado del pesquero. Pero ante los ojos de Lothar, que lo observaba jadeante, el círculo de corchos bamboleantes cambió de forma, se alargó velozmente, cuando el cardumen percibió la red por primera vez y, en un impulso concertado, pujó contra ella. La fuerza cambió de dirección cuando los peces giraron hacia atrás, arrastrando con ellos la red y el bote, como su fueran un manojo de algas.

Su potencia era tan irresistible como la de Leviatán.

—Por Dios, tenemos más de lo que calculaba —jadeó Lothar.

Reaccionando de inmediato, se quitó el pelo rubio y mojado de los ojos y corrió a la timonera.

El cardumen iba y venía dentro de la red, sacudiendo el chinchorro en las aguas agitadas. Lothar sintió que la cubierta se ladeaba bajo sus pies, al tirar los peces, abruptamente, de las pesadas líneas.

"Da Silva tenía razón. Están enloquecidos", susurró, alargando la mano hacia la manivela de la sirena. Emitió tres toques ásperos y resonantes: el pedido de ayuda, y volvió corriendo a cubierta. Los otros tres pesqueros ya giraban para volar hacia él. Ninguno de ellos había reunido coraje para arrojar sus redes hacia el inmenso cardumen.

—¡Pronto! ¡Pronto, maldición! —aullaba Lothar, inútilmente—. Y a su tripulación: —¡Todos a recoger!

Los tripulantes vacilaron, reacios a manejar esa red.

—¡Muévanse, negros de porquería! —bramó Lothar.

Y dio el ejemplo saltando hacia la borda. Había que comprimir a los peces, estrecharlos entre sí para robarles la fuerza.

La red era áspera y punzante como alambre de púas, todos se inclinaron sobre ella, en hilera, aprovechando el bamboleo del casco en el oleaje para recoger la red a mano, un metro escaso con cada tirón acordado.

Entonces el cardumen volvió a pujar; toda la red que habían recogido les fue arrancada de las manos. Uno de los tripulantes, demasiado lento, no la soltó a tiempo y los dedos de su mano derecha quedaron atrapados en la tosca malla. La carne se le desprendió como un guante, dejando el hueso blanco y los músculos despellejados. Soltó un alarido y apretó la mano mutilada contra el pecho, tratando de detener el chorro de sangre que le salpicaba la cara y le corría por el pecho sudoroso y el vientre hasta empapar los pantalones.

—¡Manfred! —ordenó Lothar—. ¡Ocúpate de él!

Y volvió toda su atención a la red. El cardumen estaba sumergiéndose y arrastraba ya un extremo de los flotantes bajo la superficie; una pequeña parte escapó por allí, diseminándose como humo verde oscuro en las aguas brillantes.

—Menos mal —murmuró Lothar.

El resto de los peces estaba aún dentro de la red. La línea de flotantes volvió a la superficie. Una vez más, el cardumen volvió hacia abajo. En esa ocasión el pesado pesquero se escoró peligrosamente, de modo tal que la tripulación, palideciendo hasta el gris de la ceniza bajo la piel oscura, lanzó manotazos hacia los asideros.

Al otro lado del círculo de flotantes, el chinchorro sufrió duros tirones y no pudo resistir. El agua verde penetró por la borda hasta cubrirla.

—¡Salta! —gritó Lothar al anciano—. ¡Y mantente lejos de esa red!

Ambos conocían bien el peligro. En la temporada anterior, uno de los tripulantes había caído en la red. Los peces pujaron inmediatamente contra él, al unísono, llevándolo bajo la superficie, a pesar de la resistencia que él opuso, en un esfuerzo por escapar.

Horas después, cuando al fin pudieron recobrar el cadáver desde el fondo de la red, descubrieron que los peces, impulsados por sus propios forcejeos y por la enorme presión del cardumen, se habían introducido en todos los orificios de su cuerpo. Por la boca abierta le habían llegado al vientre; estaban hundidos como dagas de plata en las cuencas, habían desplazado el globo ocular hasta llegar al cerebro. Igualmente destrozaron la raída tela de los pantalones para penetrar por el ano, de modo tal que su abdomen y sus intestinos estaban rellenos de peces muertos. Se lo

21

veía hinchado como un grotesco globo. Ninguno de ellos olvidaría jamás una escena semejante.

—¡Lejos de la red! —aulló Lothar, nuevamente, mientras Da Silva se arrojaba por el lado opuesto del chinchorro, en el momento en que la embarcación desaparecía bajo la superficie. Chapoteó frenéticamente, sintiendo que las pesadas botas marineras lo arrastraban hacia abajo.

No obstante allí estaba Swart Hendrick para rescatarlo. Acercó pulcramente su pesquero a la línea de flotantes y, con dos de sus tripulantes, transportó a Da Silva por el flanco del barco, mientras los otros, agrupados contra la barandilla, seguían las indicaciones del negro y enganchaban el otro lado de la red.

—Espero que la red aguante —gruñó Lothar, viendo que los otros dos pesqueros habían llegado y estaban ejecutando la misma maniobra.

Los cuatro grandes barcos formaban un círculo alrededor del cardumen cautivo y, trabajando con frenesí, comenzaron a recoger la red.

Codo a codo, fueron levantándola. Eran doce hombres en cada barco. Hasta Manfred había ocupado un lugar junto al padre. Todos gruñían, forcejeando sudorosos; las manos desolladas sangraban cada vez que el cardumen se agitaba; vientres y espaldas eran un tormento abrasador. Pero lentamente, de a centímetros, sometieron al inmenso banco de peces. Por fin quedó fuera del agua; los pescados de arriba aleteaban inútilmente sobre la masa compacta de sus semejantes, que morían por asfixia o aplastados por el peso.

—¡Vayan sacándolos! —gritó Lothar.

En los pesqueros, los encargados de esa tarea sacaron las largas redes de mango y las arrastraron a cubierta.

Las redes de mango eran como aquellas que se usan para cazar mariposas, pero sus varas medían nueve metros de longitud y la bolsa de malla podía recoger una tonelada de peces vivos a la vez. En tres puntos del anillo de acero que constituía la boca de la red había cuerdas de manila, sujetas al cabo del molinete, más pesado, por medio del cual se la subía y se la bajaba. El fondo podía abrirse o cerrarse por medio de un cable, enhebrado a una serie de anillos menores, exactamente como en el cierre de la gran red principal.

Mientras los hombres ponían la red de mango en posición, Lothar y Manfred retiraron las cubiertas de la bodega y corrieron a sus puestos: Lothar, en el molinete; Mafred, sujetando el extremo del cable que cerraría la red menor. Con un estruendo rechinante, Lothar fue levantándola hasta quedar suspendida sobre ellos; los tres hombres que sostenían el mango la hicieron pasar por sobre la borda y el cardumen ya atrapado. Manfred tiró del cable, cerrando el fondo.

Lothar puso el molinete en retroceso y, con otro chirrido de la polea, la pesada cabeza de la red cayó sobre la plateada masa de pescado. Los tres encargados del mango apoyaron sobre él todo su peso, para hacerla penetrar profundamente en el viviente guiso de arenques.

22

—¡Sube! —chilló Lothar.

Y puso el molinete en avance. La red ascendió a través del cardumen y emergió colmada de una tonelada de peces trémulos.

Mientras Manfred se colgaba, ceñudo, del cable, la red llena giró hacia la cubierta hasta instalarse sobre la escotilla abierta.

—¡Suelta! —gritó Lothar a su hijo.

El niño soltó el cabo. Al abrirse el fondo de la red, una tonelada de arenques cayó como un torrente hacia la bodega. El rudo trato había desprendido sus diminutas escamas; éstas cayeron arremolinadas sobre los hombres de cubierta; parecían copos de nieve que chisporroteaban al sol, en bellos tonos de rosado y oro.

Una vez vacía la red, Manfred cerró de un tirón el cable y los hombres hicieron girar el mango hacia afuera; el molinte chilló al entrar en retroceso, iniciando la repetición de toda la secuencia. En cada uno de los otros barcos, los tripulantes también trabajaban arduamente; cada pocos segundos caía por las escotillas otra tonelada de pescado, mientras el agua marina y las nubes de escamas translúcidas se precipitaban en torrentes.

Esa labor, capaz de romper la espalda, era monótona y repetitiva. Cada vez que la red giraba hacia arriba, los tripulantes quedaban empapados por el agua helada y cubiertos de escamas. Cuando los hombres a cargo del mango claudicaban por el agotamiento, los capitanes los reemplazaban sin interrumpir el ritmo del trabajo. Lothar, sin embargo, permanecía alto, alerta e infatigable ante el molinete; su pelo casi blanco, lleno de escamas centelleantes, brillaba al sol como un faro.

—Monedas de plata. —Sonrió para sí, mientras el pescado llovía hacia las bodegas de los cuatro pesqueros. —Son pequeñas monedas de plata, no pescados. Hoy llevaremos una carga de *tickeys*. —*Tickey* era el nombre popular que se daba a la moneda de tres centavos.

"¡Cargamos en cubierta! —aulló, por sobre el círculo de la red principal, que iba disminuyendo, hacia donde Swart Hendrick operaba su propio molinete, desnudo hasta la cintura y relumbrante como ébano pulido.

—¡Cargamos en cubierta! —aulló Hendrick, a su vez, disfrutando del esfuerzo físico que le permitía exhibir su fuerza superior ante los tripulantes.

Las bodegas ya estaban desbordantes; cada uno de los barcos había cargado más de ciento cincuenta toneladas. A partir de ese momento seguirían acumulando la pesca sobre cubierta.

También eso era un riesgo. Los barcos, una vez cargados, no podrían aligerar su peso mientras no llegaran a puerto, donde bombearían su carga hacia la fábrica. Si llenaban la cubierta, cada casco soportaría otras cien toneladas, muy por encima del límite prudente. Si cambiaba el clima, si el viento viraba hacia el noroeste, el gigantesco mar, al crecer rápidamente, sería un martillo capaz de enviar al fondo a los pesqueros excedidos en peso.

—¡El clima se mantendrá! —afirmó Lothar, para sí mismo.

Estaba en la cresta de una ola; ya nada podría detenerlo. Había aceptado un riesgo temible, que le redituaba casi mil toneladas de pescado: cuatro cargas de arenques. Y cada tonelada rendía cincuenta libras de ganancia. Cincuenta mil libras de una sola vez. Nunca en su vida había tenido semejante golpe de suerte. En vez de perder la red, el barco, la vida, pagaba sus deudas con una sola operación.

—Por Dios —susurró, trabajando en la manivela—, ahora nada puede salir mal, nada puede tocarme. Estoy libre y limpio.

Con las bodegas completas y las cubiertas llenas hasta el tope de la borda parecían un pantano de plata en donde la tripulación se hundía hasta la cintura.

Por sobre los cuatro pesqueros rondaba una densa nube blanca de aves marinas que sumaban sus voraces gritos a la disonancia de los molinetes y bajaban en picada hacia la red para hartarse. Por fin no pudieron comer más; incapaces siquiera de volar, se dejaron llevar por la corriente, hastiadas e incómodas, con las plumas erizadas y las gargantas tensas para no arrojar el contenido del buche lleno. En la proa y en la popa de cada pesquero, un hombre armado de bichero lanzaba estocadas a los grandes tiburones que azotaban la superficie del agua, en un esfuerzo por alcanzar la masa de pescado. Los colmillos triangulares, afilados como navajas, podían cortar hasta la resistente malla de la red.

Mientras aves y tiburones se atiborraban, los cascos de los pesqueros se iban hundiendo en el agua más y más; poco después de mediodía, el mismo Lothar tuvo que interrumpir la operación. Ya no había sitio para otra carga. Cada vez que se abría la red sobre cubierta, el pescado no hacía sino deslizarse por sobre la borda para alimentar a los tiburones circundantes.

Lothar detuvo el molinete. Debían de quedar aún cien toneladas de pescado en la red principal, casi todos aplastados.

—Vacíen la red —ordenó—. Suelten y súbanla a bordo.

Los cuatro pesqueros, tan hundidos que el agua penetraba por los imbornales a cada bamboleo, pusieron proa hacia tierra, con la velocidad reducida a un chapaleo poco atractivo. Semejaban una fila de patas henchidas de huevos, con Lothar a la cabeza.

Detrás de ellos, más de medio kilómetro cuadrado de océano quedaba alfombrado de peces muertos, flotando con el vientre plateado hacia arriba, densos como el follaje otoñal en el suelo del bosque. Sobre ellos se mecían a la deriva miles de gaviotas saciadas; bajo el agua, los grandes tiburones proseguían el festín.

Los exhaustos tripulantes se arrastraron por las arenas movedizas de pescados aún trémulos que atestaban la cubierta, hasta llegar al castillo de proa. Ya bajo cubierta, se arrojaron en la literas, aún empapados de agua y jugos de pescado.

En la timonera, Lothar bebió dos jarritas de café caliente antes de consultar el cronómetro que pendía por sobre su cabeza.

24

—Tenemos cuatro horas de marcha hasta la fábrica —dijo—. El tiempo justo para nuestras lecciones.

—¡Oh, papá!. —rogó el niño—. ¡Hoy no! Hoy es un día especial. ¿Hace falta que estudiemos?

En Bahía Walvis no había escuela. La más cercana era la Escuela Alemana de Swakopmund, a treinta kilómetros de distancia. Lothar había sido madre y padre para ese niño desde el día mismo de su nacimiento, después de haberlo recogido, mojado y sanguinolento, del lecho en donde había sido parido. La madre nunca quiso mirarlo. Era parte de un trato antinatural. Él crió al muchachito por su cuenta, sin más ayuda que la de las nodrizas namas. Mantenían una relación tan estrecha que Lothar no soportaba pasar un solo día lejos de él. Por eso había preferido hacerse cargo de su educación, en vez de enviarlo a una escuela.

—Ningún día es tan especial como para dejar de estudiar —dijo—. Los músculos no son los que hacen fuerte al hombre. —Se dio unos golpecitos en la cabeza. —Es esto lo que da la fuerza. ¡Trae los libros!

Manfred desvió los ojos hacia Da Silva, buscando solidaridad, pero sabía que no era conveniente seguir discutiendo.

—Hazte cargo del timón —indicó Lothar al viejo marino, y fue a sentarse junto a su hijo, ante la pequeña mesa de mapas. —Aritmética no. —Sacudió la cabeza. —Hoy es inglés.

—¡Detesto el inglés! —declaró Manfred, con vehemencia—. Detesto el inglés y detesto a los ingleses.

Lothar asintió.

—Sí —coincidió—, los ingleses son enemigos nuestros. Siempre lo han sido y siempre lo serán. Por eso debemos armarnos con sus propias armas. Por eso aprendemos su idioma; de ese modo, cuando llegue el momento, podremos usarlo en batalla contra ellos mismos.

Hablaba en inglés por primera vez en el día. Manfred iba a responder en afrikaans, el dialecto holandés sudafricano que sólo en 1918, un año antes del nacimiento de Manfred, había sido reconocido como idioma aparte y adoptado como lengua oficial de la Unión de Sudáfrica. Lothar levantó la mano para interrumpirlo.

—En inglés —le amonestó—. Habla sólo en inglés.

Trabajaron juntos por una hora, leyendo en voz alta la versión de la Biblia hecha por el rey Jacobo y un ejemplar del *Cape Times*, que databa de dos meses atrás. Después, Lothar le dio un dictado de una página. El trabajo de escribir en ese idioma poco familiar hizo que Manfred, inquieto, frunciera el entrecejo y mordisqueara el lápiz. Por fin no pudo contenerse más.

—¡Háblame del abuelo y del juramento! —instó a su padre.

Lothar sonrió.

—Eres un monito astuto, ¿no? Cualquier cosa, con tal de no estudiar.

—Por favor, papá...

—Te lo he contado cien veces.

—Cuéntamelo otra vez. Es un día especial.

Lothar echó un vistazo a su preciosa carga plateada, por la ventana de la timonera. El niño tenía razón: se trataba de un día muy particular. Después de cinco años largos y duros, estaba libre y limpio de deudas.

—Está bien. —Asintió con la cabeza. —Te lo contaré otra vez, pero en inglés.

Manfred cerró su cuaderno con un golpe entusiasta y se inclinó sobre la mesa; los ojos ambarinos relucían de expectativa.

La historia de la gran rebelión había sido repetida con tanta frecuencia que Manfred la sabía de memoria; era capaz de corregir cualquier discrepancia con respecto a la versión original y llamar la atención de su padre si olvidaba algún detalle.

—Bueno —comenzó Lothar—, cuando el traidor rey inglés, Jorge V, declaró la guerra al káiser Guillermo de Alemania, en 1914, tu abuelo y yo supimos de inmediato cuál era nuestro deber. Nos despedimos de tu abuela con un beso...

—¿De qué color era el pelo de mi abuela? —preguntó Manfred.

—Tu abuela era una bella noble alemana; tenía el pelo del color del trigo maduro a la luz del sol.

—Igual que el mío —lo instó el niño.

—Igual que el tuyo. —Lothar sonrió. —El abuelo y yo montamos nuestros caballos de guerra para incorporarnos a las fuerzas del anciano general Maritz y sus seiscientos héroes, en las riberas del río Orange, donde estaba a punto de lanzarse contra el viejo *Slim*, Jannie Smuts.

Slim era una palabra del idioma afrikaans, que significaba tramposo o traicionero. Manfred asintió ávidamente.

—¡Sigue, papá, sigue!

Cuando Lothar llegó a la descripción de la primera batalla en que las tropas de Jannie Smuts habían aplastado la rebelión con ametralladoras y artillería, los ojos del niño se empañaron de tristeza.

—Pero ustedes lucharon como demonios, ¿verdad, papá?

—Luchamos como locos, pero ellos eran muchos y estaban armados de ametralladoras y grandes cañones. Cuando el abuelo fue herido en el estómago, lo puse a lomos de mi caballo y lo saqué del campo de batalla.

Gruesas lágrimas brillaban en los ojos del niño, al acercarse el final de la historia.

—Por fin, cuando ya estaba muriendo, tu abuelo sacó de la alforja la vieja Biblia negra que usaba como almohada y me hizo pronunciar un juramento sobre el libro.

—Yo sé cuál era —interrumpió Manfred—. ¡Deja que lo diga!

—¿Cuál era el juramento?

—El abuelo dijo: "Prométeme, hijo mío, con la mano sobre este libro, prométeme que la guerra contra los ingleses no terminará jamás".

—Sí. —Lothar volvió a asentir—. Ése fue el juramento, el solemne juramento que hice a mi padre en el momento en que moría.

Alargó las manos para tomar la del niño y la estrechó con fuerza. El viejo Da Silva cambió el humor imperante; tosió y escupió por la ventana de la timonera.

—Es una vergüenza... llenarle la cabeza al chico con tanto odio y muerte —dijo.

Lothar se levantó abruptamente.

—Cierra el pico, viejo —advirtió—. Esto no es asunto tuyo.

—Gracias a la Virgen Santa —gruñó Da Silva—, porque eso es cosa del demonio, ya lo creo.

Lothar frunció el entrecejo y apartó la cara.

—Basta por hoy, Manfred. Guarda los libros.

Salió de la timonera y trepó al techo. Cómodamente recostado contra la brazola, sacó un largo cigarro del bolsillo superior y rompió la punta de un mordisco. Mientras escupía el fragmento, se palpó los bolsillos en busca de fósforos. El niño asomó la cabeza por sobre el borde de la brazola, tímido y vacilante; como su padre no le indicó que se alejara (a veces se ponía de malhumor y deseaba estar solo) subió al techo y se sentó a su lado.

Lothar protegió con las manos la llama del fósforo y se llenó los pulmones de humo; después levantó el fósforo y dejó que el viento lo apagara antes de arrojarlo por la borda; el brazo fue a posarse tranquilamente sobre los hombros del muchachito.

Su hijo se estremeció de placer, pues las muestras físicas de afecto eran raras en su padre; se estrechó contra él y permaneció tan quieto como le fue posible, respirando apenas, para no echar a perder el momento.

La pequeña flota navegaba hacia tierra, circunnavegando el afilado cuerno septentrional de la bahía. La aves marinas regresaban con ellos; los escuadrones de alcatraces, de cuellos amarillos, formaban largas líneas regulares, rozando apenas las nubosas aguas verdes. El sol, ya bajo, les doraba el plumaje, ardiendo sobre las altas dunas de bronce que se elevaban como una cordillera, por detrás del insignificante grupo de edificios erigidos en el borde de la bahía.

—Espero que Willem haya tenido el buen criterio de encender las calderas —murmuró Lothar—. Aquí tenemos trabajo suficiente como para mantener ocupada a la fábrica toda la noche y el día de mañana.

—Será imposible enlatar todo este pescado —susurró el niño.

—Sí. Tendremos que dedicar la mayor parte al aceite de pescado y pasta...

Lothar se interrumpió para mirar al otro lado de la bahía. Manfred sintió que su cuerpo se ponía rígido. Para fastidio del muchachito, el padre retiró el brazo y puso una mano sobre los ojos, a manera de pantalla.

—Ese condenado tonto —gruñó. Su vista de cazador había detectado la distante chimenea de la sala de calderas. No despedía humo. —¿A qué diablos está jugando? —Lothar se levantó de un salto, manteniendo fácilmente el equilibrio, a pesar de los movimientos del barco. —Ha dejado enfriar las calderas. Tardaremos cinco o seis horas en volver a encenderlas. El pescado comenzará a podrirse. ¡Maldición, que se los lleven todos los diablos!

Todavía furioso, Lothar se dejó caer en la timonera.

—Con el dinero de la pesca voy a comprar una de esas máquinas de Marconi, esa novedad de radio de onda corta. Así podremos hablar con la fábrica mientras estemos navegando. Estas cosas no volverán a ocurrir.

Pero volvió a interrumpirse y a mirar con fijeza:

"¡Qué diablos está pasando allá!

Arrebató los binoculares de la chillera instalada junto al tablero de mando y los enfocó. Como ya estaban a poca distancia, era posible distinguir una pequeña muchedumbre ante las puertas principales de la fábrica: los cortadores y empaquetadores, con sus delantales y botas de goma. A esas horas debían estar en sus puestos, dentro de la fábrica.

—Allí está Willem. —El gerente de la fábrica estaba de pie en el extremo del largo muelle de descarga, que se adentraba en las aguas de la bahía, sobre gruesos pilares de teca—. ¿A qué diablos está jugando? ¿Las calderas frías y todo el mundo holgazaneando afuera?

Con Willem habían dos desconocidos, uno a cada lado. Vestían ropas oscuras de civil y tenían ese aire presumido de los pequeños funcionarios, que Lothar conocía y temía.

—Cobradores de impuestos o algo así —susurró. El enojo fue reemplazado por intranquilidad. Ningún enviado del gobierno le había traído nunca una buena noticia. —Problemas —adivinó—. Justamente ahora, con mil toneladas de pescado para cocinar y enlatar...

Entonces vio los automóviles, hasta entonces escondidos por el edificio de la fábrica. Eran dos. Uno, un viejo y maltratado Ford T. Pero el otro, aun cubierto por el pálido polvo del desierto, era un vehículo mucho más imponente. Lothar sintió que el corazón le daba un vuelco y la respiración se le alteraba.

No podía haber dos vehículos iguales en toda África. Se trataba de un Daimler inmenso, pintado de amarillo. Lo había visto por última vez estacionado ante las oficinas de la Compañía Minera y Financiera Courtney, en la calle principal de Windhoek.

Lothar había ido para hablar sobre la posibilidad de que la empresa le ampliara el préstamo. De pie al otro lado de la ancha calle polvorienta, vio salir a la mujer. La vio descender los amplios escalones de mármol, flanqueada por dos de sus obsequiosos empleados, de trajes oscuros y altos cuellos de celuloide. Uno de ellos abrió la portezuela del magnífico automóvil amarillo, para que se instalara detrás del volante, mientras el otro corría a hacer girar la manija de arranque. Ella, sin preocuparse de choferes, se había marchado conduciendo el coche con sus propios manos, sin echar siquiera un vistazo en dirección a Lothar, que quedó pálido y tembloroso ante las emociones conflictivas que experimentaba con sólo verla. Y de eso hacía casi un año.

Se irguió, en tanto Da Silva conducía el pesado pesquero a lo largo del muelle. Estaban tan sumergidos en el agua que Manfred se vio obligado a arrojar la soga de amarre a uno de los hombres que esperaban en el muelle.

—Lothar, estos hombres quieren hablar contigo —lo llamó Willem, cubierto de un sudor nervioso, mientras señalaba con el pulgar a sus dos acompañantes.

—¿Usted es el señor Lothar De La Rey? —preguntó el más bajo de los dos desconocidos, echando hacia atrás el sombrero polvoriento para secarse la frente expuesta bajo el ala.

—En efecto. —Lothar lo fulminó con la vista, apretando los puños a las caderas. —Y usted ¿quién diablos es?

—¿Es el dueño de la Compañía Envasadora y Pesquera del Sudoeste africano?

—¡Ja! —respondió Lothar, en afrikaans—. Soy el propietario, ¿y qué?

—Yo soy el comisario de la corte de Windhoek; aquí tengo una orden de embargo sobre todos los bienes de la compañía.

El comisario blandió el documento que sostenía.

—Han cerrado la fábrica —anunció Willem a Lothar, angustiado y con los bigotes estremecidos—. Me hicieron apagar las calderas.

—¡No pueden hacer eso! —bramó Lothar. Sus ojos se entrecerraron, amarillos y fieros como los de un leopardo irritado. —Tengo mil toneladas de pescado que procesar.

—¿Ésos son los cuatro pesqueros registrados a nombre de la compañía? —continuó el comisario, sin dejarse perturbar por el estallido. Sin embargo, se desabotonó la chaqueta oscura y la abrió para apoyar las manos en las caderas; del cinturón le colgaba una pistolera de cuero, con un pesado revólver Webley. Giró la cabeza para observar los otros barcos, que amarraban a cada lado del muelle. Sin esperar la respuesta, prosiguió plácidamente: —Mi ayudante pondrá los sellos de la corte a los barcos y a sus cargas. Debo prevenirle que será acto delictivo retirar los buques o la pesca.

—¡No pueden hacerme esto! —Lothar voló por la escalerilla hacia el muelle. Su tono ya no era belicoso. —Tengo que procesar todo ese pescado, ¿no comprende? Mañana por la mañana estará apestando hasta el cielo.

—Ese pescado no es suyo. —El comisario sacudió la cabeza. —Pertenece a la Compañía Minera y Financiera Courtney. —Hizo un gesto impaciente a su ayudante. —Proceda, hombre.

Y comenzó a girar sobre sus talones.

—Ha venido ella —afirmó Lothar, levantando la voz.

El comisario volvió a mirarlo.

"Ha venido ella —repitió Lothar—. Ese coche es suyo. Ha venido personalmente, ¿verdad?

El comisario bajó la vista, pero Willem barbotó la respuesta:

—Sí, está aquí... espera en mi oficina.

Lothar volvió la espalda al grupo y se alejó a grandes pasos por el muelle, entre el susurro de sus pesados *breeches*, con los puños apretados como si estuviera por tomarse a golpes.

La agitada multitud de obreros esperaba en el extremo del muelle.

—¿Qué pasa, *Baas*? —suplicaron—. No nos dejan trabajar. ¿Qué debemos hacer, *Ou Baas*?

—¡Esperen! —les ordenó Lothar, bruscamente—. Yo me encargo de esto.

—¿Recibiremos la paga, *Baas*? Tenemos hijos...

—Se les pagará —les espetó Lothar—. Lo prometo.

Era una promesa que no podría mantener mientras no vendiera su pescado. Se abrió paso entre ellos y rodeó la fábrica hacia la oficina del gerente.

El Daimler estaba ante la puerta; un muchachito se apoyaba contra el guardabarro delantero de la gran máquina amarilla. Su aburrimiento y fastidio eran obvios. Tenía, tal vez, un año más que Manfred, pero era dos o tres centímetros más bajo, más delgado y pulcro. Llevaba una camisa blanca, algo ajada por el calor; sus modernos pantalones Oxford, de franela gris, estaban cubiertos de polvo y resultaban demasiado a la moda para su edad. Pero el muchacho tenía una gracia natural y era bello como una niña, de piel impecable y ojos color añil oscuro.

Lothar se detuvo en seco al verlo. Sin poder contenerse, exclamó:

—¡Shasa!

El niño se enderezó bruscamente, quitándose del entrecejo un mechón rubio oscuro.

—¿Cómo sabe mi nombre? —preguntó.

A pesar de su tono, los ojos centellearon de interés, en tanto estudiaba a Lothar con una desenvoltura casi adulta.

Lothar habría podido darle mil respuestas, y todas se le agolparon en los labios. "Una vez, hace muchos años, los salvé, a tu madre y a ti, de morir en el desierto. Ayudé a cambiarte los pañales y te llevé en mi montura cuando eras bebé. Te amaba, casi tanto como una vez amé a tu madre... Eres el hermano de Manfred; eres medio hermano de mi propio hijo. Te reconocería en cualquier parte, aunque haya pasado tanto tiempo."

En cambio, sólo dijo:

—Shasa, en el idioma de los bosquimanos, significa "agua buena", la sustancia más preciosa en el mundo que ellos habitan.

—Es cierto. —Shasa Courtney asintió. El hombre le interesaba. En él se advertía una violencia contenida, cierta crueldad; daba la impresión de poseer una fuerza indomable. Sus ojos, además, tenían un extraño color claro, casi amarillo, como los de un gato. —Tiene razón. El nombre es bosquimano, pero me bautizaron con el de Michel. Es francés. Mi madre es francesa.

—¿Dónde está? —preguntó Lothar.

Shasa echó un vistazo a la puerta de la oficina.

— No quiere que la molesten —advirtió.

Pero Lothar De La Rey pasó junto a él, tan cerca de que Shasa sintió el olor a pescado y vio las diminutas escamas blancas adheridas a su piel bronceada.

—Sería mejor que llamara...

Shasa bajó la voz, pero Lothar, sin prestarle atención, abrió la puerta con tal violencia que la estrelló contra la pared. Quedó de pie bajo el dintel, y Shasa vio que su madre abandonaba una silla de respaldo recto, puesta frente a la ventana, y se volvía hacia la puerta.

Era esbelta como una muchacha. El *crêpe* amarillo de su vestido caía en drapeados sobre sus pechos pequeños, disimulados como lo indicaba la moda; un cinturón angosto le ceñía la cadera. El sombrero de ala estrecha bien encasquetado cubría la densa mata de pelo oscuro. Sus ojos enormes eran casi negros.

Parecía muy joven, no mucho mayor que su hijo, hasta que levantó el mentón, exhibiendo la línea fuerte y decidida de la mandíbula. Las comisuras de sus ojos también se levantaron, y en sus profundidades oscuras brillaron luces del color de la miel. Así se la veía tan formidable como cualquiera de los hombres que Lothar conocía.

Se miraron fijamente, apreciando los cambios provocados por los años desde el último encuentro. "¿Qué edad tiene?", se preguntó Lothar. Inmediatamente recordó: "Nació una hora después de medianoche, en el primer día del siglo. Tiene la edad del siglo XX... y por eso la llamaron Centaine. Conque tiene treinta y un años. Y aún aparenta diecinueve. Continúa tan joven como el día en que la encontré; sangraba y se moría en el desierto a causa de las heridas hechas por la garra del león, profundas en su carne joven y dulce."

"Ha envejecido", pensó a su vez Centaine. "Esas bandas de plata en el pelo rubio, esas líneas alrededor de la boca y los ojos. Ya ha de tener más de cuarenta, y ha sufrido... pero no lo bastante. Me alegro de no haberlo matado. Me alegro de que mi bala no le perforara el corazón. Eso habría sido demasiado rápido. Ahora lo tengo en mi poder y comenzará a descubrir la verdad..."

De pronto, contra su voluntad y sus inclinaciones, recordó la sensación de aquel cuerpo dorado sobre el suyo, desnudo, liso, fuerte; sus ingles se apretaron entonces y luego se relajaron, dejando sentir una suave inundación caliente, tan caliente como la sangre que le subía a las mejillas, tan intensa como la furia contra sí misma; era incapaz de dominar el lado animal de sus emociones. En todo lo demás se había adiestrado como una atleta, pero esa ingobernable tendencia a la sensualidad escapaba a su control.

Miró detrás de Lothar y vio a Shasa de pie a la luz del sol: su bello hijo la observaba con curiosidad. Se sintió entonces avergonzada y furiosa por haberse dejado atrapar en ese momento vulnerable; estaba segura de que sus sentimientos más bajos habían quedado al descubierto.

—Cierra la puerta —ordenó, con voz ronca y pareja—. Entr. cierra la puerta.

Apartó la vista hacia la ventana, dominándose por completo una vez más, antes de volverse hacia el hombre al que había decidido destruir.

Cuando la puerta se cerró, Shasa tuvo una aguda punzada de desilusión. Sintió que sucedía algo de vital importancia. Ese rubio desconocido de los ojos gatunos, que sabía su nombre y su significado, provocaba algo en él, un sentimiento peligroso y excitante. Le extrañaba la reacción de su madre, el súbito rubor que le había subido al cuello y a las mejillas, algo en sus ojos nunca visto antes... ¿Culpabilidad, quizás? Y después, la incertidumbre, totalmente desacostumbrada en ella. Que Shasa supiera, nada la hacía sentir insegura. El muchachito deseaba desesperadamente saber qué estaba ocurriendo detrás de aquella puerta cerrada. Las paredes del edificio eran de hierro galvanizado y corrugado.

"Si quieres saber algo, ve y averígualo": era uno de los lemas de su madre. El único reparo de Shasa fue que ella pudiera sorprenderlo. Se acercó a la pared lateral de la oficina, pisando la grava con ligereza, para que no crujiera bajo sus pies, y apoyó la oreja contra el metal corrugado, caliente por el sol.

Aunque forzaba el oído sólo podía percibir el murmullo de las voces. Aun cuando el desconocido rubio habló con dureza, a Shasa le fue imposible captar las palabras. La voz de su madre era baja, ronca, inaudible.

"La ventana", pensó y avanzó rápidamente hacia la esquina, iba decidido a escuchar por esa abertura cuando súbitamente se vio sujeto a la atención de cincuenta pares de ojos. El gerente de la fábrica y sus desocupados obreros aún estaban agrupados ante las puertas principales. Al verlo aparecer por la esquina del edificio, guardaron silencio y se volvieron hacia él.

Shasa meneó la cabeza y se apartó de la ventana. Todos seguían observándolo. Por eso metió las manos en los bolsillos de sus anchos pantalones y, haciendo gala de una premeditada indiferencia, echó a andar hacia el largo muelle de madera, como si ésa hubiera sido su intención desde un principio. Lo que ocurriera en la oficina estaba ya fuera de su alcance, a menos que pudiera sonsacarlo más tarde a su madre, y sobre eso había pocas esperanzas. De pronto reparó en los cuatro pesqueros amarrados a los lados del muelle, cada uno muy hundido en el agua, bajo la reluciente carga plateada; aquello alivió un poco su desilusión. Era algo como para matizar la monotonía de una horrible y calurosa tarde desértica. Apuró sus pasos al acercarse a los maderos del muelle. Los barcos siempre lo habían fascinado.

Un panorama nuevo y excitante. Nunca había visto tanto pescado; parecían ser toneladas y toneladas. Llegó a la altura del primer barco. Era feo y estaba sucio; por los costados quedaban restos de excrementos humanos, allí en donde la tripulación se había agachado contra la barandilla; olía a agua de sentina, a *fuel oil* y a humanidad sucia confinada en sitios cerrados. Ni siquiera se le había dado un nombre; en la proa, castigada por las olas, sólo se veían los números de registro y de licencia.

"Todo barco debe tener nombre", pensó Shasa. "No dárselo es insultante y trae mala suerte." El yate de ocho metros que la madre le había regalado en su decimotercer cumpleaños se llamaba *El toque de Midas*, nombre que ella misma había sugerido.

Shasa arrugó la nariz ante el olor del pesquero, asqueado y entristecido por su condición tan descuidada. "Si para esto ha venido mi madre desde Windhoek..." No terminó el pensamiento, pues un niño salió por el otro lado de la alta timonera.

Llevaba pantalones cortos de lana, remendados; sus piernas eran pardas y musculosas; caminaba descalzo, manteniendo fácilmente el equilibrio sobre el borde de la escotilla.

Cada uno cobró conciencia de la presencia del otro; erizados y rígidos como dos perros que se encuentran inesperadamente, se estudiaron en silencio.

"Un pituco, un nene de mamá", pensó Manfred. Había visto uno o dos como ése en sus raras visitas a la ciudad turística de Swakopmund, costa arriba. Hijos de ricos, vestidos con ropa tiesa y ridícula, caminaban modosamente tras de sus padres, con esa expresión irritante. "Mírenle el pelo, tan reluciente de brillantina. Huele como un ramo de flores."

"Uno de los blancos pobres de África", se dijo Shasa, reconociendo el tipo. "Un 'byowner', hijo de un colono intruso." Su madre le había prohibido jugar con ellos, pero algunos eran realmente divertidos. Y la prohibición materna, por supuesto, aumentaba su atractivo. Uno de los hijos del capataz de la mina imitaba a los pájaros de un modo tan realista que los hacía bajar de los árboles; él fue quien enseñó a Shasa cómo ajustar el carburador y el arranque del viejo Ford que su madre le permitía usar, aun cuando no tenía licencia para conducir. La hermana de ese mismo niño, un año mayor que Shasa, le había enseñado algo aún más notable cuando compartieron algunos momentos prohibidos detrás de la bomba de agua. Le había permitido tocarla allí bajo la corta falda de algodón; había sido una experiencia extraordinaria, que él tenía intenciones de repetir en la siguiente oportunidad.

Ese niño también parecía interesante, y tal vez pudiera mostrarle la sala de máquinas. Shasa echó un vistazo a la fábrica. Su madre no estaba vigilando. Y él estaba dispuesto a mostrarse magnánimo.

—Hola. —Hizo un gesto señorial y sonrió con cautela. Sir Garrick Courtney, su abuelo, la figura masculina más importante de su vida, siempre le advertía: "Por un derecho de nacimiento, ocupas una posición muy elevada en la sociedad. Eso te otorga, no sólo beneficios y privilegios, sino también deberes. El verdadero señor trata a los inferiores, blancos o negros, jóvenes o viejos, hombres o mujeres, con consideración y cortesía". —Me llamo Courtney —continuó—, Shasa Courtney. Soy nieto de Sir Garrick Courtney. Mi madre es la señora Centaine de Thiry Courtney. —Se quedó esperando la deferencia que esos nombres solían convocar. Como no la hubiera, prosiguió, algo intimidado— ¿Y tú? ¿Cómo te llamas?

—Me llamo Manfred —respondió el otro muchacho, en afrikaans, arqueando las densas cejas negras sobre los ojos ambarinos. Eran tanto más oscuras en relación con el pelo rubio que parecían haber sido teñidas. —Manfred De La Rey. Mi abuelo y mi tío abuelo y mi padre también era De La Rey, y sacaron cagando a los ingleses cada vez que se toparon con ellos.

Shasa enrojeció ante ese inesperado ataque; estaba a punto de alejarse cuando vio que un anciano se recostaba contra la ventana de la timonera y los observaba; dos tripulantes de color se habían acercado desde el castillo de proa. No podía retroceder. —Nosotros, los ingleses, ganamos la guerra. En 1914 también aplastamos a los rebeldes —le espetó.

—¡Nosotros! —repitió Manfred, volviéndose hacia el público—. Este caballerito de pelo perfumado ganó la guerra. —Los tripulantes rieron entre dientes, alentándolo—. Huélanlo. ¡Si tendría que llamarse Lirio! Lirio, el soldado perfumado.

Manfred volvió la espalda al forastero. Por primera vez, Shasa notó que le llevaba dos o tres centímetros de estatura y que sus brazos poseían una musculatura inusual.

—Conque eres inglés, ¿no, Lirio? Seguramente vives en Londres, ¿verdad, dulce Lirio?

Shasa no esperaba que un blanco pobre fuera tan lúcido e ingeniosamente mordaz. Por lo común, él manejaba muy bien las discusiones.

—¡Por supuesto que soy inglés! —afirmó, furioso, mientras buscaba una réplica definitiva, que pusiera fin al diálogo y le permitiera retirarse a salvo de esa situación que escapaba rápidamente a su dominio.

—Entonces vives en Londres —insistió Manfred.

—Vivo en Ciudad del Cabo.

—Ja! —Manfred se enfrentó con el público, cada vez más numeroso. Swart Hendrick había cruzado el muelle desde su propio pesquero. Toda la tripulación había salido del castillo de proa. —Por eso se los llama *Soutpiel* —anunció el niño.

Hubo un estallido de carcajadas jubilosas ante la ruda expresión. Manfred no la habría empleado en presencia de su padre. La traducción era "pito salado", y Shasa enrojeció ante el insulto, cerrando instintivamente los puños.

—Los *Soutpiel* tienen un pie en Londres y el otro en Ciudad del Cabo —explicó Manfred, encantado—, y el pito les cuelga en medio del salado Océano Atlántico.

—¡Retira eso!

La furia había hecho que Shasa replicara de un modo más expresivo. Ningún inferior le había hablado nunca de esa manera.

—¿Que lo retire, como tú retiras la salada piel de tu pito? ¿Cuando juegas con ella? ¿A eso te refieres?

El aplauso hizo que Manfred, implacable, avanzara hasta ponerse directamente debajo de su interlocutor. Shasa se arrojó sin previo aviso; el otro no lo esperaba tan pronto, pues había calculado intercambiar algunos insultos más antes de que ambos estuvieran suficientemente irritados como para un ataque.

Shasa cayó desde un metro ochenta de altura, golpeándolo con todo el peso de su cuerpo y su indignación. El aliento escapó bruscamente de los pulmones de Manfred. Ambos cayeron trenzados, hacia atrás, sobre el montón de pescado.

Mientras rodaban, Shasa sintió, espantado, la fuerza del otro niño. Sus brazos eran duros como troncos; los dedos que le arañaban la cara parecían ganchos de carnicero. Sólo la sorpresa y la falta de aliento, por parte de Manfred, lo salvaron de una humillación instantánea. Casi demasiado tarde, recordó las advertencias de Jock Murphy, su instructor de boxeo.

—Nunca dejes que un hombre más corpulento te obligue a pelear de cerca. Apártate, manténlo a la distancia de un brazo.

Manfred le arrojaba zarpazos a la cara, tratando de rodearlo con un brazo en una media Nelson; ambos se debatían en la fría y resbalosa masa de pescado. Shasa levantó la rodilla derecha y la hundió en el pecho de su contrincante, en el momento en que se impulsaba hacia él. Manfred aspiró hondo y retrocedió, pero de inmediato, mientras Shasa trataba de rodar y apartarse volvió a lanzarse hacia adelante, tomándole la cabeza. Shasa la agachó y, con la mano derecha, empujó el codo de Manfred hacia arriba para aflojar el apretón. Luego, tal como Jock le había enseñado, salió retorciéndose por la abertura que acababa de crear. Lo ayudó el jugo de pescado que cubría su cuello y el brazo de Manfred como si fuera aceite. En cuanto se vio libre, lanzó un puñetazo con la izquierda.

Jock le había hecho practicar interminablemente ese izquierdo breve y directo. "El golpe más importante que puedes usar", decía.

No fue de los mejores, pero dio contra el ojo del otro niño, con fuerza suficiente como para echarle la cabeza hacia atrás y distraerlo hasta que Shasa pudo ponerse de pie y retroceder.

Por entonces, el muelle estaba atestado de tripulantes negros, con botas de goma y tricotas azules. Todos rugían de entusiasmo y alegría, incitando a los dos niños como si fueran gallos de riña.

Manfred, que parpadeaba para alejar las lágrimas de su ojo hinchado, corrió tras de Shasa, molesto por el pescado adherido a sus piernas. Entonces aquella izquierda volvió a dispararse. No hubo previo aviso; llegó directa, dura, inesperadamente, lacerando el ojo afectado hasta hacerle gritar de ira, mientras buscaba a tientas, furioso, al muchacho delgado.

Shasa se ocultó bajo su brazo y atacó otra vez con la izquierda, tal como Jock le había enseñado: "Nunca avises moviendo los hombros o la cabeza". Casi podía oír la voz de Jock: "Dispara, sólo con el brazo."

El golpe alcanzó a Manfred en la boca; inmediatamente brotó sangre, al chocar sus labios con los dientes. La sangre del adversario excitó a Shasa; también el bramido acorde de la muchedumbre provocaba en él una respuesta primitiva. Usó la izquierda una vez más, estrellándola contra el ojo rojizo y lacerado.

"Cuando lo marques, sigue golpeando en el mismo lugar", decía la voz de Jock en su mente. Y Manfred gritó otra vez. Sin embargo, en esa oportunidad se oía en su voz el dolor, además de la rabia.

"Está dando resultado", se jactó Shasa. Y retrocedió hacia la timonera; en ese momento Manfred notó que su adversario estaba acorralado, y se precipitó hacia él en medio del pescado, con los brazos bien abiertos y una sonrisa triunfal, pero ensangrentada, con los dientes teñidos de rosado intenso.

Shasa, presa del pánico, dejó caer los hombros. Por un instante se apretó contra los maderos, pero luego se arrojó hacia adelante, hundiendo la cabeza contra el estómago de su adversario.

Una vez más, Manfred siseó, al brotar el aire por su garganta. Por algunos segundos de confusión, ambos se retorcieron juntos, en la maraña de arenques, mientras Manfred gorgoteaba buscando aliento, sin poder apresar los miembros resbalosos de su contrincante. Por fin Shasa logró desasirse y llegó, arrastrándose, al pie de la escalerilla del muelle, por la que subió a duras penas.

La multitud festejó esa huida con risas y gritos burlones. Manfred trepaba furioso detrás de él, escupiendo sangre y jugo de pescado por la boca herida, mientras su pecho bombeaba con agitación para colmar otra vez los pulmones.

Cuando Shasa iba por la mitad de la escalerilla, Manfred alargó una mano y lo tomó por el tobillo, arrancándole los pies del peldaño. Shasa se sintió estirado por el peso del otro muchacho, como una víctima en el potro, y se aferró desesperadamente al tope de la escalerilla. Las caras de los pescadores estaban a pocos centímetros de la suya, pues todos se habían agachado hacia el maderamen, y pedían a gritos su sangre, apoyando a su compañero.

Con la pierna libre, Shasa pateó hacia atrás, y su taco dio contra el ojo herido. Manfred lo soltó, chillando, y él pudo trepar al muelle y mirar en derredor, desesperado. Su ardor bélico había desaparecido. Estaba temblando.

Había abierto la brecha y no deseaba otra cosa que aprovecharla, pero los hombres, en derredor, reían burlonamente. El orgullo lo inmovilizó. Miró alrededor, con un terror, que le produjo náuseas y vio que Manfred había llegado al tope de la escalerilla.

Shasa no sabía muy bien cómo se había metido en esa pelea ni cuál había sido el motivo; deseaba angustiosamente poder zafarse de ella, pero era imposible. Toda su crianza y su adiestramiento se lo impedían. Tratando de no temblar, enfrentó nuevamente a Manfred.

El muchacho también estaba trémulo, pero no de miedo. Tenía la cara hinchada y roja de furia asesina; sin darse cuenta, emitía un sonido sibilante por los labios ensangrentados. El ojo afectado se tornaba purpúreo, ya reducido a una ranura.

—Mátalo, *kleinbasie* —aullaron los tripulantes negros—. Mátalo, patroncito.

Esas provocaciones enfurecieron a Shasa, que aspiró hondo para serenarse y levantó los puños, en la clásica postura del boxeador, con el pie izquierdo adelantado y los puños cerca de la cara.

"No dejes de moverte", dijo otra vez la voz de Jock. Se irguió entonces sobre la punta de los pies, dando saltitos.

—¡Mírenlo! —bramó la muchedumbre—. ¡Se cree Jack Dempsey! Quiere bailar contigo, Manie. ¡Enséñale el vals de Walvis Bay!

No obstante, Manfred parecía hechizado por la terrible determinación de aquellos ojos azules y por los nudillos blancos de la mano izquierda. Comenzó a caminar en círculo mascullando amenazas.

—Te voy a arrancar el brazo izquierdo para metértelo por la garganta. Los dientes te van a salir por el culo, desfilando como soldados.

Shasa parpadeaba, y sin bajar la guardia, giraba poco a poco para mantenerse frente a Manfred. Aunque los dos lucían empapados y brillantes por el pescado, con el pelo apelmazado y salpicado de escamas sueltas, nada en ellos parecía ridículo o infantil. Era una buena pelea, que prometían mejorar aún, y el público, gradualmente, fue dejando de gritar. En la muchedumbre los ojos centelleaban como en una manada de lobos. Inclinados hacia adelante, llenos de expectativa, observaban a dos contrincantes algo desparejos para el combate.

Manfred simuló un ataque por la izquierda y de inmediato se lanzó a la carga desde el costado. Era muy rápido, a pesar de su tamaño y de su peso. Mantenía baja su rubia y reluciente cabeza. Las cejas negras, curvas, destacaban la ferocidad de su gesto.

Frente a él, Shasa parecía frágil, casi femenino. Sus brazos, tan delgados y pálidos; las piernas, demasiado largas y flacas, bajo la franela empapada. Pero se movía bien. Esquivó el ataque de Manfred y, al apartarse, disparó otra vez el brazo izquierdo. Los dientes de Manfred crujieron hasta hacerse oír. Su cabeza voló hacia atrás y el cuerpo se levantó sobre los talones.

La multitud gruñó:

—*Vat hom*, Manie! ¡Atrápalo!

Y Manfred volvió a atacar, lanzando un poderoso revés al suave y pálido rostro de Shasa.

El muchachito lo esquivó agachándose y, en el momento en que

Manfred estaba fuera de equilibrio por su propio impulso, disparó inesperada y dolorosamente el puño izquierdo al ojo purpúreo e hinchado. Manfred lo tapó con la mano, bramando:

—¡Pelea como es debido, *Soutie* tramposo!

—*Ja!* —gritó una voz, de entre la multitud—. ¡Basta de huir! ¡Lucha como hombre!

En ese momento, Manfred cambió de táctica. En vez de fintear y ondular, se arrojó directamente contra Shasa, sin detenerse, moviendo ambas manos en una impresionante secuencia mecánica de golpes. Shasa retrocedió frenéticamente, esquivando y agachándose; en un principio siguió atacando con la mano izquierda, en tanto Manfred lo seguía implacablemente; la piel cortada e hinchada, comenzaba a abolsarse bajo el ojo. Volvió a pegarle en la boca, una y otra vez, hasta dejar el labio deformado y lleno de hematomas. Manfred parecía insensibilizado a los golpes, pues no alteraba el ritmo de los suyos ni aflojaba el ataque.

Los puños pardos, endurecidos por el trabajo con el molinete y la red, rozaban el cabello de Shasa, cada vez que el muchacho esquivaba el embate, sin dejar de retroceder. De pronto, uno dio contra la sien. Shasa dejó de dirigir sus propios contragolpes y se esforzó tan sólo por mantenerse lejos de esos puñetazos, pues las piernas se le estaban entumeciendo.

Manfred, incansable, lo acometía sin cesar. La desesperación, combinada con el cansancio, aflojó las piernas de Shasa. Un puño se le incrustó en las costillas; se tambaleó, gruñendo, y vio que otro más venía directo a su cara. No pudo evitarlo. Tenía la sensación de que sus pies estaban plantados en baldes de melaza. Se aferró del brazo de Manfred, colgándose inflexiblemente de él. Era el gesto que su adversario había estado buscando, y de inmediato cerró el otro brazo en torno del cuello de Shasa.

—Ahora te tengo —murmuró, con los labios inflamados y sanguinolentos, mientras obligaba a Shasa a doblarse, con la cabeza sujeta bajo su brazo izquierdo. Levantó la mano derecha y lo derribó con un brutal *upper-cut*.

Shasa, sintió llegar el impacto y se retorció con tanta violencia que su cuello pareció quebrarse. Recibió el golpe en la parte superior de la cabeza y no en la cara desprotegida. El efecto fue similar al de una pica de hierro cayendo por su espalda desde el cráneo. Entonces comprendió que no soportaría otra golpiza como ésa.

Con la visión nublada se tambaleó hasta el borde del muelle, y empleó los últimos vestigios de su fuerza para avanzar junto con Manfred hasta el límite mismo del enmaderado. Éste, que no esperaba verse impulsado en esa dirección, no pudo sostenerse, y ambos cayeron al pesquero cargado, casi dos metros más abajo.

Shasa, apresado por el cuerpo de Manfred, se hundió instantáneamente en el pantano de arenques. Manfred trató de lanzarle otro puñetazo a la cara, pero dio en la blanda capa de pescado que estaba esparciéndose sobre la cabeza de Shasa. Entonces abandonó el esfuerzo y se limitó a apoyar todo su peso en el cuello del otro niño; le introducía la cabeza más y más profundamente por debajo de la superficie.

Shasa comenzaba a asfixiarse. Trató de gritar, pero un arenque muerto se le deslizó al interior de la boca abierta, clavándosele de cabeza en la garganta. Pataleó y agitó sus manos, retorciéndose con el resto de sus fuerzas, pero su cabeza se hundía implacablemente. El pescado allí alojado fue sofocándolo. La oscuridad sumió la cabeza en un sonido similar al del viento, borrando el coro asesino del muelle. Sus forcejeos se tornaron menos violentos. Finalmente apenas pudo agitar los miembros como si fueran aletas.

"Voy a morir", pensó, con cierto asombro objetivo. 'Estoy ahogándome..."

Y el pensamiento se desvaneció junto a su estado consciente.

—Has venido a destruirme —la acusó Lothar De La Rey, de espaldas a la puerta cerrada—. Has venido desde muy lejos para presenciar esto y poder jactarte.

—Te das demasiada importancia —respondió Centaine, desdeñosa—. No tengo tanto interés personal en ti. He venido a proteger mis considerables inversiones, y a cobrar cincuenta mil libras, más los intereses vencidos.

—Si eso fuera cierto, no me impedirías procesar la pesca. Tengo mil toneladas allá afuera. Para mañana al atardecer podrían estar convertidas en cincuenta mil libras.

Centaine, impaciente, levantó la mano para interrumpirlo. Su piel había tomado un cremoso color de café, y contrataba con el diamante plateado, tan largo como la falange superior del índice ahusado que apuntaba hacia él.

—Estás viviendo en un mundo de fantasías —le dijo—. Tu pesca no vale nada. Nadie la quiere, a ningún precio, mucho menos a cincuenta mil.

—Vale lo que te he dicho, en pasta de pescado y conservas...

—Los depósitos de todo el mundo están llenos de mercancía que nadie quiere. ¿No lo entiendes? ¿No lees los periódicos? ¿No escuchas la radio, aquí en el desierto? No vale nada, ni siquiera el costo del procesamiento.

—Eso no es posible. —Lothar estaba furioso y se empecinó.— Estoy enterado de lo que pasa con el mercado de valores, por supuesto, pero la gente tiene que comer.

—Pienso muchas cosas de ti —reconoció ella, sin elevar la voz, como si hablara con un niño—, pero nunca pensé que fueras estúpido. Trata de entender: allá afuera, en el mundo, ha ocurrido algo que nunca antes había sucedido. El comercio del mundo entero está muerto; las fábricas están cerrando en todas partes; las calles de las ciudades principales están llenas de desocupados.

—Utilizas esto como excusa para lo que estás haciendo. Es una venganza personal. —Se acercó a ella, con los labios pálidos como hielo contra su bronceado de caoba oscura. —Estás persiguiéndome por un delito imaginario cometido hace mucho tiempo. Me estás castigando.

—El delito fue real. —Centaine retrocedió ante su cercanía, pero sin dejar de sostenerle la mirada. Su voz, aunque baja, sonaba dura y fría. —Fue monstruoso, cruel, imperdonable, pero no hay castigo adecuado para semejante crimen. Si existe Dios, Él te exigirá su expiación.

—El niño —comenzó él—. El niño que me diste en la selva...

Por primera vez había traspasado la armadura de la mujer.

—No menciones a tu bastardo. —Centaine sujetó sus manos para impedir que temblaran. —Fue nuestro acuerdo.

—Es nuestro hijo. No puedes evitarlo. ¿Te satisface aniquilarlo a él también?

—Es hijo tuyo —negó ella—. Yo no tuve nada que ver. Él no afecta ni cambia mi decisión. Tu fábrica es insolvente, desesperada e irremisiblemente insolvente. No espero recobrar mi inversión. Sólo confío en recuperar una parte.

Por la ventana abierta llegaban las voces de los hombres; aun a esa distancia sonaban excitadas y lujuriosas; parecían perros sobre el rastro. Ninguno de los dos echó un vistazo en esa dirección. Concentraban en ellos mismos toda la atención.

—Dame una oportunidad, Centaine.

Oyó el timbre suplicante de su propia voz y sintió asco. Nunca antes había suplicado a nadie, ni una sola vez en toda su vida. Pero no soportaba la perspectiva de iniciarlo todo de nuevo. No sería la primera oportunidad. Dos veces, anteriormente, había quedado en la ruina; la guerra y sus avatares le habían arrebatado todo, salvo el orgullo, el coraje y la decisión. El enemigo era siempre el mismo; los británicos y sus aspiraciones imperiales. En cada caso había empezado otra vez desde el principio, reconstruyendo laboriosamente su fortuna.

Esa vez, sin embargo, la perspectiva le horrorizaba. Verse derrotado por la madre de su hijo, la mujer que había amado... y, (que Dios lo perdonara) aún amaba, contra su voluntad. Sintió el agotamiento de su cuerpo y de su espíritu. Tenía cuarenta y seis años; ya no contaba con las reservas de energía a las que pueden acudir los jóvenes. Creyó ver cierta blandura en los ojos de Centaine, como si aquella súplica la conmoviera, la hiciera vacilar hasta ceder.

—Dame una semana, sólo una semana, Centaine. Es todo lo que te pido.

Se estaba rebajando, y de inmediato comprendió que la había menospreciado. Ella no alteró su expresión, pero en sus ojos fue visible que aquello no era compasión, sino el fulgor de una satisfacción profunda. Él se estaba poniendo donde ella había querido verlo, a lo largo de todos aquellos años.

40

—Te he dicho que no me tutees —observó—. Te lo dije también cuando supe que habías asesinado a dos personas a quienes yo amaba como a nadie. Te lo repito ahora.

—Una semana. Sólo una semana.

—Ya te he dado dos años.

En ese momento, ella volvió la cabeza hacia la ventana. Ya no podía ignorar el ruido de las voces ásperas, que se oían como el rugir sanguinario de una plaza de toros a lo lejos.

—En otra semana no harás sino endeudarte más y obligarme a pérdidas mayores. —Centaine sacudió la cabeza, pero él miraba por la ventana. La voz de la mujer se tornó áspera. —¿Qué está pasando en ese muelle? Apoyó las manos en el antepecho y miró hacia la playa.

Él se colocó a su lado. En el muelle había un denso grupo humano. Los obreros desocupados corrían para sumarse a él.

—¡Shasa! —gritó Centaine, con un arrebato espontáneo de preocupación maternal—. ¿Dónde está Shasa?

Lothar saltó ágilmente por la ventana y voló hacia el muelle, empujando a los rezagados. Luego se abrió paso a golpes de hombro por entre el círculo de pescadores aullantes, mientras los muchachitos se balanceaban en el borde.

—¡Manfred! —rugió—. ¡Basta! ¡Suéltalo!

Su hijo tenía al muchacho sujeto por el cuello y con crueldad le propinaba un golpe tras otro en la cabeza. Lothar oyó los impactos contra el cráneo de Shasa.

—¡Pedazo de idiota!

Caminó hacia ellos. Nadie había oído su voz entre los gritos de la multitud. Sintió miedo por el niño, adivinaba cuál sería la reacción de Centaine si estuviese mal herido.

—¡Déjalo!

Antes de que pudiera llegar a ellos, los vio tambalearse hacia atrás y caer fuera del muelle.

—¡Oh, Dios mío!

Oyó el ruido contra la cubierta del pesquero; cuando llegó al borde y pudo mirar hacia abajo, estaban ya medio sepultados por los relucientes arenques.

Lothar trató de llegar a la punta de la escalerilla, obstaculizado por la masa de pescadores que se agolpaban allí para no perder un solo detalle de la contienda. Golpeó con ambos puños para abrirse camino, empujando a sus hombres, hasta que pudo bajar a la cubierta del barco.

Manfred yacía sobre el otro niño, le hundía la cabeza y los hombros por debajo de la masa de arenques. Su propio rostro estaba deforme por la ira, lleno de chichones y descolorido por los magullones. Murmuraba amenazas incoherentes con los labios sanguinolentos e hinchados. Shasa ya no se debatía. Su cabeza y sus hombros habían desaparecido, pero el tronco y las piernas, retorciéndose, efectuaban movimientos enervados, propios de quien ha recibido un balazo en la cabeza.

Lothar tomó a su hijo de los hombros e intentó arrancarlo de allí. Era como tratar de separar a un par de mastines; tuvo que emplear todas sus fuerzas. Por fin levantó en vilo a Manfred y lo arrojó contra la timonera, con tanta fuerza que el golpe frenó su belicosidad. Entonces tomó a Shasa por las piernas y tiró de ellas hasta rescatarlo de aquel mercurio envolvente. Emergió de allí mojado y resbaloso, con los ojos en blanco.

—Lo has matado —bramó Lothar a su hijo.

La furia de la marea sangrienta retrocedió, dejando el rostro de Manfred blanco y estremecido de horror.

—No era mi intención, papá. Yo no...

En la boca floja de Shasa había un pescado muerto que lo estaba sofocando. Por la nariz salían burbujas de jugo de pescado.

—¡Tonto, grandísimo tonto!

Lothar metió el dedo por la comisura de la boca y sacó el arenque.

—Lo siento mucho, papá. No era mi intención —susurró Manfred.

—Si lo has matado, has cometido un delito horrible a los ojos de Dios.
—Lothar tomó en sus brazos el cuerpo inerte de Shasa. —Habrás matado a tu propio...

No dijo la funesta palabra, pero apretó los dientes para contenerla, mientras giraba hacia la escalerilla.

—No lo maté. —Manfred, suplicante, buscaba consuelo. —No está muerto. Todo está bien, ¿verdad, papá?

—No. —Lothar meneó sombríamente la cabeza. —Nada está bien, nada volverá a estar bien jamás.

Y trepó al muelle, cargando al niño inconsciente.

La multitud le abrió paso, en silencio. Todos estaban tan horrorizados y llenos de remordimientos como Manfred; sin poder mirarlo a los ojos, lo dejaron pasar.

—Swart Hendrick —llamó Lothar por sobre la cabeza de todos, en dirección al negro alto—, me extraña de ti. Debiste separarlos.

Lothar marchó a grandes pasos por el muelle, sin que nadie lo siguiera.

Centaine Courtney lo esperaba en el medio del camino que subía desde la playa. El hombre se detuvo ante ella, con el niño colgando fláccido de sus brazos.

—Está muerto —susurró ella, desolada.

—No —negó Lothar, con fuerza. Era demasiado horrible pensar eso.

Como en respuesta, Shasa lanzó un gemido y vomitó.

—Rápido. —Centaine se adelantó. —Ponlo sobre tu hombro antes de que se ahogue con su propio vómito.

Con Shasa colgado de su hombro como un zurrón, Lothar cubrió a la carrera los pocos metros que faltaban para llegar a la oficina. Centaine despejó el escritorio.

—Acuéstalo aquí —ordenó.

Pero el niño se esforzaba débilmente, tratando de incorporarse. La madre lo sostuvo por los hombros y le limpió la cara con la fina tela de su manga.

—Fue tu bastardo. —Fulminó a Lothar con la mirada.— Él le hizo eso a mi hijo, ¿no?

Antes de que él apartara la vista, en sus ojos se leyó la confirmación. Shasa tosió, despidiendo más jugo de pescado y un vómito amarillo. Inmediatamente se sintió más fuerte. Sus ojos se fijaron y su respiración se normalizó.

—Sal de aquí. —Centaine se inclinó protectora sobre el cuerpo de su hijo. —¡Los voy a enviar al infierno, a ti y a tu bastardo! ¡Sal de mi vista!

El camino desde Walvis Bay corría por entre las grandes dunas anaranjadas; eran treinta kilómetros hasta la cabecera ferroviaria de Swakopmund. Las dunas se elevaban a cada lado, alcanzando cien, ciento veinte metros de altura. Esas montañas de arena, de cimas afiladas como cuchillos y blandas laderas deslizantes, atrapaban el calor del desierto en los cañones abiertos entre ellas.

La ruta era apenas un par de profundas huellas en la arena, cuya marca a cada lado era el centelleo de las botellas de cerveza rotas. Ningún viajero tomaba ese camino tan árido sin llevar una provisión adecuada para el viaje. A veces, las huellas eran borradas en el esfuerzo de otros conductores, poco hábiles en el arte de viajar a través del desierto, por extraer sus vehículos de las arenas pegajosas; de este modo la ruta se volvía una trampa abierta para quienes vinieran detrás.

Centaine conducía a buena velocidad, sin permitir que las revoluciones de su motor disminuyeran; mantenía el ímpetu aun en las zonas por donde se habían atascado otros vehículos; manejaba el gran coche amarillo con diestros toques del volante, de modo tal que las ruedas corrían en línea recta, sin que la arena se amontonara como para bloquearlas.

Sostenía el volante como los corredores, recostada contra el asiento de cuero y con los brazos rectos, listos para recibir el golpe del volante; mantenía la vista fija hacia adelante y anticipaba cada inconveniente mucho antes de que éste se presentara. A veces cambiaba las marchas y salía de la huella para abrir su propio camino cuando un tramo parecía peligroso. Ni siquiera respetaba la precaución elemental de viajar con un par de sirvientes negros en el asiento en el asiento trasero, en caso de tener que empujar el Daimler para sacarlo de la arena. Shasa nunca supo que su madre sufriera un atascamiento, ni siquiera en los peores tramos de la ruta a la mina.

Él ocupaba con Centaine el asiento delantero, iba vestido con un viejo mameluco de lona, bien lavado, que provenía de la envasadora. Sus ropas sucias, que olían a pescado y a vómito, estaban en el baúl del Daimler.

No habían cambiado palabra desde que se alejaron de la fábrica. Shasa le echaba miradas subrepticias, temeroso de su ira acumulada; si bien no quería atraer su atención, no lograba apartar sus ojos de ella.

Centaine se había quitado el sombrero; su gruesa melena oscura, cortada al estilo de Eton, muy a la moda, ondulaba al viento y lanzaba destellos de antracita.

—¿Quién empezó? —preguntó ella, sin apartar los ojos de la ruta.

Shasa quedó pensativo.

—No estoy seguro. Yo fui el primero en pegar, pero...

Hizo una pausa. Todavía le dolía la garganta.

—¿Sí? —le instó ella.

—Era como si todo estuviera decidido. En cuanto nos miramos, los dos supimos que íbamos a pelear. —Como ella no dijo nada, el niño concluyó, mansamente: —Me dijo un insulto.

—¿Cuál?

—No te lo puedo decir. Es grosero.

—¿Cuál?

—No te lo puedo decir. Es grosero.

—Pregunté qué insulto. —La voz de su madre mantenía el nivel y el volumen, pero él conocía esa cualidad ronca, llena de advertencias.

—Me llamó *Soutpiel* —respondió, apresuradamente.

Al mismo tiempo apartó la vista, avergonzado, y no vio que Centaine luchaba por contener la sonrisa y ocultar la chispa divertida de sus ojos.

—Te dije que era grosero —adujo el muchachito.

—Así que le pegaste. Y él era menor que tú.

Shasa ignoraba quién era el mayor, pero no le sorprendió que ella lo supiera. Lo sabía todo.

—Tal vez sea menor, pero es un oso; mide cinco centímetros más que yo, cuanto menos —rápidamente se defendió.

Centaine habría querido preguntarle cómo era su otro hijo: si era rubio y apuesto, como el padre, de qué color tenía los ojos... En cambio, sólo dijo:

—Y te dio una buena paliza.

—Estuve a punto de ganar —protestó Shasa—. Le hinché los ojos y lo dejé sangrando. Casi gané.

—"Casi" no basta —replicó ella—. En nuestra familia no se gana "casi": se gana del todo.

El niño se revolvió incómodo en el asiento; tosió para aliviar el dolor de su garganta afectada.

—No se puede ganar cuando el otro es más grande y más fuerte —murmuró, angustiado.

—En ese caso no se pelea a puño limpio —indicó la madre—. No te lanzas de cabeza, sólo para terminar con un pescado metido en la garganta. —El niño se ruborizó dolorosamente ante esa humillación. —Se espera una mejor oportunidad, para pelear con las propias armas y bajo tus propias condiciones. Sólo debes pelear cuando estés seguro de poder ganar.

44

Shasa estudió aquello cuidadosamente, desde todos los ángulos.

—Es lo que tú hiciste con el padre, ¿no? —preguntó, suavemente.

Centaine quedó tan sobresaltada ante esa apreciación que lo miró fijamente. El Daimler, dando un barquinazo, salió de la huella. La mujer se apresuró a dominar el coche. Luego asintió.

—Sí, eso es lo que hice. Somos Courtney, ¿te das cuenta? No tenemos por qué pelear con los puños. Peleamos con poder, con dinero, con influencia. Nadie puede derrotarnos en nuestro propio terreno.

El muchachito volvió a quedar en silencio, digiriendo las frases con atención. Por fin sonrió. Era muy hermoso cuando sonreía, mucho más que su padre, y ella sintió que el corazón se le oprimía de amor.

—No lo olvidaré —dijo Shasa—. La próxima vez que lo encuentre, recordaré lo que me has dicho.

Ninguno de los dos dudó, ni siquiera por un instante, que los dos muchachos volverían a encontrarse... y que, cuando así fuera, proseguirían el conflicto que habían iniciado entonces.

La brisa venía hacia la costa, y la pestilencia a pescado podrido era tan fuerte que penetraba hasta la garganta de Lothar De La Rey y lo asqueaba hasta descomponerlo.

Los cuatro pesqueros aún estaban amarrados, pero las cargas ya no eran plata centelleante. El pescado se había ido aplastando; la capa superior de arenques, al secarse bajo el sol, tomó un tono gris oscuro y sucio, sobre el que se arremolinaban moscas de color verde metálico, grandes como avispas. El de las bodegas quedó hecho pulpa por su propio peso, y las bombas de la sentina vertían incesantes chorros de sangre parda y maloliente, que junto con el aceite de pescado, manchaba las aguas de la bahía en una nube cada vez mayor.

Lothar había pasado todo el día sentado frente a la ventana de su oficina, ante la cual se alineaban los obreros y los pescadores para recibir su paga. Había vendido su viejo camión Packard y los pocos muebles del cobertizo en donde vivía con Manfred, los únicos bienes que no pertenecían a la compañía y eran, por lo tanto, inembargables. El de la compraventa había venido desde Swakopmund en cuestión de horas, olfateando el desastre, igual que un buitre.

—Hay depresión, señor De La Rey —dijo, al pagar a Lothar una fracción del valor real—; todo el mundo vende y nadie compra.

El dinero en efectivo que Lothar tenía enterrado en el suelo arenoso del cobertizo, alcanzó para pagar a su gente, a razón de dos chelines por cada libra adeudada, en concepto de salarios atrasados. En realidad, no tenía por qué pagarles; era responsabilidad de la compañía. Pero él no pensaba así. Ellos eran "su gente".

—Lo siento —repetía a cada uno, según iban pasando ante la ventana—. Es todo lo que hay.

Y no podía mirarlos a los ojos.

Cuando el dinero se acabó, y el resto de los negros se alejó, formando grupitos desconsolados, Lothar cerró con llave la puerta de la oficina y entregó la llave al subcomisario.

Finalmente, bajó con el niño al muelle, por última vez. Ambos se sentaron en el extremo, con las piernas colgando. El hedor a pescado era tan intenso como su malhumor.

—No entiendo, papá. —Manfred hablaba con la boca deformada por una cicatriz en el labio superior. —Hicimos una buena pesca. Deberíamos ser ricos. ¿Qué pasó, papá?

—Que nos hicieron trampa —dijo Lothar, en voz baja.

Hasta ese momento no había sentido ira ni amargura; sólo cierto aturdimiento. En dos oportunidades había recibido el impacto de una bala: la de un Lee Enfield .303, en la ruta a Omaruru, cuando se enfrentaba a la invasión de Smuts, y después, mucho después, la del Luger que le disparará la madre del niño. Al recordarlo se tocó el pecho, palpando la cicatriz a través del fino algodón de la camisa.

Otra vez la misma sensación: primero el impacto, el entumecimiento; sólo mucho más tarde, el dolor y la ira. En ese momento, la furia llegó en oleadas negras, sin que él opusiera resistencia. Antes bien, disfrutaba de ella; le ayudaba a calmar el recuerdo de su humillación, el modo en que había suplicado un poco de tiempo a aquella mujer, que lo miraba con una sonrisa provocativa en los ojos oscuros.

—¿No podemos impedir que hagan eso, papá? —preguntó el muchachito.

Ninguno de los dos necesitaba aclarar de quién hablaban. Ambos conocían al enemigo. Habían aprendido a conocerlo a través de tres guerras: en 1881, la primera Guerra de los Bóers; después, en la gran guerra de los Bóers de 1899, cuando Victoria convocó a sus legiones color de caqui desde el otro lado del océano para que los aplastaran; por último, en 1914, cuando Jannie Smuts, la marioneta británica, cumplió con las órdenes de sus amos imperiales.

Lothar sacudió la cabeza, sin poder contestar, sofocado por la intensidad de su furia.

—Tiene que haber un medio —insistió el niño—. Somos fuertes.

Recordó la sensación del cuerpo de Shasa entre sus manos, cada vez más débil, e involuntariamente flexionó los dedos.

—Esto es nuestro, papá. Es nuestra tierra. Dios nos la dio, como dice la Biblia.

Como tantos otros antes de ellos, los afrikaners habían interpretado el Libro Santo a su modo. Se consideraban hijos de Israel; Sudáfrica era la tierra prometida, donde corrían los ríos de leche y miel.

Lothar guardó silencio; Manfred le tiró de la manga.

—Nos la dio Dios, ¿verdad, papá?

—Sí. —Lothar asintió pesadamente.

—Entonces ellos nos han robado todo: la tierra, los diamantes, el oro. Y ahora se han llevado nuestros barcos y nuestra pesca. Tiene que haber un medio para impedirlo, para recuperar lo que nos pertenece.

—No es tan fácil.

El padre no sabía cómo explicarlo. ¿Acaso comprendía, él mismo, qué había sucedido? Eran colonos intrusos en la tierra que sus padres habían arrancado a la selva y a los salvajes, a punta de largos rifles antiguos.

—Ya lo entenderás cuando crezcas, Manie —dijo.

—Cuando crezca buscaré el modo de derrotarlos —manifestó el niño, con tanta fuerza que la cicatriz del labio se abrió, dejando asomar una gotita de sangre, como un diminuto rubí—. Buscaré el modo de recuperarlo todo. Ya verás, papá.

—Bueno, hijo mío, tal vez lo hagas. —Lothar rodeó con un brazo los hombros de su hijo.

—¿Recuerdas el juramento del abuelo, papá? Yo lo recuerdo siempre. La guerra contra los ingleses no terminará jamás.

Siguieron así sentados, juntos, hasta que el sol tocó las aguas de la bahía y las convirtió en cobre fundido. Por fin, ya en la oscuridad, subieron por el muelle, alejándose del hedor a pescado podrido, y se alejaron por el borde de las dunas.

Al aproximarse al cobertizo vieron salir humo de la chimenea. Cuando entraron a la cocina anexa, había fuego encendido en el hogar abierto. Swart Hendrick levantó la mirada.

—El judío se llevó la mesa y las sillas —dijo—, pero yo escondí las cacerolas y los jarritos.

Sentados en el suelo, comieron directamente de la olla; era un guiso de maíz, sazonado con pescado seco. Nadie habló hasta que terminaron.

—No tenías por qué quedarte. —Lothar rompió el silencio.

Hendrick se encogió de hombros.

—Compré café y tabaco en la tienda. El dinero que me pagaste alcanzó justo.

—No hay más —advirtió Lothar—. Se acabó todo.

—No es la primera vez. —Hendrick encendió la pipa con una ramita de la fogata. —Otras veces hemos estado en la ruina.

—Esta vez es diferente —dijo Lothar—. Esta vez no hay marfil para cazar ni...

Se interrumpió, ahogado otra vez por la ira. Hendrick virtió más café en los jarritos de lata y comentó:

—Es extraño. Cuando encontramos a Centaine iba vestida con pieles de animales. Ahora viene en su gran automóvil amarillo —sacudió la cabeza, riendo entre dientes—, y los harapientos somos nosotros.

—Fuimos tú y yo los que la salvamos —coincidió Lothar—. Más aún: encontramos sus diamantes y los extrajimos de la tierra.

—Ahora es rica —dijo Hendrick—, y viene a llevarse también lo nuestro. No debió hacer eso.

Lothar se irguió lentamente. Hendrick, notando la expresión de su rostro, se inclinó hacia adelante, ansioso, mientras el muchacho sonreía por primera vez.

—Sí —aprobó Hendrick con una mueca. —¿Qué será? El marfil se terminó. Hace tiempo lo cazaron todo.

—No, marfil no. Esta vez serán diamantes —respondió Lothar.

—¿Diamantes? —El negro se meció sobre los talones. —¿Qué diamantes?

—¿Qué diamantes? —Lothar le sonrió. Sus ojos amarillos relumbraban. —Caramba, los diamantes que buscamos para ella, por supuesto.

—¿Los de ella? —Hendrick lo miraba fijamente. —¿Los diamantes de la Mina H'ani?

—¿Cuánto dinero tienes? —preguntó Lothar. Los ojos de Hendrick se desviaron. —Te conozco bien —insistió el patrón, impaciente, sujetándolo por el hombro—. Siempre has tenido un poco escondido. ¿Cuánto?

—No mucho.

Hendrick trató de levantarse, pero Lothar lo retuvo en el suelo.

—En esta última temporada te pagué bien. Sé exactamente cuánto.

—Cincuenta libras —gruñó el negro.

—No. —Lothar sacudió la cabeza. —Tienes más que eso.

—Tal vez un poco más —reconoció Hendrick, resignado.

—Tienes cien libras —afirmó Lothar, con toda seguridad—. Es la cantidad que necesitamos. Dámelas. Sabes que te las devolveré multiplicadas. Siempre ha sido así. Y jamás será de otro modo.

La senda era empinada y rocosa. A la luz del sol temprano, el grupo ascendía, disgregado. Había dejado el Daimler amarillo al pie de la montaña, en la ribera del arroyo Liesbeek, para iniciar la subida en la fantasmagórica luz grisácea que precede el amanecer.

Encabezaban la partida dos ancianos con ropas descuidadas, zapatos gastados y sombreros de paja, deformes por el uso y manchados de sudor; ambos estaban tan delgados que parecían medio muertos de hambre, no obstante ello conservaban la agilidad; la piel se les había oscurecido y arrugado por la larga exposición a los elementos, de modo tal que un observador casual los habría tomado por viejos vagabundos, de los que había tantos en las rutas, en esos días de la gran Depresión.

Pero dicho observador se habría equivocado. El más alto de los dos cojeaba ligeramente de su pierna artificial; era Caballero Comandante de la Orden del Imperio Británico, condecorado con la mayor recompensa al valor que el Imperio podía ofrecer: la Cruz de Victoria. Además, era uno de los historiadores militares más eminentes de la época, tan rico y tan poco interesado en la fortuna mundana que rara vez se molestaba en contar sus activos.

Su compañero lo llamaba "viejo Garry", en vez de Sir Garrick Courtney.

— Ése es el mayor problema que debemos resolver, viejo Garry —le explicaba, con voz aguda, casi femenina; arrastraba las erres de una manera tan singular, que se le conocía por el nombre de "relincho de Malmesbury". —Los nuestros abandonan la tierra y acuden en manada a los grandes centros urbanos. Las granjas perecen y en las ciudades no hay trabajo para ellos.

No estaba sofocado, a pesar de haber trepado, sin detenerse, seiscientos metros por la ladera a pico de Table Mountain, manteniendo el paso que los había distanciado de los miembros más jóvenes del grupo.

— Es buena receta para el desastre —acordó Sir Garrick—. En las granjas son pobres, pero cuando las abandonan mueren de hambre en las ciudades. Los hombres hambrientos son peligrosos, *Ou Baas*. Así lo enseña la historia.

El otro hombre era de menor estatura y se mantenía más erguido. Sus ojos celestes eran alegres bajo el ala caída de su sombrero; tenía una barbita gris que se movía cuando hablaba. A diferencia de Garry, no era rico; sólo poseía una pequeña finca en las llanuras altas, pardas y heladas del Transvaal. Se preocupaba tan poco de sus deudas como Garry de su fortuna. El mundo era su heredad y en él había acumulado honores; le habían concedido doctorados honorarios en quince universidades importantísimas, entre las que se contaban Oxford, Cambridge y Columbia. Tenía las llaves de diez ciudades: Londres, Edimburgo y varias más. Había sido general en las fuerzas de los bóers y en ese momento lo era en el ejército del Imperio Británico; se desempeñaba además como consejero privado, compañero de honor, consejero del Rey, miembro del Middle Temple y de la Royal Society. El pecho no le alcanzaba para todas las medallas y cintas que tenía derecho a usar. Era, sin lugar a dudas, el hombre más carismático, astuto, sabio e influyente que Sudáfrica haya producido jamás. Poseía un espíritu demasiado grande para permanecer entre las fronteras de la tierra, parecía, en verdad, un ciudadano del mundo entero. Allí radicaba el único punto débil de su armadura, y sus enemigos habían clavado allí sus flechas envenenadas. "Su corazón está al otro lado del mar, no con ustedes", y así había caído su gobierno del Partido Sudafricano, en donde él fuera Primer Ministro, ministro de defensa y de asuntos nativos. Ahora era el líder de la oposición. Sin embargo, se consideraba botánico por vocación, y político y soldado por necesidad.

— Deberíamos esperar a que los otros nos alcanzaran. El general Jan Smuts se detuvo en una plataforma rocosa, en su bastón apoyado.

Los dos ancianos miraron cuesta abajo.

Cien pasos más abajo, una mujer trepaba con fiereza por el sendero; sus muslos, bajo las pesadas faldas de calicó, eran gordos y fuertes como las ancas de una yegua de cría; sus brazos desnudos ostentaban la musculatura de un luchador.

—Mi palomita —murmuró Sir Garry, con afecto, mientras contemplaba a su flamante esposa.

Tras catorce largos años de cortejo, hacía sólo seis meses que ella había aceptado su proposición matrimonial.

—Apúrate, Anna —pidió el muchachito que la seguía—. Será mediodía antes de que lleguemos a la cima, y me muero por desayunar.

Shasa era tan alto como ella, aunque apenas pesaba la mitad.

—Adelántate, si tanta prisa tienes —gruñó ella, con el grueso sombrero encasquetado hasta el rostro rubicundo y redondo. Sus facciones tenían tantos pliegues como los de un amistoso bulldog. —No entiendo qué necesidad hay de llegar a la cima de esta maldita montaña...

—Te daré un envión —ofreció Shasa, apoyando las dos manos en las gruesas nalgas de Lady Courtney—. ¡Upa! ¡Arriba....!

—¡Basta ya, niño mal educado! —jadeó Anna, mientras movía rápidamente los pies para adaptarse a esa brusca aceleración del ascenso—. ¡Te voy a romper las costillas con este bastón! ¡Oh, basta ya, basta!

Antes de convertirse en Lady Courtney, había sido, simplemente, Anna, la niñera de Shasa y la amada mucama de su madre. Su meteórica subida hacia otro rango social no había alterado la relación de ambos en absoluto.

Llegaron hasta un rellano entre jadeos, risas y protestas.

—¡Aquí la tienes, abuelo! ¡Por correo expreso! —Shasa sonrió a Garry Courtney, que los separó con firmeza y cariño. El hermoso niño y la rústica mujer rubicunda eran sus tesoros más preciados: su esposa y su único nieto.

—Anna, dulce mía, no debes exigir tanto de este niño —le advirtió, muy en serio.

Ella le dio un golpe en el brazo, entre exasperada y juguetona.

—Tendría que estar ocupándome de la comida, en vez de andar correteando por esta montaña. —Su acento seguía siendo bien flamenco; para ella fue un alivio volver al afrikaans cuando se dirigió al general Smuts. —¿Cuánto falta, *Ou Baas*?

—Poco, Lady Courtney, bastante poco. ¡Ah, aquí están los otros! Comenzaba a preocuparme por ellos.

Centaine y sus compañeros emergieron por el borde del bosque, algo más abajo. Ella vestía una falda blanca, suelta, que mostraba las piernas a partir de las rodillas, y un sombrero de paja blanca, adornado con cerezas artificiales. Cuando todos se reunieron, sonrió al general Smuts.

—Estoy sin aliento, *Ou Baas*. ¿Puedo apoyarme en usted para cubrir el último tramo?

Aunque apenas estaba encendida por el esfuerzo, él le ofreció caballerescamente el brazo y ambos fueron los primeros en llegar a la cima.

Esos picnics anuales en Table Mountain eran una tradición familiar para celebrar el cumpleaños de Sir Garrick Courtney; su viejo amigo, el general Smuts, nunca dejaba de asistir a ellos.

Ya en la cima, el grupo se dispersó para sentarse en la hierba y recobrar el aliento. Centaine y el viejo general quedaron algo separados del resto. Por debajo se extendía el valle de Constantia, recortado por viñedos, que vestían sus verdes galas en verano. Entre ellos, los tejados holandeses de los grandes *châteaux* relumbraban como perlas bajo los débiles rayos del sol; las montañas de Muizenberg y Kabonkelberg formaban un sólido anfiteatro de roca gris, que cerraba el valle por el lado sur; hacia el norte, las grandes elevaciones de la Holanda de los Hotentotes constituían la muralla que separaba el Cabo de Buena Esperanza del escudo continental de África. Más adelante, las aguas de la Bahía Falsa, formando una cuña entre las montañas, se encrespaban ante el inoportuno viento del sudeste. El espectáculo era tan bello que ambos guardaron silencio por algunos minutos.

El general Smuts fue el primero en hablar.

—Bien, Centaine, querida mía, ¿sobre qué deseaba hablarme?

—Usted lee la mente, *Ou Baas.* —Ella rió, melancólica.— ¿Cómo adivina esas cosas?

—En los últimos tiempos, cuando una muchacha bonita me lleva aparte, puedo estar seguro de que es por negocios y no por placer, respondió él, guiñándole un ojo.

—Usted es uno de los hombres más atractivos que he conocido en mi vida.

—¡Ajá! ¡Qué cumplido! El asunto ha de ser grave.

El cambio de expresión de Centaine confirmó esa idea.

—Es por Shasa —dijo ella, simplemente.

—No creo que haya problema por ese lado. ¿O me equivoco?

Ella extrajo un documento de su bolsillo y se lo entregó. Era un boletín de calificaciones. El escudo grabado consistía en una mitra de obispo, emblema de la escuela privada más exclusiva del país.

El general le echó un vistazo. Centaine conocía su celeridad para leer el documento legal más complicado; por eso no se sintió desconcertada al ver que él lo devolvía casi de inmediato: el general lo había visto todo, hasta la nota del director, al pie: "Michel Shasa es un honor para sí mismo y para Bishops."

Smuts le sonrió.

—Ha de estar muy orgullosa.

—Ese niño es toda mi vida.

—Lo sé, pero eso no siempre es prudente. Los niños pronto se hacen hombres. Cuando él se vaya, será como si usted perdiera la vida. Pero, ¿en qué puedo ayudarla, querida?

—Shasa es brillante, simpático y sabe tratar con la gente, aun con las personas mucho mayores que él —respondió la mujer—. Me gustaría que tuviera una banca en el Parlamento, para comenzar.

El general se quitó el sombrero de la cabeza y alisó, con la palma de la mano, su cabello plateado y brillante.

—¿No le parece que debería terminar sus estudios antes de ingresar en el Parlamento, querida? —rió entre dientes.

—De eso se trata. Quiero que me aconseje, *Ou Baas*. ¿Qué le conviene más? ¿Volver a la patria, a Oxford o Cambridge? ¿Le pesará eso en contra cuando se presente a elecciones? ¿Es preferible que asista a una de las universidades locales? Y en ese caso, ¿debemos preferir Stellenbosch o la universidad de Ciudad del Cabo?

—Lo voy a pensar, Centaine, y le daré mi consejo cuando llegue el momento de tomar la decisión definitiva. Pero mientras tanto, me voy a tomar el atrevimiento de prevenirla sobre algo más: sobre una mentalidad que puede perjudicar sus planes para el joven.

—Por favor, *Ou Baas* —le suplicó ella—. Una palabra suya vale...

No hizo falta buscar una comparación, pues el anciano prosiguió, con suavidad:

—Usted habló de "la patria"; esa palabra es clave. Shasa debe decidir cuál es su verdadera patria. Si es la que está al otro lado del mar, que no cuente con mi ayuda.

—Qué tonta soy.

El general notó que Centaine estaba realmente furiosa consigo misma. Sus mejillas cambiaron de tono y los labios se volvieron rígidos. *Soutpiel*; recordaba la burla. Un pie en Londres, otro en Ciudad del Cabo. Ya no era divertido.

—No volverá a pasar —prometió, apoyando una mano en el brazo del general como para hacerle sentir su sinceridad—. ¿Lo ayudará?

Shasa llamó desde el otro lado:

—¿Podemos desayunar ya, *Mater*?

—Está bien, pon el cesto en la ribera, por allá. —Se volvió nuevamente hacia el general—. ¿Puedo contar con usted?

—Soy de la oposición, Centaine.

—No por mucho tiempo. El país debe recobrar el sentido común en las próximas elecciones.

—Comprenda que no puedo prometerle nada, por ahora. —Smuts elegía sus palabras con cautela. —Shasa todavía es un niño. Pero pienso vigilarlo. Si realiza esta temprana esperanza, si satisface mis requisitos, tendrá todo mi apoyo. Bien sabe Dios que nos hacen falta hombres capaces.

Ella suspiró de placer y alivio, mientras él continuaba, más a gusto:

—Sean Courtney fue un ministro muy capaz en mi gobierno.

El nombre provocó un respingo en Centaine. Le traía tantos recuerdos, placeres tan intensos, penas tan profundas, cosas tan oscuras y secretas... Pero el anciano pareció no reparar en su consternación y prosiguió:

—Él también era un amigo de confianza. Me gustaría tener otro Courtney en mi gobierno, un buen amigo, alguien en quien confiar. Tal vez algún día haya otro Courtney en mi gabinete. —Se levantó para ayudarla a ponerse de pie. —Tengo hambre; ese olor a comida es irresistible.

Sin embargo, cuando se sirvió la comida el general comió muy frugalmente. El resto de ellos, con Shasa a la cabeza, atacaron los alimentos con un apetito voraz, agudizado por el ascenso. Sir Garry sirvió tajadas frías de cordero, cerdo y pavo, mientras Anna repartía pastel, jamón con huevos, fruta picada y cubos de cerdo cubiertos con deliciosa gelatina.

—De una cosa no cabe duda —comentó, aliviado, Cyril Slain, uno de los gerentes de Centaine—, cuando bajemos, el canasto será bastante más liviano.

El general los obligó a levantarse de los sitios en donde yacían desparramados y repletos, junto al arroyuelo burbujeante.

—Y ahora vamos al asunto principal de la fecha.

—Vengan, todos. —Centaine fue la primera en levantarse, con un revuelo de faldas, alegre como una niña. —Cyril, deje el cesto allí. Lo recogeremos al volver.

Avanzaron por el borde mismo del acantilado gris, con el mundo extendido allá abajo, hasta que el general, súbitamente, comenzó a trepar por la izquierda, sobre rocas y brezales en flor, perturbando a los picaflores, que libaban de los capullos. Las aves se elevaron por el aire, agitaron las largas plumas de la cola, haciendo centellear los parches amarillos de la panza, con indignación hacia los intrusos.

Sólo Shasa pudo seguir el paso al general. Cuando el resto del grupo se reunió con ellos, ambos estaban de pie en el extremo de una cañada estrecha y rocosa; su lecho estaba cubierto de pasto muy verde.

—Hemos llegado. El primero que halle una disa ganará una moneda de seis centavos —ofreció el general Smuts.

Shasa voló por la empinada ladera de la cañada. Antes de llegar a la mitad chilló entusiasmado:

—¡Aquí hay una! ¡Los seis centavos son míos!

Descendieron de a poco; en la orilla del fondo pantanoso formaron un círculo callado y atento, alrededor de una graciosa orquídea. El general se hincó sobre una rodilla, como para adorarla.

—Es una disa azul, por cierto; una de las flores más raras de nuestra tierra. —Los capullos que adornaban el tallo eran de un maravilloso azul cerúleo; tenían la forma de cabezas de dragón; las gargantas abiertas mostraban una superficie de color púrpura imperial y amarillo manteca.

—Sólo crecen aquí, en Table Mountain; en ningún otro lugar del mundo.

Miró a Shasa.

—¿Querrías hacer los honores a tu abuelo, este año?

Shasa se adelantó con aire importante, recogió la orquídea silvestre y la entregó a Sir Garry. Esa pequeña ceremonia de la disa azul era parte de la celebración tradicional del cumpleaños. Todos festejaron con risas y aplausos aquel obsequio.

Mientras observaba a su hijo con orgullo, la mente de Centaine volvió al momento de su nacimiento, aquel día en que el viejo bosquimano le había dado el nombre de Shasa, "agua buena"; ese hombre había bailado por él en un valle sagrado, oculto en las profundidades del Kalahari. Recordó la canción de nacimiento que el anciano había compuesto y cantado en aquella oportunidad; el idioma de los pigmeos, tan bien recordado, tan amado, susurraba otra vez en su memoria:

> "Sus flechas volarán a las estrellas
> Y cuando los hombres pronuncien su nombre
> Hasta en ella se oirá...

Así había cantado el bosquimano.

> Y encontrará agua buena,
> Por dondequiera vaya encontrará agua buena."

Vino otra vez a su mente el rostro del pigmeo, muerto tanto tiempo atrás, increíblemente arrugado, pero reluciente con ese maravilloso color de damasco, como el ámbar de las viejas pipas de mar, y susurró, en el fondo de su garganta, empleando la lengua de los bosquimanos:

—Así sea, viejo abuelo. Así sea.

En el viaje de regreso, el Daimler ofreció el espacio justo para acomodarlos a todos. Anna, sentada en el regazo de Sir Garry, lo sepultaba con su abundancia.

Mientras Centaine conducía por la ruta serpenteante que cruzaba el bosque de altos gomeros azules, Shasa se inclinaba hacia ella, desde el asiento de atrás, instándola a acelerar.

—¡Vamos, *Mater*! ¿O dejaste el freno de mano puesto?

El general, sentado junto a la conductora, sujetaba su sombrero, sin apartar la vista del cuentakilómetros.

—No puede ser. Parece que fuéramos a ciento cincuenta por hora.

Centaine viró para entrar por los complejos portones principales de la finca. La cornisa superior, que representaba un grupo de ninfas bailando entre racimos de uva, había sido diseñada por el famoso escultor Anton Arneith. El nombre de la propiedad figuraba en altorrelieve, por sobre la escultura:

WELTEVREDEN 1790

"Bien satisfecho" era la traducción del holandés. Centaine la había comprado a la ilustre familia Cloete, exactamente un año después de amojonar la Mina H'ani. Desde entonces prodigaba dinero, cuidados y amor a la mansión.

Redujo la marcha casi a paso de hombre, explicando al general:

—No quiero cubrir las uvas de polvo.

Su rostro reflejaba una satisfacción tan profunda al contemplar aquellas viñas bien podadas, que él apreció lo adecuado del nombre impuesto a esa propiedad.

Los trabajadores de color irguieron la espalda por entre las vides, saludándolos con la mano. Shasa se asomó por la ventanilla para gritar los nombres de sus favoritos, que sonreían con inmenso placer al verse reconocidos.

La ruta, bordeada de grandes robles, atravesaba doscientos acres de viñedos hasta llegar al *château*. Los prados que la rodeaban verdeaban de hierba kikuyu. El general Smuts había traído algunos brotes de su campaña por África del Este, en 1917, y el pasto había prosperado en todo el país. En el centro del prado se erguía la alta torre con la campana de los esclavos; aún se la tañía para indicar el principio y el fin de la jornada laboral. Más allá se elevaban los muros glacialmente blancos y los amplios tejados de Weltevreden.

Los sirvientes de la casa ya salían para atender al grupo, que descendía del gran coche amarillo.

—El almuerzo será a la una y media —informó Centaine, enérgica—. *Ou Baas*, sé que Sir Garry quiere leerle su último capítulo. Cyril y yo tenemos una mañana muy ocupada por delante. —Se interrumpió—. Shasa, ¿adónde vas, caramba?

El niño se había deslizado hasta el extremo de la galería y estaba a un tris de escapar. Se volvió hacia ella con un suspiro.

—Jock y yo íbamos a adiestrar el poni nuevo.

El nuevo poni de polo había sido un regalo de Navidad de Cyril.

—Madame Claire te está esperando —señaló la madre—. Decidimos que necesitabas repasar matemáticas, ¿no?

—Oh, *Mater*, estoy en vacaciones...

—Cada día que pasas en el ocio, alguien, allá afuera, está trabajando. Y cuando se encuentre contigo te hará pedazos.

—Sí, *Mater*. —Shasa, que había escuchado esa predicción muchas veces, buscó apoyo en su abuelo.

—Oh, estoy seguro de que tu madre te concederá unas cuantas horas para que disfrutes después de la lección —intervino él, complaciente—. Tal como has dicho, oficialmente estamos de vacaciones.

Y clavó en Centaine una mirada esperanzada.

—¿Se me permite presentar una súplica en favor de mi joven cliente? —agregó el general Smuts.

Centaine capituló con una carcajada.

—Con tan distinguidos defensores... Pero trabajarás con Madame Claire hasta las once.

Shasa hundió las manos en los bolsillos y, con los hombros caídos, fue en busca de su profesora. Anna desapareció en el interior de la casa para regañar a los criados, mientras Garry y el general Smuts se alejaban, decididos a analizar el nuevo manuscrito.

—Muy bien. —Centaine hizo un gesto con la cabeza a Cyril. —Vamos a trabajar.

Él la siguió por las puertas dobles de teca, a través del largo *voorka-*

mer. Sus tacos repiqueteaban en el mármol blanco y negro. Por fin llegaron al estudio del extremo.

Allí la esperaban los secretarios. Centaine no soportaba la presencia constante de otras mujeres; por eso sus secretarios eran dos apuestos muchachos. El estudio estaba colmado de flores. Todos los días se renovaban los floreros, con ramos recogidos en los jardines de Weltevreden. Ese día había hortensias azules y rosas amarillas.

Centaine se sentó ante la larga mesa Luis XIV que utilizaba como escritorio. Las patas exhibían ricas tallas cubiertas de barniz dorado; la superficie era lo bastante amplia como para ofrecer lugar a todos sus recuerdos.

Había diez o doce fotografías del padre de Shasa, en marcos de plata individuales, que abarcaban toda su existencia, desde su época escolar hasta sus días como apuesto piloto de la Fuerza Aérea. En la última fotografía estaba entre otros compañeros de su escuadrilla, de pie frente a los monoplanos. Con las manos en los bolsillos y la gorra echada hacia atrás, Michael Courtney le sonreía, tan seguro de su inmortalidad, horas antes de morir en la pira de su aparato incendiado. Al sentarse en su silla de cuero, ella reacomodó ligeramente la fotografía. La mucama nunca la ponía como era debido.

—He leído el contrato —dijo a Cyril, que estaba tomando asiento frente a ella—. Hay sólo dos cláusulas que no me gustan. La primera es la número veintiséis.

Él la buscó, obediente. Centaine, flanqueada por sus atentos secretarios, inició la jornada de trabajo.

Siempre era la mina el primer tema del día. La Mina H'ani, la fuente de la cual brotaba todo. Mientras trabajaba, sintió que su alma añoraba las inmensidades del Kalahari, aquellas místicas colinas azules y el valle secreto en donde los tesoros de la H'ani habían permanecido ocultos por siglos incontables, antes de que ella tropezara con los diamantes, vestida con trozos de piel y un resto harapiento de tela, henchido el vientre por el embarazo y viviendo como un animal del desierto.

El desierto había capturado parte de su alma. Sintió en ella el júbilo de la expectativa. "Mañana", pensó, "mañana Shasa y yo volveremos allá". Los fértiles viñedos del valle de Constantia y el *château* de Weltevreden, plenos de bellezas, también eran parte de ella. Pero cuando la saturaban volvía al desierto, para que el blanco sol del Kalahari le quemara el alma hasta dejarla limpia y brillante. Mientras firmaba el último de los documentos, se levantó para ir hacia las puertas-ventana, que estaban abiertas.

En el *paddock*, más allá de las viejas barracas de los esclavos, Shasa, liberado de sus matemáticas, adiestraba a su poni bajo el ojo crítico de Jock Murphy. Era un caballo grande; en tiempo recientes, la Asociación Internacional de Polo había dejado de lado las limitaciones de tamaño. Shasa lo hizo girar pulcramente en el extremo del prado y lo trajo de regreso a todo galope. Jock arrojó una bocha a su costado y Shasa se inclinó para golpearla. Mantenía la postura firme y tenía el brazo fuerte para su poca edad. Pegó en.un arco pleno; el chasquido seco de la bocha, hecha con raíz de bambú, llegó hasta Centaine, que siguió con la vista el destello blanco de su trayectoria.

Shasa sofrenó el poni y lo hizo girar. Al pasar otra vez, Jock Murphy le arrojó otra bocha. Shasa la devolvió e hizo que se alejara rebotando flojamente.

—Qué vergüenza, señorito Shasa —protestó Jock—, está golpeando mal otra vez. Que sea la cabeza del palo la que dé el golpe.

Jock Murphy era un verdadero hallazgo de Centaine: un hombre macizo, musculoso, de cuello corto y cabeza perfectamente calva. Lo había sido todo: marinero de la Armada Real, boxeador profesional, traficante de opio, maestro de esgrima de un maharajá indio, entrenador de caballos de carrera, custodio de un club de juego. Ahora instruía a Shasa en cultura física. Era campeón de tiro con escopeta, fusil y pistola, jugador de polo de diez goles y mortífero con los naipes. Había asesinado a un hombre en el *ring*, y corrido el Grand National. Trataba a Shasa como a su propio hijo.

Una vez cada tantos meses se le daba por el whisky y se convertía en un demonio. Centaine enviaba a alguien a la estación de policía para que pagara los daños y lo sacara bajo fianza. Jock, de pie ante el escritorio, sombrero en mano, tembloroso y con la calva dolorida y reluciente de vergüenza, se disculpaba con humildad.

—No volverá a ocurrir, señora. No sé qué me pasó. Déme otra oportunidad, señora. No le voy a fallar.

Resultaba útil conocer las debilidades de un hombre; era una brida para retenerlo y una palanca para ponerlo en acción.

En Windhoek no había trabajo para ellos. Cuando llegaron, después de haber caminado y pedido ayuda a camiones y carros en todo el trayecto desde la costa, acabaron en el campamento de vagabundos, en las afueras de la ciudad, cerca de las vías ferroviarias.

Por tácito acuerdo, se permitía a más de cien desocupados, trabajadores temporarios y expulsados, acampar allí con sus familias, pero la policía local los vigilaba con cautela. Las chozas eran de papel alquitranado y viejas chapas de hierro corrugado y paja. Frente a cada una'de ellas, se veían grupos de hombres y mujeres afligidos. Sólo los niños, polvorientos, flacos y oscurecidos por el sol, se mostraban ruidosos y movedizos casi hasta el desafío. El asentamiento olía a humo de leña y a letrinas poco profundas. Alguien había erigido un cartel, torpemente escrito, frente a las vías del ferrocarril: "¿Vaal Hartz? ¡No, diablos!" Quienquiera solicitara la pensión por desempleo era inmediatamente enviado por el gobierno a trabajar en el inmenso proyecto de irrigación del río Vaal Hartz, por dos chelines al día. Llegaban rumores sobre las condiciones en que se trabajaba allí, y en el Transvaal se habían producido disturbios al intentar la policía el traslado forzoso de algunos hombres a la construcción.

Como los mejores sitios del campamento ya estaban ocupados, los tres acamparon bajo un arbusto espinoso y colgaron de las ramas trozos de papel alquitranado, para disponer de sombra. Swart Hendrick, puesto en cuclillas junto al fuego, echaba poco a poco puñados de maíz blanco dentro de una olla de agua hirviente, ennegrecida por el hollín. Levantó la vista hacia Lothar, que regresaba de otra inútil búsqueda de trabajo en la ciudad. Como lo viera sacudir la cabeza, volvió a su comida.

—¿Dónde está Manfred?

Hendrick señaló con la barbilla un cobertizo cercano. Diez o doce hombres andrajosos, sentados en grupos, escuchaban fascinados a un hombre alto y barbudo, que ocupaba el centro; tenía la expresión intensa y oscuros ojos de fanático.

—Mal Willem —murmuró Hendrick—. El Loco William.

Lothar, gruñendo, buscó a Manfred y distinguió de entre otras la brillante y rubia cabeza de su hijo. Una vez seguro de que estaba bien, sacó la pipa del bolsillo superior, la limpió con un soplido y la llenó con tabaco negro, rancio y áspero, pero barato. Nada ansiaba tanto como un cigarro. La pipa tenía un gusto asqueroso, pero ejerció un efecto tranquilizante casi de inmediato. Lothar arrojó la bolsita de tabaco a Hendrick y se recostó contra el tronco del espinillo.

—Y tú, ¿qué averiguaste?

Hendrick había pasado la mayor parte de la noche y la mañana entera en el lado opuesto de Windhoek, donde estaban los barrios de color. Cuando uno quiere conocer los secretos íntimos de alguien, se interroga a los sirvientes que sirven su mesa y tienden su cama.

—Descubrí que no se puede pedir una copa a crédito... y que las criadas de Windhoek no lo hacen sólo por amor.

Esbozó una enorme sonrisa. Lothar escupió jugo de tabaco y miró a su hijo. Lo preocupaba un poco que el niño, en vez de tratar con los pilluelos de su edad, se sentara entre los hombres. Sin embargo, ellos parecían aceptarlo.

—¿Qué más? —preguntó Hendrick.

—El hombre se llama Fourie. Hace diez años que trabaja en la mina. Viene todas las semanas con cuatro o cinco camiones y se vuelve cargado de provisiones.

Por un minuto, Hendrick se concentró en la mezcla de maíz, regulando el calor del fuego.

—Sigue.

—El primer lunes de cada mes, viene un solo camión pequeño; los otros cuatro conductores van atrás, todos armados de revólveres y pistolas. Van directamente al Banco Standard, de la calle principal. El gerente y su personal jerárquico salen por la puerta lateral. Fourie y uno de sus choferes sacan del camión una pequeña caja de hierro y la llevan al Banco. Después, Fourie y sus hombres van al bar de la esquina y beben hasta la hora de cerrar. Por la mañana todos vuelven a la mina.

—Una vez al mes —susurró Lothar—. Traen todo el producto de un mes en una sola vez. —Miró a Hendrick. —¿En el bar de la esquina, dijiste? —Y como el negro asintiera: —Necesito diez chelines, cuanto menos.

—¿Para qué? —la suspicacia de Hendrick fue inmediata.

—Uno de nosotros tiene que tomar un trago allí, y en el bar de la esquina no se permite la entrada a los negros. —Lothar sonrió maliciosamente y levantó la voz: —¡Manfred!

El niño, hipnotizado por el orador, no había reparado en el regreso de su padre. Se levantó trabajosamente, con expresión culpable.

Hendrick puso una cucharada de maíz blanco en la tapa de la olla y lo cubrió con *maas*, leche agria espesa, antes de entregarlo a Manfred, que se había sentado junto a su padre, con las piernas cruzadas.

—¿Sabías que todo esto es un plan de los judíos propietarios de minas de oro de Johannesburgo, papá? —preguntó el niño, con los ojos brillantes como un converso.

—¿Qué cosa? —gruñó Lothar.

—La Depresión. —Manfred pronunció la palabra con aire importante, pues acababa de aprenderla. —Es cosa de los judíos y los ingleses, para poder emplear a cuantos hombres quieran, en sus minas y en sus fábricas, pagándoles una miseria.

—¿Te parece? —Lothar sonrió mientras se servía el maíz con leche agria. —¿Y fueron también los judíos y los ingleses los que provocaron la sequía?

Su odio hacia los ingleses no superaba los límites de la razón, aunque no habría sido más intenso si los británicos hubieran provocado la sequía que había convertido tantas granjas en páramos arenosos, con la capa fértil volada por el viento y los animales convertidos en momias disecadas dentro de sus propias pieles.

—¡Es así, papá! —gritó Manfred—. *Oom* Willem nos lo explicó. —Sacó una página impresa enrollada que llevaba en el bolsillo trasero y la estiró sobre su rodilla. —¡Echa un vistazo a esto!

El periódico era *Die Vaderland*, (La Patria), publicación en lengua afrikaans; la historieta que señalaba Manfred, con el índice estremecido por la indignación, correspondía a su estilo típico: "¡Miren lo que nos están haciendo los judíos!"

El personaje principal de la historieta era "Hoggenheimer", una creación de *Die Vaderland*, que lo presentaba gordo, de frac y polainas, con un diamante enorme refulgiéndole en la corbata, anillos de diamantes en los dedos de ambas manos, un sombrero de copa sobre sus oscuros rizos semíticos, labio inferior grueso y caído y gran nariz ganchuda, cuya punta le tocaba casi la barbilla. Tenía los bolsillos rellenos de billetes de cinco libras; blandiendo un largo látigo, conducía un carro cargado hacia unas torres lejanas, rotuladas "minas de oro". Entre las varas del carro se veía a seres humanos en vez de bueyes. Eran filas de hombres y mujeres, esqueléticos y muertos de hambre, de inmensos ojos torurados, que avanzaban trabajosamente bajo el látigo de Hoggenheimer. Las mujeres usaban los tradicionales sombreros voortrekker; los hombres, gorras blandas. Para que no hubiera dudas, el artista los había titulado "Die Afrikaner Volk", el pueblo africano, y el título del dibujo era: "El gran camino nuevo".

Lothar rió entre dientes y devolvió la página a su hijo. Conocía a muy pocos judíos, ninguno de los cuales se parecía a Hoggenheimer. Casi todos eran tan trabajadores y normales como cualquiera; ahora estaban igualmente pobres y hambrientos.

—Si la vida fuera así de simple... —Sacudió la cabeza.

—¡Lo es, papá! Sólo tenemos que deshacernos de los judíos. Como Willem lo explicó.

Lothar iba a responder cuando notó que el olor de la comida había atraído a tres niños, que permanecían de pie a una distancia cortés, observando cada cucharada de las que él se llevaba a la boca. La historieta ya no tenía importancia.

Había una niña de doce años, aproximadamente; sus trenzas largas y rubias se habían desteñido hasta el color plateado de los pastos del Kalahari en invierno. Estaba tan delgada que su cara era sólo huesos y ojos; tenía pómulos salientes y frente amplia y recta. Sus ojos poseían el azul claro del cielo desértico. Su vestido había sido hecho con cuatro viejas bolsas de harina, cosidas entre sí, e iba descalza.

Prendidos de sus faldas llevaba a dos niños menores. El varón tenía la cabeza afeitada y orejas grandes; de los pantalones remendados surgían las piernas escuálidas y oscuras. A la niñita le chorreaba la nariz; mientras se aferraba de la falda de su hermana con una mano, chupaba el pulgar de la otra.

Lothar apartó la vista, pero de pronto la comida había perdido su sabor; masticó con dificultad. Vio que Hendrick tampoco estaba mirando a los niños. Manfred, que no los había visto, hablaba sin cesar sobre el periódico.

—Si les damos de comer, pronto tendremos sobre nosotros a todos los niños del campamento —murmuró Lothar. Y resolvió no comer en público nunca más.

—Nos queda apenas lo suficiente como para la noche —coincidió Hendrick—. No podemos compartirlo.

Lothar se llevó la cuchara a la boca, pero la dejó caer. Por un momento mantuvo los ojos fijos en el plato de lata; por fin hizo señas a la mayor, que se adelantó tímidamente.

—Llévatelo —ordenó Lothar, gruñón.

—Gracias, tío —susurró ella—. *Dankie, Oom.*

Escondió el plato bajo su falda y se llevó a la rastra a los más chiquitos. Los tres desaparecieron entre las chozas.

La niña regresó una hora después. El plato y la cuchara habían sido restregados, hasta quedar brillantes.

—*Oom* ¿Tendría una camisa o cualquier cosa que yo pueda lavarle? —preguntó.

Lothar abrió su mochila para entregarle la ropa sucia de Manfred y la suya. Al atardecer, la niña trajo la ropa limpia y bien doblada; olía a jabón de lejía.

—Lo siento, *Oom*, pero no tengo plancha.

—¿Cómo te llamas? —le preguntó Manfred, súbitamente.

La niña se volvió hacia él, ruborizada y bajó la vista.

—Sara —susurró.

Lothar se abotonó la camisa limpia y ordenó:

—Dame diez chelines.

—Si alguien supiera que tengo tanto dinero — gruño Hendrick —, nos degollarían.

—Me estás haciendo perder tiempo.

—El tiempo es lo único que nos sobra.

En el bar de la esquina, cuando Lothar empujó las puertas giratorias, había sólo tres hombres, incluyendo al tabernero.

—Poca gente, hoy —comentó Lothar, mientras pedía una cerveza.

El tabernero refunfuñó. Era un hombrecito nada llamativo, de pelo gris erizado y anteojos con armazón de acero.

—Tómese una copa usted también —ofreció Lothar.

La expresión del hombre cambió.

—Tomaré una ginebra, gracias.

Se sirvió de una botella especial, que guardaba bajo el mostrador. Ambos sabían que ese líquido incoloro era agua; el chelín de plata iría directamente al bolsillo del hombre.

—A su salud. —Se apoyó sobre la mesada, dispuesto a ser afable, puesto que ya tenía un chelín y había posibilidades de conseguir otro.

Conversaron ociosamente, comentando que los tiempos eran difíciles y cómo la situación iba a empeorar, que hacía falta lluvia y que el gobierno tenía la culpa de todo.

—¿Cuánto tiempo lleva en la ciudad? No lo había visto por aquí.

—Llevo sólo un día... y ya es demasiado. —Lothar sonrió.

—¿Cómo dijo que se llamaba?

Cuando Lothar le dio su nombre, el cantinero demostró, por primera vez, un interés auténtico.

—¡Oigan! —anunció a sus otros clientes—. ¿Saben quién es éste? ¡Es Lothar De La Rey! ¿Recuerdan los carteles ofreciendo recompensa, durante la guerra? ¡es el que les rompía el corazón a los *rooinekke*!

"Cuello rojo" era el término despectivo que se aplicaba a los ingleses recién llegados, a quienes el sol les inflamaba la piel del cuello.

—Caramba, este hombre hizo volar el tren en Gemsbokfontein.

La aprobación general fue tan grande que uno de ellos lo invitó a tomar otra cerveza, aunque tuvo la prudencia de limitar su generosidad a Lothar.

—Estoy buscando trabajo —les dijo Lothar, cuando la amistad se hizo firme.

Todos se echaron a reír.

—Me dijeron que había trabajo en la Mina H'ani —insistió él.

—Si lo hubiera, yo lo sabría —le aseguró el tabernero. —Los choferes de la mina vienen todas las semanas.

—¿No me recomendaría a ellos? —preguntó Lothar.

—Haré algo mejor. Venga el lunes y le presentaré a Gerhard Fourie, el jefe de choferes. Somos grandes amigos. Él ha de saber qué está pasando por allá.

Cuando Lothar se fue, había establecido un buen compañerismo con los parroquianos más asiduos del bar. Regresó cuatro noches después y el tabernero lo saludó a gritos.

—Aquí está Fourie —dijo—. Allá, en el extremo del bar. Después de servir a esta gente los voy a presentar.

Esa noche, el bar no estaba muy concurrido, y Lothar tuvo tiempo de estudiar al conductor. Era un hombre maduro, de aspecto poderoso, de panza grande y floja debido a las muchas horas transcurridas ante el volante. Como estaba quedándose calvo, había dejado crecer el pelo sobre la oreja derecha y se lo pegaba al cráneo con brillantina. Sus modales eran ruidosos y exhibicionistas; tanto él como sus compañeros tenían el aire satisfecho de quien acaba de cumplir con una tarea difícil. No parecía de los que se dejan amenazar o asustar y Lothar no tenía decidido cómo abordarlo.

El tabernero le hizo señas.

—Quiero presentarle a un gran amigo.

Se estrecharon la mano. El chofer convirtió el gesto en una competencia, pero Lothar, prevenido, lo tomó por los dedos, sin abarcar la palma, para que no pudiera ejercer el máximo de su fuerza. Se miraron en forma sostenida hasta que Fourie, con una mueca, trató de apartar la mano. Lothar la soltó.

—Lo invito a una copa.

Lothar ya se sentía más cómodo. El hombre no era tan forzudo como aparentaba. Cuando el tabernero les dijo quién era Lothar e hizo un relato exagerado de algunas hazañas suyas, durante la guerra, los modales del chofer se volvieron casi obsequiosos.

—Vea, hombre... —llevó a Lothar aparte y bajó la voz—. Erik me dice que usted está buscando empleo en la Mina H'ani. Bueno, ni lo piense, créame. Hace más de un año que no toman a nadie.

—Sí —asintió Lothar, sombrío—. Desde que pregunté a Erik lo de ese trabajo me enteré de la verdad con respecto a la Mina H'ani. Para todos ustedes va a ser terrible, ¿no?

El chofer puso cara de intranquilidad.

—¿De qué está hablando, hombre? ¿A qué se refiere?

—Caramba, pensé que estarían enterados. —Lothar simulaba sorpresa ante su ignorancia. —En agosto cierran la mina. Definitivamente. Van a echar a todos.

—¡Por Dios, no! —En los ojos de Fourie había miedo. —No es cierto. No puede ser.

El hombre era un cobarde que se dejaba impresionar fácilmente; sería aún más fácil influir sobre él. Lothar quedó maliciosamente satisfecho.

—Lo siento, pero creo que es mejor estar informado, ¿no le parece?

—¿Quién le dijo eso?

Fourie estaba aterrorizado. Todas las semanas al pasar por el campamento de vagabundos, junto a las vías, había visto las legiones de desocupados.

—Salgo con una de las mujeres que trabajan con Abraham Abrahams. —Era el abogado que manejaba los asuntos de la Mina H'ani en Windhoek. —Ella vio las cartas enviadas desde Ciudad del Cabo. No caben dudas: la mina cierra. No pueden vender los diamantes. Nadie los compra, ni siquiera en Londres y en Nueva York.

—¡Oh, Dios mío, Dios mío! —susurró Fourie—. ¿Qué vamos a hacer? Mi esposa no está bien de salud y tenemos seis hijos. Jesús bendito, mis niños morirán de hambre.

—Ustedes no tienen problema. Apostaría a que tienen un par de cientos ahorrados. ¿Qué les puede pasar?

Pero Fourie sacudió la cabeza.

—Bueno, si no han ahorrado nada, será mejor que junten algunas libras antes de que lo despidan, en agosto.

—¿Y cómo quiere que haga eso, con esposa y seis hijos? —preguntó Fourie, desolado.

—Le voy a proponer algo. —Lothar lo tomó por el brazo, con el gesto de un amigo preocupado. —Salgamos de aquí. Le pago una botella de brandy, pero vamos adonde podamos hablar.

Cuando Lothar volvió al campamento, a la mañana siguiente, el sol ya estaba alto. Mientras conversaron durante la noche, habían vaciado una botella de aguardiente. El chofer estaba intrigado por la proposición de Lothar y sentía la tentación de aceptar, pero tenía miedo.

Lothar tuvo que explicarle cada detalle y convencerlo una y otra vez, sobre todo en lo referido a su propia seguridad.

—Nadie podrá señalarlo con el dedo. Le doy mi palabra de honor. Usted estará protegido aunque algo salga mal... y no hay nada que pueda salir mal.

Después de haber empleado todos sus poderes de persuasión Lothar cruzó el campamento, agotado, y se arrodilló junto a Hendrick.

—¿Café? —preguntó, eructando el gusto a bebida añeja.

—Se acabó —respondió el negro, sacudiendo la cabeza.

—¿Dónde está Manfred?

Hendrick señaló con el mentón. El niño estaba sentado bajo un espinillo, al otro lado del campamento. Sarah, la niña, se había sentado junto a él; las cabezas rubias rozaban, atentas a una hoja impresa. Manfred estaba escribiendo en el margen con un palillo carbonizado, recogido de la fogata.

—Manie le está enseñando a leer y escribir —explicó Hendrick.

Lothar gruñó, frotándose los ojos enrojecidos. El aguardiente hizo que le doliera la cabeza.

—Bueno —dijo—, conseguimos al hombre.

—¡Ah! —Hendrick sonrió—. En ese caso, necesitaremos caballos.

El vagón privado había pertenecido, en otros tiempos, a la empresa De Beers Diamond y a Cecil Rhodes, antes de que Centaine Courtney lo comprara por una fracción de lo que le habría costado un coche nuevo. Eso le inspiraba satisfacción: seguía siendo francesa; conocía el valor de cada centavo. Había hecho venir de París a un joven diseñador, para que lo redecorara al estilo *Art Déco*, que hacía tanto furor por entonces, y consideraba que los honorarios exigidos a cambio valían la pena.

Miró en derredor: claros contornos en el mobiliario, caprichosas ninfas desnudas que sostenían lámparas de bronce, exquisita artesanía de madera. Recordó entonces que el diseñador, en un primer momento, le había parecido homosexual, debido a sus largos rizos flotantes, sus ojos decadentes y las facciones de bello fauno aburrido y cínico. Su primera impresión estaba muy lejos de la verdad, según tuvo el placer de comprobar en la misma cama redonda que él había instalado en el dormitorio principal del vehículo. El recuerdo provocó una sonrisa en ella, pero fue contenida al notar que Shasa la observaba.

—¿Sabes, *Mater*? A veces creo saber en qué piensas con sólo mirarte a los ojos.

Con cierta frecuencia el muchachito decía esas frases desconcertantes. Centaine observó que, sin duda alguna, su hijo había crecido dos o tres centímetros en la última semana.

—Espero que no tengas ese poder, por cierto. —Se estremeció.

—Aquí hace frío. —El diseñador había incorporado, con un gasto enorme, un aparato de refrigeración que mantenía agradable el aire del salón.

—Apaga eso, *chéri*.

Se levantó de su escritorio, para salir al balcón del coche, por las puertas de vidrio esmerilado; el cálido aire del desierto le ciñó las faldas a las caderas estrechas. Levantó su rostro al sol y dejó que las ráfagas le agitaran el pelo corto y rizado.

—¿Qué hora es? —preguntó, con los ojos cerrados y el rostro hacia arriba.

Shasa, que la había seguido, se inclinó sobre la barandilla para consultar su reloj de pulsera.

—Dentro de diez minutos estaremos cruzando el río Orange, si el maquinista ha respetado los horarios —sentenció Shasa.

—Nunca me siento en mi tierra hasta que cruzo el Orange. —Centaine se apoyó a su lado y lo tomó del brazo.

El río Orange llevaba las aguas del sudeste del continente africano, cobrando altura en las montañas nevadas de Basutolandia; recorría más de dos mil kilómetros por praderas y gargantas salvajes; en algunas temporadas se volvía un hilo claro y lento; en otras, un atronador torrente pardo, que traía un cieno fértil y achocolatado; por eso algunos lo llamaban "el Nilo del sur". Constituía el límite entre el Cabo de Buena Esperanza y la antigua colonia alemana del sudoeste africano.

La locomotora silbó. Madre e hijo dieron un respingo al chirriar los frenos.

—Aminoramos la marcha para cruzar el puente.

Shasa asomó por sobre la barandilla y Centaine se mordió la lengua para no soltar la reprimenda que subía automáticamente hacia sus labios: "Disculpe, señora, pero no puede tratarlo toda la vida como a un bebé", le había aconsejado Jock Murphy. Ya es hombre, y todo hombre tiene que enfrentar sus propios riesgos."

Las vías se curvaban hacia el río; en el vagón plataforma enganchado detrás de la locomotora transportaba el Daimler amarillo. Era nuevo, pues Centaine lo cambiaba todos los años, siempre por otro modelo amarillo; pero éste tenía detalles diferentes: capota negra y bordes del mismo color alrededor de las portezuelas. El viaje en tren hasta Windhoek les ahorraba un difícil viaje en auto por el desierto, aunque no había rieles hasta la mina.

—¡Allí está! —anunció Shasa—. ¡Allá está el puente!

El armazón de acero, saltando de pilar en pilar, parecía plumoso e insustancial sobre los setecientos metros del río. El ritmo regular de las ruedas sobre los durmientes se alteró al llegar al vacío. El acero, allá abajo, resonaba como una orquesta.

—El río de los diamantes —murmuró Centaine, apoyando su hombro contra el de Shasa para mirar hacia las oscuras y arremolinadas aguas entre los pilares del puente.

—¿De dónde vienen los diamantes? —preguntó Shasa. Conocía la respuesta, por supuesto, pero le gustaba que su madre la repitiera.

—El río los trae, tomándolos de todas las grietas y hoyos que encuentra a su paso. Recoge aquellos que fueron arrojados al aire durante las erupciones volcánicas, al originarse el continente. Por cientos de millones de años el río ha estado reuniendo diamantes, arrastrándolos corriente abajo, hacia la costa. —Echó una mirada de soslayo al niño. —¿Y por qué no se desgastan, como los otros guijarros?

—Porque son la sustancia más dura de la naturaleza. No hay nada que desgaste o raye al diamante —respondió él, rápidamente.

—La más dura y la más bella —añadió Centaine, levantando la mano derecha, para deslumbrarlo con la enorme gema que lucía en el dedo—. Llegarás a amarlos. Todos los que trabajan con ellos terminan por amarlos.

—El río —le recordó él. Le encantaba el sonido de su voz; lo intrigaba por el dejo ronco de su acento. —Háblame del río.

—El río se desagua en el mar y arroja los diamantes en las costas. Esas playas son tan ricas que constituyen una zona prohibida, la *Spieregebied.*

—¿Podrías llenarte los bolsillos de diamantes, recogiéndolos como fruta caída en el huerto?

—No es tan fácil —rió ella—. Podrías pasar veinte años buscando sin encontrar una sola piedra, pero si supieras dónde buscar y contaras con un equipo, aunque fuese muy primitivo, además de mucha suerte...

—¿Por qué no vamos allá, *Mater*?

—Porque todo eso tiene dueño, *mon chéri*. Pertenece a un hombre llamado Oppenheimer, Sir Ernest Oppenheimer, y a su compañía, la De Beers.

—Una sola empresa es dueña de todo. ¡No es justo! —protestó el muchacho.

Centaine quedó encantada ante ese primer arranque adquisitivo. Sin una saludable porción de avaricia, el muchacho no sería capaz de llevar a cabo los planes que ella trazaba con tanto cuidado. Era preciso enseñarle a codiciar riquezas y poderes.

—Él es dueño de las concesiones del río Orange —afirmó ella—. También posee las minas de Kimberley, Wesselton, Bultfontein y todas las de gran producción. Mucho más aún: controla la venta de cada piedra, hasta de las que producimos nosotros, los pequeños independientes.

—¿Él nos controla, controla la H'ani? —estalló Shasa, indignado, enrojecidas sus suaves mejillas.

Centaine asintió.

—Tenemos que ofrecer todos nuestros diamantes a su Organización Central de Ventas, y él les pone precio.

—¿Y nosotros tenemos que aceptarlo?

—¡No, no es obligatorio! Pero sería imprudente no aceptarlo.

—¿Qué podría hacer si nos negáramos?

—Ya te lo he dicho muchas veces, Shasa: no pelees con quien es más fuerte que tú. No hay muchos que sean más poderosos que nosotros, al menos en África, pero Sir Ernest Oppenheimer es uno de ellos.

—¿Qué podría hacernos? —insistió Shasa.

—Podría devorarnos, querido mío, y nada le daría más placer. Año a año, a medida que nos hacemos más ricos, nos volvemos más codiciables a sus ojos. Es el único hombre del mundo al debemos temer, sobre todo si cometemos la audacia de acercarnos a este río suyo.

Centaine abarcó con un ademán la extensión de la corriente.

Aunque sus descubridores holandeses lo habían bautizado Orange ("naranja") en honor a los *Stadtholders* de la Casa de Orange, el nombre podía atribuirse a sus sorprendentes arenales en ese tono. El colorido plumaje de las aves acuáticas arracimadas en ellos era como piedras preciosas engarzadas en oro rojizo.

—¿Es el dueño del río? —preguntó Shasa, sorprendido y perplejo.

—Legalmente, no, pero si te acercas te arriesgas, pues él protege celosamente el río y los diamantes que contiene.

—¿Conque hay diamantes aquí?

Shasa, ansioso, escrutó las orillas como si esperara verlos centellear a la luz del sol.

—Tanto el doctor Twentyman-Jones como yo estamos convencidos de que es así... y hemos individualizado algunas zonas muy interesantes. A trescientos kilómetros, corriente arriba, hay una cascada que los bosquimanos llamaban Aughrabies, El Lugar de los Grandes Ruidos. Allí el Orange se precipita tronando, por una garganta estrecha y rocosa, para caer en el abismo profundo e inaccesible. La cascada podría ser un tesoro de diamantes atrapados. Además hay otros antiguos lechos aluviales donde el río ha cambiado de curso.

El río y su breve banda de verdor quedaron atrás. La locomotora volvió a acelerar en dirección al norte, adentrándose en el desierto. Centaine observaba cuidadosamente la cara de su hijo, en tanto proseguía con la explicaciones. Jamás lo dejaría llegar al aburrimiento; a la primera señal de distracción, se interrumpía. No hacía falta presionar. Disponía de todo el tiempo necesario para educarlo, pero lo más importante era no cansarlo, no exigir demasiado de su fuerza inmadura ni de su capacidad de atención, todavía a medio desarrollar. Era preciso mantener su entusiasmo intacto, sin agotarlo. En esa oportunidad, el interés de Shasa persistió por más tiempo que de costumbre, y ella reconoció que era buena oportunidad para otro avance.

—Ahora ya no debe de hacer tanto frío en el salón. Entremos. —Lo condujo hasta el escritorio. —Hay algunas cosas que deseo mostrarte.

Abrió el resumen confidencial de los informes financieros anuales sobre el estado de la Compañía Minera y Financiera Courtney. Ésa era la parte difícil; hasta para ella resultaba aburrido revisar papeles. De inmediato lo vio acobardado por la columna de cifras. Las matemáticas eran la única materia en la que estaba flojo.

—Te gusta el ajedrez, ¿verdad?

—Sí —reconoció él, cauteloso.

—Esto también es un juego —le aseguró ella—, pero mil veces más fascinante y redituable, una vez que comprendes las reglas.

El niño se alegró ostensiblemente; de juegos y recompensas entendía bastante.

—Enséñame esas reglas —propuso.

—Todas a un tiempo no. Poco a poco, hasta que sepas lo suficiente como para iniciar el juego.

Se hizo de noche antes de que Centaine viera fatiga en las comisuras de aquellos labios, antes bien el muchachito fruncía el entrecejo absorto.

—Basta por hoy. —La madre cerró la gruesa carpeta. —¿Cuáles son las reglas de oro?

—Vender siempre algo por encima de su costo real.

Ella asentía alentándolo.

—Comprar cuando todos venden y vender cuando todos compran.

—Bien. —Centaine se levantó. —Ahora vamos a tomar un poco de aire antes de cambiarnos para cenar.

En el balcón del vehículo, le rodeó los hombros con un brazo, pero tuvo que estirarse al hacerlo.

—Quiero que, cuando lleguemos a la mina, trabajes con el doctor Twentyman-Jones por la mañana. Puedes disponer de la tarde, pero por la mañana trabajarás. Quiero que te interiorices bien de la mina y sus funcionamiento. Claro que vas a cobrar por eso.

—No es necesario, *Mater.*

—Otra regla de oro, querido mío, es no rechazar nunca un ofrecimiento justo.

Durante toda la noche y el día siguiente, corrieron hacia el norte, cruzando inmensos espacios blanqueados por el sol y montañas azules dibujadas en tonos más oscuros sobre el horizonte desértico.

—Llegaremos a Windhoeck poco después del crepúsculo —explicó Centaine—, pero he dispuesto que el coche sea desenganchado en un sitio tranquilo. Pasaremos la noche a bordo y por la mañana saldremos hacia la mina. Tendremos que vestirnos, porque el doctor Twentyman-Jones y Abraham Abrahams cenarán con nosotros.

Shasa, en mangas de camisa, lidiaba con el lazo negro de su corbata, frente al largo espejo de su compartimiento; aún no dominaba el arte de dar forma a la mariposa. De improviso sintió que el coche aminoraba la marcha; la locomotora emitió un silbido largo y sobrecogedor.

Con un cosquilleo de entusiasmo, Shasa se volvió hacia la ventana abierta. Estaban cruzando el lomo de una colina, en los alrededores de Windhoek, y las luces de las calles se encendieron ante su vista. La ciudad tenía la extensión de un suburbio de Ciudad del Cabo; sólo unos pocos faroles la alumbraban.

El tren redujo su marcha a paso de hombre; al llegar a las afueras de la ciudad, Shasa sintió olor a humo de leña. En eso, notó que había una especie de campamento entre los espinillos, junto a las vías. Asomó por la ventana para ver mejor aquellos sucios cobertizos, amortajados con el humo azul de las fogatas y ensombrecidos por el ocaso. Había un cartel tor- pemente escrito frente a las vías; Shasa lo leyó con dificultad: "¿Vaal Hartz? ¡No, Diablos!" No tenía sentido. Frunciendo el entrecejo reparó en dos siluetas de pie que a poca distancia del cartel, observaban la llegada del tren.

La más baja era una niña, descalza y vestida con una prenda poco abrigada y sin forma. No le interesó eso, sino la otra silueta más alta y ro- busta. De inmediato irguió su espalda, con espanto e indignación, no obs- tante la penumbra del lugar, reconoció aquel cabello rubio plateado y esas cejas negras. Ambos se miraron sin expresión: el jovencito de camisa blanca y corbata de lazo y el muchachito, con ropa polvorienta. Por fin el tren los separó, borrándolos a ambos.

—Querido...

Shasa se volvió hacia su madre. Esa noche lucía zafiros y un vestido azul, fino y ligero como humo de leña.

—Todavía no estás listo. Dentro de un minuto estaremos en la esta- ción. Y qué desastre has hecho con esa corbata. Ven, deja que te la anude.

Mientras ella daba forma al lazo con dedos diestros, Shasa se esforza- ba por dominar la sensación de furia e incapacidad que la mera aparición del otro niño había despertado en él.

El maquinista los dejó fuera de la vía principal, en un tramo privado, tras los cobertizos del taller ferroviario. Quedaron junto a la rampa de ce- mento en donde ya estaba estacionado el Ford de Abraham Abrahams. Abe trepó al balcón en cuanto el vehículo se detuvo.

—Está más bella que nunca, Centaine.

Le besó la mano y ambas mejillas. Era menudo, de la misma estatura que ella, pero de expresión vivaz y ojos inquietos, despiertos. Sus orejas erguidas daban la impresión de poder captar ruidos inaudibles para todos los demás.

Sus gemelos de diamante y ónix resultaban demasiado llamativos; el corte de su esmoquin era algo extravagante. Sin embargo Centaine lo con- taba entre las personas de su preferencia. Él la había apoyado cuando to- da su fortuna ascendía a menos de diez libras. Había presentado los recla- mos de propiedad de la Mina H'ani; desde entonces atendía también casi todos sus asuntos legales y muchos de los privados. Era un viejo y queri- do amigo, pero lo más importante era que no cometía errores en su trabajo. De lo contrario no habría estado allí.

—Querido Abe. —Ella le tomó las manos para estrechárselas. —¿Có- mo está Rachel?

—Sobresaliente —aseguró él. Era su adjetivo favorito. —Me encar- gó que la disculpara, pero con el bebé recién nacido...

—Claro —asintió ella, comprensiva.

Abraham sabía que ella prefería la compañía de los hombres; rara vez llevaba a su esposa, aun cuando se la invitara. Centaine se volvió hacia otro personaje, alto y de hombros caídos, que rondaba la puerta del balcón.

—Doctor Twentyman-Jones —saludó, tendiéndole las manos.

—Señora Courtney —murmuró él, con su tono de sepulturero. Centaine exhibió su sonrisa más radiante. Era su propio juego, tratar de inducirlo siquiera a una leve muestra de placer. Una vez más, perdió. El aire lúgubre de aquel hombre se acentuó hasta parecer un sabueso de luto.

Su relación con Centaine era casi tan antigua como la de Abraham. Había sido ingeniero asesor de la comapañía diamantífera De Beers, pero en 1919 evaluó y puso en funcionamiento la Mina H'ani. A Centaine le llevó casi cinco años de persuasivo encanto lograr que aceptara el cargo de ingeniero residente de su mina. Era, probablemente, el mejor especialista en diamantes de toda África del Sur, lo cual lo convertía en el mejor del mundo.

Ella los condujo al salón y alejó con un gesto al sirviente.

—¿Una copa de champagne, Abraham? —Sirvió el vino con sus propias manos. —Y usted, doctor Twentyman-Jones, ¿un poco de Madeira?

—Usted no olvida nada, señora Courtney —admitió él, con aire desdeñoso, al aceptar la copa.

Entre ellos, el trato era siempre con títulos y apellidos, aunque su amistad había soportado todo tipo de pruebas.

—A la salud de ustedes, caballeros —brindó Centaine. Luego de beber, miró hacia la puerta más alejada. A una señal, entró Shasa por ella. La madre lo observó con espíritu crítico, mientras él estrechaba la mano a cada uno de los invitados. Se conducía con la deferencia impuesta por la edad; no dio muestras de azoramiento cuando Abraham lo abrazó con un exceso de efusividad; devolvió el saludo de Twentyman-Jones con una solemnidad equivalente. Centaine hizo un pequeño gesto de aprobación y tomó asiento detrás de su escritorio. Era su modo de indicar que las gentileza habían terminado y podían dedicarse a los negocios. Los dos hombres se apresuraron a acomodarse en las sillas *Art Déco*, elegantes, pero incómodas, y se inclinaron hacia ella con mucha atención.

—Por fin ha ocurrido —dijo Centaine—. Nos redujeron la cuota.

Los dos se echaron hacia atrás, intercambiando una breve mirada antes de volverse hacia Centaine.

—Hace casi un año que esperábamos eso —señaló Abraham.

—Lo cual no hace más agradable el hecho —repuso Centaine, ásperamente.

—¿En cuánto? —preguntó Twentyman-Jones.

—Cuarenta por ciento —fue la respuesta.

El ingeniero pareció a punto de estallar en lágrimas.

Cada uno de los productores independientes tenía una cuota estipulada por la Organización Central de Ventas. El acuerdo era informal y, probablemente, carecía de legalidad, pero se lo respetaba rigurosamente; ninguno de los productores particulares había tenido nunca la temeridad de cuestionar la legalidad del sistema ni la porción de mercado que se les asignaba.

— ¡Cuarenta por ciento! —estalló Abraham— ¡Es inicuo!

— Aguda observación, querido Abe, pero no demasiado útil a estas alturas. —Centaine miró a Twentyman-Jones.

— ¿Sin cambio en las categorías? —preguntó él.

Las cuotas se dividían de acuerdo con los diferentes tipos de piedras, según el peso en carates, en una escala que iba desde los oscuros diamantes industriales a las gemas de mejor calidad, y por tamaños, desde los diminutos cristales de diez puntos hasta los más valiosos.

— Los porcentajes son los mismos —agregó ella.

El ingeniero se derrumbó en su asiento, sacó una libreta del bolsillo interior e inició una serie de rápidos cálculos. Centaine se dirigió a Shasa, que estaba detrás de ella, recostado contra el mamparo de madera.

— ¿Sabes de qué estamos hablando?

— ¿Lo de la cuota? Sí, creo que sí, *Mater*.

— Si no comprendes, pregunta —ordenó ella, bruscamente, antes de volver su atención a Twentyman-Jones.

— ¿No podría pedir un diez por ciento de incremento en el extremo superior? —preguntó él.

La mujer sacudió la cabeza.

— Ya lo he hecho y me lo denegaron. De Beers, en su infinita compasión, señala que la mayor caída en la demanda es, justamente, la del extremo superior, en el plano de los diamantes para joyería.

Él volvió a su libreta. Todos escucharon el rasguido de su lápiz en el papel hasta que levantó la vista.

— ¿Podemos resarcirnos? —preguntó Centaine, en voz baja. Twentyman-Jones parecía mejor dispuesto a pegarse un tiro que a responder.

— A duras penas —susurró—. Tendremos que despedir gente y recortar gastos, pero salvaremos los costos y hasta es posible que obtengamos alguna ganancia, según los precios mínimos que ponga De Beers. Pero temo que se quedarán con lo mejor, señora Courtney.

Centaine se sintió trémula de alivio. Retiró las manos de la mesa, las puso en el regazo, para que los otros no se dieran cuenta, y guardó silencio por algunos segundos. Por fin carraspeó, para asegurarse de que no le temblara la voz.

— La fecha en que se hará efectiva la nueva cuota es el 1º de marzo. Eso significa que aún podemos entregar una carga entera. Ya sabe qué hacer, doctor Twentyman-Jones.

— Llenaremos el paquete de endulzantes, señora Courtney.

— ¿Qué son los endulzantes, doctor Twentyman-Jones? —Shasa hablaba por primera vez.

El ingeniero se volvió hacia él, muy serio.

—Cuando extraemos un buen número de diamantes excelentes, en un mismo período de producción, reservamos algunos de los mejores; se guardan para incluirlos en carga futura que resulte de inferior calidad. Tenemos una reserva de estas piedras de alta calidad; ahora la entregaremos a la Organización Central de Ventas, mientras exista la oportunidad.

—Comprendo —asintió Shasa—. Gracias, doctor.

—Encantado de serle útil, señorito Shasa.

Centaine se levantó

—Ahora podemos pasar a cenar.

Y el sirviente de chaquetilla blanca abrió las puertas corredizas que daban al comedor, donde la mesa larga relucía de plata y cristal. En los floreros antiguos, las rosas amarillas se erguían muy altas.

Un kilómetro y medio más allá del coche particular, dos hombres se encorvaban sobre una fogata humeante, contemplando la papilla de maíz que burbujeaba en la olla. Hablaban de los caballos. Todo el plan giraba alrededor de esos animales. Necesitaban quince, cuanto menos, y debían ser fuertes, acostumbrados al desierto.

—El hombre del que hablo es un buen amigo —dijo Lothar.

—Ni el mejor amigo del mundo te prestará quince buenos caballos. No podemos arreglarnos con menos de quince, y no lo comprarás con cien libras.

Lothar chupó la pipa maloliente, que soltó un borboteo repugnante. Escupió en el fuego el jugo amarillo.

—Pagaría cien libras por un cigarro decente —murmuró.

—Pues no serán las cien mías —protestó Hendrick.

—Es más fácil conseguir hombres que caballos. —Hendrick sonrió.

—En estos tiempos se puede comprar un buen hombre por el precio de una comida, y a la esposa por el postre. Ya les he enviado un mensaje para que nos esperen en la Hoya del Caballo Salvaje.

Ambos levantaron la mirada. Manfred emergió de la oscuridad. Lothar, al ver su expresión, se apresuró a guardar la libreta en el bolsillo y se levantó.

—Papá, tienes que venir. Pronto.

—¿Qué pasa, Manie?

—La madre de Sara y los pequeños. Están todos enfermos. Les dije que tú irías a verlos, papá.

Lothar tenía fama de curar a seres humanos y animales de cualquier enfermedad, desde heridas de bala hasta sarampiones.

La familia de Sara vivía bajo una desgarrada lámina de lona alquitranada, próxima al centro del campamento. La mujer yacía tendida bajo una frazada grasienta, con los dos niños menores a su lado. No debía de tener más de treinta años, pero las preocupaciones, el trabajo duro y la mala alimentación la habían encanecido y prematuramente arrugado convirtiéndola en una anciana. Carecía de la mayor parte de los dientes superiores, de modo tal que la cara parecía haberse hundido.

Sara estaba arrodillada a su lado, con un harapo húmedo trataba de refrescarle la cara arrebatada. La mujer sacudía la cabeza de un lado a otro y murmuraba, delirante.

Lothar se arrodilló del otro lado, frente a la niña.

—¿Dónde está tu papá, Sara? Debería estar aquí.

—Fue a buscar trabajo en las minas —susurró ella.

—¿Cuándo?

—Hace mucho. —Y prosiguió, con lealtad. —Pero mandará a buscarnos y viviremos todos en una casa linda...

—¿Cuánto hace que tu mamá está enferma?

—Desde anoche.

Sara trató nuevamente de ponerle el trapo en la frente, pero ella lo apartó con debilidad.

—¿Y los pequeños? —Lothar estudiaba sus caritas hinchadas.

—Desde la mañana.

El hombre apartó la frazada. El hedor de heces líquidas era denso y sofocante.

—Traté de limpiarlos —susurró la niña, a la defensiva—, pero se vuelven a ensuciar. No sé qué hacer.

Lothar levantó el vestido sucio de la pequeña. Su vientrecito abultado indicaba desnutrición; su piel tenía la blancura de la tiza y estaba cubierta de un sarpullido carmesí. Lothar, involuntariamente, apartó las manos con un movimiento brusco.

—Manfred —barbotó, ásperamente— ¿has tocado a alguno de ellos?

—Sí, papá. Ayudé a limpiarlos.

—Ve con Hendrick —ordenó el padre—. Dile que nos vamos inmediatamente. Tenemos que salir de aquí.

—¿Qué pasa, papá? —Manfred se demoraba.

—Haz lo que te digo —se enfureció Lothar.

Cuando Manfred se perdió en la oscuridad, preguntó a la niña; —¿Ustedes hierven el agua para beber?

Ella sacudió la cabeza.

"Siempre pasa igual", se dijo él. "Los campesinos sencillos, que han pasado toda la vida lejos de las poblaciones, están habituados a beber el agua pura de las vertientes y a defecar en la pradera abierta. No comprenden los riesgos de vivir amontonados unos con otros."

—¿Qué pasa, *Oom?* —preguntó Sara, en voz baja— ¿Qué tienen?

—Fiebre entérica. —Lothar vio que eso no significaba nada para la niña. —Tifus —aclaró.

—¿Es grave? —volvió a preguntar ella, indefensa.

El visitante no se atrevió a mirarla de frente. Observó otra vez a los dos niñitos. La fiebre los había consumido y estaban deshidratados por la diarrea. Ya era demasiado tarde. La madre podía tener una oportunidad, pero también estaba muy débil.

—Sí —dijo—, es grave.

El tifus se extendería por el campamento como el fuego en la pradera reseca del invierno. Existía una buena posibilidad de que Manfred se hubiera contagiado. Al pensarlo se levantó rápidamente, alejándose de aquellas esterillas malolientes.

—¿Qué puedo hacer? —le rogó Sara.

—Dales mucha agua para beber, pero no dejes de hervirla.

Lothar retrocedió. Había visto la fiebre tifoidea en los campos de concentración ingleses, durante la guerra; las cifras de las víctimas eran más terribles que las de los campos de batalla. Tenía que sacar a Manfred de allí.

—¿Tiene algún remedio para esto, *Oom*? —Sara lo seguía— No quiero que mi mamá muera. No quiero que mi hermanita... Si puede darme algún remedio...

Luchaba por contener las lágrimas, desconcertada y temerosa, depositando en él una patética confianza. Lothar sólo estaba obligado a cuidar de los suyos, pero aquella pequeña demostración de coraje le destrozó el alma. Habría querido decirle: —"No hay remedio para ellos. No hay nada que se pueda hacer. Están en manos de Dios."

Pero Sara lo seguía. Le tomó la mano y tironeó desesperadamente, tratando de llevarlo otra vez al cobertizo en donde agonizaban la mujer y sus dos pequeños.

—Ayúdeme, *Oom*. Ayúdeme a atenderlos.

El contacto con la niña hizo que a Lothar se le erizara la piel. Ya imaginaba la detestable infección transferida desde esa piel suave y cálida. Tenía que salir de allí.

—Quédate —le indicó, tratando de disimular su asco—. Dales agua a beber. Iré a buscar remedios.

—¿Cuándo volverá?

Lo miraba de frente, confiada. Lothar reunió todas sus fuerzas para mentir.

—Volveré en cuanto pueda —prometió, mientras se desasía con suavidad—. Dales agua.

Y le volvió la espalda.

—Gracias —exclamó ella, a sus espaldas—. Que Dios lo bendiga. Es un hombre bueno, *Oom*.

Lothar no pudo responder. Ni siquiera pudo volver la cabeza. En cambio apuró el paso para cruzar el campamento a oscuras. En esa oportunidad, al escuchar con atención, percibió otros pequeños ruidos provenientes de las chozas por las que pasaba; el llanto febril e inquieto de una criatura, los jadeos y los gemidos de una mujer atacada por terribles calambres abdominales de la fiebre entérica, los murmullos preocupados de quienes los atendían.

Desde una choza de papel alquitranado emergió una figura delgada y oscura, que lo sujetó del brazo. Lothar no pudo distinguir si era hombre o mujer hasta que logró oír su voz de falsete, resquebrajada y casi demencial.

—¿Es médico? Necesito un médico.

Lothar se desprendió de aquella garra y echó a correr.

Swart Hendrick lo esperaba. Ya tenía la mochila al hombro y esparcía arena para apagar las brasas de la fogata. Manfred se arrodilló a un lado, bajo el espinillo.

—Tifus —dijo, pronunciando la temible palabra—. Está en todo el campamento.

Hendrick quedó petrificado. Lothar lo había visto aguardar de pie el ataque de un elefante herido, pero en ese momento estaba asustado. Se advertía por el modo en que se erguía su gran cabeza negra; el miedo se olía en él. Era un olor extraño, como el de las cobras del desierto cuando se las excita.

—Vamos, Manfred. Salgamos de aquí.

—¿Adónde iremos, papá? —Manfred seguía de rodillas.

—Lejos de aquí. Lejos de la ciudad y de esta plaga.

—¿Y Sara? —Manfred hundió la cabeza entre los hombros, en un gesto de tozudez que el padre conocía bien.

—Ella no tiene nada que ver con nosotros. No hay nada que podamos hacer.

—Va a morir... como su mamá y sus hermanitos. —Manfred levantó la mirada hacia su padre. —Va a morir, ¿verdad?

—Levántate —bramó Lothar. La culpabilidad lo volvía feroz—. Nos vamos.

Hizo un gesto autoritario. Hendrick se inclinó para mover a Manfred.

—Vamos, Manie, obedece a tu papá.

Y siguió a Lothar, llevando al niño de un brazo.

Cuando cruzaron el terraplén de las vías, Manfred dejó de resistirse. Hendrick lo soltó y el niño los siguió, obediente. Al cabo de una hora llegaron a la ruta principal, un río de plata polvorienta que, a la luz de la luna, corría hacia el paso de las colinas. Lothar se detuvo.

—¿Vamos a buscar los caballos? —preguntó Hendrick.

—Sí, ése es el próximo paso.

Pero Lothar mantenía la cabeza vuelta hacia atrás. Todos guardaron silencio, mirando como él lo hacía.

—No podía correr el riesgo de que Manfred enfermara —explicó. No hubo respuesta. —Tendremos que seguir con los preparativos. Los caballos. Hay que conseguir caballos...

De pronto, Lothar arrebató la mochila que Hendrick llevaba al hombro y la arrojó al suelo. Después de desgarrarla furiosamente sacó un pequeño rollo de lona, en donde guardaba sus instrumentos de cirugía y una provisión de remedios.

—Lleváte a Manie —Ordenó a Hendrick—. Espérame en la garganta del río Gamas, en el mismo sitio en donde acampamos al marchar desde Usakos. ¿Lo recuerdas?

El negro asintió.

—¿Cuánto tardarás en volver?

—Tanto como tarden ellos en morir —dijo Lothar. Se levantó y miró a Manfred. —Haz lo que Hendrick te indique —ordenó.

—¿No puedo acompañarte, papá?

Lothar no se molestó en contestar. Giró en redondo y marchó a grandes pasos entre los espinillos alumbrados por la luna. Ellos lo siguieron con la mirada hasta que desapareció. Entonces Hendrick cayó de rodillas y volvió a armar la mochila.

Sara, de rodillas junto al fuego, con las faldas recogidas hasta los flacos muslos, entrecerraba los ojos para defenderlos del humo, mientras esperaba que hirviera la lata ennegrecida por el hollín.

Al levantar la vista vio a Lothar de pie en el círculo de luz. Lo miró fijamente. De improviso, sus facciones pálidas y delicadas parecieron contraerse. Las lágrimas le corrieron por las mejillas, brillantes a la luz de las llamas.

—Pensé que no iba a volver —susurró—. Pensé que se había marchado.

Lothar sacudió la cabeza abruptamente, demasiado furioso contra su propia debilidad; no se atrevía a hablar. En cambio, se arrodilló frente al fuego y extendió su rollo de lona. El contenido era tremendamente inadecuado; podía extraer un diente cariado, perforar una ampolla o una picadura de serpiente, reacomodar un miembro roto; pero para tratar la diarrea entérica no había casi nada. Midió una cucharada del Famoso Remedio de Chamberlain para la Diarrea, lo echó en un jarrito de lata y lo llenó de agua caliente.

—Ayúdame —le ordenó a Sara.

Entre los dos incorporaron a la pequeña. No pesaba casi nada; se podían tocar todos los huesos de su cuerpecito, como el de un pichón sin emplumar recién sacado del nido. No había esperanzas.

"Morirá antes de la mañana", pensó, mientras le acercaba el jarrito a los labios.

La niña no duró tanto; se fue silenciosamente, pocas horas antes del amanecer. El momento de la muerte fue bastante impreciso; Lothar sólo estuvo seguro de que todo había terminado cuando, al buscar el pulso en la carótida, sintió en la carne consumida el frío de la eternidad.

El niñito resistió hasta mediodía y murió con tan poco alboroto como su hermana. Lothar los envolvió en la misma frazada gris, llena de excrementos, y los llevó en brazos a la tumba común que ya se había excavado en las orillas del campamento. Formaban un bultito solitario sobre el fondo arenoso de la excavación cuadrada, al final de una hilera compuesta por cuerpos más grandes.

La madre de Sara luchaba por vivir.

"Sólo Dios sabe para qué quiere seguir viviendo", pensó Lothar; "este mundo no le ofrece gran cosa." Pero la mujer gemía, agitaba la cabeza y lanzaba gritos delirantes, provocados por la fiebre. Lothar comenzó a odiarla por esa terca insistencia en sobrevivir, que le impedía alejarse del colchón maloliente, obligándolo a compartir su degradación, a tocar su piel ardiente y a filtrar un poco de líquido en su boca desdentada.

Al anochecer pareció haber ganado. Su piel estaba más fresca; se la notaba más tranquila. Alargó débilmente una mano en busca de Sara y trató de hablar, mirándola a los ojos como si la reconociera; las palabras se le enredaban en el fondo de la garganta; un moco espeso y amarillo brotaba de la comisura de los labios.

El esfuerzo fue excesivo. Cerró los ojos y se quedó dormida. Sara le limpió los labios, sosteniendo la mano flaca y huesuda, con las venas azules hinchadas bajo la fina piel.

Una hora después, la mujer se incorporó bruscamente y dijo, con toda claridad:

—Sara, ¿dónde estás, criatura?

Luego cayó hacia atrás y se debatió en una larga agitación entrecortada. Su aliento se interrumpió en la mitad. El pecho huesudo se hundió gradualmente, y la carne colgó de su cara como el sebo de una vela caliente.

En esa oportunidad, Sara acompañó a Lothar hasta la sepultura. Él dejó a la mujer junto a los otros cadáveres y volvió con la niña a la choza.

Sara, inmóvil, le observó enrollar la lona, con expresión desolada. Lothar se alejó cinco o seis pasos y volvió. La niña temblaba como un cachorro apaleado, pero no se movió.

—Está bien —suspiró, resignado—. Ven conmigo.

Ella corrió a su lado.

—No le daré ningún problema —balbuceó, casi histérica de alivio—. Le ayudaré. Se cocinar, coser, lavar... No le daré ningún problema.

—¿Qué vas a hacer con ella? —preguntó Hendrick—. No puede quedarse con nosotros. Lo que vamos a hacer es imposible con una criatura de su edad.

—No podía dejarla allí —se defendió Lothar—, en ese campamento de la muerte.

—Habría sido mejor para nosotros. —Hendrick se encogió de hombros. —Pero ahora, ¿qué hacemos?

Habían salido del campamento instalado en el fondo de la garganta, para trepar hasta la cima de la pared rocosa. Los niños permanecieron abajo, en el banco de arena, a orillas del único charco de agua estancada, ya verde.

Se sentaron juntos, en cuclillas; Manfred sostenía la línea con la mano derecha. Los hombres lo vieron echarse hacia atrás y recoger la línea, con ambas manos. Sara se levantó de un salto; sus chillidos entusiastas llegaron hasta los hombres, mientras Manfred sacaba del agua verde un bagre negro, resbaladizo, que se retorcía. Quedó agitándose en la arena, reluciente y húmedo.

—Ya decidiré qué hacer con ella —aseguró Lothar.

Pero Hendrick le interrumpió.

—Que sea pronto. Con cada día que perdemos, los abrevaderos del norte se van secando, y todavía no tenemos siquiera los caballos.

Lothar pensativo llenó su pipa de arcilla con tabaco fresco. Hendrick tenía razón: la niña lo complicaba todo. Era preciso deshacerse de ella, de alguna manera. De pronto levantó la vista sonriente.

—Mi prima —dijo.

Hendrick quedó intrigado.

—No sabía que tuvieras una prima.

—Casi todos perecieron en los campamentos, pero Trudi sobrevivió.

—¿Y dónde está esa amada prima tuya?

—Vive al norte, por la ruta que llevamos. No perderemos tiempo si le dejamos a ese crío.

—No quiero ir —susurró Sara, angustiada—. No conozco a tu tía. Quiero quedarme contigo.

—Calla —le advirtió Manfred—. Vas a despertar a papá y a Henny.

La estrechó, tocándole los labios para silenciarla. El fuego se había apagado y ya no había luna. Sólo iluminaban las estrellas del desierto, grandes velas contra el telón aterciopelado del negro firmamento. Sara habló en voz tan baja que él apenas pudo entender sus palabras, no obstante los labios de la niña se encontraban a pocos centímetros de su oído.

—Eres el único amigo que tuve nunca —dijo—, y ¿quién me enseñará a leer y escribir?

Manfred sintió que esas palabras le conferían un enorme peso de responsabilidad. Hasta ese momento había experimentado hacia ella sentimientos ambiguos. Tampoco él había conocido amigos de su misma edad, ni asistido a una escuela, ni vivido en una ciudad. Su único maestro había sido su padre. Vivía desde siempre entre hombres adultos: su padre, Hendrick, los rudos miembros del campamento y la flota pesquera. Nunca una mujer que lo acariciara o lo tratara con cariño.

Ella había sido su primera compañía femenina, aunque su debilidad y sus tonterías lo irritaran. Era preciso esperarla cuando subían las colinas;

lloraba cuando él despenaba a los bagres o cuando retorcía el cuello de alguna perdiz tomada de su trampa. Sin embargo, sabía hacerlo reír. A Manfred le gustaba su voz cuando cantaba; era aguda, pero dulce y melodiosa. Y además, aunque su admiración era, a veces, sofocante y excesiva, experimentaba un inexplicable bienestar cuando estaba con ella. Era rápida para aprender; en esos pocos días había aprendido de memoria el abecedario y las tablas de multiplicar, del dos al diez.

Habría sido mucho mejor si ella hubiese sido varón, pero había algo más: lo intrigaban la suavidad de su pelo, el olor de su piel. Tenía cabellos tan finos y sedosos... A veces él tocaba su cabellera como por casualidad; ella quedaba petrificada, muy quieta bajo sus dedos, hasta que él, azorado, dejaba caer la mano, lleno de timidez.

De vez en cuando frotaba su cuerpo contra él, igual que un gato afectuoso, y el placer extraño que eso provocaba en el niño no guardaba ninguna proporción con ese breve contacto. Cuando dormían bajo la misma frazada, Shasa despertaba en la noche para escuchar la respiración de la niña; su pelo le hacía cosquillas en la cara.

La ruta a Okahandja era larga, dura, polvorienta. Llevaban ya cinco días de marcha. Viajaban sólo en las primeras horas de la mañana y al caer el sol. A mediodía, los hombres descansaban a la sombra, mientras los dos niños escapaban para conversar, instalar trampas o repasar las lecciones de Sara. No jugaban con la fantasía, como otros niños de su edad; la vida de ambos estaba demasiado inserta en la dura realidad. Entonces, un nuevo problema se cernía sobre ellos: la amenaza de una separación, que cobraba más peso con cada kilómetro recorrido. Manfred no encontró palabras para consolarla; esa declaración de amistad aumentaba su propia pérdida. La niña se acurrucó contra él, bajo la única frazada; era sorprendente que su cuerpo, endeble y frágil, pudiera irradiar tanto calor. Manfred, con torpeza, rodeó con un brazo los hombros delicados. ¡Qué suave era su pelo contra la mejilla!

—Volveré por ti.

No había pensado decirlo. Ni siquiera se le había ocurrido la idea hasta ese momento.

—Prométemelo. —Ella cambió de posición para acercarle los labios al oído. —Prométeme que irás a buscarme.

—Prometo que iré a buscarte —repitió él, solemne, horrorizado por lo que estaba haciendo. No tenía control alguno sobre su futuro; no podía estar seguro de respetar una promesa como la que acababa de pronunciar.

—¿Cuándo? —exigió ella, ansiosa.

—Tenemos algo que hacer. —Manfred no conocía los detalles de lo que su padre y Henny planeaban; sólo sabía que se trataba de algo difícil y quizá peligroso. —Algo importante. No, no puedo contártelo. Pero cuando terminemos iremos a buscarte.

Eso pareció dejarla satisfecha. Suspiró, y él sintió que la tensión abandonaba sus miembros. Todo su cuerpo se relajó por el sueño, hasta que su voz se redujo a un murmullo grave.

—Eres mi amigo, ¿verdad, Manie?

—Sí, soy tu amigo.

—¿Mi mejor amigo?

—Sí, tu mejor amigo.

Ella volvió a suspirar y se quedó dormida. Manfred acarició su pelo, tan suave y esponjoso al tacto, que la melancolía ante la separación inminente se apoderó de él. Tuvo ganas de llorar, pero eso era cosa de mujeres.

A la tarde siguiente avanzaron, hundidos hasta el tobillo en el polvo blanco, harinoso, hasta cubrir otro repliegue de la ondulante planicie. Cuando los niños alcanzaron a Lothar, en la cima, él señaló hacia adelante, sin pronunciar palabra.

Los tejados de hierro, en la pequeña ciudad fronteriza de Okahandja, brillaban a la luz del sol poniente como espejos. En el centro se veía la cúpula de la única iglesia. También revestida de hierro corrugado, superaba apenas la altura de los árboles que la rodeaban.

—Llegaremos después del oscurecer.

Lothar pasó la mochila al otro hombro, mirando a la niña. Su pelo rubio estaba aplastado por el polvo y el sudor, pegado a la frente y a las mejillas; las trencitas claras, desprolijas y descoloridas por el sol, aparecían derechas como cuernos detrás de las orejas. El sol la había bronceado tanto que, de no ser por el pelo rubio, se la habría podido tomar por una niña nama. Vestía con la misma sencillez, y los pies descalzos estaban blancos de polvo.

Lothar pensó comprarle zapatos y un vestido nuevo en alguno de los almacenes de ramos generales que había sobre la ruta, pero en cada oportunidad descartó la idea; el gasto podía valer la pena, pero si su prima rechazaba a la criatura... No quiso seguir pensando. La limpiaría un poco en el pozo de agua que proveía a la ciudad.

—La señora con quien vas a vivir es *Mevrou* Trudi Bierman, una señora muy amable y religiosa.

Lothar tenía poco en común con su prima. Hacía trece años que no la veía.

—Está casada con el ministro de la Iglesia Holandesa Reformada de aquí, en Okahandja. Él también es un buen hombre, temeroso de Dios, y tienen hijos de tu edad. Serás muy feliz con ellos.

—¿Me enseñará él a leer, como Manie??

—Por supuesto. —Lothar estaba dispuesto a asegurarle cualquier cosa, con tal de deshacerse de ella. —Enseña a sus propios hijos, y tú serás una más.

—¿No podría Manie quedarse conmigo?

—Manie tiene que acompañarme.

—Por favor, ¿no puedo acompañarlos yo también?

—No, no puedes... y no quiero seguir hablando de eso.

En el depósito de la bomba, Sara se lavó las piernas y los brazos; también se mojó el pelo antes de volver a trenzarlo.

—Estoy lista —dijo a Lothar, por fin.

Le temblaban los labios ante aquella mirada inquisidora. Era una pilluela sucia, una carga, pero de algún modo había llegado a inspirarle cariño. Lothar no podía sino admirarla por su espíritu y su valor. De pronto se descubrió preguntándose si no había otra solución, aparte de la de abandonar a la niña. Le costó descartar la idea y endurecerse para obrar como debía.

—Ven, entonces. —La tomó de la mano y se volvió hacia Manfred.

—Espera aquí, con Henny.

—Por favor, deja que te acompañe, papá —rogó Manfred—. Sólo hasta el portón, parar despedirme de Sara.

Lothar agitó una mano y accedió, malhumorado.

—Está bien, pero no abras la boca y no olvides los buenos modales.

Los llevó por una estrecha senda que había tras la hilera de cabañas, hasta que llegaron al portón trasero de una casa grande, edificada detrás de la iglesia y obviamente anexada a ella. Sin duda alguna, era la casa del pastor. En un cuarto posterior ardía una luz, la fuerte luminosidad de una lámpara Petromax; insectos y polillas tamborileaban contra el alambre tejido que cubría la puerta del fondo.

Las voces entonaban un lastimero cántico religioso que llegó hasta ellos, mientras se acercaban por el sendero de la cocina. Cuando llegaron a la puerta fiambrera, vieron a toda una familia en la cocina iluminada. Cantaban juntos, sentados a una larga mesa de trabajo.

Lothar llamó a la puerta y el himno se apagó. Un hombre se levantó de la cabecera para acercarse. Vestía un traje negro, abolsado en los codos y las rodillas, pero tenso a la altura de los anchos hombros. Tenía un pelo espeso y largo, que le llegaba hasta los hombros en una melena agrisada, que había salpicado el paño oscuro con una nevada de caspa.

—¿Quién es? —preguntó, con voz estudiada para hacerla resonar desde el púlpito.

Abrió la puerta fiambrera de par en par, para mirar hacia la oscuridad. Tenía la frente amplia e inteligente, con la flecha de un agudo pico de viuda subrayando su extensión; sus ojos eran hundidos y fieros como los de un profeta del Antiguo Testamento.

—¡Tú!

Reconoció a Lothar de inmediato, pero no intentó ningún saludo. Miró hacia atrás, por sobre el hombro, anunciando: —*Mevrou*, es su impío primo, que ha salido de la espesura, como Caín.

Una rubia mujer se levantó de la mesa, acallando a los niños y haciéndoles señas para que permanecieran en sus asientos. Era casi tan alta como su esposo, ya cuarentona y entrada en carnes, de cutis rubicundo y trenzas que rodeaban la coronilla, a la manera alemana. Cruzó sus gruesos brazos color crema sobre el pecho abultado e informe, y preguntó:

—¿Qué quieres de nosotros, Lothar De La Rey? Esta casa es el hogar de personas cristianas y temerosas de Dios; no queremos saber nada de tus caprichos y tu conducta salvaje.

Se interrumpió al ver a los niños; los observó con interés.

—Hola, Trudi. —Lothar adelantó a Sara hacia la luz. —Tantos años sin vernos... Se te ve bien y feliz.

—Soy feliz en el amor de Dios —aseveró su prima—. Pero sabes que rara vez estoy bien.

Mientras ella ponía cara de sufrimiento, Lothar se apresuró a continuar:

—Vengo a ofrecerte otra posibilidad de servir a Dios cristianamente. —Empujó un poquito a Sara. —Esta pobre huerfanita... está desamparada. Necesita un hogar. Tú podrías recogerla, Trudi, y Dios te amará por eso.

—Es otra de tus... —La prima echó una mirada a la cocina, donde sus dos hijas escuchaban con mucho interés, y bajó la voz para completar, siseando: —¿Otra de tus bastardas?

—Su familia murió en la epidemia de tifus.

Fue un error; de inmediato se la vio retroceder ante la niña.

—Eso pasó hace varias semanas. Ella está sana.

Trudi se relajó un poco. Lothar prosiguió rápidamente:

—Yo no puedo cuidar de ella. Estamos de viaje. Necesita de una mujer.

—Ya tenemos demasiadas bocas que... —comenzó ella.

Pero el esposo la interrumpió.

—Ven aquí, hija —bramó.

Lothar impulsó a Sara hacia él.

—¿Cómo te llamas?

—Sara Bester, *Oom*.

—¿Conque eres del *Volk*? —preguntó el alto ministro—. ¿De auténtica sangre afrikaner?

Sara asintió, insegura.

—Tu difunta madre y tu padre ¿estaban casados por la Iglesia Reformada? —Ella volvió a asentir; —¿Y crees en el Dios de Israel?

—Sí, *Oom*. —Mi madre me enseñó —susurró la niña.

—En ese caso no podemos rechazar a la criatura —dijo él a su esposa—. Tráigala, mujer. Dios proveerá. Dios siempre mira por su pueblo elegido.

Trudi Bierman, con un suspiro teatral, tomó a Sara del brazo.

—Qué flaca... Y mugrienta como chiquilla nama.

—Y tú, Lothar De La Rey. —El ministro lo señaló con un dedo afilado. —¿Dios misericordioso no te ha demostrado aún lo erróneo de tus costumbres? ¿No ha puesto tus pies en el sendero del bien?

—Todavía no, querido primo.

Lothar retrocedió, alejándose de la puerta, sin disimular su alivio. La atención el pastor se desvió hacia el niño que estaba detrás de él.

— ¿Quién es ése?

— Manfred, mi hijo.

Lothar puso un brazo protector sobre el hombro del niño. El ministro se acercó más y se inclinó para estudiar su cara con atención. Su gran barba oscura se erizó; sus ojos parecían salvajes fanáticos, pero Manfred le sostuvo la mirada y los vio cambiar. Se tornaron más cálidos, se aclararon con el brillo del buen humor y la compasión.

— ¿Te asusto, *Jong*? —dijo, con voz dulcificada.

Manfred sacudió la cabeza.

— No, *Oomie*. Al menos, no mucho.

El pastor rió entre dientes.

— ¿Quién te enseña la Biblia, *Jong*? —Utilizaba la expresión que significa "joven" o "mozo".

— Mi padre, *Oom*.

— Entonces, que Dios tenga piedad de tu alma. —Se irguió, apuntando la barba hacia Lothar. —Preferiría que dejaras al niño antes que a la mujercita —dijo, y Lothar ciñó su brazo a los hombros de Manfred—. Es un jovencito bien parecido, y necesitamos hombres buenos al servicio de Dios y del *Volk*.

— Lo cuido muy bien.

Lothar no podía disimular su agitación, pero el pastor dejó caer una compulsiva mirada sobre Manfred.

— Creo, *Jong*, que tú y yo estamos destinados por Dios Todopoderoso a encontrarnos otra vez. Cuando tu padre se ahogue, sea devorado por los leones, ahorcado por los ingleses, o castigado de cualquier otro modo por el Dios de Israel, vuelve a esta casa. ¿Me oyes, *Jong*? Te necesito, el *Volk* te necesita, Dios te necesita. Me llamo Tromp Bierman, la Trompeta del Señor. ¡Vuelve a esta casa!

Manfred asintió.

— Volveré para visitar a Sara. Se lo prometí.

Al oír esto, la niña perdió valor y, sollozando, trató de liberarse de Trudi.

— Basta ya, hija. —Trudi Bierman la sacudió, irritada. —Deja de gimotear.

Sara se tragó el sollozo siguiente. Lothar apartó a Manfred de la puerta.

— La niña es trabajadora y voluntariosa, prima. No lamentarás esta obra de caridad —aseguró, por sobre el hombro.

— Ya veremos —murmuró la prima, dubitativa, mientras él se alejaba por el sendero.

— Recuerda las palabras del Señor, Lothar De La Rey —tronó tras ellos la Trompeta del Señor—. "Yo soy la luz y el camino. Quién crea en mí..."

Manfred se retorció bajo el brazo de su padre para mirar hacia atrás. La figura alta y flaca del pastor llenaba casi por entero el vano de la puerta, pero la carita de Sara asomaba a la altura de su talle. A la luz de la lámpara, tenía la blancura de la porcelana fina y brillaba de lágrimas.

En el lugar de la cita los esperaban cuatro hombres. Durante los años desesperados en que lucharon juntos como guerrilleros, había sido necesario que todos conocieran los sitios de reagrupamiento. Cuando se separaban en las batallas contra las tropas de la Unión, se dispersaban en la pradera y, días después, volvían a reunirse en uno de los aguantaderos.

En esos lugares había siempre agua: una vertiente en la grieta rocosa de una colina, un pozo de los pigmeos o un lecho seco, donde se podía cavar hasta hallar el precioso elemento. Se los escogía con una buena visión panorámica, de modo tal que el enemigo, si los seguía, no pudiera atraparlos por sorpresa. Además, había siempre pastura para los caballos y abrigo para los hombres; en cada punto habían dejado depósitos de provisiones.

El sitio que Lothar había elegido para esa reunión contaba con una ventaja adicional: estaba en las colinas, a pocos kilómetros de un próspero ganadero alemán, buen amigo de su familia y simpatizante con la causa; se podía contar con que toleraría la presencia del grupo en sus tierras.

Lothar entró en las colinas por el lecho seco que zigzagueaba por entre ellas como una serpiente herida. Caminaba a terreno abierto, para que sus hombres pudieran verlo desde lejos. Cuando aún estaban a tres kilómetros del sitio indicado, una diminuta silueta apareció en la cresta rocosa, hacia adelante, agitando los brazos en señal de bienvenida. Pronto se le unieron los otros tres, para correr colina abajo, al encuentro de Lothar y sus compañeros.

A la cabeza venía "Vark Jan", "el cerdo", un viejo guerrero khoisan, cuyas arrugadas facciones amarillas denunciaban su linaje mixto de nama, bergdama y, según sus jactanciosos reclamos, auténticos bosquimanos. Supuestamente, la abuela había sido una esclava pigmea atrapada por los bóers en una de las últimas redadas de esclavos del siglo anterior. Pero él era famoso por sus mentiras y, con respecto a esa afirmación, las opiniones estaban divididas. Lo seguía de cerca Klein Boy, hijo bastardo de Swart Hendrick con una mujer herera.

Éste se acercó directamente a su padre y lo saludó con el tradicional y respetuoso palmoteo de manos. Era tan alto y corpulento como Hendrick, pero tenía las facciones más finas y los ojos oblicuos de la madre; su piel no era tan oscura, como la miel silvestre, cambiaba de color con el juego de la luz. Los dos habían trabajado como pescadores en Walvis Bay, y Hendrick los había enviado en busca de los otros hombres necesarios.

Hacia ellos se volvió Lothar, de inmediato. Hacía doce años que no los veía. Los recordaba feroces y combativos. "Mis perros de caza", los llamaba con afecto y total falta de confianza. Pues, como perros salvajes, se habrían vuelto contra él para matarlo a la primera señal de debilidad.

Los saludó por sus viejos apodos: "Patas", al ovambo de piernas largas como las de una cigüeña; "Búfalo", al que llevaba la cabeza hundida en el grueso cuello, como dicho animal. Se estrecharon las manos, las muñecas y las manos otra vez, en el saludo ritual que la banda reservaba para ocasiones especiales, después de largas separaciones o incursiones victoriosas. Al estudiarlos, Lothar notó las alteraciones causadas por doce años de buena vida: estaban gordos, maduros y ablandados. Pero se consoló pensando que sus tareas no serían difíciles.

—¡Bueno! —exclamó, sonriente—. Los hemos arrancado de los gordos vientres de sus mujeres y de las jarras de cerveza.

Ambos rugieron de risa.

—Vinimos en cuanto Klein Boy y Cerdo Jan nos mencionaron su nombre —aseguraron.

—Por supuesto, vinieron sólo por el amor y la lealtad que me deben... —El sarcasmo de Lothar era mordaz. —...Tal como el buitre y el chacal acuden por amor a los muertos, no por el festín.

Volvieron a bramar de risa. Cuánto habían extrañado el látigo de esa lengua.

—Cerdo Jan habló de oro —admitió el Búfalo, entre sollozos de hilaridad—. Y Klein Boy insinuó que podía haber combates otra vez.

—Es triste, pero a mi edad sólo se puede dar el gusto a las esposas una o dos veces al día. En cambio, se puede combatir, disfrutar de las viejas compañías y asaltar día y noche infinitamente.

—Y la lealtad que a usted le debemos es tan grande como el Kalahari —dijo Patas de Cigüeña.

Todos rieron a carcajadas y se palmearon las espaldas mutuamente. Aún estremecidos por alguna carcajada ocasional, abandonaron el lecho del río para trepar hasta el antiguo sitio de reunión. Era una baja saliente rocosa, cuyo techo se hallaba ennegrecido por el hollín de incontables fogatas. La parte trasera estaba decorada con dibujos y diseños de color ocre, hechos por los pigmeos amarillos que habían utilizado ese refugio por siglos, antes que ellos. Desde la entrada del albergue se veían ampliamente las planicies reverberantes. Era casi imposible aproximarse a la colina sin ser visto.

Los cuatro primeros ya habían abierto el escondrijo. Era una grieta en la roca, algo más abajo por la ladera de la colina, que había sido cerrada con cantos rodados y arcilla de la ribera. El contenido había resistido a los años mejor de lo que Lothar suponía. Naturalmente, los alimentos envasados y las municiones estaban guardados herméticamente; los fusiles máuser, untados de densa grasa amarilla y envueltos en papel también engrasado. Todo estaba en perfectas condiciones. Hasta las sillas de montar y las ropas habían sido, en su mayor parte, preservadas por el seco aire del desierto.

Hicieron un festín de carne frita y galletas marineras tostadas. En otros tiempos habían detestado la monotonía de esos alimentos, pero ahora les parecía deliciosa; evocaban otras comidas, en número incontable, de aquéllos tiempos desesperados que el paso de los años tornaba atractivos.

Después de comer, recogieron las sillas, las botas y la ropa, descartando las cosas dañadas por los insectos y los roedores o desecadas como pergamino. Se dedicaron a desarmar, zurcir y lustrar hasta que cada uno tuvo armas y un equipo completo.

Mientras todos trabajaban, Lothar recordó que había decenas de depósitos semejantes, sembrados en todo el páramo. En el norte, en la secreta base costera donde había reequipado y provisto de combustible a los submarinos alemanes, aún debía de haber reservas por miles de libras. Hasta entonces a Lothar no se le había ocurrido recurrir a ellas por su cuenta; de algún modo, siempre habían sido una especie de fondo patriótico.

Sintió el cosquilleo de la tentación: "Tal vez, si fletara un barco en Walvis y navegara costa arriba..." De inmediato, con un súbito escalofrío, recordó que jamás volvería a ver Walvis Bay ni la tierra en donde estaba. No habría retorno después de lo que pensaban hacer.

Se levantó de un salto y caminó hasta la entrada del refugio rocoso. Mientras contemplaba la planicie rojiza y ardiente, con sus motas de espinillos, tuvo una premonición sobre sufrimientos terribles y desdicha.

"¿Podría ser feliz en otra parte?", se preguntó. "¿Lejos de esta tierra áspera y bella?" Su resolución se tambaleó. Giró en redondo y vio que Manfred lo observaba con el entrecejo fruncido, preocupado. "¿Puedo decidir por mi hijo? ¿Puedo condenarlo a la vida de los exiliados?"

Apartó las dudas con esfuerzo, así como los caballos sacuden de sí a los tábanos, y llamó a Manfred. Lo llevó lejos del refugio y, cuando estuvieron donde los otros no pudieran oír, le contó lo que les esperaba, hablándole como a un igual.

—Todo lo que ganamos con nuestro trabajo nos ha sido robado, Manie. Aunque la ley no lo considere así, es un robo a los ojos de Dios y de la justicia natural. La Biblia nos otorga el derecho de venganza contra quienes nos engañan o nos traicionan: "Ojo por ojo, diente por diente". Recobraremos lo que nos robaron. Pero la ley de los ingleses, Manie, nos considerará criminales. Tendremos que huir y ocultarnos; nos perseguirán como a animales salvajes. Sobreviviremos sólo a fuerza de coraje e ingenio.

Manfred se agitó, ansioso, observando a su padre con ojos brillantes. Todo eso sonaba romántico, excitante. Se sentía orgulloso de que su padre le tuviera la confianza necesaria para discutir con él asuntos tan adultos.

—Iremos al norte. En Tanganika, en Nyasalandia y en Kenia hay buenas tierras de cultivo. Muchos de los nuestros están ya radicados allá. Claro que tendremos que cambiarnos de nombre y no podremos regresar jamás, pero viviremos bien en otra tierra.

—¿No podremos volver jamás? —La expresión de Manfred había cambiado. —Pero, ¿y Sara?

Lothar pasó por alto la pregunta.

—Tal vez podamos comprar un bello cafetal en Nyasalandia o en las pendientes inferiores del Kilimanyaro. Todavía hay mucha caza en las planicies de Serengeti, y podremos cazar, criar ganado.

Manfred escuchaba, obediente, pero su expresión se había opacado. ¿Cómo decirlo? ¿Cómo decir a su padre que no quería ir a una tierra extraña?

Permaneció despierto mucho después de que los otros empezaron a roncar y el fuego se redujo a un rojo lecho de brasas. Pensaba en Sara, recordando su carita pálida manchada de lágrimas, el cuerpecito flaco bajo la frazada, junto a él. "Es la única amiga que he tenido nunca."

Lo volvió bruscamente a la realidad un ruido extraño y perturbador. Venía de la planicie, desde abajo, pero la distancia no restaba fuerza al sonido.

El padre tosió suavemente y se incorporó, dejando que la frazada le cayera hasta la cintura. El espantoso ruido volvió a sonar, en un *crescendo* imposible, para morir después en una serie de graves gruñidos, como la sacudida mortal de un monstruo estrangulado.

—¿Qué es eso, papá?

A Manfred se le había erizado el pelo de la nuca.

—Dicen que hasta el hombre más valiente siente miedo cuando oye ese grito por primera vez —le dijo el padre, en voz baja—. Es el rugido de un león del Kalahari que está hambriento y ha salido a cazar, hijo mío.

Al amanecer, cuando bajaron por la ladera hasta llegar a la planicie, Lothar, que llevaba la delantera, se detuvo abruptamente e hizo una seña a Manfred para que se acercara.

—Has oído su voz. Aquí tienes, ahora, la marca de sus patas. Se inclinó para tocar una de las huellas; tenía el tamaño de un plato grande y se hundía profundamente en la suave tierra amarilla.

—Es un viejo maanhar, un macho solitario, viejo y baldado. —Lothar trazó con un dedo el contorno de la marca. Manfred lo veía hacer eso con frecuencia en los meses venideros, como si quisiera absorber algún secreto por la punta de los dedos. —Mira qué desgastadas tiene las plantas y cómo camina con el peso echado hacia atrás, cargado sobre los tobillos. Renquea de la pata delantera derecha. Ha de costarle conseguir comida; tal vez por eso se mantiene cerca del rancho. El ganado es más fácil de matar que los animales salvajes.

Lothar alargó la mano y arrancó algo de la rama inferior del espinillo.

—Mira, Manie —dijo, poniendo un mechón de áspero pelo rojizo en la palma del niño—, aquí te dejó un mechón de la melena.

Luego se incorporó para pasar por sobre el rastro. Lo siguió hacia abajo, hasta llegar a la amplia hondonada en donde el pasto crecía, espeso y verde, hasta alcanzar las rodillas, regado por una vertiente natural. Pasaron frente a los primeros hatos de vacunos jorobados, cuyas papadas rozaban casi la tierra; su pelaje relucía a la luz del sol temprano.

La casa de la propiedad se erigía en tierras más altas, más allá de las vertientes, en una plantación de exóticos datileros importados de Egipto. Era una antigua fortaleza de la colonia alemana, legado de la guerra de los hereros, en 1904, año en que todo el territorio había estallado en una rebelión contra los excesos de la colonización alemana. Hasta los bondelswarts y los namas se había unido a la tribu herera. Hicieron falta veinte mil soldados blancos y un gasto de sesenta millones de libras para sofocar la rebelión. Al costo material se agregaron, en la cuenta final, dos mil quinientos oficiales y soldados alemanes muertos, y setenta mil hereros, entre hombres, mujeres y niños, que perecieron bajo las balas, quemados o por hambre. Esa lista de bajas constituía, casi con exactitud, el setenta por ciento del total de la tribu.

La casa había sido, en su origen, un fuerte fronterizo, construido para contener a los regimientos hereros. Las blanqueadas y gruesas murallas exteriores estaban recortadas en troneras. Hasta la torre central tenía almenas y un mástil, del cual aún pendía, desafiante, el águila imperial alemana.

El conde los vio desde lejos en la ruta polvorienta, más allá de los pozos artesianos, y envió un coche para que los acercara. Pertenecía a la generación de la madre de Lothar, pero se mantenía erguido, alto, delgado. Una blanca cicatriz, hecha en un duelo, le fruncía la comisura de la boca; sus modales eran anticuados y formales. Envió a Swart Hendrick al ala de los sirvientes y condujo a Lothar y a Manfred al fresco vestíbulo central, donde la condesa ya tenía preparadas botellas de cerveza negra y jarras de refrescos caseros.

Los sirvientes se llevaron sus ropas mientras se bañaban y se las devolvieron al cabo de una hora, lavadas y planchadas; las botas refulgían a fuerza de lustre.

La cena consistió en una tierna carne de la propiedad, que chorreaba jugos fragantes, y maravillosos vinos del Rin. Para absoluto deleite de Manfred, a eso siguió una docena de tartas, budines y bizcochos borrachos. Para Lothar, el mejor bocado fue la conversación civilizada de sus anfitriones; era un intenso placer hablar de libros y de música, escuchar la bella y exacta pronunciación alemana de los dueños de casa.

Cuando Manfred ya no pudo comer un bocado más y comenzó a disimular los bostezos con ambas manos, una de las criadas hereras lo condujo a su cuarto. Entonces el conde sirvió *schnapps* para Lothar y trajo una caja de habanos para que los probara, mientras su esposa trajinaba junto a la cafetera de plata.

Cuando el cigarro quedó bien encendido, el conde dijo:

—Recibí la carta que me envió desde Windhoek; me afligió mucho enterarme de su desgracia. Los tiempos son muy difíciles para todos. —Limpió el monóculo en la manga antes de volver a sujetárselo en el ojo, y enfocó a Lothar. —Su santa madre era una gran dama. Nada hay que yo no hiciera por su hijo—. Hizo una pausa, chupó el humo del habano, y luego sonrió débilmente al saborearlo. Luego dijo: —Sin embargo...

Esa palabra hizo que Lothar perdiera el ánimo; siempre había sido agorera de negativas y desilusiones.

—Sin embargo, apenas dos semanas antes de que llegara su carta, el oficial de compras del ejército vino al rancho y compró todos los animales que nos sobraban. He retenido sólo los necesarios para la finca.

Aunque Lothar había visto, cuanto menos, cuarenta caballos finos entre los animales que pastaban en el prado, a poca distancia de la finca, se limitó a asentir, comprensivo.

—Tengo, naturalmente, un par de mulas excelentes, fuertes y grandes, que podría cederle a un precio nominal. Cincuenta libras, digamos...

—¿Las dos? —preguntó Lothar, respetuosamente.

—Cada una —aclaró el conde, con firmeza—. En cuanto a la otra sugerencia que me hacía, tengo una regla inflexible: no prestar nunca dinero a los amigos. De ese modo, uno evita perder el dinero y el amigo.

Lothar dejó pasar eso. En cambio volvió a los comentarios anteriores del conde.

—El oficial de remonta del ejército, ¿ha estado comprando caballos a todas las fincas del distrito?

—Tengo entendido que ha comprado casi cien. —El conde dio señales de alivio al ver que Lothar, caballerescamente, aceptaba su negativa. —Todos ellos excelentes animales. Sólo le interesaban los mejores, los sanos y acostumbrados al desierto.

—Y supongo que los ha enviado al sur por ferrocarril.

—Todavía no. —El conde sacudió la cabeza. —Al menos, la última vez que tuve noticias, aún no lo había hecho. Los tiene en el estanque del río Swakop, al otro lado de la ciudad. Allí los deja descansar y juntar fuerzas para el viaje en tren. Dicen que piensa enviarlos por ferrocarril en cuanto reúna ciento cincuenta.

A la mañana siguiente abandonaron el fuerte, tras un pantagruélico desayuno de salchichas, carnes preparadas y huevos. Los tres montaron el ancho lomo de la mula gris, por la que Lothar había pagado, finalmente, veinte libras, incluido el freno como propina.

—¿Qué tal son las habitaciones de servicio? —preguntó Lothar.

—Son para esclavos, no para el servicio —corrigió Hendrick—. Allí uno podría morir de hambre o, por lo que dicen, ser azotado por el conde hasta la muerte. —Hendrick suspiró. —De no haber sido por la generosidad y el buen talante de la criada más joven...

Lothar le dio un fuerte codazo, señalando a Manfred con una mirada de advertencia. Hendrick prosiguió, serenamente:

—Conque escapamos todos en una mula vieja y deslomada. Jamás podrán atraparnos, mientras contemos con esta bestezuela, veloz como las gacelas. —Dio una palmada a la gorda grupa, pero la mula mantuvo su trote fácil, golpeteando el polvo.

—La vamos a usar para cazar —le dijo Lothar.

Ya en el refugio de roca, Lothar trabajó a ritmo rápido, preparando doce alforjas con municiones, comida y equipo. Cuando estuvieron cargadas y listas, las puso a la entrada del refugio.

—Bueno —sonrió Hendrick—, ya tenemos las monturas. Sólo faltan los caballos.

—Tendríamos que dejar un guardia —comentó Lothar, sin prestarle atención—, pero no podemos prescindir de nadie.

Entregó el dinero a Cerdo Jan, el más confiable de la banda.

—Con cinco libras puedes comprar una bañera llena de Cape Smoke —señaló—, y basta una copa de eso para matar a un búfalo. Pero recuerda esto, Cerdo Jan: si estás tan ebrio que no puedas sostenerte en la montura cuando cabalguemos, no te dejaré con vida para que te interrogue la policía; te dejaré con una bala en la cabeza. Te doy mi palabra.

Cerdo Jan guardó la nota en la parte interior de su gorra.

—Ni una gota tocará mis labios —gimió, persuasivo—. El *baas* sabe que puede confiar en mí cuando se trata de licor, mujeres y dinero.

Había que retroceder casi treinta kilómetros para llegar a la ciudad de Okahandja. Cerdo Jan partió inmediatamente para llegar con bastante anticipación. El resto del grupo, con la mula conducida por Manfred, fue bajando la colina.

Desde el día anterior no había viento; por eso las huellas del león seguían bien marcadas, aun en esa tierra suelta. Los cazadores, armados con sus nuevos máuseres y con las bandoleras al hombro, se abrieron en abanico, y cubriendo el rastro, partieron al trote.

Lothar había advertido a su hijo que se mantuviera a distancia; con el recuerdo de los rugidos salvajes aún en el oído, se mostró muy satisfecho de poder seguir el lento paso de la mula. Los cazadores iban más adelantados, fuera del alcance de la vista, pero le habían marcado la senda con ramas rotas, y tajos en los troncos, para que no tuviera dificultad alguna en seguirlos.

Al cabo de una hora hallaron el sitio en donde el gran gato viejo había matado a una ternera del conde. Había consumido casi toda la res, salvo la cabeza, los cascos y los huesos más grandes, de los que había lamido la carne, como prueba de que estaba muy hambriento y de que su capacidad de cazar estaba limitada.

Lothar y Hendrick no tardaron en describir un círculo alrededor de la zona pisoteada. Casi de inmediato descubrieron el rastro dejado por el animal al alejarse.

—Se fue hace pocas horas —calculó Lothar. En ese momento, uno de los tallos de hierba pisados por el gran animal se levantó lentamente, por sus propios medios. Entonces él corrigió su cálculo: —Hace menos de media hora. Tal vez nos haya oído llegar.

—No. —Hendrick tocó el rastro con una larga ramita pelada. —Se fue al paso. No está preocupado; no nos oyó. Está lleno de carne y buscará agua en el sitio más cercano.

—Va hacia el sur. —Lothar entornó los ojos contra el sol para verificar la dirección del rastro. —Probablemente se encamina hacia el río. Eso lo acercará a la ciudad, lo cual nos conviene, por cierto.

Reacomodó el máuser que llevaba al hombro e indicó a sus hombres, por señas, que se mantuvieran alertas. Todos subieron la suave ondulación de una duna consolidada. Antes de llegar a la parte más alta, el león echó a correr, abandonando su escondrijo entre unas matas bajas, algo más adelante, y se alejó por terrenos abiertos, con el galope tendido de un gato. Pero el abdomen, lleno de carne, se balanceaba pesadamente con cada paso, como si fuera una hembra preñada.

La distancia era muy larga, pero los máuseres restallaron a lo largo del camino, abriendo fuego contra la bestia. El polvo saltó a gran distancia de él. Todos los hombres de Lothar, con excepción de Hendrick, tenían pésima puntería. Él nunca había podido convencerlos de que la velocidad de la bala no estaba en proporción directa a la fuerza con la que tiraran del gatillo; tampoco podía quitarles la costumbre de cerrar los ojos con fuerza en el momento de gatillar.

Lothar vio que su primer disparo hacía saltar el polvo bajo el vientre del león. Había calculado mal la distancia; siempre existía ese problema en las planicies abiertas. Martilló el máuser sin apartar la culata de su hombro y levantó la mira, hasta ponerla en línea con la melena roja de la bestia.

Al disparo siguiente, el león se detuvo en medio de un paso y giró la cabezota, para lanzar un mordisco a un lado, allí por donde la bala había picado. El ruido del proyectil contra su carne llegó claramente a los cazadores. De inmediato, el león retomó su galope, con las orejas hacia atrás, gruñendo de ira y dolor, y desapareció detrás de la elevación.

—¡No irá muy lejos! —Hendrick indicó a los cazadores, por señas, que se adelantaran.

El león es un gran corredor de distancias cortas. Sólo puede mantener ese galope deslumbrante por muy poco tiempo; luego se ve obligado a reducirlo a un trote. Si se lo incita más, lo más probable es que se vuelva contra el atacante.

Lothar, Hendrick y Klein Boy, los más fuertes y adiestrados, se adelantaron al resto.

—¡Sangre! —gritó Hendrick, al llegar al punto en donde el animal había recibido el balazo—. ¡Sangre del pulmón!

Los parches carmesíes eran espumantes a causa del aire de los pulmones perforados. Todos corrieron siguiendo el rastro.

—*Pasop!* —clamó Lothar, cuando llegaron a la elevación en donde la bestia había desaparecido—. ¡Estén alertas! Estará esperándonos...

Y ante esa advertencia, el león atacó.

Había estado tendido entre unas matas de sanseverias, detrás de la cima, agazapado contra la tierra. En el momento en que Lothar y los suyos aparecieron, se lanzó hacia él desde una distancia de quince metros.

El león se mantenía agachado, con las orejas echadas atrás, de modo tal que su frente parecía plana y ancha como la de una serpiente; sus ojos lucían un amarillo brillante e implacable. Su melena rojiza se había erizado hasta darle un aspecto monstruoso. De aquellas fauces abiertas, llenas de dientes afilados, surgió un estruendo tal que Lothar dio un paso atrás y tardó un segundo en disparar. Cuando la culata del máuser le tocó el hombro, el león saltó frente a él, colmando todo su campo visual. La sangre de sus pulmones voló en una nube rosada, salpicando la cara del cazador.

El instinto le mandaba disparar cuanto antes contra la enorme mole peluda, erguida ante él, pero se vio obligado a mover la mira. Un disparo al pecho o al cuello no impediría que la bestia lo matara; la bala de máuser era de poco calibre; estaba pensada para matar hombres, no para caza mayor. Y la primera herida debía de haber desensibilizado el sistema nervioso del león, inundando su organismo de adrenalina. Sólo un disparo al cerebro lo detendría a tan poca distancia.

Lothar le disparó al hocico, entre las dilatadas fosas nasales, y la bala atravesó el cerebro, amarillo como la manteca, para salir por la parte trasera del cráneo. Aun así, el león traía impulso y su enorme cuerpo musculoso se estrelló contra el pecho del cazador. El fusil salió disparado de sus manos. Cayó hacia atrás y golpeó el suelo con el hombro y el costado de la cabeza.

Hendrick lo incorporó a la rastra y le limpió la arena con las manos. De inmediato, la alarma desapareció de sus ojos. Sonrió al ver que Lothar le apartaba débilmente las manos.

—Te estás volviendo viejo y lento, *Baas* —rió.

—Levántame antes de que me vea Manie —le ordenó Lothar.

Hendrick le puso un hombro a modo de cuña, para incorporarlo. Se balanceaba, apoyándose pesadamente en el negro, y no apartaba la mano de la sien que se había golpeado, pero ya estaba dando órdenes.

—¡Klein Boy! ¡Patas! ¡Vayan a buscar la mula antes de que olfatee al león y huya con Manie!

Se apartó de Hendrick para acercarse, a paso vacilante, al león muerto. Yacía tendido sobre el flanco; las moscas ya se estaban juntando sobre la cabeza destrozada.

—Harán falta todos los brazos y un poco de suerte para cargarlo.

Aunque el felino era viejo, flaco y débil, resentido por años de cazar en la planicie, tenía la panza llena de carne; pesaría más de doscientos kilos. Lothar recogió su fusil y lo limpió cuidadosamente; después lo apoyó contra la res y se apresuró a alcanzar el barranco, aún renqueando por la caída y masajeándose la cabeza.

La mula, con Manfred encaramado a su lomo, venía en esa dirección. Lothar echó a correr.

—¿Lo mataste, papá? —chilló el niño, excitado, pues había oído los disparos.

—Sí. —Lothar lo arrancó de la montura. —Está detrás de esa elevación.

Lothar revisó el freno de la mula. Estaba nuevo, pero sujetó un trozo de soga al anillo de hierro y puso cada rienda en manos de dos hombres. Después, con mucho cuidado, vendó los ojos del animal con un trozo de lona.

—Está bien. Veamos cómo reacciona.

Los hombres que llevaban las riendas tiraron del animal con todas sus fuerzas, pero la mula clavaba los cascos, rebelándose contra la venda, y se negaba a avanzar.

Lothar se le acercó por detrás, manteniéndose lejos de las patas traseras, y le retorció la cola. Aun así el animal se mantuvo firme como la roca. De La Rey se inclinó para morderlo en la base del rabo, hundiendo los dientes en la piel blanda, y la mula arrojó una coz con las patas traseras, elevándolas a buena altura.

Cuando Lothar volvió a morderla, capituló y partió al trote hacia el risco. Apenas había llegado a la parte más alta cuando la brisa cambió de dirección, llenándole las fosas nasales con el olor caliente del león.

El olor a león tiene un efecto notable sobre todos los otros animales, domésticos o salvajes, aun los que provienen de sitios exóticos, donde ni ellos ni sus antepasados más remotos pueden haber entrado en contacto con ellos. El padre de Lothar siempre había seleccionado a sus perros de caza haciendo olfatear a la camada una piel de león. Casi todos los cachorros aullaban de miedo y se alejaban a tropezones, con la cola escondida entre las patas traseras. Unos pocos, no más de uno entre veinte, casi siempre hembras, se mantenían en el mismo sitio, con todos los pelos erizados y emitiendo gruñidos que los estremecían del hocico al rabo. Ésos eran los que él conservaba.

Cuando la mula olfateó al león se desbocó por completo. Los hombres que sostenían las sogas se vieron levantados en vilo, y Lothar tuvo que esquivar sus cascos. Luego, el animal partió en un violento galope, arrastrando a sus cuatro guardianes, que iban a tropezones, cayendo y gritando. Se detuvo a setecientos metros más allá, entre espinillos y rocas, en la nube de polvo que él mismo había levantado, sudoroso y trémulo, con los flancos palpitantes de terror.

Lo llevaron nuevamente a la rastra, con la venda firme en su sitio, pero en cuanto le llegó el olor del cadáver volvió a repetir la misma escena. Sin embargo, esa vez sólo pudo galopar unos pocos metros antes de que el cansancio y el peso de los cuatro hombres lo detuvieran.

Por dos veces más, la mula fue llevada hasta el león muerto. Por dos veces más se desbocó. Pero la distancia cubierta era menor en cada oportunidad, hasta que al fin se dejó estar, temblando sobre las cuatro patas, sudando de miedo y de fatiga. Los hombres levantaron el cadáver, lo cargaron sobre el lomo y trataron de atar las patas del león bajo su pecho. Eso fue demasiado. Otro torrente de sudor nervioso empapó el cuerpo de la mula, que se alzó de manos, pataleando, hasta que el cuerpo del león cayó al suelo.

Lograron inmovilizar a la mula; luego de una hora de forcejeos, la pobre bestia permaneció inmóvil, terriblemente estremecida y resoplando como un fuelle; pero el león muerto ya estaba bien atado a su lomo.

Cuando Lothar tomó la soga y tiró de ella, la mula avanzó mansamente tras él, siguiéndolo hacia el recodo del río.

Desde la cima de un pequeño kopje boscoso, Lothar miró al otro lado del río Swakop, hasta divisar los tejados y la cúpula de la iglesia. El Swakop describía un amplio meandro; en la curva, directamente debajo de ellos, había tres pequeños estanques verdes, rodeados de bancos de arena. El río sólo fluía por breves períodos, tras la estación de las lluvias.

Estaban abrevando a los caballos en los estanques; los traían desde los corrales de espinillos, construidos en la ribera, para que bebieran; después los encerrarían hasta la mañana. El conde tenía razón: los compradores del ejército habían escogido los mejores. Lothar los observó con codicia por sus binoculares. Eran animales poderosos, criados para el desierto, llenos de vigor; jugueteaban en la orilla del estanque o se revolcaban en la arena, con las patas al aire.

Lothar fijó su atención en los encargados, de los que contó cinco; eran todos soldados de color, con el uniforme caqui; fue inútil que buscara a los oficiales blancos.

—Han de estar en el campamento —murmuró, enfocando las pardas carpas del ejército, erigidas más allá de los corrales.

Desde atrás le llegó un silbido grave. Cuando miró por sobre su hombro, vio que Hendrick le hacía señas desde el pie del kopje. Lothar se agachó y bajó la empinada cuesta. La mula, con su ensangrentada carga aún sujeta al lomo, estaba atada a la sombra. Había acabado casi por resignarse a ella, aunque de vez en cuando se estremecía, moviendo el cuerpo de modo nervioso. Los hombres se habían tendido bajo las escasas ramas de los espinillos para comer carne de lata. Cerdo Jan se levantó al acercarse Lothar.

—Llegas tarde —le acusó el jefe, levantándolo por la pechera del chaleco para olfatearle la boca.

—Ni una gota, patrón —gimió Cerdo—. Lo juro por la virginidad de mi hermana.

—Ése es un animal mítico. —Lothar lo soltó y echó un vistazo a la bolsa que el hombre tenía a sus pies.

—Doce botellas, como usted me indicó.

Lothar abrió la bolsa y sacó una botella del famoso Cape Smoke. El pico estaba sellado con cera; el brandy, puesto a contraluz, era de un color pardo oscuro y venenoso.

94

—¿Qué averiguaste en la aldea? —preguntó, devolviendo la botella a la bolsa.

—Hay siete caballerizos en el campamento.

—Yo conté cinco.

—Siete. —Cerdo Jan parecía muy seguro. Lothar gruñó.

—¿Y los oficiales blancos?

—Ayer partieron hacia Otjiwaronga, para comprar más caballos.

—Dentro de una hora estará oscuro. —Lothar echó un vistazo al sol. —Llévate la bolsa y ve al campamento.

—¿Qué les digo?

—Diles que quieres vender... barato, y déjales probar gratuitamente. Eres famoso por tus mentiras; cuéntales lo que quieras.

—¿Y si no beben?

Lothar rió ante lo improbable de la idea, y no se molestó en responder.

—Yo avanzaré cuando la luna asome sobre los árboles. Así dispondrán de cuatro horas, tú y el brandy, para ablandar a esos hombres.

La bolsa tintineaba, colgada del hombro de Cerdo.

—Recuerda, Cerdo: te quiero sobrio o muerto. Y lo digo en serio.

—¿Acaso el patrón cree que soy un animal, que no resisto la bebida como hombre? —protestó Jan, alejándose del campamento con aire de dignidad afrentada.

Lothar, desde su punto de observación, le vio cruzar los bancos de arena del Swakop y subir trabajosamente la ribera opuesta, con su bolsa al hombro. Ante la empalizada, los guardias le dieron el alto. Lothar usó los binoculares para observar la conversación. Por fin, el soldado de color hizo a un lado la carabina y echó un vistazo a la bolsa que Cerdo Jan sostenía abierta.

Aun a distancia y en la penumbra del anochecer, Lothar vio el destello de los dientes blancos cuando el guardia sonrió de alegría y llamó a sus compañeros. Dos de ellos salieron de las carpas en ropa interior. Siguió una discusión larga y acalorada, con mucha gesticulación, y palmoteo de espaldas y sacudidas de cabeza, hasta que Cerdo rompió el sello de una botella y se la entregó. La botella pasó rápidamente de mano en mano. Cada uno de los soldados apuntó la base al cielo, por un momento, como el trompeta al dar la señal de ataque; después, todos jadeaban y sonreían, con los ojos húmedos. Por fin llevaron al visitante al campamento, como si fuera un huésped de honor, y todos desaparecieron de la vista.

Se puso el sol, cayó la noche. Lothar permanecía en lo alto del barranco. Como cualquier navegante, se mantenía muy consciente de la dirección y la fuerza de la brisa nocturna, que cambiaba caprichosamente. Una hora después del anochecer, sopló un viento cálido y parejo, que venía de atrás.

—Ojalá se mantenga —murmuró él.

Y emitió un silbido suave, como el grito de un búho. Hendrick apareció casi de inmediato; Lothar le indicó la dirección del viento.

—Cruza el río, bastante más arriba, y describe un círculo alᵉdedor del campamento. No demasiado cerca. Después vuelve. Mantén viento de frente.

En ese momento se oyó un débil grito al otro lado del río. Ambos levantaron la vista. La fogata encendida frente a las carpas había sido alimentada a tal punto que las llamas lamían las ramas inferiores de los espinillos. Contra ellas se recortaban las siluetas oscuras de los soldados negros.

—¿Qué diablos están haciendo? —se preguntó Lothar—. ¿Bailan o pelean?

—A esta altura, ni ellos mismos lo saben. —Hendrick rió entre dientes.

Caminaban en zigzag alrededor del fuego, chocando entre sí, abrazándose. Después se separaban, caían al polvo y se arrastraban de rodillas, haciendo enormes esfuerzos para levantarse, pero sólo conseguían balancearse por un momento, con las piernas apartadas, antes de volver a caer. Uno de ellos estaba completamente desnudo; su cuerpo flaco y amarillo relucía de sudor. Hizo varias piruetas descabelladas y cayó al fuego. Dos de sus compañeros lo sacaron por los talones. Los tres chillaban de risa.

—Es hora de que te vayas. —Lothar dio una palmada a Hendrick en el hombro. —Llévate a Manie y deja que te ayude con los caballos.

Hendrick inició el descenso por la cuesta, pero se detuvo al oír la suave voz de Lothar:

—Manie está a tu cargo. Respondes por él con tu vida.

Hendrick, sin responder, desapareció en la noche. Media hora después, Lothar lo vio cruzar los pálidos bancos de arena; fue un movimiento informe y oscuro a la luz de las estrellas; de inmediato, ambos desaparecieron entre la maleza.

El horizonte se aclaró y las estrellas del este palidecieron ante la luz de la luna ascendente. Pero en el campamento, al otro lado del río, los giros alcohólicos de los soldados se habían reducido a una inercia porcina. Con sus binoculares, Lothar distinguió varios cuerpos sembrados al azar, como víctimas de una batalla; uno de ellos se parecía mucho a Cerdo Jan, aunque era imposible confirmarlo, pues yacía boca abajo, a la sombra, al otro lado del fuego.

—Si es él, puede darse por muerto —prometió Lothar, mientras se levantaba.

Era, por fin, hora de avanzar, pues la luna había asomado por completo sobre el horizonte y relucía como una herradura recién salida de la forja.

Lothar avanzó cuidadosamente cuesta abajo. La mula resoplaba, resistiendo angustiosamente su tremenda carga.

—Ya casi hemos terminado. —Lothar le acarició la testa. —Te has portado bien, viejo.

Aflojó el freno, se acomodó el máuser al hombro y condujo a la mula por el costado del kopje, barranca abajo, hasta el río.

No había posibilidades de acercarse sigilosamente con ese gran animal claro y su carga bamboleante. Lothar preparó el fusil y puso un cartucho en la recámara mientras avanzaban por las arenas del río seco. No cesaba de vigilar la arboleda de la orilla opuesta, aun cuando no esperaba que nadie lo detuviera.

La fogata se había apagado. El silencio era completo. Sólo cuando terminaron de trepar el barranco oyó Lothar el golpe de un casco y el suave resoplido de un animal, en el corral cercano. La brisa seguía llegando desde atrás, incesante; de pronto se oyó un relincho agudo y lastimero.

—Ahí están. Anda, olfatea bien.

Lothar condujo a la mula hacia la empalizada. Ahora se oía el ruido de los cascos inquietos; los animales comenzaban a moverse y a empujarse mutuamente. La alarma, provocada por el fétido olor del león ensangrentado, se extendía contagiando a la tropilla. Un caballo relinchó, aterrorizado; de inmediato, otros se alzaron de manos. Lothar podía ver las cabezas que asomaban por la parte superior de la empalizada, con las crines agitadas a la luz de la luna y los cascos delanteros manoteando.

Lothar detuvo a la mula de cara al viento y cortó la soga que sujetaba al león sobre su lomo. La res se deslizó por el costado hasta caer a tierra; el aire contenido en sus pulmones escapó de su garganta inerte en una especie de grave eructo. Los animales que estaban tras la empalizada comenzaron a arremolinarse, relinchando, en un remolino de carne viviente.

Lothar se inclinó para abrir el vientre del león, desde el escroto hasta el esternón; hundiendo profundamente la hoja del cuchillo, para perforar la vejiga y los intestinos. De inmediato el olor fue denso, fétido.

En la tropilla reinaba el caos. Los caballos se estrellaban contra la empalizada opuesta, tratando de evitar ese olor espantoso. Lothar se llevó el fusil al hombro, apuntando por encima de los caballos enloquecidos, y vació la carga. Los disparos crepitaron en rápida sucesión, iluminando el cercado con el destello del arma. Los caballos, aterrorizados, derribaron el cerco y lo cruzaron en un río oscuro, con las crines agitadas como espuma. Galoparon en la noche, siguiendo la dirección del viento hacia donde Hendrick los aguardaba con sus hombres.

Lothar se apresuró a atar la mula y cargó nuevamente su fusil, en tanto corría hacia la fogata moribunda. Uno de los soldados, arrancado de su alcohólico estupor por la estampida de los caballos, se puso de pie y avanzó con decisión, tambaleante, hacia la empalizada.

—¡Los caballos! —gritaba—. ¡Despierten, malditos borrachos! ¡Tenemos que detener a los caballos! —En eso vio a Lothar. —¡Ayúdeme! Los caballos...

Lothar levantó la culata del máuser hacia su mentón. Los dientes del soldado se cerraron con un chasquido. Quedó sentado en la arena y fue deslizándose poco a poco hacia atrás. Lothar pasó por encima de él y corrió hacia adelante, llamando:

—¡Cerdo Jan! ¿Dónde estás?

No hubo respuesta; pasó junto al fuego para acercarse a la silueta inerte que había visto desde el barranco y la dio vuelta con el pie. Cerdo Jan miró la luna con ojos ciegos y una sonrisa serena en el arrugado rostro amarillo.

—¡Levántate! — Lothar le aplicó una estupenda patada, pero la sonrisa de Cerdo no se alteró. Estaba más allá de cualquier dolor. —Está bien. ¡Te lo advertí!

Amartilló el máuser y retiró el seguro con el pulgar. Luego aplicó la boca del arma a la cabeza de Cerdo Jan. Si lo entregaban vivo a la policía, bastarían unos cuantos golpes con el látigo de hipopótamo para hacerlo hablar. Aunque no conocía el plan en detalle, sabía lo suficiente como para arruinar la posibilidad y poner a Lothar en la lista de personas buscadas, por robo de caballos y destrucción de propiedades del ejército. El dedo del jefe movió el gatillo hasta encontrar resistencia.

"Soy demasiado compasivo", pensó, ceñudo. "Habría que matarlo a latigazos." Pero su dedo aflojó la presión. Insultándose por su propia estupidez, colocó el seguro y volvió corriendo hacia la mula.

Aunque Cerdo Jan eran un hombrecito flaco, Lothar necesitó de toda su fuerza para arrojar el cuerpo, blando como la goma, sobre el lomo de la bestia. Quedó colgando allí, como ropa tendida a secar, con los brazos y las piernas balanceándose a ambos lados. Lothar montó de un salto tras él y azotó a la mula para ponerla al trote, un trote trabajoso, por el viento en contra.

Después de haber recorrido más de un kilómetro, Lothar temía desencontrarse con sus hombres. En el momento en que sofrenaba la mula, Hendrick salió de entre las sombras, algo más adelante.

—¿Cómo va todo? ¿Cuántos atraparon? — preguntó el jefe ansioso.

Hendrick se echó a reír.

—Tantos que nos quedamos sin frenos.

Una vez que cada uno de sus hombres hubo capturado un caballo, montaron en pelo para interrumpir la huida de los otros animales, haciéndolos girar y reteniéndolos, mientras Manfred corría entre ellos, deslizando los frenos sobre las cabezas.

—¡Veintiséis! — exclamó Lothar, radiante, contando los animales atados—. ¡Podremos elegir! — Pero dominó su propio entusiasmo. — Bueno, podemos alejarnos ahora mismo. El ejército iniciará la persecución en cuanto puedan enviar soldados.

Quitó el freno a la mula y le dio una palmada en la grupa, diciendo:

—Gracias, viejo. Puedes volver a tu casa.

La mula se apresuró a aceptar el ofrecimiento y logró cubrir al galope los cien primeros metros del viaje hacia sus tierras.

Cada uno de los hombres eligió un caballo y lo montó en pelo, llevando una reata de tres o cuatro tras de sí. Lothar abrió la marcha hacia el refugio de las colinas.

Al amanecer hicieron una breve pausa, para que Lothar revisara cada uno de los caballos robados. Dos de ellos habían sido heridos en el alboroto del corral, y los dejó en libertad. Los otros eran tan finos que no pudo elegir ninguno de ellos, aunque tenían muchos más de los necesarios.

Mientras clasificaban los caballos, Cerdo Jan recobró la conciencia y se incorporó débilmente, murmurando plegarias a sus antepasados y a los dioses hotentotes para que lo liberaran de sus sufrimientos. Por fin vomitó una dolorosa bocanada de pésimo brandy.

—Tú y yo tenemos asuntos que arreglar —le prometió Lothar, sin sonreír. Y se volvió hacia Hendrick. —Llevaremos todos estos caballos. Es seguro que perderemos algunos en el desierto. —Luego levantó la mano derecha en el ademán de caballería que indica: "¡En marcha!"

Llegaron al refugio abierto en las rocas algo antes de mediodía, pero sólo se detuvieron a cargar las mochilas preparadas en los caballos de remonta. Cada uno eligió una montura y ensilló su animal. Después condujeron los caballos colina abajo para abrevarlos, dejando que bebieran hasta saciarse.

—¿Cuánta ventaja tenemos? —preguntó Hendrick.

—Los soldados de color no pueden hacer nada sin sus oficiales blancos, y ellos pueden tardar dos o tres días en regresar. Tendrán que telegrafiar a Windhoek pidiendo órdenes y formar una patrulla. Yo diría que tres días, cuanto menos; más probablemente, cuatro o cinco.

—En tres días podemos cubrir mucha distancia —dijo Hendrick, con satisfacción.

—Nadie puede ir más lejos —coincidió Lothar.

Era una observación acertada, sin jactancia. El desierto era su dominio. Pocos blancos lo conocían tan bien como él; mejor dicho, ninguno.

—¿Montamos? —preguntó Hendrick.

—Tengo algo más que hacer.

Lothar tomó las riendas de repuesto que llevaba en su mochila y se las envolvió a la muñeca derecha, con las hebillas de bronce colgándole a la altura de los tobillos. Así se acercó a Cerdo Jan, que estaba sentado a la sombra de la ribera, angustiado, con la cara escondida entre las manos. En su lastimoso estado, no oyó los pasos suaves de Lothar en la arena seca hasta que lo tuvo junto a él.

—Te lo prometí —dijo el jefe, secamente, mientras sacudía los gruesos tientos de cuero.

—¡No lo pude evitar, patrón! —chilló Cerdo Jan, tratando de levantarse.

Lothar blandió las riendas, cuyas hebillas formaron destellos en arco a la luz del sol. El golpe cayó sobre la espalda de Cerdo Jan; las hebillas golpearon sus costillas, abriendo un surco en su carne, por debajo del sobaco.

Cerdo Jan aulló:

—¡Me obligaron! ¡Me hicieron beber...!

El golpe siguiente lo derribó. Siguió gritando, aunque sus palabras ya no eran coherentes, y los tientos restallaban en su piel amarilla, levantando gruesas ondas relucientes, que se tornaban purpúreas como uvas maduras. Las filosas hebillas le desgarraron la camisa como garras de león. La arena formó bolitas mojadas con la sangre que goteaba hacia el río.

Por fin dejó de gritar. Lothar dio un paso atrás, jadeante, y limpió los tientos enrojecidos con un paño de montura. Después estudió las caras de sus hombres. La azotaina había sido tanto para ellos como para el hombre acurrucado a sus pies; eran perros salvajes que sólo entendían la fuerza, que sólo respetaban la crueldad.

Hendrick habló por todos ellos.

—Cobró lo que merecía. ¿Lo termino?

—¡No! Déjale un caballo. —Lothar les volvió la espalda. —Cuando vuelva en sí, podrá seguirnos o irse al infierno de donde vino.

Montó en su propio caballo, evitando los ojos espantados de su hijo, y levantó la voz para indicar:

—Bueno, nos vamos.

Montaba con estribos largos, a la manera de los bóers, cómodamente inclinado en la montura. Hendrick acercó su caballo a un lado; Manfred se colocó del otro.

Lothar se sentía jubiloso; la adrenalina de la violencia aún actuaba como una droga en su sangre; ante él se abría el desierto. Al apoderarse de los caballos había cruzado las fronteras de la ley; una vez más volvía a ser un descastado. Estaba libre de las restricciones de toda sociedad; sentía que su espíritu ascendía, muy alto, como un halcón al cazar.

—Por Dios, casi había olvidado cómo se siente uno con un fusil en la mano y un buen caballo entre las piernas.

—Somos hombres, otra vez —aseveró Hendrick, inclinándose para abrazar a Manfred—. Tú también. Tu padre tenía tu edad cuando marchamos juntos a la guerra. Y ahora vamos a la guerra otra vez. Eres tan hombre como él lo era.

Manfred olvidó el espectáculo que acababa de presenciar, henchido de orgullo al verse incluido en el grupo. Bien erguido en la montura, levantó el mentón.

Lothar volvió la cara hacia el nordeste, tierra adentro, en donde esperaba el vasto Kalahari, y hacia allá los condujo.

Esa noche, acamparon en una profunda garganta que ocultaba la luz de la pequeña fogata; el centinela los despertó con un leve silbido. Todos enrollaron sus mantas, recogieron sus fusiles y se deslizaron hacia la oscuridad. Los caballos se agitaron, relinchando.

En eso, Cerdo Jan salió de la oscuridad y se apeó ante ellos. Permaneció de pie junto al fuego, desolado, con la cara hinchada y violácea, como un perro callejero que esperaba ser expulsado. Los otros salieron de entre las sombras y, sin mirarlo ni dar señales de reconocer su existencia, se envolvieron en sus mantas.

—Duerme del otro lado de la fogata, lejos de mí —le dijo Lothar, ásperamente—. Apestas a brandy.

Cerdo Jan se retorció de alivio y agradecimiento al verse aceptado de nuevo en la banda.

Al amanecer montaron otra vez y se alejaron, adentrándose en la ancha y caliente vacuidad del desierto.

La ruta a la Mina H'ani era, probablemente, una de las más escarpadas del sudoeste de África; cada vez que transitaba por ella, Centaine se prometía: "Tenemos que hacer algo para repararla." Después, el doctor Twentyman-Jones le daba un cálculo estimativo de lo que costaría nivelar cientos de kilómetros en pleno desierto, levantar puentes sobre los lechos de los ríos y consolidar los pasos por entre las colinas. Entonces, el buen sentido práctico de Centaine se imponía.

—Después de todo, sólo se tarda tres días, y difícilmente deba usarla más de tres veces por año. Además, es toda una aventura.

La línea telegráfica que comunicaba la mina con Windhoek había sido ya demasiado costosa. Tras haber calculado cincuenta libras inicialmente, el monto había llegado a cien por cada kilómetro y medio; aún experimentaba resentimiento cada vez que veía esa interminable hilera de postes, unidos entre sí por el reluciente alambre de cobre, que corrían junto a la ruta. Además de su costo, no sólo arruinaban el panorama, sino que disminuían la sensación de aislamiento en terrenos salvajes que tanto disfrutaba cuando salía al Kalahari.

Recordó, con una punzada de nostalgia, que en los primeros años acostumbraban dormir en el suelo y llevar una provisión de agua. Ahora había sitios donde pasar la noche, a intervalos regulares; eran viviendas circulares, con techos de paja, provistas de molinos de viento para extraer el agua de las profundas perforaciones; allí tenían comida, un baño caliente y fuego de leña en el hogar, para esas noches heladas y secas de los inviernos en el Kalahari; tenían hasta refrigeradores de parafina que fabricaban hielo providencial para el whisky del atardecer, en el feroz calor del verano.

Por la ruta circulaban vehículos pesados; las caravanas regulares, al mando de Gerhard Fourie, que llevaban combustible y provisiones, habían marcado huellas profundas en la tierra blanda, además de revolver los cruces en los ríos secos. Lo peor era que la distancia entre las ruedas de los grandes camiones Ford era más ancha que la del Daimler amarillo; por eso era preciso conducir con una rueda en la huella y la otra dando saltos sobre el lomo desigual del centro.

A todo eso se agregaba la atmósfera sofocante; el calor era aplastante. La carrocería del Daimler podía levantar ampollas en la piel, y ello los obligaba a detenerse regularmente, pues el agua del radiador hervía, despidiendo una sonora voluta de vapor en el aire, a gran altura. El cielo mismo parecía estremecerse en fuego azul; el lejano horizonte del desierto se desdibujaba detrás de los remolinos, vidriosos y reverberantes de los espejismos que el calor provocaba.

"Si al menos inventaran una máquina lo suficientemente pequeña como para refrescar el aire dentro del Daimler...", pensó ella. Como la del vagón de ferrocarril. Y de pronto rompió en una carcajada. "*Tiens:* ¡me estoy ablandando!" Con los dos viejos pigmeos que la rescataron, había viajado a pie por las terribles dunas del Namib, con el cuerpo cubierto por un emplasto de arena mojada hecho con su propia orina, a fin de sobrevivir al monstruoso calor de los mediodías.

—¿De qué te ríes, *Mater*? —preguntó Shasa.

—Oh, de algo que ocurrió hace mucho, antes de que nacieras.

—Cuéntame. Oh, por favor, cuéntame.

El muchachito no parecía afectado por el calor, el polvo y el implacable zamarreo del chasis. ¿Y por qué había de estarlo? Centaine le sonrió. "Aquí nació", se dijo. "También él es un hijo del desierto."

Shasa tomó esa sonrisa como una respuesta afirmativa.

—Vamos, *Mater*, cuéntame la historia.

—*Pourquoi pas?* ¿Por qué no?

Mientras la relataba, observó su expresión de horror.

—¿Con tu propio pis? —Estaba espantado.

—¿Eso te sorprende? —se burló ella—. Entonces te contaré lo que hicimos cuando se acabó el agua que contenían los huevos de avestruz. El viejo O'wa, un cazador pigmeo, mató a una gamuza macho con su flecha envenenada. Sacamos el rumen, el primer estómago, exprimimos el líquido del contenido, aún sin digerir, y bebimos eso. Nos mantuvo el tiempo necesario como para llegar a los pozos de succión.

—*Mater!*

—De veras, *chéri*. Cuando puedo, bebo champagne. Pero en un caso extremo bebería cualquier cosa para conservar la vida.

Centaine guardó silencio mientras el muchacho cavilaba. Una mirada le bastó para ver que su asco se convertía en respeto.

—¿Qué habrías hecho tú, *chéri*? ¿Beber o morir? —preguntó, para asegurarse de que la lección estuviera aprendida.

—Habría bebido —respondió él, sin vacilar. Y luego añadió con afectuoso orgullo: —¿Sabes, *Mater*, que eres un *crack*? —Era su elogio máximo.

—¡Mira! —Centaine señaló hacia adelante; la planicie aleonada había perdido sus límites lejanos en los telones del espejismo y aparecía cubierta por una gasa de color canela, por un velo de humo sutil.

Apartó el Daimler de la ruta y ambos subieron al estribo para ver mejor.

—Springboks, los primeros que vemos en este viaje.

Las hermosas gacelas, características del sur de África, avanzaban a ritmo estable por las planicies, todas en la misma dirección.

—Deben de ser millares y millares.

Eran animalitos elegantes, de patas largas y delicadas, cuyos cuernos tenían forma de lira.

—Emigran hacia el norte —le dijo Centaine—. Seguramente ha llovido bien allá arriba y ellas viajan hacia el agua.

De pronto, las gacelas más cercanas se espantaron por la presencia humana e iniciaron ese peculiar movimiento de alarma que los bóers llamaban *pronking*. Arquearon el lomo e inclinaron el largo cuello hasta que el hocico tocó los cascos delanteros; luego saltaron con las patas extendidas, a gran altura, mientras abrían el pliegue que tenían a lo largo de la columna vertebral para exhibir una cresta blanca de pelo ondeante.

Esa señal de alarma era contagiosa. Pronto había miles de gacelas saltando por la llanura, como una bandada de pájaros. Centaine bajó del estribo para imitarlas, colocó los dedos de una mano sobre la frente, a la manera de cuernos, y con los de la otra representaba la franja de pelo en la espalda. Lo hacía con tanta habilidad que Shasa se ahogó de risa y aplaudió.

—¡Bien por ti, *Mater*!

Bajó también para saltar con ella, en círculo, hasta que ambos quedaron debilitados por la risa y el esfuerzo. Entonces se reclinaron contra el Daimler, buscando mutuo apoyo.

—Eso me lo enseñó el viejo O'wa —jadeó Centaine—. Era capaz de imitar a todos los animales de la pradera.

Cuando reiniciaron el viaje, dejó que Shasa se hiciera cargo del volante, pues el cruce de la planicie era uno de los tramos más sencillos y el muchacho conducía bien. Ella se recostó en la esquina de su asiento. Al cabo de un rato, Shasa rompió el silencio.

—Eres muy diferente cuando estamos solos. —Buscó las palabras adecuadas. —Tan divertida y alegre... Ojalá pudiéramos ser siempre así.

—Cualquier cosa que se hace por demasiado tiempo acaba por aburrir —le dijo ella, suavemente—. La triquiñuela consiste en hacerlo todo, no sólo una cosa. Esto es divertido, pero mañana estaremos en la mina y podremos experimentar otro tipo de cosas excitantes; y después de eso habrá algo más. Haremos de todo y extraeremos de cada momento hasta la última gota de lo que tenga para ofrecer.

Twentyman-Jones se había adelantado hacia la mina, mientras Centaine se demoraba tres días en Windhoek para ver algunos papeles con Abraham Abrahams. Él había avisado a los sirvientes de las posadas a medida que pasaba por ellas.

Esa noche, cuando llegaron a la última casa de descanso, el agua del baño estaba tan caliente que hasta Centaine debió agregar agua fría; le gustaba el baño a la temperatura adecuada para hervir langostas. El champagne era ese maravilloso Krug de 1928, pálido y helado, y tal como ella lo deseaba, con la botella cubierta de escarcha. Había hielo, pero Centaine no permitía poner las botellas en baldes con cubitos.

—Eso de pies fríos y cabeza caliente es mala combinación, tanto para los hombres como para el vino.

Como siempre, bebió una sola copa. Más tarde fue servido el refrigerio que Twentyman-Jones había hecho preparar y guardar en el refrigerador de parafina; eran platos adecuados para ese calor y al gusto de Centaine: langosta de la verde Corriente de Bengala, cuya rica carne blanca lucía curvada sobre la cola roja y ensalada de verduras cultivadas en las altas y frescas tierras de Windhoek; los tomates eran carmesíes, la lechuga crujía de tan fresca y las fuertes cebollas tenían un tinte purpúreo. Por fin, como bocado escogido, trufas silvestres halladas en el desierto por los bosquimanos domesticados que atendían el hato de lecheras. Ella las comió crudas; el gusto salobre del hongo era el sabor del Kalahari.

Volvieron a partir en la cerrada oscuridad previa al amanecer. Cuando salió el sol se detuvieron a preparar café sobre una fogata encendida con ramas de espinillo; la madera roja y fibrosa, que ardía en una intensa llama azul, confería al café un aroma peculiar y delicioso. Tomaron el desayuno preparado por el cocinero de la posada junto con el café humeante, mientras el amanecer manchaba el cielo y el desierto de bronce y oro. Luego reanudaron la marcha; el sol ascendía, privando a la tierra de cualquier otro color que no fuera el de su blancura plateada.

—¡Detente aquí! —ordenó Centaine, súbitamente.

Treparon al techo del Daimler para mirar. Shasa estaba intrigado.

—¿Qué pasa, *Mater*?

—¿No ves, querido? —señaló ella. —¡Allá, por sobre el horizonte!

Flotaba en el cielo, borrosa, etérea.

—Está en el aire —exclamó el muchachito, por fin.

—La montaña que flota en el cielo —murmuró Centaine.

Cada vez que la veía así, se maravillaba con la misma frescura y encanto de la primera oportunidad.

—El Sitio de Toda la Vida —murmuró, dando a las colinas el nombre de los bosquimanos.

A medida que avanzaron, la silueta de las colinas se consolidó, hasta formar una empalizada de roca pura, bajo la cual se abrían los bosques de mopani. En algunos sitios, los barrancos estaban partidos y surcados por gargantas de agua. En otros, eran altos y sólidos, manchados de brillantes líquenes en tonos de amarillo sulfúrico, verde y anaranjado.

La Mina H'ani anidaba debajo de una de esas expansiones rocosas; los edificios resultaban insignificantes y fuera de lugar en ese sitio. Centaine había indicado a Twentyman-Jones que los hiciera tan disimulados como fuera posible, sin que eso afectara, por supuesto, la productividad de las obras. Pero existía un límite a la posibilidad de cumplir con esas instrucciones. Había extensos cercados donde vivían los trabajadores negros; también eran amplios los terrenos de oreo; la torre de acero y el ascensor del equipo de lavado sobresalían a gran altura, como la armazón de los pozos petrolíferos.

Sin embargo, el daño peor lo había causado el apetito de la caldera, cuya hambre de leña era semejante a la de un infernal Baal. Para satisfacerla habían sido talados los bosques, al pie de las colinas, y el segundo crecimiento formaba un feo matorral en el sitio de altos árboles de madera gris.

Cuando bajaron del polvoriento Daimler, frente al edificio de la administración, Twentyman-Jones los estaba esperando.

—¿Viajó bien, señora Courtney? —preguntó, lúgubre de placer—. Supongo que deseará descansar y bañarse.

—Me conoce demasiado bien como para suponer eso, doctor Twentyman-Jones. Vamos a trabajar. —Centaine abrió la marcha por la amplia galería hasta su propia oficina. —Siéntate a mi lado —ordenó a Shasa, en tanto se instalaba ante el escritorio.

Comenzaron por los informes de producción; luego pasaron a los costos. Shasa, que se esforzaba por no perderse en la rápida sucesión de cifras analizadas, se preguntó cómo era posible que su madre cambiara con tal celeridad.

—Shasa, ¿cuál dijimos que sería el costo por kilate si calculábamos veintitrés kilates de promedio por cargamento? —Centaine disparó la pregunta sin previo aviso y frunció el entrecejo al ver que el niño tartamudeaba. —Ésta no es hora para estar soñando. —Le volvió el hombro para dar énfasis al reproche. —Muy bien, doctor Twentyman-Jones: ya hemos postergado bastante lo más desagradable. Veamos qué economías es preciso implantar para cumplir con la cuota disminuida sin que la mina deje de trabajar y de dar utilidades.

Sólo al ponerse el sol interrumpió su tarea para levantarse.

—Mañana partiremos desde aquí. —Se desperezó como un gato y precedió a sus dos compañeros hacia la amplia galería. —Shasa trabajará con usted, como acordamos. Creo que debería comenzar por la galería de arrastre.

—Eso iba a sugerirle, señora.

—¿A qué hora debo presentarme? —preguntó Shasa.

—El equipo de obreros llega a las cinco de la mañana, pero supongo que el señorito Shasa querrá presentarse más tarde.

Twentyman-Jones echó un vistazo a Centaine. Era, por supuesto, un desafío y una prueba. Ella permaneció en silencio, esperando que Shasa decidiera por cuenta propia. Lo vio debatirse consigo mismo; el muchachito estaba en esa etapa del desarrollo en que el sueño es una droga y el levantarse temprano un castigo brutal.

—Estaré en la galería de arrastre principal a las cuatro y media, señor —dijo él.

Centaine, relajándose, lo tomó del brazo.

—Entonces será mejor que te acuestes temprano.

Condujo el Daimler por la avenida de pequeñas cabañas con techos de hierro, donde habitaban los capataces blancos y los artesanos con sus familias. En la Mina H'ani se observaban estrictamente las capas sociales; era el microcosmos de la joven nación. Los trabajadores negros vivían en cercados, bajo custodia, donde los edificios encalados parecían hileras de establos. Para los capataces negros había alojamientos separados, más completos, y a ellos se les permitía llevar a sus familias. Los artesanos y capataces blancos habitaban las avenidas trazadas al pie de las colinas; en cambio, el personal jerárquico vivía en las cuestas; cada vivienda era más amplia y contaba con prados más extensos a media que se ascendía hacia la cima.

Cuando giraron, al terminar las avenidas, vieron a una niña sentada en el umbral de la última cabaña. La muchachita sacó la lengua a Shasa, al pasar el Daimler. Hacía casi un año que él no la veía; en ese tiempo, la naturaleza había obrado en ella cambios admirables. Aún tenía los pies descalzos y sucios hasta los tobillos, los rizos despeinados por el viento y descoloridos por el sol; pero el algodón desteñido de su blusa se veía tan tenso que comprimía su busto floreciente, obligándolo a asomar abultado por el profundo escote. Shasa se retorció en el asiento al comprender qué eran esas dos marcas gemelas, del tamaño y la forma de monedas, que parecían manchas de color rojo pardusco en la fina tela.

Las piernas se le habían estirado; sus rodillas ya no eran huesudas; la piel clara era color café en los tobillos y tenía un tono crema en el interior de los muslos. Estaba sentada en el borde de la galería, con las rodillas separadas y la falda recogida a buena altura. Al descender la mirada del muchacho, ella apartó las rodillas un poquito más. Tenía la nariz respingona y salpicada de pecas; la arrugó al sonreír. Era una sonrisa astuta y descarada. La lengua asomó, muy rosada, entre los blancos dientes.

Shasa, culpable, apartó la vista y la clavó en el parabrisas. Pero recordaba vívidamente, en sus menores detalles, aquellos minutos prohibidos que pasaron detrás de la bomba; el calor le subió a las mejillas y no pudo dejar de echar un vistazo a su madre. Ella miraba la ruta; no se había dado cuenta. El muchacho se sintió aliviado hasta que ella murmuró:

—Es una pequeña buscona. Se traga con los ojos a cualquiera que lleve pantalones. El padre es uno de los que vamos a despedir por economías. Nos desharemos de ella antes de que cause problemas mayores.

"Ella lo ve todo", pensó Shasa. Y en ese momento sintió el impacto de sus palabras. La muchachita se iría; lo sorprendió una sensación de vacío y soledad, que era un dolor físico en la base del vientre.

—¿Qué será de ellos, *Mater*? —preguntó, suavemente—. Me refiero a la gente que vamos a despedir.

Mientras su madre analizaba los despidos con Twentyman-Jones, él no había visto en eso otra cosa que cifras. Pero la breve aparición de la niña convertía esos números en personas de carne y hueso. Recordó a su adversario, el niño rubio, y a su compañerita, tal como los había visto desde la ventanilla del tren: de pie junto a las vías, en el campamento de desocupados. Imaginó a Annalisa Botha en el lugar de aquella niña desconocida.

—No sé qué será de ellos. —Su madre apretó la boca. —Creo que eso no nos concierne. Éste es un mundo de duras realidades; cada uno tiene que enfrentarlo a su modo. Es mejor pensar en cuáles serían las consecuencias si no los despidiéramos.

—Perderíamos dinero.

—En efecto. Y si perdiéramos dinero tendríamos que cerrar la mina. Así, todos los demás perderían su trabajo, no sólo los que ahora despedimos, y sufriríamos todos. Si hiciéramos eso con todo lo que poseemos, acabaríamos por perderlo todo. Seríamos como cualquiera de ellos. ¿Te gustaría eso?

De pronto Shasa tuvo una nueva imagen mental. En vez del niño rubio, de pie junto a las vías, se vio a sí mismo, descalzo, con la camisa desgarrada y polvorienta; casi pudo sentir el frío de la noche a través de la tela fina y el rumor del hambre en las tripas.

—¡No! —dijo, explosivamente. De inmediato bajó la voz. —Eso no me gustaría. —Se estremeció ante las imágenes persistentes que esas palabras habían evocado. —¿Va a ser así, *Mater*? ¿Podría pasar eso? ¿Podríamos terminar en la pobreza?

—Podríamos, *chéri*. Si no estamos en guardia constantemente, pasará con mucha facilidad. Una fortuna es muy difícil de acumular, pero se destruye en un momento.

—¿Va ocurrir? —insistió él.

Pensaba en *El toque de Midas*, su yate, en sus caballos de polo, en sus compañeros de escuela, en los viñedos de Weltevreden. Tenía miedo.

—No hay nada seguro. —Centaine le tomó la mano. —Eso es lo divertido de la vida. Si no fuera así, no valdría la pena jugar.

—No me gustaría ser pobre.

—¡No! —Había tanta vehemencia en la voz de ella como en la de su hijo. —Si somos astutos y audaces, no lo seremos.

—Pero dijiste que el comercio mundial se estaba deteniendo. Que la gente ya no puede comprar nuestros diamantes...

Hasta ese momento, aquello siempre se había reducido a meras palabras. Ahora se convertía en una horrible posibilidad.

—Debemos creer que, algún día, las ruedas volverán a girar. Será pronto, y debemos jugar según las reglas de oro. ¿Las recuerdas?

Centaine conducía el Daimler por los giros ascendentes de la cuesta, circunvalando la colina, de modo tal que los edificios de la mina acabaron por desaparecer tras el muro de roca.

—¿Cuál era la primera regla de oro, Shasa? —lo instó.

—Vender cuando todos compran y comprar cuando todos venden —repitió él.

—Bien. Y ahora, ¿qué está pasando?

—Que todo el mundo trata de vender. —Se hizo la luz. La sonrisa del muchacho fue triunfal.

"Es tan hermoso... y tiene el instinto necesario", pensó ella, mientras le dejaba seguir las ondulaciones de la serpiente hasta llegar a la cabeza y descubrir los colmillos. En ese momento cambió la expresión de Shasa.

—Pero *Mater* —observó, alicaído—, ¿cómo vamos a comprar si no tenemos dinero?

Ella detuvo el coche al costado de la ruta y apagó el motor. Luego se volvió hacia él, muy seria, y le tomó las dos manos.

—Voy a hablarte como a un hombre hecho y derecho —le dijo—. Lo que te diré es un secreto, algo entre tú y yo. No se lo contaremos a nadie, ni siquiera al abuelo, ni a Anna, Abraham Abrahams o Twentyman-Jones. Una cosa entre tú y yo, solamente. —Como Shasa asintiera, tomó aliento.

—Tengo un presentimiento: esta catástrofe que se ha tragado al mundo entero será importantísima para nosotros, una oportunidad que muy pocos tienen en la vida. Desde hace algunos años me he estado preparando para aprovecharla. ¿Y cómo lo hice, *chéri*?

El sacudió la cabeza. La miraba fijamente, fascinado.

—He convertido en efectivo todo lo que teníamos, con excepción de la mina y Weltevreden, y hasta sobre esos bienes he pedido fuertes préstamos.

—Por eso reclamaste el cobro de todos los préstamos. Y por eso fuimos a Walvis, para tomar posesión de la fábrica de pescado y esos barcos. Querías el dinero.

—Sí, *chéri*, sí —lo alentó ella, agitando las manos sin darse cuenta, en el deseo de hacerle ver.

La cara de Shasa volvió a iluminarse.

—¡Vas a comprar!

—Ya he comenzado —dijo ella—. He comprado tierra y concesiones: mineras, pesqueras y de guano. He comprado edificios, hasta el teatro Alhambra, de Ciudad del Cabo, y el Coliseo de Johannesburgo. Pero por sobre todas las cosas he comprado tierras, y opciones para adquirir más, miles y miles de hectáreas, *chéri*, a dos chelines por acre. La tierra es la única riqueza verdadera.

Él no llegaba a comprender del todo, pero percibió la enormidad de lo que se le decía y ella lo detectó en sus ojos.

—Ya conoces nuestro secreto —rió—. Si no me he equivocado, duplicaremos y reduplicaremos nuestra fortuna.

—Y si esto no cambia, si la... —Vaciló, buscando la palabra. —...si la depresión se prolonga indefinidamente, ¿qué pasará, *Mater*?

Ella hizo un mohín y le soltó las manos.

—En ese caso, *chéri*, nada importará mucho, en un sentido o en otro.

Puso el Daimler en marcha y lo condujo por el último tramo de la ruta hasta el *bungalow*, que se erguía solo entre sus amplios prados, con luces encendidas en las ventanas. Los sirvientes se habían alineado respetuosamente en la galería frontal, vestidos con sus inmaculados uniformes blancos, para darle la bienvenida. Ella estacionó al pie de los escalones, apagó el motor y se volvió nuevamente hacia su hijo.

—No, Shasa *chéri*, no vamos a ser pobres. Vamos a ser más ricos, mucho más ricos que nunca. Y después, más adelante, por tu intermedio, querido, tendremos poder, además de riquezas. Una gran fortuna y un enorme poder. ¡Oh, lo tengo todo planeado, cuidadosamente planeado!

Esas palabras llenaron la cabeza de Shasa de ideas turbulentas. No pudo dormir. "Una gran fortuna, un enorme poder." La frase lo excitaba, perturbándolo. Trató de visualizar lo que significaba y se vio como el forzudo del circo, vestido con pieles de leopardo y muñequeras de cuero, de pie, con los brazos en jarras, sobre una pirámide de soberanos de oro, mientras una congregación de fieles ataviados con túnicas blancas se arrodillaba ante él.

Repitió mentalmente las imágenes, una y otra vez, alterando siempre algún detalle. Todos eran placenteros, pero faltaba el toque final. Hasta que dotó a una de sus adoradoras con una corona de rizos despeinados y descoloridos por el sol; la puso en la primera fila, y ella levantó la frente del suelo para sacarle la lengua.

Su erección fue tan potente y veloz que le hizo lanzar una exclamación ahogada. Antes de poder dominarse, había deslizado la mano bajo la sábana para sacarla del piyama.

Jock Murphy le había advertido: "Así se le va a arruinar la vista, señorito Shasa. He conocido a muchos hombres hechos para el béisbol o para el polo que se arruinaron por culpa de la señora Palma y sus cinco hijas."

Pero en su fantasía Annalisa se incorporaba, separando sus largas piernas, y levantaba poco a poco la falda de su túnica blanca. La piel de sus piernas era suave como manteca, y él gimió suavemente. Ella miraba sus pieles de leopardo, asomando apenas la lengua por los labios entreabiertos; la falda blanca subía más y más. El puño de Shasa comenzó a sacudirse rítmicamente. No podía evitarlo.

Más y más subía la falda blanca, sin llegar del todo a las ingles. Esas piernas parecían estirarse interminablemente, como las vías del ferrocarril en el desierto, que se prolongan sin encontrarse jamás. Medio ahogado, se sentó bruscamente en el colchón de plumas, doblado sobre su puño volador; cuando llegó, fue duro y doloroso como un bayonetazo en sus intestinos; soltó un grito y se dejó caer contra las almohadas.

La cara pecosa y sonriente de Annalisa retrocedió. La parte mojada del piyama se estaba enfriando mucho, pero Shasa no tuvo la voluntad necesaria para quitárselo.

Cuando el sirviente lo despertó con una taza de café y un plato de bizcochos dulces, se sentía mareado y exhausto. Aún estaba oscuro. Giró en la cama y se cubrió la cabeza con la almohada.

—Su señora madre dice que espere aquí hasta que usted se levante —observó el ovambo, sombrío.

Shasa se arrastró hasta el baño, tratando de disimular la mancha seca de su pantalón piyama.

Uno de los palafreneros ya tenía a su pony ensillado y esperando ante la entrada de la casa. Shasa se tomó un instante para bromear y reír con él; después acarició a su caballo, frotando su cabeza contra la del animal y soplándole suavemente en el hocico.

—Te estás poniendo gordo, Prester John —lo regañó—. Tendremos que arreglar eso practicando el polo.

Montó en la silla y tomó el atajo; siguió la tubería que rodeaba la colina, llevando el agua desde la vertiente hasta la mina y el equipo de lavado. Cuando pasó junto a la bomba, experimentó una punzada de remordimientos al asociarla con la depravación de la noche anterior, pero entonces el alba iluminó las llanuras, por debajo de los acantilados, y él abandonó sus pensamientos por el placer de contemplar aquéllas praderas, que cobraban vida y saludaban al sol.

Centaine había ordenado que, en ese lado de las colinas, la selva quedara intacta; allí había mopanis altos y majestuosos. Una bandada de perdices chillaba al amanecer en la espesura, cuesta abajo; un pequeño antílope gris, que volvía de la vertiente, cruzó la ruta de un brinco, bajo la nariz del pony. Shasa rió por el modo con que el caballo dio una espantada.

—¡Basta, viejo exhibicionista!

Al virar por el recodo del barranco, el contraste resultó deprimente. El bosque profanado, la cicatriz deformante de las obras en la ladera, los desmañados edificios de hierro y las armazones esqueléticas del equipo de lavado: ¡qué feo era todo!

Azuzó al pony con un toque de talón para cubrir el último kilómetro al galope. Llegó a la vía de arrastre principal en el preciso instante en que el viejo Ford de Twentyman-Jones subía desde la aldea, con los faros aún encendidos. Consultó su reloj y pareció entristecido al comprobar que Shasa había llegado con tres minutos de adelanto.

—¿Alguna vez estuvo en la galería de arrastre, señorito Shasa?

—No, señor.

El muchacho iba a agregar: "Mi madre no me lo ha permitido", pero le pareció innecesario; por primera vez, sentía cierto resentimiento por la presencia invasora de su madre.

Twentyman-Jones lo condujo hasta el extremo de la galería de arrastre y lo presentó al capataz del equipo.

—El señorito Shasa trabajará con usted —explicó—. Trátelo normalmente, como a cualquier otro joven que pueda ser, un día, el director gerente de la empresa —agregó.

Por su expresión habría sido imposible determinar si estaba bromeando o no, de modo que nadie rió.

—Consígale un casco —ordenó Twentyman-Jones.

Mientras Shasa ajustaba las correas del casco, él lo condujo hasta el pie del acantilado mismo.

El túnel inclinado había sido abierto en la base del barranco. Era una abertura redonda, por la cual penetraban las vías de acero, en un ángulo descendente de cuarenta y cinco grados, para desaparecer en las oscuras profundidades. En la cabecera de las vías había una serie de vagones de carga. Twentyman-Jones lo condujo hasta el primero y ambos subieron al vehículo metálico. Los obreros de ese turno se agolparon en los que estaban detrás; eran diez o doce capataces blancos y ciento cincuenta trabajadores negros, con mamelucos polvorientos, raídos, y cascos de metal sin pintar; reían estruendosamente y jugaban a manotazos.

El guinche de vapor, siseante, hizo un ruido de matraca, y la hilera de vagones se sacudió hacia adelante. Después, con muchos meneos, descendió por la empinada rampa. Las ruedas de acero retumbaban sobre las junturas de las vías al caer en las fauces oscuras del túnel.

Shasa se agitó, inquieto, apuñalado por miedos irrazonables ante la súbita negrura que los devoraba. Sin embargo, detrás de él, los mineros ovambos cantaban; sus voces graves y melodiosas levantaban ecos en los oscuros confines del túnel. Era un coro maravilloso, que entonaba un cántico africano de trabajo. Shasa, ya relajado, se inclinó hacia Twentyman-Jones para seguir su explicación.

—La pendiente es de cuarenta y cinco grados y la capacidad del equipo, de cien toneladas. En términos de minería, eso equivale a sesenta cargamentos de mena. Nuestra meta es traer a la superficie seiscientos cargamentos por turno.

Shasa estaba tratando de concentrarse en las cifras; sabía que, por la tarde, su madre lo interrogaría, pero lo distraían la oscuridad, el canto y el rumor de los vagones bamboleantes. Hacia adelante, una diminuta moneda de luz blanca, intensa, fue creciendo velozmente de tamaño. Cuando irrumpieron, abruptamente, por el extremo opuesto del túnel, Shasa ahogó una involuntaria exclamación de asombro.

Había estudiado los diagramas de la explotación y, naturalmente, las fotografías que su madre tenía en el escritorio, en Weltevreden, pero no estaba preparado para sus dimensiones.

Era un agujero redondo casi perfecto, en el centro de las colinas. Estaba abierto al cielo, y los lados de la excavación, verticales, cortados a pico, formaban un muro circular de roca gris. Habían entrado en él por el túnel que conectaba las obras con la cara opuesta de las colinas; la estrecha rampa por la que descendían continuaba en el mismo ángulo hasta llegar al fondo de la excavación, sesenta metros más abajo. A un lado y a otro, el abismo era estremecedor. El gran agujero rocoso medía un kilómetro y medio de diámetro; sus muros, ciento einte metros desde la parte alta hasta el fondo.

Twentyman-Jones prosiguió con su conferencia.

—Se trata de una chimenea volcánica, un agujero abierto desde las profundidades de la tierra, por donde el magma fundido tuvo que brotar a la superficie en el comienzo de los tiempos. A esas temperaturas, tan calientes como el sol, y bajo esas presiones enormes se forjaron los diamantes; después subieron con la fiera lava.

Shasa miraba en derredor, volviendo la cabeza tanto como podía para apreciar las dimensiones de la enorme excavación, en tanto el ingeniero continuaba:

—Después, la chimenea volcánica quedó cerrada en la base, y el magma que contenía se enfrió, solidificándose. La capa superior, expuesta al aire y al sol, se oxidó, constituyendo la clásica "tierra amarilla" de las formaciones diamantíferas. Hace once años que perforamos esa capa y sólo recientemente hemos llegado a la "tierra azul". —Hizo un amplio ademán, que abarcó la roca azul pizarra del fondo. —Ése es el depósito más profundo del magma solidificado, duro como el hierro; está tan lleno de diamantes como de fruta seca un pan dulce.

Llegaron al fondo de la obra y bajaron del vagón.

—La operación es bastante simple —prosiguió Twentyman-Jones—. El equipo llega al romper el día e inicia los trabajos en donde se hicieron las voladuras de la tarde anterior. Se carga la tierra partida en los vagones y se la envía a la superficie. Después se marcan y se excavan los agujeros para la voladura siguiente; se instalan las cargas. Al atardecer, retiramos los equipos y los capataces encienden los detonantes. Después de la voladura dejamos la mina hasta el día siguiente, para que se asiente el polvo y se disperse el humo. A la mañana siguiente se reinicia todo el procedimiento. —Señaló una zona de roca gris azulada hecha trizas. —Allí está la voladura de anoche. Por allí comenzaremos hoy.

Shasa no había supuesto que esa portentosa excavación pudiera interesarle tanto, pero su fascinación fue en aumento con el correr del día. Ni siquiera el calor y el polvo lo fatigaron. Al mediodía, cuando el sol pegaba directamente en el fondo roto y desigual, el calor quedaba atrapado entre los muros verticales. El polvo harinoso brotaba de la mena cada vez que los martilleros balanceaban sus mazas de cinco kilos, para romper los trozos más grandes en fragmentos fáciles de manejar. Se esparcía como niebla sobre los equipos que cargaban los vagones; cubría la cara y el cuerpo de los obreros, convirtiéndolos en fantasmas grises.

—Tenemos algunos casos de tuberculosis del minero —admitió Twentyman-Jones—. El polvo se introduce en los pulmones y allí se hace piedra. Teóricamente, tendríamos que regar la mena con mangueras y mantenerla mojada para que no se levante polvo, pero estamos escasos de agua. Ni siquiera hay bastante como para el aparato de lavado, y no podemos desperdiciarla así. Hay hombres que mueren o quedan baldados, pero se necesitan diez años para que el polvo se acumule en los pulmones, en esos casos, ellos o las viudas reciben buenas pensiones. El inspector de minerías se muestra comprensivo, pero esa comprensión sale un poquito costosa.

Al mediodía, Twentyman-Jones llamó a Shasa.

—Su madre dijo que no necesita trabajar el turno completo; bastará con la mitad. Ahora voy a subir. ¿Quiere acompañarme?

—Preferiría quedarme, señor —respondió Shasa, tímidamente—. Me gustaría ver cómo cargan los agujeros por la voladura.

Twentyman-Jones meneó tristemente la cabeza.

—¡De tal palo, tal astilla!

Y se alejó murmurando.

El capataz del equipo permitió que Shasa activara los detonantes, bajo su cautelosa supervisión. El muchacho, sintiéndose poderoso e importante, tocó el ignitor y observó cómo corría el fuego por las mechas blancas y retorcidas, dejándolas negras y achicharradas, en un remolino de humo azul.

En compañía del capataz de equipo, subió por la galería de arrastre al grito de: "¡Fuego en el hoyo!" Se demoró en la cabecera de la galería principal hasta que sonaron los estallidos y la tierra tembló bajo sus pies.

Entonces ensilló a Prester John y, polvoriento, surcado de sudor, cansado hasta los huesos y feliz como pocas veces en su vida, regresó a lo largo de la tubería.

Ni siquiera pensaba en ella cuando llegó a la bomba, pero allí estaba, encaramada a la tubería de agua pintada de plateado. La sorpresa fue tal que, cuando Prester John se alzó de manos, él estuvo a punto de caer y tuvo que sujetarse de la montura.

Ella se había trenzado una guirnalda de flores silvestres en el pelo; la parte superior de su blusa estaba desabotonada. En uno de los libros que se guardaban en la biblioteca de Weltevreden, había una ilustración de sátiros y ninfas que bailaban en el bosque; estaba en la sección prohibida, cuya llave conservaba Centaine; pero Shasa había invertido algún dinero en un duplicado, y las ninfas, tan ligeras de ropa, eran sus favoritas en todo ese tesoro de literatura erótica.

Annalisa era una de ellas: una ninfa de los bosques, sólo parcialmente humana; entornó los ojos en un gesto astuto. Sus dientes delanteros eran ahusados y muy blancos.

—Hola, Annalisa.

La voz se le quebró traicioneramente. El corazón le palpitaba tanto que parecía a punto de saltarle a la garganta, sofocándolo. Ella sonrió sin responder. En cambio, se acarició el brazo en un además lento, desde la muñeca hasta el hombro desnudo. Cuando el muchacho vio el fino vello cobrizo que se iba levantando bajo los dedos, sus ingles se hincharon.

La jovencita se inclinó hacia adelante, con el índice apoyado en el labio inferior, siempre con la misma sonrisa. Su busto cambió de forma; la abertura de su blusa se aflojó, mostrando el nacimiento del busto, tan blanca y translúcida que dejaba ver las diminutas venas azules.

Shasa pateó los estribos y desmontó, a la manera vistosa de los jugadores de polo. Pero la niña giró en redondo, levantó mucho las faldas y, con un relampagueo de muslos blancos, saltó ágilmente por sobre la tubería para desaparecer entre la maleza de la colina.

Shasa voló tras ella, debatiéndose entre los matorrales, que le lanzaban zarpazos a la cara y le apresaban las piernas. En cierta oportunidad la oyó reír a poca distancia, pero una roca giró bajo su bota, haciéndolo caer con pesadez. Quedó sin aliento; cuando logró levantarse y seguir tras ella, renqueando, la muchachita había desaparecido.

Pasó un rato más avanzando penosamente entre la maleza. Su ardor se enfriaba velozmente. Cuando consiguió llegar nuevamente a la tubería, descubrió que Prester John, aprovechando a pleno la diversión, había escapado. Entonces se sintió hervir de furia contra sí mismo y contra la muchacha.

La caminata hasta el *bungalow* era larga, y sólo entonces notó el cansancio que tenía. Cuando llegó a su casa ya había oscurecido. El pony y su silla vacía habían despertado alarma. La preocupación de Centaine se convirtió instantáneamente en aliviada ira al verlo llegar.

Tras una semana pasada en el polvo y el calor de las voladuras, la monotonía del trabajo comenzó a imponerse. Entonces Twentyman-Jones envió a Shasa a la sala de grúas de la galería principal. El operador de grúas era hombre taciturno, callado y celoso de su trabajo. No quiso permitir que el muchacho tocara los controles del equipo.

—Mi sindicato no lo permite —sostenía, tercamente.

Al cabo de dos días, Twentyman-Jones trasladó al joven a los campos de oreo.

Allí se volcaba la mena, que varios grupos de obreros ovambos esparcían bajo el cielo abierto. Trabajaban desnudos hasta la cintura y cantando a coro, mientras efectuaban el laborioso y repetitivo proceso de volcar y esparcir, bajo el acicate del supervisor blanco y de capataces negros.

En esos terrenos de oreo yacía la materia prima de la Mina H'ani; eran miles de toneladas de mena, sembradas en un campo cuyo tamaño equivalía a cuatro campos de polo. Cuando la tierra azul salía de la chimenea volcánica, era dura como el concreto; sólo la gelignita y las mazas de cinco kilos podían romperla. Pero luego de una exposición de seis meses al sol, en los terrenos de oreo, comenzaba a partirse y desmigajarse hasta quedar como tiza; entonces se la cargaba nuevamente en los vagones y viajaba al molino, al equipo de lavado.

Shasa quedó al mando de cuarenta obreros, y pronto entabló amistad con el capataz ovambo. Tenía dos nombres, como todos los negros: el tribal, que no revelaba a sus jefes blancos, y su nombre de trabajo. Este último era Moses. Tenía unos quince años menos que los otros capataces; había sido elegido por su inteligencia y su iniciativa. Hablaba con fluidez el inglés y el afrikaans; con su cachiporra, su bota y su agrio ingenio, se había ganado el respeto que los trabajadores negros solían reservar para las canas de la edad.

114

—Si fuera blanco —dijo a Shasa—, algún día llegaría al puesto de Doctela. —"Doctela" era el nombre que los ovambos daban a Twentyman-Jones. —Tal vez llegue a tenerlo. Y si no yo, mi hijo.

Shasa, pasada la sorpresa, quedó intrigado por esa idea tan ridícula. Hasta entonces no había conocido a ningún negro que no supiera darse su sitio en la sociedad. Existía algo perturbador en el porte de ese alto ovambo, que parecía el dibujo de un faraón egipcio, tal como él los había visto en la sección prohibida de la biblioteca. Pero ese dejo de peligro lo hizo aún más interesante para Shasa.

Solían pasar juntos la hora del almuerzo. Shasa ayudaba a Moses a perfeccionar su lectura y a escribir en la sucia libreta que constituía su posesión más preciada. A cambio, el ovambo le enseñaba los rudimentos de su idioma, sobre todo los juramentos, los insultos y el significado de algunas canciones, la mayoría de las cuales eran subidas de tono.

—Hacer bebés ¿es trabajo o placer? —era la retórica apertura de su canción favorita. Y Shasa participaba en la respuesta, para deleite del grupo que él supervisaba: —No puede ser trabajo, o el hombre blanco nos obligaría a hacerlo por él.

Shasa tenía catorce años apenas cumplidos. Algunos de los hombres a sus órdenes triplicaban esa edad, pero a ninguno de ellos le parecía extraño. En cambio, respondían bien a sus bromas, su luminosa sonrisa y sus patéticos intentos de hablar el idioma de los ovambos. El grupo encabezado por él no tardó en procesar cinco cargas, contra las cuatro de los otros equipos; en la segunda semana probaron ser el mejor de los equipos de ese sector.

Shasa, demasiado absorto en su trabajo y su nuevo amigo, no veía las miradas sombrías del supervisor blanco; cuando hacía referencias intencionadas sobre los *kafferboetis*, "amantes de los negros", él no se sentía aludido.

En el tercer sábado, una vez que los hombres recibieron su paga, a mediodía, el muchacho aceptó la invitación de Moses para ir a la cabaña de los capataces negros y pasó una hora sentado al sol, en el peldaño de la vivienda, tomando leche agria de la calabaza que le ofrecía la joven esposa de Moses, una muchacha tímida y bonita. Mientras tanto, le ayudaba a leer en voz alta un ejemplar de la *Historia de Inglaterra*, escrita por Macaulay, que él había escamoteado del *bungalow*.

Como el libro era uno de sus textos escolares, Shasa se consideraba una especie de autoridad al respecto. Disfrutó de su desacostumbrado papel de maestro hasta que, por fin, Moses cerró el libro.

—Es tarea muy pesada, Agua Buena. —Había traducido al ovambo el nombre de Shasa. —Peor que esparcir mena en verano. Más tarde trabajaré con esto.

Y entró en el único ambiente de la cabaña, para guardar el libro en su armario. Cuando volvió a salir, traía un periódico enrollado.

—Probemos con esto.

Ofreció el periódico a Shasa, que lo abrió sobre sus rodillas. Era papel amarillo de mala calidad; la tinta le manchó los dedos. El nombre impreso en la parte superior de la página era *Umlomo Wa Bantu*, que Shasa tradujo sin dificultad: "La boca de las naciones negras". Echó un vistazo por las columnas. En su mayoría, los artículos estaban escritos en inglés, aunque había unos cuantos en la lengua vernácula.

Moses le señaló el editorial y empezaron a trabajar con él.

—¿Qué es el Congreso Nacional Africano? —preguntó Shasa, confundido— ¿Y quién es Jabavu?

El ovambo, ansioso, comenzó a explicar. Mientras escuchaba, el interés de Shasa se convirtió en inquietud.

—Jabavu es el padre de los bantúes, de todas las tribus, de todos los pueblos negros. El Congreso Nacional Africano es el pastor que custodia nuestro ganado.

—No comprendo. —Shasa sacudió la cabeza.

No le gustaba la dirección que estaba tomando la charla. Se agitó, intranquilo, al oír que Moses citaba:

"Tu ganado ha desaparecido, pueblo mío.
¡Ve a rescatarlo, ve a rescatarlo!
Deja tu arma vieja
Y toma, en cambio, la pluma.
Toma papel y tinta,
Pues ellos serán tu escudo.
Tus derechos están desapareciendo.
Toma, entonces, tu pluma,
Cárgala de tinta
Y batalla con la pluma."

—Eso es política —le interrumpió Shasa—. Los negros no participan de la política. Eso es asunto de los blancos.

Tal era la piedra fundamental de todo el sistema de vida, en Sudáfrica.

La expresión de Moses perdió el fulgor. Recogió el periódico que Shasa tenía en el regazo y se levantó.

—Le devolveré el libro cuando lo haya leído.

Sin mirar a Shasa a los ojos, volvió a entrar en la cabaña.

El lunes, Twentyman-Jones detuvo a Shasa ante el portón principal de los terrenos de oreo.

—Creo que ya ha aprendido todo lo necesario sobre el oreo, señorito

Shasa. Es hora de que vaya al molino y al equipo de lavado.

Y, en tanto seguían los rieles hacia la planta principal, caminando junto a uno de los vagones cargados de mena oreada, el ingeniero comentó:

—Es mejor que no se familiarice demasiado con los trabajadores negros, señorito Shasa. Descubrirá que tienden a aprovecharse.

Shasa quedó intrigado por un instante. Luego se echó a reír:

—Ah, se refiere a Moses. Él no es obrero, sino capataz. Y muy brillante, señor.

—Demasiado brillante para su propio bien —sentenció Twentyman-Jones, amargamente—. Los brillantes son siempre los descontentos y los agitadores. Prefiero un negro tonto y derecho, toda la vida. Su amigo Moses está tratando de organizar un sindicato de mineros negros.

Shasa sabía, por su abuelo y su madre, que los bolcheviques y los sindicalistas eran los monstruos más temibles, empeñados en desgarrar la armazón misma de la sociedad civilizada. Le horrorizó enterarse de que Moses era uno de ésos, pero Twentyman-Jones ya estaba diciendo:

"También sospechamos que está en el centro de una bonita CID.

CID era el otro monstruo de la existencia civilizada: la Compra Ilícita de Diamantes, tráfico de diamantes robados. A Shasa le asqueó la idea de que su amigo pudiera ser, a un tiempo, sindicalista y traficante ilícito.

Sin embargo, las siguientes palabras de Twentyman-Jones lo dejaron deprimido:

"Temo que el señor Moses encabezará la lista de quienes se irán a fin de mes. Es hombre peligroso. Tendremos que librarnos de él.

"Lo echan sólo porque somos amigos", pensó Shasa. "Es por culpa mía." Quedó invadido por la sensación de culpa, y a esa culpa siguió, casi de inmediato, el enfado. A la lengua le saltaron rápidas palabras. Habría querido gritar: "¡No es justo!" Pero antes de hablar miró al ingeniero y comprendió, intuitivamente, que si intentaba defender a Moses no haría sino sellar el destino del muchacho.

Se encogió de hombros.

—Usted sabrá qué le conviene hacer, señor —asintió.

Y vio en los hombros del otro un leve gesto de relajación. "Mater", pensó. "Voy a hablar con Mater." Y de inmediato, con intensa frustración: "Si al menos pudiera hacerlo yo mismo, si pudiera decir qué se debe hacer..."

Entonces comprendió que a eso se había referido su madre al hablar de poder: a la capacidad de cambiar y dirigir el orden de las existencias que lo rodeaban.

"Poder", susurró para sus adentros. "Algún día tendré poder, un poder enorme."

El trabajo en el molino era más interesante y exigía mucho de él. La mena oreada y desmenuzada era cargada en los vagones y suministrada a los rodillos, que la trituraban hasta darle la consistencia correcta para el equipo de lavado. La maquinaria era grande y potente; el estruendo, casi ensordecedor. La mena caía a la canaleta de alimentación y era absorbida hacia los rodillos giratorios de acero, con un rugido constante. Ciento cincuenta toneladas por hora. Entraba por un extremo, en terrones del tamaño de sandías, y brotaba por el opuesto, reducida a grava y polvo.

El hermano de Annalisa, Stoffel (el que había ajustado el motor del viejo Ford y sabía imitar a los pájaros) era ahora aprendiz en el molino. A él se le encomendó mostrar las instalaciones a Shasa, y aceptó la tarea con gusto.

—Hay que tener un cuidado del diablo con esos malditos controles de los rodillos; si no, los diamantes quedan hechos polvo, qué embromar.

Stoffel subrayaba su virilidad y la autoridad recién adquiridas utilizando juramentos y obscenidades.

—Ven, Shasa; te mostraré los puntos de engrase. Hay que engrasarlos a pistola al iniciarse cada turno. —Se arrastró por debajo de los atronadores rodillos, gritando al oído de Shasa para hacerse oír. —El mes pasado, uno de los otros aprendices metió el brazo en el equipo, el imbécil. Se lo arrancó como si fuera un ala de pollo. Hubieras visto cuánta sangre, hombre. —Señaló, morboso, las manchas secas en el suelo y las paredes galvanizadas. —De veras, manaba la sangre como de una manguera.

Stoffel trepó por la pasarela de acero como un monito. Ambos miraron hacia abajo, a las mesas del molino.

—Uno de los kaffires ovambos se cayó desde aquí, bien en el medio del tanque de mena. Cuando salió, por el otro lado de los rodillos, no quedaba un pedacito de hueso más grande que tu dedo. Ja, hombre, es peligroso, este condenado oficio —aseguró, muy orgulloso—. Hay que estar todo el día con el ojo bien abierto.

Cuando la sirena de la mina marcó el mediodía, guió a Shasa hasta el lado sombreado del molino; ambos se encaramaron cómodamente en la caseta del ventilador. En el sitio de trabajo podían tratarse abiertamente. Shasa se sintió adulto e importante cuando, con su mameluco azul de obrero, abrió la vianda que le había preparado el cocinero de su casa.

—Pollo, sándwiches de lengua y panqueques de mermelada —dijo, verificando el contenido—. ¿Quieres un poco, Stoffel?

—No, hombre. Aquí viene mi hermana con mi almuerzo.

Y Shasa perdió todo interés en su comida.

Annalisa venía pedaleando por la avenida, en una Rudge de cuadro negro, con las cajas suspendidas del manubrio. Era la primera vez que él la veía desde el encuentro en la bomba, aunque desde entonces la buscaba todos los días. La muchachita había metido las faldas en sus calcetines para impedir que se enredaran en la cadena; se mantenía erguida sobre los pedales, moviendo rítmicamente las piernas. Al cruzar los portones del molino, el viento ciñó la tela fina del vestido contra su cuerpo; sus pechos eran desproporcionadamente grandes, comparados con los miembros tostados y esbeltos.

Shasa la observó, totalmente fascinado. Cuando ella lo vio junto a su hermano, su porte cambió de inmediato. Se dejó caer en el asiento, con los hombros erguidos, y apartó una mano del manubrio para tratar de acomodarse los cabellos despeinados por el viento. Después de frenar la Rudge, desmontó y apoyó la máquina contra la caseta del ventilador.

—¿Qué hay de comer, Lisa? —preguntó Stoffel Botha.

—Salchichas con puré. —Ella le entregó las cajas. —Lo mismo de siempre.

Sus mangas tenían grandes sisas; cuando levantó los brazos, Shasa vio una mata de pelo tosco y rubio en las axilas, enredada y húmeda de transpiración, y se apresuró a cruzarse de piernas.

—¡Caramba, hombre! —Stoffel registró su disgusto. —¡Siempre salchichas con puré!

—La próxima vez le diré a mamá que prepare escalopes con hongos.

La muchacha bajó los brazos. Shasa se dio cuenta de que la estaba mirando con fijeza, pero no pudo disimular. Ella se cerró el escote de la blusa; en su cuello bronceado se detectó un leve rubor. Sin embargo, aún no lo había mirado de frente.

—Gracias, de nada —dijo Stoffel, como para que se fuera.

Pero ella se demoraba.

—Puedes comer parte de lo mío —ofreció Shasa.

—Cambiemos —propuso Stoffel, generosamente.

Su compañero echó un vistazo al recipiente y vio un puré de papas, lleno de grumos, nadando en acuoso jugo de carne.

—No tengo hambre. —Habló con la muchacha por primera vez. —¿Quieres un sándwich, Annalisa?

Ella se alisó las faldas sobre la cadera y lo miró, por fin, a la cara. Sus ojos eran oblicuos, como los de un gato salvaje. Sonreía con astucia.

—Cuando quiera algo de ti, Shasa Courtney, te lo pediré con un silbido... así.

Frunció los labios rosados y silbó como los encantadores de serpientes, mientras iba levantando poco a poco el índice, en un gesto inconfundiblemente obsceno.

Stoffel dejó escapar una carcajada de deleite y dio un codazo a Shasa.

—¡La tienes caliente, hombre!

Mientras Shasa se ponía escarlata, enmudecido por el impacto, Annalisa le volvió deliberadamente la espalda y recogió la bicicleta. Salió por el portón, erguida sobre los pedales, balanceando la Rudge de lado a lado, para que sus nalgas tensas y redondas oscilaran con cada pedaleo.

Esa noche, mientras Prester John tomaba la senda de la tubería, el pulso de Shasa echó a galopar con la expectativa. Al acercarse a la bomba sofrenó al pony, poniéndolo al paso; temía llevarse una desilusión y se resistía a girar en el recodo del edificio.

Sin embargo, no estaba preparado para la sorpresa. Annalisa esperaba, lánguidamente recostada contra un pilar de la tubería. Shasa quedó mudo al ver que se erguía lentamente para acercarse al caballo, sin mirar a su jinete.

Tomó la correa del freno y arrulló:

—Qué lindo muchachito. —El poni resopló, cambiando de posición. —¡Qué nariz tan suave y encantadora! —Y le acarició el hocico, demorada, lenta.

—¿Te gustaría que te diera un besito, muchacho lindo?

Mientras fruncía los labios, rosados, suaves, húmedos, echó un vistazo a Shasa antes de inclinarse hacia adelante, para besar deliberadamente el hocico del caballo, rodeándole el cuello con los brazos. Alargó el beso por varios segundos; después apoyó la mejilla contra la cara del animal y comenzó a mecerse, balanceando las caderas y canturreando para sus adentros. Por fin elevó la mirada hacia Shasa, con sus astutos ojos oblicuos.

Él luchaba por decir algo, confundido por la fuerza de sus emociones. La muchacha se corrió lentamente hasta la paleta del pony y le acarició el flanco.

—Qué fuerte... —Su mano rozó apenas el muslo de Shasa, casi por casualidad. Luego volvió, con más deliberación. Ella ya no lo miraba a la cara. Shasa no podía cubrirse ni disimular su violenta reacción ante ese contacto. De pronto, ella dejó escapar una carcajada chillona y se echó atrás, con los brazos en jarras.

—¿Estás por acampar, Shasa Courtney? —preguntó.

El muchacho, confundido y azorado, sacudió tontamente la cabeza.

—Entonces, ¿para qué estás levantando esa carpa?

Miraba, con todo descaro, el frente de los pantalones. Él se dobló en dos sobre la montura. De inmediato, en un desconcertante cambio de actitud, ella se mostró benévola; volvió a la cabeza del pony y lo condujo por el camino, dando al jovencito la posibilidad de recobrar su compostura.

—¿Qué te dijo mi hermano de mí? —preguntó, sin darse vuelta a mirarlo.

—Nada —le aseguró él.

—No vayas a creer lo que dice. —Ella no parecía convencida. —Siempre inventa cosas feas sobre mí. ¿Te habló de Fourie, el camionero?

En la mina, todos sabían que la esposa de Gerhard Fourie los había sorprendido en la cabina del camión, tras la fiesta de Navidad. La esposa de Fourie tenía más edad que la madre de Annalisa, pero había dejado a la muchachita con los dos ojos negros y el único vestido bueno hecho harapos.

—No me dijo nada —reiteró Shasa, con firmeza. Luego, interesado:
—¿Qué pasó?

—Nada —fue la apresurada respuesta—. Eran todas mentiras. —Y de inmediato, cambió de tema: —¿Quieres que te muestre algo?

—Sí, por favor —respondió Shasa, sin pérdida de tiempo, pues tenía una idea de lo que podía ser.

—Dame un brazo.

Annalisa se acercó al estribo. Él se inclinó para ayudarla a subir; era liviana y fuerte. Sentada detrás de él, a horcajadas sobre la grupa, deslizó ambos brazos por su cintura.

—Toma el sendero de la izquierda —le indicó.

Siguieron en silencio por unos diez minutos. Por fin, ella preguntó:
—¿Qué edad tienes?

—Casi quince —respondió él, estirando un poco la verdad.

—Yo cumplo dieciséis dentro de dos meses.

Si cabían dudas sobre quién estaba a cargo del mando, esa declaración dejó el asunto definitivamente en claro. Shasa se puso en un segundo plano, y ella lo sintió en su actitud. Le apretó los pechos contra la espalda, como para subrayar su dominio; eran grandes, firmes; quemaban a través de la camisa fina.

—¿Adónde vamos? —preguntó él, después de otro largo silencio, pues habían dejado a un costado el *bungalow*.

—¡Chist! Ya te enseñaré cuando lleguemos.

La senda se había estrechado y resultaba cada vez más escarpada. Parecía difícil que alguien hubiera pasado por allí en varios meses, como no fueran las pequeñas bestias salvajes que aún vivían a tan poca distancia de la mina. Por fin desapareció por completo, contra la base del acantilado, y Annalisa se dejó caer desde el lomo del caballo.

—Deja el poni aquí.

Él ató al animal y echó un vistazo en derredor, interesado. Nunca se había alejado tanto por la base de los barrancos. Debían de estar, cuanto menos, a cinco kilómetros del *bungalow*.

Por debajo de ellos, la cuesta de piedras desmoronadas se hundía, en un ángulo muy agudo; la tierra estaba surcada de gargantas y barrancos, todos ellos ahogados de malezas espinosas.

—Vamos —ordenó Annalisa—. No tenemos mucho tiempo. Pronto será de noche.

Agachó la cabeza para pasar por debajo de una rama e inició el descenso por la cuesta.

—¡Eh! —le advirtió Shasa—. No puedes bajar allí. Te vas a lastimar.

—Tienes miedo —se burló ella.

—No, no tengo.

La pulla lo instó a seguirla por la cuesta sembrada de rocas; bajaron juntos. En una oportunidad, Annalisa se detuvo para arrancar una rama de flores amarillas de cierto arbusto espinoso; después continuaron bajando, se ayudaban mutuamente en los lugares difíciles, agachados bajo las ramas de los espinillos, vacilando sobre las piedras y brincando sobre las grietas como un par de conejos montañeses. Por fin llegaron al fondo del barranco y se detuvieron a recobrar el aliento.

Shasa dobló hacia atrás su cintura para contemplar el barranco que se elevaba por sobre ellos, a pico, como la muralla de una fortaleza. Pero Annalisa le tironeó del brazo para llamarle la atención.

—Es un secreto. Tienes que jurar que no se lo dirás a nadie, mucho menos a mi hermano.

—Está bien. Lo juro.

—Tienes que hacerlo debidamente. Levanta la mano derecha y pon la otra sobre el corazón.

Lo introdujo en un juramento solemne. Después lo tomó de la mano y lo condujo hasta un montón de piedras cubiertas de líquenes.

—¡Arrodíllate!

Él obedeció. Annalisa, cuidadosamente, apartó una rama de denso follaje, que ocultaba un nicho entre las piedras. Shasa se echó atrás, y ahogando una exclamación, se levantó a medias. El nicho tenía la forma de un altar. En el suelo había una serie de frascos vacíos, cuyas flores silvestres se habían marchitado, tornándose pardas. Más allá de las ofrendas florales se veía un montón de huesos blancos, cuidadosamente dispuestos en forma de pequeña pirámide; la coronaba un cráneo humano, de grandes cuencas oculares y dientes amarillos.

—¿Quién es? —susurró Shasa, con los ojos dilatados por el temor supersticioso.

—La bruja de la montaña. —Annalisa lo tomó de la mano. —Encontré sus huesos aquí y preparé este sitio mágico.

—¿Cómo sabes que es una bruja?

Por entonces, Shasa tenía un verdadero ataque de escalofríos; su voz, susurrante, salió temblorosa y quebrada.

—Ella me lo dijo.

Eso provocó imágenes tan aterradoras que el muchacho no se animó a preguntar más. Huesos y cráneos ya eran algo de temer; las voces de ultratumba eran cien veces peor; le escocían los pelos de la nuca y de los brazos. Contempló a la muchachita, que cambiaba las flores marchitas por los capullos de acacia amarilla que acababa de cortar; por fin, ella se sentó sobre los tobillos y lo tomó de la mano.

—La bruja te concederá un deseo —susurró ella.

Él quedó pensativo.

—¿Qué quieres? —insistió ella, tironeándole de la mano.

—¿Puedo pedir cualquier cosa?

—Sí, cualquier cosa. —Le observaba el rostro con ansiedad.

Shasa sintió que su temor reverencial se evaporaba al contemplar aquel cráneo descolorido; de pronto cobró conciencia de una nueva sensación. Algo parecía alargarse hacia él, una sensación de calor, de consuelo familiar, que él sólo había conocido siendo muy pequeño, cuando su madre lo sostenía contra su seno.

Aún quedaban trocitos de cuero cabelludo seco adheridos al cráneo, como pergamino pardo, y motitas de pelo negro; eran bolitas velludas y suaves, como las de los pigmeos domesticados que atendían las vacas lecheras en la posada, en la ruta a Windhoek.

—¿Cualquier cosa? —repitió él—. ¿Puedo pedir cualquier cosa?

—Sí, lo que quieras.

Annalisa se apoyó a su lado; era suave, cálida; su cuerpo olía a sudor joven y fresco.

Shasa se inclinó hacia adelante y tocó el cráneo, a la altura de la frente blanca; la sensación de calidez y consuelo fue más intensa. Cobró conciencia de un sentimiento benigno, de amor; sí, la palabra no era demasiado poderosa. Era amor, como si estuviera bajo la vigilancia de alguien que lo amaba muy profundamente.

—Deseo —dijo, suavemente, casi soñador—, deseo tener un poder enorme.

Imaginó una sensación de escozor en los dedos que tocaban el cráneo, como una descarga de electricidad estática, y apartó la mano bruscamente. Annalisa soltó una exclamación exasperada y, al mismo tiempo, apartó su cuerpo.

—Qué deseo estúpido. —Obviamente, estaba ofendida y él no comprendió por qué. —Eres un niño estúpido. La bruja no te concederá un deseo tan tonto. —Se levantó de un brinco y apartó la rama que ocultaba el nicho. —Es tarde. Tenemos que volver a casa.

Shasa, que no deseaba abandonar ese sitio, se demoraba. Annalisa lo llamó desde la cuesta.

—Vamos, va a oscurecer dentro de una hora.

Cuando llegó otra vez al sendero, la encontró sentada contra el muro de roca, de frente a él.

—Me lastimé. —Lo decía como si fuera una acusación. Los dos estaban enrojecidos y jadeantes por el ascenso.

—Lo siento —balbuceó él—. ¿Cómo te lastimaste?

Ella levantó el ruedo de su falda hasta la mitad del muslo. Una de las espinas rojas la había rozado, levantando un largo arañazo punzó en la piel suave del muslo, por el lado interior. Apenas había abierto la piel, pero una hilera de pequeñas gotas de sangre formaba un collar de diminutos rubíes. Él la miró fijamente, como hipnotizado. Ella volvió a recostarse contra la roca, levantó las rodillas y las separó, sosteniendo el bulto de las faldas contra la entrepierna.

—Ponme un poco de saliva —ordenó.

Él, obediente, se arrodilló entre sus pies y se mojó el índice.

—Ese dedo está sucio —le amonestó ella.

—¿Y qué puedo hacer? —preguntó él, desconcertado.

—Con la lengua. Pon saliva con la lengua.

Shasa se inclinó hacia adelante y tocó la herida con la punta de la lengua. Su sangre tenía un extraño gusto salado y metálico. Annalisa puso una mano en la nuca del muchacho y le acarició los densos rizos oscuros.

—Sí, así, límpiala —murmuró.

Sus dedos se enredaron en el pelo. Le sujetó la cabeza, apretándole la cara contra la piel. Después, deliberadamente, lo guió hacia arriba, levantando poco a poco la falda con la mano libre, mientras la boca del muchachito viajaba hacia lo alto.

Al espiar por la abertura de sus muslos, él vio que estaba sentada en una prenda de vestir: un fragmento de paño blanco con flores rosadas. Con un cosquilleo de horror, comprendió que, en sus escasos minutos de soledad, ella se había quitado la bombacha para ponerla como almohadón en la tierra suave, cubierta de musgo. Estaba desnuda bajo la falda.

Shasa despertó sobresaltado, sin recordar en dónde estaba. Sentía duro el suelo bajo la espalda y un guijarro clavado en el hombro; algo pesado, sobre su pecho, le dificultaba la respiración. Hacía frío y estaba oscuro. Prester John golpeaba el suelo con los cascos, resoplando; la silueta de su cabeza se recortaba contra las estrellas.

Recordó de pronto. Annalisa tenía una pierna cruzada sobre la suya y la cara contra su cuello; estaba despatarrada a medias sobre su pecho. La apartó con un empujón tan violento que ella despertó con un grito.

—¡Ya ha oscurecido! —dijo él, estúpidamente—. Nos estarán buscando.

Trató de ponerse de pie, pero tenía los pantalones enrollados a la altura de las rodillas. Recordó vívidamente el modo práctico con que ella se los había desabotonado, bajándoselos. Los subió de un tirón, luchando con la bragueta.

—Tenemos que volver a casa. Mi madre...

Annalisa estaba de pie a su lado, saltando en un solo pie, mientras buscaba la abertura de su bombacha con el pie descalzo. Shasa levantó la vista hacia las estrellas. Orión estaba en el horizonte.

—Son más de las nueve —dijo, sombrío.

—Deberías haberte quedado despierto —gimió ella, apoyando una mano en el hombro del chico para sostenerse—. Mi papá me va a azotar. Dijo que la próxima vez me mataría.

Shasa apartó aquella mano. Quería huir de ella, pero sabía que no era posible.

—Es culpa tuya. —Ella se inclinó para subir la prenda ceñida a sus tobillos; se la acomodó en la cintura y alisó las faldas. —Le voy a decir a mi papá que fue culpa tuya. Esta vez me va a dar con el látigo. ¡Oh, me va a desollar viva!

Shasa desató el pony con manos temblorosas. No podía pensar con claridad; estaba aún medio dormido y mareado.

—No lo voy a permitir. —Su galantería era poco sincera y nada convincente. —No dejaré que te haga daño.

Sólo consiguió enfurecerla.

—¿Y qué vas a hacer? ¡Si eres un bebé! —Esa palabra despertó algo más en su mente. —¿Qué va a pasar si me has hecho un hijo, eh? Será un bastardo. ¿Pensaste en eso cuando estabas clavándome esa cosa tuya? —acusó, hiriente.

Shasa se sintió picado por lo injusto de la acusación.

—Tú me mostraste cómo hacerlo. De lo contrario no habría pasado.

—Para lo que nos va a servir... —Ahora estaba llorando. —Ojalá pudiéramos huir juntos.

La idea tenía un gran atractivo para Shasa; la descartó con dificultad.

—Vamos —dijo, ayudándola a subir a Prester John, antes de montar a su vez.

Cuando giraron en el recodo de la montaña vieron las antorchas de los grupos que los buscaban en la planicie, allá abajo. También había reflectores en la ruta, que avanzaban lentamente, como si revisaran las banquinas. Les llegaron vagamente los gritos de quienes los buscaban, llamándolos, en tanto avanzaban por la selva, mucho más abajo.

—Mi papá me va a matar. Sabrá enseguida lo que estuvimos haciendo —sollozó ella. Esa autoconmiseración irritó a Shasa, que ya había renunciado a consolarla.

—¿Cómo quieres que lo sepa, si no estaba allí? —le espetó.

—No creerás que eres el primero con quien lo hago —acusó ella, tratando de ofenderlo—. Lo he hecho con muchos otros, y papá me ha pescado dos veces. Oh, se va a dar cuenta, claro.

Con solo imaginarla efectuando esas triquiñuelas extrañas y maravillosas con otros hombres, Shasa sintió un arrebato de celos, que la razón disipó lentamente.

—Bueno —señaló—, si él sabe lo de los otros, de nada te servirá tratar de echarme la culpa.

Annalisa, acorralada, dejó escapar otro sollozo desgarrador. Aún sollozaba teatralmente cuando se encontraron con un grupo de búsqueda que venía a pie, por la senda de la tubería.

Shasa y Annalisa, sentados en rincones opuestos de la sala, trataban instintivamente de mantenerse lo más alejados que les era posible. Cuando el Daimler se detuvo frente al *bungalow*, con un destello de faros y crujir de grava, la muchachita volvió a llorar, frotándose los ojos para obtener algunas lágrimas más.

Oyeron el paso rápido y ligero de Centaine, que cruzaba la galería, seguida por los de Twentyman-Jones, más pausados.

Shasa se levantó, con las manos cruzadas frente a sí, en la actitud de un penitente. Centaine se detuvo en el vano de la puerta, vestida con pantalones y botas de montar, una chaqueta de *tweed* y una bufanda amarilla anudada al cuello. Estaba enrojecida, aliviada y furiosa como un ángel vengador.

Annalisa, al ver su cara, dejó escapar un gemido de angustia, fingida sólo a medias.

—Cierra el pico, niña —dijo la mujer, serenamente—, o te daré buenos motivos para aullar. —Se volvió hacia Shasa. —¿Alguno de ustedes está herido?

—No, *Mater* —respondió él, con la cabeza gacha.

—¿Prester John?

—Oh, está en perfectas condiciones.

—Conque así son las cosas. —No hacía falta entrar en detalles. —Doctor Twentyman-Jones, ¿quiere llevar a esta jovencita a casa de su padre? Sin duda, él sabrá cómo tratar con ella.

Centaine había hablado brevemente con el padre, apenas una hora antes; era un hombre corpulento, calvo y panzón, que tenía los brazos cubiertos de tatuajes. Belicoso, con los ojos inyectados y apestando a brandy barato, había murmurado cuáles eran sus intenciones con respecto a su hija, mientras abría y cerraba sus puños peludos.

Twentyman-Jones tomó a la niña por la muñeca, la levantó de un tirón y la condujo hacia la puerta. Cuando pasó junto a Centaine, ella suavizó su expresión y le tocó el brazo, diciendo en voz baja:

—¿Qué haría sin usted, doctor Twentyman-Jones?

—Sospecho que se las arreglaría muy bien sola, señora Courtney, pero me alegro de serle útil.

El ingeniero se llevó a Annalisa a la rastra. Afuera se oyó el ronroneo del Daimler al ponerse en marcha.

La expresión de Centaine volvió a endurecerse al mirar a Shasa, que se retorcía bajo su escrutinio.

—Has sido desobediente —le dijo—. Te advertí que no te acercaras a esa pequeña *poule*.

—Sí, *Mater*.

—Ha estado con la mitad de los hombres de la mina. Tendremos que llevarte a un médico en cuanto lleguemos a Windhoek.

Él se estremeció al pensar en que una horda de asquerosos microbios podían estar invadiendo su cuerpo.

—Ya es bastante malo que desobedezcas, pero ¿qué has hecho que resulta realmente imperdonable? —interrogó ella.

A Shasa se le ocurrían, cuanto menos, doce violaciones, sin entrar en detalles.

—Has sido estúpido —dictaminó Centaine—. Has cometido la estupidez de dejarte atrapar. Ése es el peor de los pecados. Te has convertido en un hazmerreír para todos los de la mina. ¿Cómo vas a hacer para dirigir y dar órdenes, si te rebajas de este modo?

— ·o pensé en eso, *Mater*. No pensé en nada, en realidad. Las cosas pasaron, simplemente.

—Bueno, piénsalo ahora —indicó la madre—, mientras te das un buen baño, con medio frasco de desinfectante en el agua, piénsalo bien. Buenas noches.

—Buenas noches, *Mater*. —Él se acercó. Al cabo de un momento, Centaine le presentó la mejilla. —Lo siento, *Mater* —dijo Shasa, dándole un beso—. Lamento haber hecho que te avergonzaras de mí.

Ella habría querido rodearlo con sus brazos, atraer hacia ella esa amada cabeza, estrecharlo con fuerza y decirle que jamás se avergonzaría de él.

—Buenas noches, Shasa —dijo, fría y erguida, hasta que él se retiró del cuarto.

Sus pasos se arrastraron, desconsolados, por el pasillo. Sólo entonces cayeron los hombros de Centaine.

—Oh, querido mío, oh, mi bebé —susurró.

Súbitamente, por primera vez en muchos años, sintió la necesidad de un calmante. Se acercó rápidamente al gran armario de madera y se sirvió una copa de coñac, de la que tomó un sorbo. El licor le escoció la lengua; sus vapores le llenaron los ojos de lágrimas. Lo tragó y dejó la copa a un costado.

—Eso no va a servir de mucho —decidió, caminando hacia su escritorio. Se sentó en el gran sillón de cuero, sintiéndose pequeña, frágil, vulnerable. Para ella, se trataba de una emoción extraña, que la asustó.

—Ya ha ocurrido —susurró—. Se está convirtiendo en un hombre. —De pronto odió a la muchachita. —Esa sucia ramerita. Mi niño todavía no está preparado para eso. Ella ha soltado el demonio demasiado temprano, el demonio de su sangre de Thiry.

Centaine conocía muy bien a ese mismo demonio, pues la había asolado durante toda su vida: la sangre de Thiry, apasionada y salvaje.

—Oh, mi querido...

Ahora perdería una parte de él. "Ya la he perdido", comprendió. La soledad llegó a ella como una bestia hambrienta, que hubiera permanecido emboscada durante todos esos años.

Sólo dos hombres habrían podido calmar esa soledad. El padre de Shasa había muerto, en su frágil máquina de lona y madera, mientras ella, inerme, lo veía arder y ennegrecerse. El otro hombre se había puesto fuera de su alcance para siempre, con un único acto brutal y sin sentido. Michael Courtney y Lothar De La Rey: para ella, ambos estaban muertos.

Desde entonces había tenido amantes, muchos amantes, breves amoríos transitorios, experimentados sólo en la piel, mero antídoto para el hervor de toda su sangre. A ninguno de ellos había concedido el ingreso en ese sitio profundo de su alma. Pero en esos momentos, la bestia de la soledad irrumpía por esos portales, devastando sus lugares secretos.

—Si al menos tuviera a alguien...

Sólo una vez se había lamentado así: en el lecho en donde dio a z al rubio bastardo de Lothar De La Rey.

—Si al menos tuviera a alguien a quien amar y que me amara a su vez...

Se incorporó para recoger la fotografía enmarcada en plata, la que llevaba consigo dondequiera fuese, y estudió el rostro del joven que ocupaba el centro en el grupo de los aviadores. Por primera vez notó que, con el pasar de los años, la foto se había descolorido; las facciones de Michael Courtney, el padre de Shasa; estaban borrosas. Contempló aquella cara joven y bella, tratando desesperadamente de aclarar la imagen en su propia memoria. Pero parecía borronearse y retroceder aún más.

—Oh, Michael —susurró—. Todo pasó hace tanto tiempo... Perdóname, por favor, perdóname. He tratado de ser fuerte y valiente. Lo he intentado, por ti y por tu hijo, pero...

Dejó el marco en el escritorio y se acercó a la ventana para mirar hacia la oscuridad.

—Voy a perder a mi niño —pensó—. Y algún día me veré sola, vieja, fea... y tengo miedo.

Descubrió que estaba temblando y apretó los brazos al cuerpo. Pero su reacción fue veloz e inequívoca.

—No hay tiempo para debilidades y autocompasión en el viaje que has elegido hacer. —Se endureció, pequeña, erguida y sola en la casa silenciosa y oscura. —Tienes que seguir. No hay retorno, no hay lugar para vacilaciones. Tienes que seguir hasta el final.

—¿Dónde está Stoffel Botha? —preguntó Shasa al supervisor del molino, cuando sonó la sirena que indicaba la hora del almuerzo—. ¿Por qué no ha venido?

—Qué sé yo. —El supervisor se encogió de hombros. —Recibí una nota de la oficina principal, avisando que no vendría. No me dijeron por qué. Tal vez lo han despedido. No sé si me importa. De cualquier modo, era un gallito con muchos humos.

Por el resto de la jornada, Shasa trató de suprimir sus remordimientos concentrándose en el paso de la mena por los atronadores rodillos.

Cuando sonó la sirena de salida y el grito de "¡Shahile!" (¡ha sonado!) pasó de un grupo de obreros al siguiente, Shasa montó a Prester John y se encaminó hacia la avenida de cabañas en donde vivía la familia de Annalisa. Sabía que estaba desafiando la ira de su madre, pero lo acicateaba un sentido de lo caballeresco. Debía averiguar cuánto daño, cuánta desdicha había causado.

Sin embargo, algo lo distrajo en los portones del molino.

Moses, el capataz de los terrenos de oreo, surgió delante de Prester John y lo tomó del freno.

—Te veo, Agua Buena —saludó a Shasa, con su voz suave y profunda.

—Oh, Moses. —Shasa sonrió de placer, olvidando momentáneamente sus otros problemas. —Iba a visitarte.

—Te he traído tu libro.

El ovambo le entregó el grueso ejemplar de *Historia de Inglaterra.* Shasa protestó:

—No es posible que lo hayas leído tan pronto. Hasta a mí me llevó meses enteros.

—Jamás lo leeré, Agua Buena. Abandono la mina H'ani. Mañana por la mañana iré con los camiones a Windhoek.

—¡Oh, no! —Shasa desmontó para tomarlo por el brazo. —¿Por qué te vas, Moses?

Fingía ignorancia para disimular su culpa y su complicidad.

—No puedo elegir. —El alto ovambo se encogió de hombros. —Son muchos los que se van mañana en los camiones. Doctela los eligió; tu señora madre nos ha explicado los motivos y nos ha dado un mes de salario. Los hombres como yo no hacen preguntas, Agua Buena. —Sonrió; era una mueca triste y amarga. —Aquí tienes tu libro.

—Quédatelo —dijo Shasa, rechazándolo—. Te lo regalo.

—Muy bien, Agua Buena. Lo conservaré como recuerdo tuyo. Que la paz sea contigo.

Y le volvió la espalda.

—Moses... —llamó Shasa.

Pero no halló nada que decirle. Alargó impulsivamente la mano y el ovambo retrocedió un paso. Los blancos y los negros no se estrechaban la mano.

—Que la paz sea contigo —insistió Shasa.

Moses miró a su alrededor, casi furtivamente, antes de aceptar el gesto. Su piel era extrañamente fresca, y Shasa se preguntó si todos los negros tendrían la piel así.

—Somos amigos —dijo, prolongando el contacto—. Lo somos, ¿verdad?

—No sé.

—¿Qué quieres decir?

—No sé si nos es posible ser amigos.

Suavemente, el negro liberó su mano y se alejó. Sin volver los ojos hacia Shasa, rodeó la cerca de seguridad y bajó a los albergues.

La caravana de pesados camiones avanzaba por la planicie; mantenía espacios regulares entre uno y otro para evitar la tierra levantada por el vehículo precedente. El polvo se elevaba en una llovizna plumosa, a gran altura en el aire caliente y quieto, como el humo amarillo de un incendio forestal.

Gerhard Fourie, que conducía el primer camión, se encorvó contra el volante, con el vientre colgándole sobre las rodillas; la panza le había desprendido los botones de la camisa, exponiendo el foso velludo del ombligo. Cada pocos segundos levantaba su mirada hacia el espejo retrovisor.

La parte trasera del camión estaba colmada de equipajes y mobiliarios, pertenecientes a las familias blancas y negras que habían sido despedidas de la mina. Sobre esa carga se encaramaban los infortunados propietarios. Las mujeres se habían atado pañuelos a la cabeza, para protegerse del polvo, y sujetaban con fuerza a los niños menores, en tanto los camiones se bamboleaban sobre las huellas desparejas. Los mayores se habían abierto nidos entre los bultos.

Fourie alargó la mano hacia el espejo, para reacomodarlo un poquito, centrando la imagen de la muchacha. Estaba incrustada entre un viejo armario de cocina y una raída valija de imitación cuero. Tenía un rollo de frazadas a la espalda y dormitaba; el movimiento del vehículo sacudía la cabeza rubia. Una de sus rodillas estaba levemente levantada y la falda corta, algo recogida; a medida que iba durmiéndose, la rodilla cayó a un lado. Fourie divisó por un momento sus bombachas, estampadas de flores rosadas, entre aquellos muslos suaves y jóvenes. En ese momento, la niña despertó bruscamente, juntó las piernas y se puso de costado.

Fourie estaba sudando, y no sólo por el calor. Las gotas centelleaban entre los canutos de barba oscura que le cubrían la mandíbula. Se quitó la colilla de los labios, con dedos temblorosos, para inspeccionarla. La saliva había empapado el papel de arroz, manchándolo con jugo de tabaco amarillo. La arrojó por la ventanilla lateral y encendió otro cigarrillo, mientras conducía con una sola mano, sin apartar la vista del espejo, por si la muchacha volvía a moverse. Había probado esa carne joven; sabía lo dulce, cálida y bien dispuesta que era. La ansiaba otra vez, enfermo de deseo, y estaba dispuesto a correr cualquier riesgo por probarla nuevamente.

Hacia adelante, un grupo de espinillos grises surgió del espejismo provocado por el calor. Fourie había recorrido ese trayecto muchas veces, tantas que el viaje tenía sus ritos y sus señales geográficas. Verificó la hora en su reloj de bolsillo y lanzó un gruñido. Llevaba veinte minutos de retraso en esa etapa. Claro que los camiones estaban sobrecargados con esa multitud de recientes desocupados y sus patéticas pertenencias.

Apartó el camión de la ruta, junto a los árboles, y se irguió trabajosamente en el estribo, para gritar.

—¡Oigan todos! ¡Pausa para mear! Las mujeres a la izquierda, los hombres a la derecha. El que no esté de vuelta dentro de diez minutos, se queda.

Fue el primero en volver al camión y se dedicó a revisar aparatosamente la válvula de la rueda trasera izquierda; en realidad, esperaba a la muchachita.

Ella surgió de entre los árboles, acomodándose las faldas. Se la veía irritada, acalorada y cubierta de polvo harinoso, pero cuando vio que Fourie la estaba observando sacudió la cabeza, meneando sus nalguitas apretadas, y lo ignoró ostentosamente.

—Annalisa —susurró él, al verla levantar un pie descalzo para subir al portón trasero del camión.

—¡Vete a la mierda, Gerhard Fourie! —siseó ella—. Si no me dejas en paz, se lo diré a mi padre.

En otra oportunidad hubiera respondido más amistosamente, pero aún tenía los muslos, las nalgas y la base de la espalda cruzados de magulladuras purpúreas, por los latigazos de su padre. Por el momento, había perdido interés por el sexo masculino.

—Quiero hablar contigo —insistió Fourie.

—¡Hablar! ¡Ja! Ya sé lo que quieres.

—Espérame esta noche, fuera del campamento —suplicó el hombre.

—Al diablo contigo. —La muchacha saltó a la caja del camión. El estómago de Fourie dio un vuelco al ver aquellas piernas morenas y esbeltas en toda su longitud.

—Te daré dinero, Annalisa.

Estaba desesperado; la enfermedad lo consumía.

Annalisa se detuvo a mirarlo, pensativa. Ese ofrecimiento era una revelación; abría una hendija hacia un mundo nuevo, de posibilidades fascinantes. Hasta ese momento no se le había ocurrido que un hombre pudiera darle dinero para hacer aquello, que a ella le gustaba tanto como comer y dormir.

—¿Cuánto? —preguntó, interesada.

—Una libra —ofreció él.

Era mucho dinero, más de lo que ella había tenido nunca en las manos de una sola vez, pero su instinto mercenario estaba ya despierto; quería saber hasta dónde podía aprovechar aquello. Por lo tanto, sacudió la cabeza, observándolo por el rabillo del ojo.

—Dos libras —susurró Fourie, desesperado.

El ánimo de Annalisa trepó raudamente. ¡Dos libras enteras! Se sentía audaz, bonita, asistida por la buena suerte. Las líneas purpúreas de las piernas y la espalda se le borraban. Entornó los ojos, con expresión astuta y consciente de que lo enloquecía; vio brotar el sudor en la barbilla del hombre; el labio inferior temblaba.

Eso la envalentonó aún más. Aspiró hondo. Luego susurró, atrevida:

—¡Cinco libras!

Deslizó la punta de la lengua por los labios, espantada por su propio coraje al nombrar una cifra tan enorme. Era casi tanto como lo que su padre ganaba por semana.

Fourie palideció, vacilante.

—Tres —barbotó.

Pero Annalisa percibió que estaba muy próximo a ceder y se echó atrás, ofendida.

—Eres un viejo maloliente. —Llenó su voz de desprecio y le volvió la espalda.
—¡Está bien! ¡Está bien! —se rindió él—. Cinco libras.
Ella sonrió, victoriosa. Había descubierto un nuevo mundo de infinitas riquezas y placer, y acababa de ingresar en él. Puso la punta de un dedo en la boca.
—Y si quieres también esto, te costará otra libra.
Ya no había límites para su audacia.

Faltaban pocos días para luna llena; su luz bañaba el desierto de platino fundido; en tanto, las sombras que caían a lo largo de los barrancos eran manchas de plomo azul. Los ruidos del campamento corrían débiles a lo largo del barranco; alguien cortaba leña; resonó un balde; las voces de las mujeres, entre las fogatas, eran como reclamos de pájaros a lo lejos. Algo más cerca gritó una pareja de chacales al acecho. Los olores de las cacerolas los excitaban y provocaban un coro salvaje, gimiente, casi agónico.

Fourie, sentado en cuclillas contra la pared del barranco, encendió un cigarrillo, contemplando el sitio por donde debía venir la muchacha. La llama del fósforo iluminó sus facciones carnosas y sin afeitar. Tan concentrado estaba en su vigilancia que no reparó en los ojos rapaces que lo observaban, a poca distancia, bajo las sombras azules de la luna. Toda su existencia estaba centrada en la llegada de la jovencita; ya comenzaba a respirar con ansiosos gruñidos de expectativa.

Ella apareció como un fantasma a la luz de la luna, plateada y etérea. Fourie se puso de pie y aplastó su cigarrillo.

—¡Annalisa! —llamó, en voz baja y estremecida por su necesidad de ella.

La muchacha se detuvo ante él, pero fuera de su alcance. Cuando el camionero trató de sujetarla, se alejó con ligeros pasos de baile, riendo con un tintineo burlón.

—Cinco libras, *Meneer* —le recordó.

Se acercó un poquito al ver que él sacaba los billetes arrugados del bolsillo trasero. Los tomó en sus manos para estudiarlos a la luz de la luna; luego, satisfecha, los guardó entre sus ropas y avanzó hacia él, audaz.

El hombre la ciñó por la cintura y le cubrió la boca con sus labios mojados. Por fin ella se apartó, riendo, sin aliento, y le sujetó por la muñeca la mano que hurgaba bajo su falda.

—¿No quieres cobrarte por una libra más?
—Es demasiado —jadeó él—. No tengo tanto.
—Diez chelines, entonces —ofreció ella, tocándolo por delante del cuerpo con mano hábil.
—Media corona. Es todo lo que tengo.

Ella lo miró fijamente, sin dejar de tocarlo, y comprendió que no podía sacarle más.

—Está bien. Dámela —accedió.

Después de esconder la moneda, se puso de rodillas ante él, como esperando su bendición. Él apoyó las dos manos en su cabeza rizada, descolorida por el sol, y la atrajo hacia sí cerrando los ojos.

Algo duro se le hundió en las costillas desde atrás, con tanta fuerza que lo dejó sin aliento. Una voz le chirrió al oído.

—Di a esa putita que desaparezca.

La voz era grave, peligrosa, horriblemente familiar.

La niña se levantó de un salto, limpiándose la boca con el dorso de la mano. Miró por un instante a quien estaba trás el hombro de Fourie, con ojos aterrorizados. Luego se volvió en redondo y huyó a toda carrera barranco arriba, hacia el campamento.

Fourie manoteó torpemente sus ropas, volviéndose hacia el hombre que estaba a su espalda, apuntándole con un máuser al vientre.

—¡De La Rey! —barbotó.

—¿Esperabas a alguien más?

—¡No, no! —Fourie sacudió salvajemente la cabeza. —Es que... es demasiado pronto.

Desde el último encuentro, el camionero había tenido tiempo de arrepentirse del trato hecho. La cobardía había ganado una larga batalla contra la avaricia. Porque así lo deseaba, se había convencido de que el plan de Lothar era como cuantos él había imaginado: sólo una de esas fantasías con las cuales se consuelan quienes han sido condenados para siempre a la pobreza y al trabajo inútil.

Había concebido la esperanza de no tener más noticias de De La Rey, pero allí lo tenía, alto, mortífero, con la cabeza brillante como un faro bajo el claro de luna; centelleaban luces de topacio en aquellos ojos de leopardo.

—¿Pronto? —preguntó Lothar—. ¿Por qué pronto? Han pasado semanas, mi viejo y querido amigo. Tardé más de lo que esperaba en arreglarlo todo. Su voz se endureció al preguntar: —¿Ya has llevado a Windhoek el cargamento de diamantes?

—No, todavía no... —Fourie se interrumpió insultándose para sus adentros. Ésa hubiera sido su salvación; hubiera debido responder: "¡Sí! ¡Yo mismo lo llevé la semana pasada!". Pero ya estaba hecho. Angustiado, dejó caer la cabeza y se dedicó a abrochar los últimos botones de su pantalón. Esas pocas palabras, pronunciadas demasiado de prisa, aún podían costarle toda una vida de cárcel. Tenía miedo.

—¿Cuándo saldrá el embarque?

Lothar puso la boca del fusil bajo la barbilla de Fourie y levantó su cara hacia la luna. Quería verle los ojos. No confiaba en él.

—Lo han demorado. No sé por cuánto tiempo. Hay rumores de que deben enviar un gran paquete de piedras.

—¿Por qué? —preguntó Lothar, suavemente.

Fourie se encogió de hombros.

—Sólo oí decir que será un paquete grande.

—Te lo advertí: es porque van a cerrar la mina.

Lothar lo observaba con atención. Percibió que el hombre vacilaba. Era preciso fortalecerlo.

—Será el último cargamento, y después quedarás sin empleo. Como esos pobres tipos que llevas en los camiones.

Fourie asintió, sombrío.

—Sí. Los despidieron.

—Y después te tocará a ti, viejo amigo. Y me dijiste que eres buen padre de familia, que amas mucho a los tuyos.

—*Ja.*

—Entonces no tendrás dinero para alimentar a tus hijos, ni para vestirlos, ni siquiera unas cuantas libras para pagar a las niñitas que saben juegos interesantes.

—No hables así, hombre.

—Haz lo que acordamos y tendrás todas las niñitas que quieras, como las quieras.

—No hables así. Es sucio, hombre.

—Ya sabes el trato. Sabes qué hacer en cuanto te digan que sale el cargamento.

Fourie asintió, pero Lothar insistió, una vez más:

—Dímelo. Repite todo.

Y escuchó, mientras Fourie, a desgano, recitaba sus instrucciones; corrigió un sólo detalle y, por fin, sonrió con satisfacción.

—No nos falles, viejo amigo. No me gusta que me desilusionen.

Se inclinó hacia Fourie y lo miró fijamente a los ojos. Después, bruscamente, giró en redondo y desapareció entre las sombras.

El camionero, estremecido, se alejó a tropezones, barranco arriba, hacia el campamento. Parecía borracho. Estaba por llegar cuando recordó que la muchacha se había quedado con su dinero, sin completar su parte del trato. Se preguntó si podría convencerla de que lo hiciera en el campamento siguiente. Por fin, entristecido, decidió que no tenía muchas posibilidades. Sin embargo, ya no tenía tanta urgencia. El hielo que Lothar De La Rey le había inyectado en la sangre había llegado hasta sus ingles.

Cabalgaban por los bosques abiertos, bajo los barrancos, despreocupados y alegres por la expectativa de los días venideros.

Shasa montaba a Prester John, con el Mannlicher de 7 mm en la vaina de cuero, bajo la rodilla izquierda. Era un arma hermosa con culata de nogal escogido; el acero azul tenía grabados e incrustaciones de plata y oro puro: escenas de caza, exquisitamente representadas, y el nombre de Shasa inscripto en metal precioso. El rifle era el regalo que le había hecho su abuelo al cumplir él los catorce años.

Centaine montaba en su potro gris, un animal magnífico, de pelaje marmolado con negro, en un diseño de encaje sobre las paletas y la grupa; las crines, el hocico y los parches del ojo también eran de reluciente negro azabache, contrastando con el cuero níveo de abajo. Ella lo llamaba Nuage, "nube", como recuerdo de un potro que le había regalado su padre siendo niña.

Llevaba sombrero de ala ancha y un chaleco de cuero de kudu sobre la camisa, una bufanda de seda amarilla anudada al cuello y cierto brillo en los ojos.

—¡Oh, Shasa, me siento como una escolar haciendo la rabona! Tenemos dos días enteros para nosotros.

—¡Te juego una carrera hasta la fuente! —la desafió él.

Pero Prester John no era rival para Nuage. Cuando llegaron a la fuente, Centaine ha había desmontado y retenía al potro por la cabeza, para evitar que se atosigara con el agua.

Volvieron a montar y se adentraron en la espesura del Kalahari. Cuanto más se alejaban de la mina, menos se notaba la intromisión de la presencia humana; la vida salvaje era más abundante y segura.

Centaine había sido adiestrada en las costumbres de los animales silvestres por los mejores maestros: los bosquimanos salvajes del San, y no había perdido ninguna de sus habilidades. No sólo la atraía la caza mayor: señaló un par de pequeños zorros, con orejas de murciélagos, que a Shasa se le habrían pasado por alto. Esos animales cazaban langostas en el escaso pasto plateado, con sus enormes orejas erguidas, y se arrastraban hacia adelante, en una pantomima de sigilo, antes de saltar heroicamente sobre la formidable presa. Al pasar los caballos bajaron sus chismosas orejas hacia el cuello peludo y se agazaparon contra el suelo.

También asustaron a un gato del desierto, apostado en la madriguera de un oso hormiguero; tanta atención puso el gato en su huida que se lanzó de cabeza en la tela amarilla y pegajosa de una araña cangrejo. Los cómicos esfuerzos del animal por quitarse la telaraña de la cara, con las patas delanteras, sin interrumpir la huida, hicieron que los dos se doblaran de risa en sus sillas.

Al promediar la tarde distinguieron un rebaño de majestuosas gamuzas, que trotaban en fila india por la línea del horizonte. Sostenían la cabeza en alto; la distancia transformaba sus cuernos largos y estrechos en astas de unicornio, y el espejismo hizo de ellos extraños monstruos de patas largas, antes de tragarlos por completo.

Mientras el sol poniente pintaba el desierto de sombras y colores frescos, Centaine divisó otro pequeño rebaño de springboks y señaló un macho joven, regordete.

—Estamos a menos de un kilómetro de nuestro campamento y aún no tenemos la cena —dijo a Shasa.

El muchacho sacó ansiosamente el rifle.

—¡Limpiamente! —le advirtió ella, pues la preocupaba un poco verlo disfrutar así de la persecución.

Permaneció un paso atrás mientras él desmontaba. Utilizando a Prester John como caballo de acecho, el jovencito se aproximó en diagonal hacia el rebaño. El animal, comprendiendo su papel, se mantenía entre su amo y las presas; hasta se detuvo a pastar cuando los antílopes se inquietaron, y sólo siguió avanzando cuando se tranquilizaron.

A doscientos pasos de distancia, Shasa se puso en cuclillas y apoyó los codos sobre las rodillas. Centaine lanzó un suspiro de alivio al ver que el antílope caía instantáneamente. Una vez había visto a Lothar De La Rey herir en el vientre a una encantadora gacela, y ese recuerdo aún la perseguía.

Al acercarse vio que Shasa había herido al animal limpiamente, tras la paleta, y que la bala le había atravesado el corazón. Observó con espíritu crítico mientras el muchachito desollaba la presa, tal como Sir Garry le había enseñado.

—Guarda todas las entrañas —le advirtió ella—. A los sirvientes les encantan las tripas.

Él las envolvió en el cuero húmedo, subió la res al lomo de Prester John, y lo ató detrás de la montura.

El campamento estaba al pie de las colinas, cerca de una vertiente abierta en el barranco, que le proporcionaba el agua. El día anterior, Centaine había enviado a tres sirvientes por anticipado, con los caballos de carga. El campamento era cómodo y seguro.

Cenaron una parrillada de hígado, riñones y corazón, intercalados con trozos de grasa tomados de la cavidad ventral del antílope. Después permanecieron junto al fuego hasta avanzada la noche; bebieron café con gusto a leña y conversaron tranquilamente, mientras presenciaban la salida de la luna.

Al amanecer salieron a caballo, abrigados con chaquetas de piel de oveja para protegerse del frío. Apenas se habían alejado un kilómetro y medio cuando Centaine detuvo a Nuage y se inclinó desde la montura para examinar la tierra.

—¿Qué es, *Mater*? —Shasa era siempre sensible a los matices de ánimo de su madre, y ahora la notaba excitada.

—Pronto, ven aquí, querido. —Ella señaló las marcas.— ¿Qué te parecen?

Shasa bajó de la silla y se agachó sobre las huellas.

—¿Seres humanos? —Estaba intrigado—. Pero son muy pequeñas. ¿Niños?

La miró fijamente, y la expresión radiante de su madre le dio la clave:

—¡Bosquimanos! —exclamó—. Pigmeos salvajes.

—Oh, sí —rió ella—. Una pareja de cazadores. Van tras una jirafa. ¡Mira! Sus huellas se superponen a las de la presa.

—¿Podemos seguirlos, *Mater*? ¿Podemos?

Ahora Shasa estaba tan entusiasmado como ella. Centaine accedió.

—El rastro tiene sólo un día. Si nos damos prisa, los alcanzaremos.

Ella siguió las huellas a caballo, evitando arruinar el rastro. El hijo nunca la había visto trabajar así, rastreando al trote en lugares difíciles, donde él mismo, con su vista aguda de muchacho, no veía nada.

—Mira, el cepillo dental de un pigmeo —indicó Centaine, señalando una ramita fresca, con el extremo mascado, que habían dejado caer junto al rastro.

Siguieron adelante.

—Aquí es donde descubrieron la jirafa.

—¿Cómo lo sabes?

—Han tendido los arcos. Aquí está la marca de los extremos.

Los hombrecitos habían apretado la punta del arco contra la tierra para tenderlos.

—Mira, Shasa, aquí comienza el acecho.

Él no veía diferencia alguna en las huellas, y así lo dijo.

—Son pasos más cortos y sigilosos; el peso recae sobre los dedos del pie —explicó ella.

Unos cientos de pasos más adelante comentó:

—Allí se echaron de vientre y se arrastraron como serpientes para la matanza. Aquí se pusieron de rodillas para soltar las flechas. Y ahí se levantaron de un salto para verlas dar en el blanco.

Veinte pasos más allá, exclamó:

—Mira qué cerca estuvieron de la presa. En ese lugar la jirafa sintió la punzada de los dardos y echó a galopar. Mira cómo la siguieron los cazadores, corriendo, a la espera de que el veneno de las flechas causara efecto.

Galoparon sobre las huellas, hasta que Centaine se irguió sobre los estribos, señalando hacia adelante.

—¡Buitres!

A los seis o siete kilómetros, el azul del firmamento presentaba una fina nube de motas negras. La nube giraba en un lento remolino, a buena altura.

—Despacio ahora, *chéri* —advirtió ella—. Si los asustamos, podrían ser peligrosos.

Sofrenaron los caballos, poniéndolos al paso, y avanzaron lentamente hasta el sitio en donde había caído la jirafa.

Allí estaba la enorme res, tendida de costado, parcialmente desmembrada. Contra los espinillos se veían toscos refugios de paja; las ramas, festoneadas de carne y entrañas puestas a secar al sol, inclinaban con su peso los arbustos.

Toda la zona tenía marcas de pies pequeños.

—Han traído a las mujeres y a los niños para que los ayuden a cortar y llevar la carne —dijo Centaine.

—¡Aj! ¡Qué olor asqueroso! —protestó Shasa—. ¿Y dónde están, a todo esto?

—Escondidos. Nos han visto llegar, probablemente a siete u ocho kilómetros de distancia.

Centaine se levantó sobre los estribos y se quitó el sombrero de ala ancha, a fin de mostrar la cara con más claridad. Luego gritó en una lengua extraña, gutural y llena de chasquidos. Se volvía poco a poco, mientras repetía el mensaje a todos los rincones del desierto, silencioso y meditabundo, que los rodeaba.

—Esto da miedo. —Shasa se estremeció involuntariamente bajo la intensa luz solar. —¿Estás segura de que no se han ido?

—Nos están observando. No tienen prisa.

En eso, un hombre surgió de la tierra, tan cerca de ellos que el potro se asustó, agitando la cabeza, en un gesto nervioso. El pigmeo llevaba sólo un taparrabos de piel. Era menudo, pero de formas perfectas y miembros elegantes, graciosos, hechos para la carrera. Tenía músculos duros en su pecho, que marcaban el vientre desnudo con las mismas ondulaciones que deja la marea sobre la playa arenosa.

Sostenía la cabeza con orgullo; aunque estaba completamente afeitado, resultaba obvio que estaba en la flor de su virilidad. Sus ojos tenían un rasgo mongoloide; su piel relucía, en un maravilloso tono de ámbar, casi traslúcido a la luz del sol.

- Levantó la mano derecha y saludó en señal de paz, clamando, con aguda voz de pájaro:

—Te veo, Niña Nam.

Empleaba el nombre que los bosquimanos habían dado a Centaine, y ella gritó de alegría.

—¡También te veo, Kwi!

—¿Quién viene contigo? —preguntó el pigmeo.

—Es mi hijo, Agua Buena. Como te conté cuando nos conocimos, nació en el santuario de tu pueblo; O'wa fue su abuelo adoptivo, y H'ani su abuela.

Kwi, el bosquimano, se volvió para gritar, hacia el desierto vacío:

—Ésta es la verdad, oh pueblo de los San. Esta mujer es Niña Nam, nuestra amiga, y el muchacho es el de la leyenda. ¡Salúdenlo!

Emergían de la tierra estéril en la cual se habían escondido y los dorados miembros del San surgieron a la vista. Había doce en compañía de Kwi. Dos hombres, Kwi y su hermano Kwi Gordo, sus esposas y los niños desnudos. Todos se habían escondido con la habilidad de las criaturas silvestres, pero en ese momento se adelantaron, entre gorjeos, chasquidos y risas. Centaine se apeó para abrazarlos. Saludó a cada uno por su nombre y acabó por levantar a dos de los más pequeños, para montárselos en las caderas.

—¿Cómo es que los conoces tan bien, *Mater*? —quiso saber Shasa.

—Kwi y su hermano son parientes de O'wa, tu abuelo adoptivo. Los conocí cuando eras muy pequeño, mientras creábamos la Mina H'ani. Éstas son sus tierras de caza.

138

Pasaron el resto de ese día con el clan. Cuando se hizo la hora de partir Centaine dio a cada una de las mujeres un puñado de cartuchos de bronce; ellas chillaron de alegría y demostraron su agradecimiento bailando. Los cartuchos, enhebrados con cuentas hechas de huevos de avestruz, formarían collares que provocarían la envidia de las otras mujeres San. Shasa dio a Kwi su cuchillo de caza, con mango de marfil; el hombrecito probó el filo con el pulgar y gimió maravillado al ver cómo se abría la piel. Muy orgulloso, mostró el pulgar sangriento a cada una de las mujeres.

—¡Qué arma tengo ahora!

Kwi Gordo recibió el cinturón de Centaine. Lo dejaron estudiando el reflejo de su propia cara en la pulida hebilla de bronce.

—Si quieren visitarnos otra vez —dijo Kwi, cuando ya se iban—, estaremos en el bosquecillo de mongongos, cerca de O'chee Pan, hasta que lleguen las lluvias.

Shasa, mirando las figuritas que bailaban, comentó:

—Con qué poco son felices.

—Son el pueblo más feliz de esta tierra —concordó Centaine—, pero no sé por cuánto tiempo más.

—¿Es cierto que tú viviste así, *Mater*? —preguntó Shasa—. ¿Como los bosquimanos? ¿Es cierto que te vestías con pieles y comías raíces?

—Y también tú, Shasa. Mejor dicho, no te vestías con nada, igual que esos pilluelos sucios.

Él frunció el entrecejo, forzando la memoria.

—A veces sueño con un lugar oscuro, una especie de cueva con agua que emana vapor.

—Era la fuente termal en donde nos bañábamos; allí encontré el primer diamante de la Mina H'ani.

—Me gustaría visitarla otra vez, *Mater*.

—No es posible. —Shasa vio que el humor de su madre se alteraba. —La fuente estaba en el centro de la chimenea volcánica, en donde está ahora la principal excavación de la mina. Tuvimos que destruirla. —Cabalgaron en silencio por un rato. —Era el santuario de los San... y sin embargo, extrañamente, no se resistieron cuando... —Vaciló ante la palabra, que luego la pronunció con firmeza— ... cuando lo profanamos.

—Quisiera saber por qué. ¡Si alguna raza extraña convirtiera la abadía de Westminster en una mina de diamantes...!

—Hace mucho tiempo lo conversé con Kwi. Él dijo que ese sitio secreto no les pertenecía a ellos, sino a los espíritus, y que los espíritus no nos habrían permitido pasar si no lo hubieran querido así. Dijo que los espíritus habían vivido allí por muchísimo tiempo, que tal vez estaban aburridos y deseaban mudarse a otro hogar, tal como hacen los San.

—Aún no te imagino viviendo como las mujeres San, *Mater*. ¿Tú? No me cabe en la mente.

—Fue difícil —dijo ella, suavemente—. Fue mucho más difícil de lo que puedo explicar. Sin embargo, sin haberme templado y endurecido de ese modo, no habría sido lo que ahora soy. Mira, Shasa: aquí en el desierto, cuando estaba a punto de sucumbir, hice un juramento. Juré que ni yo ni mi hijo volveríamos a pasar tales privaciones. Juré que jamás deberíamos soportar otra vez esas terribles penurias.

—Pero por entonces yo no estaba contigo.

—Oh, sí —asintió ella—. Claro que estabas. Te llevé dentro de mí por la Costa del Esqueleto, a través de las calurosas dunas. Y eras parte del juramento cuando lo pronuncié. Somos criaturas del desierto, querido mío; por eso sobreviviremos y tendremos prosperidad cuando otros fracasen. Recuerda eso. Recuérdalo bien, Shasa, querido mío.

A la mañana siguiente, muy temprano, dejaron que los sirvientes levantaran el campamento para seguirlos después. Ellos, entristecidos, encaminaron sus caballos hacia la Mina H'ani.

A mediodía descansaron bajo un espinillo, recostados contra las sillas de montar; observaron perezosamente los descoloridos pájaros sastres, que ampliaban empeñosamente el nido común, aunque éste tenía ya el tamaño de una desmañada parva de heno. Cuando el sol perdió en parte su calor, buscaron los caballos, los ensillaron nuevamente y continuaron el viaje por la base de las colinas.

Shasa se irguió súbitamente en la silla, con una mano a manera de pantalla sobre los ojos, para mirar colina arriba.

—¿Qué pasa, *chéri*?

Había reconocido la garganta rocosa hacia la cual lo condujo Annalisa.

—Algo te preocupa —insistió Centaine.

Shasa experimentó una súbita urgencia por llevar a su madre hasta el altar de la bruja de la montaña. Iba a decirlo cuando se interrumpió, recordando su juramento, y vaciló al borde de la traición.

—¿No quieres decírmelo? —preguntó ella, observando el debate en el rostro de su hijo.

"*Mater* no cuenta. Ella es como yo. Otra cosa sería decírselo a un desconocido", pensó él, para justificarse. Y estalló antes de que la conciencia se lo impidiera.

—Hay un esquelo de bosquimano en aquella garganta, *Mater*. ¿Quieres que te lo muestre?

Centaine palideció bajo su bronceado y lo miró fijamente.

—¿Un bosquimano? —susurró—. ¿Cómo sabes que es bosquimano?

—Aún tiene pelo en el cráneo; son motitas de pigmeo, como las de Kwi y su clan.

—¿Cómo lo encontraste?

—Anna... —Pero se interrumpió, ruborizado de culpabilidad.

—¿Te lo mostró la muchacha? —le ayudó Centaine.

—Sí —asintió él, con la cabeza baja.

—¿Podrías encontrarlo otra vez?

El color había vuelto a la cara de Centaine. Parecía ansiosa y excitada. Alargó una mano y le tironeó de la manga.

—Sí, creo que sí. Marqué el lugar. —El muchachito señaló los barrancos. —Esa hendidura en las rocas y esa grieta en forma de ojo.

—Muéstramelo, Shasa —ordenó ella.

—Tendremos que dejar los caballos y subir a pie.

El ascenso era dificultoso; el calor en la garganta feroz. Los espinillos los llenaban de arañazos.

—Tiene que estar por aquí. —Shasa trepó a uno de los cantos rodados para orientarse. —Tal vez un poco más a la izquierda. Busca un montón de rocas en donde crezca una mimosa. Hay una rama que cubre un nicho pequeño. Abrámonos para buscar.

Subieron lentamente por el barranco, apartándose un poco para cubrir más terreno; cuando las rocas y la maleza los separaban se mantenían en contacto con silbidos y llamados.

Centaine no respondió a un silbido, entonces Shasa se detuvo y lo repitió, inclinando la cabeza para percibir la repuesta; el silencio le provocó un cosquilleo de inquietud.

—¡Dónde estás, *Mater*!

—Aquí.

La voz sonaba débil, quebrada por el dolor o por alguna emoción profunda. Él trepó entre las rocas para alcanzarla.

Estaba de pie a la luz del sol, pequeña y desolada, sosteniendo el sombrero contra la falda. Algo mojado le chispeaba en las mejillas. Shasa pensó que era sudor, hasta que vio el lento resbalar de las lágrimas por su cara.

—*Mater?*

Se le acercó por atrás, comprendiendo que había hallado el altar.

Centaine sostenía hacia un costado la rama que ocultaba el escondrijo. El pequeño círculo de frascos seguía en su sitio, aunque la ofrenda floral estaba marchita y oscura.

—Annalisa dijo que era el esqueleto de una bruja —susurró él, con temor supersticioso, mientras contemplaba, por sobre el hombro de Centaine, el patético montón de huesos y el pequeño cráneo blanco que lo coronaba.

Ella sacudió la cabeza, sin poder hablar.

—Dijo que la bruja custodiaba la montaña y que me otorgaría un deseo.

—H'ani. —Centaine se ahogó con el nombre. —Mi vieja madre bienamada.

—*Mater?* —Shasa la tomó por los hombros para sostenerla, pues la veía vacilar sobre los pies. —¿Cómo sabes?

La madre se apoyó contra su pecho sin responder.

—Podría haber cientos de esqueletos de pigmeos en estas cuevas y barrancos —prosiguió él, mansamente.

Ella sacudió la cabeza, con vehemencia.

—¿Por qué estás tan segura?

—Es ella. —La voz de Centaine se borroneó por el dolor. —Es H'ani, es su canino mellado, y su taparrabos con el dibujo de cuentas hechas con huevo de avestruz. —Shasa no había reparado en el trozo de cuero seco, decorado de cuentas, que yacía bajo el montón de huesos, medio enterrado en el polvo. —Ni siquiera necesito esa prueba. Sé que es ella. Lo sé, simplemente.

—Siéntate, *Mater*. —Shasa la ayudó a sentarse en una de las piedras cubiertas de líquenes.

—Ya estoy bien. Fue un golpe muy grande. Hace años que la busco, con mucha frecuencia. Sabía por dónde debía de estar. —Centaine miró en derredor, con aire vago. —Y el cuerpo de O'wa no ha de estar muy lejos. —Levantó la vista hacia el acantilado que aparecía sobre ellos, como el tejado de una catedral. —Trataban de escapar cuando él los bajó a tiros. Seguramente cayeron a muy poca distancia.

—¿Quién les disparó, *Mater*?

Ella aspiró profundamente. Aun así le tembló la voz al pronunciar su nombre:

—Lothar. Lothar De La Rey.

Pasaron una hora más revisando el fondo y los costados de la garganta, en busca del segundo esqueleto.

—Es inútil. —Por fin, Centaine renunció. —Jamás lo hallaremos. Dejémoslo descansar en paz, Shasa, como en todos estos años.

Descendieron hasta el pequeño altar de roca y arrancaron flores silvestres en el trayecto.

—Mi primer impulso fue reunir sus restos para darles un entierro decente —susurró Centaine, arrodillada frente al nicho—. Pero H'ani no era cristiana. Estas colinas eran su santuario. Aquí estará en paz.

Acomodó las flores con cuidado y se sentó sobre los talones.

—Cuidaré de que no seas molestada, mi vieja madre bienamada, y volveré a visitarte. —Se levantó, tomando a Shasa de la mano. —Era la persona más buena y gentil de cuantas he conocido —murmuró—. Y cuánto la amé...

Siempre de la mano, bajaron hasta donde estaban los caballos.

En el trayecto hasta la casa no volvieron a hablar. Cuando llegaron al bungalow, el sol ya se había puesto y los sirvientes estaban preocupados.

A la mañana siguiente, a la hora del desayuno, Centaine se mostró enérgica y muy alegre, a pesar de los manchones amoratados bajo los ojos y los párpados hinchados por el llanto.

—Ésta es nuestra última semana antes de volver a Ciudad del Cabo.
—Ojalá pudiéramos quedarnos para siempre.
—Para siempre es mucho tiempo. Te está esperando la escuela, y yo tengo obligaciones que cumplir. Volveremos, ya lo sabes. —Mientras el niño asentía, ella prosiguió: —He dispuesto que pases esta última semana trabajando en la planta de lavado y en la sala de clasificación. Te gustará, te lo aseguro.

Estaba en lo cierto, como de costumbre. La planta de lavado era un lugar agradable. El flujo del agua sobre los tablones refrescaba el ambiente; tras el trueno incesante de la molienda, allí reinaba un bendito silencio. La atmósfera de la larga sala de ladrillos tenía la eclesiástica serenidad de un santuario, pues allí alcanzaba su punto culminante la adoración a Mammón y Adamante.

Shasa observó, fascinado, cómo la lenta cinta móvil traía la molienda desde los molinos. Los escombros más grandes habían sido retirados y enviados hacia otro paso por los rodillos giratorios. Allí quedaban los más pequeños. Caían sobre el extremo de la cinta transportadora al tanque de pudelado; desde allí, los brazos giratorios de la paleta los empujaban hacia abajo por las tablas inclinadas.

Los materiales más livianos se alejaban flotando hacia el resumidero de desperdicios. La grava más pesada, que contenía los diamantes, pasaba por una serie de artefactos similares, ingeniosamente ideados para separarlos, hasta que sólo quedaban los concentrados, una milésima parte de la materia original.

Ésos pasaban por los tambores de grasa. Esos tambores giraban lentamente, cada uno de ellos cubierto con una gruesa capa de densa grasa amarilla. La grava mojada fluía con facilidad por sobre la superficie, pero los diamantes estaban secos. Una de las cualidades peculiares del diamante es que no se moja; se lo puede remojar y hasta hervir por el tiempo que se desee; siempre permanecerá seco. Una vez que la superficie seca de las piedras preciosas tocaba la grasa, se adhería a ella como el insecto al papel cazamoscas.

Los tambores de grasa estaban instalados detrás de pesados barrotes; ante cada uno de ellos había un supervisor blanco, que lo vigilaba constantemente. Shasa miró por entre los barrotes por primera vez y vio el pequeño milagro a pocos centímetros de su nariz: un diamante en bruto, capturado y domesticado como si fuera alguna maravillosa bestia del desierto. Presenció el momento en que corría desde el tanque superior, en un mojado guiso de grava; lo vio tocar la grasa y adherirse precariamente a la resbaladiza superficie amarilla, provocando una diminuta perturbación en forma de V en la corriente del agua. Se movió, como si fuera a perder su asidero por un instante, y Shasa sintió deseos de alargar la mano para sujetarlo antes de que se perdiera para siempre. Pero la abertura de los barrotes era demasiado estrecha. De inmediato, el diamante se adhirió con fuerza e hizo frente al suave fluir de la grava, sosteniéndose con orgullo, seco y transparente como una ampolla en la piel amarilla de un gigantesco reptil. Eso le produjo una sensación de enorme respeto, el mismo que había experimentado al presenciar el alumbramiento del primer potrillo de su yegua Celeste.

Pasó toda la mañana entre los enormes tambores amarillos, mientras observaba cómo los diamantes se pegaban a la grasa, cada vez más densa con el correr de las horas.

Al mediodía, el gerente de la sala de lavado bajó por la línea con sus cuatro ayudantes blancos; eran más de los necesarios, a fin de poder vigilarse entre sí y frustrar cualquier posibilidad de robo. Armados de amplias espátulas, raspaban la grasa de los barriles y la juntaban en la cacerola de hervido. Después, minuciosamente, untaban cada barril con otra capa de grasa amarilla.

En la sala de desgrasamiento, un cuarto cerrado en el otro extremo del edificio, el gerente puso la olla de acero sobre el hornillo y la hizo hervir hasta que, por fin, la grasa se separó, dejando la cacerola llena, a medias, de diamantes. Allí estaba el doctor Twentyman-Jones, para pesar cada piedra por separado y registrarla en el libro de producción, forrado en cuero.

—Notará usted, señorito Shasa, que ninguna de estas piedras baja del medio kilate.

—Sí, señor —respondió Shasa, que no lo había pensado—. ¿Qué pasa con las más pequeñas?

—La mesa de grasa no es infalible; en realidad, las piedras deben tener un peso mínimo determinado para adherirse. Las otras, incluyendo algunas bastante valiosas, siguen de largo por la mesa.

Condujo a Shasa al cuarto de lavado y le mostró la tina de grava mojada que había sobrevivido al viaje por los tambores.

—Retiramos toda el agua y la reutilizamos. En esta zona, el agua es un material precioso, como usted sabe. Después hay que revisar toda la grava a mano.

Mientras hablaba, dos hombres emergieron por la puerta y cada uno de ellos retiró un balde de grava de la tina.

Shasa y Twentyman-Jones los siguieron hasta una sala estrecha y larga, bien iluminada por grandes tragaluces de vidrio y ventanas altas. A lo largo de toda la habitación había una sola mesa larga, con la superficie cubierta por una hoja de metal pulido.

A cada lado de la mesa se sentaba una hilera de mujeres. Todas levantaron la vista cuando ellos entraron, y Shasa reconoció entre ellas a las esposas y las hijas de muchos trabajadores blancos, así como a las de los capataces negros. Las blancas se sentaban juntas, más cerca de la puerta; las negras ocupaban el otro lado de la habitación, dejando entre ambos grupos una distancia prudencial.

Los muchachos de los baldes volcaron la grava húmeda sobre la superficie metálica, y las mujeres fijaron su atención en el material. Cada una tenía un par de pinzas en una mano y una cuchara plana de madera, en la otra. Llevaban un poquito de grava hacia sí, la esparcían con la cuchara y recogían velozmente algunos fragmentos.

—Para este trabajo, las mujeres son excelentes —explicó Twentyman-Jones, mientras recorrían la línea, observando los hombros inclinados de las mujeres—. Tienen la paciencia, la buena vista y la destreza que les falta a los hombres.

Shasa vio que retiraban diminutas piedras opacas, algunas no más grandes que granos de azúcar, otras del tamaño de arvejas pequeñas.

—Esas piedras son nuestro pan con manteca —comentó Twentyman-Jones—. Se las usa para la industria. Las piedras para joyería, que usted vio en el cuarto de la grasa, son la mermelada y la crema.

Cuando la sirena marcó el fin de la jornada, Shasa bajó a las oficinas con Twentyman-Jones, en el asiento delantero de su Ford. Llevaba en el regazo la cajita metálica, cerrada con llave, en donde se guardaba la producción del día.

Centaine los esperaba en la galería del edificio, para acompañarlos a la oficina.

—Y bien, ¿te pareció interesante? —preguntó.

La calurosa respuesta de Shasa la hizo sonreír.

—Fue fascinante, *Mater*, y tenemos una verdadera belleza. Treinta y seis kilates. ¡Es un diamante monstruo!

Dejó la caja en el escritorio y, cuando Twentyman-Jones la abrió, exhibió el diamante, con tanto orgullo como si lo hubiera extraído con sus propias manos.

—Es grande —reconoció Centaine—, pero el color no es especialmente bueno. A ver, pónlo contra la luz. Mira: es pardo, como whisky con soda, y hasta a simple vista se ven las inclusiones y las fallas; son esas pequeñas motas negras, dentro de la piedra, y esa fisura que tiene en el centro.

Shasa quedó alicaído al ver denigrada así su piedra. Ella se echó a reír, volviéndose hacia Twentyman-Jones.

—Vamos a mostrarle algunos diamantes buenos de verdad. ¿Quiere abrir la bóveda, por favor, doctor Twentyman-Jones?

El ingeniero sacó un manojo de llaves de su chaleco y condujo a Shasa por el pasillo, hasta la puerta de acero que había en un extremo. La abrió con su llave y volvió a cerrar tras ellos; bajaron las escaleras hasta la bóveda subterránea, y aun a los ojos de Shasa ocultó la cerradura con su cuerpo para marcar la combinación. Utilizó una segunda llave antes de que la gruesa puerta de acero girara lentamente. Así se vieron en la caja fuerte.

—Las piedras industriales se guardan en estos recipientes —dijo, tocándolos al pasar—. Pero el material de primera calidad se mantiene por separado.

Abrió una puerta de acero más pequeña, instalada en la pared trasera de la cámara, y seleccionó cinco paquetes de papel madera, marcados

145

por números, entre los que llenaban el estante.

—Son nuestras mejores piedras —dijo, entregándolas a Shasa como muestra de confianza.

Después desanduvieron el trayecto, abriendo y volviendo a cerrar con llave cada una de las puertas.

Centaine los esperaba en su oficina. Cuando Shasa dispuso los paquetes delante de ella, abrió el primero y esparció suavemente el contenido sobre su secante.

—¡Caray! —El muchachito quedó boquiabierto ante las grandes piedras que centelleaban con un lustre jabonoso. —¡Son enormes!

—Pidamos al doctor Twentyman-Jones que nos dé una disertación —sugirió Centaine.

El hombre, que ocultaba su agrado tras una expresión sombría, recogió una de las gemas.

—Muy bien, señorito Shasa, he aquí un diamante en su formación cristalina natural: el octaedro. Son ocho caras; cuéntelas. Aquí tiene otro en una forma cristalina más complicada: un dodecaedro; estos otros son grandes y no están cristalizados. Fíjese qué redondos y amorfos son. Los diamantes vienen de muchas formas.

Puso cada uno sobre la palma abierta de Shasa. Ni siquiera esa recitación monótona y afectada podía opacar la fascinación que ejercía ese brillante tesoro.

—El diamante tiene un clivaje perfecto, lo que nosotros llamamos "grano", y se puede partir en las cuatro direcciones, paralelamente a los planos del cristal octaédrico.

—Así es como los tallistas labran la piedra antes de pulirla —intervino Centaine—. En tus próximas vacaciones te llevaré a Amsterdam para que veas el procedimiento.

—Ese aspecto algo grasoso desaparecerá cuando las piedras estén talladas y pulidas —continuó Twentyman-Jones, resentido por la intromisión—. Entonces quedará al descubierto todo su fuego, pues su altísima potencia refractaria capturará luz en el interior y sus poderes dispersores la separarán en los colores del espectro.

—¿Cuánto pesa éste?

Centaine consultó el libro de producción.

—Cuarenta y ocho kilates. Pero recuerda que, cuando lo tallen, puede perder más de la mitad de su peso.

—Y entonces, ¿cuánto valdrá?

Centaine miró a Twentyman-Jones.

—Muchísimo dinero, señorito Shasa. —Como todo amante de los objetos bellos, fueran gemas o pinturas, caballos o estatuas, le disgustaba darles un valor monetario, de modo que obvió el tema y volvió a su conferencia. —Ahora quiero que compare los colores de estas piedras.

Afuera oscurecía, entonces Centaine encendió las luces y continuaron agrupados junto al montoncito de piedra una hora más, entre preguntas y

146

respuestas, conversando en voz baja hasta que, por fin, Twentyman-Jones regresó las gemas a sus paquetes y se levantó.

—"Has estado en el Edén, el Jardín de Dios" —citó, inesperadamente—. "Cada piedra preciosa fue tu abrigo, el sardio, el topacio y el diamante... Estuviste en la sagrada montaña de Dios; has ascendido y descendido en medio de las piedras de fuego." —Se interrumpió, como azorado.
—Perdón. No sé qué me ha dado.

—¿Ezequiel? —preguntó Centaine, sonriéndole con afecto.

—Capítulo 28, versículos trece y catorce —asintió él, tratando de disimular lo mucho que le impresionaban lo conocimientos de la mujer—. Voy a guardar esto.

Shasa lo detuvo.

—Doctor Twentyman-Jones, no ha respondido a mi pregunta. ¿Cuánto valen estas piedras?

—¿Se refiere a todo el paquete? —El ingeniero parecía incómodo.

—¿Incluyendo las industriales que aún están en la bóveda?

—Sí, señor. ¿Cuánto?

—Bueno, si De Beers los acepta a los mismos precios de nuestro último envío, rendirán una suma considerablemente mayor del millón de libras esterlinas —repuso, tristemente.

—Un millón de libras —repitió Shasa.

Pero Centaine vio en su expresión que la cifra le resultaba incomprensible, como las distancias astronómicas entre las estrellas, que es preciso expresar en años luz. "Pero ya aprenderá", pensó. "Yo le enseñaré."

—Recuerda, Shasa, que no todo es ganancia. De esa suma tendremos que deducir todos los gastos de la mina en los últimos meses, antes de calcular la utilidad. Y aún de eso hay que dar a los cobradores de impuestos su libra de carne sanguinolenta.

Abandonó el escritorio, pero levantó una mano para evitar que Twentyman-Jones se retirara, pues se le había ocurrido una idea.

—Como usted sabe, Shasa y yo volveremos a Windhoek el próximo viernes. Shasa tiene que volver a la escuela al terminar la semana siguiente. Llevaré los diamantes al Banco en el Daimler...

—¡Señora Courtney! —exclamó Twentyman-Jones, horrorizado—. No puedo permitirlo. ¡Un millón de libras en diamantes, por Dios! Me sentiría responsable si comete ese crimen.

Se interrumpió al ver que se alteraba la expresión de la mujer; había dado a su boca la familiar forma de la tozudez; las luces de la batalla le brillaban en los ojos. Él la conocía muy bien, como a su propia hija, y la amaba de igual modo; comprendió que había cometido el lamentable error de someterla a un desafío y a una prohibición. Sabía cuál iba a ser su reacción y buscó desesperadamente el modo de evitarla.

"Sólo estaba pensando en usted, señora Courtney. Un millón de libras en diamantes atraería a todos los merodeadores, a todos los asaltantes de mil kilómetros a la redonda.

—No era mi intención divulgar la noticia de esa manera —replicó ella, con frialdad.

—El seguro. —Por fin había tenido una inspiración. —El seguro no cubrirá las pérdidas si no envía el cargamento con custodia armada. ¿Puede correr el riesgo de perder un millón de libras por ahorrar unos pocos días?

Había dado con el único argumento capaz de detenerla. Vio que lo pensaba cuidadosamente: la posibilidad de perder un millón de libras a cambio de una mínima herida a su amor propio. Al notar que se encogía de hombros, él lanzó un imperceptible suspiro de alivio.

—Oh, está bien, doctor. Que se haga como usted quiere.

Lothar había labrado la ruta a la Mina H'ani, a través del desierto, con sus propias manos, regándola milla a milla con el sudor de su frente. Pero habían pasado doce años, y sus recuerdos eran neblinosos. Aún así recordaba cinco o seis puntos que podían servir a sus propósitos.

Desde el campamento provisorio en donde había interceptado a Gerhard Fourie, siguieron las huellas hacia el sur y hacia el oeste en dirección a Windhoek; viajaban de noche para no arriesgarse a ser descubiertos por algún transeúnte inesperado.

En la segunda mañana, cuando el sol estaba asomando, Lothar llegó a uno de los puntos que recordaba. Resultaba ideal. Allí, la ruta corría paralela al profundo lecho rocoso de un río seco, antes de virar hacia abajo, a través del corte hondo que Lothar había excavado para cruzar el curso; trepó entonces por el lado opuesto, siguiendo otro corte.

Desmontó para caminar a lo largo de la ribera, estudiándola cuidadosamente. Atraparían al camión de los diamantes en el lecho y bloquearían el corte con rocas arrojadas desde la orilla. Sin duda, bajo la arena del río habría agua para los caballos, mientras esperaban que apareciera el vehículo; necesitaba mantenerlos en buen estado para el cruce del desierto. El lecho del río los ocultaría.

Además, era el tramo más remoto de toda la ruta. Los oficiales de policía tardarían varios días en recibir el alerta y otro tanto en llegar al sitio de la emboscada. Lothar podría obtener una ventaja convincente, aún si ellos preferían la riesgosa alternativa de seguirlos por el páramo duro e implacable, por el cual pensaba retirarse.

—Lo haremos aquí —dijo a Swart Hendrick.

Instalaron su primitivo campamento en la ribera misma del río, en un sitio en donde la línea telegráfica formaba un atajo, cortando el recodo de la ruta. Los alambres de cobre estaban tendidos sobre el lecho rocoso, desde un poste de la ribera más próxima que no se veía desde la ruta.

Lothar trepó al poste e instaló sus cables de interferencia a partir de la línea principal; luego los bajó a lo largo del madero, sujetándolos a él para evitar cualquier descubrimiento casual; finalmente, los llevó hasta el puesto de escucha excavado por Swart Hendrick en la ribera.

La espera fue monótona. A Lothar lo irritaba su inmovilidad junto a los auriculares, pero no podía arriesgarse a perder el mensaje vital que sería enviado desde la mina, por medio del cual conocería la hora exacta en que partiría el camión de los diamantes. Por eso se veía obligado a escuchar, durante las terribles horas calurosas del día, todo el tráfico mundano de los negocios diarios realizados en la mina. La habilidad del operador en el tablero era tal que a él le costaba seguirlo y traducir los rápidos disparos de puntos y rayas que retumbaban en sus oídos. Los registraba en su libreta, para interpretarlos más tarde. Se trataba de una línea telegráfica privada; por lo tanto, no se hacía intento alguno de codificar la transmisión.

Durante el día quedaba solo en la excavación. Swart Hendrick llevaba a Manfred y los caballos por el desierto, aparentemente para cazar; en realidad, buscaba aleccionarlos y prepararlos para el viaje inminente, al mismo tiempo los mantenía fuera de la vista de quien pudiera pasar por la ruta.

Para Lothar, aquellos días largos y monótonos estaban llenos de dudas y presentimientos. Eran muchas las cosas que podían salir mal, excesivos los detalles que debían ensamblar perfectamente para asegurar el éxito. Había eslabones flojos, y Gerhard Fourie era uno de los más débiles. Todo el plan se basaba en él, y el hombre era un cobarde; se dejaba distraer y desalentar con facilidad.

"La espera es siempre lo peor", pensó Lothar, recordando antiguos miedos que le habían asaltado en la víspera de otras batallas y empresas desesperadas. "Ojalá fuera posible hacerlo y acabar de una vez, en lugar de soportar estos días interminables."

De pronto, en los auriculares resonó el zumbido que indicaba una llamada; alargó una mano veloz hacia la libreta. Mientras el operador de la Mina H'ani comenzaba a transmitir, el lápiz de Lothar danzó sobre las páginas, registrándolo. La estación de Windhoek emitió una doble señal, breve, al terminar el mensaje, para indicar que se lo había recibido. Entonces Lothar dejó caer los auriculares y tradujo los grupos de señales.

A Picapleitos: Prepare coche privado de Juno para enganchar tren expreso domingo noche a Ciudad del Cabo stop Juno llega allí domingo mediodía Fin Vingt

Picapleitos era Abraham Abrahams. Centaine debía de haber elegido ese nombre codificado en un momento de fastidio contra él. *Vingt*, en cambio, era un juego de palabras sobre el apellido de Twentyman-Jones, cuya primera parte podía traducirse como "hombre veinte"; la connotación francesa sugería, nuevamente, la influencia de Centaine. Pero Lothar se preguntó quién habría dispuesto que el nombre codificado de Centaine Courtney fuera Juno, e hizo una mueca al comprender lo acertado que resultaba.

Conque Centaine partía hacia Ciudad del Cabo en su coche privado. De algún modo, sintió un culpable alivio al saber que ella no estaría cerca cuando todo ocurriera, como si la distancia pudiera aligerarle el golpe. Para llegar a Windhoek cómodamente el domingo a mediodía, Centaine debía dejar la Mina H'ani el viernes, a hora temprana. Por lo tanto, llegaría al corte del río el sábado por la tarde. Lothar restó algunas horas de su cálculo, recordando que ella manejaba ese Daimler como un demonio.

Sentado en la calurosa excavación, súbitamente experimentó un deseo sobrecogedor de volver a verla, de echarle siquiera un vistazo al pasar.

"Podemos utilizar esto como ensayo para lo del camión", se justificó.

El Daimler surgió de las reverberantes distancias como uno de esos arremolinados demonios de polvo que aparecen en los mediodías desérticos. Lothar vio la columna de tierra desde una distancia de quince kilómetros, cuanto menos. Entonces indicó por señas a Manfred y a Swart Hendrick que ocuparan sus puestos, en la parte alta del corte.

Habían excavado trincheras poco profundas en los puntos claves, desparramando la tierra sobrante, para que la brisa seca la confundiera con los alrededores. Luego habían ocultado los puestos con ramas de espinillos, hasta que Lothar comprobó que eran invisibles, como no fuera a pocos pasos de distancia.

Las rocas con las que bloquearían ambos extremos del corte habían sido laboriosamente recogidas del lecho seco y acomodadas en el borde del barranco. Lothar se había tomado grandes molestias para que parecieran naturales; sin embargo, un solo golpe de cuchillo contra la soga que sostenía una cuña, instalada bajo el montón de piedras, bastaría para que todas cayeran a los tumbos por la estrecha senda, hacia el fondo del corte.

Como aquello era un simple ensayo, ninguno de ellos usaría máscara.

Lothar efectuó una última inspección de los preparativos y se volvió para observar la columna de polvo, que se aproximaba velozmente. Ya estaba a tan poca distancia que llegó a divisar la pequeña forma del vehículo y hasta oyó el leve palpitar de su motor.

"No debería conducir así", pensó, enojado. "Se va a matar." Se interrumpió, melancólico, y meneó la cabeza. "Parezco un marido embobado", se dijo. "Que se rompa el cuello, la maldita, si eso quiere." Sin embargo, la idea de que ella pudiera morir le provocó una dolorosa punzada; cruzó los dedos para alejar la posibilidad. Luego se acurrucó en su trinchera para observarla por entre las ramas espinosas.

El majestuoso vehículo coleó sobre las huellas al tomar la curva de la ruta. El palpitar del motor se intensificó: Centaine había cambiado la marcha y aceleraba al salir del giro, empleando la potencia para compensar el incipiente derrape. "Qué desenvoltura", pensó él, disgustado, al notar que la mujer volvía a cambiar la marcha y se lanzaba hacia el corte a buena velocidad.

"Dios bendito, ¿pensará cruzar a toda marcha?", se extrañó él. Pero a último momento Centaine soltó el acelerador y empleó la caja de cambios para tomar la subida al otro lado del corte.

Cuando abrió la portezuela y salió al estribo, entre el polvo arremolinado, estaba sólo a veinte pasos de Lothar. El corazón del hombre golpeó con fuerza contra la tierra. "¿Cómo es posible que todavía me provoque esto?" se extrañó. "Debería odiarla. Me ha engañado, me humilló, renegó de mi hijo y lo privó de amor materno. Sin embargo... sin embargo..."

No quiso dar forma a las palabras. Deliberadamente, trató de insensibilizarse hacia ella.

"No es hermosa", se dijo, estudiando su rostro. Pero era mucho más que eso. Era vital, vibrante; estaba rodeada por una especie de aura. "Juno", pensó Lothar, recordando el nombre clave, "la diosa. Llena de poder, temible, de humor variable e imposible de predecir, pero infinitamente fascinante y deseable."

Ella miró directamente en esa dirección, por un momento, y el hombre sintió que su decisión se evaporaba bajo el influjo de aquellos ojos oscuros. Pero ella no lo había visto y le volvió la espalda.

—Bajaremos caminando, *chéri* —dijo al jovencito, que había salido por el otro lado del Daimler—, para ver si el cruce no ofrece peligro.

Shasa parecía haber crecido varios centímetros desde la última vez que Lothar lo viera. Se apartaron del vehículo y bajaron junto al lecho, por debajo de su escondrijo.

Manfred ocupaba su puesto, en el fondo del corte. Él también observaba a los dos que venían descendiendo. La mujer no representaba nada para él. Aunque era su madre, el niño no lo sabía y no experimentaba reacción instintiva alguna. Ella nunca lo había amamantado ni tenido en brazos. Era una desconocida, a la que miró sin emoción. Pero puso toda su atención en el muchacho que la acompañaba.

La apostura de Shasa lo ofendía. "Es bonito como una niña", pensó, tratando de desdeñarlo. Pero apreció el ensanchamiento de los hombros en su rival, los finos músculos de sus brazos tostados, allí donde las mangas estaban recogidas.

"Me gustaría tener otro encuentro contigo, amigo mío." La humillación que le provocó el puño izquierdo de Shasa, casi olvidada hasta entonces, volvía a doler como una herida reciente. Se tocó la cara con la punta de los dedos, frunciendo el entrecejo ante el recuerdo. "La próxima vez no te dejaré bailar así." Y recordó lo difícil que había sido tocar esa cara bonita, que se bamboleaba siempre fuera de su alcance. La frustración se renovó.

Madre e hijo llegaron al pie del corte, por debajo del puesto ocupado por Manfred, y permanecieron allí por un ratito, conversando en voz baja. Por fin, Shasa caminó por el lecho seco. La ruta había sido afirmada con un estriberón de ramas de acacia, pero éstas se habían roto bajo las ruedas de los pesados camiones. Shasa las reacomodó, clavando en la arena las puntas melladas.

Mientras él trabajaba, Centaine volvió al Daimler. Del soporte de la rueda auxiliar pendía una cantimplora de lona. Ella la desenganchó para llevársela a los labios. Hizo una gárgara con el agua y escupió en el polvo. Luego se quitó el largo guardapolvo blanco con que protegía su ropa y desabotonó la blusa. Después de empapar la bufanda amarilla, se la pasó por el cuello y el pecho, ahogando exclamaciones de placer ante la sensación de frío. Lothar quiso apartar la vista, pero no pudo. La miraba fijamente.

No llevaba nada bajo la blusa de algodón celeste. La piel de su seno, que no había sido tocada por el sol, era suave y perlada como la buena porcelana china. Sus pechos eran pequeños, sin flojedades ni estrías, con los pezones agudos y aún rosados como los de una muchachita, no los de una mujer que había tenido dos hijos. Se los veía saltar elásticamente al contacto de la bufanda mojada, que lavaba el brillo de la transpiración. Lothar ahogó un gemido, renovando el deseo hacia ella, que surgía desde muy adentro.

—Todo listo, *Mater* —anunció Shasa, mientras iniciaba el regreso por la ruta.

Centaine se apresuró a reabotonar su ropa.

—Ya hemos perdido demasiado tiempo —aseveró mientras se sentaba al volante.

Mientras Shasa cerraba su portezuela, ella lanzó el gran vehículo ruta abajo, despidiendo arena y astillas de acacia con las ruedas traseras, en tanto cruzaba el río seco y trepaba por la ribera opuesta. El ronroneo del motor se perdió en el silencio del desierto. Lothar descubrió que estaba temblando.

Ninguno de ellos se movió por largo rato. El primero en levantarse fue Swart Hendrick. Abrió la boca para hablar, pero al ver la expresión de Lothar guardó silencio, descendió hasta el fondo del río seco y echó a andar hacia el campamento.

Lothar bajó hasta el sitio en donde se había detenido el Daimler y estudió por un momento la tierra húmeda, allí donde ella había escupido el agua. Las marcas de sus pies eran estrechas y nítidas: él sintió el fuerte impulso de agacharse para tocarlas, pero de pronto sintió a sus espaldas la voz de Manfred.

—Boxea. —Lothar tardó un momento en comprender que estaba hablando de Shasa. —Parece un mariquita, pero sabe pelear. No se le puede pegar.

Levantó los puños y boxeó con su sombra; bailando en el polvo imitando a Shasa.

—Volvamos al campamento, donde no nos vean —dijo Lothar.

Manfred bajó su guardia y hundió las manos en los bolsillos. Ninguno de los dos habló hasta llegar a la cueva excavada.

—¿Sabes boxear, papá? —preguntó el niño—. ¿Me enseñarías a boxear?

Lothar sonrió, meneando la cabeza.

—Siempre me resultó más fácil patear a mi adversario en la entrepierna. Golpearlo con una botella o con la culata de un arma.

—Me gustaría aprender a boxear —dijo Manfred—. Y algún día voy a aprender.

Tal vez la idea había estado germinando allí desde un principio, pero en ese momento se convertía en firme declaración. El padre, con una sonrisa indulgente, le dio una palmadita en el hombro.

—Saca la bolsa de harina —dijo—, y te enseñaré, en cambio, a hacer pan de leche agria.

—Oh, Abe, sabes que detesto esas fiestas —protestó Centaine, irritada—. Salas atestadas, llenas de humo de tabaco, y desconocidos con los cuales tienes que intercambiar frases tontas.

—Podría ser muy importante que conocieras a este hombre, Centaine. Diré más: puede ser el amigo más valioso que hayas tenido nunca en este territorio.

Centaine hizo un mohín. Abe tenía razón, por supuesto. En realidad, el administrador era el gobernador del territorio, con amplios poderes ejecutivos. Era designado por el gobierno de la Unión Sudafricana, bajo el poder de mandato que le confería el Tratado de Versalles.

—Supongo que es otro viejo pomposo y aburrido, como su predecesor.

—No lo conozco —admitió Abe—. Llegó a Windhoek para ponerse en funciones hace muy pocos días y no se le tomará juramento hasta el primero del mes próximo, pero nuestras nuevas concesiones de la zona de Tsumeb están en su escritorio, en este momento, esperando su firma.

Vio que los ojos de la mujer cambiaban de expresión y aprovechó la oportunidad.

—Tres mil kilómetros cuadrados de derechos exclusivos para exploración minera, ¿no valen unas pocas horas de aburrimiento?

Pero ella no iba a ceder con tanta facilidad, y contraatacó:

—Tenemos que enganchar en el expreso que parte esta noche. Shasa debe volver a Bishops el miércoles por la mañana.

Se levantó para recorrer la sala de su vagón, deteniéndose para reacomodar las rosas del florero, a fin de no mirarlo a los ojos cuando él desviara el argumento.

—El viernes por la noche sale otro expreso; he hecho arreglos para que enganches en él. El señorito Shasa puede partir en el expreso de esta noche; ya tiene reservado camarote. Sir Garry y su esposa, que todavía están en Weltevreden, pueden esperarlo en la estación de Ciudad del Cabo.

Sólo hace falta un telegrama. —Abraham sonrió a Shasa, que estaba en el otro extremo del salón. —¿Verdad, jovencito, que puedes hacer el viaje sin que nadie te lleve de la mano?

Abe estaba actuando como un demonio astuto, según reconoció Centaine, al ver que Shasa recogía el desafío con aire indignado.

—Por supuesto, *Mater*. Tú te quedas. Es importante que conozcas al nuevo administrador. Yo puedo volver solo a casa, y Anna me ayudará a preparar el equipaje para ir a la escuela.

Centaine levantó las manos.

—¡Si muero de aburrimiento, Abe, tendrás remordimientos hasta el día de tu muerte!

Había pensado lucir el juego de diamantes completo, pero a último momento decidió no hacerlo. "Después de todo, es sólo una pequeña recepción provincial, con esposas de granjeros y pequeños funcionarios. Además, no quiero dejar ciego al pobre viejecito."

Se decidió por un vestido de seda amarilla, diseñado por Coco Chanel. Se lo había puesto una vez, pero en Ciudad del Cabo, y era difícil que alguien se lo hubiera visto allí.

—Costó lo suficiente como para justificar dos posturas —se consoló—. Y de cualquier modo es demasiado para esta gente.

Eligió un par de aros de diamantes, no tan grande como para resultar ostentosos, pero se colgó del cuello el enorme diamante de color champagne, con una cadena de platino. Llamaba la atención sobre sus pechos pequeños y puntiagudos; ese efecto le gustaba.

Como de costumbre, su pelo era un desastre. Estaba electrizado por el seco aire del desierto. Centaine lamentó que Anna no estuviera allí, pues era la única que sabía manejar esa mata rebelde y lustrosa. En su desesperación, trató de convertir el desorden en virtud; lo esponjó deliberadamente y lo sujetó con una cinta de terciopelo alrededor de la frente.

—Ya me he tomado bastante trabajo —se dijo.

No tenía ningún deseo de ir a una fiesta. Shasa se había marchado en el tren correo, tal como Abe planeara, y ella ya lo echaba terriblemente de menos. Además, estaba ansiosa por volver a Weltevreden; no le gustaba tener que demorarse allí.

Abe pasó a buscarla una hora después de lo indicado en la invitación, en la que se veía impreso el escudo de armas del administrador. En el trayecto, Rachel, la esposa de Abe, los entretuvo con el relato de sus triunfos y tragedias domésticas más recientes, incluyendo un informe detallado sobre los movimientos intestinales de su vástago más pequeño.

El edificio de gobierno, el Palacio de la Tinta, había sido diseñado por el gobierno colonial alemán, siguiendo un pesado estilo gótico imperial. Al echar un vistazo por el salón de baile, Centaine comprobó que la concurrencia era tan deplorable como ella esperaba. Se componía, principalmente, de funcionarios jerárquicos, jefes y subjefes de departamentos, sus esposas y los oficiales del cuartel militar local, además de los comer-

154

ciantes y terratenientes importantes de la ciudad, siempre que vivieran lo bastante cerca de Windhoek como para responder a la invitación.

Entre ellos había varias personas que trabajaban para Centaine: los gerentes y subgerentes de la Compañía Courtney. Abe le había proporcionado un informe detallado, que le permitió hacer graciosos comentarios personales ante cada uno, dejándolos así gratificados y radiantes. Abe permanecía a su lado para cuidar de que ninguno le robara demasiado tiempo; después de un lapso adecuado, le proporcionaba la excusa para escapar.

—Creo que deberíamos presentar nuestros respetos al nuevo administrador, señora Courtney. —La tomó del brazo y la condujo hacia la fila de recepción.

—He podido averiguar algunos datos con respecto a él. Se llama Blaine Malcomess, es teniente coronel y comandó un batallón de los rifleros montados. Se portó bien en la guerra; tiene un par de condecoraciones. En la vida particular es abogado y...

La banda policial iniciaba, con celo y gusto, un vals de Strauss; la pista de baile ya estaba atestada. Cuando llegaron al extremo de la fila, Centaine notó con satisfacción que serían los últimos en ser presentados. Mientras avanzaba, del brazo de Abe, prestaba poca atención al dueño de casa; inclinada por delante de él, escuchaba a Rachel, quien, apoyada en el otro brazo de su marido, le explicaba una receta familiar para preparar sopa de pollo. Al mismo tiempo, calculaba el momento oportuno para escapar de esa fiesta.

De pronto se dio cuenta de que habían llegado a la punta de la fila y de que el ayudante del administrador los anunciaba ya al anfitrión.

—El señor y la señora Abraham Abrahams; la señora Centaine de Thiry Courtney.

Ella levantó su mirada hacia el hombre que tenía ante sí. Involuntariamente clavó las uñas en el antebrazo de Abraham Abrahams, con tanta fuerza que le arrancó una mueca. No se dio cuenta, pues tenía la vista fija en el coronel Blaine Malcomess.

Era alto y delgado; medía bastante más de un metro ochenta. Su porte era aplomado, sin rastros de rigidez militar; sin embargo, parecía estar en puntas de pies, como si pudiera ponerse en movimiento en el curso de un instante.

—Señora Courtney —dijo, alargando la mano—, me encanta que haya podido venir. No imagina cuánto deseaba conocerla.

Su voz de tenor, clara, tenía una leve cadencia que podía ser galesa. Era una voz cultivada, cuyas modulaciones provocaron un eléctrico escalofrío de placer en los antebrazos y en la nuca de Centaine.

Le tomó la mano. La piel era seca y cálida; ella pudo sentir la fuerza contenida en sus dedos cuando estrechó los de ella, con suavidad. "Podría triturarme la mano como si fuera una cáscara de huevo", pensó, y la idea la estremeció deliciosamente de aprensión. Le estudió la cara.

Sus facciones eran grandes; los huesos de la mandíbula, las mejillas y la frente parecían pesados y sólidos como la piedra. Su nariz también era voluminosa, de corte romano; el entrecejo, saliente; la boca, grande y elástica. Se parecía mucho a Abraham Lincoln, aunque más joven y apuesto. "Todavía no tiene cuarenta años", calculó ella. Muy joven para ese rango y ese puesto.

En ese momento notó, sobresaltada, que aún sostenía la mano del coronel y que no había respondido a su saludo. El, inclinado en su dirección, la estudiaba con igual interés. Abe y Rachel se miraron, extrañados y divertidos. Centaine tuvo que sacudir su mano para liberarla. Con horror advirtió que una oleada de sangre caliente le subía por el cuello hasta las mejillas.

"¡Me estoy ruborizando!" Era algo que no le sucedía desde hacía años.

—He tenido la suerte de mantener tratos con su familia anteriormente —comentó Blaine Malcomess.

Sus dientes también eran grandes, cuadrados y muy blancos. La boca se ensanchaba más todavía cuando sonreía. Ella, algo turbada, le devolvió la sonrisa.

—¿De veras?

En realidad, no fue una respuesta chispeante, pero el ingenio parecía haberla abandonado. Allí estaba, como una colegiala, ruborizada y boquiabierta. Los ojos de ese hombre eran de un verde sorprendente. La distraían.

—En Francia estuve al mando del general Sean Courtney —le dijo, siempre sonriendo.

El pelo lucía demasiado corto a la altura de las sienes; eso resaltaba el tamaño desmesurado de sus orejas, y ese detalle la irritó. Sin embargo, esas orejas salientes le daban un aspecto conmovedor y atractivo.

—Era un gran caballero —comentó Blaine Malcomess.

—Sí, en efecto —respondió ella, mientras se regañaba: "Di algo ocurrente, algo inteligente. Va a pensar que eres una estúpida."

El vestía su uniforme de gala, de color azul oscuro y dorado, con doble hilera de medallas. Desde la niñez, Centaine siempre se había dejado impresionar por los uniformes.

—Me he enterado de que usted estuvo en los cuarteles del general Courtney, en Arras, por algunas semanas, en el curso de 1917. Yo todavía estaba en las filas. Sólo a fines de ese año pasé a formar parte de su personal jerárquico.

Ella aspiró hondo para tranquilizarse y, por fin, logró dominarse otra vez.

—Qué tiempos turbulentos fueron aquéllos. El universo se deshacía en ruinas a nuestro alrededor —comentó, con voz grave y ronca, acentuando un poco su entonación francesa.

Mientras tanto, pensaba: "¿Qué es esto? ¿Qué te está pasando, Centaine? Esto no debe ser así. Recuerda a Michael, a Shasa. Basta con que saludes a este hombre con la cabeza y sigas de largo."

—Al parecer, he cumplido con mis funciones por el momento. —Blaine Malcomess echó una mirada a su auxiliar, buscando confirmación, y se volvió hacia Centaine. —¿Me permite este vals, señora Courtney?

Le ofreció el brazo. Sin vacilar, ella apoyó suavemente los dedos en el doblez de su codo.

Los otros bailarines se apartaron, dejándoles un espacio abierto, en tanto ellos entraban juntos en la pista. Centaine se volvió hacia Blaine y dio un paso hacia el círculo de su brazo.

No hizo falta que se moviera; por el modo en que la tomó supo que bailaba maravillosamente. De inmediato se sintió ligera, ágil; arqueó la espalda hacia atrás, contra su brazo, mientras las piernas de él parecían fundirse con las propias.

La llevó girando hasta describir todo un círculo en derredor de la pista. Como ella seguía todos sus movimientos, rápida y liviana como una pluma, inició una complicada serie de giros e inclinaciones. Ella se dejaba llevar sin esfuerzo consciente, como si rozara la tierra; bajo el dominio total de su compañero, respondía a todos sus caprichos.

La música terminó, con un acorde violento, y los intérpretes se reclinaron en sus asientos, sudorosos y jadeantes. Centaine experimentó un incomprensible resentimiento contra ellos. No habían tocado por el tiempo suficiente. Blaine Malcomess aún la tenía abrazada, en medio de la pista, y ambos rieron, encantados, mientras los demás bailarines formaban un círculo en derredor, para aplaudirlos.

—Por desgracia, parece que hemos terminado, momentáneamente —dijo él, sin soltarla.

Esas palabras la hicieron reaccionar. Ya no había excusas para el contacto físico. Retrocedió un paso, contra su voluntad, y aceptó el aplauso con una pequeña reverencia.

—Creo que nos hemos ganado una copa de champagne.

Blaine hizo una señal a uno de los camareros, de chaquetilla blanca, y se apartó con ella hasta el borde de la pista. Mientras bebían, se miraron ávidamente a los ojos, sin dejar de conversar. El esfuerzo había dejado un leve brillo de sudor en la amplia frente del coronel, y ella lo percibió en su cuerpo.

Estaban solos en el centro de la habitación atestada. Centaine, con un sutil movimiento de hombros y de cabeza, disuadió a uno o dos audaces que se aproximaron, como para participar del diálogo. A partir de ese momento, los demás se mantuvieron lejos.

La banda, descansada y ansiosa, volvió a ocupar sus asientos y comenzó a tocar un foxtrot. Blaine Malcomess no tuvo necesidad de invitarla: Centaine dejó su copa de champagne, casi intacta, en la bandeja de plata que le ofrecía el camarero, y levantó los brazos hacia él.

El ritmo del foxtrot, más tranquilo, les permitió seguir conversando. ¡Y cuánto había para decir! El conocía bien a Sean Courtney; le había tenido mucho afecto y admiración. Centaine, a su vez, lo había amado casi tanto como a su propio padre. Analizaron las horribles circunstancias en las que habían sido asesinados Sean Courtney y su esposa; el horror y la indignación que ambos experimentaban ante ese hecho pareció acercarlos aun más.

Blaine conocía las amadas provincias septentrionales, en la zona de Arras, en donde Centaine había nacido. Su batallón había defendido un sector de la línea, cerca de Mort Homme, la aldea de los de Thiry, y recordaba las ruinas quemadas del *château.*

—Lo usamos como puesto de observación de la artillería —le dijo—. Pasé muchas horas apostado en el ala norte.

Sus descripciones provocaron en ella una agradable nostalgia, una dulce tristeza que acentuaba sus emociones.

A él también le gustaban los caballos. Era polista de doce goles.

—¡Doce goles! —exclamó ella—. Mi hijo quedará muy impresionado. Acaban de clasificarlo como jugador de cuatro.

—¿Qué edad tiene su hijo?

—Catorce.

—Excelente, para un jovencito de esa edad. Me gustaría verlo jugar.

—Sería divertido —reconoció ella.

De pronto sintió deseos de hablarle largamente sobre Shasa, pero la música terminó cortando en seco su impulso. En esa oportunidad, él también frunció el entrecejo.

—Están tocando piezas muy breves, ¿verdad?

En ese momento ella sintió que su compañero daba un respingo, soltándole la cintura. Aunque Centaine no retiró la mano de su brazo, el extraño regocijo que los había invadido hasta entonces se hizo pedazos. Algo oscuro y molesto como una sombra se interpuso de golpe, entre ambos, sin que ella pudiera saber de qué se trataba.

—Ah —exclamó él, sombrío—, veo que ha regresado. No se sentía nada bien esta noche, pero siempre ha sido valiente.

—¿A quién se refiere? —preguntó Centaine.

El tono de Blaine la colmó de presentimientos, pues tenía algo de advertencia; aun así la desagradable sorpresa la hizo vacilar cuando él, con suavidad, anunció:

—Mi esposa.

Centaine se sintió mareada por un momento. Sólo pudo mantener el equilibrio con esfuerzo al retirar la mano de su brazo.

—Me gustaría presentarle a mi esposa —dijo él—. ¿Me lo permite?

Ella asintió, sin atreverse a confiar en su voz. Cuando él volvió a ofrecerle el brazo, dudó un momento antes de aceptarlo. En esa oportunidad sólo apoyó la punta de los dedos.

Blaine la acompañó al otro lado de la pista, hacia un grupo reunido al pie de la escalinata principal. Mientras se aproximaban, Centaine estudiaba el rostro de las mujeres, tratando de adivinar cuál de ellas era. Sólo había dos muchachas jóvenes, pero ninguna de ellas podía igualarla en belleza, fuerza, porte, talento o riqueza. Sintió una oleada de confianza y expectativa, que reemplazó la inesperada confusión anterior. Sin siquiera pensarlo, comprendió que iba hacia un combate desesperado, alentada por el ardor de la batalla y la importancia del trofeo en juego. Estaba ansiosa por identificar y valorar a su adversaria. Cuando se detuvieron ante el grupo, levantó la barbilla e irguió los hombros.

Las filas de hombres y mujeres se abrieron respetuosamente. Allí estaba ella, mirando a Centaine con ojos adorables y trágicos. Era más joven que Centaine y dueña de una rara, pero exquisita belleza. Lucía su bondad, su carácter gentil, como un manto brillante a la vista de todos, pero había tristeza en la sonrisa que dedicó a Centaine, cuando Blaine Malcomess las presentó.

—Señora Courtney, ¿me permite presentarle a Isabella, mi esposa?

—Baila maravillosamente, señora Courtney. Los he observado con gran placer, a usted y a Blaine —dijo ella—. A mi esposo le encanta bailar.

—Gracias, señora Malcomess —susurró Centaine, enronquecida.

Por dentro rabiaba: "Oh, pequeña zorra. No es justo. No estás peleando limpio. ¿Cómo voy a poder ganar? Oh, Dios. cómo te odio."

Isabella Malcomess estaba sentada en una silla de ruedas, atendida por su enfermera. Por debajo del ruedo de su lujoso vestido asomaban los tobillos de unas piernas escuálidas y paralizadas. Pálidos y esqueléticos, sus pies parecían frágiles, vulnerables, en los escarpines bordados de lentejuelas.

"Jamás te abandonará." Centaine se sintió sofocada de dolor. "Pertenece a esa clase de hombres que nunca abandona a una esposa tullida."

Centaine despertó una hora antes del amanecer. Por un momento le extrañó la sensación de bienestar que la embargaba. Luego, al recordar, apartó las sábanas, ansiosa por iniciar la jornada. Al apoyar los pies descalzos en el suelo se detuvo; sus ojos se volvieron, instintivamente, hacia la fotografía enmarcada de Michael Courtney, que estaba sobre la mesa de luz.

—Lo siento, Michael —susurró—. Te amo. Todavía te amo y siempre te amaré, pero no puedo evitar esto otro. No lo quise, no lo busqué. Perdóname, por favor, querido mío. Pero hace tanto tiempo, y estoy tan sola... Lo quiero, Michael. Quiero casarme con él y tenerlo para mí.

Levantó el marco y, por un momento, lo apretó contra su seno. Después abrió el cajón, guardó la fotografía con la cara hacia abajo, entre su ropa interior de encaje, y lo cerró nuevamente.

Se levantó de un salto, en busca de su bata de seda china, amarilla, con un ave del paraíso bordada en la espalda. La sujetó con el cii iurón y pasó apresuradamente al salón del coche. Sentada ante su escritorio, compuso un telegrama para Sir Garry en su código privado, pues el mensaje sería transmitido por la línea pública.

Favor informar urgentemente todos datos sobre teniente coronel Blaine Malcomess, recientemente designado administrador de África del Sudeste. Responde en código. Cariños, Juno.

Tocó el timbre para llamar a su secretario, irritada por tener que esperarlo. El muchacho apareció vestido con una bata de franela, con los ojos hinchados y sin afeitar.

—Envíe eso de inmediato —ordenó ella, entregándole el papel—. Después consígame una llamada con Abraham Abrahams.

—Son las seis de la mañana, Centaine —protestó Abe—, y no nos acostamos hasta las tres.

—Tres horas es sueño suficiente para cualquier abogado que se precie. Abe, quiero que invites al coronel Malcomess y a su esposa a cenar en mi vagón, esta noche.

Se produjo un silencio largo y pesado; la estática siseaba en la línea. Ella cubrió la pausa:

—Tú y Rachel también están invitados, por supuesto.

—Los invitas sobre la hora, advirtió él, con cautela. Parecía estar eligiendo sus palabras con precisión. —El administrador es un hombre ocupado. No irá.

—Hazle llegar la invitación personalmente —dijo Centaine, pasando por alto esas objeciones—. Envía a tu mensajero a su oficina y verifica que él reciba la nota personalmente. No dejes, bajo ninguna circunstancia, que llegue antes a su esposa.

—No vendrá —repitió Abe, testarudo—. Al menos, ruego a Dios que no venga.

—¿Qué quieres decir con eso? —le espetó ella.

—Estás jugando con fuego, Centaine. No sólo con la llamita de una vela, sino con un gran incendio forestal.

Ella frunció los labios.

—Ocúpate de tus asuntos y yo me ocuparé de los míos... —empezó.

El abogado la interrumpió:

—...besa a tu parejita y yo besaré a la mía —concluyó, completando la regla infantil.

Ella soltó una risita tonta. Era la primera que Abe le oía y lo tomó por sorpresa.

—Qué adecuado, querido Abe.

Volvió a reír. La voz de Abrahams sonó agitada al continuar:

—Me pagas una suma enorme para que me ocupe de tus asuntos, Centaine. Anoche pusiste cien lenguas a moverse. A estas horas, la ciudad estará desorbitada. Eres una mujer marcada; todo el mundo te vigila. No puedes permitirte una cosa así.

—Abe, tú y yo sabemos que puedo permitirme lo que me dé la gana. Envía esa invitación, ¡por favor!

Pasó la tarde descansando. Se había acostado tarde y estaba decidida a lucir como nunca. El secretario la despertó algo después de las cuatro. Abe había recibido una respuesta a la invitación: el administrador y su esposa aceptaban con mucho placer cenar con ella. Sonrió, triunfal, y se dedicó a descifrar el telegrama de Sir Garry, que también había llegado mientras ella dormía.

A Juno Stop Nombre completo sujeto Blaine Marsden Malcomess nacido Johannesburgo 28 julio 1893.

—Conque tiene casi treinta y nueve años —exclamó ella— y es de Leo. ¡Mi león grande y feroz!

Y volvió rápidamente al cable.

Segundo hijo de James Marsden Malcomess abogado y empresario minero, presidente Consolidated Goldfields y director numerosas compañías asociadas, fallecido 1922. Sujeto educado en colegio St. John's de Johannesburgo y Oriel College Oxford. Honores académicos incluyendo beca Rhodes y beca Oriel. Honores deportivos incluyen campeonatos criquet, atletismo y polo. Graduado medalla de honor en artes Oxon 1912. Diploma abogado 1913. Nombrado subteniente Rifleros Montados 1914. Sirvió en campaña África Sudoeste. Dos veces mencionado en despachos. Ascendido a capitán 1915. Francia con BEF 1915. Cruz Militar agosto 1915. Ascendido a mayor y condecorado 1916. Ascendido a teniente coronel tercer batallón 1917. Plana mayor comandante general 6a. división 1918. Negociaciones armisticio Versalles con personal de general Smuts. Socio en firma abogados Stirling & Malcomess desde 1919. Miembro Parlamento por Gardens 1924. Viceministro Justicia 1926-29. Nombrado administrador Sudeste África 11 de mayo 1932. Casado con Isabella Tara Harrison 1918. Dos hijas Tara Isabella y Mathilda Janine.

Eso fue un nuevo golpe para Centaine. No había pensado en que él pudiera tener hijos.

—Cuanto menos, ella no le ha dado hijos varones.

La idea era tan cruel que calmó sus remordimientos calculando la edad de sus hijas. "Supongo que serán como la madre: angelitos horribles que lo tienen embobado", decidió, amargamente, mientras leía los últimos comentarios con que Sir Garry había puesto fin al largo telegrama.

Consultado *Ou Baas* indica que sujeto considerado potencia ascendente en leyes y política. Probable puesto gabinete cuando partido oposición retome poder.

Centaine sonrió afectuosamente ante esa mención del general Jan Christian Smuts y siguió leyendo:

Esposa arrojada caballo 1927. Grave fractura columna dorsal pronóstico desfavorable. Stop. Padre James Marsden dejó propiedades £ 655.000 partes iguales a dos hijos varones. Stop. Situación financiera actual sujeto no conocida, pero apreciada como sólida. Stop. Al presente jugador polo 12 handicap. Capitán equipo Sudáfrica contra Argentina 1929. Stop. Espero tu interés sea comercial. Si no, imploro dominio y cautela pues consecuencias altamente perjudiciales todas las partes. Stop. Shasa bien en escuela. Stop. Anna y yo enviamos cariños. Fin. Ovidio.

Ella había elegido el nombre codificado de Sir Garry por afecto y por respeto a su profesión, pero en ese momento arrojó el telegrama sobre la mesa, furiosa.

— ¿Cómo es posible que todos sepan qué me conviene más... salvo yo? — preguntó, en voz alta—. ¿Y por qué no está Anna aquí, para ayudarme con este pelo? Estoy hecha un horror.

Se miró en el espejo de la repisa, buscando la prueba de que no era así. Apartó la melena hacia atrás, con ambas manos, mientras se estudiaba el cutis, buscando arrugas o manchas. Sólo halló diminutas líneas en la comisura de los ojos, y eso extremó su descontento.

— ¿Todos los hombres atractivos tienen que estar casados? Oh, caramba con esa muñequita estúpida. ¿Por qué no se habrá quedado pegada a la silla en vez de caer sobre ese lindo trasero?

Centaine tenía pensado meter mucha bulla con la recepción de Isabella Malcomess y el traslado de la silla de ruedas al balcón del coche. Con ella estaban cuatro de los servidores y sus dos secretarios, listos para ayudar.

Blaine Malcomess los apartó a todos, con un ademán irritado, y se inclinó hacia su esposa. Ella le deslizó los brazos alrededor del cuello y se dejó levantar; a él no le resultaba más pesada que una niñita. Con el rostro muy cerca del suyo, él le sonrió con ternura. Luego subió los peldaños hasta el balcón, como si no llevara carga alguna. Las piernas de Isabella se balanceaban patéticamente bajo las faldas, agostadas y sin vida. Centaine experimentó una desagradable e inesperada reacción de solidaridad con ella.

"No quiero tenerle compasión", pensó, ferozmente, mientras los seguía al salón.

Blaine, sin solicitar el permiso de Centaine, la depositó en una silla que dominaba sutilmente el salón y era, por naturaleza, el centro de la atención; era el asiento que Centaine reservaba exclusivamente para sí. Blaine puso una rodilla en el suelo y acomodó suavemente los pies de su mujer, juntándolos sobre la alfombra de seda. Después le alisó la falda sobre las rodillas. Obviamente, lo había hecho incontables veces.

Isabella le tocó apenas la mejilla con la punta de los dedos y le sonrió, con tal confianza y adoración que Centaine se sintió del todo superflua. La abrumaba la desesperación. Le sería imposible interponerse entre ellos.

Sir Garry y Abe tenían razón; era preciso renunciar a él sin luchar, y experimentó un sentido de la justicia casi digno de una santa.

En ese preciso instante Isabella la miró por sobre la cabeza de su esposo arrodillado. A pesar de la moda, llevaba el pelo largo y lacio. Era tan fino y sedoso que constituía una lámina espesa y lustrosa como el satén lavado, que cubría sus hombros desnudos. Tenía el color de las castañas asadas, y refulgía con estrellas rojas y reflejos cada vez que movía la cabeza. Su rostro era redondo como el de una virgen medieval, encendido de serenidad. Sus ojos pardos tenían surcos de líneas doradas que se abrían en abanico desde las luminosas pupilas.

Isabella miró a Centaine desde el otro extremo del salón y sonrió. Fue una sonrisa lenta, complaciente, posesiva, que alteró la luz de sus ojos pardos y dorados. Miraba fijamente los ojos de miel de Centaine, desafiándola. La francesa percibió el reto con toda claridad, como si se hubiera quitado uno de los largos guantes, bordados de perlas, para golpearla con él en plena boca.

"Pequeña tontita, ¡no deberías haber hecho eso!" Todas las resoluciones nobles de Centaine se redujeron a escombros ante esa mirada. "Estaba dispuesta a dejártelo, de veras. Pero si quieres pelear por él... bueno, yo también pelearé." Sostuvo la mirada de su huésped, aceptando silenciosamente el desafío.

La cena fue un éxito resonante. Centaine había estudiado cuidadosamente el menú; desconfiando del cocinero, había preparado con sus propias manos el aderezo para la langosta y la salsa para la carne asada. Bebieron champagne con la langosta y un maravilloso Richebourg aterciopelado con el solomillo.

Abe y Blaine se sintieron aliviados y complacidos al ver la consideración y la simpatía que Isabella y Centaine se prodigaban. Era obvio que acabarían siendo amigas íntimas. Centaine incluía a la inválida en casi todos sus comentarios; cuidaba con solicitud de su comodidad y le arreglaba personalmente los almohadones en la espalda o en los pies.

Divertida, burlándose de sí misma, contó cómo había sobrevivido al horrible cruce de las dunas, viuda y embarazada, con dos pigmeos salvajes por única compañía.

—Qué valiente ha sido —comentó Isabella Malcomess, captando la médula del relato—. Sin duda, muy pocas mujeres habrían tenido esa fortaleza y esa capacidad.

—Coronel Malcomess, ¿puedo pedirle que corte el asado? A veces, la condición de mujer sola tiene sus desventajas. Hay cosas que sólo los hombres saben hacer, ¿verdad señora Malcomess?

Rachel Abrahams permanecía en aprensivo silencio. Era la única, aparte de los dos personajes principales, que comprendía lo que sucedía. Toda su simpatía era para Isabella, pues no le costaba imaginar su propio nido y a sus pichones amenazados por semejante ave de presa.

—Tiene dos hijas, ¿cierto, señora Malcomess? —preguntó Centaine, con dulzura—. Tara y Mathilda Janine. Qué bonitos nombres... —Daba a entender a su rival que había investigado a fondo. —Pero ha de serle difícil arreglárselas con ellas. Las niñas son siempre más complicadas que los varones.

Rachel Abrahams dio un respingo. Con un simple destello de su espada, la anfitriona había señalado la invalidez de Isabella y su imposibilidad de dar a su esposo un heredero varón.

—Oh, tengo tiempo de sobra para dedicar a mis tareas domésticas —aseguró Isabella—, ya que no estoy en el comercio, digamos. Y las niñas son un encanto. Adoran al padre, por supuesto.

Isabella era hábil duelista. La palabra "comercio" puso a hervir la sangre aristocrática de Centaine, bajo su sonrisa afectuosa, y fue un golpe maestro vincular tan firmemente las niñas a Blaine. La francesa había visto su expresión embobada al mencionarlas. Se volvió hacia él, cambiando el tema por el de la política.

—Hace poco, el general Smuts nos visitó en Weltevreden, mi casa de Ciudad del Cabo. Está muy preocupado por el desarrollo de algunas sociedades militantes entre las clases inferiores de afrikaners. En particular, la llamada Ossewa-Brandwag y la Afrikaner Broederbond, cuya mejor traducción sería "Guardia nocturna del tren" y "Hermandad afrikaner". A mí también me parecen muy peligrosas y perjudiciales para el interés de la nación. ¿Comparte usted esta preocupación, coronel?

—Por cierto, señora Courtney, he hecho un estudio especial de estos fenómenos. Pero no creo que usted esté acertada al decir que esas sociedades secretas incluyen a las clases inferiores de afrikaners. Por el contrario: el ingreso está restringido a los afrikaners de pura sangre, que detenten puestos de influencia, real o potencial, en la política, el gobierno, la religión y la educación. Sin embargo, estoy de acuerdo con sus conclusiones. Son peligrosos, más de lo que muchos creen, pues su meta última es obtener el dominio de todas las facetas de nuestra vida, desde las mentes de los jóvenes hasta la maquinaria de la justicia y el gobierno, prefiriendo a sus miembros sin tener en cuenta el mérito personal. En muchos sentidos, este movimiento es la contraparte de la ascendente ola de nacionalsocialismo que se está produciendo en Alemania, encabezada por Herr Hitler.

Centaine se inclinó por sobre la mesa, para disfrutar de todas las inflexiones y los matices de aquella voz, alentándolo con preguntas o agudos comentarios. "Con esa voz", pensó, "podría convencerme, y también a un millón de votantes." Al fin comprendió que los dos se estaban comportando como si fueran los únicos comensales. Entonces se volvió rápidamente hacia Isabella.

—¿Está de acuerdo con su esposo al respecto, señora Malcomess? Blaine, con una risa indulgente, respondió por ella:

—Temo que mi esposa se aburre totalmente con la política. ¿Verdad, querida? Y no estoy seguro de que desde ese punto de vista ella sea muy perceptiva. —Sacó del bolsillo un reloj de oro. —Ya es medianoche pasada. Estaba tan entretenido que hemos abusado de tanta hospitalidad.

—Tienes razón, querido. —acotó Isabella, aliviada y ansiosa por poner fin a aquello. —Tara estaba algo descompuesta. Antes de que saliéramos se quejó de dolor de estómago.

—La zorrita de Tara siempre se queja de dolores de estómago cuando sabe que vamos a salir —respondió él, riendo entre dientes.

Pero todos se levantaron.

—No pueden irse sin tomar un coñac y fumar un cigarro —los demoró Centaine—. Sin embargo, me rehúso a aceptar esa bárbara costumbre de dejar esos placeres a los hombres, mientras las pobres mujeres nos apartamos para reír como tontitas y hablar de bebés. Así que iremos todos al salón.

Empero, mientras ella abría la marcha, su secretario se acercó, nervioso.

—Sí, ¿qué pasa?

El fastidio de Centaine se calmó al ver que el muchacho tenía en las manos un telegrama, como si fuera su propia condena a muerte.

—Es del doctor Twentyman-Jones, señora. Urgente.

Centaine tomó la hoja, pero no la desplegó sino hasta después de haber hecho servir café y licores. Cuando Blaine y Abe estuvieron armados de sus respectivos habanos, pidió disculpas y pasó a su dormitorio.

A Juno. Comisión de huelga encabezada por Gerhard Fourie ha retirado todos empleados blancos. Stop. Planta y perforación bajo piquetes y cargamento de mercaderías embargados. Stop. Huelguistas exigen reincorporación empleados blancos despedidos y trabajo garantizado para todos. Stop. Espero instrucciones. Fin. Vingt.

Centaine se sentó en la cama. El papel aleteaba en su mano. Nunca en su vida se había sentido tan enojada. Eso era traición, una traición bastarda e imperdonable. Suya era la mina, suyos los diamantes. Ella pagaba los sueldos y tenía perfecto derecho a contratar y despedir. El "cargamento de mercaderías" a que Twentyman-Jones hacía referencia era el paquete de diamantes, del cual dependía la fortuna de Centaine. Si accedía a esas exigencias, la Mina H'ani dejaría de dar utilidades. "¿Quién es ese Gerhard Fourie?", se preguntó. Entonces recordó que era el jefe de transportes.

Se acercó a la puerta y la abrió. Su secretario esperaba en el corredor.

—Pida al señor Abrahams que venga a verme.

Cuando Abe cruzó el vano de la puerta, ella le entregó el telegrama.

—No tienen derecho a hacerme esto —dijo, fieramente, mientras esperaba, llena de impaciencia, a que él lo hubiera leído.

—Por desgracia, Centaine, sí tienen derecho. Según la ley de Conciliación Industrial de 1924...

—No me vengas con leyes, Abe —lo interrumpió ella—. Son una banda de bolcheviques, capaces de morder la mano que los alimenta.

—No hagas nada apresurado, Centaine. Si se nos ocurriera...

—Abe, haz descargar inmediatamente el Daimler del vagón y envía un telegrama al doctor Twentyman-Jones. Dile que estoy en camino hacia allá y que no debe hacer nada, ni concesiones ni promesas, hasta mi llegada.

—Partirás por la mañana, ¿verdad?

—Nada de eso. Partiré dentro de media hora, en cuanto mis invitados se hayan ido y tú tengas el Daimler fuera del tren.

—Pero es la una de la mañana... —Al ver la expresión de Centaine, el abogado abandonó la protesta. —Telegrafiaré al personal de la primera posada para que te esperen.

—Di sólo que estén listos para cargar combustible. No voy a quedarme. Viajaré directamente a la mina.

Centaine se acercó a la puerta. Hizo una pausa para dominarse y luego, con una sonrisa tranquila, volvió al salón.

—¿Hay algún problema, señora Courtney? —La sonrisa no había engañado a Blaine Malcomess, quien se levantó —¿Puedo ayudarla en algo?

—Oh, es sólo un pequeño inconveniente. Hay dificultades en la mina. Tendré que volver de inmediato.

—Pero esta noche, no ¿verdad?

—Sí, esta misma noche.

—¿Sola? —Estaba preocupado, y ese interés agradó a Centaine. —El viaje es largo y difícil.

—Prefiero viajar sola. —Y agregó, con intensidad significativa: —O elegir a mis compañeros de viaje con mucho cuidado. —Hizo una pausa antes de proseguir: —Algunos de mis empleados se han declarado en huelga. Es irrazonable y no hay nada que justifique esa medida. Estoy segura de poder solucionarlo, pero a veces cosas se nos van de las manos. Podría haber actos de violencia o de vandalismo.

Blaine se apresuró a tranquilizarla.

—Puedo garantizarle la plena cooperación del gobierno. Se podría enviar un destacamento policial para mantener la tranquilidad, si usted lo desea.

—Gracias, es una buena idea. Me consuela mucho saber que puedo contar con usted.

—Lo dispondré todo a primera hora de la mañana —aseguró él—. Pero el destacamento tardará algunos días, claro está.

Una vez más, se comportaban como si estuvieran solos; hablaban en voz baja, llena de sugerencias, más allá de lo que decían las palabras.

—Querido, deberíamos dejar a la señora Courtney para que prepare su viaje. —Cuando Isabella habló desde su silla, él dio un respingo, como si hubiera olvidado su presencia.

—Sí, por supuesto. Nos iremos de inmediato.

166

Centaine bajó con ellos al andén, donde estaba el Chevrolet de Blaine, estacionado bajo la única lámpara de alumbrado. Caminaba junto a la silla de ruedas.

—No sabe cómo he disfrutado con este encuentro, señora Malcomess. Me encantaría conocer a sus hijas. ¿Por qué no las lleva a Weltevreden, la próxima vez que vaya a Ciudad del Cabo?

—No sé cuándo ha de ser eso —se rehusó Isabella, cortésmente—. Mi esposo estará muy ocupado después de que asuma el cargo.

Llegaron al vehículo que esperaba. Mientras el chofer mantenía la portezuela trasera abierta, Blaine levantó a Isabella y la acomodó en el asiento de cuero. Luego cerró cuidadosamente y se volvió hacia Centaine, dando la espalda a su mujer, en tanto el chofer cargaba la silla en el baúl. Por el momento, estaban solos.

—Isabella es una mujer valiente y maravillosa —dijo con suavidad, tomando la mano de Centaine—. La amo y no puedo abandonarla, pero me gustaría...

Se interrumpió; la presión de sus dedos se tornó dolorosa.

—Sí —respondió Centaine, con la misma suavidad—, a mí también me gustaría.

Y disfrutó con el dolor de aquella mano fuerte. El contacto acabó demasiado pronto para ella. Blaine se acercó a la portezuela opuesta, mientras Centaine se inclinaba hacia la inválida, por la ventanilla abierta.

—Por favor, no olvide mi invitación —comenzó.

Pero Isabella acercó la cara un poco más. La máscara de serena belleza se resquebrajó de pronto dejando asomar el terror y el odio.

—Es mío —dijo—. Y no se lo voy a dejar.

De inmediato volvió a recostarse en el asiento, mientras Blaine se deslizaba a su lado y le tomaba la mano.

El Chevrolet se alejó, haciendo flamear el banderín oficial por sobre el capot, Centaine permaneció bajo la lámpara, siguiéndolo con la vista hasta que se borraron las luces de sus faros.

Lothar De La Rey dormía con los auriculares del interceptor telegráfico sobre su cobertor de piel de oveja, junto a la cabeza, de modo tal que el primer chasquido de la transmisión lo despertó. Recogió apresuradamente el aparato y ordenó a Swart Hendrick:

—Enciende la vela, Hennie, que están transmitiendo. A esta hora de la noche ha de ser por algo importante.

Sin embargo, no estaba preparado para la magnitud del mensaje que trascribió en su libreta: "Comisión de huelga encabezada por Gerhard Fourie..."

El mensaje de Twentyman-Jones dejó aturdido a Lothar.

—Gerhard Fourie. ¿A qué diablos está jugando ese miserable?

De inmediato se levantó de un salto y salió del campamento, para paseàrse nerviosamente por la arena suelta del lecho seco, mientras intentaba resolver el problema.

—Una huelga. ¿Por qué declararse en huelga justamente ahora? "Cargamento de mercaderías embargado" Eso tiene que referirse a los diamantes. Los huelguistas no permiten que los diamantes salgan de la mina. —Se detuvo súbitamente y golpeó su puño contra su palma. —Eso es, de eso se trata. Ha convocado a huelga para librarse de nuestro trato. Le falló el coraje y sabe que lo voy a matar. Es su modo de escapar. No quiere cooperar con nosotros. Todo se viene abajo.

Se irguió en el lecho del río, abrumado por una ira oscura e impotente.

—Tantos riesgos como he corrido, tanto tiempo, trabajo y problemas... El robo de los caballos, todo para nada. Todo perdido sólo porque un cagón...

Si Fourie hubiera estado allí, Lothar lo habría matado sin reparos.

—Baas! —chilló Hendrick, con urgencia—. ¡Ven pronto! ¡El telégrafo!

Lothar volvió a toda carrera y le arrebató los auriculares. Transmitía el operador de la compañía Courtney, desde Windhoek.

A Vingt. Vuelvo a toda prisa. Stop. No haga concesiones ni promesas. Stop. Que todos empleados leales estén armados y protegidos de intimidación. Stop. Asegúreles mi gratitud y recompensa material. Stop. Cierre inmediatamente almacén empresa, no vender alimentos ni provisiones a huelguistas y sus familiares. Stop. Corte agua corriente y suministro eléctrico a cabañas huelguistas. Stop. Informe comisión huelga que destacamento policial en camino. Fin. Juno.

A pesar de su ira contra Fourie, Lothar echó la cabeza atrás, con una carcajada de admiración.

—Fourie y sus huelguistas no saben en qué se meten —rugió—. Por Dios, preferiría hacer cosquillas a una mamba furiosa con un palillo antes que cruzarme con Centaine en este momento.

De pronto se puso serio. Después de cavilar por un rato, dijo a Hendrick y a Manfred, en voz baja.

—Tengo la sensación de que esos diamantes viajarán a Windhoeck, con huelga o sin huelga. Pero no creo que Fourie esté al volante del camión. En realidad, no le veo muchas posibilidades de volver a manejar nada. Y bien, no tendremos una amable escolta armada que nos entregue el paquete, como estaba planeado. Pero los diamantes pasarán por aquí. Y cuando así sea, nosotros estaremos esperando.

El Daimler amarillo cruzó frente a su campamento a las once de la noche siguiente. Lothar observó el resplandor de los faros, que se solidificaba gradualmente en dos rayos de luz blanca sobre la planicie. Se hundieron en el lecho del río y desaparecieron por pocos instantes, sólo para iluminar el cielo sin luna; en cuanto el Daimler apuntó su nariz hacia arriba, ascendieron por el corte. El motor bramaba en primera; al llegar arriba, retomó su murmullo agudo y salió a toda velocidad con rumbo nordeste, hacia la Mina H'ani.

Lothar encendió un fósforo para consultar su reloj.

—Dice que partió de Windhoek una hora después de enviado el telegrama, anoche. Eso significa que ha llegado aquí en veintidós horas, sin detenerse, por estas rutas oscuras. —Soltó un suave silbido. —A ese paso, llegará a la Mina H'ani antes del mediodía de mañana. No parece posible.

Las colinas azules se fugaron del espejismo provocado por el calor, sólo que en esa oportunidad su magia no pudo cautivar a Centaine. Llevaba treinta y dos horas al volante, con sólo breves intervalos de descanso, mientras cargaba combustible en los puestos del camino. Apenas se había apartado al costado de la ruta en una ocasión, para dormir un par de horas.

Estaba agotada. El cansancio le dolía en la médula de los huesos, le quemaba los ojos como ácido, le pesaba sobre los hombros, aplastándola contra el asiento del Daimler, como si cargara una gruesa cota de malla. Sin embargo, el disgusto la impulsaba. Cuando vio los techos de hierro galvanizado de la mina, brillantes bajo el sol, su fatiga desapareció.

Detuvo el Daimler y bajó a la ruta, para estirar y mover los brazos, activando la circulación de sus miembros rígidos. Después movió el espejo retrovisor hasta que pudo estudiar su rostro. Tenía los ojos inyectados en sangre, con bolitas de barro y saliva en las comisuras. Estaba mortalmente pálida, cubierta de polvo y exangüe por la fatiga.

Mojó un paño con agua fresca de su cantimplora y se limpió el polvo de la piel. Sacó de su bolso el frasco de colirio y la copita azul. Después de bañarse los ojos, volvió a mirarse en el espejo: estaban claros y brillantes. Entonces se dio palmaditas en las mejillas hasta que la sangre las enrojeció. Arregló la chalina que le rodeaba la cabeza, se quitó el largo guardapolvo con que había protegido su ropa; entonces quedó limpia, descansada, lista para hacer frente a los problemas.

En las esquinas de las avenidas había pequeños grupos de mujeres y niños, que la observaron con aire lúgubre, receloso, en tanto ella conducía el coche hacia el edificio de administración. Sentada muy erguida tras el volante, miraba directamente hacia adelante.

Al acercarse a la oficina vio a los piquetes, que hasta ese momento habían estado holgazaneando bajo los espinillos, ante los portones. De inmediato se reorganizaron apresuradamente. Eran veinte hombres, cuanto menos: la mayor parte de los artesanos blancos de la mina. Formaron una fila a lo ancho de la ruta, con los brazos entrelazados y de cara a ella. Se los veía feroces y amenazantes.

—¡Nada entra! ¡Nada sale! —comenzaron a cantar, según ella aminoraba la marcha.

Centaine notó que la mayor parte estaba armada de cachiporras y mangos de picos. Plantó la mano contra la bocina, que chilló como un elefante herido, y pisó el acelerador a fondo, dirigiendo el Daimler hacia el centro de los piquetes. Los hombres de en medio le vieron la cara tras el parabrisas y comprendieron que iba a atropellarlos. A último momento, se dispersaron. Uno de ellos gritó:

—¡Queremos nuestros empleos!

Y le arrojó el mango del pico contra la ventanilla trasera. El vidrio estalló arrojando pedazos sobre el asiento de cuero, pero Centaine ya había pasado.

Se detuvo frente a la galería en el momento en que Twentyman-Jones salía apresuradamente de la oficina, forcejeando con la chaqueta y la corbata.

—No la esperábamos hasta mañana.

—Sus amigos sí —indicó ella, señalando la ventanilla hecha trizas.

La voz del ingeniero se tornó aguda por la indignación.

—¡La atacaron! ¡Es imperdonable!

—Estoy de acuerdo —concordó ella—, y no seré yo quien perdone.

Twentyman-Jones llevaba una enorme pistola de servicio colgando de su cadera. Detrás de él estaba el pequeño señor Brantingham, tenedor de libros, cuya cabeza, calva como un huevo, era demasiado grande para sus hombros estrechos y redondeados. Detrás de sus gafas montadas al aire, sus ojos estaban al borde de las lágrimas, pero llevaba un fusil de dos caños en sus manos blancas y regordetas.

—Es usted un hombre valiente —le dijo Centaine—. No olvidaré su lealtad.

Precedió a Twentyman-Jones hasta la oficina y se sentó ante el escritorio, agradecida por poder hacerlo.

—¿Cuántos más están con nosotros?

—Sólo el personal de oficina. Son ocho. Los artesanos y el personal de la mina se plegaron a la huelga por completo, aunque sospecho que algunos lo hicieron presionados.

—¿Aun Rodgers y Maclear? —Eran los capataces más antiguos.

—¿También ellos están en huelga?

—Temo que sí. Los dos forman parte de la comisión.

—¿Junto con Fourie?

—Los tres son los líderes.

—Me encargaré de que no vuelvan a trabajar en su vida —dijo ella, con amargura.

El ingeniero bajó la vista, murmurando:

—Conviene tener en cuenta que no han desobedecido la ley. Tienen derecho legal a retener sus puestos y a negociar colectivamente.

—¿Cuando yo estoy luchando por mantener la mina en funcionamiento? ¿Cuando trato de asegurarles trabajo siquiera a unos pocos? ¿Después de todo lo que he hecho por ellos?

—Temo que sí tienen ese derecho —insistió él.

—¿De parte de quién está usted, doctor Twentyman-Jones?

Él puso cara de ofendido.

—No tenía por qué preguntar eso —adujo—. Desde que nos conocimos he estado de su lado..Lo sabe muy bien. No hacía sino señalarle su situación legal.

Centaine, inmediatamente arrepentida, se levantó y le apoyó una mano en el brazo.

—Perdóneme. Estoy exhausta e irritable.

Como se levantó demasiado de prisa, su rostro adquirió una palidez mortal; se balanceó sobre los pies, mareada, hasta que el ingeniero la sujetó.

—¿Desde cuándo no duerme? Ha viajado desde Windhoek sin descansar.

La llevó hasta el sofá de cuero y la obligó suavemente a acostarse.

—Ahora va a dormir ocho horas, cuanto menos. Le haré traer ropa limpia desde el *bungalow*.

—Tengo que hablar con los líderes.

—No. —El sacudió la cabeza mientras corría las cortinas. —Sólo cuando esté descansada y fortalecida. De lo contrario, podría cometer desatinos.

Ella se hundió en el sofá, apretándose con los dedos los párpados cerrados.

—Tiene razón... como siempre.

—La despertaré a las seis de la tarde e informaré a la comisión de huelga que usted los recibirá a las ocho. Así tendremos dos horas para planear nuestra estrategia.

Los tres líderes huelguistas entraron en la oficina formados en fila india. Ella los miró fijamente, por tres largos minutos, sin decir palabra. Deliberadamente, había hecho retirar todas las sillas, menos las que ocupaban ella y Twentyman-Jones. Los hombres tuvieron que permanecer de pie ante ella, como escolares.

—Hay más de cien mil hombres sin empleo en este país, al presente —dijo Centaine, con voz desapasionada—. Cualquiera de ellos pediría de rodillas un empleo de éstos.

—Eso no viene al caso, qué joder —dijo Maclear.

Era un hombre común, de estatura mediana y edad incierta, pero ella lo sabía ingenioso, tenaz y lleno de recursos.

—Si va a emplear groserías delante de mí, señor Maclear —advirtió—, puede retirarse ahora mismo.

—Eso tampoco viene al caso, señora Courtney. —El hombre sonrió con tristeza, como si reconociera el espíritu de la francesa. —Nosotros conocemos nuestros derechos y usted también los conoce.

Centaine miró a Rodgers.

—¿Cómo está su esposa, señor Rodgers?

Un año antes, ella había pagado el traslado de la mujer a Johannesburgo, para que fuera atendida con urgencia por uno de los mejores cirujanos gastroenterólogos de la Unión. Rodgers la había acompañado, sin dejar de cobrar su sueldo completo y con todos los gastos pagos.

—Está bien, señora Courtney —respondió el capataz, con mansedumbre.

—¿Y qué piensa ella de esta tontería suya? —El hombre se miró los zapatos. —Es una señora muy sensata. Yo diría que está preocupada por los tres pequeños.

—Todos estamos de acuerdo —intervino Fourie—. Estamos bien unidos, y las mujeres nos apoyan. Puede olvidarse de todo ese...

—Señor Fourie, tenga la bondad de no interrumpirme cuando estoy hablando.

—Con hacerse la gran señora no va a ganar nada —barbotó él—. Tanto usted como su maldita mina están donde nosotros queremos. Es usted quien tiene que escuchar cuando nosotros hablamos, y a eso se reduce todo.

Sonrió con aires de gallito, mirando a sus compañeros en busca de aprobación. Pero la sonrisa disimulaba sus miedos. Por una parte estaba Lothar De La Rey con su amenaza. Si no conseguía una buena excusa para no cumplir con sus obligaciones, era hombre muerto. Tenía que agravar esa huelga hasta que otra persona transportara los diamantes, obtendría de ese modo una escapatoria.

—De esta propiedad no va a salir un solo diamante mientras nosotros no lo digamos, señora. Los tenemos aquí como garantía. Sabemos que en la bóveda hay un paquete de primera, y allí va a quedarse hasta que usted nos escuche.

Juzgó bastante bien el carácter de Centaine y previó su reacción. Ella lo estudió con atención. Algo en sus palabras sonaba a falso, a retorcido. Se mostraba demasiado agresivo, deliberadamente provocativo.

—Está bien —accedió ella, en voz baja—. Escucho. Díganme qué quieren.

Permaneció en silencio mientras Fourie leía la lista de exigencias. Su rostro estaba impávido. Las únicas señales de su enojo eran las que Twentyman-Jones conocía tan bien: el suave rubor en el cuello y el golpeteo rítmico de su pie contra el suelo de madera.

Fourie llegó al final de su lectura. Se produjo otro largo silencio hasta que él le presentó el documento.

—Aquí tiene su copia.

—Déjela sobre mi escritorio —ordenó ella, como si no quisiera tocarla—. Las personas despedidas de esta mina, el mes pasado, recibieron tres meses de salario en lugar del previo aviso. Tres veces más de lo que les correspondía por derecho, y ustedes lo saben. A todos se les dieron cartas de buenas referencias, y ustedes también lo saben.

—Son compañeros nuestros —dijo Fourie, tozudo—. Algunos, hasta parientes.

—De acuerdo —asintió ella—. La posición de ustedes está aclarada. Ahora pueden retirarse.

Se levantó. Los tres hombres se miraron, consternados.

—¿No va a darnos una respuesta? —preguntó Maclear.

—A su debido tiempo.

—¿Y cuándo será eso?

—Cuando esté lista. Ni un momento antes.

Desfilaron hacia la puerta. Pero antes de llegar a ella, Maclear se volvió para enfrentarla, desafiante.

—Han cerrado el almacén de la compañía. Cortaron el agua y la electricidad de nuestras cabañas —la desafió.

—Por orden mía —afirmó ella.

—No puede hacer eso.

—No veo por qué no. Soy la dueña del almacén, del generador, de la bomba y de las cabañas.

—Tenemos mujeres e hijos que alimentar.

—Debieron pensar en eso antes de declararse en huelga.

—Podemos tomar lo que queramos, ¿sabe? Hasta los diamantes. No podrá impedirlo.

—Hágame ese gran favor —le invitó ella—. Vaya. Invada el almacén y robe las mercancías de los estantes. Dinamite la bóveda y llévese los diamantes. Ataque a la gente que me es leal. Nada me complacería tanto como verlos a los tres en la cárcel, de por vida, o colgando de la horca.

En cuanto estuvieron nuevamente solos, se volvió hacia Twentyman-Jones.

—Ese hombre tiene razón. Lo primero es pensar en los diamantes. Tengo que llevarlos al Banco de Windhoek.

—Podemos enviarlos bajo custodia policial —concordó él.

Pero Centaine sacudió la cabeza.

—La policía podría tardar cinco días más en llegar. Hay mucha burocracia que le impide ponerse en marcha. No, quiero sacar esos diamantes de aquí antes del amanecer. Usted sabe que el seguro no cubre disturbios ni alzamientos. Si les pasa algo me veré en la ruina, doctor Twentyman-Jones. Son mi propia vida. No puedo arriesgarme a que caigan en manos de esos brutos arrogantes.

—Dígame qué piensa hacer.

—Quiero que lleve el Daimler a su cochera, en la parte de atrás. Hágalo revisar y llenar de combustible. Cargaremos los diamantes por la puerta trasera. —Señaló al otro lado de la oficina, donde estaba la puerta disimulada que ella empleaba a veces, cuando no quería que la vieran entrar o salir. —A medianoche, cuando los piquetes duerman, usted cortará la cerca de alambre de púas que está frente a la puerta de la cochera.

—Bien —dijo él, adivinando sus intenciones—. Así saldremos por la senda sanitaria. Los piquetes están ante los portones principales, al otro lado de las tierras. No han apostado a nadie en la parte de atrás. Una vez que estemos lejos de la senda, será cuestión de seguir en línea recta por la ruta principal a Windhoek y estaremos a salvo en cuestión de segundos.

—El plural no corresponde, doctor.

Él la miró fijamente.

—No pensará ir sola, ¿verdad? —preguntó.

—Acabo de hacer ese viaje sola, a buena velocidad y sin el menor problema. Tampoco espero tenerlos al regresar. Usted hace falta aquí. Sabe que no puedo dejar la mina en manos de Brantingham o de algún empleado. Lo necesito aquí para que trate con esos huelgistas. De lo contrario, bien pueden arruinar la planta o sabotear las obras. Sólo haría falta una barra de dinamita o dos.

Él se enjugó la cara con la mano abierta, desde la frente a la barbilla, en un tormento de indecisión, sin poder decidir entre sus dos obligaciones: la mina que había construido de la nada y que era su orgullo, la mujer a quien amaba como a la hija o a la esposa que nunca tuvo. Por fin suspiró. Ella estaba en lo cierto; debía ser así.

—Entonces, lleve a uno de los hombres —suplicó.

—¿A Brantingham, bendito sea? —inquirió ella, arqueando las cejas.

El ingeniero levantó las manos, comprendiendo que la idea era ridícula.

—Llevaré el Daimler a la parte de atrás —dijo—. Después enviaré un telegrama a Abe; él puede mandar una escolta desde Windhoek para que se reúna con usted en el trayecto... siempre que los huelguistas no hayan cortado los cables.

—No envíe ese telegrama hasta que no haya salido —indicó Centaine—. Los huelguistas tal vez usaron el sentido común y la línea puede estar interferida, quizá por eso no la han cortado.

Twentyman-Jones asintió.

—Muy bien. ¿A qué hora piensa salir?

—A las tres de la mañana —respondió ella, sin vacilar. —Es el momento del día en que la vitalidad humana está más baja. A esa hora, el piquete de huelguistas estaría menos preparado para reaccionar con celeridad.

—Muy bien, señora Courtney. Haré que mi cocinera le prepare una cena liviana. Le sugiero que descanse un poco después de comer: Yo me encargo de todo. La despertaré a las dos y media.

En cuanto él tocó su hombro, Centaine despertó y se incorporó de inmediato.

—Las dos y media —dijo Twentyman-Jones—. El Daimler tiene el tanque lleno y los diamantes ya están allí. El alambre de púas está cortado. Le hice preparar un baño y tiene ropa limpia del *bungalow*.

—Estaré lista en quince minutos —dijo ella.

De pie junto al Daimler, en la cochera a oscuras, conversaron en susurros. Las puertas dobles estaban abiertas; la luna en cuarto creciente iluminaba el patio.

—He marcado la abertura del alambrado —informó Twentyman-Jones, señalando las banderillas blancas que caían de los hilos seccionados, a cincuenta metros de distancia—. Las latas con los diamantes industriales están en el baúl, pero puse el paquete con las mejores piedras en el asiento delantero, junto al suyo.

Se inclinó por la ventanilla abierta para dar una palmadita a la caja negra; tenía el tamaño y la forma de una valija pequeña, pero era de acero negro y tenía cerradura de bronce.

—Bueno. —Centaine se abotonó el guardapolvo y se puso los guantes de cuero para manejar.

—El rifle está cargado con municiones finas; si alguien trata de detenerla, usted podrá disparar sin miedo de cometer un asesinato. No hará sino provocarles un buen escozor. Pero si quiere actuar en serio, en la guantera tiene una caja de balas.

Centaine se acomodó tras el volante y cerró la portezuela con suavidad, para no alertar a quien pudiera estar escuchando en el silencio nocturno. Puso la escopeta de dos caños sobre la caja de los diamantes y la amartilló por ambas partes.

—En el baúl tiene un cesto con sándwiches y un termo con café.

Ella lo miró por la ventanilla, diciendo con toda seriedad:

—Usted es mi columna fundamental.

—Que no le pase nada —rogó él—. Si se pierden los diamantes se pueden sacar otros. Pero usted es única; no tiene igual. —Siguiendo un impulso, se quitó la pistola de servicio que llevaba a la cintura y la puso en el bolsillo instalado tras el asiento del conductor. —Es la única seguridad que puedo brindarle. Recuerde que está lista para disparar. Ojalá no le haga falta. —Dio un paso atrás y la despidió con un saludo lacónico: —¡Vaya con Dios!

Ella puso en marcha el Daimler; el gran motor de siete litros ronroneó con suavidad. Una vez retirado el freno de mano, Centaine encendió los faros delanteros y salió precipitadamente por las puertas abiertas, cruzando el patio, mientras cambiaba las marchas con diestra celeridad.

Apuntó la figurilla del capot hacia el punto medio entre las banderillas blancas y pasó rugiendo por la abertura del alambrado, a sesenta kilómetros por hora; un alambre suelto raspó el costado de la carrocería. Centaine pisó el freno e hizo girar el volante a toda velocidad, para dirigir las ruedas delanteras hacia el camino polvoriento; en cuanto hubo superado el derrape, volvió a pisar el acelerador a fondo. Salió disparada por el camino, con el Daimler a la máxima potencia.

Por sobre el ruido del motor se oyeron gritos lejanos. Centaine divisó las siluetas oscuras y desdibujadas de una multitud de huelguistas, que corrían junto al alambrado, desde el portón principal, para tratar de interceptarla en la esquina del camino. Ella recogió la escopeta y asomó la doble boca por la ventanilla. La luz de los faros iluminaba a los hombres malparecidos por la ira; las bocas que le gritaban eran como fosos oscuros.

Dos de ellos, más veloces que sus compañeros, llegaron a la esquina justo en el momento en que el Daimler asomaba. Uno de los huelguistas le arrojó el mango de un pico, que giró a la luz de los fanales y rebotó contra el capot. Centaine les apuntó a las piernas y apretó los dos gatillos al mismo tiempo, con grandes llamas anaranjadas y fuerte ruido. Los huelguistas, al recibir las municiones en las piernas, aullaron de sorpresa y dolor, apartándose de un brinco. Centaine pasó velozmente junto a ellos y tomó la ruta principal, cuesta abajo, hasta perderse en el desierto.

A Picapleitos. Urgente e imperativo. Juno sin compañía partió de aquí 3 am en punto llevando mercadería. Stop. Despache inmediatamente escolta armada para interceptarla en la ruta. Fin. Vingt.

Lothar De La Rey se quedó mirando fijamente el mensaje que había copiado en su libreta bajo la vacilante llama de la vela.

—Sin compañía —susurró—. Juno sin compañía... llevando mercadería. Dios todopoderoso, viene sola... con los diamantes. —Hizo un rápido cálculo. —Salió de la mina a las tres de la madrugada. Estará aquí una hora después del mediodía, aproximadamente.

Abandonó la excavación para subir al barranco. Allí buscó un sitio en donde sentarse y encendió uno de sus preciosos cigarros. Con la vista perdida en el cielo, contempló la luna creciente que se hundía en el desierto. Cuando la aurora convirtió el horizonte oriental en una cola de pavo real, bajó al campamento y sopló sobre las cenizas de la fogata hasta avivar las llamas.

Swart Hendrick salió del hueco y fue a orinar en la arena. Volvió a la fogata abotonándose los pantalones, bostezando ruidosamente y olfateando el café.

—Hay cambio de planes —dijo Lothar.

El negro parpadeó y tomó una actitud cautelosa, atenta.

—¿Por qué?

176

—La mujer va a pasar sola con los diamantes. No cederá con facilidad. Y no quiero que salga herida de ningún modo.

—Yo no...

—¡Qué no! Cuando te excitas, disparas —le interrumpió Lothar, bruscamente—. Pero ése no es el único motivo. —Fue marcando los otros con los dedos. —Primero: para una mujer sola hace falta un solo hombre. Tengo tiempo suficiente para reacomodar las sogas, a fin de soltar las piedras que deben bloquear el corte desde mi puesto. Segundo: la mujer te conoce; eso duplica el riesgo de que seamos reconocidos. Tercero...

—Hizo una pausa; la verdadera razón era que deseaba estar otra vez a solas con Centaine. Sería su última oportunidad, pues jamás regresaría a esos lugares. —Por último, lo haremos así porque yo lo mando. Te quedarás aquí, con Manfred y los caballos; estén listos para montar en cuanto yo haya terminado.

Hendrick se encogió de hombros.

—Te ayudaré a preparar las sogas —gruñó.

Centaine detuvo el Daimler en la cabecera del corte y, dejando el motor en marcha, saltó al estribo para estudiar el cruce del lecho seco.

Sus propias huellas seguían claras y nítidas, intactas en el polvo de color limón. No había pasado ningún otro vehículo desde que ella cruzó, dos noches antes. Descolgó la cantimplora y tomó tres tragos de agua. Luego volvió a poner el corcho y la colgó de la abrazadera que sujetaba la rueda de auxilio; volvió a la cabina del coche, cerró violentamente la portezuela y soltó el freno de mano.

Dejó que el Daimler bajara por el plano inclinado, ganando rápidamente velocidad. De pronto se produjo un torrente de polvo y piedras, una nube de tierra seca arremolinada, que oscureció el corte hacia adelante. Aplicó los frenos con fuerza.

La ribera se había derrumbado en cierto punto; el corte estaba casi cubierto de roca y tierra suelta.

—Merde! —maldijo.

Eso representaba una demora; tendría que despejar el corte o buscar otro sitio por donde cruzar. Retrocedió y se volvió en el asiento para mirar por la ventanilla trasera, rota por el huelguista, mientras se preparaba para ascender dando marcha atrás... y en ese momento sintió el primer aleteo de alarma contra las costillas.

El barranco también se había desmoronado detrás del Daimler, deslizándose por una rampa blanda. Estaba atrapada en el corte; se asomó por la ventanilla, miró en derredor, ansiosa, tosiendo por efecto del polvo que todavía flotaba alrededor del vehículo.

Al despejarse el aire, vio que la continuación de la ruta estaba bloqueada sólo en parte. Por el lado opuesto al deslizamiento de tierra quedaba todavía una estrecha abertura. No era suficiente como para dar paso al ancho automóvil, pero en el portaequipaje llevaba una pala. Unas pocas horas de trabajo bajo el sol ardiente bastarían para despejar el sitio. Sin embargo, esa demora la irritó. En el momento en que iba a tomar el picaporte de la portezuela, una oscura premonición le detuvo la mano; miró hacia el barranco.

Había un hombre de pie en lo alto de la ribera. La observaba fijamente. Sus botas estaban a la altura de los ojos de Centaine, raídas y blancas de polvo. En su camisa azul había oscuras manchas de sudor. Era alto, pero tenía el aspecto delgado y recio de los soldados y los cazadores. Sin embargo, lo que la aterrorizó fue el fusil que llevaba cruzado a la cadera, apuntándole a la cara, y la máscara que le cubría el rostro.

Estaba hecha con una bolsa de harina, en donde aún se podía leer: "Premier Millin Co. Ltd": un inocuo artículo de cocina, cuyos agujeros abiertos a la altura de los ojos le conferían un aspecto infinitamente amenazador. La máscara y el arma le dijeron exactamente qué cabía esperar.

Por su mente cruzó una serie de ideas, en tanto permanecía petrificada ante el volante, con la vista fija en él: "Los diamantes no están asegurados." Eso era lo principal. El pensamiento siguiente fue: "La próxima posada está a sesenta kilómetros de distancia." Y luego: "Olvidé recargar la escopeta; los dos caños están descargados."

El hombre habló con voz apagada por la máscara y obviamente disimulada.

—¡Apague el motor! —Hizo un gesto con el arma para dar énfasis a la orden. —¡Salga!

Ella bajó, mirando en derredor, desesperada; su terror había desaparecido, anulado por la necesidad de pensar y actuar. Sus ojos se clavaron en la estrecha abertura que restaba entre la tierra deslizada y el barranco firme.

"Puedo pasar", pensó; "al menos, puedo intentarlo." Y volvió a la cabina.

—¡Deténgase! —gritó el hombre.

Pero ella puso la primera marcha.

Las ruedas traseras giraron con el fino polvo amarillo, arrojándolo hacia atrás en fuentes gemelas. El Daimler se adelantó con una sacudida y la cola derrapó, pero el vehículo tomó prontamente velocidad. Centaine apuntó hacia la estrecha abertura restante entre el barranco y el deslizamiento de piedras y tierra.

El hombre, allá arriba, volvió a gritar. Un disparo de advertencia resonó por sobre el techo de la cabina, pero ella no le prestó atención, concentrada en sacar al Daimler de la trampa.

Subió las ruedas por el lado opuesto a la inclinación del barranco, y el Daimler pareció a punto de volcar; pero no perdió potencia. Centaine sufrió una sacudida tan brusca que sólo el apoyo del volante la mantuvo en el asiento.

Aun así, la abertura era demasiado estrecha; las ruedas de su lado se hundieron en la tierra amontonada y el Daimler dio un tumbo, levantando el morro como si fuera un cazador a punto de franquear un seto. Centaine se sintió arrojada contra el parabrisas, pero extendió una mano para sujetarse, mientras sostenía el volante con la otra.

El automóvil bajó con un estruendo terrible, lanzando a su conductora contra el asiento. Las rocas golpeaban su panza como si el coche fuera un boxeador, duramente castigado; las ruedas traseras chirriaban, buscando asidero entre las piedras sueltas. De pronto lo hallaron y el Daimler disparó hacia adelante.

Cayó del otro lado del obstáculo, golpeando con violencia. Centaine oyó que algo se rompía: una de las barras de dirección cedió con estruendo metálico. El volante giró en sus manos sin resistencia. El Daimler había logrado franquear la barrera, pero estaba mortalmente herido y fuera de control.

Centaine, gritando, se aferró al tablero, en tanto el automóvil bajaba rugiendo hacia el lecho del río. Se estrelló contra una ribera y salió disparado hacia la otra. La carrocería se desarmaba y daba tumbos con cada impacto.

Ella trató desesperadamente de operar la llave de contacto, pero la aguja del velocímetro temblaba sobre la marca de cuarenta y cinco kilómetros por hora. Se sintió desplazada hacia el asiento vecino. La esquina de la caja de acero se le clavó en las costillas. Luego rebotó hacia el lado opuesto.

La portezuela de su lado se abrió con violencia, en el momento en que el Daimler salía del corte hacia el lecho del río, y Centaine se vio despedida por ella. Por instinto, formó una bola con el cuerpo, como si cayera de un caballo al galope, y rodó por la arena blanda, dando tumbos, hasta quedar de rodillas.

El Daimler se bamboleaba por el lecho del río, con el motor aún rugiendo. Una de las ruedas delanteras, dañada por las rocas del deslizamiento, se desprendió y salió rebotando, como una bestia salvaje, hasta chocar con la ribera opuesta.

El morro del Daimler se clavó en la arena. Como el motor aún estaba en funcionamiento, el enorme vehículo dio un tumbo mortal y cayó en posición invertida. Las tres ruedas restantes, apuntadas hacia el cielo, giraban en un borrón, mientras el vidrio de las ventanillas se resquebrajaba en trocitos diamantinos. La cabina se hundió. De las grietas abiertas en el capot brotó un aceite caliente que fue a empapar la arena.

Centaine se incorporó. En cuanto estuvo de pie salió a toda carrera. La arena se le adhería a los tobillos. Era como correr en una tina de melaza. El terror le había agudizado los sentidos a tal punto que el tiempo parecía detenido. Era como uno de esos sueños horribles en donde todo movimiento queda reducido a cámara lenta.

No se atrevió a mirar hacia atrás. Aquella silueta enmascarada y amenazante debía de estar cerca. Esperó, tensa, la fuerza de la mano que la apresaría en cualquier momento, el golpe de una bala en la espalda, pero llegó al Daimler y cayó de rodillas en la arena.

Como la portezuela del conductor se había desprendido, entró por la abertura, medio a la rastra. La escopeta estaba clavada contra el volante, pero logró retirarla y abrió la guantera. La caja de cartón era escarlata y tenía letras negras:

ELEY KYNOCH
12 GAUGE
25 X SSG

Se rompió bajo sus dedos frenéticos y las balas rojas, con su punta de bronce, cayeron en la arena, alrededor de sus rodillas.

Operó el seguro de cierre con el pulgar y abrió el arma. Los dos cartuchos de municiones volaron de los eyectores, con un seco clic-clic... y el arma le fue arrebatada de las manos.

El hombre enmascarado se erguía ante ella. Debía de haberse movido como leopardo al acecho para bajar el barranco y cruzar el lecho a tanta velocidad. Arrojó la escopeta descargada a la arena, a quince metros de distancia, pero el mismo ímpetu del movimiento le hizo perder el equilibrio. Centaine se arrojó contra él, golpeándolo en el pecho con todo su peso, bajo el brazo todavía levantado, que acababa de lanzar el arma.

Fue algo inesperado, pues el hombre tenía todo el peso del cuerpo en un solo pie. Cayeron juntos en la arena. Por un instante, Centaine quedó arriba. Logró escabullirse y corrió otra vez hacia el Daimler. El motor aún estaba en marcha, arrojaba humo azul, ya que perdía aceite y recalentaba.

¡La pistola! Centaine tomó el picaporte de la portezuela trasera y apoyó en ella todo su peso. Por la ventanilla se veía la pistolera de cuero y la culata del arma de Twentyman-Jones, asomando por el bolsillo del asiento, pero la portezuela estaba trabada.

Centaine se introdujo por la puerta delantera y trató de alcanzarla por sobre el respaldo del asiento. Unos dedos duros como huesos se le clavaron en los hombros y la arrancaron en vilo de la abertura. De inmediato giró bajo aquella mano. La cara del hombre estaba muy cerca de la suya. Aquella fina bolsa de algodón blanco que le cubría completamente la cabeza, como si fuera una máscara del Ku-Klux-Klan. Los agujeros eran tan oscuros como las cuencas vacías de un cráneo, pero en la sombra se veía el destello de dos ojos humanos, y ella trató de alcanzarlos con las uñas.

El hombre apartó bruscamente la cabeza, pero el índice de Centaine se enganchó en la fina tela y la desgarró hasta el mentón. Él la sujetó por las muñecas, pero la mujer, en vez de tratar de escapar, se tiró contra él, levantando la rodilla derecha para golpearlo en la ingle. El hombre se desvió violentamente y recibió el impacto en el costado del muslo. Centaine sintió la presión de su rodilla en los músculos elásticos; los dedos que le su-

180

jetaban las muñecas se apretaron como si fueran una trampa de acero.

Ella agachó la cabeza y clavó los dientes en aquella muñeca, tal como una comadreja. Al mismo tiempo descargó una serie de puntapiés y rodillazos contra las espinillas y la parte baja del cuerpo; casi todos se perdieron en su carne dura o rebotaron en el hueso.El hombre, gruñendo, trataba de dominarla. Por lo visto, no esperaba esa resistencia desesperada. El dolor de su muñeca debía de ser insoportable, pues Centaine ya sentía las mandíbulas endurecidas por la fuerza aplicada en los dientes. La carne se había desgarrado, llenándole la boca de sangre caliente, cobriza, salada.

Con la mano libre, el enmascarado tomó un puñado de rizos y tiró de ellos, tratando de apartarle la cabeza hacia atrás. Ella respiraba por la nariz, resoplando como un bulldog, sin dejar de hundir sus dientes con todas sus fuerzas. Por fin llegó al hueso, que rechinó bajo su dentadura. El hombre seguía tironeándole del pelo, lanzando pequeños gritos de tormento.

Ella cerró los ojos. Esperaba que, en cualquier momento, él le asestara un golpe de puño en la sien, para acabar con aquella mordida. Pero él se mostraba extrañamente suave y considerado; no trataba de herirla ni de causarle dolor, sino sólo de apartarla.

Centaine sintió que algo estallaba en su boca: había cortado una arteria. La sangre desbordó hacia el paladar, en chorros calientes, que estuvieron a punto de sofocarla. Dejó que corriera por la comisura de su boca, sin aflojar el mordisco. La sangre los salpicó a ambos, pues él continuaba sacudiendo la cabeza de lado a lado, gimiendo de dolor. Por fin empleó la fuerza punitiva.

Le hundió el pulgar y el índice en la articulación de las mandíbulas. Sus dedos eran como picas de hierro. El dolor le subió por entre las mandíbulas cerradas, instalándose detrás de los ojos. Abrió la boca y se echó atrás. Una vez más, lo había tomado por sorpresa. Logró desasirse y corrió otra vez hacia el Daimler.

Esta vez hundió el brazo por sobre el respaldo de su asiento, buscando la culata del revólver. Mientras trataba de sujetarla, con mano temblorosa, el enmascarado la aferró por el pelo y tiró de ella hacia atrás. La pesada pistola se le cayó de los dedos rebotando contra el acero de la cabina invertida.

Centaine giró en redondo otra vez, tratando de morderle la cara con dientes aún manchados de sangre. La máscara desgarrada se movió, cediéndolo por un instante; el hombre tambaleó y cayó, sujetándola entre sus brazos. A pesar de sus puntapies y de sus arañazos, rodó con ella y la aplastó contra el suelo, con todo su peso, sujetándole los brazos en cruz. Súbitamente, ella dejó de forcejear para mirarlo con fijeza.

El jirón de la máscara se había desprendido, descubriéndole los ojos. Aquellos extraños ojos, del color de los topacios, con largas pestañas oscuras.

—¡Lothar! —exclamó.

Él se puso rígido ante la conmoción de su nombre. Permanecieron unidos como dos amantes, con las piernas enredadas y la parte inferior del cuerpo en estrecho contacto. Ambos jadeaban con violencia, manchados de sangre. Se miraron sin decir palabra.

De pronto, él la soltó para incorporarse. Se arrancó la máscara de la cabeza y sus rizos dorados, revueltos, cayeron sobre las orejas y sobre la frente, hasta los ojos, mientras él se envolvía la muñeca mutilada con la máscara. Notó que la herida era seria; los tendones y el hueso estaban a la vista; la carne, hecha jirones por los dientes. El paño blanco se empapó inmediatamente de brillante sangre arterial, que goteó en la arena.

Centaine se incorporó para observarlo. El motor del Daimler se había detenido. Todo era silencio, salvo la respiración de ambos.

—¿Por qué haces esto? —susurró ella.

—Bien sabes por qué.

Él anudó el trapo con los dientes. De pronto, Centaine se arrojó de costado, tratando desesperadamente de alcanzar la pistola que estaba dentro de la cabina. Llegó a tocarla, pero antes de que pudiera cerrar los dedos alrededor de la culata, él se la arrancó de un tirón y la dejó tendida en la arena.

Recogió la pistola y desabrochó la correa, para usarla como torniquete alrededor de su brazo. Al ver que la pérdida de sangre cedía, lanzó un gruñido de satisfacción.

—¿Dónde están? —preguntó, mirando a la mujer tendida.

—¿De qué estás hablando?

Él se agachó para sacar la caja negra de la cabina del Daimler.

—¿Las llaves? —pidió.

Centaine le clavó una mirada desafiante. Él se puso en cuclillas y apoyó la caja en la arena, con firmeza. Luego retrocedió un paso, amartilló la pistola y disparó un solo tiro. El estallido atronó en el silencio del desierto; en los tímpanos de la mujer quedó zumbando su recuerdo. La bala había roto la cerradura de la caja; de la tapa se desprendió un círculo de pintura negra, que dejó el metal reluciente a la vista.

Lothar se guardó la pistola en el bolsillo y se arrodilló para levantar la tapa. El estuche estaba lleno de pequeños paquetes, pulcramente envueltos con papel madera y sellados con lacre rojo. Tomó uno, sin mover la mano herida, y leyó en voz alta la inscripción de Twentyman-Jones:

—Ciento cuarenta y seis piezas total trescientos ochenta y dos kilates.

Rompió el grueso papel con los dientes y dejó caer una llovizna de gemas en la palma de su mano herida. A la blanca luz del sol, tenían ese lustre peculiar, jabonoso, de los diamantes en bruto.

—Muy bonitos —murmuró, mientras se las guardaba en el bolsillo.

Puso nuevamente el papel desgarrado en la caja y cerró la tapa.

—Te sabía asesino —dijo ella—, pero nunca pensé que fueras un vulgar ladrón.

—Tú me robaste los barcos y la empresa. No me hables de ladrones.
—Lothar se puso la caja bajo el brazo y se levantó. Fue hasta el baúl del Daimler y logró abrirlo un poquito, ya que el vehículo estaba invertido.

—Bien —dijo, revisando el contenido—. Tuviste el buen tino de traer agua. Esos cuarenta litros te durarán una semana, pero no tardarán tanto en encontrarte. Abrahams envía una escolta a tu encuentro. Intercepté las instrucciones de Twentyman-Jones.

—Pedazo de cerdo —susurró ella.

—Antes de irme cortaré los cables telegráficos. En cuanto lo haga, en ambos extremos comprenderán que algo anda mal. No tendrás problemas.

—Oh, Dios, cómo te odio.

—Quédate junto al vehículo. Es la primera regla para sobrevivir en el desierto. No te alejes. Te rescatarán dentro de dos días. más o menos... y eso me dará dos días de ventaja.

—Hasta ahora creí que te odiaba, pero sólo ahora comprendo el verdadero significado de la palabra.

—Yo podría habértela enseñado —replicó él, en voz baja, mientras recogía la escopeta abandonada—. Llegué a conocerla muy bien, en los años que pasé criando a nuestro hijo. Y después volviste a mi vida, sólo para derruir todo lo que yo había soñado y conseguido con tanto trabajo.

Golpeó la escopeta contra una piedra, como si fuera un hacha. Aunque la culata se hizo trizas, prosiguió hasta dejarla torcida e inútil. Sólo entonces la dejó caer.

Luego se colgó el máuser del hombre y pasó la caja de los diamantes a la otra mano, apoyando contra el pecho la muñeca herida, con sus vendajes ensangrentados. El dolor era feroz a ojos vista.

—Traté de no hacerte daño. Si no te hubieras resistido... —Se interrumpió. —No volveremos a vernos jamás. Adiós, Centaine.

—Volveremos a vernos —lo contradijo ella—. Me conoces lo bastante como para saber que no descansaré mientras no haya cobrado plenamente lo de hoy.

Él asintió.

—Sé que lo intentarás. —Y le volvió la espalda.

—¡Lothar! —llamó ella, ásperamente. Al ver que se volvía a mirarla, suavizó la voz. —Te ofrezco un trato: tu empresa y tus barcos, libres de toda deuda, a cambio de mis diamantes.

—Mal negocio. —Él sonrió con tristeza. —A esta altura, la planta y los barcos no valen nada. Tus diamantes, en cambio...

—Más cincuenta mil libras, y mi promesa de no denunciar este hecho a la policía —agregó Centaine, tratando de que la desesperación no traicionara su voz.

—La vez pasada era yo quien suplicaba, ¿recuerdas? No, Centaine. Aun cuando yo quisiera, ya no podría retroceder. He quemado mis barcos. —Pensó en los caballos, pero no podía decírselo a ella. —No hay trato, Centaine. Tengo que irme.

183

—La mitad de los diamantes. Déjame la mitad, Lothar.

—¿Por qué?

—Por el amor que en otros tiempos compartimos.

Él rió con amargura.

—Tendrás que darme mejores motivos.

—Está bien. Si te los llevas, me destruirás Lothar. No puedo sobrevivir a esa pérdida. Ya estoy muy comprometida. Esto será mi ruina total.

—Quedarás como quedé yo cuando te llevaste mis barcos. —Él giró en redondo y marchó por la arena, hacia la ribera.

La mujer se levantó.

—¡Lothar De La Rey! —gritó—. Ya que rechazas mi ofrecimiento acepta en cambio mi juramento. Juro por Dios y todos los santos que no volveré a descansar hasta verte colgado de la horca.

El hombre no se volvió, pero ella observó que hacía un gesto de dolor ante la amenaza. Después, sujetando la muñeca herida, cargado con el fusil y la caja de acero, subió el barranco y desapareció.

Centaine se dejó caer en la arena, reaccionando entonces por lo sucedido. Temblaba terrible, incontrolablemente. El abatimiento, la humillación, el desánimo, la asaltaron en oleadas, como una marea de tormenta que castigara la playa indefensa, barriéndola para retirarse, reunir fuerzas y atacar otra vez. Se encontró llorando, con lágrimas gruesas y lentas, que disolvieron la sangre de Lothar, ya seca en sus labios y en su mentón. Esas lágrimas le dieron tanta repugnancia como el gusto a sangre que sentía en el fondo de la garganta.

La sensación de asco le dio fuerzas y decisión para ponerse de pie y acercarse al Daimler. Como por milagro, la cantimplora seguía colgando de la abrazadera. Usó parte del agua para lavarse la sangre y las lágrimas; hizo unas gárgaras para quitarse de la boca el gusto salado y lanzó un escupitajo rosado a la arena. Entonces se le ocurrió la idea de seguirlo.

Él se había llevado el revólver y la escopeta estaba reducida a un trozo de acero retorcido.

—Todavía no —susurró—, pero sí muy pronto. Lo he jurado, Lothar De La Rey.

Se acercó al baúl del Daimler volcado. Tuvo que apartar la arena con sus propias manos para poder abrirlo por completo. Retiró las dos latas de agua, de veinte litros cada una, y los envases con diamantes industriales. Llevó todo a la sombra del barranco y lo enterró; así ocultaría las gemas y mantendría el agua relativamente fresca.

Después volvió al Daimler y, con gestos impacientes, desenvolvió el equipo de supervivencia que llevaba siempre consigo. De pronto sintió un miedo mortal de que hubieran olvidado incluir el aparato de interferencia telegráfica, pero allí estaba, en la caja de herramientas.

Cargando el rollo de cable y la mochila con las conexiones, siguió las huellas de Lothar, barranco arriba, y descubrió el sitio en donde había estado su caballo.

"Dijo que iba a cortar el telégrafo..." —Se protegió los ojos con una mano para mirar a lo largo del río. —Debió imaginar que yo llevaría un aparato de interferencia. No conseguirá sus dos días de ventaja.

Buscó la fila de postes que cruzaba la curva de la ruta y el recodo del río. Las huellas del caballo seguían la ribera, y ella las siguió a la carrera.

Vio el corte de los cables desde una distancia de doscientos metros. Los alambres de bronce colgaban a tierra, en dos perezosas parábolas invertidas. Centaine apretó el paso. Cuando llegó al sitio en donde los cables cruzaban el río, reconoció inmediatamente el lugar en donde Lothar había acampado. La fogata había sido apresuradamente cubierta con arena, pero las brasas aún ardían.

Dejó caer el rollo de alambre y la mochila para bajar por el barranco. Descubrió la excavación y comprendió que allí habían habitado tres personas, por un tiempo considerable. Había tres colchones de pasto cortado.

—Tres. —Lo pensó por algunos segundos. —Estaba con su bastardo. —Aún no se decidía a pensar que Manfred era su hijo. —Y el otro sería Swart Hendrick. Él y Lothar son inseparables.

Salió de la cueva y dejó pasar un instante, indecisa. Le llevaría tiempo sujetar los cables a los alambres cortados, y era de vital importancia averiguar qué dirección había tomado Lothar, a fin de iniciar la persecución antes de que escapara.

Por fin tomó su decisión.

—Interferiré la línea cuando sepa hacia dónde enviarlos.

Difícilmente se encaminarían hacia el este, rumbo al Kalahari. En esa dirección no había nada.

—Volverá hacia Windhoek —calculó.

Hizo su primera investigación en ese rumbo. La zona circundante estaba muy pisoteada por caballos y hombres. Juzgó que habían pasado allí dos semanas, cuanto menos. Sólo las enseñanzas de los bosquimanos le permitieron interpretar los rastros confusos.

—No fue hacia allá —decidió, por fin—. Entonces debió de tomar hacia el sur, rumbo a Gobabis y el río Orange.

Buscó por ese punto, circundando el perímetro del campamento. Como no halló sino huellas del día anterior, miró hacia el norte.

—No puede ser —se extrañó, confundida—. Allá no hay sino el río Okavango y el territorio portugués. Los caballos no podrán cruzar los páramos de los bosquimanos.

Aun así, revisó el segmento septentrional y casi de inmediato halló el rastro que se alejaba, nuevo, nítidamente impreso en la tierra suelta.

—Tres jinetes y un caballo de remonta, hace menos de una hora. Lothar ha de haber tomado la ruta del norte, después de todo. O está loco... o tiene algo planeado.

Siguió el rastro fresco a lo largo de un kilómetro y medio, para asegurarse de que no se hubiera desviado. La huella seguía en línea recta, sin cambiar de dirección, adentrándose en las reverberaciones calientes del norte. Ella se estremeció al recordar cómo era aquello.

—Debe de estar loco —susurró—. Pero yo sé que no lo está. Busca la frontera de Angola. Es su vieja base, la que usaba cuando buscaba marfil. Si llega al río no volveremos a verlo. Allá tiene amigos: los comerciantes portugueses que le compraban el marfil. Esta vez Lothar lleva un millón de libras en diamantes y tiene el mundo entero a su disposición. Tengo que atraparlo antes de que cruce.

Su ánimo vaciló ante lo desmesurado de la idea. Sintió que volvía a asaltarla el abatimiento.

"Lo ha preparado todo con mucho cuidado. Tiene todo a su favor. Jamás lo atraparemos. —Pero luchó contra la bestia de la desesperación.

—Sí, lo atraparemos, es preciso. Tengo que ser más astuta, tengo que derrotarlo. Es preciso, aunque sólo sea para sobrevivir.

Giró en redondo y volvió a toda carrera hacia el campamento abandonado.

Los cables telegráficos rozaban la tierra. Ella recogió los extremos y les sujetó las grapas del rollo, tensándolos apenas lo suficiente como para mantenerlos fuera de la tierra. Luego puso su artefacto en el circuito y atornilló los terminales a las baterías secas. Habían sido recargadas antes de salir de Windhoek; aún debían estar llenas de potencia. Por un momento horrible, su mente quedó en blanco; no recordaba una sola letra del código Morse; de pronto los recuerdos volvieron precipitadamente; entonces martilló de prisa sobre la llave de bronce.

"Juno a Vingt. Responda."

Por largos segundos sólo hubo un silencio resonante en sus auriculares. De pronto, el sorpresivo latir de la respuesta:

"Vingt a Juno. Adelante."

Trató de escoger palabras breves y frases cortas para informar a Twentyman-Jones del robo y comunicarle su posición. Luego continuó:

"Negocie tregua con huelguistas, pues recuperación mercancía mutuo beneficio. Stop. Vaya camión punta norte O'chee Pan y localice campamento pigmeos en bosque mongongo. Stop. Jefe llamado Kwi. Stop. Diga Kwi 'Niña Nam *kaleya*' Repito 'Niña Nam *kaleya*'."

Cabía agradecer que la palabra *kaleya* se pudiera volcar al alfabeto romano y no requiriera las complicaciones tonales ni los chasquidos del idioma bosquimano. *Kaleya* era la llamada de alarma, el pedido de ayuda que ningún miembro del clan podía ignorar.

"Lleve Kwi con usted", prosiguió. Después de agregar el resto de sus instrucciones, hizo una pausa. Twentyman-Jones acusó recibo del mensaje y transmitió:

"Está usted sana y salva. Pregunta. Vingt."

"Afirmativo. Fin. Juno."

Se secó el sudor de la cara con la bufanda de seda amarilla. Estaba sentada a pleno sol. Luego flexionó los dedos y se inclinó una vez más sobre el tablero, para marcar la señal de llamada a su operador instalado en las oficinas de la Compañía Courtney, en Windhoek.

La respuesta fue inmediata. Obviamente, el operador había estado siguiendo su transmisión a Twentyman-Jones, pero ella preguntó:

"¿Ha copiado previo?"

"Afirmativo", fue la respuesta.

"Transmita previo a Administrador coronel Blaine Malcomess más lo siguiente. Comillas. Solicito cooperación captura delincuentes y rescate mercancía robada. Stop. Tiene usted información gran número caballos robados o comprados por Lothar De La Rey tres últimos meses. Responda urgente. Fin. Juno."

El operador lejano acusó recibo y continuó:

"Picapleitos a Juno." Abe debía de haber sido llamado a la oficina de telégrafos al recibirse la primera transmisión. "Muy preocupado tu seguridad. Stop. Mantén tu posición actual. Stop."

Centaine exclamó, irritada:

— ¿Creerá que me chupo el dedo?

Pero copió el resto del mensaje.

"Escolta armada partió Windhoek 5 am. Stop. Debería alcanzarte mañana temprano. Stop. Espera respuesta Malcomess. Fin. Picapleitos."

Los cables tenían longitud suficiente como para permitirle trasladar el tablero a la banda de sombra, bajo el barranco. Mientras esperaba dedicó toda su concentración a la tarea que tenía por delante.

Había ciertos hechos obvios. El primero de ellos era que jamás atraparían a Lothar De La Rey en una persecución directa. Llevaba demasiada ventaja y se encaminaba hacia un paraje que conocía bien, pues había pasado la mitad de su vida viajando y cazando allí. Ningún hombre blanco viviente podía igualarlo, ni siquiera ella, pero sí el pequeño Kwi.

"Tenemos que descubrir su rumbo e interceptarlo. Harán falta caballos. Los camiones serían inútiles en ese terreno. Lothar lo sabe; confía en eso. Elegirá una ruta que los camiones no puedan utilizar."

Cerró los ojos y visualizó un mapa del territorio septentrional, esa vasta e imponente extensión desértica llamada Bosquimania. Hasta donde ella sabía, sólo se podía hallar agua de superficie en dos puntos: el que ella denominaba Olla del Elefante y un pozo profundo, al pie de una colina de esquisto. Eran lugares secretos de los bosquimanos; el viejo O'wa, su abuelo adoptivo, se los había mostrado quince años antes. Se preguntó si podría hallarlos otra vez. De todos modos, estaba segura de que Lothar los conocía y se encaminaría hacia allí. Probablemente sabía de otros abrevaderos que ella ignoraba.

El sonido del telégrafo la sobresaltó.

"Malcomess a Juno. Policía informa robo 26 caballos cuartel militar Okahandja 3 mes pasado. Stop. Sólo dos recobrados. Stop. Consigne cualquier otro requerimiento."

— ¡Acerté! — exclamó ella —. Lothar ha instalado puestos de remonta en el desierto.

Cerró los ojos, tratando de imaginar el mapa del territorio, calculando distancias y tiempos. Por fin volvió a abrirlos y se inclinó sobre la llave. "Convencida fugitivos intentan llegar río Okavango directo. Stop. Reúna pequeña fuerza hombres experiencia en desierto y caballos remonta. Stop. Reunión urgente Misión Kalkrand. Stop. Asistiré con rastreadores bosquimanos."

Twentyman-Jones llegó antes que la escolta de Windhoek. O'chee Pan estaba en el trayecto, a pocos kilómetros desde la ruta. El camión de la empresa se acercó por la planicie, tronando, y Centaine corrió a su encuentro, agitando las manos por sobre la cabeza, entre locas carcajadas de alivio. Se había puesto los pantalones y las botas de montar que llevaba en su equipaje.

Twentyman-Jones bajó de un salto y arrastró sus largas piernas en una carrera torpe.

—Gracias a Dios —murmuró con fervor, estrechándola contra su pecho—. Está a salvo, gracias a Dios.

Era la primera vez que la abrazaba. Avergonzado de inmediato, la soltó y dio un paso atrás, frunciendo el entrecejo para disimular.

—¿Halló a Kwi? —preguntó ella.

—Está en el camión.

Centaine corrió hacia el vehículo. Kwi y Kwi el Gordo estaban acurrucados en la parte trasera, obviamente aterrorizados por la experiencia. Parecían animalitos salvajes enjaulados; sus enormes ojos oscuros estaban nublados.

—¡Niña Nam! —chilló Kwi.

Ambos se precipitaron hacia ella, en busca de consuelo, gorjeando y emitiendo chasquidos de alivio y recocijo. Ella los abrazó como a criaturas asustadas, murmurando frases reconfortantes y cariñosas.

—Desde ahora estaré con ustedes. No hay nada que temer. Estos blancos son buenos y yo no los abandonaré. Piensen en las cosas que podrán contar a la gente del clan, cuando vuelvan. Serán famosos entre todos los San y sus nombres serán repetidos por todo el Kalahari.

Ellos rieron alegremente ante la idea, infantiles, olvidando sus miedos.

—Yo seré aun más famoso que Kwi el Gordo —se jactó Kwi—, porque soy mayor, más rápido y más inteligente.

El otro se erizó.

—Los dos serán famosos —intervino Centaine, apresuradamente, para evitar la inminente disputa—. Voy a rastrear a hombres malos, que me han hecho un gran daño. Los seguirán y me llevarán hasta ellos. Después les daré regalos que sólo en sueños han visto, y todos dirán que nunca hubo cazadores y rastreadores que pudieran igualar a Kwi y a su hermano

Kwi el Gordo. Pero ahora debemos darnos prisa, para que los malos no se nos escapen.

Corrió hacia Twentyman-Jones, mientras los pequeños San la seguían pisándole los talones, como perros fieles.

—De La Rey dejó los diamantes industriales. Los he enterrado en el lecho del río.

Se interrumpió, sorprendida, al reconocer a los dos hombres que venían con Tewntyman-Jones. El conductor era Gerhard Fourie; su acompañante, Maclear, otro de los líderes huelguistas. Los dos parecían acobardados. Maclear habló por ambos.

—Nos alegra mucho que esté sana y salva, señora Courtney. No hay un hombre en toda la mina que no se haya vuelto loco de preocupación por usted.

—Gracias, señor Maclear.

—Cuente con nosotros para lo que podamos hacer, señora. Esto nos afecta a todos.

—Por cierto, señor Maclear. Si no hay diamantes, no hay salarios. ¿Quieren ayudarme a recobrar los industriales que dejaron los ladrones? Después iremos a Kalkrand. ¿Tiene combustible suficiente para llegar allá, señor Fourie?

—Mañana por la mañana estará en Kalkrand, señora —prometió el conductor.

El lugar nombrado era el final de la ruta. Más allá no había caminos.

La carretera que Fourie tomó para llevarlos a Kalkrand era un amplio círculo, que rodeaba los terrenos intransitables del centro de Bosquimania. Cuando llegaran a destino habrían avanzado doscientos veinte kilómetros hacia el norte, con respecto al punto en donde Lothar había interceptado a Centaine, pero cien más al oeste. Así, la distancia ganada sería de ciento veinte kilómetros; menos aún, si Lothar había tomado un rumbo más hacia el este, rumbo al río Okavango. Naturalmente, también era posible que Centaine se equivocara, que hubiera escapado en otra dirección, pero ella no quería siquiera pensar en esa posibilidad.

—Hubo tránsito en esta ruta, en las últimas horas —dijo a Twentyman-Jones, mirando por el parabrisas—. Al parecer, fueron otros dos camiones. ¿Podría ser el destacamento policial que envía el coronel Malcomess?

—En ese caso, el hombre ha hecho maravillas para ponerlos en marcha tan pronto.

—Deberían haber tomado la ruta principal hacia el norte, hacia Okahandja, antes de girar en esta dirección.

Centaine deseaba con todas sus fuerzas que se tratara del destacamento, pero el ingeniero sacudió la cabeza, dubitativo.

—Lo más probable es que haya sido una caravana de aprovisionamiento para la misión. Apostaría a que tendremos que demorarnos en la misión, esperando que lleguen los caballos y la policía.

Los techos galvanizados aparecieron por delante, en la niebla matinal. Era un sitio desolado, por debajo de los barrancos de esquisto rojo, probablemente elegido porque había aguas subterráneas.

—Son padres dominicos alemanes —informó Twentyman-Jones a Centaine, mientras avanzaban a tumbos por el último kilómetro—. Atienden a las tribus ovahimbas nómadas de esta zona.

Centaine lo interrumpió, ansiosa:

—¡Mire! Hay camiones estacionados junto a la iglesia, y caballos abrevando junto al molino de viento. ¡Y allá, mire! Un soldado de uniforme. ¡Son ellos! Nos están esperando. El coronel Malcomess cumplió con su promesa.

Fourie se detuvo ante los dos camiones policiales, del color de la arena. Centaine bajó de un salto y llamó con un grito al hombre uniformado, que corría al encuentro de los recién llegados desde los abrevaderos.

—¡Hola, agente! ¿Quién está al mando?

Pero se interrumpió, pues en la galería del edificio de piedras, junto a la pequeña iglesia, acababa de aparecer una silueta alta. Llevaba pantalones de montar, de gabardina caqui, y botas marrones bien lustradas. Iba poniéndose una chaquetilla de oficial sobre la camisa y los tiradores, en tanto bajaba ágilmente los peldaños para acercarse a ella.

—Coronel Malcomess, no esperaba encontrarlo personalmente aquí.

—Usted pidió plena cooperación, señora Courtney.

Cuando él le ofreció la mano, la electricidad estática encendió una chispa azul entre los dedos que se acercaban. Centaine, riendo, apartó bruscamente la mano. Luego, como él siguiera con la diestra tendida, la tomó otra vez. El apretón fue firme, seco, tranquilizante.

—No pensará acompañarnos por el desierto, ¿verdad? Usted tiene sus tareas de administrador.

—Si yo no voy, usted tampoco. —El hombre sonrió. —He recibido instrucciones estrictas del general Hertzog, el Primer Ministro, y del líder de la oposición, el general Smuts, en cuanto a cuidar de usted personalmente. Al parecer, señora, usted tiene fama de ser muy terca. Los dos ancianos caballeros están muy preocupados.

—Tengo que ir —interrumpió ella—. No hay otro que pueda entenderse con los rastreadores bosquimanos. Sin ellos, los ladrones escaparán.

Él inclinó la cabeza, en señal de acuerdo.

—Según creo, la intención de los dos dignos generales es que ni usted ni yo vayamos, pero prefiero interpretar sus órdenes como instrucciones de que lo hagamos los dos. —De pronto sonrió como un escolar travieso a punto de hacerse la rabona. —Me temo que no podrá deshacerse de mí.

Ella pensó en viajar con él por el desierto, lejos de su esposa. Por un momento olvidó a Lothar De La Rey y a los diamantes. De pronto se dio cuenta de que aún se tenían de la mano, a la vista de todos, y lo soltó, preguntando con energía:

—¿Cuándo podemos partir?

A manera de respuesta, él giró en redondo y aulló:

—¡A ensillar! ¡A ensillar! ¡Partimos inmediatamente!

Mientras los policías corrían a los caballos, él volvió a enfrentarla, metódico y competente.

—Y ahora, señora Courtney, ¿tendrá la bondad de revelarme sus intenciones... y adónde diablos vamos?

Ella se echó a reír.

—¿Tiene un mapa?

—Por aquí.

La condujo a la oficina de la misión y la presentó rápidamente a los dos sacerdotes dominicos alemanes que manejaban el puesto. Luego se inclinó sobre su gran mapa a escala, extendido sobre el escritorio.

—Indíqueme lo que tiene pensado —la invitó.

Ella se puso a su lado, sin llegar a tocarlo.

—El robo se produjo aquí. —Tocó el punto con el dedo. —Seguí el rastro en esta dirección. El hombre se encamina hacia territorio portugués; de eso estoy completamente segura. Pero tiene que cruzar cuatrocientos cincuenta kilómetros para llegar.

—Y lo que ustedes han hecho es adelantarse en círculo —asintió él—. Ahora quiere ir al este, por el desierto, para interceptarlo. Pero este país es muy grande. Es como buscar una aguja en un pajar, ¿no le parece?

—El agua —dijo ella—. Ha dejado caballos de remonta donde haya agua. De eso estoy segura.

—¿Los caballos robados al ejército? Sí, comprendo, pero allá no hay agua.

—Sí que hay. No está señalada en el mapa, pero él sabe dónde está. Mis bosquimanos también lo saben. Lo interceptaremos en uno de los abrevaderos. Si nos gana de mano, allí encontraremos su rastro.

El se incorporó para enrollar el mapa.

—¿Le parece posible?

—¿Que se nos haya adelantado? —preguntó Centaine—. Recuerde que es un hombre curtido y que este desierto es como el patio de su casa. No lo subestime, coronel. Sería un grave error.

—He estudiado el prontuario de ese hombre. —El administrador guardó el mapa en su estuche de cuero y se puso un casco de grueso corcho, con un borde ancho que le protegía el cuello. Además, le cubría las orejas, aumentando su estatura, ya impresionante. —Es un hombre peligroso. En otros tiempos hubo diez mil libras de recompensa sobre su cabeza. No creo que sea fácil.

Un sargento de la policía apareció en el vano de la puerta, a sus espaldas.

—Todo listo, coronel.

—¿Ensilló el caballo de la señora Courtney?

—¡Sí, señor!

El sargento era delgado, moreno y musculoso, de gruesos bigotes caídos. Centaine aprobó la elección. Blaine Malcomess reparó en s.. escrutinio.

—Le presento al sargento Hansmeyer. Fuimos compañeros en la campaña de Smuts.

—Mucho gusto, señora Courtney. Me han hablado mucho de usted —El sargento le hizo la venia.

—Me alegro de tenerlo con nosotros, sargento.

Intercambiaron un rápido apretón de manos con los padres dominicos y salieron a la luz del sol. Centaine se acercó al bayo grande y fuerte que Blaine le había asignado y ajustó sus estribos.

—¡Monten! —ordenó Blaine Malcomess.

Mientras el sargento y sus cuatro agentes subían a las sillas, Centaine se volvió rápidamente hacia Twentyman-Jones.

—Me gustaría acompañarlos, señores Courtney —dijo él—. Hace veinte años, nada me lo habría impedido.

Ella sonrió.

—Cruce los dedos por nosotros. Si no rescatamos esos diamantes, es probable que usted vuelva a trabajar para De Beers, mientras yo hago tapices en el asilo para indigentes.

—Maldito sea el cerdo que le hizo esto —dijo él—. Tráigalo encadenado.

Centaine montó el bayo; lo sintió firme y seguro bajo su cuerpo, en tanto se acercaba a la cabalgadura de Blaine.

—Puede soltar a sus sabuesos, señora Courtney —invitó él, sonriente.

—Llévanos al agua, Kwi —pidió ella, levantando la voz.

Los dos pequeños bosquimanos, llevando a la espalda sus arcos y sus carcajes de flechas envenenadas, pusieron rumbo al este. Las pequeñas cabezas, cubiertas de motas, se bambolearon. Con las redondas nalgas abultadas sobre el breve taparrabo, al vuelo los piececitos infantiles, iniciaron la marcha. Habían nacido para correr, y los caballos se pusieron al trote para no perderlos de vista.

Centaine y Blaine cabalgaban juntos, a la cabeza de la columna. El sargento y sus cuatro agentes los seguían en fila india, cada uno llevando la rienda de dos caballos de remonta, cargados con el agua; llevaban cuarenta litros, en grandes botellas redondas, cubiertas de fieltro. Era suficiente para tres días, si se la utilizaba con cuidado, pues tanto hombres como animales estaban habituados al desierto.

Centaine y Blaine cabalgaban en silencio, aunque una vez cada tanto ella lo mirara por el rabillo del ojo. Blaine, impresionante de pie, lucía majestuoso a caballo. Se convertía en un centauro, en una parte del animal que montaba; ella comprendió entonces cómo había ganado su reputación internacional de polista.

Mientras lo observaba, comenzó a corregir pequeñas fallas en su propia postura, las malas costumbres adquiridas con el correr de los años. Por fin lució sobre la silla tan correcta como él. Se sentía capaz de cabalgar eternamente por el desierto que tanto amaba, con ese hombre a su lado.

Cuando cruzaron la cresta de esquisto, Blaine habló por primera vez.

—Usted tenía razón. Jamás habríamos podido cruzar por aquí con camiones. Tenía que ser a caballo.

—Todavía no hemos llegado al caliche, y después vendrá la arena. Hubiéramos estado siempre atascados —expresó ella.

Los kilómetros quedaban atrás. Los bosquimanos se adelantaban brincando sin vacilar; corrían en línea recta y con toda certeza hacia la meta distante. A cada hora, Blaine detenía a la columna y dejaba que los caballos descansaran; mientras tanto, desmontaba y se acercaba a sus hombres para hablarles en voz baja; de ese modo los iba conociendo. Revisaba las alforjas de los caballos de remonta, para asegurarse de que los animales no estuvieran mortificados y tomaba precauciones para evitar la fatiga y los daños. A los cinco minutos ordenaba reiniciar el trote.

Cabalgaron hasta que oscureció por completo. Sólo entonces Blaine dio órdenes de detenerse. Supervisó la distribución de agua y se aseguró de que los caballos recibieran una buena friega antes de ser maneados. Luego se acercó a la pequeña fogata junto a la cual estaba Centaine. Ella había terminado sus propias tareas; después de alimentar a los bosquimanos y ponerlos cómodos para que pasaran bien la noche, estaba preparando la comida para Blaine y para sí misma. En cuanto él se sentó enfrente, en cuclillas, le entregó su plato de lata.

—Lamento informarle, señor, que el faisán y el caviar se han terminado. Pero puedo recomendarle el guiso de carne en conserva.

—Es extraño, pero sabe riquísimo cuando se come así. —Blaine comió con franco apetito. Luego fregó el plato vacío con arena seca, antes de devolverlo a Centaine, y encendió un cigarro con una ramita tomada del fuego. —Y qué bien sabe el cigarro con un dejo de humo de leña.

Centaine limpió y guardó todo, a fin de partir rápidamente por la mañana. Después volvió junto a la fogata, pero vaciló al llegar al sitio en donde había estado sentada, frente a Blaine. El se corrió, dejando libre la mitad de la manta sobre la cual estaba sentado, y la mujer la ocupó sin decir una palabra, con las piernas recogidas bajo el cuerpo. Los separaban apenas unos cuantos centímetros.

—Qué bello es —murmuró Centaine, levantando la vista al cielo nocturno—. Las estrellas están tan cerca... Tengo la sensación de que podría estirar la mano para arrancarlas y tejer con ellas una guirnalda, como de flores silvestres, para usarlas alrededor del cuello.

—Pobres estrellas —dijo él, con suavidad—. Palidecerían hasta la insignificancia.

Ella volvió la cabeza para sonreírle y dejó el cumplido suspendido entre ambos. Lo saboreó por un momento antes de levantar nuevamente la cara al cielo.

—Ésa es mi estrella personal —dijo, señalando a Acrux, en la Cruz del Sur. Michael la había elegido para ella. Michael... Experimentó una punzada de remordimientos al recordarlo, pero ya no era tan aguda. —Y la suya, ¿cuál es?

—¿Debo tener una?

—Oh, sí —asintió ella—. Es absolutamente imprescindible. Después de una pausa agregó, casi con timidez: —¿Me permite que le elija una?

—Sería un honor. —No se burlaba; estaba tan serio como ella.

—Aquélla. —Centaine apuntó hacia el norte, en donde la senda del Zodíaco se encendía en el cielo. —Aquélla, Régulus, en la constelación del León, su signo natal. La escojo y te la doy, Blaine.

Por fin lo había tuteado.

—Y yo la acepto con toda gratitud. Desde ahora en adelante, Centaine, cada vez que la vea pensaré en ti.

Era una prenda de amor, dada y recibida. Ambos lo comprendieron así y enmudecieron ante la importancia del momento.

—¿Cómo sabías que mi signo natal era Leo? —preguntó él, por fin.

—Lo averigüé —respondió ella, sin malicia—. Me pareció necesario saberlo. Naciste el 28 de julio de 1893.

—Y tú, en el primer día del nuevo siglo. De ahí tu nombre. Yo también averigüé. También me parecía necesario saberlo.

A la mañana siguiente, mucho antes de que aclarara, partieron hacia el este, con los bosquimanos a la vanguardia.

Salió el sol y su calor se derrumbó sobre ellos, secando el sudor de los caballos hasta convertirlo en cristales de sal blanca sobre sus flancos. Los agentes cabalgaban encorvados, como cargando un peso enorme. El sol cruzó su cenit y resbaló hacia el oeste. Sus sombras se estiraron en la tierra, hacia adelante, y el color volvió al desierto: matices de ocre, rosa durazno y ámbar quemado.

Un tramo más allá, Kwi se detuvo súbitamente y aspiró el aire seco y duro a través de sus achatadas fosas nasales. Kwi el Gordo lo imitó; parecían dos perros de caza olfateando faisanes.

—¿Qué hacen? —preguntó Blaine, sofrenando detrás de Centaine.

Antes de que ella pudiera responder, Kwi soltó un grito gorjeante y partió a toda carrera, seguido por su hermano.

—Agua. —Centaine se levantó sobre los estribos. —Han olfateado el agua.

—¿Lo dices en serio? —preguntó él, mirándola fijamente.

—Yo tampoco podía creerlo, la primera vez —rió ella—. O'wa era capaz de olerla a siete u ocho kilómetros de distancia. Ven, te lo demostraré.

Y puso su bayo al trote.

Hacia adelante, saliendo del resplandor polvoriento, apareció una leve irregularidad en el terreno: una colina de esquisto purpúreo, desnuda de toda vegetación, a excepción de un extraño árbol antediluviano en su cima: un kokerboom, cuya corteza parecía la piel de un reptil. Centaine reconoció ese lugar, con una punzada de recuerdos y nostalgia. Había estado allí con los dos pequeños seres amarillos a quienes había amado, llevando a Shasa en su vientre.

Antes de llegar a la colina, Kwi y Kwi el Gordo detuvieron su carrera y se inclinaron juntos, para examinar la tierra entre sus pies. Cuando Centaine los alcanzó, hablaban, excitados. Ella tradujo en beneficio de Blaine, tartamudeando por su propia excitación:

—Hemos dado con el rastro. Es De La Rey, no caben dudas. Tres jinetes provenientes del sur, que se dirigían hacia la fuente. Han abandonado los caballos agotados y van a todo galope, exigiendo el máximo de sus animales. Los caballos ya están claudicando. De La Rey ha calculado muy bien.

Centaine apenas podía contener su alivio. Sus suposiciones eran correctas: Lothar se encaminaba hacia la frontera portuguesa, después de todo. Él y los diamantes no le llevaban mucha ventaja.

—¿Cuándo pasaron, Kwi? —preguntó, ansiosa y se apeó de un salto para examinar personalmente el rastro.

—Esta mañana, Niña Nam —le dijo el pequeño bosquimano, señalando al cielo para indicar el sitio en donde había estado el sol al pasar Lothar.

—Justo después del amanecer. Nos llevan unos ocho horas —informó ella a Blaine.

—Es mucho tiempo para recuperar —observó él, gravemente. A partir de ahora, cada minuto que ahorremos valdrá mucho. ¡Tropa, adelante!

Cuando estaban a unos ochocientos metros de la colina, con el kokerboom en la cima, Centaine dijo a su compañero:

—Hubo otros caballos pastando por aquí. Una buena tropilla, durante varias semanas. Hay señales por todas partes. Es como supusimos: De La Rey hizo que uno de sus hombres los trajera hasta aquí. Deberíamos hallar más señales en el abrevadero.

Pero se interrumpió para mirar hacia adelante. Había tres montones oscuros, amorfos, en la base de la colina.

—¿Qué es eso? —Blaine estaba ligeramente intrigado. Sólo al acercarse comprendieron de qué se trataba.

—¡Caballos muertos! —exclamó Centaine—. De La Rey debe de haber matado a sus caballos agotados.

—No. —Blaine desmontó para examinarlos. —No hay orificios de balas.

La mujer miró en derredor. Vio la empalizada primitiva en donde se había amarrado a los caballos, a la espera de que Lothar llegara, y la pequeña choza de paja donde viviera el hombre encargado de atenderlos.

—Kwi —llamó—, busca el rastro que parte de aquí. Kwi Gordo, revisa el campamento. Busca cualquier cosa que nos revele algo más sobre los hombres malos que estamos persiguiendo.

Luego azuzó a su bayo rumbo a la fuente.

Estaba al pie de la colina. El agua subterránea había quedado atrapada entre dos estratos de esquisto purpúreo, y desde ese lugar salía a la superficie. Los cascos de animales salvajes y los pies descalzos de los San, que bebían allí desde hacía miles de años, habían desgastado los bordes de pizarra. El agua estaba a cuatro metros y medio, en el fondo de una profunda olla cónica.

En el sitio más próximo a la colina, un estrato de esquisto sobresalía por sobre el estanque, como el techo de una galería, protegiendo el agua de los rayos directos del sol; así se mantenía fresca y la protegía de una rápida evaporación. Era un diminuto estanque claro, no mucho mayor que una bañera, constantemente alimentado por la fuente natural. Centaine sabía, por experiencia, que tenía el gusto salobre de los minerales disueltos y el fuerte olor de los excrementos y la orina de pájaros y animales.

El estanque en sí captó su atención sólo por algunos segundos; de inmediato quedó paralizada en la montura; su mano voló a la boca, en un instintivo gesto de horror, en cuanto vio la tosca estructura erigida en la ribera, a la orilla del estanque.

Era una gruesa rama de espinillo, desprovista de corteza y plantada en la tierra dura, para servir como poste. En la base había piedras amontonadas en forma de pirámide, para apuntalarla; en el extremo superior se veía una lata vacía, de un litro, puesta a manera de casco. Abajo, una tabla clavada al poste, con palabras escritas en negro, probablemente con la punta de una vara calentada al fuego:

ESTE POZO ESTA ENVENENADO

La lata vacía era de color rojo intenso, con un cráneo negro sobre tibias cruzadas; abajo, el temible título:

ARSÉNICO

Blaine estaba junto a ella. Ambos guardaban un silencio tal que Centaine creyó oír los crujidos del esquisto, como los de un horno al enfriarse. Por fin, Blaine dijo:

—Los caballos muertos. Esto lo explica. ¡Qué sucia bestia!

Su voz se quebró de indignación. Hizo girar a su caballo y se alejó al galope para reunirse con la tropa. Centaine le oyó gritar:

—Sargento, revise el agua que queda. El pozo está envenenado.

Y el sargento Hansmeyer emitió un silbido grave.

—Bueno, aquí se acaba la persecución. Tendremos suerte si logramos llegar nuevamente a Kalkrand.

Centaine se descubrió temblando de enojo y frustración.

—Se va a escapar —murmuró, para sus adentros—. Ha ganado con la primera treta.

El bayo, al olfatear el agua, trató de bajar por la ribera. Ella lo apartó con las rodillas, pegándole en el cuello con el extremo de las riendas. Lo ató al final de la línea de caballos y le puso una ración de avena y papilla en la bolsa.

Blaine se acercó a ella.

—Lo siento, Centaine —dijo, en voz baja—. Tendremos que volver atrás. Seguir sin agua es un suicidio.

—Lo sé.

—Es una treta muy sucia. —Blaine meneó la cabeza. —Envenenar un pozo de agua que mantiene tanta vida en el desierto... La destrucción será horrible. Sólo una vez lo he visto hacer: cuando estábamos en la marcha desde Walvis, en 1915...

Se interrumpió, pues el pequeño Kwi se acercaba al trote, con un parloteo excitado.

—¿Qué dice? —preguntó.

—Uno de los hombres que estamos siguiendo ha enfermado —respondió Centaine, con prontitud—. Kwi ha hallado estos vendajes.

El pigmeo tenía un doble puñado de trapos manchados y sucios, que ofrecía a Centaine. Ella ordenó, ásperamente:

—Déjalos en el suelo, Kwi.

El olor a pus y a podredumbre le había llegado a la nariz. El hombrecito, obediente, dejó el bulto a sus pies. Blaine sacó la bayoneta de su vaina para esparcir las tiras de tela en la arena.

—¡La máscara! —exclamó Centaine, al reconocer la bolsa de harina que Lothar se había puesto en la cabeza.

Estaba tiesa de sangre seca y pus amarillo, al igual que las tiras arrancadas a una camisa caqui.

—El hombre enfermo se acostó mientras los otros ensillaban caballos frescos. Tuvieron que ayudarlo a levantarse y a montar. —Kwi había leído todo eso en el rastro.

—Lo mordí —dijo Centaine, con suavidad—. Mientras luchábamos le hundí los dientes en la muñeca. Llegué al hueso. Le hice una herida muy profunda.

—La mordedura humana es casi tan peligrosa como la picadura de serpiente —asintió Blaine—. Si no se la cura, casi siempre termina en envenenamiento de la sangre. De La Rey está enfermo y su brazo ha de ser un desastre, a juzgar por lo que veo. —Tocó los fétidos vendajes con la punta de la bota. —Lo habríamos alcanzado. En ese estado, es casi seguro que lo habríamos capturado antes de que llegara al río Okavango. Si al menos tuviéramos agua suficiente como para seguir... —Volvió la espalda a la mujer, para no ver su rostro desdichado, y se dirigió al sargento con voz áspera. —A partir de ahora, las raciones de agua se reducen a la mitad. Iniciaremos el regreso a la misión al caer la noche. Viajaremos aprovechando las horas frescas.

Centaine no podía quedarse inmóvil. Caminó a grandes pasos hacia el pozo de agua y se detuvo en la parte alta de la ribera, contemplando el letrero con su mensaje fatal.

—¿Cómo pudiste hacer eso, Lothar? —susurró—. Eres duro y estás desesperado, pero esto es horrible...

Bajó lentamente por el barranco y se sentó en cuclillas en el borde del agua. Alargó una mano para tocarla con la punta de los dedos. Estaba fría, fría como la muerte. Siguió mirándola con fijeza, mientras se secaba cuidadosamente los dedos en la pernera de los pantalones. Pensaba en el comentario de Blaine: "Sólo una vez lo he visto hacer: cuando estábamos en la marcha desde Walvis, en 1915..."

De pronto, una conversación olvidada resurgió desde el fondo de su mente, en donde había permanecido sepultada por tantos años. Recordó la cara de Lothar De La Rey a la luz del fuego mientras le confesaba, con ojos desolados:

—Tuvimos que hacerlo. Al menos, por entonces me pareció que era preciso. Las fuerzas de la Unión nos estaban presionando mucho. Si yo hubiera adivinado las consecuencias...

Se había interrumpido, con la vista clavada en el fuego. En aquel entonces, ella lo amaba profundamente. Era su mujer. Aunque aún no lo sabía, ya llevaba un hijo suyo en el vientre. Había estirado la mano para consolarlo.

—No importa.

Pero él volvió su rostro trágico hacia ella.

—Sí que importa, Centaine —le había dicho—. Fue lo más horrible que hice jamás. Volví al pozo de agua un mes más tarde, como los asesinos. El hedor se sentía desde uno o dos kilómetros de distancia: había animales muertos por doquier: cebras, antílopes, chacales y pequeños zorros del desierto, pájaros... Hasta los buitres que se habían alimentado con los cadáveres podridos. Cuánta muerte... Es algo que recordaré hasta el día en que muera, lo único de lo que me avergüenzo de verdad. Y tendré que responder por eso.

Centaine se irguió lentamente. Su ira y su desilusión se apagaron poco a poco, ante una creciente marea de excitación. Tocó otra vez el agua y observó los círculos que se extendían por la límpida superficie.

—Lo decía sinceramente —recordó, en voz alta—. Estaba avergonzado de verdad. No habría podido hacer otra vez lo mismo. —Se estremeció de horror al decidir qué iba a hacer. Para tomar coraje prosiguió, con voz levemente estremecida: —Es una falsa amenaza. El cartel es mentira. Debe de ser... —Pero se detuvo al pensar en los tres caballos muertos. —Él los mató. Estaban acabados y los envenenó como parte del engaño. Probablemente les dio el veneno en un balde, pero no del pozo de agua. No habría podido hacer dos veces lo mismo.

Se sacó el sombrero, con lentitud, y usó el ala ancha para retirar la capa de polvo y basura que flotaba en la superficie. Luego llenó el sombrero de agua clara y fresca y lo sostuvo con las dos manos mientras reunía valor. Aspiró profundamente y tocó el agua con los labios.

—¡Centaine!

Blaine, rugiendo de espanto y cólera, bajó a los saltos por el barranco y le arrebató el sombrero. El agua cayó sobre las piernas de la mujer, empapándole los pantalones. Él la tomó por los brazos para levantarla, y la sacudió. Tenía la cara hinchada y oscura; los ojos le centelleaban de enojo.

—¿Te has vuelto completamente loca, mujer?

La zamarreaba brutalmente, apretando con los dedos la carne de los antebrazos.

—Me estás haciendo daño, Blaine.

—¿Que te estoy haciendo daño? ¡Podría azotarte, pedazo de...!

—Es una mentira, Blaine, estoy segura. —Estaba asustada. Esa ira resultaba un terrible espectáculo. —¡Por favor, Blaine, escúchame!

Vio el cambio en sus ojos cuando finalmente Blaine recobró el control.

—Oh, Dios —dijo él—, pensé que...

—Me estás haciendo daño —repitió Centaine, estúpidamente. Él la soltó.

—Disculpa. —Jadeaba como si hubiera corrido una maratón. —Pero no vuelvas a hacerme eso, mujer. La próxima vez, no sé cómo voy a reaccionar.

—¡Blaine! Escúchame. Es una amenaza falsa. Él no ha envenenado el agua. Me jugaría la vida.

—Eso ibas a hacer —gruñó él. Pero ahora le escuchaba. —¿Cómo llegaste a esa conclusión?

—Se inclinó hacia ella, interesado, dispuesto a dejarse convencer.

—En otros tiempos lo traté. Llegué a conocerlo muy bien. Y le oí hacer un juramento. Fue él quien envenenó el pozo de agua que mencionaste, en 1915. Lo admitió, pero juró que jamás volvería a hacerlo. Describió la matanza que se produjo en el pozo de agua y pronunció un juramento.

—Los caballos muertos que encontramos allá —apuntó Blaine—. ¿Cómo explicas eso?

—Bueno, los envenenó. De cualquier modo, tenía que matarlos. Estaban agotados; no podía dejárselos a los leones.

El coronel caminó hasta el borde del agua y miró fijamente hacia el fondo.

—Ibas a correr ese riesgo...

Se interrumpió, súbitamente estremecido. Luego apartó la vista del agua y llamó:

—¡Sargento Hansmeyer!

—Sí, señor. —El hombre acudió desde las líneas de caballos.

—Tráigame la yegua coja, sargento.

Hansmeyer volvió a las líneas y condujo al animal hasta el pozo de agua. La yegua renqueaba de la pata delantera derecha. De cualquier modo, había que abandonarla.

—¡Déjela beber! —ordenó el coronel.

—¿Cómo, señor? —Hansmeyer puso cara de desconcierto. Al comprender las intenciones de Blaine pareció alarmado. —¿De la fuente? Está envenenada, señor.

—Eso es lo que queremos descubrir —replicó Blaine, ceñudo—. ¡Deje que beba!

La yegua negra, ansiosa, bajó por el barranco y agachó el largo cuello hacia el estanque. Bebió a grandes tragos. El líquido chapoteaba en su vientre; parecía hincharla a ojos vista.

—No se me ocurrió probar con uno de los caballos —susurró Centaine—. Oh, será terrible si me equivoco.

Hansmeyer dejó que la yegua bebiera hasta saciarse. Después, Blaine ordenó:

—Llévesela. —Consultó su reloj. —Le daremos una hora —decidió.

Tomó a Centaine de la mano y la condujo hasta la sombra de la saliente. Allí se sentaron, juntos.

—¿Dices que lo conoces bien? —preguntó él, por fin—. ¿Hasta qué punto?

—Hace años... trabajaba para mí. Él hizo los primeros trabajos de desarrollo en la mina. Es ingeniero, ¿sabes?

—Sí, lo sé. Figura en su expediente. —El coronel guardó silencio. —Tienes que haber llegado a conocerlo muy bien para que él admitiera algo así ante ti. La culpa de cada uno es algo muy íntimo.

Ella no respondió. "¿Qué puedo decirle?", pensó, "¿Qué fui la amante de Lothar De La Rey? ¿Que lo amaba, que le di un hijo?"

De pronto, Blaine rió entre dientes.

—En realidad, los celos son una de las emociones menos gratas, ¿verdad? Retiro la pregunta. Fue impertinente. Perdóname.

Ella le apoyó una mano en el brazo y le sonrió, agradecida.

—Eso no significa que te haya perdonado por el susto que me diste —agregó él, fingiendo severidad—. Me gustaría ponerte de través sobre mis rodillas.

La idea despertó en Centaine una curiosa reacción de perversa excitación. Si la ira de Blaine la había asustado, eso también la excitaba. Él no se había afeitado desde que partieran; la barba incipiente era espesa y oscura como pelo de comadreja, pero en ella había un solo pelo plateado. Crecía en la comisura de la boca, brillando como una estrella en la noche.

—¿Qué miras? —preguntó él.

—Me preguntaba si tu barba lastimaría... en el caso de que decidieras darme un beso en vez de una paliza.

Lo vio luchar como el hombre que se ahoga en la marea de la tentación. Imaginó los miedos, las dudas, la angustia del deseo hirviendo detrás de aquellos ojos verdes. Y esperó, con el rostro vuelto hacia él, sin retirarse ni avanzar, esperando a que él aceptara aquello como lo inevitable.

Él le tomó la boca con fiereza, lo hizo casi con brusquedad, como si le enfadara su propia incapacidad de resistir, como si se enojara con ella por conducirlo hasta ese peligroso páramo de la infidelidad. Él absorbió toda la energía de su cuerpo, hasta dejarla laxa en sus brazos. El círculo de los brazos femeninos en torno de su cuello era igualmente fuerte; su boca, profunda, húmeda y suave, se abría buscándolo.

Por fin se apartó de ella y se levantó de un salto para mirarla.

—Que Dios se apiade de nosotros —susurró.

Y subió a grandes pasos por el barranco; Centaine quedó a solas con su júbilo, su inquietud y su culpa, con la llama furiosa que él había encendido en su vientre.

Por fin la llamó el sargento Hansmeyer, acercándose al barranco.

—El coronel Malcomess pregunta por usted, señora.

Ella lo siguió hasta donde estaban los caballos. Se sentía extraña, lejos de la realidad, como si sus pies no tocaran la tierra. Veía los contornos lejanos, como en un sueño.

Blaine estaba junto a la yegua coja, acariciándole el cuello. El animal resopló un poquito, mordisqueándole la chaquetilla. Blaine miró a Centaine por sobre la cabeza de la yegua.

—No hay regreso —dijo, con suavidad. Ella aceptó la ambigüedad de sus palabras. —Seguimos adelante... juntos.

—Sí, Blaine —contestó Centaine, mansa.

—Y al diablo con las consecuencias —agregó Malcomess, ásperamente.

Se miraron un momento más. Por fin, Blaine levantó la voz.

—Sargento, dé agua a todos los caballos y llene las cantimploras. Debemos recuperar nueve horas en la persecución.

Avanzaron durante toda la noche. Los pequeños bosquimanos seguían el rastro bajo la escasa luz de las estrellas y una astilla de luna. Cuando asomó el sol, las huellas aún continuaban hacia adelante, invadidas por sombras purpúreas, que los rayos inclinados arrojaban.

Ahora eran cuatro los jinetes de la banda fugitiva, pues el hombre que cuidaba los caballos junto a la fuente se les había unido; cada uno llevaba un caballo de remonta.

Una hora después del amanecer descubrieron el sitio por donde los fugitivos habían pasado la noche anterior. Lothar dejó allí a dos de sus caballos, arruinados, tratados brutalmente en una dura carrera, que no contempló sus malas condiciones. Estaban aún junto a los restos de la fogata que Lothar había apagado con arena. Kwi apartó la arena y se arrodilló para soplar sobre las cenizas. Cuando surgió una pequeña llama bajo su aliento, sonrió como un genio travieso.

—Hemos recuperado cinco o seis horas mientras ellos dormían —murmuró Blaine, mirando a Centaine.

Ella irguió inmediatamente el cuerpo, doblegado por el cansancio.

—Revienta caballos como si le sobraran —comentó.

Ambos miraron a los dos animales abandonados. Tenían la cabeza gacha, con el hocico casi rozando el suelo; eran un par de yeguas castañas; una tenía una estrella blanca en la frente; la otra, manos blancas. Ambas se movían con gran dolor y dificultad; la lengua, negra e hinchada, asomaba por los costados de la boca.

—No malgastó agua en ellas —observó Blaine—. Pobres bestias.

—Tendrás que sacrificarlas —apuntó ella.

—Para eso las dejó, Centaine —indicó él, con suavidad.

—No comprendo.

—Por los disparos. Estará alerta para escucharlos.

—Oh, Blaine. ¿qué vamos a hacer? No podemos dejarlas así.

—Prepara café y el desayuno. Todos estamos exhaustos: caballos y hombres. Tenemos que descansar algunas horas antes de seguir. —Bajó de la silla y desató su rollo de frazadas. —Mientras tanto, yo me encargaré de estos animales.

Sacudió su cuero de oveja mientras caminaba hacia la primera de las yeguas. Se detuvo frente a ella y extrajo la pistola de servicio, envolviéndose la mano con el cobertor lanudo.

La yegua cayó instantáneamente, tras el ruido seco de la pistola; después de una patada espasmódica, se relajó y quedó inmóvil. Centaine apartó la vista y se distrajo echando café en la lata, mientras Blaine caminaba pesadamente hacia la otra yegua.

Fue un imperceptible movimiento de aire, más que un ruido, leve como el aleteo de un pájaro, pero tanto Swart Hendrick como Lothar levantaron la cabeza y sofrenaron a sus caballos. El jefe alzó la mano, pidiendo silencio. Todos esperaron sin respirar.

Se oyó otra vez: otro disparo lejano y sofocado. Lothar y Hendrick intercambiaron una mirada.

—Lo del arsénico no funcionó —gruñó el corpulento ovambo—. Debiste haber envenenado el agua de verdad, en vez de fingirlo.

Lothar sacudió cansadamente la cabeza.

—Esa mujer debe de correr como un demonio. Apenas les llevamos cuatro horas de ventaja. Menos, si exigen a sus caballos. Nunca pensé que pudiera seguirnos tan de prisa.

—No sabes de seguro si es ella —apuntó Hendrick.

—Es. —Lothar no mostraba dejos de vacilación. —Juró que me seguiría.

Su voz era áspera. Tenía los labios resquebrajados y escamosos de piel seca. Los ojos, inyectados en sangre, supuraban un líquido espeso como crema batida; por debajo, grandes ojeras amoratadas. Su barba era multicolor: oro, rojizo y blanco.

Llevaba el brazo vendado hasta el codo, pero el pus amarillo se filtraba a través de la tela. Se había colgado una cartuchera del cuello, a modo de cabestrillo, y apoyaba parcialmente el brazo herido en ella, pero también en la caja metálica atada a la silla.

Giró la cabeza para mirar hacia atrás, a través de la llanura, apenas cubierta de espinillos y matas duras, pero el movimiento le provocó otro mareo, haciéndolo tambalear. Tuvo que aferrarse de la caja metálica para no caer.

—¡Papá! —Manfred lo sujetó por el brazo sano, con la cara distorsionada por la preocupación. —Papá, ¿estás bien?

Lothar cerró los ojos antes de poder responder.

—Sí, bien —graznó.

Sentía que la infección iba hinchando y deformando la carne de mano y brazo. La piel, fina y tensa, parecía a punto de estallar como una ciruela demasiado madura, y el calor del veneno fluía con su sangre. La sentía palpitar dolorosamente en las glándulas, debajo de la axila; desde allí se esparcía por todo su cuerpo, exprimiendo el sudor por su piel, quemándole los ojos y latiendo en sus sienes; le reverberaba en el cerebro como un espejismo del desierto.

—Seguir —susurró—. Hay que seguir.

Hendrick tomó la rienda con que guiaba el caballo de su jefe.

—¡Espera! —barbotó Lothar, meciéndose en la montura— ¿Cuánto falta para el próximo pozo de agua?

—Estaremos allí antes de mañana a mediodía.

Lothar trataba de concentrarse, pero la fiebre le llenaba la cabeza de calor y humo.

—Los "miguelitos". Es hora de arrojar los "miguelitos".

Hendrick asintió. Traían esos clavos desde el escondrijo de las colinas. Pesaban treinta y cinco kilos; era una pesada carga para uno de los animales de remonta. Había llegado la hora de descargar parte de ese peso.

—Dejaremos un cebo para atraerla hacia ellos —graznó el jefe.

El breve descanso, la comida apresurada y hasta el café fuerte, caliente y demasiado dulce, sólo consiguieron aumentar la fatiga de Centaine.

"Pero no dejaré que él se dé cuenta", se dijo, con firmeza. "No cederé mientras no lo hagan ellos."

Sin embargo, sentía la piel tan seca que parecía a punto de desgarrarse como papel. El resplandor dolía en los ojos, llenándole el cráneo de dolor.

Echó una mirada de soslayo a Blaine. Permanecía derecho en la silla, infatigable. Pero volvió la cabeza y sus ojos se suavizaron al mirarla.

—Dentro de diez minutos haremos una pausa para beber agua —le dijo, en voz baja.

—Pero si estoy bien —protestó ella.

—Todos estamos cansados. No hay por qué avergonzarse. —Se interrumpió, haciéndole sombra a los ojos con una mano para mirar hacia adelante:

—¿Qué pasa? —preguntó ella.

—No estoy seguro. —Blaine tomó los binoculares que le colgaban en el pecho y los enfocó hacia el bulto oscuro que le había llamado la atención. —Todavía no veo que es.

Y entregó el anteojo a Centaine, que miró por ellos.

—¡Los diamantes! —exclamó ella—. ¡Es la caja de los diamantes! La han dejado caer.

Su fatiga cayó como una capa abandonada. Antes de que él pudiera detenerla, aplicó talones a los ijares de su bajo y lo puso al galope, pasando junto a los bosquimanos. Los dos caballos de remonta se vieron obligados a seguirla, tironeando de las riendas, con las botellas de agua balanceándose locamente en sus lomos.

—¡Centaine! —gritó Blaine, mientras espoleaba su cabalgadura, tratando de alcanzarla.

El sargento Hansmeyer, medio dormido en su silla, se reanimó instantáneamente al ver que los dos jefes se alejaban al galope.

—¡Tropa, adelante! —gritó.

Y todo el grupo salió a la disparada.

De pronto, el bayo de Centaine lanzó un grito atormentado y se alzó de manos. Estuvo a punto de arrojarla, pero ella recobró el equilibrio como una verdadera amazona. Un momento después, los caballos de remonta relinchaban, entre coces y manotazos de dolor. Blaine trató de detenerse, pero era demasiado tarde: su caballo se derrumbó bajo él; los animales de remonta, chillando, tironeaban de las riendas.

—¡Alto! —aulló él. Giró desesperadamente, tratando de detener al sargento Hansmeyer con señales de ambos brazos. —¡Alto, tropa, alto!

El sargento reaccionó con celeridad. Hizo girar a su cabalgadura para bloquear el paso a los agentes que lo seguían. Todos se detuvieron, en un enredo de caballos que tropezaban y polvo arremolinado como fina niebla.

Centaine desmontó de un salto para revisar las patas delanteras de su bayo. Las dos estaban sanas. Levantó uno de los cascos traseros y quedó petrificada. Un pico de metal herrumbrado estaba clavado en la ranilla; ya brotaba sangre oscura de la herida abierta formando una pasta lodosa con el fino polvo del desierto.

Centaine sujetó ansiosamente la púa y trató de quitarla, pero estaba muy clavada y el caballo temblaba de dolor. Ella tironeó y trató de moverla, evitando cuidadosamente las púas que sobresalían; por fin, aquel horrible objeto quedó en su mano, mojado de sangre. Centaine se incorporó para mirar a Blaine. También él había revisado los cascos de su caballo;

tenía dos clavos ensangrentados en la mano.

—"Miguelitos" —dijo—. No he visto estos malditos clavos desde la guerra.

Habían sido forjados de un modo tosco; tenían la forma de los ubicuos espinos de la pradera africana; eran cuatro estrellas aguzadas, dispuestas de modo tal que siempre quedaba una punta hacia arriba; siete centímetros de hierro afilado, capaces de baldar a un hombre o a una bestia, o de desgarrar las cubiertas de cualquier vehículo.

Centaine miró en derredor. El suelo se hallaba completamente sembrado de esos perversos clavos, sobre los que se había esparcido un poco de polvo para disimularlos al ojo desprevenido, sin que eso redujera en modo alguno su efectividad.

Se apresuró a agacharse otra vez, dedicada a la tarea de liberar de clavos a sus tres caballos. El bayo tenía uno en cada casco trasero; los caballos de remonta tenían tres y dos cascos dañados, respectivamente. Centaine se los arrancó de la carne y los arrojó lejos, furiosa.

El sargento Hansmeyer desmontó con sus agentes para ir en ayuda de los jefes, pisando con cuidado, pues los "miguelitos" atravesarían con facilidad la suela de las botas. Despejaron un estrecho corredor, por el cual pudieron llevar a los caballos hasta un lugar seguro, pero los seis estaban brutalmente heridos. Renqueaban lenta y dolorosamente, tratando de no tocar la tierra con las patas lastimadas.

—Seis —susurró Blaine, amargamente—. Ya verá ese malnacido, cuando yo le eche mano. —Sacó el fusil de su vaina y ordenó a Hansmeyer: —Ponga nuestras sillas a dos de los caballos de remonta. Cargue todas las botellas de esos dos animales heridos. Que dos de los agentes marquen un sendero alrededor de esos miguelitos. ¡Pronto! No podemos perder un minuto.

Centaine los dejó para adelantarse, rodeando cautelosamente la trampa tendida, hasta llegar a la caja negra que la había engañado. La recogió. La tapa se abrió de inmediato, pues la cerradura había sido destrozada por la bala de Lothar. Estaba vacía. Centaine la dejó caer y miró hacia atrás.

Los hombres de Blaine habían trabajado con celeridad, transfiriendo las sillas a los caballos sanos. Habían elegido uno negro para ella, que el sargento llevaba de las bridas. Toda la tropa desfiló en un círculo, en fila india, inclinándose desde la montura para ver si no había más clavos en el camino. Centaine comprendió que, a partir de ese momento, no podrían descuidarse ni por un segundo; sin duda, Lothar no había esparcido aún todos sus clavos. Encontrarían más a lo largo del rastro.

Hansmeyer se le acercó.

—Estamos listos para partir, señora.

Le entregó las riendas del caballo fresco y ella montó. Después, todos miraron hacia atrás.

Blaine tenía el Lee Enfield contra la cadera. De espaldas al grupo, se enfrentó a los seis caballos heridos. Parecía estar rezando, o tal vez sólo trataba de fortalecerse; el hecho es que tenía la cabeza gacha.

Levantó el arma poco a poco y plantó la culata contra su hombro. Disparó sin bajar el fusil; la mano derecha movía el cargador una y otra vez. Los disparos estallaron en rápida sucesión, mezclándose en un eco largo. Los caballos cayeron unos sobre otros, en un montón pataleante. Por fin, Blaine se apartó de ellos. A pesar de la distancia, Centaine distinguió su expresión.

Descubrió que ella misma estaba llorando. Las lágrimas le corrían en torrentes por la cara, sin que le fuera posible detenerlas. Blaine se acercó a caballo. Al ver sus lágrimas clavó la vista hacia adelante, dejando que ella superara sola el trance.

—Hemos perdido casi una hora —advirtió—. ¡Tropa, adelante!

Por dos veces más, antes de que cayera la noche, los bosquimanos detuvieron a la columna, que debió abrirse paso cuidadosamente, entre un sembrado de crueles púas. En cada oportunidad, perdieron preciosos minutos.

—Estamos perdiendo terreno —calculó Blaine—. Oyeron los disparos y están alertas. Saben que cuentan con caballos frescos esperándolos. Están apretando el paso, mucho más de lo que nosotros nos atrevemos a hacerlo.

El paraje cambió con dramática brusquedad. Habían abandonado los páramos de Bosquimania para salir a la zona de Kavango, más benévola y suavemente boscosa.

A lo largo de las ondulantes cadenas formadas por antiguas dunas compactadas, crecían árboles altos: combretos, hermosos sauces achaparrados y albizias, de fino follaje plumoso; entre ellos, grupos de jóvenes mopanis. Los valles estaban cubiertos de pasto desértico, cuyas espigas plateadas y rosadas llegaban a tocar los estribos.

Allí el agua no estaba muy lejos de la superficie, y toda la naturaleza parecía responder a su presencia. Por primera vez desde que abandonaron la misión de Kalkrand, vieron animales grandes: cebras e impalas rojo-dorados. Entonces comprendieron que el pozo de agua al que se dirigían sólo podía estar a pocos kilómetros de distancia, pues esos animales necesitaban beber diariamente.

Era tiempo, pues todos los caballos estaban agotados y débiles; avanzaban esforzadamente bajo el peso de sus jinetes. Quedaban pocos centímetros de agua en las cantimploras, y sus gorgoteos huecos, a cada paso, parecían una burla a la sed.

Lothar De La Rey no podía mantenerse sin ayuda de la silla. Swart Hendrick iba a su lado; al otro, Klein Boy, su hijo bastardo. Ambos lo sostenían cuando le atacaban súbitos arrebatos de delirio; en esas ocasiones, reía y decía cosas sin sentido; sin ellos hubiera caído a tierra. Manfred los seguía a poca distancia, observando a su padre con aflicción, pero demasiado exhausto y sediento como para ayudarlo.

Subieron trabajosamente otra elevación en la interminable serie de dunas consolidadas. Swart Hendrick, erguido sobre los estribos, aguzó la vista hacia la suave hoya que distinguía adelante; apenas podía creer que hubieran cabalgado en línea recta hasta ese destino, a través de aquella tierra sin caminos, en donde cada paisaje era una repetición del anterior y un adelanto del siguiente. Sólo cabía guiarse por el sol y el instinto de la criatura del desierto.

De pronto se animó. Allá adelante observó unos altos mopanis, cuya estatura gigantesca se debía al agua sobre la cual se erguían, y cuatro grandes acacias, exactamente como los tenía grabados en la memoria. Entre los troncos, Hendrick divisó el suave lustre del agua estancada.

Los caballos iniciaron un último trote cuesta abajo, entre los árboles, y franquearon la arcilla desnuda que rodeaba el estanque hundido.

El agua tenía el color del café con leche; en su parte más amplia, el charco no llegaba a los diez pasos, y apenas llegaba a la rodilla de un hombre normal. En derredor se veían las huellas de muchos animales silvestres, desde las diminutas huellas de las perdices hasta las enormes impresiones redondas del elefante macho. Todo estaba esculpido en la arcilla negra y luego recocido por el sol, hasta tomar la dureza del cemento.

Hendrick y Klein Boy llevaron sus cabalgaduras hasta el centro del estanque y se arrojaron de bruces en el agua tibia y lodosa, entre resoplidos, jadeos y locas risas, llenándose la boca con la mano.

Manfred ayudó a su padre para que desmontara en la orilla. Luego corrió a llenar su sombrero y lo llevó a Lothar, que había caído sentado y se sostenía con sus propias rodillas.

El enfermo bebió con avidez, ahogándose y tosiendo cuando el agua no era bien tragada. Tenía el rostro enrojecido e hinchado, los ojos brillantes por la fiebre; la infección en su sangre lo estaba consumiendo.

Swart Hendrick vadeó hasta la orilla, chapoteando dentro de sus botas y chorreando agua por la ropa empapada. Aún sonreía con toda la cara... hasta que se le ocurrió una idea. La sonrisa desapareció de sus labios, gruesos y negros. Echó una mirada fulminante en derredor.

—Aquí no hay nadie —gruñó—. Búfalo y Patas... ¿Dónde están?

Echó a correr, salpicando agua a cada paso, en dirección a la choza primitiva que se levantaba a la sombra de la acacia más próxima.

Estaba desierta y descuidada. Los carbones de la fogata, bien esparcidos. Las señales más recientes tenían varios días... no, algunas semanas de antigüedad. Revisó el bosque, furioso, y por fin volvió junto a Lothar. Klein Boy y Manfred lo habían ayudado a tenderse a la sombra

—Han desertado. —Lothar se anticipó a la noticia. —Debí haberlo sabido. Diez caballos, que valen cincuenta libras cada uno. Era demasiada tentación.

El descanso y el agua parecían haberlo fortalecido; estaba lúcido otra vez.

—Seguramente huyeron a los pocos días, después de que los dejamos aquí. —Hendrick se dejó caer a su lado. —Se han llevado los caballos para venderlos a los portugueses y han vuelto con sus esposas.

—Prométeme que, cuando vuelvas a verlos, los matarás lentamente, Hendrick, muy lentamente.

—Estoy soñando con eso —susurró su compañero—. Empezaré por hacerles comer su propio miembro viril. Se los cortaré con un cuchillo mellado y se los daré a comer en trozos pequeños.

Ambos guardaron silencio, mirando fijamente a los cuatro caballos que permanecían en la orilla del estanque. Tenían los vientres tensos de agua, pero sus cabezas colgaban patéticamente, con la nariz casi tocando la arcilla recocida.

—Faltan cien kilómetros para llegar al río. Cien, cuanto menos —apuntó Lothar, quebrando el silencio.

Comenzó a quitar los harapos mugrientos que le cubrían el brazo. La hinchazón era grotesca. Su mano tenía el tamaño y la forma de un melón maduro. Los dedos sobresalían, tiesos, de una pelota azul. La tumefacción iba desde el brazo hasta el codo, triplicando el diámetro normal. Al estallar la piel, la clara linfa brotaba por los desgarrones. La mordedura se había convertido en una serie de profundos hoyos amarillos y viscosos, cuyos bordes se abrían como los pétalos de una flor. El olor de la infección se metía, dulce y espeso como aceite, en la nariz y la garganta de Lothar, asqueándolo.

Por sobre el codo, la hinchazón no era tan intensa, pero había lívidas líneas escarlatas bajo la piel, que le subían directamente hasta el hombro. Lothar exploró con suavidad los ganglios hinchados de la axila. Estaban duros como balas de mosquete bajo la carne.

"Gangrena", se dijo. Comprendió entonces que había agravado su estado con la solución de ácido fénico que aplicó originariamente a la herida.

—Demasiado fuerte —murmuró—. Preparé una solución demasiado fuerte.

Había destruido los vasos capilares en derredor de la herida, preparando el camino para la gangrena. "Hay que amputar la mano". Por fin se enfrentaba a la verdad. Por un momento, hasta estudió la posibilidad de intentar él mismo la operación. Se imaginó empezando por la articulación del codo y cortando...

"No puedo hacerlo", decidió. "Ni siquiera puedo pensar en eso. Tendré que seguir hasta donde me lo permita la gangrena, por el bien de Manie." Y levantó la vista hacia el niño.

—Necesito vendajes. —Trató de que su voz sonara firme y tranquilizadora, pero se oyó como el graznido de un cuervo.

El muchachito, sobresaltado, apartó los ojos de aquel miembro deshecho.

Lothar cubrió las heridas supurantes con cristales de ácido fénico (lo único que tenía) y las vendó con tiras de frazada. Habían utilizado como vendas toda la ropa que llevaban de reserva.

—¿A qué distancia nos sigue ella, Henny? —preguntó, mientras ataba el nudo.

—Hemos ganado tiempo —calculó Hendrick—. Están cuidando a sus caballos. Pero mira los nuestros.

Uno de los animales se había tendido al borde del agua: la señal de la rendición.

—Cinco o seis horas de ventaja.

Y faltaban más de cien kilómetros para llegar al río, sin la seguridad de que los perseguidores respetaran la frontera; podían perseguirlos más allá. Lothar no necesitaba expresar esas dudas en voz alta, pues todos tenían perfecta conciencia de ellas.

—Manfred —susurró—, trae los diamantes.

El niño puso la mochila de lona junto a Lothar, que la desenvolvió cuidadosamente.

Había veintiocho paquetitos de papel grueso, con sus sellos de lacre. Lothar los separó en cuatro montones de siete paquetes cada uno.

—Partes iguales —dijo—. No podemos evaluar cada paquete, de modo que elegiremos por orden de edades; el más joven, primero. —Miró a Hendrick. —¿De acuerdo?

Swart Hendrick comprendió que esa repartija significaba admitir que no todos llegarían al río. Apartó la vista de la cara de Lothar. Había vivido con ese demonio blanco y dorado desde su lejana juventud. Nunca se había preguntado qué los unía. Experimentaba un profundo e indudable antagonismo, una total desconfianza hacia todos los blancos, salvo con ése. Habían compartido demasiadas cosas, atreviéndose a mucho, viendo mucho. No consideraba que eso fuera amor o amistad; sin embargo, la sola idea de la separación lo llenaba de una desesperación devastadora, como si lo esperara una pequeña muerte.

—De acuerdo —dijo, con voz resonante, como el tañido de una campana de bronce.

Y levantó la vista hacia el niño blanco. En su mente, el hombre y el niño eran una sola cosa. Lo que sentía por el padre era también para el hijo.

—Elige, Manie —ordenó.

—No sé. —Manfred puso las manos a la espalda, resistiéndose a tocar uno de los montones.

—Hazlo —le espetó el padre.

El muchachito, obediente, alargó la mano y tocó el montón más próximo.

—Recógelos —ordenó Lothar. Luego miró al joven negro. —Elige, Klein Boy.

Quedaban dos montones. Lothar sonrió con sus labios resquebrajados.

— ¿Qué edad tienes, Henny?

— Soy viejo como la montaña quemada y joven como la primera flor de primavera — dijo el ovambo.

Ambos rieron.

"Si tuviera un diamante por cada vez que hemos reído juntos", pensó el negro, "sería el hombre más rico del mundo". Hacía falta un esfuerzo para mantener la sonrisa.

— Tú debes de ser el más joven — dijo, en voz alta—, pues siempre he tenido que cuidarte como una niñera. ¡Elige!

Lothar empujó la pila elegida hacia Manfred.

— Guárdalos en la mochila — le indicó.

El niño escondió las dos partes del botín en la bolsa de lana y cerró la boca con una correa, mientras los dos negros se llenaban los bolsillos.

— Ahora carguen las cantimploras. Faltan sólo cien kilómetros para llegar al río.

Cuando estuvieron listos para partir, Hendrick se inclinó para ayudar a Lothar a levantarse, pero él apartó las manos, irritado, y usó el tronco de la acacia para enderezarse.

Uno de los caballos no pudo levantarse. Lo dejaron tendido al borde del agua. Otro se derrumbó en el primer kilómetro de marcha, pero los otros dos siguieron avanzando, valerosamente. Ninguno de ellos estaba en condiciones de cargar con el peso de un hombre, pero uno llevaba las cantimploras y el otro servía a Lothar de muleta. El hombre caminaba a tropezones, con el brazo sano rodeando el cuello del animal.

Los otros tres se turnaban para llevar a los caballos de la brida, marchando decididamente con rumbo norte. A veces, Lothar reía sin motivo y cantaba, con voz clara y fuerte; afinaba tan bien que Manfred sintió un arrebato de alivio. Pero la canción vaciló de inmediato, la voz se quebró. Lothar empezó a gritar y a delirar, suplicando a los fantasmas febriles que contra él arremetían. Manfred corrió hacia donde estaba y le rodeó la cintura con un brazo, para ayudarlo. El padre se calmó.

— Eres un buen muchacho, Manie — susurró—. Siempre has sido buen muchacho. Desde ahora en adelante llevaremos una vida estupenda. Tendrás una buena escuela y te convertirás en un joven caballero. Iremos juntos a Berlín, a la ópera...

— Oh, papá, no hables. Ahorra tus fuerzas, papá.

Lothar volvió a caer en un silencio opresivo. Avanzaba mecánicamente, arrastrando las botas. Sólo el esforzado caballo y el fuerte brazo de su hijo le impedían estrellarse de bruces en las calientes arenas del Kalahari.

Muy delante de ellos asomó el primero de los kopjes graníticos, por sobre el ralo bosque, ampollado por el sol. Era redondo como una perla; la roca lisa refulgía, gris plateada, a la luz del sol.

Centaine detuvo su caballo en la cima de la elevación para mirar hacia la hoya. Reconoció los árboles altos desde cuyas ramas superiores, muchos años antes, había visto por primera vez los elefantes salvajes de Africa; algo de la infantil admiración vivida entonces perduraba en ella todavía. En eso vio el agua y olvidó todo lo demás.

No fue fácil dominar a los caballos, que ya la habían olfateado. Centaine había oído hablar de viajeros que habían muerto de sed junto al pozo de agua, por haber permitido que el ganado y los caballos corrieran adelante y revolvieran el agua hasta convertirla en cieno. Pero Blaine y su sargento eran hombres experimentados y los dominaron con firmeza.

En cuanto los caballos abrevaron, la mujer se quitó las botas para vadear el estanque, completamente vestida; se sumergió bajo la superficie para empaparse la ropa y el pelo, disfrutando de aquella agua lodosa y fría.

En el otro extremo del estanque, Blaine se había quitado la camisa y estaba metido en el agua hasta las rodillas, mojándose la cabeza. Centaine lo estudió subrepticiamente. Era la primera vez que le veía el torso desnudo; tenía el vello espeso, oscuro, elástico; refulgía con gotitas de agua. Había un lunar negro bajo la tetilla derecha, detalle que la intrigó sin motivo. Por lo demás, su cuerpo no tenía tacha; su piel lucía con el lustre del mármol pulido, como el *David* de Miguel Ángel, sobre músculos planos y duros. El sol había pintado una V oscura bajo el cuello. Los brazos estaban pardos hasta la clara línea dejada por la manga de la camisa; más allá, su piel tenía el pálido tono marfilino que ella encontraba tan atractivo. Se vio obligada a apartar la vista.

Al ver que ella se aproximaba, el coronel se apresuró a ponerse la camisa; el agua la empapó con parches oscuros. Ese pudor la hizo sonreír.

—De La Rey no halló aquí ningún caballo de remonta —le dijo.

Blaine puso cara de desconcierto.

—¿Estás segura?

—Kwi dice que hubo dos hombres con muchos caballos, pero que se fueron hace muchos días. No puede contar sino hasta los diez dedos de sus manos; dice que se fueron hace más tiempo. Sí, estoy segura de que Lothar De La Rey no halló caballos frescos.

Blaine se alisó el pelo mojado con ambas manos.

—Entonces supongo que algo salió mal en sus planes. No agotaría así a sus caballos, a menos que esperara tener remonta.

—Kwi dice que siguieron a pie. Llevan a los caballos restantes, pero están demasiado débiles para cargar con un jinete. —Se interrumpió, pues Kwi la llamaba con un grito agudo desde el borde del bosque.

Ella y Blaine se reunieron de prisa con el bosquimano.

—Están desesperados —dijo Blaine, al ver el equipo abandonado bajo la acacia—. Sillas, comida envasada, frazadas y latas de municiones. —Revolvió el montón con un pie. —Hasta han dejado municiones. Y sí, por Dios, el resto de esos maditos clavos. —La cajita de madera yacía 'de costado, con los últimos miguelitos. —Se han despojado para hacer un último esfuerzo tratando de llegar al río.

—Mira esto, Blaine —llamó Centaine.

Él se acercó para examinar el bulto de vendajes sucios.

—Está cada vez peor —murmuró Centaine. Extrañamente, no había regocijo en su voz ni triunfo en sus ojos. —Creo que está muriendo, Blaine.

Él experimentó un inexplicable deseo de compadecerse con ella, de consolarla.

—Si pudiéramos llevarlo hasta un médico... —Se interrumpió. El impulso era ridículo. Estaban persiguiendo a un peligroso criminal que no vacilaría en disparar contra él a la primera oportunidad.

—Sargento Hansmeyer —llamó, con voz áspera—. Encárguese de que los hombres coman y los caballos vuelvan a beber. Partimos dentro de una hora.

Al volverse hacia Centaine vio, aliviado, que ella se reanimaba.

—Una hora no basta. Tendremos que aprovecharla, minuto a minuto.

Se sentaron juntos a la sombra. Ninguno de los dos había comido gran cosa; el calor y la fatiga aniquilaban el apetito. Blaine sacó un cigarro de su estuche de cuero, pero cambió de idea y volvió a guardarlo.

—Cuando te conocí —dijo—, me pareciste brillante, diamantina y bella como una de tus piedras. —¿Y ahora?

—Te he visto llorar por los caballos heridos y he percibido en ti una profunda compasión por ese hombre, que tanto te ha perjudicado —replicó él—. Cuando salimos de Kalkrand estaba enamorado de ti. Supongo que lo estuve desde el primer momento. No podía evitarlo. Pero ahora, además, te tengo aprecio y respeto.

—¿Eso es diferente del amor?

—Es muy diferente de *estar enamorado* —aseguró él.

Guardaron silencio por un rato, antes de que ella intentara explicar.

—Blaine, pasé mucho tiempo sola, con un niñito al que proteger y para el que hice planes. Cuando llegué a esta tierra, siendo muy joven, pasé por un aprendizaje duro e implacable en este desierto. Aprendí que no podía confiar en nadie sino en mí misma, que no sobreviviría sino gracias a mi propia fuerza y a mi determinación. Eso no ha cambiado. Aún no puedo apoyarme en nadie, sino en mí misma. ¿No es así, Blaine?

—Ojalá no fuera así. —Él no desvió su mirada. La sostuvo con franqueza. —Ojalá...

No pudo terminar. Ella lo hizo en su nombre.

—Pero tienes que pensar en Isabella y en tus hijas.

Él asintió.

—Sí. No pueden defenderse solas.

—Y yo sí. ¿Verdad, Blaine?

—No me guardes rencor, por favor. Yo no busqué esto. Nunca te hice promesas.

—Disculpa. —Ella se mostró inmediatamente contrita. —Tienes razón. Nunca me prometiste nada. —Consultó su reloj. —Se nos acabó la hora —dijo, mientras se levantaba con un solo movimiento ágil—. Tendré que seguir siendo fuerte y dura. Pero no vuelvas a censurarme por eso, Blaine, te lo ruego. Nunca más.

Se vieron obligados a abandonar cinco caballos desde que partieron del pozo de agua, y Blaine dio órdenes de caminar de a ratos, tratando de no agotar a los animales restantes. Cabalgaban durante media hora; luego caminaban por la media hora siguiente.

Sólo los bosquimanos parecían invulnerables a la sed, la fatiga y el calor. Se irritaban ante las pausas y el paso de tortuga que debían adoptar.

—El único consuelo es que De La Rey está aun peor. —Por el rastro sabían que los fugitivos, reducidos a un solo caballo, avanzaban con mayor lentitud todavía. —Y faltan cincuenta kilómetros para llegar al río. —Blaine miró la hora. —Hay que caminar otra vez, me temo.

Centaine gimió suavemente al bajar de la silla. Le dolían todos los músculos. Los tendones de las piernas eran como cables retorcidos.

Cada paso requería un esfuerzo consciente. La lengua le colmaba toda la boca, gruesa y correosa; sentía hinchada la membrana mucosa de la garganta y las fosas nasales; respirar costaba tanto que era casi doloroso. Trató de juntar saliva para retenerla en la boca, pero resultó gomosa y agria; sólo sirvió para hacer más patética su sed.

Había olvidado qué era la sed verdadera; el suave chapoteo del agua en las cantimploras se convertía en un tormento. No podía pensar sino en el momento en que se le permitiera beber otra vez. No cesaba de echar vistazos a su reloj, convencida de que se había detenido; sin duda había olvidado darle cuerda. En cualquier momento, Blaine levantaría el brazo para hacer un alto y todos destaparían las cantimploras.

Nadie hablaba por propia voluntad. Las órdenes eran secas y monosilábicas. Cada palabra, un esfuerzo.

"No seré la primera en ceder", decidió Centaine, ceñuda. De pronto se alarmó al darse cuenta de que lo había pensado, siquiera. "Nadie cederá. Tenemos que atraparlos antes del río, y no falta mucho."

Descubrió que se concentraba sólo en la tierra abierta entre sus pies. Perdía interés en los alrededores, y eso era una señal de peligro, el primer indicio de rendición. Se obligó a levantar la vista. Blaine estaba más adelante. Ella se había retrasado unos pocos pasos; con un trabajo enorme, arrastró a su caballo hasta quedar nuevamente junto a él. De inmediato se sintió alentada. Había ganado otra victoria contra la fragilidad de su cuerpo.

Blaine le sonrió, pero ella comprendió que el gesto también le había costado un esfuerzo.

—Esos kopjes no están señalados en el mapa —observó.

Centaine no los había visto, pero en ese momento levantó la vista; un kilómetro y medio más adelante, las calvas de granito se elevaban por sobre el bosque. Ella nunca había llegado tan al norte; el territorio le era desconocido.

—No creo que nadie haya estudiado estos parajes —susurró. Luego carraspeó para hablar con mayor claridad. —Sólo el río en sí está cartografiado.

—Beberemos cuando lleguemos al pie de la colina más próxima —prometió él.

—Zanahoria para el burro —murmuró ella.

El coronel sonrió.

—Piensa en el río. Ahí tienes una huerta llena de zanahorias.

Y siguieron en silencio; los bosquimanos los guiaron directamente hacia las colinas. En la base del cono granítico encontraron al último de los caballos que robó Lothar De La Rey.

Yacía de costado, pero levantó la cabeza cuando ellos se aproximaron. La yegua de Blaine emitió un suave relincho y el animal caído trató de responder, pero el intento resultó excesivo. Dejó caer la cabeza contra la tierra; su respiración, trabajosa y breve, levantaba pequeñas nubes de polvo alrededor del hocico. Los bosquimanos caminaron en círculos alrededor del animal moribundo; después intercambiaron frases excitadas. Kwi corrió un breve trecho hacia el costado gris del kopje y levantó la vista.

Todos siguieron su ejemplo, mirando hacia arriba por la empinada y redonda extensión de granito. Tenía unos setenta u ochenta metros de altura. La superficie no era tan lisa como parecía desde lejos: presentaba profundas grietas; algunas, laterales; otras corrían verticalmente desde el pie hasta la cima, y el granito se abría en capas, como piel de cebolla, por efecto del calor. Esto formaba pequeños peldaños, de bordes filosos, que proporcionaban apoyo para el pie, posibilitando el ascenso hasta la cumbre, aunque se trataba de un escalamiento expuesto y probablemente peligroso.

En la cima, un grupo de piedras perfectamente redondas, cada una del tamaño de una casa grande, componían una corona simétrica. En conjunto, era una de esas formaciones naturales, hechas de modo tan artístico que parecían concebidas y ejecutadas por ingenieros especializados. Centaine les encontró un fuerte parecido a los dólmenes que habían visitado en Francia, cuando niña, o a uno de esos antiguos templos mayas de las selvas americanas que se veían en las ilustraciones.

Blaine se apartó de ella para conducir a su caballo hacia el pie del

214

acantilado granítico. En la cima del kopje, algo llamó la atención de la mujer. Fue un fugaz movimiento a la sombra de un canto rodado; ella lanzó un grito de advertencia.

—¡Ten cuidado, Blaine! Arriba...

Él estaba de pie junto a su caballo, con las riendas sobre el hombro, y miraba hacia arriba. Pero antes de que pudiera responder se oyó un ruido seco, como el de una bolsa de trigo arrojada a un piso de piedra. Centaine no reconoció el estallido de una bala de alta velocidad contra la carne viva hasta que el caballo de Blaine se tambaleó; sus patas delanteras cedieron y el animal cayó pesadamente, arrastrando al coronel consigo.

Centaine quedó aturdida; de inmediato se oyó el restallido del máuser desde la cumbre; entonces comprendió que la bala había llegado antes que el sonido.

En derredor, los agentes gritaban, tratando de contener a los caballos asustados. Centaine giró en redondo y se lanzó hacia la silla de su propia cabalgadura. Con una mano en el pomo y sin tocar los estribos, montó de un salto y tiró de las riendas para que el animal se volviera.

—¡Ya voy, Blaine! —gritó.

El coronel se había puesto de pie tras el cadáver de su caballo. Ella galopó en su dirección, exclamando:

—Sujétate a mi estribo.

Los fusiles, allá en la colina, seguían sembrando balas entre ellos. La mujer vio que el caballo de Hansmeyer caía bajo el sargento, arrojando a su jinete de cabeza.

Blaine corrió a su encuentro y se tomó del estribo, que se balanceaba. Ella puso al caballo en dirección contraria y agitó las riendas; a galope tendido se encaminó hacia la escasa protección de los mopanis, doscientos metros más atrás.

Blaine colgaba de la correa, rozando el suelo con pasos gigantescos, para mantenerse a la par.

—¿Estás bien? —preguntó ella, levantando la voz.

—¡Sigue!

Al oír su voz tensa por el esfuerzo, Centaine miró por debajo del brazo. Las balas silbaban en derredor. Uno de los agentes se volvió para ayudar al sargento Hansmeyer, pero al llegar hasta él, su caballo recibió una bala en la cabeza y se estrelló contra el suelo, arrojando a su jinete despatarrado en tierra.

—¡Están disparando contra los caballos! —gritó Centaine, al notar que el suyo era el único animal indemne.

Todos los otros habían caído, derribados con un simple tiro en la cabeza. Eso requería una puntería estupenda, pues los hombres de la cima disparaban montaña abajo, a una distancia de ciento cincuenta pasos, cuanto menos.

Hacia adelante, Centaine vio una garganta de poca altura en la que no había reparado hasta el momento. Un ramaje caído sobre la orilla más próxima, formaba una empalizada natural, y hacia ella se dirigió, obligando a su exhausto caballo a franquear la grieta en un salto vacilante. De inmediato bajó de un brinco y le sujetó la cabeza para dominarlo.

Blaine había rodado por el barranco, pero se incorporó.

—Caí en esa emboscada como un novato —bramó, furioso consigo mismo—. Estoy demasiado cansado como para pensar con claridad.

Arrancó el fusil de la vaina que Centaine llevaba en su montura y trepó rápidamente hasta el borde del barranco.

Los caballos muertos yacían bajo la empinada cuesta del kopje. El sargento Hansmeyer y sus agentes, agachados y dando brincos, corrían hacia la protección de la garganta. El fuego de los máusers levantaba bocanadas de polvo amarillo entre sus pies. Cada vez que una bala pasaba cerca de sus cabezas, los hombres hacían una mueca y encogían el cuello, afectados por la implosión del aire en los tímpanos.

Los bosquimanos habían desaparecido como por arte de magia, al primer disparo, tal como si fueran pequeños duendes pardos. Centaine comprendió que no volverían a verlos: iban ya de regreso para reunirse con su clan, en O'chee Pan.

Blaine graduó el Lee Enfield a cuatrocientos metros y apuntó hacia la cima del kopje, donde una voluta de humo azul delataba la presencia de tiradores ocultos. Disparó con tanta prisa como pudo, esparciendo balas para cubrir la retirada de los agentes. El granito estalló en astillas blancas contra el cielo y el fuego de la cima cesó. El coronel recargó su arma y se la apoyó contra el hombro, disparando sin cesar contra los tiradores de la cima.

Uno a uno, Hansmeyer y sus hombres llegaron a la garganta y se dejaron caer en ella, sudorosos y jadeantes. Blaine, con torva satisfacción, notó que cada uno había llevado su fusil y que todos llevaban sus bandoleras al pecho: setenta y cinco balas por cabeza.

—Mataron a los caballos hiriéndolos en la cabeza, pero no tocaron a un solo hombre. —El aliento silbaba en la garganta de Hansmeyer, luchando con las palabras.

—Tampoco dispararon un solo tiro cerca de mí —barbotó Centaine.

Lothar debía de estar poniendo mucho cuidado para no ponerla en peligro. Comprendió, estremecida, que bien hubiera podido ponerle una bala en la nuca mientras huía.

Blaine estaba recargando el Lee Enfield, pero levantó la vista y le sonrió sin humor.

—Ese tipo no es ningún idiota. Sabe que no tiene salida y no quiere agregar el homicidio a la larga lista de crímenes que pesan sobre él. —Miró a Hansmeyer. —¿Cuántos hombres hay en el kopje? —preguntó.

—No sé —fue la respuesta—, pero hay más de uno. La frecuencia de los disparos era excesiva para un solo hombre. Además, oí disparos superpuestos.

—Bueno, vamos a averiguar cuántos son.

Blaine hizo una seña a Centaine y al sargento para que se acercaran y les explicó su idea.

Centaine tomó los binoculares y bajó por el barranco hasta quedar por debajo de una densa mata de pasto, que crecía en el borde. Usando la mata como pantalla, levantó la cabeza hasta distinguir la cumbre del kopje. Cuando hubo enfocado los binoculares, anunció:

¡Lista!

Blaine tenía el casco en el caño de su fusil. Mientras lo levantaba en alto, Hansmeyer disparó dos veces al aire, para atraer la atención de los tiradores apostados.

Casi de inmediato estalló una fusilada como respuesta. Hubo más de un disparo simultáneo y el polvo saltó a pocos centímetros del casco, mientras las balas rebotaban por sobre los árboles de mopani.

—Dos o tres —anunció Hansmeyer.

—Tres —confirmó Centaine, bajando los binoculares, en tanto se agachaba—. Vi tres cabezas.

—Bien —asintió Blaine—. Los tenemos atrapados. Es sólo cuestión de tiempo.

Centaine soltó la correa de su cantimplora, diciendo:

—Esto es todo lo que tenemos, Blaine.

Sacudió el envase. El agua no llegaba a la cuarta parte. Todos lo miraron fijamente; el coronel, sin querer, se lamió los labios.

—En cuanto oscurezca podremos recobrar las otras botellas —les aseguró. Y luego, enérgico: —Sargento, vaya con dos agentes y trate de apostarse al otro lado del kopje. Hay que asegurarse de que nadie escape por la puerta trasera.

Lothar De La Rey, sentado contra una de las enormes piedras redondas, tenía el máuser cruzado en el regazo. Se había descubierto la cabeza y el pelo, largo y dorado, le caía con suavidad sobre la frente.

Miró en dirección al sur, por sobre la llanura y los escasos bosquecillos de mopani, en la dirección desde donde llegaría la implacable persecución. El ascenso de la muralla granítica lo había fatigado gravemente; todavía no estaba repuesto.

—Te la llené de ésas. —Hendrick señaló el montón de cantimploras vacías, abandonadas. —Nosotros tenemos otra llena para llegar hasta el río.

—Bueno.

Lothar, asintiendo, revisó el otro equipo dispuesto a su lado, sobre la losa de granito. Eran cuatro granadas de mano, de las antiguas, con manija de madera. Habían esperado casi veinte años en el escondrijo, junto con los "miguelitos" y otros equipos; no se podía confiar en ellas.

Klein Boy había dejado su fusil y su bandolera con las granadas, de modo que el enfermo contaba con dos fusiles y ciento cincuenta balas... más que suficiente, si las granadas funcionaban; de lo contrário, nada tendría importancia.

—Bueno —repitió Lothar, en voz baja—, tengo todo lo necesario. Pueden irse.

Hendrick giró su cabezota para mirar hacia el sur. Estaban en un pedestal, muy por encima del mundo, y la curva del horizonte distaba más de treinta kilómetros, pero aún no había señales de los perseguidores. Iba a levantarse, pero de pronto hizo una pausa. Entornando los ojos para defenderlos del resplandor y la reverberación del calor, exclamó:

¡Polvo!

Estaba aún a siete u ocho kilómetros de distancia; era apenas una neblina pálida por sobre los árboles.

—Sí. —Lothar lo había visto minutos antes. —Podría ser un grupo de cebras o un ciclón tropical, pero no apostaría mi parte del botín. Ahora, vete.

Hendrick tardó en obedecer, mirando fijamente los ojos de zafiro de aquel hombre blanco. No había protestado ni discutido cuando él explicó lo que debían hacer. Era lo correcto y lógico. Siempre habían dejado a los heridos, a veces sólo con una pistola a mano, para cuando el dolor o las hienas se volvieran incontenibles. Sin embargo, en esa oportunidad sentía la necesidad de decir algo. Pero no había palabras apropiadas para la tristeza del momento. Sabía que estaba abandonando una parte de su propia vida sobre la roca cocinada por el sol.

—Yo cuidaré del muchacho —dijo, simplemente.

Lothar asintió.

—Quiero hablar con Manie —dijo, humedeciéndose con la lengua los labios secos y resquebrajados. El calor del veneno en su sangre lo hizo estremecer por un segundo. —Espéralo abajo. Sólo tardaré un minuto.

—Vamos.

Hendrick hizo un gesto con la cabeza y Klein Boy se irguió a su lado. Ambos se acercaron al borde del acantilado, con la celeridad de la pantera al cazar, y Klein Boy se deslizó por la pendiente. Hendrick hizo una pausa y miró hacia atrás, levantando la mano derecha.

—La paz sea contigo —dijo, simplemente.

—Ve en paz, viejo amigo —murmuró Lothar.

Hendrick hizo una mueca de dolor: nunca, hasta entonces, lo había llamado "amigo". Giró la cabeza para que Lothar no pudiera verle los ojos y, un momento después, desapareció.

El jefe siguió con la vista clavada en ese lugar, por largos segundos. Por fin se sacudió levemente, apartando la autocompasión, los sentimientos enfermizos, las nieblas febriles que amenazaban cerrarse sobre él, debilitándolo por completo.

—Manfred —dijo.

El niño dio un respingo. Se había sentado tan cerca de su padre como le pareció prudente y observaba su rostro, pendiente de cada palabra y de cada gesto.

—Papá —susurró—, no quiero irme. No quiero dejarte. No quiero estar sin ti.

Lothar hizo un gesto de impaciencia, endureciendo las facciones para ocultar esa blandura.

—Harás lo que yo te diga.

—Papá...

—Hasta ahora no me has fallado, Manie. Me has hecho sentir orgulloso de ti. No eches a perder todo. No quiero descubrir que mi hijo es cobarde.

—¡No soy cobarde!

—Entonces harás lo que debes —replicó el padre, ásperamente. Antes de que Manfred pudiera protestar otra vez, ordenó: —Tráeme la mochila.

Puso la bolsa entre los pies y, empleando la mano sana, desabrochó la hebilla de la solapa. Tomó del interior unos de los paquetes y lo desgarré con los dientes, esparciendo las piedras en el granito. Eligió diez de los más grandes y blancos.

—Quítate la chaqueta —ordenó.

Cuando Manfred le entregó la prenda, Lothar perforó un diminuto agujero en el forro, con su navaja de bolsillo.

—Estas piedras valen miles de libras, lo suficiente como para pagar tu mantenimiento y tu instrucción hasta que seas adulto —dijo, mientras las introducía, una a una, en el forro de la chaqueta—. Pero estas otras... hay demasiadas. Es demasiado peso, demasiado bulto para que puedas ocultarlas. Sería peligroso que las llevaras contigo: una condena a muerte. —Se levantó con esfuerzo. —¡Ven!

Caminó por entre los grandes cantos rodados, apoyándose en la roca para no caer, mientras el niño lo sostenía por el otro lado.

—¡Aquí!

Con un gruñido, se dejó caer de rodillas. Manfred se agachó a su lado. A los pies de ambos, la superficie de granito se había partido, como abierta por un cincel. En la parte superior, la grieta tenía apenas treinta centímetros, pero era profunda; aunque forzaran la vista hasta penetrar nueve o diez metros, no se veía el fondo. Se iba estrechando gradualmente hacia abajo, y lo más hondo se perdía entre sombras.

Lothar balanceó la mochila con los diamantes sobre la abertura, susurrando.

—Fíjate bien en este lugar. Mientras camines hacia el norte, vuélvete a mirar con frecuencia, para que puedas recordar esta colina. Cuando necesites estas piedras, te estarán esperando.

Abrió los dedos y la mochila cayó por la grieta. La lona iba rozando los costados al caer. Por fin se hizo el silencio: había quedado atascada en la estrecha garganta, bien abajo.

Padre e hijo miraron juntos; apenas se distinguía el color más claro y la textura contrastante de la lona, a nueve metros de profundidad, pero escaparían al escrutinio más concentrado de quien no supiera exactamente adónde buscar.

—Éste es mi legado para ti, Manie —susurró Lothar, retirándose a la rastra—. Bueno, Hendrick te está esperando. Es hora de que te vayas. Anda, date prisa.

Quería abrazar a su hijo por última vez, besarlo en los ojos y en los labios, estrecharlo contra su corazón, pero sabía que eso los derrumbaría a ambos. Si se abrazaban en ese momento, jamás podrían separarse.

—¡Vete! —ordenó.

Manfred, sollozando, se arrojó contra su padre.

—Quiero quedarme contigo —lloró.

Lothar lo aferró por la muñeca para apartarlo a la distancia de su brazo.

—¿Quieres que me avergüence de ti? —bramó—. ¿Así quieres que te recuerde, lloriqueando como una niñita?

—No me obligues a ir, papá, por favor. Deja que me quede.

Lothar se echó hacia atrás, soltando la muñeca de Manfred. De inmediato lo abofeteó con la palma abierta en plena cara y volvió con los nudillos. La doble cachetada hizo que Manfred cayera agachado, con manchas lívidas en las mejillas pálidas. Una diminuta serpiente de sangre brillante le cayó de la nariz al labio superior. Miró a su padre con ojos espantados e incrédulos.

—Sal de aquí —siseó Lothar, reuniendo todo su coraje y resolución para dar a su voz un matiz desdeñoso y a su rostro una expresión salvaje—. No quiero andar con un niñito llorón colgado del cuello. Sal de aquí antes de que te azote con el cinturón.

Manfred se levantó trabajosamente y retrocedió. Aún miraba a su padre con horrorizada incredulidad.

—¡Anda, vete! —La expresión de Lothar no vacilaba. Su voz sonaba furiosa, despectiva, implacable. —¡Fuera de aquí! .

Manfred se volvió y avanzó a tropezones hasta el borde de la pendiente. Allí se volvió una vez más, tendiendo las manos.

—¡Papá, por favor, no...!

—¡Vete, maldición, vete!

El niño pasó por sobre el borde. Los ruidos de su torpe descenso se perdieron en el silencio.

Sólo entonces cayeron los hombros de Lothar, con un solo sollozo. De pronto se encontró llorando en silencio, con todo el cuerpo estremecido.

—Es la fiebre —se dijo—. La fiebre me ha debilitado.

Pero la imagen de su hijo, dorado, bello y destrozado por la pena, aún le llenaba la mente. Sintió que algo se desgarraba en su pecho.

—Perdona, hijo mío —susurró, por entre las lágrimas—. No había otro modo de salvarte. Perdóname, te lo ruego.

Lothar debió de caer en la inconsciencia, pues despertó con un sobresalto, sin recordar dónde estaba ni cómo había llegado allí. El olor de su brazo, enfermizo y asqueante, le devolvió la memoria. Después de arrastrarse hasta el borde del acantilado, miró en dirección al sur. Entonces pudo ver a sus perseguidores por primera vez. A una distancia de casi dos kilómetros, reconoció a las dos siluetas pequeñas, fantasmagóricas, que bailaban a la cabeza de la columna.

—Bosquimanos —susurró, comprendiendo, por fin, cómo habían podido seguirlos tan de prisa—. Ella ha puesto a sus bosquimanos domesticados sobre mi rastro.

No había tenido la menor oportunidad de despistarlos; todo el tiempo utilizado en cubrir las huellas y en subterfugios antirrastreos había sido pura pérdida. Los bosquimanos los habían seguido, vacilando apenas en los peores tramos.

Miró entonces más allá de los pigmeos, para contar el número de hombres que venían contra él.

—Siete —susurró.

Sus ojos se entornaron al tratar de distinguir una silueta femenina, más pequeña, pero iban a pie, llevando a los caballos de la brida, y los mopanis interpuestos le obstaculizaban la visión.

Concentró toda su atención en sus propios preparativos. A partir de ese momento, sólo debía ocuparse de demorar a los perseguidores por tanto tiempo como le fuera posible, y de convencerlos de que estaba con toda su banda sobre esa colina. Cada hora que les hiciera perder aumentaría las posibilidades de huida para Hendrick y Manie.

Trabajar con una sola mano era lento y difícil, pero plantó el fusil de Klein Boy en un nicho del granito, con la mira apuntando hacia la planicie. Pasó la correa de una cantimplora por el gatillo y llevó el extremo al sitio que había elegido para disparar, entre las sombras, protegido por una saliente granítica.

Tuvo que detenerse a descansar por un minuto, pues su visión se borroneaba y disolvía en parches de oscuridad; tenía las piernas demasiado débiles para sostener el peso del cuerpo. Cuando espió por sobre el borde, comprobó que los jinetes estaban mucho más cerca, a punto de dejar atrás el bosque de mopanis y salir a terreno abierto. Ahora podía reconocer a Centaine, delgada, casi un muchachito con sus ropas de montar; hasta distinguió la mota amarilla de la bufanda que le rodeaba el cuello.

A pesar de la fiebre y la oscuridad de su vista, a pesar de las desesperadas circunstancias, experimentó una admiración agridulce.

—Por Dios, esa mujer no se da por vencida jamás —murmuró—. Me seguiría hasta las fronteras del infierno.

Se arrastró hasta el montón de cantimploras abandonadas y las dispuso en tres pilas separadas, a lo largo del borde. Luego unió las correas, de modo tal que podría agitar los tres montones al mismo tiempo, con un solo tirón del tiento que tenía en la mano.

—No se puede hacer nada más —susurró—, salvo disparar bien.

Pero le palpitaba la cabeza, y en su visión danzaba el caliente espejismo de su fiebre. La sed era un tormento en la garganta; el cuerpo, una caldera.

Desenroscó la tapa de su cantimplora y bebió, controlándose con cuidado; retenía en la boca cada sorbo antes de tragarlo. De inmediato se sintió mejor; su vista se aclaró. Cerró la cantimplora y la puso a su lado, con las municiones restantes. Después hizo un almohadón con su chaqueta, para acolchar la saliente granítica, y apoyó el máuser en ella. Los perseguidores habían llegado a pie y estaban agrupados alrededor de su caballo abandonado.

Lothar sostuvo la mano sana frente a sus ojos, con los dedos extendidos. No temblaba; estaba firme como la roca sobre la cual yacía. Acomodó la culata del máuser bajo su mentón.

—Los caballos —recordó—. Sin caballos no podrán seguir a Manie.

Y aspiró largamente. Conteniendo el aliento, plantó una bala en el centro de la estrella blanca que la yegua de Blaine Malcomess tenía en la frente.

Cuando el eco del disparo aún rebotaba en los acantilados de las colinas circundantes, Lothar operó el seguro del máuser y disparó otra vez, pero en esa oportunidad tiró de la correa sujeta al otro fusil, para que los dos estallidos se superpusieran. El militar más experimentado pensaría que había más de un hombre en la cima.

Cosa extraña: en ese momento de tarea mortífera, la fiebre había cedido. Su vista era clara y aguda; la mira del fusil se destacaba con toda nitidez contra cada blanco. Con mano firme y precisa, fue apuntando el arma de caballo en caballo y derribó a cada uno con un disparo mortal. Ya habían caído todos, salvo uno: el de Centaine.

Puso a Centaine en la mira. Galopaba hacia los mopanis, agachada sobre el cuello de su caballo, subiendo y bajando los codos, con un hombre colgado del estribo. Lothar retiró el índice del gatillo. Fue una reacción instintiva: no podía decidirse a clavar una bala cerca de ella.

En cambio apuntó hacia los jinetes desmontados. Los cuatro se alejaban desbandados, hacia los mopanis, y sus leves gritos de pánico llegaban hasta la cima. Eran blancos fáciles; habría podido derribarlos con una sola bala por cabeza. Empero, se entretuvo comprobando cuál era la menor distancia a la que podía disparar sin tocarlos. Los hombres iban haciendo cabriolas entre el fuego. Era divertido, cómico, y él operaba el fusil entre carcajadas. De pronto percibió la calidad histérica de su risa, que resonaba en su cráneo. Entonces la cortó.

"Estoy perdiendo la cabeza", pensó. "Tengo que resistir."

El último de los hombres desapareció en el bosque. Lothar se descubrió estremecido y sudoroso por la reacción.

—Tengo que prepararme —dijo, dándose coraje—. Tengo que pensar. Ahora no puedo flaquear.

Se arrastró hasta el segundo fusil para recargarlo; luego, volvió, rodando, a su puesto, a la sombra de los cantos rodados.

—Ahora van a tratar de ver cuántos somos —adivinó—. Atraerán el fuego y esperarán a que...

El casco apareció, atrayente, por sobre el borde de la garganta, junto al bosque. Él sonrió. Era una treta vieja; hasta los novatos habían aprendido a no caer en ella, apenas empezada la guerra de los bóers. Resultaba casi un insulto que trataran de atraparlo así.

—¡Muy bien! —los desafió—. ¡Veremos quién engaña a quién!

Disparó ambos fusiles simultáneamente. Un momento después, tiró de las correas sujetas al montón de cantimploras vacías. A esa distancia, el movimiento de las botellas redondas, cubiertas de fieltro, parecería el de otras tantas cabezas de tiradores ocultos.

—Ahora harán rodear la colina —adivinó.

Observó los movimientos entre los árboles a los costados; con el fusil listo, parpadeó para aclarar su vista.

—Faltan cinco horas para que oscurezca —se dijo—. Hendrick y Manie estarán en el río al salir el sol. Tengo que retener a esta gente hasta entonces.

Vio un sutil movimiento en el flanco derecho: hombres que avanzaban agachados, corriendo de a momentos, a un lado del kopje. Apuntó hacia los troncos, por sobre las cabezas. Se oyó el estallido y la corteza reventó en los mopanis, dejando blancas heridas húmedas en la madera.

—¡No levanten la cabeza, *myne heeren*!

Reía otra vez, en carcajadas histéricas y delirantes. Se obligó a contenerlas. De inmediato apareció ante él la cara de Manie, con sus bellos ojos de topacio rebosantes de lágrimas y un destello de sangre en el labio superior.

—Hijo mío —se lamentó—. ¡Oh Dios!, ¿cómo voy a vivir sin él?

Aun en ese momento no aceptaba el hecho de que estaba muriendo. Pero la negrura le llenó el cráneo; su cabeza cayó hacia adelante, sobre el vendaje manchado de pus que le envolvía el brazo. El hedor de su propia carne putrefacta se convirtió en parte de las pesadillas delirantes, que seguirían|atormentándolo aun en la inconsciencia.

Volvió gradualmente a la realidad y notó que la luz del sol se había suavizado; el calor ya no era tan terrible. Una leve brisa abanicaba la cumbre. Lothar, jadeante, aspiró aquel aire fresco, agradecido. En eso cobró conciencia de su sed y, con mano temblorosa, buscó la cantimplora. Hizo falta un esfuerzo enorme para retirar la tapa y llevársela a los labios. Al primer trago, la botella se le escapó de entre los dedos y el precioso líquido salpicó la pechera de su camisa; formó en la roca un charco que se evaporó casi de inmediato. Antes de que Lothar pudiera levantar la cantimplora, se había derramado casi medio litro; el accidente le dio ganas de llorar. Volvió a enroscar la tapa, cuidadosamente, y levantó la cabeza para escuchar.

Había hombres en la colina. Oyó el clásico crujido de una bota contra el granito. Entonces alargó la mano hacia una de las granadas. Con el fusil aún sobre el hombro, retrocedió a la rastra y utilizó la roca como apoyo para levantarse. No podía mantenerse en pie sin ayuda; fue preciso que avanzara recostándose contra el canto rodado, cautelosamente, con la granada lista.

La cima estaba despejada; seguramente, aún trepaban por el acantilado. Contuvo el aliento para escuchar, con todo su ser. Y lo oyó otra vez, a poca distancia: el roce de la tela contra el granito, la inhalación brusca e involuntaria de quien perdía pie y lo recobraba en seguida, apenas por debajo de la cumbre.

"Viene desde atrás", se dijo, como si lo explicara a un niño retrasado. Cada pensamiento requería un esfuerzo. "Una demora de siete segundos para el detonador de la granada." Se quedó mirando la incómoda arma que sostenía por la manivela. —Es demasiado. Están muy cerca.

Levantó la granada y trató de tirar del seguro. Estaba firmemente agarrado por la herrumbre. Tironeó, gruñendo, y el seguro se desprendió. Oyó el chasquido del activador y comenzó a contar.

—Ciento uno, ciento dos...

Al quinto segundo se inclinó para dejar caer la granada por sobre el borde, rodando. Fuera de su vista, pero a poca distancia, alguien lanzó un grito de advertencia:

—¡Por Dios, es una granada!

Y Lothar rió salvajemente.

—¡Cómansela, chacales de los ingleses!

Los oyó resbalar y rodar, en un intento de huir, y se preparó para el estallido. Sólo se oía el repiqueteo de la granada, que iba rebotando por la cuesta.

—¡Falló! —Su risa se cortó abruptamente—. Oh, maldita sea.

Y entonces, abrupta y tardíamente, la granada estalló, bien abajo. Fue una explosión ruidosa, seguida por el silbido de las esquirlas contra la roca. Luego, el grito de un hombre.

Lothar cayó de rodillas y se arrastró hasta el borde para mirar por sobre él. Había tres hombres uniformados en la pendiente; iban patinando hacia abajo. Apoyó el máuser en la saliente y disparó de prisa. Las balas dejaron marcas de plomo en la roca, muy cerca de los aterrorizados agentes, que se dejaron caer por los últimos metros y echaron a correr hacia los árboles. Uno de ellos estaba herido por las esquirlas; sus compañeros lo llevaban casi a la rastra.

Lothar se recostó, exhausto por el esfuerzo. Estuvo así casi una hora antes de poder reptar hacia el lado meridional de la cumbre. Echó un vistazo a los caballos muertos, tendidos al sol.

Ya tenían los vientres hinchados, pero las cantimploras seguían atadas a las sillas.

—El agua es el imán —susurró—. A esta altura estarán sedientos de verdad. Lo siguiente será venir por el agua.

Al principio creyó que la oscuridad era, otra vez, cosa de su mente. Pero cuando giró la cabeza para mirar hacia el oeste vio el último destello anaranjado del crepúsculo. Se borró ante sus ojos. La súbita noche africana se cernía sobre ellos.

Permaneció tendido, alerta, esperando que fueran en busca del agua. Como tantas veces antes, se maravilló de los místicos sonidos que tiene la noche en el África: la suave orquesta apagada de insectos y pájaros, el piar de los murciélagos y, en la planicie, el quejido del chacal o algún ladrido ocasional, ridículo, gruñón, del ratel nocturno. Era preciso descontar esas distracciones y tratar de percibir cualquier ruido humano en la oscuridad, directamente debajo del acantilado.

Sólo el tintineo de un estribo despertó su atención. Entonces arrojó la granada, con un amplio movimiento del brazo, hacia el abismo. La fuerte explosión le arrojó al rostro una bocanada de aire. A la luz de la súbita llama vio, allá abajo, las siluetas oscuras junto al caballo muerto. Distinguió a dos hombres, pero no estaba seguro de que no hubiera otros. Arrojó la segunda granada.

En el breve relámpago de luz anaranjada, los vio correr hacia los árboles, tan ligeros que no podían ir cargados con las cantimploras.

—Sude, suden —se burló.

Pero sólo le quedaba una granada. La sostuvo contra el pecho, como si se tratara de un raro tesoro. "Tengo que estar preparado para cuando vuelvan. No puedo permitir que se acerquen al agua."

Hablaba en voz alta, y comprendió que era una señal del delirio. Cada vez que sentía el mareo levantaba la cabeza, tratando de centrar la vista en las estrellas.

—Tengo que resistir —se dijo, seriamente—. Si al menos pudiera retenerlos aquí hasta mañana a mediodía... —Trató de calcular tiempo y distancia, pero era demasiado para él. —Deben de haber pasado ocho horas desde que Hendrick y Manie se fueron. Seguirán marchando por toda la noche. Ahora no estoy yo para demorarlos; pueden llegar al río antes del amanecer. Si al menos pudiera contener a esta gente por otras ocho horas, ellos estarían a salvo...

Pero el cansancio y la fiebre lo abrumaron. Recostó la frente en la curva del codo.

—¡Lothar!

Era su imaginación, lo sabía, pero su nombre volvió a sonar.

—¡Lothar!

Levantó la cabeza, temblando por el frío de la noche y los recuerdos que esa voz convocaba. No respondería, no revelaría nada. Pero esperó ávidamente a que Centaine Courtney volviera a llamarlo.

—Tenemos un herido, Lothar.

Calculó que ella estaba en el borde del bosque. La imaginó; decidida y valiente, con el pequeño mentón en alto, y los ojos oscuros...

—¿Por qué te amo todavía? —susurró.

—Necesitamos agua para él.

Era extraño que su voz llegara tan clara. Hasta se podía distinguir la inflexión de su acento francés, que lo conmovió, por algún motivo. Los ojos se le llenaron de lágrimas.

—¡Lothar! Voy a salir para traer el agua.

Su voz sonaba más cerca, más potente. Por lo visto, había abandonado el amparo de los árboles.

—Estoy sola, Lothar.

Debía de estar a medio camino, en la planicie abierta.

"¡Vuelve atrás"!. Él quiso gritar, pero sólo emitió un murmullo. "Te lo advertí. Tengo que hacerlo." —Buscó a tientas la granada. "No puedo permitir que te lleves el agua. Tengo que hacerlo, por el bien de Manie."

Enganchó el índice al anillo de la granada.

—He llegado al primer caballo —anunció ella—. Estoy tomando la cantimplora. Sólo una cantimplora, Lothar.

La tenía en su poder, de pie ante la base del acantilado. No hacía falta arrojar muy lejos. Bastaba con dejar caer la granada por el borde; volaría como por un tobogán, siguiendo la curva del acantilado, para aterrizar a los pies de la mujer.

Imaginó el destello de la explosión. Aquella carne dulce, que lo había acunado, que diera abrigo a su hijo, desgarrada y abierta por las esquirlas aguzadas. Pensó en lo mucho que la odiaba... y comprendió que la amaba por igual. Las lágrimas lo cegaron.

—Ahora voy a volver, Lothar. Tengo una cantimplora —anunció ella.

En su voz, el hombre percibió la gratitud y el reconocimiento del lazo existente entre ambos, un vínculo que ningún hecho, ningún tiempo transcurrido podría cortar. Ella volvió a hablar, dejando caer la voz de modo tal que le llegó como un débil murmullo:

—Que Dios te perdone, Lothar De La Rey.

Después, nada más.

Aquellas palabras suaves lo hirieron más hondo que ninguna otra frase pronunciada nunca por ella. Contenían algo definitivo, insoportable. Lothar dejó caer la cabeza en el brazo para sofocar el grito de desesperación que se elevaba por su garganta. Y la oscuridad se agitó en su cabeza, como las alas de un negro buitre, mientras se sentía caer, caer, caer...

—Ha muerto —dijo Blaine Malcomess, en voz baja, de pie junto a la figura postrada. Habían trepado la cuesta por dos partes distintas, en la oscuridad. Al amanecer se lanzaron contra la cima, en un ataque concertado, sólo para encontrarla sin defensores. —¿Dónde están los otros?

El sargento Hansmeyer salió precipitadamente de entre los cantos rodados.

—En la colina no hay nadie más, señor. Parece que escaparon.

—¡Blaine! —llamó Centaine, en tono de urgencia—. ¿Dónde estás? ¿Qué pasa?

Él la había obligado a permanecer al pie del kopje hasta que hubieran conquistado la cima. Aún no le había hecho señas de que subiera, pero allí estaba ella, apenas un minuto después del ataque.

—Aquí —le espetó. Y de inmediato, al verla correr hacia él: —Ha desobedecido una orden, señora.

Ella pasó por alto la acusación.

—¿Dónde están? —Se interrumpió al ver el cuerpo. —Oh, Dios, es Lothar —dijo, inclinándose junto a él.

—Conque éste es De La Rey. Bueno, temo que ha muerto.

—¿Y los otros?

Centaine levantó la vista, ansiosa. Había estado esperando, con temor y expectativa a un tiempo, encontrar allí al bastardo de Lothar; aún trataba de no llamar al niño por su nombre, ni siquiera para sus adentros.

—Aquí no están. —Blaine sacudió la cabeza. —Se nos escaparon. De La Rey nos engañó y nos ha demorado bastante. Los otros huyeron. A estas horas deben de haber cruzado el río.

"Manfred".

Centaine, capitulando, pensó en él llamándolo por su nombre. "Manfred, hijo mío." La desilusión y la pérdida eran tan fuertes que la asustaron. Había esperado encontrarlo allí, verlo, por fin. Contempló a su padre, y otras emociones, por largo tiempo sepultadas y reprimidas, revivieron en ella.

Lothar yacía con la cara oculta en el hueco de su codo. El otro brazo, envuelto en tiras de frazada sucia, estaba extendido hacia afuera. Lo tocó en el cuello, por debajo de la oreja, buscando la carótida, y de inmediato soltó una exclamación; acababa de sentir el calor febril de la piel.

—Aún vive.

—¿Estás segura? —Blaine se sentó en cuclillas a su lado. Entre los dos pusieron a Lothar de espaldas. Así vieron la granada escondida bajo él.

—Tenías razón —dijo el coronel, con suavidad—. Tenía otra granada. Anoche pudo matarte.

Centaine, estremecida, contempló aquella cara. Ya no era hermosa, dorada, valiente. La fiebre lo había arruinado. Las facciones se derrumbaban como las de un cadáver; el hombre estaba encogido y gris.

—Está muy deshidratado —dijo ella—. ¿Queda algo de agua en esa cantimplora?

Mientras Blaine se la hacía correr por la boca, ella retiró los harapos purulentos del brazo.

—Gangrena —dijo, reconociendo las líneas lívidas bajo la piel y el hedor de la carne putrefacta—. Hay que amputar este brazo.

Aunque su voz era firme y objetiva, la horrorizaba el daño que había causado. Parecía imposible que una simple mordedura hubiera podido provocar eso. Sus dientes eran uno de sus mejores rasgos; estaba orgullosa de ellos y los mantenía siempre limpios, blancos, bien cuidados. Ese brazo parecía haber sido atacado por un devorador de carroña, una hiena o un leopardo.

—En Cuangar, sobre el río —dijo Blaine—, hay una misión católica portuguesa. Pero puede considerarse afortunado si llega allá con vida. Con un solo caballo en pie, todos necesitaremos suerte para llegar hasta el río. —Se incorporó. —Sargento, envíe a un hombre en busca del botiquín de emergencia. Que los otros revisen esta cima pulgada a pulgada. Se ha perdido un millón de libras en diamantes.

Hansmeyer le hizo la venia y salió apresuradamente, espetando órdenes a sus agentes. Blaine volvió a caer junto a Centaine. —Mientras esperamos el botiquín, sería conveniente revisarle las ropas y el equipo, por si tuviera consigo alguno de los diamantes robados.

—Es una remota posibilidad —afirmó Centaine, con amarga resignación—. Es casi seguro que los diamantes estén en manos de su hijo y de ese rufián ovambo que lo acompaña siempre. Y sin los rastreadores bosquimanos... —Se encogió de hombros.

Blaine extendió sobre la roca la chaquetilla de Lothar, manchada de polvo, y comenzó a examinar las costuras, mientras Centaine limpiaba el brazo herido del enfermo y le ponía vendajes limpios

—Nada, señor —informó Hansmeyer—. Hemos revisado esta colina saliente por saliente, grieta por grieta.

—Muy bien, sargento. Ahora tendremos que bajar a este individuo sin que se nos caiga y se rompa la cabeza.

—No porque no lo merezca.

Blaine sonrió.

—Lo merece, por cierto, pero no es cuestión de privar al verdugo de sus cinco guineas, ¿verdad, sargento?

Una hora después estaban listos para partir. Lothar De La Rey iba atado a una litera de arrastre, hecha con ramas tiernas de mopani y atada al único caballo restante. El agente herido, con la esquirla de granada aún clavada en el hombro, se acomodó en la montura de Centaine.

Una vez que la columna reinició la marcha hacia el norte, rumbo al río, la mujer se demoró al pie del kopje; Blaine retrocedió para acercarse a ella y le tomó la mano.

Centaine suspiró, reclinándose apenas contra su hombro.

—Oh, Blaine, cuántas cosas han terminado para mí en este páramo olvidado de Dios, en esta roca desnuda...

—Creo que comprendo lo mucho que representa la pérdida de los diamantes.

—¿Lo crees, Blaine? Yo no. Ni siquiera yo misma puedo comprenderlo todavía. Todo ha cambiado, hasta mi odio por Lothar...

—Aún tenemos una posibilidad de recobrar las piedras.

—No, Blaine. Los dos sabemos que no hay ninguna oportunidad. Los diamantes han desaparecido.

Él no trató de negarlo; tampoco le ofreció falsos consuelos.

—Lo he perdido todo, todo lo que gané con tanto trabajo, para mí y para mi hijo. Todo se ha ido.

—No me di cuenta... —Él se interrumpió para mirarla con pena, con profunda preocupación. —Tenía entendido que esta pérdida sería un golpe duro, pero ¿todo? ¿Tan mal está la cosa?

—Sí, Blaine —respondió ella, simplemente—. Todo. No lo perderé de inmediato, por supuesto, pero ahora todo el edificio comenzará a derrumbarse. Lucharé por mantenerlo en pie; pediré prestado y suplicaré que me otorguen nuevos plazos, pero he perdido los cimientos. Un millón de libras, Blaine, es una enorme suma de dinero. Trataré de postergar lo inevitable por algunos meses, tal vez por un año, pero cada vez será más rápida la caída, como la de un castillo de naipes, y al final todo se derrumbará alrededor de mí.

—No soy pobre, Centaine —empezó él—. Podría ayudarte.

Ella alargó una mano para ponerle un dedo sobre los labios.

—Hay una cosa que te pediría, sólo una —susurró—. Dinero no... pero en los días venideros necesitaré algún consuelo. No con mucha frecuencia; sólo cuando me sienta muy mal.

—Me tendrás cada vez que me necesites, Centaine. Te lo prometo. Bastará con que me llames.

—Oh, Blaine... —Giró hacia él. —Si al menos...

—Sí, Centaine.

Y la tomó en sus brazos. No había culpa ni miedo; hasta la terrible amenaza de la ruina y la miseria que pendía sobre ella parecía desvanecerse cuando estaba entre sus brazos.

—No me importaría volver a ser pobre, si al menos te tuviera siempre conmigo —susurró.

Y él no pudo responder. En su desesperación, inclinó la cabeza para cubrirle los labios con su boca.

El médico de la Misión de Cuangar, un sacerdote portugués, amputó el brazo de Lothar De La Rey a cinco centímetros por debajo del codo. Operó a la fuerte luz blanca de una lámpara de petróleo, mientras Centaine, a su lado, sudaba bajo la mascarilla de cirugía; respondía a los pedidos que el médico hacía en francés y \trataba. de no quedar petrificada de horror ante el ruido del serrucho y el sofocante hedor a cloroformo y gangrena.

Sola en la choza que se le había asignado, bajo el fantasmal tul del mosquitero, aún sentía el gusto en el fondo de la garganta. El olor de la gangrena parecía haber impregnado su piel y su cabellera. Rezó por no tener que respirarlo nunca más, por no verse obligada a vivir una hora tan horrible como la que había pasado, viendo cómo amputaban el brazo del hombre que en otros tiempos había amado y se convertía en un inválido ante sus propios ojos.

La plegaria fue en vano. Al mediodía siguiente, el médico sacerdote murmuró, apenado:

—*Désolé, mais j'ai manqué l'infection. Il faut couper encore une fois.* Lo siento, pero la infección se me ha escapado. Hay que cortar una vez más.

La segunda vez, puesto que ella sabía lo que le esperaba, resultó aún peor que la primera. Tuvo que clavarse las uñas en la palma de las manos para no desmayar, en tanto el médico tomaba el reluciente serrucho de plata y cortaba el húmero descubierto de Lothar, a pocos centímetros del hombro.

Durante los tres días siguientes, Lothar permaneció en un pálido estado de coma; ya parecía haber pasado la frontera entre la vida y la muerte.

—No puedo decir nada. —El sacerdote respondía encogiéndose de hombros a las desesperadas preguntas de Centaine. —Ahora todo está en manos del buen Dios.

Por fin, al atardecer del tercer día, los ojos amarillos de zafiro hundidos entre profundas ojeras giraron hacia ella, que entraba a la cabaña. Ella notó que la reconocían por un segundo antes de volver a cerrarse.

Empero, pasarían dos días más antes de que el sacerdote permitiera a Blaine Malcomess entrar en la choza. Blaine puso al herido bajo arresto formal.

—Mi sargento quedará aquí para vigilarlo hasta que el padre Paulus lo declare en condiciones de viajar. Entonces se lo llevará por barco hasta el puesto fronterizo de Runtu, bajo custodia estricta, y desde allí, por tierra, hasta Windhoek, en donde será sometido a juicio.

Lothar permaneció recostado contra la cabecera, pálido y esquelético. El muñón, con su turbante de gasa y la punta manchada de yodo amarillo, parecía el ala de un pingüino. Miró a Blaine sin expresión alguna.

—Bueno, De La Rey, no necesito decirle que necesitará mucha suerte para escapar de la horca. Pero conseguiría una buena posibilidad de clemencia si nos dijera dónde ocultó los diamantes o qué hizo con ellos.

Esperó casi un minuto; resultaba difícil no dejarse irritar por aquella inexpresiva mirada amarilla.

—¿Comprende lo que estoy tratando de decirle, De La Rey? —preguntó, rompiendo el silencio.

Lothar giró la cabeza y perdió la vista por la ventana sin vidrios, en dirección al río.

—Usted ha de saber que soy el administrador del territorio. Está en mis facultades revisar su sentencia, y el ministro de justicia no dejaría de acceder a mi recomendación de clemencia. No sea tonto, hombre. Entregue los diamantes. Allá adonde va no le servirán de nada. A cambio, le garantizo la vida.

Lothar cerró los ojos.

—Muy bien, De La Rey. Nos hemos comprendido. No espere misericordia de mí. —Llamó al sargento Hansmeyer. —Sargento, el prisionero no tendrá ningún privilegio. Se lo mantendrá bajo custodia noche y día, las veinticuatro horas, hasta que usted lo entregue a las autoridades correspondientes, en Windhoek. Lo hago directamente responsable. ¿Comprende?

—Sí, señor. —Hansmeyer se puso firme.

—Vigílelo, Hansmeyer. Quiero arreglar cuentas con este hombre. No se imagina cuánto.

Blaine salió de la choza a grandes pasos, para bajar a la ribera, donde Centaine, a solas, estaba sentada a la sombra del techo de paja. Se dejó caer en una silla de campaña, a su lado, y encendió un cigarro. Inhaló el humo, lo retuvo por un instante y lo despidió con fuerza, furioso.

—Ese hombre es intransigente —dijo—. Le ofrecí mi clemencia personal a cambio de tus diamantes. Ni siquiera se dignó responderme. No tengo autoridad para ofrecerle el perdón, pero créeme que no hubiera vacilado. Tal como están las cosas, no puedo hacer nada más. —Dio otra pitada, con la vista clavada en el otro lado del ancho río verde. —Juro que pagará por lo que te ha hecho. Lo pagará muy caro.

—Blaine... —Ella apoyó una mano liviana en el musculoso antebrazo. —El rencor es una emoción despreciable para un hombre de tu estatura.

Él la miró de reojo y, a pesar de su enfado, sonrió.

—No me crea demasiado noble, señora. Seré muchas cosas, pero santo no.

Cuando sonreía de ese modo cobraba un aspecto juvenil, salvo en la expresión malintencionada de sus ojos verdes y en el conmovedor ángulo de sus grandes orejas.

—*Oh, là là*, señor, sería divertido poner a prueba los límites de su nobleza y su santidad... un día de éstos.

Él rió entre dientes, encantado.

—Qué propuesta desvergonzada... pero interesante. —Y volvió a ponerse serio. —Sabes, Centaine, que no debería haber participado de esta expedición. En este momento estoy descuidando lamentablemente mis funciones y es seguro que he provocado la justificada ira de mis superiores. Debo volver a mi despacho en cuanto pueda. Me he puesto de acuerdo con el padre Paulus para que unos remeros nos lleven en canoa río abajo, hasta el puesto fronterizo de Runtu. Espero que allí podamos solicitar un camión policial. Hansmeyer y sus agentes se quedarán para custodiar a De La Rey y llevarlo a Windhoek en cuanto esté en condiciones.

Ella asintió.

—Sí, también yo debo regresar para juntar los pedazos y rellenar las grietas.

—Podemos partir mañana, en cuanto raye el día.

—Blaine, me gustaría hablar con Lothar... con De La Rey, antes de partir. —Como él vacilara, añadió, convincente: —Unos pocos minutos a solas con él, Blaine, por favor. Es importante para mí.

Centaine se detuvo en el vano de la puerta, mientras su vista se acostumbraba a la penumbra de la choza. Lothar estaba incorporado en la cama, desnudo hasta la cintura, con una frazada ordinaria cubriéndole las piernas. Se lo veía flaco y pálido; la infección había consumido la carne de los huesos y sus costillas asomaban como perchas.

—Sargento Hansmeyer, ¿quiere dejarnos a solas por un minuto? —pidió Centaine, haciéndose a un lado.

Al pasar junto a ella, el hombre le dijo, en voz baja:

—Si me necesita, no tiene más que llamarme, señora.

En el silencio que siguió, Centaine y Lothar se miraron fijamente. Fue ella quien, cediendo, habló en primer lugar.

—Si querías arruinarme, lo has conseguido —dijo.

Él agitó el muñón del brazo amputado, en un gesto que resultó, a un tiempo, patético y obsceno.

—¿Quién ha arruinado a quién, Centaine?

Ella bajó la vista.

—¿No me darías, al menos, una parte de lo que me has robado? —preguntó—. ¿En recuerdo de lo que compartimos una vez, hace tiempo?

Lothar no respondió. En cambio alzó la mano para tocarse la antigua cicatriz del pecho. Ella hizo una mueca de dolor, pues había sido ella quien le disparó ese balazo con una Luger, en el momento del desencanto y la repulsión.

—Es el niño quien tiene los diamantes, ¿verdad? —preguntó—. Tu... —Iba a decir: "Tu bastardo", pero lo cambió. —¿Tu hijo?

Lothar permaneció en silencio. Ella agregó, impulsiva:

—Nuestro hijo, Manfred.

—Nunca pensé que te oiría decirlo. —Al enfermo le fue imposible disimular el placer en la voz. —¿Recordarás que es hijo nuestro, concebido por amor, cuando sientas la tentación de aniquilarlo como a mí?

—¿Por qué piensas que podría hacer eso?

—Porque te conozco, Centaine.

—No. —Ella sacudió la cabeza con vehemencia. —No me conoces.

—Si se interpone en tu camino, lo aniquilarás —replicó el, secamente.

—¿Lo crees así, de verdad? —Centaine lo miraba fijamente. —¿Me crees tan implacable, tan rencorosa como para vengarme de mi propio hijo?

—Nunca lo has reconocido como tal.

—Ahora sí. Me has oído hacerlo más de una vez en los últimos minutos.

—¿Es una promesa de que no le harás daño?

—No necesito prometértelo, Lothar De La Rey. Lo digo, simplemente. No haré daño a Manfred.

—Y esperas algo a cambio, naturalmente —denunció él, inclinándose hacia adelante.

Respiraba con dificultad, sudaba en el esfuerzo de superar su debilidad física. Su transpiración olía agria y rancia en el penumbroso encierro de la cabaña.

—¿Me ofrecerías algo a cambio? preguntó ella, en voz baja.

—No. ¡Nada! —Lothar se dejó caer otra vez contra el respaldo, exhausto, pero desafiante. —Quiero ver cómo retiras tu promesa.

—No hice ninguna promesa —observó ella, sin alzar la voz—. Pero lo repito: Manfred, nuestro hijo, está a salvo en lo que a mí respecta. Jamás haré deliberadamente nada que pueda perjudicarlo. Sin embargo, no puedo decir lo mismo con respecto a ti. —Giró la cabeza para llamar a Hansmeyer. —Gracias, sargento. Hemos terminado nuestra conversación.

Y se incorporó para marcharse.

—Centaine —exclamó él, débilmente.

Quería decirle: "Tus diamantes están en la grieta del kopje, en la cumbre." Pero cuando ella volvió la mirada, se limitó a murmurar:

—Adiós Centaine. Por fin, todo ha terminado.

El Okavango es uno de los ríos más bellos de África. Nace en las tierras altas de la meseta de Angola, a más de mil doscientos metros de altura, y corre con rumbo sur y este, en un torrente de agua verde, ancho y profundo, que parece capaz de llegar al océano, por lo veloz y decidido de su corriente. Sin embargo, es un río interior, que desagua primero en los mal llamados Pantanos de Okavango, una vasta zona de lúcidas lagunas y bancos de papiros, sembrada de islotes en los cuales se alzan graciosas palmeras y grandes higueras salvajes. Más allá, el río vuelve a emerger, pero menguado y débil, para entrar en desolación del desierto del Kalahari, donde desaparece para siempre bajo esas arenas eternas.

La parte del río en donde se embarcaron Centaine y Blaine estaba por encima de los pantanos, donde el torrente corría en toda su magnitud. La embarcación era un mukoro nativo: una canoa tallada en un tronco de árbol, que superaba los seis metros de largo, redondeado, pero no del todo recto.

—"El búho y el gatito se hicieron a la mar en un lindo bote con forma de banana" —citó Blaine.

Centaine rió, algo temerosa, hasta comprobar que los remeros manejaban magistralmente aquella deforme embarcación. Eran dos amistosos gigantes de la tribu ribereña, negros como el carbón. Poseían el equilibrio de los gimnastas; sus cuerpos forjados y encallecidos habían logrado la perfección griega, tras toda una vida de blandir los remos y las largas picas. De pie en la proa y en la popa, cantando su melodiosa canción de trabajo, dirigían el inestable navío con una naturalidad serena, casi instintiva.

En el medio de la canoa, Blaine y Centaine descansaban en almohadones de cuero crudo, rellenos con las esponjosas semillas de los juncos de papiro. La estrechez de la embarcación los obligaba a sentarse en fila india. Blaine iba adelante, con el Lee Enfield cruzado sobre las rodillas, listo para descorazonar a cualquiera de los numerosos hipopótamos que infestaban el río.

—Es, holgadamente, el animal más peligroso de África —dijo a Centaine.

—¿Y qué me dices de los leones, los elefantes y las serpientes venenosas? —lo desafió ella.

—El viejo hipopótamo liquida a dos seres humanos por cada uno de los que matan las otras especies sumadas.

Era la primera incursión de Centaine por esa zona. Ella era hija del desierto; no conocía el río ni los pantanos; no tenía familiaridad con la vida ilimitada que ellos mantenían. Blaine, por el contrario, los conocía bien. Había sido enviado por primera vez mientras formaba parte de la fuerza expedicionaria del general Smuts, en 1915, y desde entonces había vuelto con frecuencia, para cazar o para estudiar la vida silvestre de la región. Parecía reconocer a todos los animales, los pájaros, las plantas, y tenía cien anécdotas, auténticas o apócrifas, con las cuales entretener a su compañera.

El humor del río cambiaba constantemente; en algunos lugares se tornaba estrecho y fluía por aberturas flanqueadas de roca; entonces la larga canoa volaba como una lanza. Los remeros la dirigían por entre salientes de colmillos rocosos, en los que la corriente se partía o se levantaba en jorobas; con delicados toques de los remos, los llevaban a través de espumosos remolinos, hasta el siguiente tramo volador, donde la superficie se moldeaba como vidrio veneciano verde, en olas inmóviles, gracias a su propio impulso. Centaine lanzaba exclamaciones ahogadas, un poco por terror, un poco por entusiasmo, como un niño en la montaña rusa. Después emergían a tramos amplios y de poca profundidad, donde la corriente chocaba contra islas y bancos de arena, bordeada por anchas planicies aluviales; allí pastaban los búfalos salvajes, bestias enormes, de aparente indolencia, negros como el demonio y cubiertos de barro seco; sus grandes cuernos caían luctuosamente sobre las orejas en forma de trompeta; hundidos hasta el vientre en la planicie aluvial, levantaban los hocicos negros con cómica curiosidad, para verlos pasar.

—¡Oh, Blaine! ¿Qué son esos animales? No los he visto nunca.

—Lechwe. No los hallarás más al sur.

Había grandes rebaños de esos robustos antílopes de agua, cuyo pelaje rojo es áspero y duro; los machos medían un metro y medio de estatura y lucían largos cuernos recurvados. Las hembras, sin cuernos, eran peludas como juguetes de niño. Tan apretados eran los rebaños que, al huir de la presencia humana, agitaban el agua hasta hacerla tronar como una locomotora de vapor pasando a la distancia.

En casi todos los árboles altos, a lo largo del río, se apostaban casales de águilas pescadoras, cuyas cabezas blancas brillaban al sol. Al pasar el mukoro, echaban el pico atrás, hinchando el cuello para emitir su extraño gemido.

En los níveos bancos de arena se recortaban las siluetas largas y saurias de los cocodrilos, feos y malignos. Se levantaban sobre las patas cortas y deformes para caminar velozmente hasta el borde del agua y deslizarse bajo la superficie, dejando fuera sólo a las salientes gemelas de sus escamosas cejas.

En los bajíos, a Centaine le llamaron la atención grupos de piedras redondeadas, de color gris oscuro, matizadas con pálido rosa. No los reconoció hasta que Blaine lanzó una advertencia:

—¡Cuidado!

Los remeros viraron, en el momento en que uno de esos enormes cantos rodados se movió y una cabeza del tamaño de un tonel emergió con la boca abierta y roja; las poderosas mandíbulas mostraban colmillos de marfil amarillento. Los saludó con el bramido carcajeante y sardónico de un dios enloquecido.

Blaine cambió el fusil de posición.

—No te dejes conquistar por ese "ja ja ja" tan jovial —dijo a Centaine, mientras lo cargaba.

En ese momento el hipopótamo macho se lanzó hacia ellos, por los bajíos, batiendo el agua hacer espuma blanca con sus elefantiásicos movimientos. Con su carcajada áspera y amenazadora y las fauces abiertas, entrechocaba los largos colmillos curvos, cuyos filos podían segar como hoces los gruesos tallos papiro fibroso o hacer pedazos los frágiles flancos del mukoro o cortar en dos a un nadador, con idéntica facilidad.

La canoa avanzó con las remadas largas y potentes de los dos nativos, pero el hipopótamo ganaba distancia con rapidez. Blaine se levantó de un salto, haciendo equilibrios con el inestable navío. Apoyó la culata contra su hombro y disparó, con tanta celeridad que los ecos se fundieron en uno solo. Centaine se encogió bajo el relampagueo de los disparos y miró hacia atrás. Esperaba ver el impacto de las balas contra la gran cabeza gris, arrancando chorros de sangre entre los ojuelos vidriosos y enrojecidos. Pero Blaine había apuntado por sobre la frente de la bestia. Las orejas se torcieron, aleteando como alas de pájaro ante el silbido de la bala. El macho detuvo su ataque y quedó inmóvil, asomando apenas la cabeza por sobre la superficie; parpadeaba rápidamente, en cómica estupefacción. El mukoro se alejó a toda velocidad, y el hipopótamo se sumergió, con un enorme torbellino de agua verde, como para cubrir su bochorno por su actuación tan poco efectiva.

—¿Estás bien, Centaine? —preguntó Blaine, bajando el fusil.

—Eso fue algo escalofriante —respondió ella, tratando de mantener la voz serena, pero con poco éxito.

—No tan peligroso como parecía. Mucho sonido y furia, pero poca intención mortífera —sonrió él.

—Me alegro de que no lo hayas matado.

—No tenía sentido convertir al pobre viejo en cuatro toneladas de carroña y dejar viudas a veinte hembras gordas.

—¿Por eso nos persiguió? ¿Para proteger a sus hembras?

—Probablemente, pero nunca se sabe, tratándose de animales salvajes. Tal vez una de las hembras esté pariendo, o quizá tenga recuerdos desagradables de los cazadores humanos o simplemente se sintió audaz.

Esa frialdad ante la crisis había impresionado a Centaine casi tanto como su muestra de humanidad al no matar a la bestia.

"Sólo las colegialas adoran a sus héroes", se dijo, con firmeza, en tanto la canoa proseguía su rápida marcha. Pero se descubrió estudiando los anchos hombros de Blaine y el modo en que sostenía la cabeza. El pelo oscuro dejaba al descubierto el cuello, fuerte, aunque no grueso; sus proporciones eran agradables, exceptuando las orejas. Eran demasiado grandes, y las puntas se ponían rosadas cuando el sol parecía brillar a través de ellas. Centaine sintió un impulso casi irresistible de inclinarse para besar la piel suave, allí en su nacimiento, pero se dominó con una risita.

Él se volvió para preguntar, mientras sonreía:

—¿Dónde está el chiste?

—Toda muchacha se siente débil y ríe como una tonta cuando el Príncipe Azul la salva del dragón y sus llamaradas.

—Bestias míticas, los dragones.

—No te rías —le regañó ella—. Aquí todo es posible, hasta los dragones y los príncipes. Es la tierra del Nunca-Jamás. Santa Claus y el hada buena esperan tras el próximo meandro.

—Eres un poquito loca. ¿Lo sabías?

—Sí, lo sabía. Y debo advertirte que es contagioso.

—Tu advertencia llega demasiado tarde. —Él meneó la cabeza, tristemente. —Creo que ya me he contagiado.

—Me alegro. —Y Centaine, cediendo a su capricho, se inclinó para besar el punto blando, detrás de la oreja.

Él se estremeció teatralmente.

—Mira lo que has hecho —acusó, mostrándole la piel que se erizaba en sus brazos—. Debes prometerme que no volverás a hacerlo.

—Al igual que tú, nunca hago promesas. Centaine vio la rápida sombra de culpabilidad en sus ojos y se maldijo por haber arruinado el clima, con esa referencia a la falta de compromiso entre ambos. Trató de recobrar el humor, exclamando:

—Oh, Blaine, mira esos pájaros. No son reales, ¿verdad? Eso demuestra que tengo razón: es la tierra del Nunca-Jamás.

Pasaban junto a un alto barranco de arcilla roja, brillante como una naranja sanguínea, perforado por miles de aberturas perfectamente redondas. Contra la faz vertical pendía una nube viviente de pájaros, de maravillosos colores, que entraban y salían como flechas de aquellas madrigueras.

—Abejarucos —dijo Blaine, compartiendo su asombro ante la gloria de aquellos dardos, en rosado flamígero y azul turquesa, de alas puntiagudas como estiletes—. Son tan ultraterrenos que empiezo a creerte. Tal vez hemos atravesado el espejo, después de todo.

A partir de entonces hablaron poco. Sin embargo, el silencio parecía unirlos aún más. Sólo volvieron a tocarse una vez, cuando Centaine apoyó la palma contra el costado del cuello de Blaine. Por un momento, él le cubrió la mano con la suya, en un intercambio suave y fugaz. Luego dio una breve orden al principal de los remeros.

—¿Qué pasa, Blaine? —preguntó ella.

—Le dije que busque un buen sitio para acampar hasta mañana.

—¿No es demasiado temprano? —Centaine levantó la vista al sol.

—Sí. —Él se volvió a mirarla, con una sonrisa casi tímida. Pero estoy tratando de batir el récord.

—¿Qué récord?

—El viaje más lento entre Cuangar y Runto.

Eligió una de las islas grandes. El banco de arena blanca se plegaba sobre sí mismo, formando una laguna secreta, clara, verde, protegida por los altos papiros ondulantes. Mientras los dos remeros amontonaban leña para el fuego y cortaban frondas de papiro para hacer un refugio, Blaine recogió su fusil.

—¿Adónde vas? —preguntó Centaine.

—A ver si consigo un antílope para la cena.

—Oh, Blaine, por favor, no mates nada. Hoy no. Es un día especial.

—¿No estás cansada de la carne en conserva?

—Por favor —insistió ella.

Él dejó el arma con una sonrisa, meneando melancólicamente la cabeza, y fue a verificar que las chozas estuvieran listas y los tules de mosquitero bien tendidos sobre cada cama. Satisfecho, despidió a los remeros, que subieron al mukoro.

—¿Adónde van? —preguntó Centaine, al verlos impulsarse hacia la corriente.

—Les ordené que acamparan en tierra firme —respondió Blaine.

Los dos apartaron la vista, súbitamente azorados, tímidos, muy conscientes del aislamiento en que los dejaba la canoa al marcharse.

Centaine se volvió y regresó al campamento. Se arrodilló junto a las alforjas, que contenían su único equipaje, y dijo, sin mirar a su compañero:

—Voy a nadar en la laguna.

Tenía en la mano un pan de jabón amarillo.

—¿Algún último mensaje para la familia?

—¿Por qué?

—Estamos en el río Okavango, Centaine. Aquí, los cocodrilos devoran a las niñitas como aperitivo.

—Podrías montar guardia con el fusil.

—Encantado.

—¡Y con los ojos cerrados!

—Con lo cual no se cumpliría el objetivo, ¿no te parece?

Estudió la orilla de la laguna y halló un sitio de poca profundidad, bajo una saliente de roca negra, pulida por el agua; el fondo era de arena blanca, y cualquier cocodrilo que se aproximara sería claramente visible. Se acomodó en la roca más alta, con el Lee Enfield cargado y sin seguro.

—Confío en que seas hombre de honor y no espíes —le advirtió ella, de pie en la playa.

Blaine se concentró en una bandada de gansos que aleteaba con pesadez, cruzando el sol poniente, pero tenía aguda conciencia del susurro que emitían las ropas al caer. Oyó el rumor del agua y una pequeña exclamación de frío. Luego:

—Está bien, ahora puedes vigilar por si aparecen cocodrilos.

Ella estaba sentada en el fondo arenoso; asomaba sólo la cabeza por sobre la superficie, de espaldas a él, con el pelo recogido sobre la coronilla.

—Es delicioso. Tan fresco...

Le sonrió por sobre el hombro, y él vio un brillo de piel blanca a través del agua verde. No estaba seguro de soportar el ardor del deseo. Sabía que ella lo estaba provocando deliberadamente, pero no podía resistirse a ella sin endurecerse contra sus tretas.

Isabella Malcomess había sido arrojada por el caballo hacía casi cinco años; desde entonces no mantenían trato carnal. Lo había intentado una vez, pero él no soportaba el recuerdo del tormento y la humillación sufridos por ambos ante el fracaso.

Tenía un cuerpo saludable y un gran apetito por la vida. Había puesto toda su fuerza y su determinación en adquirir la disciplina de esa existencia monástica y antinatural, hasta triunfar sobre sí mismo. Por eso no estaba preparado para la salvaje irrupción de todos aquellos deseos e instintos sojuzgados.

—Cierra los ojos otra vez —pidió ella, alegremente—. Voy a ponerme de pie para enjabonarme.

Él no pudo responder; apenas le fue posible contener el quejido que le subía al cuello y mantener la vista fija en el arma cruzada sobre su regazo.

De pronto, Centaine gritó, aterrorizada:

—¡Blaine!

En el mismo instante, él se levantó de un salto. Centaine estaba de pie, con el agua hasta los muslos; las ondas verdes lamían la profunda hendidura de sus nalgas pequeñas y redondas. La curva desnuda de sus caderas se estrechaba en una cintura diminuta. Su espalda y sus hombros, exquisitamente esculpidos, estaban rígidos de espanto.

El cocodrilo venía desde el agua profunda, agitando violentamente el largo rabo; el odioso hocico blindado abría una aguda flecha de pequeñas olas. Ese reptil era casi tan largo como el mukoro; seis metros de extremo a extremo.

—¡Corre, Centaine, corre! —aulló él.

La mujer giró en redondo y huyó en su dirección, pero el reptil avanzaba velozmente, como un caballo a todo galope, abriendo el agua en surcos agitados detrás de sí. Centaine estaba en la línea de fuego.

Blaine saltó desde la roca y se metió en el agua, hundiéndose hasta la rodilla para salir al encuentro de la mujer, con el fusil contra el pecho.

—¡Abajo! —le gritó—. ¡Arrójate!

Ella reaccionó de inmediato, lanzándose de cabeza hacia adelante, mientras él disparaba por sobre su espalda, sin tiempo de apuntar, pues el cocodrilo estaba casi sobre su presa.

La bala chasqueó contra las escamas blindadas del horrible cráneo. El reptil arqueó el lomo y salió del agua en un estallido; empapó a Blaine y cubrió a Centaine con una ola de espuma. Erguido sobre su enorme cola, agitaba desesperadamente las patas delanteras, demasiado pequeñas, dejando al descubierto el vientre claro, donde las escamas formaban diseños simétricos; el hocico puntiagudo apuntaba al cielo. Con un bramido, cayó hacia atrás.

Blaine arrastró a Centaine hasta levantarla y, rodeándola con un brazo, retrocedió hacia la playa, mientras mantenía el fusil apuntando con la mano libre, como si fuera una pistola. El cocodrilo se debatía en monstruosas convulsiones; su cerebro primitivo había sido perforado por la bala. Se revolcó en círculos erráticos y descontrolados, abriendo y cerrando las fauces hasta que los dientes mellados resonaron como un portón de acero, cerrado por un fuerte viento.

Blaine empujó a Centaine para ocultarla con su cuerpo y levantó el fusil con las dos manos. Sus balas resonaron contra la cabeza escamosa, arrancando trozos de carne y hueso, mientras la cola del reptil se agitaba débilmente. Por fin, el animal se sumergió tras el banco de arena, subió en un postrer remolino y desapareció definitivamente.

Centaine temblaba de espanto; los dientes le castañeaban de modo tal que apenas podía hablar.

—Horrible... ¡oh, qué monstruo horrible! —Se arrojó contra el pecho de Blaine, apretándose a él. —Oh, Blaine, qué miedo tuve.

Tenía la cara apoyada en el torso del hombre y su voz sonaba incomprensible. Él trató de calmarla.

—Ya pasó todo. Tranquila, querida mía. Ya pasó todo. Ya se fue.

Apoyó el fusil contra las rocas y la envolvió con sus brazos acariciándola para serenarla. En un principio no hubo pasión alguna; de la misma manera hubiera abrazado a una de sus hijas, asustada en la noche por una pesadilla. Pero de inmediato tomó conciencia de la suave piel desnuda, húmeda bajo sus manos. Podía percibir cada plano de aquella espalda, las leves curvas del músculo de cada lado de la columna dorsal. Y no pudo dejar de seguir con la punta de los dedos el cordón de la espina. Era como una sarta de cuentas bajo la piel, y la siguió hasta abajo, hasta donde desaparecía en la división de sus nalgas, pequeñas y duras.

Centaine se había quedado en silencio; respiraba entre sollozos ahogados, pero ante sus caricias arqueó la espalda como un gato, inclinando la pelvis hacia él. Blaine tomó sus nalgas y las atrajo hacia sí. Ella no se resistió; por el contrario, todo su cuerpo se lanzó hacia adelante, a su encuentro.

Blaine.

Dijo su nombre y levantó la cara.

Él la besó salvajemente, con la furia del hombre honorable que se siente incapaz de respetar sus propios votos. Se estrecharon mutuamente, cada uno respirando el aliento del otro, enredando las lenguas, acariciándose y presionando, a tal punto que estuvieron a punto de sofocarse con tanto fervor.

Ella se apartó.

—Ahora —tartamudeó—. Tiene que ser ahora.

Blaine la alzó en brazos, como a una criatura, y corrió con ella por la arena blanca, hasta el refugio. Cayó de rodillas ante el colchón de papiro y la depositó suavemente en la frazada que lo cubría.

—Quiero mirarte —murmuró, sentándose sobre los talones.

Pero ella se incorporó, buscándolo con los brazos.

—Después. No puedo esperar. Por favor, Blaine. Oh, Dios, que sea ahora...

Arrancó los botones de su camisa, entorpecida por la prisa. Él se quitó a tirones la camisa empapada y la arrojó a un lado. Centaine volvió a besarlo, ahogándolo, mientras los dos forcejeaban con la hebilla del cinturón, estorbándose mutuamente, entre locas risas y jadeos, chocando las narices y magullándose los labios con los dientes.

—Oh, Dios, apresúrate.

Él se apartó bruscamente, saltando sobre un solo pie para quitarse los pantalones mojados, que se adherían a las piernas. Se lo veía torpe y poco atractivo; estuvo a punto de caer en la arena blanca, y ella rió hasta quedar sin aliento, deseando a ese hombre divertido, hermoso y ridículo. Si se demoraba un segundo más, algo estallaría dentro de ella, matándola.

—Oh, Blaine, por favor... ven pronto.

Por fin estuvo tan desnudo como ella. En cuanto se acercó, Centaine lo tomó por el hombro con una mano y cayó hacia atrás, abriendo las rodillas y levantándolas, mientras lo buscaba con la otra mano para guiarlo.

—Oh, Blaine, eres tan... Oh, sí, así, no puedo... quiero gritar...

—¡Grita! —la alentó él, en tanto pujaba, meciéndose por sobre ella—. Aquí, nadie puede oírte. ¡Grita por los dos!

Y ella abrió la boca para liberar toda su soledad, su deseo, su incrédulo regocijo, en un *crescendo* al que se agregó la voz de Blaine, que rugía locamente con ella, en el momento más intenso y devastador de su existencia.

Más tarde, ella lloró en silencio contra su pecho desnudo. Blaine, desconcertado, compasivo, preocupado, balbuceó:

—Fui demasiado brusco. ¡Perdóname! No quería hacerte daño.

Centaine sacudió la cabeza y se tragó las lágrimas.

—No, no me hiciste ningún daño. Fue lo más hermoso...

—Entonces ¿por qué lloras?

—Porque todo lo bueno parece tan fugaz... Cuanto más maravilloso, más pronto se va. Y los malos tiempos, en cambio, parecen durar por toda la eternidad.

—No pienses así, pequeña mía.

—No sé cómo voy a seguir viviendo sin ti. Hasta ahora ha sido un infierno, pero esto lo hará mil veces peor.

—Y yo no sé de dónde voy a sacar fuerzas para alejarme de ti —susurró él, a su vez—. Será lo más difícil que haya debido hacer en mi vida.

—¿Cuánto tiempo nos queda?

—Un día más. Después llegaremos a Rundu.

—Cuando era niñita, mi padre me regaló un broche de ámbar, con un insecto engarzado en él. Ojalá pudiéramos conservar así este momento, capturarlo eternamente en el ámbar precioso de nuestro amor.

La separación fue un proceso gradual, en vez de un misericordioso golpe de guillotina. En los días siguientes, una lenta intromisión de sucesos y personas los fue apartando, de modo tal que sufrieron cada pequeño desgarrón en todo su detallado tormento.

Desde la mañana que llegaron al puesto fronterizo de Rundu, donde se presentaron al sargento de policía que estaba a cargo, los desconocidos parecieron rodearlos sin cesar. Debían estar siempre en guardia; cada mirada que pasaba entre ellos, cada palabra, cada caricia robada hacía más temible la inminente separación. Y el torturante proceso quedó terminado sólo cuando el polvoriento camión policial los transportó, a lo largo de los últimos kilómetros, hasta la ciudad de Windhoek.

Allí los esperaba el mundo: Isabella, adorable y trágica en su silla de ruedas; sus hijas, burbujeantes de risa, traviesas y encantadoras como elfos, compitiendo por los abrazos del padre; el jefe de policía, el secretario territorial, bandadas de pequeños funcionarios, periodistas y fotógrafos.

241

Twentyman-Jones y Abe Abrahams; Sir Garry y Lady Courtney, que había viajado apresuradamente desde su finca de Ladyburg, al enterarse del robo. Pilas de mensajes de solidaridad y congratulación, telegramas del primer ministro y de *Ou Baas*, el general Smuts, y de cien amigos y relaciones comerciales.

Sin embargo, Centaine se sentía aparte de todo ese bullicio. Lo observaba todo a través de una gasa que apagaba los sonidos, borraba las formas y otorgaba a todo una cualidad de sueño, como si la mitad de su ser estuviera muy lejos, navegando a la deriva por un bello río verde, haciendo el amor en la noche cálida y suave, con el zumbar de los mosquitos alrededor del tul protector, caminando de la mano con su amado, un hombre alto, fuerte, suave, de tiernos ojos verdes, manos de pianista y adorables orejas salientes.

Desde su coche de ferrocarril telefoneó a Shasa y trató de responder con entusiasmo a la noticia de que lo habían nombrado capitán del equipo de criquet, y ante sus notas de matemáticas, que por fin habían tomado un giro ascendente.

—No sé cuándo podré volver a Weltevreden, *chéri*. Tengo muchísimas cosas que hacer. Temo que no recobremos los diamantes. Tendré que hablar con el Banco y acordar nuevas condiciones. ¡No, tontito, por supuesto que no somos pobres! Todavía no, pero un millón de libras es mucho dinero perdido. Además, habrá un juicio. Sí, es un hombre horrible, Shasa, pero no sé si van a ahorcarlo. ¡Por Dios, no! ¿Cómo nos van a dejar presenciarlo?

Durante ese primer día de separación, llamó por dos veces a la residencia, con la desolada esperanza de que atendiera Blaine. Pero siempre lo hizo una mujer, una secretaria o la misma Isabella, y en cada oportunidad ella cortó sin hablar.

Al día siguiente, se reunieron en la oficina del administrador, donde Blaine había llamado a conferencia de prensa. En la antecámara había una multitud de periodistas y fotógrados. También allí se encontraba Isabella, en su silla de ruedas, y Blaine detrás, atento, abnegado e insoportablemente apuesto. Centaine usó toda su habilidad histriónica para estrecharle la mano de modo amistoso y, después, para bromear con los miembros del periodismo. Hasta posó con Blaine ante los fotógrafos, sin permitirse una sola mirada amorosa. Pero más tarde, mientras conducía su propio coche hacia las oficinas de la Compañía Courtney, tuvo que detenerse en una calle lateral y permanecer inmóvil por un tiempo, para recobrar la compostura. No había tenido oportunidad de cambiar una sola palabra a solas con él.

Abe la estaba esperando desde el momento en que cruzó la puerta de calle; la siguió por la escalera hasta su despacho, diciendo:

—Centaine, llegas tarde. Te están esperando en el salón del directorio desde hace casi una hora, y no puedo decir que con muchas muestras de paciencia.

—¡Qué esperen! —replicó ella, con una bravata nada sincera—. Así se irán acostumbrando.

El Banco era el más importante de sus acreedores.

—La pérdida de las piedras los ha asustado hasta darles diez tonos diferentes de amarillo, Centaine.

Los directores del Banco habían estado exigiendo esa entrevista desde la llegada de la empresaria a la ciudad.

—¿Dónde está el doctor Twentyman-Jones?

—Allí adentro, vertiendo aceite en las aguas revueltas. —Abe le puso una gruesa carpeta ante sus narices. —Aquí tienes las fechas de los pagos de interés.

Ella les echó una mirada. Ya las conocía de memoria; habría podido recitar las fechas, las cantidades y los prcentajes. Tenía su estrategia preparada en detalle, pero todo era irreal, como en un sueño, como en un juego de niños.

—¿Hay alguna novedad que deba conocer antes de entrar en la leonera? —preguntó.

—Llegó un extenso telegrama de Lloyds, desde Londres. Han rechazado nuestro reclamo porque no llevabas escolta armada.

Centaine asintió.

—Era de esperar. ¿Entablaremos juicio? ¿Qué aconsejas?

—Estoy consultando otras opiniones, pero tengo el pálpito de que será perder tiempo y dinero.

—¿Algo más?

—De Beers. Un mensaje de Sir Ernest Oppenheimer en persona.

—Ya anda husmeando por allí, ¿no?

Centaine suspiró, tratando de interesarse, pero sólo pensaba en Blaine. Lo veía inclinado sobre la silla de ruedas. Desterró la imagen de su mente y se concentró en lo que Abe le decía.

—Sir Ernest viene desde Kimberley. Llegará a Windhoek el jueves.

—Por una afortunada casualidad —comentó ella, cínica.

—Solicita un entrevista a tu más cómoda brevedad.

—Tiene la nariz de una hiena y la vista de un buitre —dijo Centaine—. Olfatea la sangre y distingue un animal moribundo a cien leguas de distancia.

—Quiere la Mina H'ani. Hace trece años que le tiene hambre.

—Todos le tienen hambre a la H'ani, Abe. El Banco, Sir Ernest, todos los animales de rapiña. Por Dios, tendrán que vérselas conmigo.

Se levantaron. Abe preguntó.

—¿Estás lista?

Centaine echó un vistazo a su imagen reflejada en el espejo, se retocó el pelo, se humedeció los labios con la punta de la lengua y, súbitamente, todo volvió a sus nítidos contornos. Iba a entrar en batalla. Su mente se despejó, su cerebro se aguzó. Sonrió, brillante, confiada, con aire de superioridad. Estaba lista.

—¡Vamos! —dijo.

Entraron en la larga sala del directorio, con su mesa lustrada y sus seis enormes Pierneef, mágicamente líricos, representaciones murales del desierto; Centaine levantó el mentón y sus ojos chisporrotearon de confianza.

—Perdónenme, caballeros —exclamó ligeramente, atacando con toda la fuerza de su personalidad y su atractivo sexual. Los vio marchitarse ante ella. —Les aseguro que, a partir de este momento, cuentan con mi presencia y con toda mi atención por todo el tiempo que deseen.

Muy en el fondo de su ser existía todavía un rincón vacío y doliente, que Blaine había colmado por algunos instantes efímeros. Pero estaba fortificado y amurallado; ella volvía a ser inexpugnable. Mientras ocupaba la silla de cuero, a la cabecera de la mesa, recitó en silencio para sus adentros, como si fuera un mantra: "La H'ani me pertenece; nadie me la quitará."

Manfred De La Rey avanzaba en la oscuridad con la misma rapidez de los dos hombres adultos que lo conducían hacia el norte. La humillación y el dolor del rechazo paterno habían provocado en él un nuevo desafío y una férrea determinación. Su padre lo había llamado "niñito llorón."

"Pero ahora soy un hombre", se dijo, caminando a grandes pasos tras la oscura silueta de Swart Hendrick. "No volveré a llorar. Soy un hombre y lo demostraré cada día de mi vida. Te lo demostraré, papá. Si todavía me estás viendo, jamás volverás a avergonzarte de mí."

Entonces pensó en su padre, solo y moribundo en la cumbre de la colina, y su dolor fue abrumador. A pesar de su resolución, las lágrimas brotaron para inundarlo; necesitó de toda su fuerza y su voluntad para reprimirlas.

"Ahora soy un hombre." Fijó su mente en eso. Por cierto, se erguía con toda la estatura de un hombre, casi tan alto como Hendrick, y sus largas piernas lo impulsaban incansablemente hacia adelante. "Haré que te sientas orgulloso de mí, papá. Lo juro, lo juro ante Dios."

No aflojó su paso ni murmuró una sola queja a lo largo de aquella interminable noche. Cuando llegaron al río, el sol ya estaba por encima de los árboles.

En cuanto terminaron de beber, Hendrick los obligó a seguir avanzando. Viajaron por una serie de curvas, alejándose del río en las horas diurnas, durante las cuales pasaban escondidos entre los mopanis secos; en la horas de oscuridad, siguiendo la ribera, volvían hacia atrás y saciaban la sed.

Doce noches de dura marcha transcurrieron antes de que Hendrick juzgara que estaban libres de persecución.

—¿Cuándo cruzaremos el río, Hennie? —preguntó Manfred.

—Jamás —respondió Swart Hendrick.

—Pero mi padre planeaba cruzarlo hasta la zona portuguesa, ver a Alves De Santos, el comerciante en marfil, y viajar a Luanda.

—Eso planeaba tu padre —reconoció Hendrick—. Pero él ya no está con nosotros. En el norte no hay lugar para un negro desconocido. Los portugueses son aun más duros que los alemanes, los ingleses y los bóers. Nos quitarían los diamantes y, después de pegarnos como a perros, nos enviarían a trabajos forzados. No, Manie; vamos a regresar con los ovambos, nuestros hermanos de la tribu, donde todos son amigos y podemos vivir como hombres, no como animales.

—Pero la policía nos hallará —argumentó Manie.

—No nos vio nadie. Tu padre se aseguró de eso.

—Pero saben que eras amigo de mi padre. Irán por ti.

Hendrick sonrió.

—En tierra ovamba no me llamo Hendrick, y mil testigos jurarán que no me moví de mi *kraal*, que no conozco a ningún ladrón blanco. Para la policía blanca, todos los negros se parecen. Tengo un hermano, un hombre muy inteligente, que sabrá cómo y dónde vender nuestros diamantes. Con estas piedras puedo comprar doscientas cabezas de ganado fino y diez esposas gordas. No, Manie, nos vamos a casa.

—¿Y qué será de mí, Hendrick? No puedo ir contigo a los *kraals* de los ovambos.

—Hay un sitio y un plan para ti. —Hendrick rodeó con un brazo los hombros del niño blanco, en un gesto paternal. —Tu padre te confió a mi cuidado. No tienes por qué tener miedo. Antes de dejarte me encargaré de que estés a salvo.

—Cuando te vayas, Hendrick, quedaré solo. No tengo nada.

Y el negro no pudo responder. Dejó caer el brazo, pronunciando con brusquedad:

—Es hora de seguir marchando. Nos espera una ruta larga y dura.

Esa noche se apartaron del río y viraron hacia el sudoeste, rodeando los terribles páramos de Bosquimania; viajaban por tierras menos duras, mejor regadas, a paso más tranquilo, pero seguían evitando los sitios habitados y el contacto con otros seres humanos. Por fin, veinte días después de haber dejado a Lothar De La Rey en su cumbre fatal, caminaron a lo largo de un barranco boscoso, por tierras de buenos pastos, y al caer el sol se encontraron ante una extensa aldea ovamba.

Las chozas cónicas de paja formaban grupos de cuatro o cinco, distribuidos al azar, cada uno rodeado por un cerco de hierbas entretejidas. Éstos, a su vez, se agrupaban alrededor del gran mercado central para el ganado, con su empalizada de postes clavados en tierra. El olor de las fogatas de leña llegó hasta ellos en pálidas volutas azules, mezclado con el amoníaco de la boñiga y el aroma harinoso de las tortas de maíz cocinándose entre las brasas. Las risas de los niños y las voces de las mujeres eran melodiosos como reclamos de pájaros silvestres. Las coloridas faldas de algodón que llevaban las mujeres formaron destellos alegres; mientras subían en fila india desde el pozo de agua, balanceaban graciosamente los cántaros desbordantes en las cabezas.

Sin embargo, ellos no hicieron intento alguno por acercarse a la aldea. Permanecían ocultos sobre el barranco, alertas a la presencia de desconocidos y a cualquier señal desacostumbrada, aunque fuera la menor sugerencia de peligro. Hendrick y Klein Boy analizaban en voz baja cada movimiento entrevisto, cada ruido que llegaba desde la aldea. Por fin, Manfred perdió la paciencia.

—¿Qué estamos esperando, Hennie?

—Sólo el antílope joven y estúpido se precipita hacia la trampa —gruñó Hendrick—. Bajaremos cuando estemos seguros.

Al promediar la tarde, un pilluelo negro arrió un rebaño de cabras cuesta arriba. Estaba completamente desnudo, exceptuando la honda que le colgaba del cuello; y Hendrick lo llamó con un suave silbido.

El niño, sobresaltado, miró con temor hacia el escondite. Cuando Hendrick volvió a silbar, se arrastró cautelosamente hacia ellos. De pronto estalló en una sonrisa, demasiado grande y blanca para rostro tan sucio, y corrió directamente hacia Hendrick.

El gigantesco ovambo, riendo, se lo montó en la cadera; el niño balbuceaba, en extático entusiasmo.

—Este es hijo mío —dijo Hendrick a Manie.

Interrogó al pequeño, escuchando con atención sus gorjeantes respuestas.

—No hay desconocidos en la aldea —gruñó—. Estuvo la policía, preguntando por mí, pero se ha ido.

Siempre cargado con el niño, los condujo colina abajo, hacia el más grande de los grupos de chozas, y se agachó para franquear la abertura del cerco. El patio estaba vacío y bien barrido, con el círculo de chozas hacia adentro. Cuatro mujeres trabajaban en grupo, vestidas con ligeros taparrabos de algodón colorido; meciéndose sobre la punta de los pies, cantaban suavemente a coro mientras molían el maíz seco en altos morteros de madera. Los pechos desnudos se sacudían y temblaban a cada golpe de los largos palos que blandían al compás.

Una de las mujeres lanzó un chillido al ver a Hendrick y corrió hacia él. Era vieja, arrugada y sin dientes; tenía el cráneo cubierto de lana blanca. Se dejó caer de rodillas para abrazarse a las poderosas piernas de Hendrick canturreando de felicidad.

—Mi madre —explicó Hendrick, levantándola.

De inmediato se vieron rodeados por un enjambre de mujeres chillando encantadas. A los pocos minutos, Hendrick las hizo callar y las ahuyentó.

—Tienes suerte, Manie —gruñó, con una chispa en los ojos—. A ti te permitirán tener una sola esposa.

A la entrada de la choza más alejada vieron al único hombre del corral, sentado en un banquillo tallado. Había permanecido completamente aparte de los gritos entusiastas. Hendrick caminó hacia él. Era mucho más joven que el recién llegado, de piel más clara, casi del color de la miel. Sin embargo, sus músculos habían sido forjados y templados por el duro trabajo físico; poseía cierto aire de confianza, el del hombre que ha triunfado gracias a sus esfuerzos. También un porte gracioso y facciones finas, inteligentes, de molde faraónico. Lo sorprendente era que tenía en el regazo un libro grueso y maltratado: un ejemplar de la *Historia de Inglaterra*, escrita por Macaulay.

Saludó a Hendrick con serena reserva, pero el mutuo afecto fue evidente para el niño blanco, que los observaba.

—Éste es mi inteligente hermano menor; somos del mismo padre, pero de diferentes madres. Él habla afrikaans y un inglés mucho mejor que el mío. También lee libros. En inglés se llama Moses.

—Te veo, Moses. —Manie se sentía torpe bajo el penetrante escrutinio de aquellos ojos oscuros.

—Te veo, niñito blanco.

—No me llames niñito —protestó Manie, acalorado—. No soy ningún niñito.

Los hombres intercambiaron una mirada, sonrientes.

—Moses es capataz de la Mina H'ani —explicó Hendrick, como para aplacarlo.

—Ya no, Hermano Grande. Me despidieron hace un mes. Y aquí estoy, sentado al sol, bebiendo cerveza, leyendo y pensando, ejecutando esas pesadas tareas que constituyen la obligación de todo hombre.

Rieron juntos. Moses dio unas palmadas y llamó imperiosamente a las mujeres.

—Traigan cerveza. ¿No se dan cuenta de que mi hermano está sediento?

Para Hendrick fue un placer desechar sus ropas europeas y vestir nuevamente el cómodo taparrabo, para dejarse llevar hacia el ritmo de la vida aldeana. Era agradable saborear la agria cerveza efervescente de sorgo, espesa como el engrudo, enfriada en los recipientes de arcilla, y hablar tranquilamente del ganado y la caza, de cosechas y lluvias, de relaciones, amigos y parientes, de muertes, nacimientos y uniones. Pasó un tiempo largo y ocioso antes de que llegaran, circunspectos, a los urgentes asuntos que era preciso discutir.

—Sí —asintió Moses—, la policía estuvo aquí. Dos perros de los hombres blancos de Windhoek, que deberían avergonzarse de haber traicionado a su propia tribu. No vestían el uniforme, pero aun así apestaban a policía. Se quedaron muchos días, haciendo preguntas sobre un hombre llamado Swart Hendrick. Al principio se mostraron sonrientes y amistosos; después, enojados y amenazadores. Castigaron a algunas de las mujeres, tu madre entre ellas. —vio que Hendrick se ponía rígido, apretando los dientes, y prosiguió de inmediato: —Es vieja, pero dura. No es la primera vez que la castigan; nuestro padre era hombre estricto. A pesar de los golpes, ella no conocía a Swart Hendrick, nadie conocía a Swart Hendrick, y los perros de la policía se fueron.

—Volverán —dijo Hendrick.

Su medio hermano asintió.

—Sí. Los blancos nunca olvidan. Cinco años, diez... En Pretoria ahorcaron a un hombre por haber matado a otro veinticinco años antes. Volverán.

Bebieron por turnos del jarro de cerveza, sorbiendo con placer y pasando el negro recipiente de mano en mano.

—Se hablaba de un gran robo de diamantes en la ruta a la mina H'ani, y mencionaron el nombre del demonio blanco con quien siempre has viajado y luchado, con quien te fuiste sobre el gran verdor para atrapar peces. Dicen que estuviste con él en el robo de los diamantes y que te colgarán de una soga cuando te hallen.

Hendrick rió entre dientes, contraatacando:

—También yo he oído hablar de un fulano, que no me es desconocido. Se dice que está bien versado en el tráfico de diamantes robados. Que todas las piedras sacadas de la H'ani pasan por sus manos.

—Pero, ¿quién puede haberte contado tan viles mentiras?

Moses sonrió débilmente, mientras Hendrick hacía una señal a Klein Boy. El muchacho trajo una bolsa de cuero crudo desde su escondrijo y la puso frente a su padre. Hendrick abrió la solapa y fue sacando los pequeños paquetes de papel marrón, de a uno por vez, para disponerlos en la dura tierra del patio: catorce, en hilera.

Su hermano tomó el primer paquete y rompió el lacre con su cuchillo.

—Ésta es la marca de la Mina H'ani —comentó, mientras desplegaba cuidadosamente el papel.

Su expresión no cambió al examinar el contenido. Puso el paquete a un lado y abrió el siguiente. No dijo palabra hasta que abrió los catorce. Por fin observó, con suavidad:

—Muerte. Aquí hay muerte. Un ciento, un millar de muertes.

—¿Puedes venderlos por nosotros? —preguntó Hendrick.

El hermano sacudió la cabeza.

—Nunca he visto piedras como éstas, ni tantas a un tiempo. Tratar de venderlas de una sola vez acarrearía el desastre y la muerte sobre todos nosotros. Debo pensar en esto. Pero mientras tanto no nos atreveremos a conservar estas piedras asesinas en el *kraal*.

A la mañana siguiente, apenas rayaba el alba, Hendrick, Moses y Klein Boy salieron juntos de la aldea y subieron hasta la cima del barranco, donde encontraron el árbol que Hendrick recordaba desde sus tiempos de niño pastor. En el tronco había un hueco, a nueve metros del suelo, que había sido el nido de un casal de águilas. Mientras los otros montaban guardia, Klein Boy trepó hasta el agujero, llevando la bolsa de cuero crudo.

Pasaron muchos días ante de que Moses presentara su bien meditada opinión.

—Hermano mío, tú y yo ya no pertenecemos a esta vida ni a este sitio. Ya he visto en ti la primera inquietud. Te he visto mirar el horizonte con la expresión del hombre que desea enfrentarlo. Esta vida, tan dulce al principio, aburre con facilidad. El gusto de la cerveza se pierde en la lengua. Entonces el hombre piensa en las cosas valientes que ha hecho y en las cosas, más valientes aún, que le esperan en algún lugar, afuera.

Hendrick sonrió.

—Eres hombre de muchas habilidades, hermano mío. Hasta sabes mirar en la cabeza de un hombre y leer todos sus secretos.

—No podemos quedarnos aquí. Las piedras de la muerte son demasiado peligrosas para conservarlas en este sitio, y demasiado peligrosas para venderlas.

Hendrick asintió.

—Te escucho —dijo.

—Existen cosas que debo hacer. Cosas que, según creo, son mi destino, y de las cuales nunca he hablado, ni siquiera contigo.

—Habla de ellas ahora.

—Hablo del arte que los blancos llaman política y de la cual nosotros, por ser negros, estamos excluidos.

Hendrick hizo un gesto desdeñoso.

—Lees demasiados libros. En ese negocio no hay ganancias. Déjalo para los blancos.

—Te equivocas, hermano mío. En ese arte yacen tesoros ante los cuales tus piedrecitas blancas parecen basura. No, no te burles.

Hendrick abrió la boca, pero volvió a cerrarla lentamente. En realidad, hasta entonces no había pensado en eso, pero el joven que tenía frente a sí poseía una presencia poderosa, una intensidad vibrante que lo excitaba, aunque no comprendiera del todo el significado de sus palabras.

—He decidido, hermano mío. Nos iremos. Esto es demasiado pequeño para nosotros.

Hendrick asintió. La idea no lo perturbaba. Había sido nómada por toda su vida y estaba dispuesto a cambiar de sitio otra vez.

—No sólo de este *kraal*, hermano mío. Nos iremos de esta tierra.

—¡Irnos de esta tierra! —Hendrick dio un respingo, pero volvió a sentarse en el banquillo.

—Tenemos que hacerlo. Esta tierra es demasiado pequeña para nosotros y las piedras.

—¿Y adónde iremos?

El hermano levantó la mano.

—Lo discutiremos pronto, pero antes debes librarte de ese niño blanco que has traído a vivir entre nosotros. Es aún más peligroso que las piedras. Atraerá a la policía con mayor celeridad. Cuando hayas hecho eso, hermano mío, estaremos listos para ir a hacer lo que debemos hacer.

Swart Hendrick era hombre de gran fortaleza, tanto física como mental. Tenía pocos miedos; era capaz de intentar cualquier cosa y de sufrir mucho por lo que deseaba, pero siempre había seguido la guía de otro. Siempre había existido un hombre aún más fiero y más temerario que él, a quien seguir.

—Haremos lo que dices, hermano mío —coincidió.

Y supo, por instinto, que acababa de hallar a alguien que sustituiría al hombre que había dejado moribundo en una roca, en el desierto.

—Esperaré aquí hasta que salga el sol, mañana —dijo Swart Hendrick al niño blanco—. Si por entonces no has vuelto, sabré que estás a salvo.

—¿Volveremos a vernos, Hennie? —preguntó Manie, melancólico.

Hendrick vaciló, al borde de la promesa hueca.

—Creo que, desde ahora, nuestro pies estarán en senderos diferentes, Manie. —Alargó una mano para apoyarla en el hombro de Manfred. —Pero pensaré en ti con frecuencia. Y quién sabe, tal vez algún día los senderos vuelvan a unirse. —Estrechó el hombro del niño, notando que estaba cubierto de músculo, como el de un adulto bien desarrollado. —Ve en paz y sé hombre, como lo fue tu padre.

Empujó un poquito a Manfred, pero el niño se demoraba.

—Hendrick —susurró—, quisiera decirte muchas cosas... pero no encuentro palabras.

—Vete —dijo Hendrick—. Los dos sabemos. No hace falta decir nada. Vete, Manie.

Manfred recogió su mochila y su rollo de frazadas, para salir de la espesura a la polvorienta ruta. Echó a andar hacia la aldea, rumbo a la cúpula de la iglesia, que era, en cierto modo, como un símbolo de la existencia nueva. Lo atraía y lo repelía a un tiempo.

En el recodo del camino miró hacia atrás. No había señales del corpulento ovambo. Entonces marchó por la calle principal, hacia la iglesia, que estaba en el otro extremo.

Sin decisión consciente, se desvió de la calle principal por una abertura lateral, a fin de llegar a la casa del pastor por la senda sanitaria, como había hecho en la última visita con su padre. El estrecho camino estaba flanqueado por carnosas plantas de moroto; allí olía a cántaros de excrementos, ocultos tras las puertecitas corredizas de los cobertizos exteriores, cuyas partes traseras daban a ese camino. Ante el portón posterior de la casa pastoral, vaciló por un momento. Por fin levantó el cerrojo y avanzó por el largo sendero de entrada, a paso de tortuga.

A medio camino lo detuvo un bramido. Miró en derredor, aprensivo. Se oyó el rugido de una voz potente, alzada en exhortación o agria disputa. Provenía de un cobertizo situado en el fondo del patio, que parecía una leñera grande.

Manfred se deslizó hasta ese lugar y miró hacia adentro, asomado al marco de la puerta. El interior estaba oscuro, pero cuando su visión se adaptó, Manfred reconoció aquello como un cuarto de herramientas, con su yunque, su fragua y algunos implementos colgados en las paredes. El suelo era de tierra. En el centro estaba arrodillado Tromp Bierman, la trompeta de Dios.

Vestía pantalones oscuros, una camisa blanca y corbata del mismo color como corresponde a su oficio. De la chaqueta del traje pendían unas grandes pinzas, por sobre el yunque. Su abundante barba apuntaba al techo. Mantenía los ojos cerrados y los brazos en alto, en actitud de rendición o de súplica, aunque su tono distaba mucho de ser sumiso:

—Oh, Dios de Israel, te convoco urgentemente, para que des una respuesta a las plegarias de tu siervo, que te pide orientación en este asunto. ¿Cómo puedo ejecutar tu voluntad sin saber cuál es? Sólo soy un humilde instrumento; no me atrevo a tomar por propia cuenta esta decisión. Mírame, Oh Dios, mi Señor; ten piedad de mi ignorancia y de mi estupidez; hazme conocer tus intenciones.

Tromp se interrumpió súbitamente y abrió los ojos. La gran cabeza leonina giró hacia un costado, y sus ojos, como los de un profeta del Antiguo Testamento, penetraron como llamas en el alma de Manfred.

El niño se apresuró a quitarse el sombrero deforme y manchado de sudor, para sostenerlo con ambas manos contra el pecho.

—He vuelto, *Oom* —dijo—. Usted dijo que debía volver.

Tromp lo miró con ferocidad. Vio a un muchachito macizo, de hombros anchos y miembros poderosos, cabeza cubierta de rizos dorados, polvorientos, y cejas de un negro contrastante, como el carbón, por sobre extraños ojos de topacio. Intentó ver más allá de la pálida superficie de aquellos ojos y captó un aura de determinación y lúcida inteligencia en derredor del jovencito.

—Ven aquí —ordenó.

Manfred dejó caer su mochila y se acercó. Tromp lo tomó por la mano para ponerlo de rodillas.

—Arrodíllate, *Jong*, ponte de rodillas y da gracias a tu Hacedor. Alaba al Dios de tus antepasados, que ha escuchado mis súplicas en tu favor.

Manfred, obediente, cerró los ojos y unió las manos.

—Oh, Señor, perdona a tu importuno siervo, que distrae tu atención con asuntos tan triviales, cuando estás ocupado en cosas tanto más importantes. Te agradecemos por entregar a nuestro cuidado a esta joven persona, a quien templaremos y afilaremos hasta convertir en una espada. Una poderosa espada que golpeará a los filisteos, un arma que será blandida por tu gloria, por la causa justa y correcta de tu pueblo elegido, el *Volk Afrikaner*.

Y azuzó a Manfred con un índice que parecía una tijera de podar.

—¡Amén! —exclamó Manfred, ahogando un gemido de dolor.

—Te glorificaremos y alabaremos todos los días de nuestra vida, oh, Señor, y te suplicamos que brindes a este hijo elegido de tu pueblo la fortaleza y la determinación...

La plegaria, puntuada por los fervientes, "¡Amén!" de Manfred, se prolongó hasta que al niño le dolieron las rodillas y quedó mareado por la fatiga y el hambre. De pronto, Tromp lo levantó de un tirón y lo hizo marchar hasta la puerta de la cocina.

—*Mevrou* —sonó la trompeta del Señor—, ¿dónde está, mujer?

Trudi Bierman apareció precipitadamente, sin aliento, y se detuvo, horrorizada, mirando a aquel muchacho vestido con harapos roñosos.

—Mi cocina —gimió—, mi cocina tan limpia y bonita... Acabo de encerar el piso.

—Dios nuestro Señor nos ha enviado a este *Jong* —entonó Tromp—. Lo recogeremos en nuestro hogar. Comerá a nuestra mesa y será uno de los nuestros.

—Pero está más sucio que un *kaffir*.

—Entonces lávelo, mujer, lávelo.

En ese momento, una niña se deslizó tímidamente por la puerta, detrás de la matronal figura de Trudi Bierman. Al ver a Manfred se puso rígida, como un pavo real asustado.

Al niño le costó reconocer a Sara. Había engordado; la carne firme y limpia le cubría los codos, que hasta muy poco antes fueran bultos huesudos en los bracitos flacos. Las mejillas, antes pálidas, tenían el color de las manzanas; los ojos apagados lucían claros y brillantes; el pelo rubio, cepillado hasta hacerlo brillar, estaba recogido en dos trenzas gemelas que se unían sobre su coronilla. Usaba faldas largas y pudorosas, pero impecables, que le llegaban a los tobillos.

Dejó escapar un grito y corrió hacia Manfred, con los brazos extendidos, pero Trudi Bierman la sujetó desde atrás y le dio un firme sacudón.

—Niña perezosa y mala, le ordené que terminara sus sumas. Vaya ahora mismo.

La sacó a empujones de la habitación y se volvió hacia Manfred con los brazos cruzados y la boca fruncida.

—Das asco —le dijo—. Tienes el pelo largo como una muchacha, y esas ropas... —Su expresión se endureció, tornándose aún más temible. —Y en esta casa somos cristianos. No queremos saber nada con las costumbres salvajes y ateas de tu padre. ¿Comprendido?

—Tengo hambre, Tía Trudi.

—Comerás cuando coman los otros, y sólo si estás limpio. —Miró a su marido. —*Menheer*, ¿quiere enseñar al niño a hacer fuego en la caldera para agua caliente?

De pie a la puerta del diminuto baño, supervisó implacablemente las abluciones de Manfred, descartando todos sus gestos de pudor y sus protestas por la temperatura del agua. Cuando él vaciló, se hizo cargo perso-•

nalmente de la barra de jabón azul y le restregó hasta los pliegues más tiernos e íntimos.

Después lo condujo de la oreja, cubierto sólo con una breve toalla envuelta a la cintura, por los peldaños traseros. Lo sentó en un cajón de frutas y, armándose con un par de tijeras de esquilar, hizo caer el pelo rubio, que llegaba hasta los hombros, como el trigo ante la hoz. Manfred deslizó una mano sobre su cráneo; lo encontró rapado y punzante a la altura de la nuca; sentía frío y corrientes de aire detrás de las orejas.

Trudi Bierman juntó sus ropas sucias, con un gesto de asco, y abrió el horno de la caldera. Manfred llegó justo a tiempo para rescatar la chaqueta. Al ver la expresión con que el niño retrocedía y ocultaba la prenda tras la espalda, mientras tocaba subrepticiamente los bultitos del forro, su tía se encogió de hombros.

—Bueno, tal vez, con un lavado y unos cuantos parches... Mientras tanto, te buscaré algunas ropas viejas del *dominie*.

Para Trudi Bierman, el apetito de Manfred era un desafío personal a sus habilidades culinarias. No dejó de colmarle el plato, aun antes de que terminara. Permanecía a su lado, con el cucharón en una mano y la cacerola en la otra. Cuando lo vio reclinarse, satisfecho, fue en busca de una tarta de leche, con un destello victorioso en los ojos.

Manfred y Sara, ajenos a la familia, ocupaban los asientos más bajos, en el centro de la mesa. Las dos hijas de Bierman, regordetas y rubias, con cara de budín, se sentaban más arriba que ellos. Sarah picoteó en su plato con tan pocas ganas que despertó la ira de Trudi Bierman.

—No he preparado una buena comida para que usted juguetee con ella, jovencita. Se quedará allí sentada hasta que deje el plato limpio, con espinacas y todo... aunque tarde toda la noche.

Y Sara dio en masticar mecánicamente, sin apartar los ojos de Manfred.

Era la primera vez que Manfred daba dos veces las gracias por una comida: antes y después. Cada una le pareció interminable. Estaba ya tambaleándose en la silla y cabeceando cuando Tromp Bierman lo despertó bruscamente, con un "Amén" que parecía una salva de artillería.

La casa pastoral estaba llena a reventar con Sara y los vástagos del matrimonio Bierman. Como no había sitio para Manfred, le asignaron un rincón del cuarto de herramientas, en el fondo del patio. Tía Trudi había puesto un baúl patas arriba, para que sirviera de armario para sus pocas ropas; había también una cama de hierro, con un colchón de crines, lleno de bultos, y una vieja cortina desteñida que pendía de un cordel, para separar su rincón-dormitorio.

—No malgastes la vela —le advirtió tía Trudi—, desde la puerta del cobertizo—. Sólo recibirás una nueva el primer día de cada mes. Aquí somos gente ahorrativa. ¡Nada de las extravagancias de tu padre, gracias!

Manfred se tapó hasta la coronilla con una fina frazada gris, a fin de proteger del frío su cabeza rapada. Por primera vez en su vida tenía cama y cuarto propios. Disfrutó de esas sensaciones, olfateando el aroma de la parafina, la grasa para ejes y las brasas apagadas de la forja. Así se quedó dormido.

Lo despertó un contacto leve en la mejilla, que le arrancó un grito; imágenes confusas se precipitaban desde la oscuridad, para aterrorizarlo. Había soñado que la mano de su padre, apestando a gangrena, se estiraba desde el otro lado de la tumba. Luchó por levantarse bajo la frazada.

—Manie, Manie, soy yo.

La voz de Sara sonaba tan aterrorizada como su propio grito. La luz de la luna la recortaba contra la única ventana, sin cortinas; se la veía flaca y estremecida, con su camisón blanco y el pelo cepillado, pendiéndole hasta los hombros en una nube plateada.

—¿Qué haces aquí? —murmuró él—. No debes venir. Tienes que irte. Si te encuentran aquí...

Se interrumpió. No estaba seguro de las consecuencias, pero sabía por instinto que serían severas. Esa nueva sensación de seguridad, de hogar, tan extraña y agradable, quedaría hecha trizas.

—Me he sentido tan infeliz... —Se dio cuenta, por la voz, de que la niña estaba llorando. —Desde que te fuiste, siempre. Las niñas son muy crueles. Me llaman *vuilgoed*, "basura". Se burlan de mí porque no sé leer y sumar como ellas, y porque hablo de un modo raro. Desde que te fuiste, he llorado todas las noches.

Manfred se compadeció de ella; a pesar de su temor a ser descubiertos, alargó un brazo y la atrajo a la cama.

—Ahora ya estoy aquí. Te voy a cuidar, Sarie —susurró—. No dejaré que te sigan molestando.

Ella sollozaba contra su cuello.

—No quiero más llantos, Sarie —le dijo él, severamente—. Ya no eres un bebé. Debes ser valiente.

—Lloraba porque me siento muy feliz —sollozó ella.

—Basta de llorar, hasta por ser feliz —ordenó él—. ¿Entendido?

Ella asintió furiosamente y soltó un ruidito sofocado al contener las lágrimas.

—He pensado en ti todos los días —susurró—. Le pedía a Dios que te hiciera volver, como habías prometido. ¿Puedo acostarme a tu lado, Manie? Tengo frío.

—No —dijo él con firmeza—. Debes volver a tu cuarto antes de que te sorprendan aquí.

—Sólo por un momento —suplicó ella.

Antes de que Manie pudiera protestar, ella se deslizó a su lado, reptante, y se envolvió a su cuerpo. El camisón era de tela fina y gastada; la niña estaba estremecida de frío, y él no se decidió a echarla.

—Cinco minutos —murmuró. Después tendrás que irte.

El calor volvió a fluir muy pronto por el cuerpecito. Su pelo era suave contra la cara y olía bien, como la piel de un gatito sin destetar: lechosa y caliente. Ella lo hacía sentir adulto e importante. Le acarició la cabellera con sentimientos paternales y propietarios.

—¿Te parece que Dios responde a nuestras plegarias? —preguntó la niña, con suavidad—. Recé todo lo que pude, y aquí estás tal como yo pedía. —Guardó silencio por un instante. —Pero hicieron falta muchas plegarias y mucho tiempo.

—De plegarias no sé nada —admitió él—, mi papá nunca rezaba mucho que se diga. No me enseñó a hacerlo.

—Bueno, ahora será mejor que te acostumbres —le advirtió ella—. En esta casa se reza todo el día.

Cuando se escabulló, por fin, hacia la casa grande, dejó tras de sí un parche caliente en el colchón y un sitio más caliente aún en el corazón de Manfred.

Todavía estaba oscuro cuando Manfred despertó, ante un vibrante toque de la Trompeta de Dios en persona.

—Si no estás levantado en diez segundos recibirás un balde de agua fría, *Jong*.

Tío Tromp lo condujo, estremecido y con piel de gallina, hasta el abrevadero instalado tras los establos.

—El agua fría es la mejor cura para los pecados de la carne joven, *Jong* —dijo, con deleite—. Limpiarás los establos y cepillarás el pony antes del desayuno, ¿Oyes?

El día fue una vertiginosa sucesión de trabajo y plegarias. Las tareas domésticas se intercalaban con largas sesiones de deberes escolares y con otras, más largas aún, pasadas de rodillas, mientras tío Tromp o tía Trudie exhortaban a Dios para que vigilara sus actos o les impusiera todo tipo de castigos.

Sin embargo, al terminar aquella primera semana, Manfred había establecido las jerarquías entre los miembros más jóvenes de la casa, de modo sutil, pero permanente. Cuando las niñas Bierman hicieron un intento furtivo, aunque concertado, de tomarlo para la burla, él las cortó en seco con una mirada fija e implacable de sus ojos amarillos; ellas retrocedieron, llenas de nervioso desconcierto.

Con los libros la cosa era distinta. Sus primos eran estudiantes aplicados y contaban con la ventaja de haber pasado la vida entera estudiando con esfuerzo. Mientras Manfred se concentraba ceñudamente en la gramática alemana y en las matemáticas para la escuela secundaria, le servían de incentivo las sonrisas sobradoras que provocaban sus respuestas fallidas al catecismo de tía Trudi.

"Ya verán", se prometía.

Y tanto se dedicó a alcanzar y sobrepasar a sus primos que tardó varios días en darse cuenta de los abusos a los que las niñas Bierman estaban sometiendo a la pequeña Sara. Su crueldad era refinada y secreta: una pulla, un apodo, una cara burlona; la excluían con premeditación de sus juegos y sus risas; saboteaban sus tareas domésticas; aparecían manchas de hollín en la ropa que Sara acababa de planchar, marcas de grasa en los platos lavados por ella o arrugas en las sábanas de la cama que había tendido. Había sonrisas crueles cuando Sara recibía un castigo por pereza y negligencia de manos de tía Trudi, a quien le gustaba mucho ejecutar esa sagrada función con el dorso de un cepillo para el pelo.

Manfred atrapó a cada una de las niñas a solas. Sujetándolas por las trenzas, las miró a los ojos desde una distancia de pocos centímetros, mientras les hablaba con voz suave y modulada, siseante de pasión, y concluía con estas palabras:

—...y nada de correr con cuentos a tu madre.

Esa crueldad deliberada tuvo un final dramático y brusco; bajo la protección de Manfred, Sara quedó completamente en paz.

Al terminar esa primera semana, tras el quinto servicio dominical de un día largo y tedioso, uno de los primos apareció en la puerta del cobertizo donde Manfred, estirado en su cama, estudiaba gramática alemana.

—Mi papá quiere verte en su estudio.

Y el mensajero se retorció una mano, en una parodia de desastre inminente.

Manfred mojó su pelo corto bajo la canilla y trató de aplanárselo a cepillo, mirándose en el fragmento de espejo puesto como cuña sobre su cama. De inmediato volvió a levantarse en púas mojadas. Entonces renunció al intento y corrió a presentarse.

Nunca se le había permitido entrar en los cuartos frontales de la casa pastoral. Eran sacrosantos y, entre ellos, el estudio del *dominie* se consideraba el más sagrado. Él sabía, por las advertencias que sus primos repetían con morboso placer, que una convocatoria al estudio se asociaba siempre con castigos y dolor. Se detuvo en el umbral, estremecido, seguro de que habían descubierto las visitas nocturnas de Sara al cobertizo de las herramientas. Dio un loco respingo ante el bramido que respondió a su tímido golpecito; luego abrió la puerta de a poco y entró.

Tío Tromp estaba sentado tras el sombrío escritorio de madera oscura, apoyado en los puños que centraba en el secante.

—Pasa, *Jong*. Cierra la puerta. ¡No te quedes allí! —bramó, dejándose caer pesadamente en la silla.

Manfred permaneció de pie ante él, tratando de pronunciar las palabras de arrepentimiento y justificación. Antes de que pudiera darles forma, tío Tromp volvió a hablar.

—Bueno, Jong, tengo informes de tu tía sobre ti. —El tono no guardaba relación con su expresión feroz. —Me dice que tu educación ha sido tristemente descuidada, pero que pones voluntad y pareces aplicarte.

Manfred aflojó el cuerpo, con un alivio tan intenso que le costó seguir el sentido de la larga exhortación siguiente.

—Nosotros somos los perros sometidos, *Jong*. Somos víctimas de la opresión y el milnerismo.

Manfred había oído hablar a su padre de Lord Milner; era el notorio gobernador inglés, adversario de los afrikaners, por cuyo decreto todos los niños que hablaran el afrikaans en la escuela se veían obligados a usar un gorro con la leyenda: "Soy un burro: hablo holandés".

—Sólo hay un modo de vencer a nuestros enemigos, *Jong*: tenemos que ser más astutos, más fuertes y más implacables que ellos.

La Trompeta de Dios, absorta en sus propias palabras, levantó la mirada hacia los complejos diseños del cielo raso; sus ojos se pusieron vidriosos, con una mezcla de fanatismo religioso y político, dejando a Manfred en libertad de estudiar furtivamente aquella habitación, amoblada en exceso.

Tres de las paredes estaban cubiertas de bibliotecas, todas cargadas de tomos religiosos y serios. Predominaban Juan Calvino y los autores de la forma de gobierno eclesiástico presbiteriano, aunque había obras de historia y filosofía, leyes y biografías, diccionarios, enciclopedias y estantes enteros de himnos y sermones en holandés culto, alemán e inglés.

La cuarta pared, tras el escritorio de tío Tromp mostraba una serie de fotografías: serios antepasados con ropas domingueras en la hilera superior; más abajo, congregaciones devotas o cultos miembros de sínodos; en todas figuraba la inconfundible imagen de Tromp Bierman, en una sucesión de Tromps que iba madurando y envejeciendo gradualmente; de joven rasurado, de ojos brillantes, llegaba, en la primera fila, a la madurez de su barba leonina.

Y de pronto, incongruente, asombrosa, una fotografía amarilla, enmarcada. Era la mayor de todas y estaba situada en el lugar más visible; representaba a un hombre desnudo hasta la cintura, con pantalón de malla hasta los tobillos y, ciñendo el talle, un cinturón magnífico, reluciente de hebillas de plata y medallones.

El hombre de la fotografía era Tromp Bierman, a los veinticinco años, cuanto más, completamente afeitado, con el pelo peinado al medio y aplastado con brillantina; su poderoso cuerpo mostraba un estupendo desarrollo muscular; tenía los puños cerrados hacia adelante y estaba medio agachado, en la clásica postura del pugilista. Frente a él, una pequeña mesa exhibía un tesoro de copas relucientes y trofeos deportivos. El joven de la foto sonreía, llamativamente apuesto y, a los ojos de Manfred, increíblement atrevido y romántico.

—Eres boxeador —barbotó el niño, sin poder dominar su extrañeza y admiración.

La Trompeta de Dios se cortó en el medio de su clarinada. Bajó la gran cabeza melenuda, parpadeando para reacomodarse en la realidad, y luego giró para seguir la mirada de Manfred.

—No sólo boxeador —aclaró—, sino campeón. Campeón de medio pesados de la Unión Sudafricana.

Al ver la expresión de Manfred, su propio rostro se tornó más cálido, fundiéndose con los recuerdos y la gratificación.

—¿Ganaste todas esas copas... y ese cinturón?

—Por supuesto, *Jong*. Vencí a los filisteos en buena ley. Los derribé en medio de sus multitudes.

—¿Sólo luchabas contra los filisteos, tío Tromp?

—Todos eran filisteos, *Jong*. En cuanto subían al *ring* conmigo, se convertían en filisteos y yo caía sobre ellos sin misericordia, como el martillo y la espada del Todopoderoso. —Tromp Bierman levantó los puños frente al pecho y disparó un rápido tatuaje de golpes, deteniéndolos a escasos centímetros de la nariz de su sobrino.

—Con estos puños me ganaba la vida, Jong. Todos los que vinieran, a diez libras por vez. Peleé contra Mike Williams y lo volteé en el sexto; al gran Mike Williams, nada menos. —Soltó un gruñido, boxeando en la silla.

—¡Ah, ah! ¡Izquierda, derecha, izquierda! Hasta di una buena azotaina al negro Jephta y le robé el título a Jack Lalor, en 1916. Todavía oigo los vítores cuando Lalor cayó a la lona. Que dulce, *Jong* mío, qué dulce...

Se interrumpió y puso las manos en el regazo. Su expresión volvió a ser digna y severa.

—Después, tu tía Trudi y el Señor de Israel me convocaron a asuntos más importantes. —Y la locura guerrera se evaporó tristemente en los ojos de tío Tromp.

—Boxear, ser campeón... Para mí, eso sería lo más importante —balbuceó Manfred.

La mirada de Tromp se centró pensativamente en él. Lo observó con atención, desde la nuca rapada hasta los pies, grandes, pero proporcionados.

—¿Quieres aprender a pelear? —Hablaba en voz baja, echando a la puerta una mirada cómplice.

Manfred no pudo responder; tenía la garganta cerrada por el entusiasmo, pero asintió vigorosamente. Tío Tromp prosiguió, en su habitual tono penetrante.

—Tu tía Trudi no está de acuerdo con las peleas. ¡Y tiene razón! Las riñas son para los truhanes. Quítate la idea de la cabeza, *Jong*. Piensa en cosas superiores.

Sacudió la cabeza con tanto vigor que se le revolvió la barba; demandaba mucho esfuerzo apartar la idea de su propia cabeza. Mientras se peinaba la barba con los dedos, prosiguió:

—Volvamos a lo que te estaba diciendo. Tu tía y yo pensamos que deberías dejar, por el momento, el apellido De La Rey. Adoptarás el de Bierman hasta que pase el alboroto causado por el juicio de tu padre. Ese nombre ya ha sido demasiado repetido por los periódicos, esos órganos de Lucifer. Tu tía tiene razón al no dejarlos entrar en esta casa. Habrá mucha bulla cuando se inicie el juicio de tu padre en Windhoek, el mes próximo. Podría atraer la vergüenza y la desgracia sobre ti y esta familia.

—¿El juicio de mi padre? —Manfred lo miraba sin comprender. —Pero si mi padre ha muerto...

—¿Que ha muerto? ¿Eso es lo que pensabas? —Tromp se levantó para acercarse al niño. —Perdóname, *Jong*. —Le puso las manazas en los hombros. —Al no hablar de esto antes te he provocado sufrimientos innecesarios. Tu padre no ha muerto. La policía lo capturó; el día veinte del mes próximo se enfrentará a una posible condena a muerte en la Corte Suprema de Windhoek.

Sujetó a Manfred, que se tambaleaba ante el impacto de esas palabras, y terminó, con un bramido más gentil:

—Ahora comprenderás por qué deseamos que te cambies el apellido, *Jong*.

Sara había terminado de prisa con su planchado para escabullirse de la casa. Ahora estaba encaramada sobre el montón de leña, con el mentón apoyado en las rodillas y abrazada a sus piernas, contemplando a Manfred. Le encantaba verlo trabajar con el hacha. Era una larga hacha de dos filos, con la cabeza pintada de rojo y un borde brillante. Manie la asentaba sobre la piedra hasta que podía afeitarse con ella el fino vello rubio que le crecía en el dorso de la mano.

Se había quitado la camisa, para dejarla en manos de Sara; su pecho y su espalda estaban relucientes de sudor. A ella le gustaba ese olor sudoroso a pan recién horneado, a higo cortado del árbol, calentado por el sol.

Manfred puso otro leño en el soporte y dio un paso atrás, escupiéndose la palma de las manos. Siempre hacía lo mismo; ella por solidaridad, juntó un trago de saliva en su propia boca. Luego, el muchachito elevó el hacha y ella se puso tensa.

—La tabla del cinco —ordenó, moviendo el hacha en un golpe largo, curvo.

La herramienta zumbó apenas por sobre su cabeza, hundiéndose en el leño con un golpe seco. Al mismo tiempo, Manie emitió un gruñido explosivo.

—Cinco por uno, cinco —recitó ella, al compás del hacha.

—Cinco por dos, diez —gruñó Manie, y una cuña de madera blanca voló por encima de su cabeza.

—Cinco por tres, quince.

El hacha dibujó un círculo brillante en la luz amarilla del sol poniente, y Sara cantó agudamente, en tanto las astillas de madera caían como granizo. El leño cayó del soporte en dos pedazos, en el momento justo en que Sara gritaba:

—Cinco por diez, cincuenta.

Manie dio un paso atrás y se apoyó en el mango, sonriéndole.

—Muy bien, Sarie, Ni un solo error.

Ella se pavoneó de placer... y de pronto miró por sobre el hombro, con expresión súbitamente asombrada y culpable. Bajó de un salto y, con un revoleo de faldas, escapó hacia la cocina.

Manie se volvió rápidamente. Tío Tromp estaba recostado contra la esquina del cobertizo, observándolo.

—Lo siento, tío Tromp. —Agachó la cabeza. —Sé que ella no debería estar aquí, pero no me decido a echarla.

Tío Tromp se apartó de la pared para acercarse lentamente. Se movía como un oso grande, con los brazos colgando; describió un círculo alrededor de Manfred, lentamente, examinándolo con una arruga distraída en la frente. El jovencito se retorció tímidamente. Tío Tromp le hundió un dedo grande y doloroso en el vientre.

—¿Qué edad tienes, Jong? —Al oírle, asintió. —Te faltan tres años para llegar al desarrollo completo. Creo que serás medio pesado, a menos que des un estirón al final y llegues a peso pesado.

Manfred sintió que se le erizaba la piel ante esos términos desconocidos, pero tan excitantes. Tío Tromp volvió a la pila de leña. Deliberadamente, se quitó la chaqueta azul y la plegó con pulcritud. Después de depositarla sobre la leña, desató su corbata blanca y la puso sobre la chaqueta. Por fin volvió hacia Manfred, enrollándose las mangas de la camisa blanca.

—Así que quieres ser boxeador —preguntó.

Manfred asintió, sin poder hablar.

—Deja el hacha.

El jovencito clavó la hoja en el tajo y se volvió hacia su tío. El pastor abrió la mano derecha, con la palma hacia Manfred.

—¡Pega! —dijo.

Manfred cerró el puño y le asestó un golpe, a manera de prueba.

—No te pido que tejas calceta, *Jong*, ni que amases pan. ¿Qué eres? ¿Un hombre o una criada de cocina? Golpea, hombre, ¡Golpea! Así está mejor. Pero no hace falta que traigas el puño desde la nuca. ¡Directo! ¡Más fuerte! ¡Más fuerte! Así me gusta más. Ahora la izquierda. ¡Eso es! ¡Izquierda! ¡Derecha! ¡Izquierda!

Tío Tromp había levantado las dos manos y bailaba delante de él. Manfred lo seguía ansiosamente, alternando los puños contra las grandes palmas.

—Está bien. —Tromp dejó caer las manos. —Ahora, pégame. Pégame en la cara. Anda, dame fuerte. Bien en la nariz. ¡A ver si me tumbas de espaldas!

Manfred bajó las manos y dio un paso atrás.

—No puedo, tío Tromp —protestó.

—¿No puedes qué, *Jong*? ¿Qué cosa no puedes?

—Pegarte. No estaría bien. No sería respetuoso.

—Así que ahora hablamos de respeto, no de boxeo. Hablamos de polvos para la cara y guantes de señora, ¿verdad? —bramó el tío. Creí que querías pelear. Creí que querías ser hombre, y ahora me encuentro con un mocoso llorón. —Su voz se convirtió en un falsete quebrado. —"No estaría bien, tío Tromp, no sería respetuoso."

De pronto, la mano derecha se disparó; su palma abierta se estrelló contra la mejilla de Manfred, en una cachetada hiriente que dejó una mancha escarlata en la piel.

"No es que seas respetuoso, *Jong*. Eres cobarde. Eso eres. Un niñito llorón y cobarde. ¡No eres hombre! ¡Jamás serás luchador!

Otra manaza vino a toda velocidad, tan inesperadamente que Manfred apenas la vio. El dolor del golpe le llenó los ojos de lágrimas.

"Tendremos que buscarte unas faldas, niñita. Una falda amarilla, del color de los cobardes.

El tío lo observaba con cuidado, vigilándole los ojos, y rezaba en silencio por la reacción, mientras vertía apabullante desprecio sobre el recio joven, que retrocedía, desconcertado e inseguro. Lo siguió y volvió a pegarle; ese golpe partió el labio inferior de Manfred contra sus dientes, dejándole una mancha de sangre hasta la barbilla.

"¡Vamos!", lo exhortaba dentro de sí, bajo el torrente de insultos burlones. "¡Vamos, por favor, ataca!"

Y entonces, con una explosión de júbilo que le llenó el pecho a reventar, vio lo que esperaba. Manfred bajó el mentón y sus ojos cambiaron. De pronto refulgieron de luz amarilla, fría, implacable como los del león, un momento antes de lanzarse al ataque. Y el joven se arrojó contra él.

Aunque tío Tromp lo estaba esperando, y había rezado por ello, la velocidad y el salvajismo del ataque lo sorprendieron fuera de su equilibrio. Lo salvó sólo el viejo instinto del luchador; desvió ese primer ataque asesino, percibiendo la potencia de los puños que le rozaban las sienes y la barba. Por algunos instantes desesperados no tuvo tiempo para pensar. Toda su inteligencia, toda su atención, debían concentrarse en mantenerse de pie y conservar bajo su dominio a la bestia fría y feroz que acababa de crear.

Por fin se impuso la experiencia, largamente olvidada. Se dedicó a esquivar los golpes y a dar saltitos, fuera del alcance del muchacho; mientras lo observaba con objetividad, como si estuviera sentado en la platea del estadio; percibió con más y más placer la manera en que el joven, sin adiestramiento, usaba los dos puños con idéntica potencia y destreza.

"¡Ambidextro nato! No reserva la derecha. Y pone el hombro tras cada golpe sin que nadie se lo haya enseñado."

Cuando volvió a mirarlo a los ojos, un escalofrío lo sobrecogió por lo que había soltado al mundo.

"Es un matador." Lo reconocía. "Tiene el instinto del leopardo que mata por el gusto de la sangre, por el júbilo de matar. Ya no me ve. Sólo ve a la presa ante él."

Esa idea lo distrajo. Recibió un golpe de derecha en el antebrazo, que la sacudió los dientes y los huesos hasta los tobillos. Quedó amoratado desde el hombro hasta el codo, sin duda. El aliento le quemaba en la garganta.

Las piernas se le hicieron de plomo. Sintió el corazón palpitante contra las costillas. Llevaba veintidós años sin pisar un *ring*; veintidós años con la buena cocina de Trudi; su ejercicio más violento era sentarse al escritorio o erguirse en el púlpito. El jovencito que tenía ante sí, en cambio, era como una máquina implacable; aquellos ojos amarillos se mantenían fijos en él, con fiereza asesina.

Tío Tromp juntó fuerzas y esperó que Manfred, al lanzar la derecha, le abriera espacio. Entonces contraatacó con la izquierda, que era su mejor puño; el mismo golpe que había tumbado al negro Jephta en el tercero. Allá fue, con ese lindo chasquido de hueso contra hueso.

Manfred cayó de rodillas, aturdido; la luz amarilla de asesino se borró de sus ojos, dando lugar a una opacidad desconcertada, como si despertara de un trance.

—Basta ya, *Jong*. —Las potentes notas de la Trompeta de Dios se habían reducido a un jadeo suspirante. —Ponte de rodillas y da gracias a tu Hacedor.

Tío Tromp bajó su mole junto a Manfred y le pasó un grueso brazo por debajo de los hombros. Luego levantó al cielo su cara y su voz inestable.

—Dios Todopoderoso, te damos gracias por el cuerpo fuerte con que has dotado a Tu siervo. También Te damos gracias por su izquierdazo natural... aunque comprendemos que necesitará mucho trabajo. Y te rogamos humildemente que apoyes nuestros esfuerzos por inculcar en él siquiera los rudimentos del trabajo de pies. Su mano derecha es una bendición tuya, por la que siempre te estaremos agradecidos, aunque ahora tendrá que aprender a no anunciar cada golpe con cinco días de anticipación.

Manfred todavía sacudía la cabeza y se frotaba la mandíbula, pero reaccionó ante el pulgar hundido en sus costillas con un fervoroso:

—Amén.

—Iniciaremos el trabajo de resistencia inmediatamente, oh, Señor, mientras armamos un *ring* en el cobertizo de las herramientas para aprender a manejar las sogas, y te agradecemos humildemente Tu bendición sobre nuestra empresa y Tu cooperación para que no llegue a conocimiento de la socia de tu siervo en el santo matrimonio, Trudi Bierman.

Casi todas las tardes, con el pretexto de visitar a alguno de sus feligreses, tío Tromp uncía el poni al carrito y salía por el portón del frente, saludando garbosamente a su esposa, que lo observaba desde la galería. Manfred lo esperaba bajo el grupo de espinillos, junto a la ruta principal a Windhoek, ya descalzo y en pantalones cortos; desde allí trotaba junto al carro.

—Hoy, siete kilómetros y medio, *Jong*: hasta el puente del río, ida y vuelta. Y lo haremos algo más de prisa que ayer.

Los guantes que tío Tromp había bajado subrepticiamente del altillo estaban resquebrajados por la vejez, pero los emparcharon con cola. Después de atarlos por primera vez a las manos de Manfred, vio que el muchachito los acercaba a la nariz para olfatearlos.

—Huelen a cuero, sudor y sangre, *Jong.* Llénate la nariz de ese olor. A partir de ahora vivirás con él.

Manfred golpeó mutuamente aquellos guantes gastados. Por un momento volvió a brillar en sus ojos aquella luz amarilla. Luego sonrió.

—Me siento bien con ellos —dijo.

—Con nada te sentirás mejor —aseveró tío Tromp.

Y lo condujo hasta la gran bolsa de lona, rellena de arena del río, que colgaba de las vigas, en un rincón del cobertizo.

—Para empezar, quiero ver trabajar esa izquierda. Es como un caballo salvaje; hay que domarlo y adiestrarlo. Que no malgaste fuerzas. Tiene que aprender a hacer aquello que le ordenemos en vez de dar vueltas por el aire.

Juntos construyeron el *ring*, medía una cuarta parte del tamaño normal, pues el cobertizo no daba para más. Hundieron los postes a buena profundidad en el suelo de tierra y los aseguraron con cemento. Después tendieron en el suelo un gran trozo de lona. Lona y cemento habían sido confiscados a uno de los ricos feligreses "por la gloria de Dios y por el *Volk*", convocatoria que no podía ignorarse con facilidad.

Sara, a quien Manfred y tío Tromp tomaron en conjunto el más solemne e intimidante juramento de secreto, estaba autorizada a observarlos en el *ring*, aunque era una espectadora nada objetiva y vitoreaba desvergonzadamente al participante más joven.

Tras dos de estas sesiones, que dejaban a tío Tromp ileso, pero resoplando como una locomotora a vapor, el pastor sacudió tristemente la cabeza.

—No hay caso, Jong. Tendré que buscarte otro *sparring* o volver a entrenarme.

A partir de entonces, el poni quedó atado a los espinillos, mientras el tío gruñía y jadeaba junto a Manfred, en sus largas carreras; el sudor le caía de la barba como las primeras lluvias del verano.

Sin embargo, su panza protuberante se encogió como por milagro; pronto reaparecieron los contornos del duro músculo, bajo las capas de suave grasa que le cubrían los hombros y el pecho. Gradualmente llevaron los rounds de dos a cuatro minutos, mientras Sara, elegida como marcatiempos oficial, los medía con el barato reloj de bolsillo de tío Tromp, que compensaba con su tamaño lo dudoso de su exactitud.

Pasó casi un mes antes de que tío Tromp pudiera decir para sus adentros (no hubiera soñado, siquiera, con decírselo a Manfred): "Ahora empieza a parecer un boxeador." Lo que dijo, en cambio, fue:

—Ahora quiero velocidad. Quiero que seas veloz como una mamba y valiente como un ratel.

La mamba era la más temida de las serpientes africanas. Alcanzaba el grosor de una muñeca masculina y los seis metros de longitud. Su veneno podía acarrear la muerte de un adulto en cuatro minutos: una muerte penosísima. La mamba era tan rápida que alcanzaba a un caballo lanzado al galope; su ataque apenas era perceptible para la vista.

—Veloz como una mamba, valiente como un ratel —repitió tío Tromp. Y lo repetiría cien, mil veces en los años venideros.

El ratel es el hurón melífago de África, un animal pequeño, de pellejo suelto, pero grueso y resistente, capaz de desafiar el mordisco de un mastín o los colmillos de un leopardo; en el cráneo achatado, el garrote más pesado rebota sin hacer daño; tiene el corazón de un león y el coraje de un gigante. Normalmente manso y tolerante, ataca sin temor al adversario más grande en cuanto es provocado. Dice la leyenda que el ratel busca instintivamente el escroto y que es capaz de desgarrar los testículos de cualquier animal macho, hombre, búfalo o elefante, que se atreva a amenazarlo.

—Quiero mostrarte algo, *Jong*. —Tío Tromp llevó a Manfred hasta el gran arcón de madera, contra la pared posterior del cobertizo, y abrió la tapa. —Es para ti. Lo pedí por correo a Ciudad del Cabo. Llegó ayer, en el tren.

Puso en los brazos de Manfred el enredo de cuero y goma.

—¿Qué es, tío Tromp?

—Ven y te mostraré.

En pocos minutos, tío Tromp armó el complicado aparato.

—Bueno, Jong, ¿qué te parece? —preguntó, echándose atrás con una enorme sonrisa bajo la barba.

—Es el mejor regalo que me han hecho nunca, tío Tromp. Pero ¿qué es?

—¿Te dices boxeador y no sabes reconocer un *punching-ball*?

—¡Un *punching-ball*! ¡Te habrá costado muchísimo dinero!

—De veras, *Jong*, pero no se lo digas a tu tía Trudi.

—¿Y para qué sirve?

—Sirve para ésto —exclamó tío Tromp.

E impulsó la bola contra su marco, en un rápido ritmo, utilizando ambos puños; la recibía al rebotar y la mantuvo en movimiento constante, sin fallar, hasta que se vio reducido a dar un paso atrás, jadeando.

—Velocidad, Jong. Rápido como una mamba.

Enfrentado a la generosidad y el entusiasmo de tío Tromp, Manfred tuvo que juntar todo su coraje para pronunciar las palabras que le quemaban en la lengua desde hacía semanas. Esperó al último día y al último minuto antes de barbotar:

—Tengo que irme, tío Tromp.

Atormentado, presenció el desaliento y la incredulidad en flujo por aquella cara desigual y barbada, que con tanta prontitud y naturalidad había llegado a amar.

264

—¿Irte? ¿Quieres abandonar mi casa? —Tío Tromp se detuvo en seco sobre la ruta polvorienta y se limpió el sudor de la cara, con la toalla raída que llevaba al cuello. —¿Por qué, Jong, por qué?

—Por mi papá. el juicio se inicia dentro de tres días. Tengo que estar allí, tío. Tengo que irme, pero volveré. Te juro que volveré en cuanto pueda.

Tío Tromp se apartó y echó a correr otra vez por la ruta larga y recta; sus pies de oso levantaban nubes de polvo a cada paso. Manfred aumentó su velocidad hasta ponérsele al lado. Ninguno de los dos volvió a hablar hasta que llegaron al grupo de árboles en donde esperaban el cochecito con el poni.

Oom Tromp subió al pescante y tomó las riendas. Después miró a Manfred, que estaba de pie junto a la rueda delantera.

—Ojalá alguno de mis hijos me demostrara tanta lealtad, *Jong* —bramó por lo bajo, mientras agitaba las riendas.

A la noche siguiente, mucho después de la cena y las plegarias vespertinas, Manfred, tendido en su cama, con la vela cuidadosamente encubierta para que ningún destello alertara a tía Trudi sobre esa extravagancia, leía a Goethe, el autor favorito de su padre. No era fácil. Su alemán había mejorado muchísimo; dos días a la semana, tía Trudi insistía en que no se hablara otro idioma en la casa; a la hora de cenar, iniciaba conversaciones eruditas en las que debían participar todos los miembros de la familia. Aun así, Goethe no era moco de pavo; Manfred, concentrado en el complicado uso de los verbos, no se enteró de que tío Tromp había entrado en su cuarto hasta que le quitó el libro de las manos.

—Te arruinarás la vista, *Jong*.

Manfred se incorporó velozmente, sacando las piernas de la cama, mientras tío Tromp se sentaba a su lado. Pasó algunos instantes hojeando el libro. Después dijo, sin levantar la vista.

—Rautenbach va a Windhoek mañana, con su Ford T. Lleva cien pavos para el mercado, pero en la parte trasera tendrá lugar para ti. Tendrás que soportar las plumas desprendidas y el guano de pavo, pero es más barato que viajar en tren.

—Gracias, tío Tromp.

—En la ciudad hay una vieja viuda, devota y decente, que también es muy buena cocinera. Ella te alojará. Le he escrito. —Sacó una hoja de papel de su bolsillo y la puso en el regazo de Manfred. Estaba plegada y sellada con una gota de lacre, pues el estipendio de un predicador campesino no permitía el lujo de comprar sobres.

—Gracias, tío Tromp.

A Manfred no se le ocurrió decir otra cosa. Habría querido echar los brazos a ese cuello grueso, apoyar la mejilla contra la barba áspera, surcada de gris, pero se dominó.

—Puede haber otros gastos —bufó el tío—. No sé cómo vas a volver. De cualquier modo...

Buscó a tientas en su bolsillo, tomó con la otra mano la muñeca del muchacho y le apretó algo contra la palma. Manfred, al bajar la vista, se encontró con dos brillantes monedas de media corona. Meneó lentamente la cabeza.

—Tío Tromp...

—No digas nada, *Jong*... sobre todo a tu tía Trudi.

Tío Tromp iba a levantarse, pero Manfred lo sujetó por la manga.

—Tío Tromp, puedo devolverte este dinero... y todo lo otro.

—Ya lo sé, *Jong*. Me lo devolverás multiplicado mil veces, algún día, en orgullo y en alegrías.

—No, no, algún día no. Puedo devolvértelo ahora.

Manfred se levantó ansiosamente y corrió al baúl puesto sobre cuatro ladrillos que constituía su ropero. Se arrodilló en el suelo para hundir el brazo en el espacio que quedaba por debajo y sacó una bolsa amarilla, de tabaco. Con ella en la mano volvió precipitadamente a la cama de hierro y abrió la bolsita, con los dedos temblorosos de entusiasmo.

—A ver, tío Tromp, abre la mano.

Con una sonrisa indulgente, el predicador extendió su enorme manaza, con el dorso cubierto de rizos negros, ásperos, y los dedos gruesos como embutidos de granja.

—¿Qué tiene ahí, *Jong*? —preguntó, jovialmente.

—Diamantes, tío Tromp —susurró Manfred—. Con esto serás rico. Podrás comprar todo lo que necesites.

—¿De dónde los sacaste, *Jong*? —La voz del tío sonaba tranquila y desapasionada. —¿Cómo llegaron a tus manos?

—Mi papá... Mi padre. Él los puso en el forro de mi chaqueta. Dijo que eran para mí, para pagar mi educación y para mantenerme. Para todas las cosas que él quería para mí y nunca había podido darme.

—¡Ajá! —exclamó tío Tromp, con suavidad—. Entonces todo es cierto, lo que dicen los periódicos. No son sólo mentiras de los ingleses. Tu padre es un bandido y un asaltante. —La manaza se apretó en un puño sobre el brillante tesoro. —Y tú estabas con el, *Jong*. Tienes que haber estado allí cuando él hizo esas cosas terribles de que lo acusan, por las cuales será juzgado y condenado. ¿Estabas con él, *Jong*? ¡Respóndeme! —Su voz iba creciendo como vientos de tormenta. Por fin dejó escapar un bramido.

—¿Cometiste con él ese terrible mal, *Jong*? —La otra mano salió disparada y tomo a Manfred por la pechera de la camisa, tirando de él hasta que el rostro del muchachito quedó a centímetros de su propia barba. —Confiesa, *Jong*. Cuéntame todo, lo malo en todos sus detalles. ¿Estabas con él cuando tu padre atacó a esa inglesa y la asaltó?

—¡No, no! —Manfred sacudió salvajemente la cabeza. —No es cierto. Mi padre no es capaz de hacer una cosa así. Esos diamantes eran nuestros. Él me lo explicó. Lo que hizo fue recuperar lo que nos correspondía por derecho.

—¿Estabas con él cuando hizo esto, *Jong*? Dime la verdad. —Tío

Tromp lo interrumpió con otro bramido. —Dime, ¿estabas con él?

—No, tío. Fue solo. Y cuando volvió estaba herido. La mano, la muñeca...

—¡Gracias, Señor! —exclamó el predicador, levantando la vista con alivio—. Perdónalo, porque no sabía lo que hacía, oh, Señor. Fue llevado hacia el pecado por un mal hombre.

—Mi padre no es malo —protestó Manfred—. Le quitaron con engaños lo que era realmente suyo.

—Silencio, *Jong* —*Oom* Tromp se levantó en toda su estatura, espléndido y sobrecogedor como un profeta bíblico. —Tus palabras son una ofensa a los ojos de Dios. Debes hacer penitencia ahora mismo.

Arrastró a Manfred al otro lado del cobertizo, donde estaba el yunque de hierro negro.

—No robarás: ésas son las palabras de Dios. —Puso uno de los diamantes en el centro del yunque. —Estas piedras son el fruto malhabido de un terrible mal. —Sacó la maza de dos kilos, que estaba colgada de su gancho. —Deben ser destruídos.

Y puso la maza en manos del niño.

—Reza pidiendo perdón, *Jong*. Ruega al señor que te otorgue su caridad y su perdón. ¡Y golpea!

Manfred, con el martillo en la mano, cruzado contra el pecho, miraba fijamente el diamante puesto en el yunque.

—¡Golpea, Jong! Rompe esa cosa maldita o quedarás maldito con ella —rugió el tío—. Golpea, en el nombre de Dios. Libérate de la culpa y la vergüenza.

Manfred levantó lentamente el martillo e hizo una pausa, mirando al feroz anciano.

—Golpea pronto —bramó tío Tromp—. ¡Ahora!

Y Manfred descargó la herramienta, con el mismo golpe curvo y fluido con que hachaba leña, gruñendo con el esfuerzo. La cabeza de la maza resonó contra el yunque.

Levantó la herramienta, con lentitud. El diamante estaba reducido a polvo blanco, más fino que el azúcar, pero aún retenía vestigios de su fuego y su belleza, pues cada cristal diminuto captaba y magnificaba la luz de la vela; cuando tío Tromp quitó el polvo del yunque, con la palma abierta, cayó en un arco iris luminoso al piso de tierra.

Tío Tromp puso otra piedra en el yunque: una fortuna que pocos hombres podían amasar en diez años de trabajo incesante, y dio un paso atrás.

—¡Golpea! —gritó.

El martilló siseó en el aire y el yunque resonó como un gran gongo. El precioso polvo cayó otra vez y otra piedra ocupó su lugar.

—¡Golpea! —clamó la Trompeta de Dios.

Manfred trabajaba con el martillo, gruñendo y sollozando con cada fatídico golpe, hasta que el tío gritó:

—¡Alabado sea el nombre del Señor! ¡Está hecho!

Y cayó de rodillas, arrastrando a su sobrino consigo. Se arrodillaron juntos ante el yunque como si fuera un altar, con el polvo blanco cubriéndoles las rodillas, oraron.

—Oh, Jesús, nuestro Señor, otorga su favor a este acto de penitencia. Tú, que diste tu propia vida por nuestra redención, perdona a Tu joven siervo, cuya ignorancia y falta de madurez lo han llevado a un triste pecado.

Era pasada la medianoche y la vela temblaba en un charco de cera cuando tío Tromp se levantó del suelo e incorporó a Manfred de un tirón.

—Ahora ve a acostarte, *Jong*. Hemos hecho todo lo posible para salvar, por el momento, tu alma. —Lo observó mientras se desvestía y, cuando estuvo bajo la frazada gris, preguntó en voz baja: —Si te prohibiera ir a Windhoek por la mañana, ¿me obedecerías?

—Mi padre... —susurró Manfred.

—Respóndeme, *Jong*: ¿me obedecerías?

—No lo sé, tío Tromp, pero no creo que pudiera. Mi papá...

—Tienes ya demasiadas cosas de que arrepentirte. De nada valdría agregar a tu carga el pecado de la desobediencia. Por lo tanto, no te impondré esa restricción. Debes hacer lo que te dicten tu lealtad y tu conciencia. Pero por mi bien y el tuyo propio, cuando llegues a Windhoek no uses el apellido De La Rey, sino Bierman, *Jong*, ¿me oyes?

—¡Hoy se dicta sentencia! Tengo por regla no predecir jamás el resultado de proceso judicial alguno —anunció Abe Abrahams desde su silla, frente al escritorio de Centaine Courtney—. Hoy, sin embargo, quebraré mis propias normas. Anuncio que este hombre será ahorcado. No caben dudas.

—¿Por qué estás tan seguro, Abe? —preguntó Centaine, serenamente.

Abe la observó con encubierta admiración antes de responder. Ella lucía un vestido sencillo, de talle largo, cuyo precio sólo se podía justificar por el corte exquisito y la calidad de la seda. Destacaba sus pechos, pequeños como indicaba la moda, y sus caderas de muchachito. Estaba de pie contra la puerta ventana, y el brillante sol africano formaba un nimbo alrededor de su cabeza. Costaba apartar la vista de ella y dirigirla hacia el cigarro encendido con el que enumeró sus argumento.

—Primero: el pequeño asunto de la culpabilidad. Nadie, ni siquiera la defensa, ha hecho intentos serios por sugerir que no sea culpable como el mismo diablo. Culpabilidad en la intención y en la ejecución. Es culpable de planearlo todo en detalle y de ejecutarlo tal como estaba planeado. Es culpable de todo tipo de circunstancias agravantes, incluyendo el asalto a un puesto militar, el disparar contra la policía y el herir a un agente con granada. La defensa ha hecho poco menos que admitir que sólo podría sacar algún arcano conejo técnico de la galera legal, a fin de impresionar a Su Señoría, esperanza que hasta ahora no se ha materializado.

Centaine suspiró. Había pasado dos días en el estrado de los testigos. Aunque había permanecido serena e inconmovible ante el contrainterrogatorio más riguroso y agresivo, estaba exhausta. La perseguía una sensación de culpabilidad, de haber impulsado a Lothar a ese crimen desesperado; ahora, además, culpable de encabezar la jauría que lo acorralaba y que pronto lo castigaría con toda la vengatividad permitida por la ley.

—Segundo: los antecedentes de ese hombre. —Abe hizo un gesto con el cigarro. —Durante la guerra fue un traidor y un rebelde. Su cabeza tenía precio. Hay una larga lista de crímenes violentos en su contra.

—Fue perdonado por sus crímenes de guerra —apuntó Centaine—. Hubo absolución, firmada por el Primer Ministro y el ministro de justicia.

—De todos modos, contarán contra él. —Abe meneó la cabeza, con aire de sapiencia. —El mismo perdón empeora las cosas: es morder la mano de la misericordia, burlándose de la dignidad de la ley. Al juez no le gustará eso, créeme.

Abe inspeccionó el extremo del cigarro. Ardía parejo, con dos firmes centímetros de ceniza gris. Hizo un gesto de aprobación.

"Tercero —continuó—: el hombre no ha dado señas de remordimiento. Ni un ápice, nada. Se niega a decir qué hizo con el sucio botín. —Se interrumpió al notar que la mención de los diamantes perdidos inquietaba a Centaine, y continuó apresuradamente. —Cuarto: los aspectos emocionales del delito. Eso de atacar a una dama de mucha importancia en la comunidad. —Sonrió súbitamente. —Una mujer indefensa, tan incapaz de defenderse que le arrancó el brazo de un mordisco. —Volvió a ponerse serio al ver su entrecejo fruncido. —Tu propia integridad, tu valor, pesarán mucho en su contra, así como tu dignidad en el banco de los testigos. Ya has visto los periódicos: Juana de Arco y Florencia Nightingale en una sola persona, más la velada sugerencia de que el pudor no te permite decir todo lo bestial y horrible de su ataque. El juez querrá recompensarte con la cabeza del hombre en bandeja de plata.

Ella consultó su reloj.

—La corte vuelve a reunirse dentro de cuarenta minutos. Deberíamos subir la colina.

Abe se levantó de inmediato.

—Me encanta ver a la ley en funcionamiento: su paso digno y mesurado, el rito, el lento demoler de las pruebas, el separar la paja del trigo...

—Ahora no, Abe —le interrumpió ella, ajustándose el sombrero ante el espejo de la repisa. Dejó caer el velo negro sobre un ojo, puso el ala estrecha en un ángulo sentador y recogió su cartera de cocodrilo para sujetarla bajo el brazo. —Sin más oratoria de tu parte, vayamos a terminar con este horrible asunto.

Subieron la colina en el Ford de Abe. Los periodistas los aguardaban frente al edificio de tribunales; asomaron las cámaras por la ventanilla abierta y cegaron a Centaine con sus flashes. Ella se protegió los ojos con la cartera, pero en cuanto bajó del automóvil se vio rodeada por una manada que le lanzaba preguntas a gritos.

—¿Qué sentirá si lo ahorcan?

—¿Qué se sabe de los diamantes? Su empresa, ¿puede sobrevivir sin ellos, señora Courtney?

—¿Cree que harán un trato a cambio de los diamantes?

—¿Cuáles son sus sentimientos?

Abe se encargó de evadirlos; cargó a la carrera entre la muchedumbre, arrastrándola por la muñeca hasta la relativa tranquilidad del edificio.

—Espérame aquí, Abe —ordenó ella.

Y se escabulló por el corredor, serpenteando entre la multitud que esperaba ante las grandes puertas cerradas del salón principal. Todas las cabezas se volvieron a mirarla; un zumbido de comentarios la siguió por el pasillo. Centaine, ignorándolo, giró en la esquina hacia el tocador de señoras. El despacho asignado a la defensa se encontraba frente al baño. Ella echó un vistazo en derredor para asegurarse de que nadie la observaba y giró hacia esa puerta. Después de llamar con un golpe seco, abrió de un empujón y entró. Al cerrar la puerta a sus espaldas, vio que el abogado defensor levantaba la vista.

—Disculpen la intromisión, señores, pero debo hablar con ustedes.

Cuando Centaine volvió, pocos minutos después, Abe la seguía esperando en el mismo sitio.

—Ha venido el coronel Malcomess —le dijo.

Por el momento, las otras preocupaciones quedaron olvidadas.

—¿Dónde está? —preguntó ella, ansiosa.

No veía a Blaine desde el segundo día del juicio; en esa oportunidad, él había presentado testimonio, con esa cantarina voz de tenor que le erizaba el pelo de la nuca. El testimonio resultó tanto más condenador cuanto equilibrado y carente de emociones. La defensa trató de confundirlo con su descripción del tiroteo contra los caballos y el ataque con granadas, pero no tardó en comprender que él no era campo propicio y le permitió abandonar el estrado tras algunos minutos inútiles de contrainterrogatorio. Desde entonces, Centaine lo había buscado en vano, todos los días.

—¿Dónde está? —repitió.

—Ya ha entrado —replicó Abe.

Ella vio entonces que, durante su ausencia, los ujieres habían abierto las puertas dobles de la sala principal.

—Charlie nos está reservando asientos. No hay por qué sumarse al tropel.

Abe la tomó del brazo y la llevó fácilmente por entre la multitud. Los ujieres, que la habían reconocido, la ayudaron a despejar el pasillo hasta la tercera fila, donde el ayudante de Abe les había reservado sitio.

Centaine se dedicó a buscar disimuladamente la silueta alta de Blaine, tuvo un sobresalto cuando la muchedumbre se abrió por un instante, dejándolo a la vista, al otro lado del pasillo. Él también la buscaba y la vio un momento después. Su reacción fue igualmente intensa. Se miraron a través de esos pocos metros, que eran, para Centaine, un abismo enorme como un océano. Ninguno de los dos sonrió. Por fin, la multitud volvió a interponerse y ella lo perdió de vista. Reclinada en el asiento, junto a Abe, revolvió ostentosamente su cartera, como en busca de algo, para darse tiempo de recobrar la compostura.

— Allí está — exclamó Abe.

Por un momento, Centaine pensó que se refería a Blaine. Luego vio que los guardias traían a Lothar De La Rey desde las celdas.

Aunque lo había visto diariamente en los últimos cinco días, aún no estaba habituada al cambio sufrido en él. En esa oportunidad, vestía una desteñida camisa azul, de trabajo, y pantalones holgados, de color oscuro. Las ropas parecían demasiado grandes para él; una manga estaba abrochada flojamente sobre el muñón. Arrastraba los pies, como un anciano, y uno de los celadores tuvo que ayudarlo a subir los peldaños hasta el estrado.

Ya tenía el pelo completamente blanco; hasta sus gruesas cejas oscuras estaban entretejidas de plata. Se lo veía increíblemente flaco, y su piel tenía un aspecto agrisado, sin vida; le colgaba del mentón en pliegues sueltos. Su bronceado había cedido paso al color amarillento de la masilla vieja.

Al dejarse caer en el banco, sobre el estrado, levantó la cabeza y buscó en la galería del tribunal. Había una ansiedad patética en su expresión cuando recorrió velozmente con la vista los bancos atestados. De pronto, Centaine divisó la pequeña llama de alegría que brotaba en sus ojos, la sonrisa disimulada con que halló lo buscado. Le había visto representar esa escena todas las mañanas, durante cinco días; giró en su asiento para mirar hacia la galería, pero desde ese ángulo le era imposible ver quién o qué había llamado la atención de Lothar.

— Silencio en la sala — clamó el ujier.

Se produjo un susurro y una serie de roces, al levantarse todos los presentes. El juez Hawthorne se encaminó a su asiento, seguido por los dos asesores. Era un hombrecito de cabellos plateados, expresión benigna y ojos chispeantes detrás los anteojos montados al aire. Se parecía más a un maestro de escuela que al juez implacable anunciado por Abe.

Ni él ni sus asesores usaban pelucas ni túnicas coloridas, como en las cortes inglesas. La ley romana holandesa era más sombría en sus atavíos. Llevaban simples túnicas negras y corbatas blancas; los tres conferenciaron en voz baja, juntando las cabezas, mientras los asistentes volvían a acomodarse. Cesaron las toses, los carraspeos y el ruido de pies contra el suelo. Entonces, el juez Hawthorne levantó la vista y cumplió con la formalidad de dar la corte por reunida y hacer recitar la lista de acusaciones.

271

Un silencio expectante cayó sobre el tribunal. Los periodistas se inclinaban hacia adelante, con las libretas listas; hasta los abogados, que ocupaban los bancos frontales, guardaban total silencio. Lothar, inexpresivo, pero mortalmente pálido, observaba el rostro del juez.

El magistrado se concentró en sus notas, acentuando la tensión con escénica sutileza, hasta que resultó casi insoportable. Entonces levantó la vista, animado, y se lanzó, sin preliminares, a efectuar su resumen y dictar sentencia.

En primer lugar, detalló cada una de las acusaciones, comenzando con las más serias: tres intentos de homicidio, dos de asalto con intento de infligir daños físicos graves y uno de robo armado. Eran veintiséis acusaciones en total, y el juez tardó casi veinte minutos en cubrirlas una a una.

—La fiscalía ha presentado todas estas acusaciones de un modo ordenado y convincente.

El rubicundo fiscal se pavoneó ante el cumplido, provocando en Centaine una irritación irrazonable ante esa caprichosa vanidad.

—Este tribunal ha quedado especialmente impresionado por las declaraciones de los principales testigos de la fiscalía. Su Excelencia, el Administrador, ha presentado un testimonio de gran ayuda para mis asesores y para mí. Es una gran suerte contar con un testigo de este calibre para el relato de la persecución y el arresto del acusado, de lo cual surgen algunos de los cargos más graves de este caso. —El juez levantó la vista de sus notas, directamente hacia Blaine Malcomess. —Quiero que conste la muy favorable impresión causada por el coronel Malcomess en esta corte, y que aceptamos su testimonio sin reservas.

Centaine, desde su asiento, podía ver la nuca de Blaine. Ante la mirada del juez, las puntas de sus grandes orejas se pusieron rosadas, y la mujer sintió una oleada de ternura al ver ese detalle. Su azoramiento era conmovedor.

Luego el juez fijó su vista en ella.

—El otro testigo de la acusación cuyo testimonio fue tan irreprochable como su conducta es la señora Centaine Courtney. Esta corte tiene plena conciencia del grave infortunio que la señora ha sufrido y del coraje que ha demostrado, no sólo en este tribunal. Una vez más, consideramos una gran suerte contar con su testimonio para ayudarnos a llegar a nuestro veredicto.

Mientras el juez hablaba, Lothar De La Rey volvió la cabeza para mirar fijamente a Centaine. Aquellos ojos pálidos, acusadores, la desconcertaron; para evitarlos dejó caer su propia mirada en la cartera que tenía sobre su regazo.

—En contraste, la defensa sólo pudo convocar a un solo testigo: el mismo acusado. Tras el debido estudio, opinamos que gran parte de su testimonio es inaceptable. La actitud del testigo fue, en todo momento, hostil y reticente. Rechazamos, en especial, la afirmación de que cometió esos delitos sin ayuda de nadie y de que no hubo cómplices apoyando su actuación. En este sentido, el testimonio del coronel Malcomess, de la señora Courtney y de los agentes policiales es inequívoca y útil.

Lothar De La Rey giró lentamente la cabeza en dirección al juez una vez más, y lo miró con esa expresión indiferente y hostil, que tanto había malquistado a Hawthorne en los cinco días del juicio. El juez le sostuvo la mirada con serenidad, en tanto proseguía:

—Por lo tanto, hemos considerado todos los hechos y los testimonios presentados y llegamos a un veredicto unánime. De los veintiséis cargos, encontramos al acusado, Lothar De La Rey, culpable.

Lothar no parpadeó siquiera, pero en la sala se oyó una ahogada exclamación general, a la que siguió, de inmediato, el murmullo de los comentarios. Tres de los periodistas se levantaron de un brinco y salieron a toda carrera. Abe, presumido, asintió.

—Te lo dije —murmuró—: lo ahorcan. Lo ahorcan, sin duda.

Los ujieres estaban tratando de imponer el orden. El juez acudió en ayuda de ellos, golpeando con su martillo, en tanto alzaba la voz para decir:

—No vaccilaré en hacer desalojar la sala.

Una vez más el silencio se impuso.

—Antes de dictar sentencia, escucharé cualquier manifestación que la defensa quiera presentar para mitigar el veredicto.

El juez Hawthorne inclinó la cabeza hacia el joven abogado a cargo de la defensa, quien se levantó de inmediato.

Lothar De La Rey estaba en la ruina y no podía pagarse un defensor. Por lo tanto, la corte había designado defensor de oficio al señor Reginald Osmond. A pesar de su juventud (era la primera vez que se enfrentaba a un pedido de pena capital), Osmond se había desempeñado, hasta ese momento, todo lo bien que cabía esperar, dadas las circunstancias del caso. Había llevado sus contrainterrogatorios con energía y habilidad, aunque eso no había servido de nada; no permitió que la fiscalía ganara terreno gratuitamente.

—Si Su Señoría me lo permite, me gustaría llamar a un testigo para que prestara testimonio de mitigación.

—Vamos, señor Osmond, ¿no pensará presentar a un testigo a esta altura? ¿Hay precedentes? —El juez frunció el entrecejo.

—Señalo respetuosamente a Su Señoría el caso de la Corona contra Van der Spuy, en 1923, y el de la Corona contra Alexander, en 1914.

El juez consultó por algunos instantes con sus asesores. Finalmente levantó la vista, con un teatral suspiro de exasperación.

—Muy bien, señor Osmond. Voy a permitirle llamar a ese testigo.

—Gracias, Su Señoría. —Osmond estaba tan abrumado por su propio éxito que tartamudeó un poco al barbotar, ansioso: —Llamo a la señora Centaine de Thiry Courtney al estrado.

En esa oportunidad, el silencio fue de estupefacción. Hasta el juez Hawthorne se echó atrás en su silla alta, antes de que un murmullo de deleite, sorpresa y expectativa invadiera la corte. Los periodistas se pusieron de pie para observar a Centaine, que se levantaba. Desde la galería, una voz gritó:

—¡A ver si le pones el lazo al cuello, linda!

El juez Hawthorne se recobró velozmente; sus ojos lanzaron un relámpago a través de los anteojos, tratando de identificar al gritón de la galería.

—No toleraré ningún otro desafuero. Existen varias penalidades para castigar las faltas de respeto a la corte —espetó.

Hasta los periodistas volvieron a sentarse apresuradamente y se dedicaron a sus notas, intimidados.

El ujier extendió la mano a Centaine para ayudarla a subir al estrado de los testigos y le tomó el juramento, mientras todos los hombres presentes incluyendo los que estaban en la plataforma, la miraban atentamente; casi todos con abierta admiración; unos pocos, entre los que se incluían Blaine y Abraham Abrahams, con desconcierto y perturbación.

El señor Osmond se puso de pie para abrir el interrogatorio, con una voz que el respeto y el nerviosismo tornaban grave.

—Señora Courtney, ¿tendría a bien decir a la corte desde cuándo conoce al acusado...? —Se corrigió apresuradamente, pues ahora Lothar De La Rey no era sólo un acusado: había sido declarado culpable. —¿Al reo?

—Conozco a Lothar De La Rey desde hace casi catorce años. —Centaine miró al otro lado de la sala, hacia donde estaba la silueta gris y encorvada.

—¿Quiere tener la gentileza de describirnos, con sus propias palabras, las circunstancias del primer encuentro?

—Fue en 1919. Yo estaba perdida en el desierto. Había sido arrojada por el mar a la Costa del Esqueleto, tras el naufragio del *Protea Castle*. Llevaba un año y medio vagando por el desierto de Kalahari, con un pequeño grupo de bosquimanos san.

Todos conocían la historia. Por entonces había causado sensación, pero en esos momentos, referido con el acento francés de Centaine, el relato cobró nueva vida.

Ella conjuró la desolación y la angustia, las temibles penurias y la soledad que había soportado. En la sala reinaba un silencio mortal. Hasta el juez Hawthorne, encorvado en su silla, con el mentón apoyado en el puño, escuchaba en total inmovilidad. Todos estaban con ella mientras avanzaba penosamente por las arenas del Kalahari, vestida con la piel de animales salvajes, con su bebé montado en la cadera, siguiendo las huellas de un caballo: un caballo con herraduras, primera señal de civilización que encontraba en tantos terribles meses.

Pasaron frío con ella; compartieron su desesperación cuando la noche africana cayó sobre el desierto, disminuyendo las posibilidades de recibir socorro; la alentaron a seguir, a través de la oscuridad, buscando el resplandor de una fogata, hacia adelante. Y todos sufrieron un sobresalto cuando ella describió la silueta siniestra y amenazadora, que súbitamente se enfrentó con ella, y se echaron atrás, como si también ellos hubieran oído el rugido de un león hambriento a poca distancia.

El público lanzó una exclamación y se movió en los asientos, mientras ella describía cómo había luchado por su vida y la vida de su hijito, cómo había trepado hasta las ramas más altas de un mopani, cercada por el león, que la perseguía, como un gato a un gorrión. Describió el sonido de los resuellos calientes del animal en la oscuridad y, por fin, el penetrante tormento de sus largas garras amarillas, clavadas en la carne de la pierna, que la arrancaban inexorablemente de la rama.

No pudo proseguir. El señor Osmond la instó, suavemente:

—¿Fue en ese momento cuando intervino Lothar De La Rey?

Centaine reaccionó.

—Lo siento. Me vino todo a la mente...

—Por favor, señora Courtney, no se esfuerce. —El juez Hawthorne se precipitaba en su ayuda. —Si necesita tiempo, ordenaré un receso...

—No, no, Su Señoría. Es muy amable, pero no será necesario. —Centaine irguió los hombros y volvió a enfrentarlos. —Sí, fue entonces cuando apareció Lothar De La Rey. Había acampado a poca distancia y lo alertaron los rugidos del animal. Mató al león de un disparo en el momento en que estaba por destrozarme.

—Le salvó la vida, señora Courtney.

—Me salvó de una muerte horrible, y también a mi hijo.

El señor Osmond inclinó silenciosamente la cabeza, dejando que la corte saboreara todo el dramatismo del momento. Luego preguntó:

—¿Qué pasó después, señora?

—Yo tenía conmoción cerebral, provocada por la caída desde el árbol. La herida de mi pierna se infectó. Pasé muchos días inconsciente, sin poder hacer nada por mí ni por mi hijo.

—¿Cuál fue la reacción del prisionero ante esto?

—Él cuidó de mí. Me vendó las heridas. Atendió a todas mis necesidades y a las de mi hijo.

—¿Le salvó la vida por segunda vez?

—Sí —asintió ella—. Me salvó una vez más.

—Ahora bien, señora Courtney: pasaron los años. Usted se convirtió en una dama de gran fortuna, en una millonaria. —Centaine guardó silencio. Osmond prosiguió. —Un día, hace tres años, el prisionero acudió a usted pidiendo ayuda financiera para su empresa pesquera y envasadora. ¿Es correcto eso?

—Acudió a mi compañía, La Minera y Financiera Courtney, solicitando un préstamo —apuntó ella.

Osmond la guió por la serie de acontecimientos, hasta llegar al punto en que ella había cerrado la fábrica de Lothar.

—Bien, señora Courtney, ¿diría usted que Lothar De La Rey tenía motivos para considerarse tratado injustamente, es decir, deliberadamente arruinado por esa acción suya?

Centaine vaciló.

—Mis decisiones se basaron, en todo momento, en sólidos principios comerciales. Sin embargo, estoy dispuesta a reconocer que, desde el punto de vista de Lothar De La Rey, podría parecer que mis acciones fueron deliberadas.

—En aquel momento, ¿la acusó él de intentar aniquilarlo?

Ella se miró las manos, susurrando algo.

—Lo siento, señora Courtney. Debo pedirle que repita eso.

Y la mujer lo miró con ojos brillantes, quebrada la voz por la tensión.

—Sí, maldición, dijo que yo lo hacía para aniquilarlo.

—¡Señor Osmond! —El juez se irguió en la silla, con expresión severa. —Insisto en que trate a su testigo de modo más considerado. —Volvió a reclinarse en el asiento, obviamente conmovido por el relato de Centaine. Por fin levantó la voz. —La corte entrará en receso por quince minutos, a fin de que la señora Courtney tenga tiempo de recobrarse.

Cuando se reanudó la sesión, Centaine subió al estrado de los testigos y se sentó tranquilamente, mientras se completaban las formalidades y el señor Osmond se preparaba para continuar con su interrogatorio.

Blaine Malcomess, desde la tercera fila, sonrió para darle coraje, y ella comprendió que, si no apartaba sus ojos de inmediato, todos los presentes adivinarían sus sentimientos por ese hombre. Se obligó a no mirarlo. En cambio, levantó la vista hacia la galería.

Fue por casualidad. Había olvidado el modo en que Lothar De La Rey escrutaba ese sector, todas las mañanas. Pero en ese momento gozaba del mismo ángulo de visión que él. Y de pronto sus ojos se desviaron hacia el rincón más alejado, irresistiblemente atraídos por unos ojos de mirada flamígera, fija en ella. Dio un respingo y vaciló en el asiento, mareada por la impresión: una vez más, se había encontrado frente a frente con los ojos de Lothar. Los ojos de Lothar, tal como habían sido cuando ella lo conoció: amarillos como el topacio, fieros y brillantes, con el arco de las cejas oscuras sobre ellos; ojos jóvenes, inolvidables.

Pero esos ojos no eran los de Lothar, pues él se hallaba sentado frente a ella, en el otro extremo, encorvado, deshecho, gris. Aquélla era una cara joven, fuerte, llena de odio. Ella adivinó ese sentimiento con el infalible instinto de toda madre. Nunca había visto a su hijo menor; por propia voluntad, había ordenado que se lo llevaran en el momento mismo del nacimiento; mojado todavía, ella había apartado el rostro para no ver su cuerpecito desnudo y contorsionado. Pero en ese instante lo reconoció. Fue como si le desgarraran la médula misma de su existencia, el vientre que lo había gestado, ante esa única visión. Tuvo que cubrirse la boca para no gritar de dolor.

—¡Señora Courtney! ¡Señora Courtney!

El juez la estaba llamando, con voz insistente y alarmada. Ella volvió la cabeza en su dirección.

—¿Se siente bien, señora Courtney? ¿Puede continuar?

—Gracias, Su Señoría. Estoy bien.

Su voz parecía provenir de muy lejos. Necesitó de toda su voluntad para no volver a mirar al jovencito de la galería... a Manfred, su hijo.

—Muy bien, señor Osmond. Puede proseguir.

Centaine convocó todas sus fuerzas para concentrarse en las preguntas de Osmond, que repasaban el asalto y la lucha en el río seco.

—Entonces, señora Courtney, ¿él no le puso un dedo encima sino cuando usted trató de tomar la escopeta?

—En efecto. Hasta entonces no me había tocado.

—Ya nos ha dicho que usted tenía la escopeta en las manos y estaba tratando de recargarla.

—Correcto.

—¿Habría usado el arma, si hubiera conseguido cargarla otra vez?

—Sí.

—¿Puede decirnos, señora Courtney, si habría disparado a matar?

—¡Protesto, Su Señoría! —El fiscal saltó de su asiento, furioso. —Esa pregunta es hipotética.

—Señora Courtney, no está obligada a responder esa pregunta —apuntó el juez.

—Responderé —dijo Centaine, con toda claridad—. Sí, lo habría matado.

—¿Cree usted que el prisionero sabía eso?

—Objeto, Su Señoría. La testigo no puede saber eso.

Antes de que el juez pudiera dar su dictamen, Centaine dijo.

—Él me conoce, me conoce bien. Sabía que, de tener la oportunidad, lo mataría.

La emoción acumulada entre los presentes estalló en morboso placer. Pasó casi un minuto antes de que pudiera ser impuesto el orden. En la confusión, Centaine volvió a mirar hacia el rincón de la galería. Había acumulado todo su autodominio para no hacerlo hasta ese momento.

El asiento del rincón estaba vacío. Manfred se había ido y ella se sintió confundida por esa deserción. Pero Osmond volvía a interrogarla. Giró hacia él, vagamente.

—Disculpe. ¿Quiere repetirme la pregunta, por favor?

—Le pregunté, señora Courtney, si el ataque del prisionero contra usted, mientras cargaba el arma con intenciones de matarlo...

—Protesto, Su Señoría. La testigo sólo trataba de defenderse y de proteger su propiedad —aulló el fiscal.

—Tendrá que reformular su pregunta, señor Osmond.

—Muy bien, Su Señoría. Señora Courtney, la fuerza que el prisionero usó contra usted, ¿era inconsistente en la necesidad de desarmarla?

—Lo siento. —Centaine no podía concentrarse; quería buscar con la mirada en la galería. —No comprendo la pregunta.

—¿Usó el prisionero más fuerza de la necesaria para desarmarla y evitar que usted le disparara?

—No. Se limitó a quitarme la escopeta.

—Y después, cuando usted le mordió la muñeca, infligiéndole una herida que, más adelante, llevaría a la amputación del brazo, ¿él la golpeó o le hizo algún daño como represalia?

—No.

—El dolor debió de ser intenso. Sin embargo, ¿él no empleó violencia contra usted?

—No. —Centaine sacudió la cabeza. —Se mostró... —Tuvo que buscar la palabra adecuada. —...extrañamente considerado, casi gentil.

—Comprendo. Y antes de marcharse, ¿se aseguró de que usted tuviera agua suficiente para sobrevivir? ¿Y le dio algunos consejos para su bienestar?

—Verificó que yo tuviera agua suficiente y me aconsejó permanecer junto al vehículo hasta que me rescataran.

—Ahora bien señora Courtney... —Osmond vaciló, delicadamente. —El periodismo ha sugerido que el prisionero pudo efectuar algún intento contra su pudor...

Centaine le interrumpió, furiosa:

—Esa sugerencia es repugnante y totalmente falsa.

—Gracias, señora. Sólo voy a hacerle una pregunta más. Usted conoce bien al prisionero. Lo acompañaba a cazar, cuando él les brindaba el sustento, a usted y a su hijo, después de rescatarlos. ¿Le ha visto disparar?

—Sí.

—En su opinión, si el prisionero hubiera querido matarlos a usted, al coronel Malcomess o a cualquiera de los policías que lo perseguían, ¿habría podido hacerlo?

—Lothar De La Rey es uno de los tiradores más certeros que conozco. Habría podido matarnos a todos en más de una ocasión.

—No hay más preguntas, Su Señoría.

El juez Hawthorne escribió largamente en su cuaderno; después dio unos golpecitos con el lápiz sobre el escritorio, pensativo. Por fin levantó la vista hacia el fiscal.

—¿Quieren repreguntar a la testigo?

El fiscal se levantó, ceñudo.

—No tengo más preguntas para la señora Courtney.

Volvió a sentarse, cruzando los brazos y con la vista fija en el ventilador giratorio del cielo raso.

—Señora Courtney: esta corte le está agradecida por su nuevo testimonio. Puede volver a su asiento.

Centaine estaba tan concentrada en buscar a su hijo en la galería que tropezó en los peldaños, al pie de las gradas. Blaine y Abe se precipitaron en su ayuda. Abe llegó primero y la condujo a su asiento, mientras Blaine se dejaba caer en el suyo.

—Abe —susurró ella, ansiosa—, mientras yo estaba declarando había un muchachito en la galería. Rubio, de unos trece años, aunque aparenta casi diecisiete. Se llama Manfred; Manfred De La Rey. Búscalo. Quiero hablarle.

—¿Ahora? —preguntó Abe, sorprendido.

—Ahora mismo.

—Pero me voy a perder la solicitud de clemencia.

—¡Vete! —le espetó ella—. Busca a ese chico.

Y Abe se levantó de un salto. Después de hacer una reverencia al tribunal, salió precipitadamente, en el momento en que el señor Reginald Osmond se levantaba una vez más.

El defensor habló con pasión y sinceridad sacando toda la ventaja posible del testimonio de Centaine, y repitió sus palabras textualmente: "Me salvó de una muerte horrible, y también a mi hijo". Después de una pausa significativa, prosiguió:

—El prisionero estaba convencido de merecer la gratitud y la generosidad de la señora Courtney. Se puso en sus manos al pedirle dinero en préstamo, y llegó a creer (equivocada, pero sinceramente) que su confianza en ella había sido traicionada.

Aquella elocuente solicitud de misericordia se prolongó por casi una hora, pero Centaine no estaba pensando en los aprietos de Lothar, sino en el hijo. La preocupaba profundamente la expresión con que Manfred la había mirado desde la galería. El odio era una cosa palpable, que resucitaba en ella los remordimientos, una culpabilidad que creía haber sepultado muchos años antes.

"Ahora se encontrará solo", pensó. "Necesitará ayuda. Tengo que hallarlo. Tengo que tratar de compensarle esto de algún modo."

Comprendió entonces por qué había rechazado tan tercamente al niño a lo largo de esos años, por qué sólo se había referido a él, mentalmente, llamándolo "el bastardo de Lothar", por qué se había tomado tantas molestias para evitar todo contacto con él. Su instinto había estado en lo cierto: bastaba una sola mirada para que todas sus defensas, edificadas tan cuidadosamente, se derrumbaran, dejando revivir los sentimientos naturales de toda madre, que ella había sepultado tan profundamente.

"Encuéntralo, Abe", pensó. Y en eso se dio cuenta de que Reginald Osmond había completado su discurso con una súplica final:

—Lothar De La Rey pensaba que había sido tratado muy injustamente. Como resultado, cometió una serie de crímenes aborrecibles e imposibles de defender. Sin embargo, Su Señoría, muchos de sus actos demuestran que era un hombre decente y compasivo, atrapado en una tormenta de emociones y acontecimientos demasiado poderosos como para que pudiera resistirlos. Su sentencia debe ser severa. Así lo exige la sociedad. Pero apelo a Su Señoría para que demuestre un poco de la misma compasión cristiana que la señora Courtney ha exhibido hoy aquí, y que no aplique a este hombre indefenso, ya privado de un miembro, el castigo de la ley con todo su peso.

Tomó asiento, en medio de un silencio que se prolongó por varios segundos, hasta que el juez levantó la vista, volviendo de su ensimismamiento.

—Gracias, señor Osmond. Esta corte entrará en receso hasta las dos de la tarde, momento en que dictaremos sentencia.

Centaine salió apresuradamente, buscando a Abe o tratando de divisar nuevamente a su hijo. Descubrió a su abogado en los peldaños del edificio, enfrascado en una conversación con uno de los guardias. Pero la interrumpió para acercársele de inmediato.

—¿Lo hallaste? —preguntó ella, ansiosa.

—Lo siento, Centaine, pero no hay señales de nadie que responda a esa descripción.

—Quiero que encuentren a ese niño y me lo traigan, Abe. Emplea a cuantos hombres hagan falta. No me importa lo que se gaste. Revisa toda la ciudad. Haz todo lo posible para hallarlo. Tiene que estar alojado en alguna parte.

—Está bien, Centaine. Pondré manos al asunto de inmediato. ¿Dijiste que se llama Manfred De La Rey? ¿Tiene algún parentesco con el prisionero?

—Es su hijo.

—Comprendo. —Abe la miró, pensativo. —¿Puedo preguntar para qué lo quieres con tanta desesperación, Centaine? ¿Qué vas a hacer con él cuando los halles?

—No, no puedes preguntar. Limítate a buscarlo.

Pero se repitió la pregunta de Abe, extrañada: "¿Para qué lo busco? ¿Por qué lo necesito, después de tantos años?" La respuesta era simple y obvia: "Porque es mi hijo."

"¿Y qué haré con él si lo hallo? Está envenenado contra mí. Me odia. Lo leí en sus ojos. No sabe quién soy, en verdad. Eso también lo leí. ¿Qué haré cuando nos veamos cara a cara?" Y se respondió con la misma sencillez: "No sé. No, no lo sé."

—La pena máxima que prevé la ley para los tres primeros delitos planteados en este caso es la muerte en la horca —dijo el juez Hawthorne—. El acusado ha sido hallado culpable de todos los delitos que se le han imputado. En situaciones normales, esta corte no vacilaría en aplicar la pena máxima. Sin embargo, hemos sido inducidos a meditar por la extraordinaria declaración de una dama extraordinaria. El testimonio prestado voluntariamente por la señora Centaine de Thiry Courtney es tanto más notable por el hecho de que ella ha sufrido enormemente a manos del prisionero: en lo físico, en lo emotivo y en lo material, y también porque cuanto ha reconocido puede ser interpretado, por las personas malignas y de mente estrecha, en contra de la misma señora Courtney.

"En mis veintitrés años de magisterio no he tenido oportunidad de presenciar, en ningún tribunal, una actuación tan noble y magnánima como la suya. Nuestro propio dictamen debe, por necesidad, verse atemperado por el ejemplo de la señora Courtney.

El juez Hawthorne se inclinó levemente hacia el asiento de Centaine. Luego se quitó los anteojos y miró a Lothar De La Rey.

—Que el prisionero se ponga de pie —dijo—. Lothar De La Rey, usted ha sido declarado culpable de todos los cargos presentados contra usted por la Corona, que serán considerados como uno solo a los fines de la sentencia. Por lo tanto, este tribunal lo condena a pasar el resto de su vida natural en prisión y bajo el régimen de trabajos forzados.

Por primera vez desde el comienzo del juicio, Lothar De La Rey dio muestras de emotividad. Las palabras del juez lo hicieron retroceder. Su rostro comenzó a contraerse, estremecidos los labios y con un párpado torciéndose incontrolablemente. Levantó la mano restante, con la palma hacia arriba, con gesto suplicante a la silueta de túnica oscura que ocupaba el estrado.

—Prefiero que me maten. —Un grito salvaje, nacido en el corazón. —Háganme ahorcar, no me encierren como a un animal...

Los guardias corrieron hacia él y, sujetándolo por ambos lados, se lo llevaron, estremecido y clamando patéticamente. Un silencio compasivo reinaba en toda la sala. Hasta el juez estaba afectado; serio, ceñudo, se levantó para retirarse, seguido por sus asesores. Centaine permanecía sentada, con la vista fija en el estrado vacío, en tanto la multitud se retiraba calladamente por las puertas dobles, como los deudos al abandonar el cementerio.

"¡Prefiero que me maten!" Sabía que esa súplica la perseguiría por el resto de su vida. Agachó la cabeza, cubriéndose los ojos con las manos. En su mente veía a Lothar como cuando lo había conocido: duro y esbelto como un león del Kalahari, dotado de claros ojos, capaces de contemplar los horizontes que la distancia teñía de azul, una criatura de esos grandes espacios bañados por la blanca luz del sol. Y lo imaginó encerrado en una celda diminuta, privado del sol y del viento desértico por el resto de su vida.

"¡Oh, Lothar!", gritó, en el fondo de su alma, "¿cómo es posible que algo tan bello, tan bueno, haya podido terminar así? Nos hemos destruido mutuamente. Y destruimos también al hijo que concebimos en aquel hermoso mediodía de nuestro amor."

Abrió otra vez los ojos. La sala estaba vacía. Se creyó sola hasta que sintió una presencia cercana. Giró rápidamente. Allí estaba Blaine Malcomess.

—Ahora sé que no me equivoqué en absoluto al enamorarme de ti —dijo, con suavidad.

Permanecía de pie tras ella, con la cabeza inclinada. Ella lo miró y, de pronto, su pena enorme comenzó a aflorar. Blaine le tomó la mano, que estaba apoyada contra el respaldo del banco, y la sostuvo entre las suyas.

—He luchado conmigo mismo desde que nos separamos, tratando de hallar fuerzas para no verte más. Casi lo había conseguido. Pero tú lo cambiaste todo con lo que hiciste hoy. El honor, el deber y todas esas cosas ya no significan nada para mí cuando te miro. Eres parte de mí. Te necesito conmigo.

—¿Cuándo?

—Cuanto antes.

—En mi corta vida, Blaine, he hecho mucho daño a otros, he infligido mucha crueldad y dolor. Basta ya. Yo tampoco puedo vivir sin ti, pero nuestro amor no debe destruir nada más. Te quiero por entero, pero me conformaré con menos... para proteger a tu familia.

—Será difícil, tal vez imposible —le advirtió él, suavemente—. Pero acepto tus condiciones. No debemos hacer sufrir a otros. Pero te quiero tanto...

—Lo sé —susurró ella, y se levantó para enfrentarlo—. Abrázame, Blaine, sólo por un instante.

Abe Abrahams buscaba a Centaine por los pasillos desiertos del tribunal. Al llegar a las puertas de la sala principal, abrió silenciosamente una hoja.

Centaine y Blaine Malcomess estaban abrazados en el pasillo, entre los bancos de roble, ajenos a cuanto los rodeaba. Los miró fijamente por un momento, sin comprender. Luego volvió a cerrar la puerta, con la misma suavidad, y montó guardia ante ella, deshecho de miedo y felicidad por Centaine.

—Mereces amor —susurró—. Quiera Dios que este hombre pueda dártelo.

"El Edén debió de ser así", pensaba Centaine. "Y Eva ha de haber sentido lo mismo que yo en estos momentos."

Conducía el coche a menos velocidad que de costumbre. Aunque el corazón le pedía a gritos que se apresurara, se resistía para acrecentar la expectativa.

—He pasado cinco meses enteros sin siquiera verlo —susurró—. Cinco minutos más no harán sino endulzar el momento en que vuelva a estar entre sus brazos.

A pesar de los consuelos y las buenas intenciones de Blaine, se habían impuesto las condiciones que Centaine planteara. Desde aquellos pocos instantes pasados en el tribunal vacío, nunca estuvieron solos; los separaban cientos de kilómetros: Blaine permanecía atado a Windhoek por sus deberes; Centaine, en Weltevreden, luchaba desesperadamente, día y noche, por la supervivencia de su imperio financiero.

La empresa estaba por entonces en las convulsiones de la muerte, herida por la pérdida de los diamantes, de los cuales ninguno había sido recobrado. Mentalmente, Centaine apreciaba la similitud entre lo ocurrido y la flecha que usaba O'wa para cazar: un junco diminuto, frágil, liviano como una pluma, pero bañado con un veneno virulento que ni los animales más grandes de la planicie africana podían resistir. Debilitaba a la presa, paralizándola poco a poco. La víctima empezaba por tambalearse; luego caía, jadeante, y sin poder levantarse, quedaba a la espera del frío plomo de la muerte, que se filtraba por las grandes venas y arterias, o sobrevenía en el golpe rápido y misericordioso del cazador.

—Aquí estoy ahora: caída y paralizada, en tanto los cazadores avanzan sobre mí.

En todos aquellos meses, había luchado con todas sus fuerzas, pero ya estaba cansada, cansada hasta la última fibra del músculo y la mente, cansada hasta los huesos. Levantó la vista hacia el espejo retrovisor; apenas reconoció la imagen que la miraba: ojos espantados, oscuros de fatiga y desesperación. Los pómulos parecían relucir a través de la piel pálida; en la comisura de la boca habían surgido líneas de cansancio.

—Pero hoy dejaré la desesperación a un lado. No voy a pensar en eso otra vez ni por un minuto. Pensaré sólo en Blaine y en este mágico espectáculo que la naturaleza ha dispuesto para mí.

Había salido de Weltevreden al amanecer; en esos momentos estaba a ciento ochenta kilómetros de Ciudad del Cabo, hacia el norte, cruzando las vastas planicies de Namaqualandia, carentes de árboles. Se dirigía hacia donde la verde Corriente de Bengala acariciaba las rocosas costas occidentales de África, pero aún no tenía el océano a la vista.

Ese año las lluvias se habían demorado, retrasando el estallido primaveral de los brotes. Por eso, aunque sólo faltaban semanas para Navidad, la pradera lucía su colorido majestuoso. Durante la mayor parte del año, esas llanuras eran extensiones pardas, barridas por el viento, apenas pobladas y nada acogedoras. En ese momento, en cambio, la ondulante planicie se vestía con un manto ininterrumpido, tan brillante y vivaz que confundía y engañaba la vista. Flores silvestres, de cincuenta variedades distintas y otros tantos tonos, cubrían la tierra, apretadas entre sí, formando un precioso acolchado de parches, tan refulgente que parecía arder con una luz incandescente, reflejada por el cielo mismo. Dolían los ojos ante tanto color.

La ruta de tierra, serpenteante y desigual, era el único punto de referencia en ese espléndido caos, pero hasta ella quedaba desdibujada por las flores. Las huellas gemelas estaban separadas por densas matas de flores silvestres, que colmaban la franja intermedia y rozaban el chasis del viejo Ford, con un rumor similar al de los arroyos de montaña.

Centaine se detuvo abruptamente en la parte más alta de otra ondulación y apagó el motor.

Ante ella se extendía el océano. Su verde inmensidad mostraba motas blancas, brillantes, y sobre él se imponía ese otro océano de plantas en flor. Por la ventanilla abierta, el viento marítimo agitó el pelo de Centaine, haciendo que las flores silvestres se balancearan, siguiendo el compás de las olas. La mujer sintió que la terrible tensión de esos últimos meses retrocedía ante una belleza tan vibrante; entonces lanzó una espontánea carcajada de alegría y protegió sus ojos de aquellos resplandores anaranjados, rojos y amarillos, mientras escrutaba ansiosamente la costa.

"Es un cobertizo", le había advertido Blaine, en su última carta. "Dos cuartos sin agua corriente, una letrina de tierra y un hogar abierto. Pero he pasado allí mis vacaciones desde la infancia y lo amo. Desde la muerte de mi padre no lo he compartido con nadie. Voy allí, solo, cuando me es posible. Tú serás la primera."

Y le había dibujado un mapa de la ruta para llegar hasta allí.

Centaine vio inmediatamente la vivienda, levantada al borde del océano, sobre el cuerno de roca por donde la bahía se curvaba. El techo de paja se había ennegrecido de vejez, pero las gruesas paredes de adobe estaban encaladas, tan blancas como la espuma que se enroscaba en el verde mar. Desde la chimenea, en dirección a ella, surgía una voluta de humo.

Más allá de la vivienda, algo se movía. Centaine distinguió una diminuta silueta humana en las rocas, al borde del mar, y de pronto sintió una prisa desesperada.

El motor no arrancó, aunque Centaine operó el mecanismo hasta casi agotar la batería.

—Merde! Double merde!

Era un automóvil viejo, que había sufrido uso y abuso a manos de un subgerente de la finca, hasta que ella lo expropió para reemplazar al Daimler arruinado. Esa falla mecánica venía a recordarle, tristemente, sus estrecheces financieras; las cosas habían cambiado mucho desde los tiempos en que compraba un Daimler último modelo todos los años.

Soltó el freno de mano, dejando que el Ford se deslizara cuesta abajo, cada vez a más velocidad, hasta que el mecanismo de arranque funcionó otra vez y el motor, estremecido, lanzó una bocanada de humo azul. Entonces Centaine voló colina abajo, para estacionar tras el cobertizo encalado.

Echó a correr hacia las rocas negras, que emergían a ras del agua, y hacia los bancos de algas oscuras que bailaban al ritmo del mar. Agitó los brazos, entre gritos, pero su voz se perdió con el viento y el rumor del océano, hasta que él levantó la vista. Al verla inició la carrera, saltando de roca en roca, todas mojadas y resbaladizas.

Llevaba sólo unos pantalones cortos, de color caqui; en una mano tenía un manojo de langostas vivas. Le había crecido el cabello desde que se vieron por última vez; estaba húmedo y rizado por la sal marina. Y reía, reía con la boca abierta y los dientes grandes, refulgentes. Se había dejado crecer el bigote. Centaine no estaba muy segura de que le gustara, pero el pensamiento se perdió en el tumulto de sus propias emociones. Corrió a su encuentro y se arrojó contra su pecho desnudo.

—Oh, Blaine —sollozó—. Oh, Dios, cómo te he extrañado.

Y levantó la boca hacia la de él. La cara de él estaba mojada por la llovizna del mar y sus labios tenían un gusto salobre. El bigote lastimaba. En verdad, Centaine decidió que no le gustaba, pero entonces él la alzó en vilo y corrió hacia el cobertizo; ella lo abrazó con fuerza, cimbraba en sus brazos, sacudida por los pasos largos, riendo sin aliento por lo mucho que lo deseaba.

Blaine estaba sentado en un banquillo de tres patas, frente al hogar abierto, donde ardía un fuego de leña laticífera, que perfumaba el aire con su fragante incienso. Centaine, de pie ante él, hacía espuma en el jarrito de porcelana con una brocha de afeitar, mientras Blaine se quejaba:

—Me llevó cinco meses hacerlo crecer... y estaba tan orgulloso de mi bigote... —Retorció las puntas por última vez. —Es muy atractivo, ¿no te parece?

—No —dijo Centaine, con firmeza—, no me parece. Preferiría que me besara un puercoespín.

Se inclinó hacia él y aplicó espuma en el labio superior; después dio un paso atrás para observar su obra con ojo crítico.

Blaine aún estaba completamente desnudo, después del acto de amor, y de pronto Centaine esbozó una sonrisa perversa. Antes de que él pudiera adivinar sus intenciones o hacer nada para protegerse, coronó su extremidad más íntima con un copo de espuma blanca.

Blaine bajó la vista para mirarse, horrorizado:

—¿Él también?

—Sería como cortarme la nariz —rió ella—, o algo por el estilo. —Inclinó la cabeza a un lado y manifestó su meditada opinión. —Ese pequeño demonio luce mucho mejor que tú con su bigote.

—Cuidado con eso de "pequeño" —la amonestó él, alargando la mano hacia la toalla—. A ver, viejo; no tienes por qué soportar esta falta de respeto.

Y se envolvió la toalla a la cintura, mientras Centaine asentía.

—Así me gusta más. Ahora podré concentrarme en mi tarea sin distracciones.

Tomó la afilada navaja que había preparado y la aplicó a la espuma, con movimiento rápidos y prácticos.

—¿Dónde aprendiste eso? Estoy poniéndome celoso.

—Mi papá —explicó ella—. Yo siempre le recortaba el bigote ¡A ver si te quedas quieto!

Le sujetó con dos dedos la punta de la nariz y se la levantó un poco.

—Por lo que vamos a recibir... —La voz del coronel sonaba gangosa con la nariz apretada.

Cerró los ojos e hizo una mueca, mientras el acero le raspaba el labio superior. Momentos después, Centaine dio un paso atrás, limpiando la navaja. La dejó en la mesa y se acercó para secarle la cara, acariciando aquella piel suave con la punta de un dedo.

—Queda mejor, a la vista y al tacto —dictaminó—. Pero falta la prueba definitiva. —Y lo besó. —¡Hummm! —murmuró, con aprobación.

Sin interrumpir el beso, se retorció para sentarse en el regazo de Blaine. Aquello se prolongó por largo rato. Por fin, Centaine se apartó y bajó la vista. La toalla se había desatado.

—Bueno, aquí viene el pequeño demonio con bigotes, buscando problemas. —Alargó la mano y, con mucha suavidad, limpió de la punta los restos de espuma. —¿Ves? ¡Hasta él queda mucho mejor con el bigote afeitado!

Blaine se levantó con ella en brazos.

—Ha llegado la hora, mujer, de que aprendas quién manda aquí y hasta dónde puedes salirte con la tuya.

Y la llevó hasta el camastro instalado contra la pared más alejada.

Mucho después se sentaron juntos en la cama, con las piernas cruzadas, envueltos con una sola frazada, de brillantes colores, y pasaron un rato contemplando las sombras del fuego en las paredes, escuchando el viento que suspiraba en los aleros, mientras sostenían en las manos humeantes jarritos con sopa de pescado.

—Una de mis especialidades —se jactó Blaine. Había espesado el caldo con trozos de langosta y pescado fresco atrapados ese mismo día. —Tiene maravillosas facultades de restauración para quienes han realizado esfuerzos excesivos.

Volvió a llenar los jarritos otras dos veces, pues ambos estaban hambrientos. Después, Centaine se acercó al fuego, con el cuerpo desnudo, brillante a la rojiza luz del fuego, y trajo una ramita encendida para prender el cigarro. Se escabulló otra vez bajo la frazada, acurrucándose contra él.

—¿Hallaste a ese muchachito que buscabas? —preguntó Blaine, lleno de pereza—. Abe Abrahams vino a pedirme ayuda, ¿sabes?

No se dio cuenta de lo mucho que la había afectado esa pregunta, pues ella dominó la tensión de su cuerpo y se limitó a menear la cabeza.

—No. Desapareció.

—Deduje que era hijo de Lothar De La Rey.

—Sí. Estaba preocupada por él. Tras la sentencia de su padre puede haber quedado solo y abandonado.

—Seguiré buscándolo —prometió Blaine—, y si averiguo algo te lo haré saber. —Le acarició la melena, murmurando: —Eres bondadosa. No tenías motivos para preocuparte por ese muchacho.

Quedaron otra vez en silencio, pero la referencia al mundo exterior había roto el hechizo. Inició una serie de pensamiento desagradables, que era preciso seguir hasta el final.

—¿Cómo está Isabella? —preguntó ella.

Los músculos del pecho masculino se crisparon bajo su mejilla; Blaine inhaló el humo de su cigarro antes de responder.

—Está empeorando. Tiene atrofia en los nervios de la parte inferior. Está ulcerada. Desde el lunes permanece internada en el hospital de Groote Schuur, porque las úlceras que tiene en la base de la columna no cicatrizan.

—Lo siento, Blaine.

—Por eso logré escaparme por estos pocos días. Las niñas están con la abuela.

—Eso me hace sentir muy mal.

—Peor me sentiría yo si no pudiera verte —respondió él.

—Debemos mantener nuestra resolución, Blaine. No podemos hacer sufrir a Isabella y a las niñas.

Él guardó silencio. De pronto arrojó el cigarro al fuego.

—Creo que va a ser necesario enviarla a Inglaterra. En el Guy's Hospital hay un cirujano que ha hecho milagros.

—¿Cuándo? —El corazón de Centaine parecía una bala de cañón en su pecho; la sofocaba con su peso.

—Antes de Navidad. Todo depende de las pruebas a que la están sometiendo ahora.

—Tendrás que acompañarla, por supuesto.

—Eso requeriría renunciar a mi cargo de administrador y arruinar mis posibilidades de...

Se interrumpió. Nunca había hablado de sus ambiciones con ella.

—Tus posibilidades de conseguir un puesto en el futuro gabinete y, algún día, hasta el cargo de primer ministro —concluyó Centaine por él.

Blaine le tomó la cara entre las manos para mirarla a los ojos.

—¿Lo sabías? —preguntó.

Ella hizo un gesto afirmativo.

—¿Te parece cruel de mi parte? —insistió él—. ¿Que deje sola a Isabella para satisfacer mis ambiciones egoístas?

—No —contestó ella, seriamente—. Sé qué es la ambición.

Había sombras inquietas empañando el verde de los ojos del coronel.

—Me ofrecí a acompañarla, pero Isabella no aceptó. Insistió en que permaneciera aquí. —Apoyó la cabeza de Centaine contra su pecho y le acarició el pelo, apartándoselo de las sienes. —Es una persona extraordinaria. ¡Qué valerosa! A esta altura, el dolor es casi constante. No puede dormir sin láudano, pero siempre hay más dolor y más láudano.

—Eso me hace sentir muy culpable, Blaine, pero aun así me alegro de poder estar contigo. No le estoy robando nada.

Pero no era verdad, y ella lo sabía. Permaneció despierta por largo rato, después de que Blaine hubo conciliado el sueño. Apoyada contra su pecho, escuchaba el latir de su corazón y el lento fuelle de sus pulmones.

Cuando despertó, Blaine estaba vestido con los viejos *shorts* de color caqui. Descolgó una caña de pescar, que pendía de la pared, por sobre el hogar, y anunció:

—El desayuno será dentro de veinte minutos.

La dejó acurrucada en la cama, pero volvió antes de que se cumpliera el plazo, trayendo un pescado casi tan largo como su brazo. Lo dispuso en una parrilla, sobre las brasas, y fue a quitar la frazada del camastro.

—¡A nadar! —ordenó, con una sonrisa sádica.

Centaine aulló:

—Estás loco. ¡Hace un frío terrible! ¡Me vas a matar de una pulmonía!

Siguió protestando hasta llegar al estanque, rodeado de piedras, en donde él la dejó caer.

El agua estaba clara como el aire, y tan fría que, cuando salieron, la piel relucía en todo el cuerpo, rosada; los pezones de Centaine estaban duros y oscurecidos como aceitunas maduras. El agua helada les había despertado el apetito. Después de rociar con jugo de limón la carne blanca y suculenta del pescado, la devoraron con trozos de pan moreno y amarilla manteca de granja.

Una vez saciados, se recostaron en los asientos. Centaine se había puesto una de las poleras azules de Blaine, cuyo ruedo le llegaba casi a las rodillas. Tenía el pelo, rebelde y húmedo, amontonado sobre la coronilla y sujeto allí con una cinta amarilla.

—Podríamos ir a caminar —sugirió él—. O...

Ella lo pensó por algunos segundos antes de decidir:

—Me quedo con el "o".

—A sus órdenes, señora —replicó él, cortésmente.

Y se levantó para sacarle la pesada polera por sobre la cabeza.

Al promediar la mañana estaba tendido de espaldas en el camastro, mientras Centaine, incorporada sobre un codo, le hacía cosquillas en los labios y en los párpados cerrados con una pluma arrancada de la almohada por la costura.

—Blaine —dijo, suavemente—, voy a vender Weltevreden.

Él abrió los ojos, le sujetó la muñeca y se incorporó velozmente.

—¿Vas a vender? —inquirió—. ¿Por qué?

—Es preciso —fue la simple respuesta—. La finca, la casa y cuanto hay en ellas.

—Pero ¿por qué, querida mía? Yo sé lo mucho que representa esa finca para ti. ¿Por qué la vendes?

—Sí, Weltevreden representa mucho para mí —coincidió ella—, pero la Mina H'ani es mucho más. Si vendo la finca hay una posibilidad, una remota posibilidad, de que pueda salvar la mina.

—No lo sabía —murmuró él—. No tenía idea de que las cosas estuvieran tan mal.

—¿Y cómo ibas a saberlo, amor mío? —Ella le acarició la cara. —No lo sabe nadie.

—Pero no comprendo. La Mina H'ani... ha de estar dando ganancias suficientes...

—No, Blaine. Nadie compra diamantes en esta época. Ya nadie

288

compra nada. ¡Esta horrible depresión! Nos han rebajado la cuota de un modo bestial. Los precios que nos pagan por los diamantes no llegan a la mitad de los que nos pagaban hace cinco años. La Mina H'ani ni siquiera salva los gastos; produce pérdidas mes a mes. Pero si puedo resistir hasta que la economía mundial dé un vuelco... —Se interrumpió. —La única posibilidad de resistir es vender Weltevreden; es lo único que me queda. De ese modo quizá pueda resistir hasta mediados del año próximo; ¡sin duda, esta tremenda depresión habrá pasado entonces!

—Sí, por supuesto —asintió él, de inmediato. Después, tras una pausa: —Tengo un poco de dinero ahorrado, Centaine...

Ella le puso un dedo en los labios, con una sonrisa triste, meneando la cabeza. Blaine le apartó la mano, insistiendo:

—Si me amas, debes dejar que te ayude.

—Nuestro acuerdo, Blaine —le recordó ella—. Nadie debe sufrir por nosotros. Ese dinero pertenece a Isabella y a las niñas.

—Me pertenece a mí —corrigió él—. Y si yo quisiera...

—¡Blaine, Blaine! —protestó ella—. Sólo un millón de libras podría salvarme, a esta altura. ¡Un millón de libras! ¿Tienes semejante suma? Cualquier cantidad inferior no haría sino desaparecer en el pozo insondable de mis deudas.

Él meneó lentamente la cabeza.

—¿Tanto? —Y admitió, con tristeza: —No, no tengo ni la tercera parte, Centaine.

—En ese caso, no volvamos a hablar del asunto —indicó ella, con firmeza—. Ahora enséñame a pescar cangrejos para la cena. No quiero hablar de temas desagradables por el resto del tiempo que pasemos juntos. Ya tendré la ocasión de sobra cuando vuelva a casa.

En la última tarde subieron la cuesta, detrás del cobertizo; vadearon de la mano los brillantes bancos de flores silvestres. El polen les pintó las piernas del color del azafrán. Las abejas se elevaban en ruidosos enjambres, sólo para volver a posarse una vez que ellos pasaban.

—Mira, Blaine: todas las flores giran siguiendo el sol, cuando avanza por el cielo. Yo soy como una de ellas y tú eres mi sol, amor mío.

Blaine eligió las mejores flores para trenzarlas en foma de guirnalda. Luego las colocó sobre la cabeza de Centaine, entonando:

—Te corono reina de mi corazón.

Y aunque sonreía al decirlo, sus ojos estaban serios.

Hicieron el amor tendidos en el colchón de flores silvestres, aplastando los tallos y las hojas con el cuerpo, el vegetal aroma de sus jugos y el perfume de los capullos los envolvió. Más tarde, Centaine le preguntó, acostada entre sus brazos.

—¿Sabes qué voy a hacer?

—Cuéntame —propuso él, con voz soñolienta por el acto amoroso.

—Voy a dar de qué hablar. Dentro de un año, la gente dirá: "Centaine Courtney fue a la bancarrota, pero lo hizo con clase".

—¿Qué te propones?

—En vez de las fiestas habituales de toda Navidad, voy a tirar la casa por la ventana. Fiesta para todo el mundo en Weltevreden por una semana, con baile y champagne, todas las noches.

—Eso también despistará a los acreedores por largo rato —observó él, sonriente—. Pero supongo que no se te había ocurrido. ¿O sí, mi pequeña zorra taimada?

—No es el único motivo. Eso nos dará una excusa para estar juntos en público. Irás, ¿verdad?

—Depende. —Blaine estaba serio otra vez. Los dos sabían que todo dependía de Isabella, aunque él no lo dijo. —Tendría que buscar una buena excusa.

—Yo te la daré —ofreció ella, excitada—. Será un campeonato de polo, un torneo de veinte goles. Invitaré a los equipos de todo el país, a los mejores jugadores. Tú eres el capitán nacional. No podrás negarte, ¿verdad?

—Imposible —aseveró él—. Ya te decía que eras taimada. —Y meneó la cabeza, admirado.

—Así tendrás oportunidad de conocer a Shasa. Como te dije, me está volviendo loca desde que se enteró de que nos conocíamos.

—Me gustaría mucho.

—Tendrás que soportar un poquito de adoración.

—Podrías invitar a algunos equipos juveniles —sugirió Blaine—. ¿Por qué no organizas un torneo para ellos? Me gustaría ver jugar a tu hijo.

—¡Oh, Blaine, qué idea maravillosa! —Centaine aplaudió, entusiasmada. —Pobrecito querido. Probablemente sea la última oportunidad para que Shasa luzca sus ponies. Tendré que venderlos junto con Weltevreden. —Sus ojos volvieron a ensombrecerse por un instante, pero de inmediato recobraron la chispa. —Como te decía, iremos a la bancarrota, pero con clase.

El equipo de Shasa, el Weltevreden Invitation, compuesto por menores de dieciséis años, llegó a la final de la liga juvenil principalmente gracias al hándicap. Shasa era el único jugador de mayor cantidad de goles; de los otros tres miembros del equipo, dos tenían hándicap cero; el tercero, menos uno.

Sin embargo, finalmente tuvieron que enfrentarse a los Natal Juniors; el grupo estaba formado por cuatro de los mejores jugadores, gente de dos y tres goles, exceptuando al capitán, Max Theunissen, que por pocos meses no había quedado excluido del torneo por cuestión de edad. Estaba clasificado como jugador de cinco goles, el mejor de África para su edad; tenía altura y peso en la silla, buena vista y una muñeca poderosa.

Empleaba a fondo todas esas ventajas, adoptando un estilo de juego duro y pujante.

Shasa era el segundo, con cuatro goles, pero carecía del peso y la potencia del otro muchacho. Max contaba con el apoyo de fuertes compañeros de equipo. En cambio, toda la habilidad y la decisión de Shasa no bastaron para impedir que su grupo se tambaleara ante el ataque, dejando al capitán virtualmente sin ayuda.

En cinco *chukkers*, Max había asestado nueve goles contra los mejores esfuerzos defensivos de Shasa, y con ellos liquidó la ventaja inicial que el hándicap daba al equipo de Weltevreden, de modo que, cuando se retiraron para cambiar de caballos, antes del último *chukker*, los marcadores estaban igualados.

Shasa se lanzó desde la silla, enrojecido por el esfuerzo, la frustración y el enojo, gritando a su palafrenero:

—No ajustaste bien la cincha, Abel.

El sirviente de color sacudió nerviosamente la cabeza.

—Pero si la revisó usted mismo, señorito Shasa.

—No me contestes, hombre.

Sin embargo, ni siquiera miraba a Abel. Sus ojos lanzaban chispas hacia el lado opuesto del campo, donde un grupo de admiradores rodeaba a Max Theunissen.

—En este *chukker* montaré a Tiger Shark —anunció a Abel, gritando por sobre el hombro.

—Pero usted había dicho que sería Plum Pudding —protestó el negro.

—Y ahora digo que será Tiger Shark. Cambia las sillas y revisa los vendajes de sus patas.

Plum Pudding era un caballo pequeño, algo entrado en años y redondeado en el medio, pero que aún poseía un certero instinto para apreciar la dirección de la bocha y preparar a Shasa para el golpe. Ambos se entendían maravillosamente. Sin embargo, como correspondía a su avanzada edad, Plum Pudding se estaba volviendo cauteloso. Ya no le gustaba el galope veloz y vacilaba antes de aplicar su regordete costado al de otro caballo, a toda carrera. Shasa acababa de ver que Max Theunissen, en el lado opuesto, pedía a Némesis, su potro negro.

Con ese animal había aterrorizado a la liga juvenil en los últimos cuatro días, acercándose mucho al juego sucio, pero con tanta astucia que a los jueces les resultaba difícil sancionarlo. Había logrado asustar a casi todos los jinetes más livianos, haciéndoles abandonar la línea aun cuando tuvieran derecho de paso; cuando alguien tenía el coraje de enfrentársele, lo pechaba con tan sádico vigor que se produjeron dos o tres situaciones peligrosas y hasta un accidente; el pequeño Tubby Vermeulen, del Transvaal, había caído tan pesadamente que tenía una muñeca fracturada y un hombro dislocado.

—Vamos Abel, no te quedes allí. Ensilla a Tiger Shark.

Tiger Shark era un joven potro bayo, que contaba con un solo año de adiestramiento. Se trataba de un animal feo, con cabeza de martillo y paletas inmensamente poderosas, que le daban un aspecto jorobado. Su temperamento era tan poco atractivo como su figura. Pateaba y mordía sin provocación ni previo aviso; a veces se mostraba indómito, y tenía una tendencia agresiva, cruel; parecía regocijarse cuando se le ordenaba cargar para el choque. Hasta entonces nunca se había acobardado ante un encontronazo fuerte. En cualquier otra circunstancia, Shasa habría preferido a Plum Pudding, pero Max estaba ensillando a Némesis y Shasa adivinaba qué le esperaba.

El mango de su taco se había rajado en los últimos segundos de juego; retiró la correa de su muñeca y lo arrojó al suelo. Mientras iba a la carreta en busca de un repuesto, llamó a su número dos.

—Tienes que acercarte más de prisa, Bunty, y ponerte adentro para recibir mi tiro cruzado. Deja de quedarte atrás, hombre.

Shasa se interrumpió, cobrando conciencia del tono autoritario de su propia voz, al ver que el coronel Blaine Malcomess, capitán nacional y semidiós de Shasa, lo estaba observando. Se había acercado en silencio y estaba apoyado contra la rueda trasera de la carreta, un tobillo sobre el otro, los brazos cruzados y el sombrero de ala ancha inclinado sobre un ojo; su boca grande lucía una semisonrisa enigmática. Shasa, seguro de que indicaba desaprobación, trató de alisar su propio entrecejo.

—Hola, señor. Nos están castigando un poco, parece.

Se obligó a sonreír, aunque melancólico y nada convincente. Por mucho que le dijeran en la escuela, no le gustaba perder; no le gustaba ni un poquito.

Lejos de censurar el mal genio de Shasa, Blaine estaba encantado con él. El deseo de ganar era el don más importante, y no sólo en el campo de polo. Hasta entonces había dudado de que Shasa Courtney lo poseyera; lo disimulaba muy bien, teniendo en cuenta su edad. Presentaba un rostro bello, pero muy cortés, a sus mayores, y los trataba atentamente, con los modales tradicionales que le habían inculcado su madre y los maestros; en todo momento se mantenía reservado.

Sin embargo, Blaine venía observándolo con atención desde hacía cuatro días. Había visto su buena postura en la silla, su vista maravillosa, el golpe fluido que articulaba en una muñeca poderosa. El muchachito no tenía miedo y estaba lleno de audacia, por lo cual lo sancionaban con frecuencia. Pero Blaine sabía que la experiencia le enseñaría a disimular el juego rudo, de modo que no fuera evidente a los jueces.

Los otros requisitos para llegar a jugador internacional eran: la gran resistencia, que se adquiría con la edad, la aplicación constante y la experiencia. Eso último era de una importancia tan vital que el jugador sólo llegaba a la cumbre de su carrera a los cuarenta años o más. El mismo Blaine apenas la alcanzaba, y podía mantenerse diez años en el primer puesto.

Shasa Courtney prometía, y Blaine acababa de reconocer en él el deseo de ganar y su disgusto al vislumbrar la derrota. Sonrió al recordar su propia respuesta, cuando él a la misma edad, fue advertido por su padre: "Blaine, debes aprender a ser mejor perdedor." El había contestado, con sus dieciséis años de sabiduría adquirida: "Sí, señor, pero no tengo intenciones de practicar lo suficiente como para ser realmente bueno en eso."

Blaine sofocó la sonrisa y dijo, en voz baja:

—Shasa, ¿me permites una palabra?

—Por supuesto, señor.

El jovencito corrió a su encuentro, quitándose la gorra en señal de respeto.

—Estás dejando que Max te ponga nervioso —le indicó Blaine, suavemente—. Hasta ahora estuviste usando la cabeza. En los cuatro primeros *chukkers* los paraste en cuatro goles, pero en el último Max metió cinco.

—Sí, señor. —Shasa volvió a fruncir el entrecejo, sin darse cuenta.

—Piensa, muchacho, ¿qué es lo que cambió?

Shasa meneó la cabeza, pero luego parpadeó al captar la idea.

—Me está atrayendo hacia su *offside*.

—Eso es —asintió Blaine—, te está obligando a jugar en su lado fuerte. En cinco días, nadie lo ha encarado por el otro lado. Cambia de lugar con Bunty y acércate por allí. Acércate con todo... de una vez. Algo me dice que al joven Max no le va a gustar ese trago de su propia medicina. Y creo que bastará con una dosis. Hasta ahora, nadie ha visto el verdadero color de su hígado. ¡Tengo la impresión de que hay algo de amarillo en él!

—¿Me está diciendo que... cometa un *foul*, señor? —Shasa lo miraba fijamente, asombrado. Siempre se le habían inculcado las reglas del juego caballeresco. Era la primera vez que recibía ese tipo de consejo.

—¡Ni pensarlo! —Blaine le guiñó un ojo. —Será cuestión de aprender a perder, ¿no te parece?

Ese peculiar entendimiento se había establecido entre ambos desde el momento en que Centaine los presentó. Naturalmente, la reputación de Blaine facilitaba las cosas; contaba con el respeto y la admiración del jovencito aun antes de conocerlo; dada su experiencia, como funcionario y político, en el arte de someter a otros a su voluntad, para él había sido muy sencillo aprovechar al máximo su ventaja ante alguien tan poco experimentado e impresionable.

Además, Blaine deseaba intensamente mantener buenas relaciones con Shasa, no sólo porque era el hijo de la mujer que él amaba, sino porque era simpático y bien dotado, inteligente, temerario y abnegado... y además porque Blaine no tenía ni tendría jamás un hijo varón propio.

—Pégate a él, Shasa, y juégale a su modo —dijo, poniendo fin a su consejo.

Y Shasa sonrió, radiante de placer y determinación.

—Gracias, señor.

Se plantó la gorra en la cabeza y se alejó a grandes pasos, con el palo al hombro; los fundillos de sus pantalones blancos estaban manchados de marrón por la pomada de la silla; el sudor se secaba en cristales blancos entre los hombros de su polera amarilla.

—Vamos a cambiar de sitio, Bunty —anunció. Cuando Abel se acercó llevando a Tiger Shark, le dio un leve puñetazo en el hombro. —Tenías razón, viejo ladino: yo mismo revisé la cincha.

Lo hizo otra vez, ostentosamente, y Abel sonrió, encantado, al verle levantar la vista de las hebillas, diciendo:

—Ahora no podrás culparme otra vez.

Sin tocar los estribos, montó a Tiger Shark de un salto.

Blanine se apartó de la rueda y volvió tranquilamente al palco; sus ojos, como por instinto, buscaban entre la multitud el amarillo intenso del sombrero de Centaine.

Estaba en un círculo masculino. Blaine reconoció a Sir Garry Courtney y al general Smuts, junto con otros tres personajes influyentes: un banquero, un ministro del gobierno de Hertzog y el padre de Max Theunissen.

"Con qué gente se codea Madame Courtney", pensó, haciendo un gesto de dolor ante la punzada de celos que no se decidía a aceptar.

Las invitaciones de Centaine no habían sido sólo para los mejores jugadores del país, sino para todos los hombres importantes e influyentes de diversos sectores: políticos, académicos, grandes terratenientes, magnates de la minería, comerciantes y editores de periódicos; había hasta algunos artistas y escritores.

El *château* de Weltevreden no podía alojarlos a todos. Por eso, Centaine había reservado todos los cuartos del vecino Hotel Alphen, que antes formaba parte de la finca, para albergar a los restantes. Junto con los invitados de la zona, había bastante más de doscientos forasteros. Ella había fletado un tren especial para traer al contingente de otras ciudades, con sus caballos. A lo largo de cinco días, el entretenimiento había sido constante.

Por la mañana, los partidos de la liga juvenil; a la hora del almuerzo, un banquete al aire libre; por las tardes, gran polo, seguido por una compleja cena fría y baile, toda la noche.

Seis orquestas tocaban por turnos, proporcionando música incesante de día y de noche. En los intervalos había números de cabaret, desfiles de modas, un remate de vinos raros y obras de arte para obras de caridad, otro de potrillos pura sangre, una cacería del tesoro, una velada de disfraces, torneos de tenis, cróquet y bridge, exhibiciones de saltos, motociclismo acrobático, títeres para los niños y un equipo de niñeras profesionales para mantener ocupados a los más pequeños.

"Y sólo yo sé a qué viene todo esto." Blaine levantó la vista hacia el palco. "Es una locura; hasta cierto punto, es inmoral. El dinero que derrocha ya no es suyo. Pero la amo por su valor en la desgracia."

Centaine sintió su mirada y giró la cabeza en su dirección. Por un momento se miraron fijamente, sin que la distancia apagara la intensidad de los ojos. Después, ella se volvió nuevamente hacia el general Smuts y festejó con una risa alegre aquello que el anciano decía.

Blaine ansiaba acercarse, aspirar su perfume, escuchar esa voz algo ronca, con su leve acento francés. En cambio, marchó decididamente hacia la otra parte del palco, en donde estaba Isabella, en su silla de ruedas. Por primera vez se sentía suficientemente fuerte como para asistir al torneo, y Centaine había dispuesto que se construyera una rampa especial, a fin de subir la silla hasta los primeros asientos del palco, donde ella pudiera ver el campo.

La madre de Isabella, con su cabeza plateada, ocupaba un asiento a su lado; la rodeaban cuatro amigas íntimas con sus esposos. Pero las niñas bajaron del palco a toda carrera en cuanto vieron a Blaine, levantándose las faldas hasta las rodillas con una mano, mientras se sujetaban los anchos sombreros a la cabeza, tratando de llamarle la atención con su parloteo. Brincando a cada lado, se colgaron de sus manos y lo arrastraron hasta su asiento, junto a Isabella.

Blaine besó abnegadamente la pálida mejilla de seda que Isabella le ofrecía. Su piel estaba fría, y él distinguió un vaho de láudano en su aliento. La droga le dilataba las pupilas, dando a sus grandes ojos una expresión conmovedora y vulnerable.

—Te eché de menos, querido —susurró.

Y era verdad. Al alejarse Blaine, ella había lanzado a su alrededor una mirada de angustia, en busca de Centaine Courtney. Su tormento sólo se alivió un poco al verla en un sitio más alto del palco, rodeada de admiradores.

—Tenía que hablar con ese muchacho —se disculpó Blaine—. ¿Te sientes mejor?

—Sí, gracias. El láudano está surtiendo efecto.

Le sonrió, tan trágica y valiente que él volvió a inclinarse para besarla en la frente. Luego, al erguir la espalda, echó un vistazo culpable en dirección a Centaine, con la esperanza de que ella no hubiera visto ese espontáneo gesto de ternura, pero lo estaba observando, aunque apartó la vista con celeridad.

—Ahí salen los equipos, papá —anunció Tara, tironeando de él para llevarlo a su asiento—. ¡Vamos, Weltevreden!

Y Blaine pudo concentrarse en el partido antes que en su propio dilema.

Shasa, cambiando de costado, guió a su equipo frente al palco y trotó con desenvoltura por la línea lateral, erguido en los estribos para ajustarse la correa de la gorra, mientras buscaba a Blaine con la vista. Sus miradas se cruzaron y el muchachito sonrió, mientras el coronel, lacónico, mostraba los pulgares en alto. Shasa se dejó caer en la silla y puso a Tiger Shark ante el equipo de Natal, que salía con sus pantalones y sus gorras blancas, botas negras y remeras de manga corta, negras también, con aspecto rudo y confiado.

Max Theunissen frunció el entrecejo al notar que Shasa había cambiado de lado. Después de describir un círculo, hizo una señal a su número dos, que estaba en la otra punta del campo, y volvió a girar, en el momento en que el juez trotaba hasta el centro para dejar caer la bocha de bambú blanco.

El último *chukker* se inició con un tumulto cerrado y confuso; entre golpes fallidos, la bocha rodó entre los cascos de los caballos. Por fin salió a terreno abierto y Bunty se inclinó desde la silla, aplicando el primer golpe certero que daba en todo el encuentro. Fue un tacazo alto, que se adentró en el campo, y su caballo la siguió por instinto, llevando al jinete a lo largo de la línea, quisiera o no.

Como el tiro había sido suyo, le correspondía el derecho de paso; su caballo se acercó a la perfección, pero Max Theunissen hizo girar a Némesis; el potro negro alcanzó el galope tendido en dos zancadas, justificando las mil libras que el padre de Max había pagado por él, y se lanzó contra Bunty como una avalancha.

Bunty miró por sobre el hombro y Shasa lo vio palidecer.

—¡La línea es tuya, Bunty! —aulló Shasa, para alentarlo—. ¡Quédate!

Pero al mismo tiempo vio que Max aplicaba deliberadamente la puntera de la bota al hombro centelleante de su potro. Némesis alteró su ángulo. Era un ataque peligroso y amenazador; si Bunty lo resistía, se convertiría en un *foul* flagrante. Pero esa táctica aterradora dio resultado, una vez más; Bunty tiró frenéticamente de las riendas y se apartó, dejando la línea.

Max se lanzó a ella, triunfante, y se inclinó desde la silla, con el taco en alto, concentrando toda su atención en la bocha blanca que brincaba en el pasto, delante de él, preparado para taquearla desde atrás.

No había visto a Shasa, a su izquierda, y no estaba preparado para el arranque veloz con que Tiger Shark respondió a los talones de Shasa; eso le ayudó a acercarse en un ángulo permitido.

Ninguno de ellos había sido el último en golpear la bocha; por lo tanto, los dos jinetes tenían igual derecho de paso. Al acercarse ambos, a todo galope, con Tiger Shark apenas una cabeza por detrás del potro negro, Shasa aplicó la punta de su bota en el hombro de su caballo, y el animal respondió gozosamente. Cambió de inmediato el ángulo y se lanzó con todo el poder de sus grandes paletas deformes. El choque fue tan inesperado y violento que Shasa estuvo a punto de caer, arrojado contra el cuello de Tiger Shark.

Sin embargo, Blaine había dado en el blanco: era el lado débil de Max Theunissen, el que había protegido tan asiduamente hasta entonces, y Tiger Shark aprovechó perfectamente esa debilidad. Némesis retrocedió, tambaleante, con la cabeza entre las patas delanteras, mientras Max Theunissen volaba por el aire por sobre la cabeza de su cabalgadura, dando un giro mortal, pero con las riendas aún en la mano. Por un momento terrible, Shasa creyó que lo había matado.

Sin embargo, con la agilidad del miedo y de la capacidad atlética innata, Max giró en redondo como un gato y aterrizó con torpeza, pero con los pies en el césped. Por algunos instantes quedó demasiado asustado y aturdido para hablar. Shasa volvió a acomodarse en la silla y dominó a Tiger Shark, mientras los dos jueces hacían sonar sus silbatos desde ambos lados del campo. Max Theunissen comenzó a gritar histéricamente.

—Fue un *foul*, un *foul* intencional. Cruzó mi línea. Podría haberme matado.

Estaba blanco y temblaba; de los labios estremecidos volaban gotitas de saliva. Brincaba en un mismo sitio como un niño malcriado, enloquecido de miedo y frustración.

Los jueces conferenciaban en el medio del campo. Shasa sintió el impulso de influir sobre ellos con sus propias protestas de inocencia, pero se impuso el sentido común. Se alejó en Tiger Shark, con toda la dignidad que pudo reunir, fija la mirada hacia adelante y sin prestar atención a los rugidos de la muchedumbre. Sin embargo, sentía que ese rugido era más un reconocimiento a la justicia, al ver al matón atrapado en su propia trampa, que la indignación del deportista ofendido.

Los jueces no pudieron ponerse de acuerdo. Giraron en redondo y trotaron hacia el árbitro, que bajó del palco para salirles al encuentro.

—¡Buen golpe, Shasa! —exclamó Bunty, acercándose—. Ese fulano tendrá algo que contar en su casa.

—Tal vez me expulsen, Bunty —replicó el muchacho.

—Pero si no cruzaste su línea —lo defendió Bunty, acalorado—. Yo lo vi bien.

No obstante, a Shasa se le enfriaba la sangre. De pronto pensó en lo que diría su abuelo y, peor aún, en la reacción de su madre si lo expulsaban delante de todos los invitados, deshonrando a la familia. Echó una mirada nerviosa hacia los palcos pero estaba demasiado lejos para distinguir la expresión de Blaine Malcomess. Más arriba vio una mota amarilla: el sombrero de su madre; sus ojos febriles creyeron detectar un ángulo de desaprobación. Pero los jueces volvían al trote. Uno de ellos sofrenó a su animal frente a Shasa, con expresión severa.

—¡Señor Courtney!

—Sí señor! —Shasa se irguió en la silla, listo para oír lo peor.

—Ésta es una advertencia formal, señor. Se lo amonesta oficialmente por juego peligroso.

—Acepto su advertencia, señor.

Shasa trató de que su expresión imitara la actitud severa del juez, pero su corazón estaba cantando: se había librado de ésa.

—Siga jugando, señor Courtney.

Antes de que el juez le volviera la espalda, el muchachito distinguió su rápido guiño.

Faltaban tres minutos para que terminara el último *chukker*. Max envió la bocha bien dentro de su propio territorio con el penal, pero allí estaba el número tres de Shasa, que la disparó hacia el campo izquierdo, rebotando.

—¡Bien, Stuffs!

Shasa estaba encantado. Hasta ese momento, Stuffs Goodman no había hecho nada para sobresalir. Estaba descorazonado por el implacable ataque del Natal, y más de una vez había sido la víctima del robusto juego de Max Theunissen. Por primera vez completaba un pase. Shasa avanzó para recibirlo y se llevó la bocha campo arriba. Pero Bunty se retrasó otra vez. Al no contar con apoyo, el ataque de Shasa fue contrarrestado por una falange del Natal, y el juego volvió a caer en la confusión, en tanto los segundos iban pasando. El juez dispersó el alboroto con un toque de silbato y acordó el tiro a Natal.

—Que me condenen si no los reducimos al empate —clamó Bunty, mirando su reloj de pulsera, mientras se demoraba con Shasa para recibir el siguiente tiro de Natal.

—El empate no basta —replicó Shasa, furioso—. Tenemos que ganar.

Era pura bravata, por supuesto. En los cinco *chukkers* no habían puesto en serio peligro la meta de Natal. Pero esa ambición limitada enfurecía al jovencito. Además, Max Theunissen estaba decididamente acobardado, sin señales de su antigua audacia; por dos veces se había demorado, evitando el contacto, mientras Shasa se adelantaba con la bocha, dejando que sus compañeros se hicieran cargo de la defensa.

—¡Falta sólo medio minuto!

Pese a la jactancia de Shasa, Bunty parecía encantado ante el pronto final de sus sufrimientos; en ese preciso momento la bocha fue hacia él, en línea recta. No pudo pegarle; antes de que girara, el ataque del Natal pasó a su lado. Sólo quedaba Stuffs Goodman entre él y la meta. Shasa retrocedió velozmente, tratando de apoyarlo, pero su corazón dio un vuelco. Todo había acabado. Era demasiado pedir que Stuffs acertara dos tiros limpios en sucesión. Sin embargo, a pesar de sus malos pálpitos, Stuffs se adelantó en medio del ataque adversario, pálido y aterrorizado, pero decidido, y asestó un golpe salvaje que pasó a medio metro de la bocha. Pero su caballo era viejo y diestro; exasperado por el juego deficiente de su jinete, movió la bocha por entre los cascos y la apartó de una patada, hacia la línea de Bunty.

El muchachito golpeó otra vez y se adelantó con la bocha. Pero allí estaba el *right back* de Natal, galopando furiosamente. Los dos terminaron bailando otro desprolijo vals, rondándose mutuamente y descargando descabellados palazos, en una típica muestra de lo que suele ser un campeonato juvenil. Ninguno de los dos jugadores tenía la fuerza ni la experiencia suficiente como para poner otro ataque en marcha. La confusión dio a ambos equipos tiempo para reorganizarse; los dos capitanes bramaban, ordenando a sus hombres que arrojaran la bocha.

—¡Pásamela, Bunty!

Shasa, en el lado izquierdo del campo, estaba de pie sobre los estribos. Tiger Shark danzaba de costado, nervioso por la expectativa, vigilando la bocha con ojos desorbitados.

—¡Aquí, Digger, aquí! —aulló Max, inclinándose violentamente hacia atrás, aunque dispuesto a lanzarse a toda carrera en cuanto la bocha fuera lanzada.

En ese momento, Bunty acertó su tercer y último *scorcher* del día, pero la pelota voló apenas unos metros antes de chocar contra el casco delantero de un caballo adversario. Rebotó bajo los estribos de Bunty, volviendo al campo de Weltevreden, bien a descubierto.

Shasa buscó anticiparse casi de inmediato, y puso a Tiger Shark en marcha. Tocó la pelota para cambiar su dirección e impuso al caballo un giro tan cerrado que el animal se agachó.

—¡Ja! —Shasa apicó el talón y el caballo se lanzó a todo galope, mientras la bocha corría suavemente a poca distancia. El jinete se inclinó, concentrando toda su atención en ella, que rebotaba erráticamente. Por fin la alcanzó con el taco, dándole el máximo giro. Con perfecto dominio, la envió a poca altura por sobre el césped, hacia la meta de Natal, que estaba a doscientos metros de distancia.

Tiger Shark la siguió de un modo maravilloso, acercándose a la distancia precisa para que Shasa pudiera aplicarle un buen golpe. Plum Pudding no la habría calculado mejor. El jovencito volvió a golpear, con un nítido chasquido de madera contra madera, y la pelota se deslizó más adelante, como en señal de obediencia. Cuando Shasa levantó la vista, allá estaba la meta de Natal, a sólo ciento cincuenta metros; lo invadió una especie de júbilo salvaje al comprender que, en vez de empatar, tenían una posibilidad de triunfo.

—¡Ja! —ordenó a Tiger Shark—. ¡Ja!

Y el enorme animal se arrojó hacia adelante. En ese mismo instante, Max Theunissen, montando a Némesis, viró hacia la línea, más adelante, y corrió directamente hacia él.

"Gaznate abajo" es el término que describe ese peligrosísimo ángulo de intercepción. Dos animales veloces y potentes cargaban uno contra el otro, gaznate abajo. El rugido del palco murió en un silencio horrorizado. Los espectadores se levantaron a un tiempo.

Shasa había presenciado una sola vez una colisión frontal entre dos caballos grandes a todo galope. Había sido en las pruebas, antes del match contra los argentinos, el año anterior. Desde la grada superior del palco, él había oído claramente el ruido de los huesos al fracturarse. Uno de los jinetes murió más tarde en el hospital, con el bazo reventado; el otro se quebró ambas piernas. Después tuvieron que matar a los caballos, que habían quedado tendidos en el medio del campo.

—¡La línea es mía! —chilló Shasa a Max Theunissen, en tanto se acercaban rápidamente.

—¡Véte al diablo, Courtney! —contestó Max, desafiante.

Había recobrado su coraje y fulminaba a Shasa con la vista, por sobre la cabeza de su potro. Shasa leyó en aquellos ojos que iba a provocar la colisión y alteró levemente su postura en la silla. Tiger Shark, al sentirlo, se apartó un poquito. Iban a ceder... Y de pronto, sin previo aviso, el jinete se sintió invadido por la mortífera pasión de su frenético adversario.

Blaine Malcomess lo percibió, aun desde el palco. Aquello que se había apoderado de Shasa no era coraje común, sino una especie de locura; la misma locura que una vez había impulsado al mismo Blaine hacia la tierra de nadie, solo, con una granada en la mano, hacia los ojos colorados y parpadeantes de los cañones alemanes.

Vio que Shasa controlaba el giro de Tiger Shark y lo obligaba a lanzarse directamente contra el potro negro, cruzando la línea de la bocha en un desafío deliberado. El tiempo pareció tomar un ritmo mucho más lento para el jovencito. Su visión se concentró súbitamente, con brillante claridad; podía ver la membrana mucosa, húmeda y rosada, en las aletas dilatadas del gran potro, frente a él. Podía definir cada burbuja diminuta de la espuma que le brotaba por las comisuras de la boca, cada pelo rígido en el terciopelo renegrido de su hocico, cada vaso sanguíneo del encaje que cubría los ojos enrojecidos del caballo y cada una de sus pestañas.

Shasa miró a Max por sobre la cabeza negra. Su cara estaba crispada por la furia. Vio las diminutas gotas de sudor en su mentón, el espacio abierto entre sus incisivos blancos, cuadrados, los labios encogidos por un rictus de determinación. Lo miró a los ojos pardos y le sostuvo la mirada.

Era demasiado tarde. Ya no había tiempo para evitar la colisión. Y mientras lo pensaba, Shasa vio el súbito espanto en el rostro de Max; observó que sus labios se arrugaban y que las mejillas se congelaban de miedo. Lo vio echarse atrás en la silla y tirar de las riendas, apartando a Némesis de la línea en el último instante.

Shasa pasó velozmente a su lado, rozándolo casi con desprecio. Poseído aún por la misma pasión, se levantó en los estribos y golpeó la bocha con vigor, ubicándola en el centro de los mimbres.

Blaine todavía estaba de pie en el palco cuando los equipos se retiraron. Shasa, encendido por el triunfo, buscó en él una señal de aprobación. El coronel se limitó a saludarlo con la mano y a dedicarle una sonrisa amistosa, pero estaba casi tan entusiasmado como el jovencito.

"Por Dios, ese muchacho tiene fibra", se dijo. "Tiene fibra, de veras."

Y volvió a sentarse junto a Isabella. Ella notó su expresión; lo conocía demasiado. Sabía también lo mucho que había deseado tener un hijo varón... y el motivo de su interés por ese niño. Se sintió incapaz, inútil y enfadada.

—Esa criatura es alocada e irresponsable. —No pudo contenerse aun sabiendo que su censura causaría en Blaine el efecto contrario. —No le importa un ápice de nadie. Pero los Courtney siempre han sido así.

—Algunos le llaman agallas —murmuró él.

—Una fea palabra para designar una fea tendencia. —Isabella sabía que se estaba portando como una arpía, que la tolerancia de su marido tenía un límite, pero no pudo dominar ese impulso autodestructivo de herirlo. —Es como su madre...

Entonces vio que el enojo estallaba en los ojos de Blaine. Él se levantó, interrumpiéndola.

—Voy a ver si te traigo algo para que almuerces, querida.

Y se alejó a grandes pasos. Ella habría querido llamarlo, gritar: "¡Lo siento! ¡Lo dije sólo porque te amo!"

La enferma no comía carnes rojas, pues parecían agravar su estado, de modo que Blaine se dedicó a contemplar el despliegue de cangrejos, camarones, ostras y pescado que constituía la pieza central del almuerzo frío. Era una pirámide que lo sobrepasaba en altura, una verdadera obra de arte; parecía un sacrilegio efectuar la primera incursión en ella. Su actitud de renuncia no era única: la pirámide estaba rodeada por un grupo de invitados que lanzaban exclamaciones de admiración, gracias a las cuales Blaine no supo que Centaine se había acercado hasta oír su voz por sobre el hombro.

—¿Qué dijo usted a mi hijo, coronel, para convertirlo en un salvaje? Él se volvió rápidamente, tratando de disimular el culpable deleite que le despertaba su proximidad. —Oh, sí, le vi conversar con él antes del último *chukker*.

—Una conversación entre hombres. Temo que no es adecuada para oídos tiernos.

Ella rió suavemente.

—Sea lo que fuere, dio resultado. Gracias, Blaine.

—No tienes por qué darlas. El muchacho lo hizo por su cuenta. Ese último gol fue el esfuerzo más estupendo que he visto en mucho tiempo. Va a ser de los buenos, de los mejores, por cierto.

—¿Sabes en qué pensé mientras lo miraba? —preguntó ella, suavemente.

Él meneó la cabeza, inclinándose para escuchar la respuesta.

—Pensé en Berlín.

Blaine quedó perplejo por un instante. Por fin comprendió. *Berlín, 1936. Los juegos olímpicos.* Y se echó a reír. Centaine debía de estar bromeando. Entre la liga juvenil y las categorías superiores había tanta distancia como entre la tierra y la luna. En eso vio la expresión de ella y dejó de reír para mirarla fijamente.

—¡Hablas en serio!

—No podré pagar la manutención de sus caballos, por supuesto. Pero al abuelo le encanta verlo jugar. Él ayudará. Y si contara con el consejo y el aliento de un jugador de primera...

Se encogió graciosamente de hombros. Él tardó un momento en recobrarse de su estupefacción.

—Nunca dejas de sorprenderme. ¿No hay nada que creas fuera de tu alcance? —Entonces, al ver el brillo súbito, astuto y lascivo de su mirada, agregó apresuradamente: —Retiro la pregunta.

Por un momento se miraron, sin tapujos, con el amor en los ojos para quien quisiera verlo. Por fin, Centaine deshizo el idílico momento.

—El general Smuts estaba preguntando por ti. —Cambió de tema, desconcertante y variable como siempre. —Estamos sentados bajo los robles, tras el palco. ¿Por qué no vienes con tu esposa?

Le volvió la espalda, y la multitud de huéspedes se abrió para franquearle el paso.

Blaine condujo lentamente la silla de Isabella por la suave alfombra de césped, hacia el grupo que almorzaba bajo los robles. El clima había bendecido el torneo de Centaine; el cielo tenía el azul de un huevo de garza. Había viento, por supuesto. Siempre había viento en diciembre, pero Weltevreden estaba enclavada en un rincón protegido del valle de Constancia; el viento del sudeste pasaba por arriba, haciendo susurrar las hojas de los robles, pero movía apenas las faldas de las mujeres; empero, aliviaba el calor, que de otro modo habría sido opresivo, y refrescaba el aire, ganándose su apodo de "el médico del Cabo".

Al ver a Blaine, Centaine apartó al camarero y llenó de champagne una copa, con sus propias manos, para llevarla a Isabella.

—No, gracias —se rehusó la enferma, con dulzura.

Por un momento, Centaine quedó perpleja, de pie ante la silla de ruedas, con la copa de cristal en la mano. Blaine salió en su rescate.

—Si nadie la quiere, señora Courtney...

Tomó la copa, y Centaine le sonrió con pronta gratitud, mientras los otros abrían sitio para la silla. El presidente del Standard Bank, que estaba sentado junto a la dueña de casa, retomó el monólogo desde donde lo había interrumpido.

—¡Ese Hoover y su maldita política de intervencionismo! No sólo destruyó la economía de los Estados Unidos, sino que nos arruinó a todos en el proceso. Si no se hubiera entrometido, a estas horas ya habríamos superado la depresión. En cambio, ¿qué tenemos? Más de cinco mil Bancos norteamericanos fueron a la quiebra este año; el desempleo ha subido a veintiocho millones; el intercambio comercial con Europa está parado; las monedas del mundo entero, en proceso de alteración. Ha hecho que un país tras otro abandonen el patrón oro; hasta Gran Bretaña ha sucumbido. Somos uno de los pocos países que han podido mantener el patrón oro, y créanme que empieza a costar demasiado. Hace que la libra sudafricana sea costosa, así como también nuestras exportaciones y la extracción de nuestro oro. Sólo Dios sabe cuándo podremos resistir. —Miró al general Smuts, que estaba frente a él. —¿Qué opina usted, *Ou Baas*? ¿Cuánto tiempo podremos seguir con el patrón oro?

Y el *Ou Baas* rió entre dientes, hasta que la barbilla blanca se sacudió en el aire y sus ojos azules centellearon.

—Alfred, no me lo pregunte a mí. No soy economista, sino botánico.

Su risa era contagiosa, pues todos sabían que era una de las mentes más brillantes en cualquier terreno, de cuantas había engendrado, hasta entonces, el tumultuoso siglo XX. Él había instado a Hertzog a seguir el ejemplo británico, cuando Inglaterra abandonó el patrón oro. Había cenado con John Maynard Keynes, el economista del siglo, en su última visita a Oxford, y los dos mantenían una correspondencia regular.

—Entonces, *Ou Baas*, no preste atención a esa pregunta. Contemple mis rosas —ordenó Centaine.

Había apreciado el humor de sus huéspedes y percibía que la densa discusión los ponía incómodos. Día tras día, esos hombres se veían forzados a vivir en la desagradable realidad de un mundo que se tambaleaba al borde de un abismo financiero. Todos escaparon de la conversación aliviados.

La charla giró hacia temas ligeros y triviales, pero chispeantes, como el champagne servido en copas de alto pie. Centaine dirigía las bromas y las risas, pero en su fuero íntimo experimentaba el vacío que produce un desastre inminente; sentía la seguridad, insistente y dolorosa, de que todo eso estaba por terminar, de que era irreal como los sueños, último eco del pasado, en tanto se veía próxima a un futuro lleno de amenazas e incertidumbre, un futuro sobre el que ya no tendría control.

Blaine miró por sobre el hombro de Centaine y aplaudió ligeramente; los otros invitados agregaron su palmoteo adulto y condescendiente.

—Viva el héroe conquistador —rió alguien.

Centaine giró en su asiento. Shasa estaba atrás, con chaqueta deportiva y pantalones de franela; en el pelo, aún mojado por la ducha, se veían claramente los surcos del peine. Sonreía con una adecuada proporción de modestia.

—Oh, *chéri*, estoy orgullosísima —Se levantó de un salto para besarlo impulsivamente.

El muchachito se ruborizó, realmente azorado.

—Bueno, *Mater*, no nos pongamos tan franceses —le reprochó.

Estaba tan hermoso que ella habría querido abrazarlo, pero se contuvo. Hizo una seña al camarero para que sirviera a Shasa una copa de champagne. Él la miró, intrigado, pues habitualmente no se le permitía tomar sino cerveza liviana, en poca cantidad.

—Es una ocasión especial —aclaró ella, oprimiéndole el brazo.

Blaine levantó su copa.

—Caballeros, brindemos por la famosa victoria de los juniors de Weltevreden.

—Oh, caramba —protestó Shasa—, teníamos nueve goles de hándicap.

Pero todos bebieron, y Sir Garry hizo lugar para su nieto.

—Ven a sentarte conmigo, hijo, y cuéntanos qué se siente al ser campeón.

—Disculpa, *Grandpater*, por favor, pero debo reunirme con los muchachos. Estamos planeando una sorpresa para después.

—¿Una sorpresa?

Centaine se incorporó. Había sobrevivido a varias de las sorpresas de su hijo. Entre las más memorables se contaba el espectáculo de fuegos artificiales, durante el cual había estallado el viejo granero, de un modo muy espectacular e inesperado, junto con cinco acres de plantación. —¿Qué sorpresa, *chéri*?

—Si te lo dijera no sería una sorpresa, *Mater*. Pero vamos a despejar el campo de polo de la entrega de premios. Quería advertírtelo. —Tragó el resto del champagne y se despidió. —Tengo que irme corriendo, *Mater*. Hasta luego.

Ella alargó una mano para retenerlo, pero el muchachito corrió hacia el gran palco, donde lo esperaban otros miembros del equipo victorioso. Todos se amontonaron en el viejo Ford de Shasa y se alejaron por la larga carretera, rumbo al *château*. Ella los siguió con la vista, estremecida, hasta que desaparecieron. Sólo entonces notó que Blaine y el general Smuts también se habían retirado del círculo y paseaban entre los robles, cada uno con la cabeza inclinada hacia el otro, conversando con mucha seriedad. Los observó subrepticiamente. Formaban un dúo interesante y desparejo: un anciano estadista, menudo, de blancas barbas, y un guerrero-abogado, alto y apuesto. Su conversación era absorbente, por lo visto, pues caminaban lentamente, ajenos a todo, por donde el grupo no pudiera oírlos.

—¿Cuándo vuelves a Windhoek, Blaine?

—Mi esposa se embarca hacia Southampton dentro de dos semanas. Volveré en cuanto zarpe el buque-correo.

—¿No puedes quedarte un tiempo más? —preguntó el general Smuts— Hasta Año Nuevo, digamos. Espero novedades.

—¿Podría adelantarme algo? —inquirió el coronel.

—Quiero que vuelvas a la Cámara. —Smuts evitó la respuesta directa, por el momento. —Sé que eso requiere sacrificios, Blaine. En Windhoek estás haciendo una obra excelente; aumentas tu prestigio personal y tu poder de negociación. Te pido que sacrifiques todo eso renunciando a tu puesto de administrador y presentándote a las elecciones parciales por el Partido Sudafricano.

Blaine no respondió. El sacrificio que el *Ou Baas* pedía era oneroso.

La banca de Gardens era marginal. Existía un gran riesgo de que la ganara el partido de Hertzog; aun triunfando, sólo obtendría una banca en el sector de la oposición, duro precio a pagar por la pérdida de su puesto actual.

—Somos de la oposición, *Ou Baas* —apuntó, simplemente.

El general Smuts golpeó el césped con su bastón, estudiando su réplica.

—Que esto quede entre tú y yo, Blaine. Quiero que me des tu palabra.

—Por supuesto.

—Si confías ahora en mí, serás ministro dentro de los seis meses. —Como Blaine pusiera cara de incredulidad, Smuts se detuvo frente a él.

—Por lo visto, tengo que ser más explícito. —Aspiró hondo. —Coalición, Blaine. Hertzog y yo estamos elaborando un gabinete de coalición. Parece cosa segura, y lo anunciaremos en marzo del año próximo, dentro de tres meses. Yo me haré cargo de la secretaría de Justicia, y parece que se me permitirá nombrar a cuatro de mis propios ministros. Tú figuras en mi lista.

—Comprendo. —Blaine trató de captarlo todo. La noticia era estupenda. Smuts le ofrecía aquello que siempre había querido: un cargo en el gabinete. —No comprendo, *Ou Baas*. ¿Qué razones tiene Hertzog para estar dispuesto a negociar con nosotros?

—Sabe que ha perdido la confianza de la Nación y que su propio partido se está volviendo ingobernable. Su gabinete se ha tornado arrogante, por no decir directamente rebelde; está cayendo en un régimen discrecional.

—Sí, sí, *Ou Baas*. ¡Pero ésta debe ser nuestra oportunidad! Fíjese sólo en lo que ocurrió en el último mes. Fíjese en las elecciones parciales de Germinston y en los resultados de las elecciones provinciales del Transvaal. En ambas ganamos decididamente. Si conseguimos que se llame ahora a elecciones generales, ganaremos. No tenemos por qué formar un gobierno de coalición con los nacionalistas. Podemos ganar, como Partido Sudafricano, con nuestra propias condiciones.

El viejo general guardó silencio por algunos momentos, con la barba gris hundida en el pecho y la expresión severa.

—Tal vez tengas razón, Blaine. Ahora podríamos ganar, pero no por nuestros méritos. El voto iría contra Hertzog y no a favor de nosotros. Cualquier victoria partidista, en estos momentos, se tornaría estéril. No podríamos justificar un llamado a elecciones generales por el bien de la Nación. Sería sacar provecho político para el partido, y no quiero participar en semejante cosa.

Blaine no pudo responder. De pronto se sintió indigno de merecer la confianza de ese hombre, un ser tan íntegro que no vacilaba en volver la espalda a una oportunidad para no sacar provecho de la crisis de su país.

—Estamos en una época desesperada, Blaine. —Smuts siguió hablando, suavemente. —Por doquier, a nuestro alrededor, se ciernen nubes de tormenta. Necesitamos que el pueblo esté unido. Necesitamos un fuerte gabinete de coalición, no un parlamento dividido por diferencias partidarias. Nuestra economía vacila en el borde del abismo; la industria de las minas auríferas corre peligro. A los costos actuales, muchas de las minas más antiguas están ya cerrando. Seguirán otras más, y eso será el fin de la Sudáfrica que conocemos y amamos. Por añadidura, también se ha venido abajo el precio de la lana y los diamantes, los otros dos productos que más exportamos.

Blaine asintió, sobriamente. Todos esos factores eran la base de la preocupación nacional.

—No hace falta hablar de los descubrimientos hechos por la Comisión de Remuneraciones —prosiguió Smuts—. La quinta parte de nuestra población blanca ha sido arrojada a la abyecta pobreza por la sequía y los métodos primitivos de cultivo; el veinte por ciento de nuestras tierras productivas están arruinadas por la erosión y el abuso, probablemente de modo definitivo.

—Los blancos pobres —murmuró Blaine—: una gran masa de mendigos y hambrientos itinerantes, sin empleo, sin oficio, sin habilidad alguna, sin esperanza.

—Y están los negros, divididos en veinte diferentes tribus, que huyen en rebaños de los distritos rurales, buscando la buena vida, *die lekkerlewe*, sólo para engrosar las filas de los desocupados; en vez de la buena vida, encuentran el delito, el licor ilícito y la prostitución; así van acumulando un descontento que lo invade todo, llegan al desprecio de nuestras leyes y descubren, por primera vez, la dulce atracción del poder político.

—Ése es un problema que ni siquiera hemos empezado a encarar, a tratar de comprender —reconoció Blaine—. Quiera Dios que nuestros hijos y nuestros nietos no nos maldigan por nuestro descuido.

—Quiera Dios, sí —repitió Smuts—. Y mientras tanto, miremos un poquito más allá de nuestras fronteras, hacia el caos que envuelve al resto del mundo. —Fue marcando cada uno de sus puntos con un golpe de bastón en la tierra. —En América, el sistema de crédito se ha derrumbado; el comercio con Europa y el resto del mundo está detenido. Hay ejércitos de pobres y desposeídos vagando sin sentido por todo el continente. —Clavó la punta del bastón en el césped. —En Alemania, la República de Weimar se derrumba, después de haber arruinado la economía. Uno de los antiguos marcos de oro equivale a ciento cincuenta billones de marcos de Weimar, y eso ha aniquilado los ahorros de la Nación. Ahora, de las cenizas, ha surgido una nueva dictadura, fundada en la sangre y la violencia, que tiene en sí el hedor de una gran maldad. —Golpeó la tierra otra vez, furioso. —En Rusia, un monstruo delirante está asesinando a millones de sus propios compatriotas. Japón está bajo las garras de la anarquía. Los militares se han desmandado, derrocando a los gobernantes elegidos por la Nación, apoderándose de Manchuria y masacrando a los infortunados habitantes por cientos de miles; ahora amenazan con retirarse de la Liga de las Naciones, porque el resto del mundo protesta. —Una vez más siseó el bastón, castigando el denso césped. —En el Banco de Inglaterra se ha producido una corrida, Gran Bretaña ha sido obligada a abandonar el patrón oro y, desde los anales de la historia, ha escapado una vez más la antigua maldición del antisemitismo, que acecha al mundo civilizado. —Smuts se interrumpió, encarando a Blaine francamente. —Por doquier hay desastres y peligros mortales. No intentaré sacar ventaja de eso, dividiendo a esta tierra sufriente. No, Blaine, quiero coalición y cooperación en vez de conflicto.

—¿Cómo fue que todo se arruinó tan velozmente, *Ou Baas*? —preguntó Blaine, con suavidad—. Se diría que apenas ayer éramos prósperos y felices.

—En Sudáfrica, cualquiera puede estar lleno de esperanzas al amanecer y enfermo de desesperación al mediodía. —Smuts guardó silencio por un instante; luego salió de su abstracción para decir: —Te necesito, Blaine. ¿Quieres tiempo para pensarlo?

El coronel sacudió la cabeza.

—No hace falta. Puede contar conmigo, *Ou Baas*.

—Lo sabía.

Blaine miró en dirección a Centaine, que continuaba sentada bajo los robles, y trató de manifestar un gran júbilo, debajo del cual se ocultaba la vergüenza. Se avergonzaba de que, a diferencia de ese santo hombrecito, él pudiera sacar ventaja de la situación de su país y el mundo civilizado. Se avergonzaba de que sólo ahora por causa de la desesperación y las penurias, alcanzara su ambicionado puesto en el gabinete. Además, volvería a Ciudad del Cabo, desde las tierras desérticas; volvería a ese lugar fértil y hermoso, en donde vivía Centaine Courtney.

Entonces su mirada se desvió hacia la pálida y delgada mujer en silla de ruedas, cuya belleza se evaporaba bajo el asedio del dolor y de las drogas; la culpa y la vergüenza se equilibraron casi perfectamente con el júbilo.

Pero Smuts volvía a hablar.

—Pasaré los próximos cuatro días aquí, en Weltevreden, Blaine. Sir Garry me ha obligado a permitirle que escriba mi biografía, de modo que trabajaremos juntos en el primer borrador. Al mismo tiempo, debo realizar una serie de reuniones secretas con Barry Hertzog, para acordar los detalles más finos de la coalición. Es un lugar ideal para que hablemos. Te agradecería que te mantuvieras a mano. Es casi seguro que te llame.

—Por supuesto. —Blaine, con esfuerzo, apartó sus propias emociones. —Estaré aquí por tanto tiempo como me necesite. ¿Quiere que presente mi renuncia al cargo de administrador?

—Puedes ir redactando el acta —apuntó Smuts—. Yo le explicaré tus motivos a Hertzog; se la entregarás personalmente.

Blaine echó un vistazo al reloj. El viejo general se apresuró a decir:

—Sí, tienes que prepararte para tu *match*. Esta frivolidad, en medio de sucesos tan horribles, es como tocar el violín mientras arde Roma, pero hay que mantener las apariencias. Hasta me he prestado a entregar los premios. Centaine Courtney es una dama convincente. Bueno, espero que nos veamos más tarde... en la entrega de premios, cuando te entregue la copa.

El encuentro fue reñido; pero el equipo Cape "A", capitaneado por Blaine Malcomess, contuvo los ataques más decididos del Transvaal "A" en el *match* final del torneo, y ganó por tres goles. Inmediatamente después, todos los equipos se reunieron al pie del palco, donde las copas de plata estaban en exhibición sobre una mesa. Pero se produjo una incómoda pausa en la ceremonia. Faltaba un equipo: los campeones juveniles.

—¿Dónde está Shasa? —preguntó Centaine, en voz baja pero furiosa, a Cyril Slaine, que era el organizador del torneo.

Él agitó las manos, con gesto desolado.

—Me prometió que estaría aquí.

—Si en esto consiste su sorpresa... —Centaine hizo un esfuerzo para ocultar su enojo tras una graciosa sonrisa, en bien de sus interesados huéspedes. —Bueno, no importa. Comenzaremos sin ellos.

Ocupó su sitio en la primera grada del palco, junto al general y levantó ambas manos pidiendo atención.

—General Smuts, señoras y señores, honorables invitados y queridos amigos.

Vaciló, mirando a su alrededor con incertidumbre. Un zumbido, en el aire, se superponía a su voz. Fue creciendo parejamente en volumen hasta convertirse en rugido. Todas las caras se levantaron al cielo, buscando; algunas, intrigadas; otras, divertidas o intranquilas. De pronto, por sobre los robles, en el extremo del campo de polo, centellearon las alas de un avión que volaba a poca altura. Centaine lo reconoció como un Puss-Moth, un pequeño monomotor. Se ladeó lateralmente hacia el palco de honor y voló en línea recta hacia él, a dos metros de altura, cruzando el campo. Cuando parecía a punto de chocar con el palco atestado, la nariz se elevó bruscamente y pasó por encima del público. Los espectadores agacharon instintivamente la cabeza. Una mujer gritó.

En el momento en que el avión pasaba como el rayo, Centaine vio la cara riente de Shasa, en la ventanilla lateral de la cabina, y el movimiento de su mano al saludar. De inmediato se vio transportada en el tiempo y el espacio.

La cara ya no era la de Shasa, sino la de Michael Courtney, su padre. En su mente, la máquina ya no era azul y aerodinámica; había asumido las líneas torpes y anticuadas, las alas dobles, los tensores y la cabina abierta, pintada de amarillo, de los aeroplanos que había visto durante la guerra.

Se ladeó en un círculo amplio apareciendo una vez más por sobre la copa de los robles. Centaine permanecía rígida de espanto, con el alma desgarrada por un contenido grito de angustia, contemplando otra vez el aeroplano amarillo, que trataba de pasar por encima de las grandes hayas, más allá del *château* de Mort Homme, con el motor vacilante y fallando. "¡Michael!"

Gritó mentalmente su nombre, y fue como un cegador destello de agonía. Una vez más vio a la máquina, mortalmente herida, golpear contra las ramas superiores de la alta haya y caer por el aire, dando tumbos mortales, hasta quedar en tierra, en un enredo de lona y soportes rotos. Una vez más vio florecer las llamas, como hermosos capullos venenosos, y saltar a gran altura desde la máquina destrozada. Y el humo oscuro rodó por los prados, hacia ella, mientras el cuerpo del hombre, en la cabina abierta, se retorcía, giraba, se ponía negro, entre las llamas anaranjadas que ascendían y el calor, que bailaban en un espejismo vidrioso, y el humo negro, grasiento, y el trueno repetido que le llenaba los oídos.

"¡Michael!"

Tenía las mandíbulas apretadas a tal punto que le dolían los dientes, y los labios rodeados por el hielo del horror, de modo tal que el nombre no podía escapar entre ellos.

De pronto, milagrosamente, la imagen desapareció. En cambio, quedó la pequeña máquina azul, tranquilamente posada en el verde césped del campo de polo; el ruido del motor se redujo a un cortés murmullo burbujeante. Giró en el otro extremo del campo y carreteó nuevamente hacia el palco, meneando apenas las alas. Cuando se detuvo ante ellos, el motor se apagó con un hipo final de humo azul.

A cada lado de la cabina se abrieron las puertas, dejando salir a Shasa Courtney y sus tres sonrientes compañeros de equipo. A Centaine le sorprendió que hubieran podido caber en ese diminuto recinto.

—¡Sorpresa para todos! —aullaron—. ¡Sorpresa, sorpresa!

Entonces hubo risas, aplausos, silbidos y exclamaciones en el palco. Los aviones eran todavía una maravillosa novedad, capaz de llamar la atención aun entre gente tan sofisticada como aquélla. Probablemente, sólo una de cada cinco personas presentes había volado alguna vez; el inesperado y ruidoso arribo había creado un ambiente alegre y entusiasta. Entre aplausos y expresivos comentarios, Shasa condujo a su equipo hasta la mesa, para recibir la copa de plata que hacía entrega el general Smuts.

El piloto del avión azul salió por la puerta izquierda. Era una silueta corpulenta y calva. Centaine la fulminó ponzoñosamente con la vista. No sabía que Jock Murphy incluyera el oficio de piloto entre sus varias habilidades, pero decidió que pagaría un precio por aquella travesura. Siempre había hecho lo posible por no fomentar el interés de Shasa por los aviones, pero resultaba difícil. El muchachito tenía, junto a su cama, una fotografía del padre en traje de piloto y una réplica de su avión de combate, el SE5a, colgada del cielo raso. En los últimos años se había vuelto más insistente en sus preguntas con respecto a las hazañas militares del padre. Ella debió tomarlas como advertencia, por supuesto, pero había estado demasiado preocupada como para pensar que pudiera dedicarse a la aviación sin consultarla. Al repasar los hechos, comprendió que había ignorado deliberadamente esa posibilidad, por no pensar en ella.

Con la copa de plata en las manos, Shasa concluyó su breve discurso de agradecimiento con una afirmación específica:

—Por fin, señoras y señores, quizá hayan pensado que era Jock Murphy quien piloteaba el Puss-Moth. ¡No fue así! Ni siquiera tocó los mandos, ¿verdad? —Miró al calvo instructor, que colaboró sacudiendo la cabeza.

—¡Ya ven! —se jactó Shasa—. Es que he decidido ser piloto, igual que mi papá.

Centaine no participó de los aplausos ni de las risas.

Los invitados partieron de allí tan súbitamente como habían llegado, dejando sólo el césped arruinado en el campo de polo, la basura, montañas de botellas vacías y pilas de sábanas sucias en el lavadero. A Centaine le quedó también una sensación de desencanto. Había terminado su último gesto grandioso; era el último disparo de su arsenal.

El sábado, el buque-correo ancló en el Table Bay, trayendo a un invitado nada grato.

—Ese maldito fulano parece un enterrador, en lugar de un cobrador de impuestos —bufó Sir Garry.

Y se llevó al general Smuts al cuarto de armas, que él siempre usaba como estudio cuando se hospedaba en Weltevreden. Inmersos en las consultas iniciales para la biografía, no reaparecieron hasta la hora del almuerzo.

El recién llegado bajó a desayunar, justamente cuando Centaine y Shasa volvían de su cabalgata matutina, con las mejillas rosadas y muertos de hambre. Cruzaron las puertas dobles del comedor tomados del brazo, riendo ante una broma de Shasa, pero su buen humor se hizo trizas cuando lo vieron allí, examinando la marca de fábrica en los cubiertos de plata. Centaine se mordió el labio, poniéndose seria.

—Permítame presentarle a mi hijo. Michael Shasa Courtney. Shasa, te presento al señor Davenport, de Londres.

—Mucho gusto, señor. Bienvenido a Weltevreden.

Davenport clavó en Shasa la misma mirada inquisidora con que había examinado la platería.

—Significa, "bien satisfecho" —aclaró Shasa—. En holandés, como usted sabrá: *Weltevreden*.

—El señor Davenport trabaja para Sotheby's, Shasa —dijo Centaine, para llenar la incómoda pausa—. Ha venido para asesorarme con respecto a algunos de nuestros cuadros y muebles.

—Ah, qué bien —festejó el jovencito—. ¿Ha visto éste, señor? Shasa señaló un paisaje de óleos suaves, colgado sobre el aparador. —Es el favorito de mi madre. Pintado en la finca donde ella nació. Mort Homme, cerca de Arras.

Davenport se acomodó los anteojos, enmarcados en acero, y se inclinó sobre el aparador para mirar más de cerca; su considerable vientre cayó en la bandeja de huevos fritos, dejando una mancha grasienta en el chaleco.

—Firmado en 1875 —observó, sombrío—. Su mejor período.

—Es de un hombre llamado Sisley —apuntó Shasa, para ayudar—. Alfred Sisley. Es un artista muy conocido, ¿verdad, *Mater*?

—*Chéri*, el señor Davenport ha de saber quién es Alfred Sisley.

Pero el huésped no escuchaba,

—Podríamos obtener quinientas libras —murmuró.

Y sacó una libreta del bolsillo interior para hacer una anotación. El movimiento desprendió una fina llovizna de caspa de sus mechones desteñidos hacia las hombreras del traje oscuro.

—¿Quinientas? —se extraño Centaine, desdichada—. Pagué bastante más que eso.

Llenó una taza de café (no se había acostumbrado nunca a los grandes desayunos ingleses) y lo llevó a la cabecera de la mesa.

—Puede ser, señora Courtney. Pero el mès pasado subastamos una de sus obras, mejor que ésta: *La esclusa de Marly*, y no alcanzó la modestísima base que le habíamos puesto. El mercado, mucho me temo, favorece al comprador.

—Oh, no se preocupe, señor. —Shasa llenó su plato de huevos y los coronó con una guirnalda de tocino crocante. —No está a la venta. Mi madre no lo vendería jamás, ¿verdad *Mater*?

Davenport, sin prestarle atención, llevó su propio plato al asiento vacío que Centaine tenía a su lado.

—Ahora bien, el Van Gogh del salón delantero es otra cosa —le dijo, mientras se lanzaba sobre el arenque ahumado, con más entusiasmo del demostrado hasta entonces. Con la boca llena, leyó en su libreta: "—Trigal verde y violáceo; surcos que llevan la vista a halos dorados en derredor del enorme orbe del sol naciente, alto en el cuadro." —Cerró el cuaderno. —En América, Van Gogh se ha puesto muy de moda, a pesar de lo flojo que está el mercado. No sé cuánto durará, por supuesto. Por mi parte, no lo soporto, pero haré fotografiar el cuadro y enviaré copias a diez o doce clientes norteamericanos importantes. Creo que podemos obtener de cuatro a cinco mil libras.

Shasa dejó los cubiertos. Sus ojos pasaban de Davenport a su madre, con expresión preocupada y estupefacta.

—Creo que debemos dejar el tema para más tarde, señor —intervino ella, apresuradamente—. Le he reservado el resto del día. Pero ahora disfrutemos del desayuno.

La comida prosiguió en silencio. No obstante, cuando Shasa apartó su plato, aún medio lleno, Centaine se levantó junto con él.

—¿Adónde vas, *chéri*?

—A los establos. El herrero va a cambiar las herraduras a dos de mis potros.

—Te acompaño.

Tomaron por el sendero que corría por el muro posterior del viñedo hugonote, donde se cultivaban las mejores uvas viñateras de Centaine, y rodearon el viejo alojamiento de los esclavos. Ambos guardaban silencio. Shasa esperaba que ella le hablara, mientras Centaine trataba de hallar palabras adecuadas para explicarle. No había una forma suave de decirlo, por supuesto, y ya lo había demorado por demasiado tiempo. Esa demora sólo dificultaba las cosas.

311

Ante el portón del establo, ella lo tomó del brazo y lo hizo girar hacia la plantación.

—Ese hombre... —comenzó. Se interrumpió, para intentarlo de nuevo. —Sotheby's es la mejor firma de rematadores del mundo. Se especializan en obras de arte.

—Lo sé —dijo él, con una sonrisa condescendiente—. No soy tan ignorante, *Mater*.

Ella lo condujo hasta el banco de roble, junto a la fuente. El agua dulce y cristalina brotaba en burbujas de una diminuta vertiente rocosa, cayendo entre helechos y piedras cubiertas de musgo, para llenar un estanque de ladrillos. Allí había una trucha, tan larga y gruesa como el brazo de Shasa, que se acercó a los pies de ambos, esperando la comida.

—Shasa, *chéri*, él ha venido para encargarse de vender Weltevreden.

Lo dijo con claridad y en voz alta. De inmediato, la enormidad de lo que acababa de decir cayó sobre ella con la fuerza brutal de un roble aserrado. Permaneció ante su hijo, aturdida y cortada, sintiéndose pequeña, marchita. Por fin cedía a la desesperación.

—¿Te refieres a las pinturas? —preguntó Shasa, cauteloso.

—No sólo a las pinturas, sino también a los muebles, las alfombras y la platería. —Tuvo que tomar aliento y dominar el temblor de los labios. —El *château*, la finca, tus caballos, todo.

Él la miraba fijamente, sin poder terminar de aprehender la novedad. Vivía en Weltevreden desde los cuatro años, desde que tenía memoria.

—Lo hemos perdido todo, Shasa. Desde lo del robo he estado tratando de mantener las cosas en pie. No pude. Todo se ha ido, Shasa. Vamos a vender Weltevreden para cancelar nuestras deudas. Después no quedará nada. —Se le quebró nuevamente la voz, y se tocó los labios para aquietarlos antes de continuar: —Ya no somos ricos, Shasa. Todo se ha perdido. Estamos arruinados, totalmente arruinados.

Lo miró fijamente, esperando que él la denigrara, que estallara del modo en que ella estaba a punto de hacerlo. En cambio, el jovencito le tomó la mano. Tras un instante, los hombros de Centaine perdieron la rigidez y ella se dejó caer contra Shasa, abrazándolo en busca de consuelo.

—Somos pobres, Shasa.

Sintió que él luchaba por comprenderlo todo, por hallar palabras que expresaran sus sentimientos confusos.

—¿Sabes, *Mater*? —dijo, por fin—. Conozco a alguna gente pobre. Algunos de los muchachos, en la escuela... Los padres están bastante apretados, y a ellos no parece molestarles demasiado. Casi todos son compañeros alegres. Tal vez no sea tan terrible eso de habituarse a la pobreza.

—No me acostumbraré jamás —susurró ella, ferozmente—. La odiaré a cada momento.

—Y también yo —replicó él, con la misma fiereza—. Si al menos fuera mayor, si pudiera ayudarte...

Centaine dejó a Shasa ante la herrería y regresó lentamente, deteniéndose con frecuencia para conversar con sus servidores de color. Las mujeres se acercaban a las puertas de las cabañas, con los bebés montados a la cadera, y los hombres erguían la espalda, abandonando el trabajo con una gran sonrisa de placer; habían llegado a convertirse en su familia. Separarse de ellos sería aún más doloroso que abandonar sus tesoros, tan cuidadosamente adquiridos. En la esquina del viñedo franqueó el muro de piedra, para pasearse por entre las viñas bien podadas, donde los racimos de uvas nuevas ya colgaban con peso, verdes y duras como balas de mosquete, entre la harina de los pimpollos. Alargó la mano para tomarlas en sus palmas ahuecadas, como en un gesto de despedida, y descubrió que estaba sollozando. Había logrado contener las lágrimas en presencia de Shasa, pero en ese momento, al verse sola, el dolor y la desolación la abrumaron. Lloró, de pie entre sus viñas.

La desesperación la agotó, erosionando su resolución. Había trabajado mucho, hacía demasiado tiempo que estaba sola, y ahora, en este fracaso definitivo, se sentía cansada, tan cansada que le dolían los huesos. Comprendió que no tenía fuerzas para iniciarlo todo otra vez. Comprendió que estaba derrotada, que a partir de ese momento su vida sería algo triste y lamentable, una lucha diaria y sorda para no perder su orgullo, reducida a una situación de real necesidad. Por mucho que amara a Garry Courtney, en adelante debería confiar en su caridad, y todo su ser se estremecía ante la perspectiva. Por primera vez en toda su vida, no halló voluntad ni coraje para continuar.

Sería tan agradable tenderse y cerrar los ojos... La asaltó un fuerte deseo: el anhelo de paz y silencio.

—Ojalá todo hubiera terminado. Ojalá ya no hubiera nada, no más luchas, preocupaciones y esperanzas.

Esas ansias de paz se tornaron irresistibles y le colmaron el alma, obsesionándola de modo tal que apresuró la marcha por la senda.

"Será como dormir, dormir sin sueños..." Se vio tendida sobre una almohada de satén, con los ojos cerrados, apacible, en calma.

Como aún vestía pantalones y botas de montar, pudo alargar el paso. Al cruzar los prados iba ya corriendo. Abrió con violencia las puertas y ventanas de su estudio y, jadeante, corrió a su escritorio.

Las pistolas guardadas en el cajón eran un regalo de Sir Garry.

Se hallaban en un estuche azul, con su nombre grabado en una placa de bronce, sobre la tapa. Ambas eran iguales; estaban fabricadas a mano por Beretta, la firma italiana, según un modelo para dama, con exquisitas incrustaciones de oro, madreperla y diamantes pequeños de la Mina H'ani.

Centaine eligió una de las armas y la abrió. Todas las cámaras estaban cargadas; después de cerrarla con un golpe seco, la amartilló. Sus manos estaban firmes; su respiración, nuevamente serena. Sintiéndose muy tranquila, como ajena a la cuestión, levantó la pistola y apoyó la boca contra su sien. Después apretó el gatillo con el índice hasta donde cesaba el juego libre.

Parecía estar fuera de su mente, mirando sin otra emoción que cierta compasión por sí misma, un vago remordimiento ante aquella vida malgastada.

"Pobre Centaine", pensó. "Qué modo horrible de acabar con todo". Y miró al otro lado del cuarto, hacia el espejo con el marco dorado. A cada lado del cristal había altos floreros, llenos de rosas frescas, cortadas en los jardines. Así, su imagen quedaba enmarcada en flores, como si ya estuviera tendida en su ataúd. Su cara estaba pálida como la muerte.

—Parezco un cadáver.

Lo dijo en voz alta. Ante esas palabras, su deseo de paz se convirtió instantáneamente en repugnancia hacia su propia actitud. Bajó el arma y miró fijamente su imagen en el espejo, donde las brasas calientes del enfado comenzaban a arder en las mejillas.

—¡No, merde! —tuvo deseos de chillar—. ¡No vas a salir tan fácilmente de esto!

Abrió la pistola y arrojó las balas a la alfombra. Después de plantar el arma en el secante, salió a grandes pasos de la habitación.

Las mucamas de color oyeron el crepitar de sus botas en los escalones de mármol de la escalinata circular y se alinearon ante la puerta de sus habitaciones, con sonrisas alegres, para hacerle una reverencia.

—Lily, pedazo de haragana, ¿todavía no me preparaste el baño?

Las dos criadas se miraron, dilatando los ojos. De inmediato, Lily corrió al baño, en una convincente pantomima de obediencia, mientras la segunda mucamita seguía a Centaine hasta el vestidor, recogiendo la ropa que ella, deliberadamente, iba dejando caer.

—Gladys, ve a comprobar que Lily llene bien la bañera con agua caliente —ordenó.

Cuando entró en el baño, cubierta con una bata de seda amarilla, las dos estaban de pie, expectantes, ante la enorme tina de mármol. Ella probó el agua con un dedo.

—¿Quieres hacer sopa conmigo, Lily? —criticó.

Y la muchacha sonrió, feliz. El agua estaba a la temperatura exacta, y la pregunta de Centaine era un modo de reconocerlo, una broma entre ambas. Lily tenía las sales de baño preparadas, y volcó una medida prudente en el agua que despedía vapor.

—A ver, dame eso —ordenó Centaine, vaciando medio frasco en la bañera—. Basta de medias porciones.

Mientras las burbujas se acumulaban en los bordes, ella se deslizó por el piso de mármol con perversa satisfacción. Las dos mucamas se deshicieron en risitas y huyeron del baño, mientras Centaine, después de quitarse la bata, se hundía hasta el mentón en el agua espumosa, ahogando exclamaciones ante la exquisita tortura del calor. Así tendida, la imagen de la pistola volvió a su mente, pero ella la apartó con violencia.

"Si en algo no has caído nunca, Centaine Courtney, es en la cobardía", se dijo.

Al regresar a su vestidor, eligió un vestido de alegres colores estivales. Sonreía cuando bajó la escalera.

Davenport y Cyril Slaine la estaban esperando.

—Nuestro asunto va a llevar mucho tiempo, caballeros. Comencemos de inmediato.

Había que numerar y describir cada artículo de la inmensa mansión, calcular su valor, fotografiar las piezas más importantes y anotar todo laboriosamente, en un borrador de catálogo. Era preciso terminar todo eso antes de que Davenport volviera a Inglaterra, en el barco-correo que partiría en diez días. Retornaría tres meses más tarde, para dirigir la subasta.

Cuando llegó el momento de que Davenport se marchara, Centaine sorprendió a todos anunciando su intención de acompañarlo personalmente hasta el muelle; normalmente, esa tarea había corrido por cuenta de Cyril.

La partida del barco-correo era uno de los acontecimientos más excitantes en el calendario social de Ciudad del Cabo. El vapor hervía de pasajeros, además de los visitantes que habían acudido por docenas para desearles buen viaje.

En la puerta de primera clase, Centaine revisó la lista de pasajeros a la altura de la M, hasta hallar:

Malcomess, Sra. I	Camarote A 16
Malcomess, Srta. T	Camarote A 17
Malcomess, Srta. M	Camarote A 17

La familia de Blaine se hacía a la mar, tal como estaba planeado. Por acuerdo mutuo, ella no lo había visto desde el torneo de polo; en esos momentos lo buscó disimuladamente, por los salones de primera clase.

Al no hallarlo, comprendió que debía de estar en el camarote de Isabella. La idea de esa íntima reclusión la enfureció. Habría querido ir al camarote A 16, con el pretexto de despedirse de Isabella; en realidad, su deseo era impedir que Blaine estuviera a solas con ella un solo minuto más. Lo que hizo, en cambio, fue sentarse en el salón principal, mientras el señor Davenport arrasaba vasos de ginebra con bitter; ella sonreía a sus conocidos, saludándolos con la cabeza, e intercambiaba banalidades con los amigos que desfilaban por los salones, tratando de ver y hacerse ver.

Notó, con sombría satisfacción, la calidez y el respeto de los saludos y las atenciones que se le brindaban en abundancia. Era evidente que la loca extravagancia del torneo había cumplido con su finalidad, aplacando las sospechas en cuanto a sus apuros financieros. Por el momento, no circulaban rumores que afectaran su reputación.

Pero esa situación cambiaría pronto, y con sólo pensarlo se enfureció por anticipado. Desairó adrede a una de las anfitrionas más ambiciosas del Cabo, rechazando públicamente su obsequiosa invitación; según advirtió con cinismo, esa pequeña crueldad hizo crecer el respeto de la mujer. Pero mientras actuaba en esos complejos juegos sociales, Centaine no dejaba de mirar por sobre la cabeza de todos, buscando a Blaine.

La sirena del vapor hizo sonar la última advertencia; los oficiales de a bordo, resplandecientes con su uniforme tropical, se pasearon entre ellos con una cortés indicación:

—Este navío va a zarpar dentro de quince minutos. Por favor, rogamos a los que no viajan tengan la gentileza de desembarcar inmediatamente.

Centaine estrechó la mano del señor Davenport y se incorporó a la procesión que descendía por la planchada, hasta el muelle. Allí se demoró en la jovial muchedumbre de visitantes, con la vista clavada en el flanco del barco, tratando de distinguir a Isabella o a sus hijas entre los pasajeros que se agrupaban en cubierta, contra la barandilla.

Cintas de papel, de alegres colores, volaron con la brisa del sudeste, arrojadas desde las altas cubiertas, para que las sujetaran manos ansiosas, en el muelle; así, el navío quedó ligado a tierra con una miríada de frágiles cordones umbilicales... Y súbitamente Centaine reconoció a la hija mayor de Blaine. A esa distancia se la veía muy adulta y bonita; llevaba un vestido oscuro y un peinado moderno. La hermana, a su lado, había sacado la cabeza por entre los rieles de la barandilla y agitaba furiosamente un pañuelo rosado.

Con la mano a modo de visera, Centaine pudo distinguir, detrás de las niñas, una silueta en silla de ruedas. Al verla así, con la cara en sombras, tuvo la impresión de que esa mujer era el heraldo final de la tragedia, una potencia adversa, enviada para asediarla y robarle su felicidad.

"Oh, Dios, cómo desearía que fuera sencillo poder odiarla", susurró.

Sus ojos siguieron la dirección en que miraban las niñas. Comenzó a abrirse paso entre la multitud.

Por fin lo tuvo a la vista. Él había trepado a la armazón de una gigantesca grúa. Vestía un traje liviano, de color crema, con su corbata reglamentaria, verde y azul, y un ancho sombrero blanco. Se había quitado el Panamá de la cabeza y lo agitaba para saludar a sus hijas. El viento del sur despeinaba sus cabellos. Sus dientes lucían muy blancos y grandes en contraste con el caoba de su rostro bronceado.

Centaine se ocultó entre la muchedumbre, para observarlo en secreto.

"Es lo único que no voy a perder." La idea le sirvió de consuelo. "Lo tendré siempre, aun después de que me hayan quitado Weltevreden y la H'ani." De pronto la asaltó una duda odiosa. "¿Será así, en verdad?" Trató de cerrar la mente a ella, pero se le filtró, insistente. "¿Me ama o ama lo que yo soy? ¿Me amará todavía cuando yo sea sólo una mujer común, sin fortuna, sin posición, sin otra cosa que el hijo de otro hombre?"

Y la duda le llenó la cabeza de oscuridad, provocándole un malestar físico, a tal punto que, cuando Blaine se llevó los dedos a los labios para enviar un beso hacia la pálida figura envuelta en frazadas, sus celos la asaltaron otra vez, con la fuerza de un vendaval. Sin dejar de mirarlo, se torturaba con aquellas expresiones de afecto, con la preocupación que demostraba por su esposa. Se sentía totalmente excluida y superflua.

Poco a poco se ensanchó la brecha entre el vapor y el muelle. La banda de a bordo, en la cubierta de paseo, tocó *God be with you till me meet again.* Las cintas de papel se rompieron, una a una, y quedaron flotando en las aguas lodosas del puerto, como sueños y esperanzas condenados al fracaso, hasta desintegrarse del todo. Las sirenas del barco bramaron su despedida, en tanto los remolcadores se encargaban de llevarlo hacia mar abierto. El inmenso navío, bajo su propio vapor, fue cobrando velocidad; una ola se rizaba en la proa. Por fin viró majestuosamente hacia el noroeste.

La muchedumbre se dispersaba en torno a Centaine. En pocos minutos quedó sola en el muelle. Allá arriba, Blaine seguía encaramado a la grúa, protegiéndose los ojos con el sombrero de Panamá, tratando de echar una última mirada al barco. Ya no había risas en esa boca ancha, que ella tanto amaba. Se lo veía soportar tan penosa carga que Centaine se sintió obligada a compartirla, mezclando sus sentimientos con sus dudas, hasta que la presión de ambas se hizo insoportable. Entonces tuvo deseos de huir.

Súbitamente, él bajó el sombrero y se volvió hacia ella.

Centaine se sintió culpable por haberlo espiado en ese momento tan íntimo y espontáneo. La expresión de Blaine se endureció, convirtiéndose en algo que ella no podía adivinar. ¿Era acaso resentimiento o quizás algo peor? No lo supo jamás, pues el momento pasó de inmediato.

Lo vio saltar de la amazón, aterrizando con suavidad y gracia, a pesar de su corpulencia; se acercó a ella lentamente, mientras se ponía el sombrero. El ala le oscureció los ojos, impidiendo que Centaine determinara su expresión. Sintió un miedo que no había experimentado nunca, hasta que Blaine se detuvo ante ella.

—¿Cuándo podremos estar solos? —preguntó él, en voz baja—. No puedo soportar un minuto más sin ti.

Esas palabras disiparon todos los miedos, todas las dudas, dejándole el corazón luminoso y vibrante, como si volviera a ser una muchachita, casi embriagada de felicidad.

"Todavía me ama", cantó su corazón. "Me amará por siempre."

El general James Barry Munnik Hertzog llegó al Weltevreden en un automóvil cerrado, sin las insignias correspondientes a su alto rango. Jan Christian Smuts y él eran antiguos camaradas de armas. Ambos se habían destacado en la lucha contra los británicos, durante la guerra sudafricana y participado en las negociaciones de paz que pusieron término a dicho conflicto. Más adelante, ambos formaron parte de la convención nacional que llevó a cabo la creación de la Unión Sudafricana; integraron juntos, además, el primer gabinete ministerial durante el gobierno de Louis Botha.

Desde entonces, sus rumbos habían sido diferentes. Hertzog había adoptado una mira precisa, con su doctrina de "Primero Sudáfrica". Jan Smuts, en cambio, era el estadista internacional, que había ideado la formación del Mercado Común Británico y jugado un papel decisivo en el nacimiento de la Liga de las Naciones.

Hertzog era afrikaner militante; había conseguido que el afrikaans tuviera derechos de igualdad con el inglés, como idioma oficial. Su política de "dos corrientes" se oponía a la absorción de su propio *Volk* por una Sudáfrica más grande. En 1931, había obligado a los británicos a reconocer, en el Estatuto de Westminster, la igualdad de los dominios del imperio, incluyendo el derecho de secesión con respecto al Mercado Común.

Alto y austero en su aspecto, constituía una figura formidable al entrar en la biblioteca de Weltevreden, que Centaine había puesto a disposición del grupo por tiempo indeterminado. Jan Smuts abandonó su asiento, ante la larga mesa cubierta de paño verde, para salirle al encuentro.

—¡Bueno! —bufó Hertzog, al estrecharle la mano—. Tal vez no tengamos tanto tiempo para la discusión y las maniobras como esperábamos.

El general Smuts echó un vistazo a Blaine Malcomess y a Deneys Reitz, confidentes suyos y candidatos al nuevo gabinete, pero ninguno de los dos habló. Mientras tanto, Hertzog y Nicolaas Havenga, el ministro de finanzas por el Partido Nacionalista, se acomodaron en el lado opuesto de la larga mesa. Havenga, a los diecisiete años, había luchado contra los británicos junto a Hertzog, en el papel de secretario; desde entonces eran inseparables, y él detentaba su cargo de ministro desde que los nacionalistas asumieron el poder, en 1924.

—¿Estamos seguros aquí? —preguntó en ese momento, echando una mirada suspicaz a las puertas de caoba.

Después paseó la mirada por los estantes, que llegaban hasta el ornamentado cielo raso, colmados con los libros de Centaine, todos ellos encuadernados en cuero y con los títulos grabados en oro.

—Bien seguros —le aseguró Smuts—. Podemos hablar abiertamente sin el menor miedo de que alguien nos oiga. Les doy mi garantía personal.

Havenga miró a su jefe, en busca de una mayor seguridad; como el primer ministro asintiera, levantó la voz, con visible renuencia.

—Tielman Roos ha renunciado a su cargo en la Cámara de Apelaciones —anunció, antes de reclinarse en la silla.

No hacía falta que diera detalles. Tielman Roos era uno de los personajes más pintorescos y conocidos del país. Lo llamaban "El león del Norte", y había sido uno de los más leales entre los partidartios de Hertzog. Cuando los nacionalistas asumieron el poder, lo habían nombrado ministro de justicia y suplente del primer ministro. Al parecer, estaba destinado a ser el sucesor de Hertzog, su heredero forzoso; entonces se habían interpuesto la mala salud y el desacuerdo con respecto al tema del patrón oro. Retirado de la política, había aceptado un nombramiento en la Cámara de Apelaciones de la Suprema Corte.

—¿Por su salud? —preguntó Jan Smuts.

—No, por lo del patrón oro —corrigió Havenga, con gravedad—. Piensa declararse públicamente en contra de nuestra adhesión a ese sistema.

—Su influencia es enorme —exclamó Blaine.

—No podemos permitir que arroje dudas sobre nuestra política —coincidió Hertzog—. En estos momentos, una declaración de Roos sería desastrosa. Nuestra primera inquietud debe ser ponernos de acuerdo sobre la política monetaria. Debemos quedar en situación de contestar a su declaración o anticiparnos a ella. Es de vital importancia que ofrezcamos un frente unido.

Su mirada consultó directamente a Smuts.

—Estoy de acuerdo —repuso—. No podemos permitir que nuestra coalición sea desacreditada aun antes de haber llegado a existir.

—Se trata de una crisis —intervino Havenga—, y es preciso manejarla como tal. ¿Podemos conocer su opinión, *Ou Baas*?

—Ustedes conocen mi opinión. Recordarán que, cuando Gran Bretaña abandonó el patrón oro, los insté a seguir su ejemplo. No quiero reprochárselo a esta altura, pero desde entonces no he modificado mi punto de vista.

—Explíquenos otra vez sus fundamentos, *Ou Baas*.

—Por entonces predije que se produciría un vuelco, de la libra de oro sudafricana a la esterlina. El dinero débil siempre desaloja al dinero fuerte. Y no me equivoqué. Eso fue lo que ocurrió —apuntó Smuts, simplemente. Los hombres sentados frente a él pusieron cara de incomodidad.

—La pérdida de capitales resultante ha socavado nuestra industria, arrojando a miles y miles de trabajadores a las filas de desocupados.

—En la misma Gran Bretaña hay millones de desocupados —señaló Havenga, irritado.

—Nuestra negativa a abandonar el patrón oro agravó el desempleo. Ha puesto en peligro nuestra industria aurífera. Los precios de diamantes y lana han descendido brutalmente. Eso ha elevado la depresión hasta el trágico nivel en que nos hallamos.

—Si abandonamos el patrón oro a esta altura, ¿cuáles serán los beneficios para la industria de nuestro país?

—El primero y más importante: rejuvenecerá nuestra industria de minas auríferas. Si la libra sudafricana alcanza la paridad con la esterlina (y eso es lo que debería ocurrir inmediatamente), eso significará que las minas recibirán siete libras por onza de oro, en vez de las cuatro que reciben actualmente. Es casi el doble. Las minas que han cerrado volverán a abrir. Las otras se expandirán. Se abrirán minas nuevas, que proporcionarán trabajo a decenas de miles, negros y blancos, y el capital volverá a fluir hacia nuestro país. Será el cambio decisivo. Tomaremos nuevamente la ruta de la prosperidad.

Los argumentos en favor y en contra iban y venían. Blaine y Reitz apoyaban al viejo general. Poco a poco, los dos adversarios retrocedieron ante esa lógica. Por fin, poco después de mediodía, Barry Hertzog dijo, súbitamente:

—El momento. Eso provocará una batahola en la Bolsa. Faltan sólo tres días hábiles para Navidad. Debemos demorar hasta entonces cualquier anuncio y hacerlo sólo cuando la Bolsa esté cerrada.

En la biblioteca reinaba una atmósfera casi palpable. Esa declaración de Hertzog demostró a Blaine que Smuts había ganado, finalmente, la discusión. Sudáfrica abandonaría el patrón oro antes de que reabriera la Bolsa de Valores, en el año nuevo. El coronel experimentó un maravilloso regocijo, una sensación de entusiasmo ante el logro alcanzado. El primer acto de la nueva coalición pondría término a la prolongada agonía económica del país, dándole una promesa de prosperidad y esperanza.

—Todavía tengo suficiente influencia sobre Tielman; puedo pedirle que demore su anunció hasta que cierre el mercado...

Hertzog seguía hablando, pero sólo faltaba acordar los detalles.

Esa noche, después de estrechar la mano de los otros, bajo los aleros blancos de Weltevreden, Blaine se acercó a su Ford, estacionado junto a los robles, embargado por una sensación de estar en el destino.

Era aquello que lo había atraído a la arena política: la seguridad de que podía ayudar a cambiar el mundo. Para Blaine, ése era el sentido último del poder: blandirlo como una espada contra los demonios que asolaban a su pueblo y a su patria.

"Me he convertido en parte de la historia", pensó. Y el júbilo lo acompañó por el camino de salida. Su vehículo fue el último en cruzar los magníficos portones de Weltevreden.

Deliberadamente, dejó que el coche del primer ministro, seguido por el Plymouth que conducía Deneys Reitz, tomara mayor distancia, hasta que ambos desaparecieron por los recodos de la colina. Sólo entonces salió a la banquina y esperó algunos minutos, con el motor en punto muerto, observando por el espejo retrovisor para asegurarse de que nadie lo viera.

Por fin dio marcha otra vez y describió un giro en U. Antes de llegar a los portones de la finca, se desvió por un camino lateral que circundaba los límites de Weltevreden. En cuestión de minutos estaba otra vez en tierras de Centaine, utilizando una de las rutas posteriores, oculta a la vista del *château* por una plantación de pinos.

Estacionó el Ford entre los árboles y echó a andar por el sendero. Al ver las paredes encaladas de la cabaña, emprendió la carrera; relucían ante él, con los rayos dorados del sol poniente, era exactamente como Centaine la había descripto.

Se detuvo en el umbral. Ella no lo había oído llegar. Estaba de rodillas junto al hogar abierto, soplando sobre las llamas humeantes que se elevaban desde un montón de piñas, utilizadas como yesca. La observó por un rato desde la puerta, encantado de poder hacerlo sin que ella se diera cuenta. Centaine se había quitado los zapatos; las plantas de sus pies eran rosadas y lisas; tenía tobillos finos, pantorrillas firmes y fuertes, gracias a la equitación y las caminatas, y hoyuelos en el dorso de las rodillas. Él no los había visto hasta entonces, y esos hoyuelos lo conmovieron. Experimentó esa profunda sensación de ternura que, hasta entonces, sólo había sentido por sus propias hijas, y emitió una leve exclamación.

Centaine se volvió, levantándose de un salto.

—Temí que no vinieras —dijo, corriendo hacia él.

Se acercó, con los ojos brillantes. Tras un largo rato, sin romper el abrazo, interrumpió el beso para estudiarle la cara.

—Estás cansado —dijo.

—Ha sido un largo día.

—Ven.

Lo llevó de la mano hasta una silla, junto al hogar. Antes de que él la ocupara, le quitó la chaqueta y se irguió en puntas de pie para aflojarle la corbata.

—Siempre he deseado hacer esto por ti —murmuró, mientras colgaba la chaqueta en el pequeño armario.

Luego se acercó a la mesa central y le preparó un whisky con soda.

—¿Está bien? —preguntó ansiosa.

Él probó un sorbo y asintió.

—Perfecto.

Blaine paseó la mirada por la cabaña, apreciando los ramos de flores, el brillo de cera fresca en los pisos y los muebles sólidos, sencillos.

—Qué bonito —comentó.

—Trabajé todo el día para que todo estuviera listo cuando vinieras. —Centaine levantó la vista del cigarro que estaba preparando. —Aquí vivía Anna, antes de casarse con Sir Garry. Desde entonces está desocupada. Ahora será nuestra casa, Blaine.

Le llevó el cigarro y le acercó una ramita llameante, hasta que estuvo bien encendido. Después de acomodar un almohadón de cuero a los pies del coronel, tomó asiento en él, apoyando en sus rodillas los brazos cruzados, para contemplar su rostro a la luz de las llamas.

—¿Por cuánto tiempo puedes quedarte?

—Bueno... —Se lo veía pensativo. —¿Por cuánto tiempo me necesitas? ¿Una hora, dos, más?

Y Centaine, radiante de placer, le estrechó las rodillas con fuerza.

—Toda la noche. ¡Será una gloria!

Desde la cocina de Weltevreden, había llevado un cesto con provisiones. La cena consistió en asado frío y pavo; bebieron los vinos de sus propios viñedos. Más tarde, ella peló grandes uvas amarillas y se las puso en la boca, de a una por vez, besándolo en los labios entre bocado y bocado.

—Las uvas son dulces —sonrió él—, pero prefiero tus besos.

—Por suerte, señor, ni las unas ni los otros escasean.

Centaine preparó café en el hogar. Lo bebieron juntos, repantigados en la alfombra, frente al fuego. Ambos miraban las llamas sin decir palabra, pero Blaine le acarició los cabellos finos y oscuros, a la altura de las sienes y en la base del cuello, hasta que el ambiente sereno cobró cierta tensión. Cuando él le deslizó los dedos por la espalda, ella se estremeció y acabó por levantarse.

—¿Adónde vas? —preguntó Blaine.

—Termina tu cigarro. Después ven y lo sabrás.

Cuando él la siguió al pequeño dormitorio, la encontró sentada en el medio de la cama. Era la primera vez que la veía en camisón. La prenda, de pálido satén amarillo, tenía encaje en el cuello y en los puños; su color de marfil antiguo relumbraba a la luz de la vela.

—Eres hermosa —dijo.

—Tú me haces sentir hermosa —aclaró ella, con gravedad y le alargó las manos.

Esa noche, el acto sexual fue mesurado y lento, casi majestuoso, en contraste con otras noches, impulsivas y urgentes. Sólo entonces descubrió Centaine hasta qué punto conocía Blaine su cuerpo y sus necesidades especiales. La satisfacía con calma y habilidad, ganándose por completo su confianza. Esa gentileza barrió con las últimas reservas de la mujer, llevándola más allá de la noción de sí misma. Su cuerpo se sumergió en el de ella. Ambos se fundieron de modo tal que la sangre misma parecía mezclarse y el pulso de ambos tomó idéntico compás. Era el aliento de Blaine el que llenaba los pulmones de Centaine. Ella sintió que los pensamientos de él le centelleaban en el cerebro y oyó el eco de sus propias palabras resonando en los tímpanos de su compañero:

—Te amo, querido mío, oh, Dios, cómo te amo...

El respondió, clamando con voz cavernosa:

—Te amo. Te amo.

Y fueron uno.

Él despertó antes que Centaine. Los pájaron gorjeaban entre los capullos anaranjados de las tacomas, frente a la ventana de la cabaña. Un rayo de sol había hallado una ranura entre las cortinas y cortaba el aire, como la hoja de un dorado estoque.

Lenta, muy lentamente, como para no despertarla, él giró la cabeza y examinó su rostro. Centaine había arrojado su almohada a un costado; tenía la mejilla apretada contra el colchón y los labios casi apoyados en el hombro de Blaine; un brazo femenino le cruzaba el pecho.

Había un delicado diseño de venas azules bajo la piel translúcida de los párpados cerrados. Su respiración era tan suave que Blaine se alarmó por un instante. Luego la vio fruncir suavemente el entrecejo y su alarma cedió paso a la preocupación. Los últimos meses habían dejado diminutas líneas de tensión en las comisuras de la boca y los ojos.

—Mi pobre querida.

Sus labios modularon las palabras sin sonido alguno. Poco a poco, el espléndido clima de la noche pasada se borró como la arena ante la marea creciente de la dura realidad.

—Pobre querida mía, tan valiente. —No había sentido un dolor igual desde el momento en que vio la tumba abierta de su padre. —Si al menos pudiera hacer algo para ayudarte, en este momento de necesidad.

Y al decirlo un pensamiento vino a su mente. Dio un respingo tan violento que Centaine, al percibirlo, le volvió la espalda, frunciendo nuevamente el entrecejo; en la comisura de sus ojos latió un nervio. Murmuró algo que él no llegó a entender y se quedó quieta.

Blaine se tendió a su lado, rígido, tensos todos los músculos de su cuerpo. Con los puños apretados y rechinando los dientes, se preguntó, horrorizado, furioso y con miedo, cómo había podido siquiera pensar semejante cosa. Ahora tenía los ojos bien abiertos, fijos en la brillante moneda que el sol pintaba en la pared opuesta. Se sintió, de pronto, como un hombre atado al potro del torturador, al potro de una tentación terrible.

"Honor." La palabra le ardía en la mente. "El honor y el deber." Gruñó en silencio, en tanto la otra mitad de su cerebro ardía con la misma fiereza: "El amor."

La mujer que yacía junto a él no había puesto precio a su amor. No había impuesto condiciones ni hecho trato alguno. Simplemente, daba sin pedir nada a cambio. En vez de exigir, había dado libremente, insistiendo en que la felicidad de ambos no fuera sufrimiento para nadie. Había acumulado gratuitamente sobre él todas las dulzuras de su amor, sin reclamar siquiera el más pequeño de los precios: ni el anillo de oro o los votos del casamiento, ni promesas o seguridades. Y él no había ofrecido nada. Hasta ese momento, nada había podido darle como pago.

Por otra parte, Blaine acababa de ser elegido por un hombre lleno de bondad y de grandeza, que depositaba en él una confianza sin reparos. Por un lado, el honor y el deber. Por el otro, el amor. Esta vez no había modo de escapar al látigo de su conciencia. ¿A quién traicionaría: al hombre que reverenciaba o a la mujer que amaba? No pudo permanecer quieto por un instante más. Con sigilo, levantó la sábana. Los párpados de Centaine temblaron; emitió un leve gemido pero su sueño se hizo más profundo.

Antes de acostarse, había dejado preparada una navaja nueva y un cepillo de dientes para él, en el estante del baño. Esa muestra de consideración lo tentó más aún. El tormento de la indecisión lo acosaba sin cesar, en tanto se afeitaba y se vestía.

Caminó hasta el dormitorio en puntas de pie y se detuvo junto a la cama.

"Podría irme", pensó. "Ella jamás sabría de mi traición." Y entonces se sorprendió ante la palabra que había escogido. ¿Era traición mantener intacto su honor, aferrarse a su deber? Apartó ese pensamiento con fuerza. Había tomado una decisión.

Extendió una mano y tocó los párpados de Centaine, que se estremecieron. Ella lo miró, con las pupilas muy negras, grandes, descentradas. De inmediato se contrajeron. Hubo una sonrisa cómoda, soñolienta, satisfecha.

—Querido —murmuró—... ¿Qué hora es?

—¿Estás despierta, Centaine?

Ella se incorporó rápidamente, horrorizada.

—¡Oh, Blaine, ya estás vestido! ¡Tan pronto!

—Escúchame. Centaine. Esto es muy importante. ¿Me estás escuchando?

Ella asintió, parpadeando para alejar los últimos vestigios del sueño, y lo miró con solemnidad.

—Vamos a abandonar el patrón oro, Centaine —dijo Blaine, con voz áspera, endurecida por la culpa y el autodesprecio—. Ayer tomaron la decisión, *Ou Baas* y Barry Hertzog. Cuando reabra el mercado de valores, en Año Nuevo, habremos dejado el oro.

Ella lo miró sin comprender, por cinco segundos enteros. De pronto, al captar la idea, dilató los ojos; poco a poco, el fuego que los encendía volvió a apagarse.

—Oh, Dios, querido mío, cuánto debe de haberte costado decirme eso —murmuró, con voz estremecida de compasión, pues conocía su sentido del honor y lo profundo de su dedicación—. Me amas de verdad, Blaine. Ahora estoy convencida.

Sin embargo, él lanzó una mirada feroz. Centaine nunca le había visto esa expresión. Casi parecía odiarla por lo que había hecho. Sin poder soportar esa actitud, se puso de rodillas en el centro de la cama revuelta y le tendió los brazos, suplicante.

—No lo voy a usar, Blaine. No voy a aprovecharme de lo que has dicho.

El rostro de Blaine se contrajo por la culpabilidad.

—En ese caso, habré hecho este sacrificio por nada.

—No me odies por eso, Blaine —rogó ella.

El enojo se borró de aquel rostro.

—¿Odiarte? —murmuró él, con tristeza—. No, Centaine, eso sería imposible.

Y se marchó a grandes pasos.

Ella quiso correr tras él, tratar de consolarlo, pero sabía que eso iba más allá de lo posible, aun para un amor tan poderoso. Percibió que Blaine, como un león herido, necesitaba estar solo, y se quedó escuchando sus fuertes pisadas, que se alejaban por el camino, a través de la plantación.

Sentada ante su escritorio de Weltevreden, a solas, Centaine puso el teléfono de bronce y marfil en el centro de la mesa. Tenía miedo. Lo que estaba por hacer la pondría mucho más allá de las leyes, tanto de la sociedad como de los tribunales. Iba a iniciar un viaje por territorio inexplorado, un viaje solitario y peligroso, que podía acabar en la desgracia y el encarcelamiento.

Cuando sonó el teléfono, ella dio un respingo y se quedó mirándolo con temor. Volvió a sonar. Centaine aspiró profundamente y levantó el tubo.

—Su llamada a Rabkin y Swales, señora Courtney —dijo su secretario—. Tengo al señor Swales en la línea.

—Gracias, Nigel. —Percibió el tono hueco de su propia voz y carraspeó para despejar la garganta.

—Señora Courtney. —Era la voz de Swales, el socio más antiguo de aquella firma, dedicada al corretaje de Bolsa; no era la primera vez que trataba con él. —Permítame desearle muy felices fiestas.

—Gracias, señor Swales. —La voz de Centaine sonaba seca y comercial. —Tengo una orden de compra para usted, señor. Me gustaría que la cumpliera antes de que cierre el mercado, hoy mismo.

—Por supuesto —le aseguró Swales—. Nos ocuparemos de ella inmediatamente.

—Por favor, compre quinientas mil acciones de East Rand Proprietary Mines —dijo.

Hubo un silencio retumbante en el auricular.

—Quinientas mil, señora Courtney —repitió Swales, por fin—. ERPM está a veintidós con seis. Eso representa casi seiscientas mil libras.

—Exactamente.

—Señora Courtney... —Swales se interrumpió.

—¿Hay algún problema, señor Swales?

—No, por supuesto, ninguno en absoluto. Me tomó por sorpresa, nada más, por la magnitud de la orden. Me dedicaré a eso ahora mismo.

—Le enviaré mi cheque por la suma total en cuanto reciba su nota de contrato por la compra. —Después de una pausa, Centaine añadió, gélidamente: —A menos que usted requiera un depósito de inmediato, claro está.

Contuvo el aliento. Le sería imposible reunir siquiera el depósito que el señor Swales tenía derecho a pedir.

—Oh, caramba, señora Courtney... No habrá pensado que... Debo disculparme, sinceramente, por haberle hecho pensar que yo ponía en tela de juicio su solvencia. No hay ningún apuro, en absoluto. Le enviaré por correo la nota de contrato, como de costumbre. Usted siempre tiene crédito en Rabkins y Swales. Espero poder confirmarle la compra mañana por la mañana, a más tardar. Como bien sabe usted, mañana es el último día de operaciones antes de que se inicie el receso por Navidad.

Las manos de Centaine temblaron con tanta violencia que le costó poner el tubo en la horquilla.

—¿Qué he hecho? —susurró.

Conocía bien la respuesta. Acababa de cometer un acto de fraude, delito para el cual existía una pena máxima de diez años de prisión. Había contraído una deuda que no tenía posibilidades de pagar. Estaba en bancarrota y lo sabía, pero acababa de cargarse con otra obligación por medio millón de libras. Presa de súbitos remordimientos, alargó la mano hacia el teléfono para cancelar la orden, pero el aparato sonó antes de que lo tocara.

—Señora Courtney, tengo al señor Anderson, de Hawkes y Giles, en la línea.

—Comuníqueme, Nigel, por favor. —Se sorprendió de que la voz no le temblara al decir, con indiferencia: —Señor Anderson, tengo una orden de compra para ustedes, por favor.

Hacia mediodía había telefoneado a siete corredores de Bolsa diferentes, todos de Johannesburgo, para ordenar la compra de acciones de compañías auríferas por valor de cinco millones y medio de libras. Por fin le falló el coraje.

—Cancele las otras dos llamadas, Nigel, por favor —dijo, con serenidad.

Y corrió a su baño privado, en el extremo del corredor, cubriéndose la boca con las manos.

Llegó apenas a tiempo y cayó de rodillas frente al blanco inodoro de porcelana, donde vomitó un chorro violento, con el que liberó su terror, su vergüenza, su culpabilidad. Siguió haciendo arcadas y vomitando hasta que su estómago quedó vacío. Los músculos del pecho le dolían, le ardía la garganta como si se la hubieran desollado con ácido.

El día de Navidad había sido siempre una fecha muy especial para Centaine desde la niñez de Shasa, pero esa mañana despertó de un humor muy sombrío.

Aún en bata, ambos intercambiaron sus regalos en las habitaciones de Centaine. Él le había pintado una tarjeta especial. decorada con flores silvestres desecadas. Su regalo fue la última novela de Francois Mauriac, *Nido de víboras*; en la primera página había inscripto:

Pase lo que pase, aún nos tenemos
el uno al otro. Shasa

El regalo de Centaine para él fue un casco de piloto, con antiparras. Él la miró, asombrado, pues su madre había dejado bien en claro que se oponía a verlo volar.

—Sí, *chéri*. Si quieres aprender a pilotear, no te lo impediré.

— ¿Podemos pagar semejante cosa, *Mater*? Es decir, ya sabes...

— Deja que yo me preocupe por eso.

— No, *Mater*. — Shasa meneó firmemente la cabeza. — Ya no soy una criatura. Desde ahora en adelante te voy a ayudar. No quiero nada que complique más las cosas para ti... para los dos.

Ella corrió a abrazarlo, oprimiendo su mejilla contra la del hijo, para que él no le viera el brillo de las lágrimas en los ojos.

— Somos hijos del desierto. Sobreviviremos, querido.

Pero el humor de Centaine dio grandes vuelcos durante el resto de ese día, en tanto representaba un papel de gran señora, castellana de Weltevreden. Recibió a los muchos visitantes, sirvió jerez y bizcochos, intercambió regalos con todo el mundo, siempre riendo, encantadora. De pronto, con el pretexto de vigilar a los criados, corría a encerrarse en el estudio, con las cortinas corridas, y allí luchaba contra la depresión, las dudas y los terribles presentimientos. Shasa parecía comprender; cuando ella desaparecía, ocupaba su lugar, súbitamente maduro y responsable, prestándole una ayuda que nunca, hasta entonces, le había sido solicitada.

Muy poco antes del mediodía, uno de sus visitantes trajo noticias que permitieron a Centaine olvidar, por un breve lapso, sus propios temores. El reverendo Canon Birt era el director de Bishops, y se apartó con Centaine y Shasa por algunos instantes.

— Usted sabe, señora Courtney, que el joven Shasa se ha ganado una fama excelente en Bishops. Por desgracia, este próximo año será el último que pase con nosotros. Lo echaremos de menos. Sin embargo, no la tomaré por sorpresa si le digo que lo he seleccionado para que sea el capitán de la escuela en el próximo semestre, y que el cuerpo directivo ha aprobado mi elección.

— Por favor, *Mater*, frente al señor director no — susurró Shasa, atormentado por el bochorno, cuando la madre lo abrazó jubilosamente.

Ella, deliberadamente, lo besó en ambas mejillas, según la costumbre que él denominaba "francesa"

— Eso no es todo, señora Courtney. — Canon Birt sonrió ante ese despliegue de orgullo maternal. — El cuerpo directivo me ha pedido la invite a formar parte de él. Usted será la primera mujer... eh... la primera dama que participe de esa institución.

Centaine estaba a punto de aceptar inmediatamente, pero la premonición de una inminente catástrofe financiera, como si fuera la sombra del hacha del verdugo, le nubló la vista.

— Sé que usted es una persona muy ocupada... — agregó el director, como para acicatearla.

— Me siento muy honrada, señor — dijo ella—, pero debo tener en cuenta algunos problemas personales. ¿Podría darle mi respuesta en el año nuevo?

— Siempre que no sea un rechazo definitivo...

— No, se lo aseguro. Si me es posible, aceptaré.

Una vez despachado el último de los invitados, Centaine pudo reunir a la familia, incluidos Sir Garry, Anna y los amigos más íntimos, para ir al campo de polo, donde se llevaría a cabo el siguiente acto de la tradicional fiesta navideña en Weltevreden.

Allí se había congregado todo el personal de color, con hijos y padres ancianos, además de los empleados antiguos, pensionados por estar demasiado viejos para trabajar, y de todas las personas que dependían de Centaine. Vestían las galas domingueras, en una maravillosa variedad de estilos, cortes y colores; las niñitas tenían cintas en el pelo; los varoncitos, por una vez, estaban calzados.

La banda de la finca, formada por violines, acordeones y banjos, dio la bienvenida a la patrona. El canto, la voz misma de África, era melodioso y bello. Ella tenía un regalo para cada una de aquellas personas, y los fue entregando, junto con un sobre que contenía la bonificación navideña. Algunas de las más ancianas, envalentonadas por su antigüedad y por la ocasión, le dieron un abrazo; el ánimo de Centaine era tan precario que esas espontáneas demostraciones de afecto la hicieron sollozar otra vez, con lo que se contagiaron las otras mujeres.

Aquello se estaba convirtiendo rápidamente en una orgía sentimental. Shasa se apresuró a indicar a la banda que tocara algo alegre, y los músicos eligieron *Alabama*, la antigua canción que conmemoraba el paso del barco confederado por las aguas del Cabo, para capturar al *Sea Bride*, el 5 de agosto de 1863.

Después, Shasa supervisó la apertura del primer tonel, lleno de vino dulce de la finca. Casi de inmediato se secaron las lágrimas y volvió el humor festivo.

Una vez que los corderos estuvieron goteando grasa en las parrillas, abierto ya el segundo tonel, el baile fue borrando las inhibiciones; las parejas más jóvenes comenzaron a escabullirse hacia los viñedos. Entonces, Centaine reunió al grupo de la casa grande y dejó solos a los empleados.

Al pasar por el viñedo hugonote, oyeron risas y forcejeos por entre las viñas, tras la pared de piedra. Sir Garry comentó, complacido:

—No creo que en Weltevreden vaya a faltar mano de obra, en un futuro previsible. Parece que se está plantando una buena cosecha.

—Eres tan desvergonzado como ellos —bufó Anna.

Pero ella misma rió por lo bajo, como las jóvenes del viñedo, pues él le había susurrado algo al oído, estrechando su gruesa cintura.

Aquella pequeña muestra de intimidad provocó en Centaine una punzada de soledad. Pensó en Blaine, nuevamente con deseos de llorar. Pero Shasa, como si percibiera su dolor, la tomó de la mano y la hizo reír con uno de sus chistes tontos.

La cena familiar era parte de la tradición. Antes de comer, Shasa leyó en voz alta un trozo del Nuevo Testamento, tal como lo había hecho en cada Navidad, desde su sexto cumpleaños. Después, él y Centaine distribuyeron los regalos amontonados bajo el árbol. El salón se llenó con el susurro del papel y las exclamaciones de agrado.

La cena consistió en pavos asados y un buen trozo de carne, seguido por el rico budín navideño. Shasa encontró en su porción la moneda de oro de la buena suerte, como todos los años, sin saber que Centaine la había puesto cautelosamente al servir. Cuando todos se retiraron, saciados y soñolientos, cada uno a su dormitorio, Centaine se escabulló por las puertas ventana de su estudio y cruzó corriendo la plantación, para irrumpir en la cabaña.

Blaine la estaba esperando. Hacia él corrió.

—Tendríamos que estar juntos. En Navidad y todos los días.

Él la acalló con un beso, haciendo que se odiara íntimamente por la tontería dicha. Centaine se echó atrás en sus brazos, con una sonrisa brillante.

—No pude envolver tu regalo de Navidad. La forma no se adaptaba y la cinta no quedaba en su sitio. Tendrás que aceptarlo al natural.

—¿Dónde está?

—Sígame, señor, y le será entregado.

Algo más tarde, él dijo:

—Este sí que es el regalo más bonito que me han hecho nunca. ¡Y muy útil, además!

En el día de Año Nuevo no había periódicos, pero Centaine escuchó todos los informativos de la radio, de hora en hora. No hubo mención alguna al patrón oro ni a otros temas políticos. Blaine se había ido; pasó el día ocupado en reuniones y discusiones, relativas a su candidatura en las próximas elecciones parlamentarias de Gardens. Shasa estaba en una de las fincas vecinas, invitado a pasar algunos días. Centaine se vio sola con sus dudas y sus miedos.

Leyó hasta pasada la medianoche. Después, tendida en la oscuridad, sólo pudo dormir de a ratos, asolada por las pesadillas. En cada oportunidad despertaba con un sobresalto y volvía a su sueño inquieto.

Mucho antes del amanecer, abandonando todo intento de descansar, se vistió con ropas de montar y una chaqueta forrada con piel de oveja. Después de ensillar a su potro favorito, recorrió en la oscuridad poco menos de ocho kilómetros, hasta la estación ferroviaria de Claremont, para esperar el primer tren de Ciudad del Cabo.

Estaba aguardando en el andén cuando los paquetes de periódicos cayeron al cemento, desde el vagón de carga. Los negritos vendedores se precipitaron sobre ellos, charlando y riendo, y dividieron los paquetes para su distribución. Centaine arrojó un chelín de plata al más próximo y desplegó ansiosamente la publicación.

Los titulares ocupaban la mitad de la primera plana, y la hicieron tambalear sobre los pies.

SUDÁFRICA ABANDONA EL PATRÓN ORO
GRAN INCENTIVO PARA LAS MINAS AURÍFERAS

Apenas paseó la mirada por el artículo, pues no lograba entender nada más. Aún aturdida, volvió a Weltevreden. Sólo al llegar a los portones **captó** el asunto en toda su dimensión. Weltevreden seguía siendo suya; lo **sería siempre.** Se levantó en los estribos y gritó de alegría; poniendo al caballo **a todo** galope, le hizo franquear el muro de un salto y correr entre las **hileras** de vides.

Después de dejar al animal en su establo, cubrió corriendo todo el camino **hasta** el *château.* Necesitaba hablar con alguien. Si hubiera podido **hacerlo con** Blaine... Pero en el comedor estaba Sir Garry, siempre el primero **en** desayunar.

—¿**Te** has enterado de las noticias, querida? —exclamó, entusiasmado, **al verla** entrar—. Lo escuché en el informativo de las seis. Abandonamos **el patrón** oro. ¡Hertzog se decidió! ¡Por Dios! ¡Cuántas fortunas ganadas **o perdidas** habrá hoy! Los que tengan acciones de oro van a duplicar y **a triplicar** su dinero. Oh, querida, ¿te ocurre algo?

Centaine se había dejado caer en la silla, a la cabecera de la mesa.

—**No, no.** —Sacudió frenéticamente la cabeza. —No pasa nada, ya no. **Todo está** bien. Maravillosa, magnífica, estupendamente bien.

A la hora de almorzar telefoneó Blaine. Era la primera vez que llama**ba a Weltevreden,** y su voz sonaba hueca y extraña en la línea ruidosa. Sin **dar su nombre,** se limitó a decir:

—**En** la cabaña, a las cinco.

—**Sí,** allí estaré.

Centaine habría querido decir más, pero la comunicación se cortó.

Bajó una hora antes a la cabaña, con flores frescas, sábanas recién **planchadas** para la cama y una botella de champagne. Cuando él entró en **la salita,** ya lo estaba esperando.

—**No** tengo palabras para expresar adecuadamente mi gratitud —dijo.

—**Así** lo prefiero, Centaine —dijo él, con seriedad—. ¡Sin palabras! **No volveremos** a hablar de eso. Trataré de convencerme de que no pasó **nada. Por** favor, promete que no lo mencionarás nunca, en tanto vivamos y **nos amemos.**

—**Te** doy mi solemne palabra —aseguró ella. De inmediato, el alivio y **la alegría** ascendieron en burbujas. Lo besó, riendo. —¿No vas a abrir el **champagne?** —Y levantó la copa desbordante, repitiendo esas palabras **como un** brindis: —En tanto vivamos y nos amemos, querido mío.

La Bolsa de Valores de Johannesburgo reabrió el 2 de enero. En la primera hora se pudieron efectuar muy pocas transacciones, pues el piso era un campo de batalla; los agentes se hacían pedazos, pidiendo atención a gritos. A la hora de cierre, el mercado estaba establecido en sus nuevos niveles, después de una buena sacudida.

Swales, de Rabkin y Swales, fue el primero en telefonear a Centaine. Su tono era optimista y efervescente como el mercado.

—Mi querida señora Courtney. —Dadas las circunstancias, Centaine dejó pasar la familiaridad. —Su sincronización ha sido casi milagrosa. Como usted sabe, no pudimos, por desgracia, cumplir con toda su orden de compra. Sólo pudimos conseguir cuatrocientas cuarenta mil acciones de ERPM, a un precio promedio de veinticinco chelines. El volumen de su compra impulsó el precio en dos puntos y seis. Sin embargo... —Centaine casi le oyó hincharse para hacer su gran anuncio. —Sin embargo, me complace decirle que, esta mañana, las acciones de ERPM se están cotizando a cinco chelines con cinco y siguen subiendo. Espero llegar a sesenta chelines antes de que termine la semana.

—Venda —ordenó Centaine, tranquilamente. Lo oyó ahogarse al otro lado de la línea.

—Si me permite darle un consejo...

—Venda —repitió ella—. Venda todo.

Y cortó la comunicación. Con la vista perdida por la ventana, trató de calcular sus ganancias, pero el teléfono volvió a sonar antes de que hiciera la suma. Uno tras otro, sus agentes de Bolsa informaron, triunfalmente, sobre los contratos que habían tomado en su nombre. Por fin hubo una llamada desde Windhoek.

—Doctor Twentyman-Jones —dijo, reconociéndolo instantáneamente—, cuánto me alegra oír su voz.

—Bueno, señora Courtney, le tengo una linda noticia —informó el ingeniero, lúgubre—. La Mina H'ani volverá a dar ganancias a partir de ahora, aun con la parsimoniosa cuota que De Beers nos permite.

—Hemos pasado el mal trago —se entusiasmó Centaine—. Salimos del pantano.

—Todavía ha de correr mucha agua bajo el puente. —Twntyman-Jones, sombrío, agregó más dichos a sus dichos. —Es mejor no contar los pollos antes de que nazcan, señora Courtney.

—Lo amo, doctor. —Centaine se echó a reír, encantada. Hubo un silencio horrorizado que levantó ecos en mil quinientos kilómetros de cable.

—Estaré allí en cuanto pueda escapar de esto. A partir de ahora tendremos mucho trabajo, usted y yo.

Cortó y fue en busca de Shasa. Estaba en los establos, conversando con sus palafreneros, que embetunaban los arneses, sentados al sol.

—*Chéri*, voy a Ciudad del Cabo. ¿Me acompañas?

—¿Y para qué quieres ir hasta allá, *Mater*?

—Es una sorpresa.

No había manera más infalible para conseguir toda la atención de Shasa. El muchacho dejó caer el arnés que estaba lustrando y se levantó de un salto.

El entusiasmo de Centaine era contagioso. Ambos estaban riendo cuando entraron en el salón de ventas de Porters Motors. El gerente salió de su cubículo a toda carrera.

—Tanto tiempo sin verla, señora Courteny. ¿Puedo desearle un feliz y próspero año nuevo?

—Empieza bien en ambos aspectos —confirmó ella, sonriente—. Y hablando de felicidad, señor Tims, ¿cuándo podrá entregarme un Daimler nuevo?

—¿Amarillo, naturalmente?

—¡Y con bordes negros, naturalmente!

—¿Con los accesorios de costumbre? ¿Tocador y armario para cóctel?

—Con todo eso, señor Tims.

—Cablegrafiaré a nuestra oficina de Londres inmediatamente. ¿En cuatro meses, digamos, señora Courtney?

—Digamos mejor en tres meses, señor Tims.

Shasa apenas pudo contenerse hasta que salieron a la acera.

—*Mater* ¿te has vuelto loca? ¡Somos pobres!

—Bueno, *chéri*, seamos pobres con un poco de clase.

—Y ahora, ¿adónde vamos?

—Al correo.

Ante el mostrador de telégrafos, Centaine redactó un telegrama para Sotheby's, de Bond Street.

> Venta descartada. Stop. Por favor cancelen preparativos.

Después fueron a almorzar a un hotel de Mount Nelson.

Blaine había prometido encontrarse con ella en cuanto pudiera escapar de la reunión en la que se analizaría el posible gabinete de coalición. Cumplió con su palabra; la estaba esperando en el bosque de pinos. Al ver su expresión, la alegría de Centaine se marchitó.

—¿Qué pasa, Blaine?

—Caminemos un poco, Centaine. Me he pasado el día encerrado.

Subieron las cuestas de Karbonkelberg, detrás de la finca. En la cima, sentados en un tronco caído, contemplaron un magnífico crepúsculo.

—"Este fue el cabo más bello que descubrimos en todo nuestro viaje alrededor de la tierra..." —dijo, citando erróneamente el libro de bitácora de Vasco da Gama.

Pero Blaine no la corrigió como ella esperaba.

—Cuéntame, Blaine —insistió, tomándolo del brazo.

Él la miró de frente.

—Isabella —dijo, sombrío.

—¿Tienes noticias de ella? —El ánimo de Centaine dio otro tumbo ante ese nombre.

—Los médicos no pueden hacer nada. Volverá en el próximo buque correo que zarpe de Southampton.

En el silencio que siguió, el sol se hundió en el mar de plata, llevándose la luz del mundo. El alma de Centaine quedó igualmente en sombras.

—Qué ironía —susurró—. Gracias a ti lo tengo todo en esta vida, salvo lo que más deseo: tú, amor mío.

Las mujeres molieron el grano de mijo en los morteros de madera hasta convertirlo en una harina blanca, tosca y suelta, con la que llenaron una de las bolsas de cuero.

Swart Hendrick, seguido por su hermano Moses, abandonó el *kraal* llevando la bolsa, al elevarse la luna nueva, y se deslizó silenciosamente por el barranco, en medio de la noche. Mientras Hendrick montaba guardia, Moses trepó al viejo nido de búhos y descendió trayendo los paquetes de papel grueso.

Siguieron caminando a lo largo del barranco hasta que no hubo posibilidades de que los vieran desde la aldea; aun entonces ocultaron cautelosamente la pequeña fogata que encendieron entre las piedras. Hendrick rompió los paquetes y echó los diamantes en una pequeña calabaza, mientras Moses preparaba una pasta en otra calabaza, mezclando la harina de mijo con agua, hasta dejar una masa blanda.

Hendrick, minuciosamente, quemó las envolturas de papel y revolvió las cenizas hasta reducirlas a polvo. Cuando eso estuvo hecho, hizo una señal a su hermano menor. Moses volcó la masa en las brasas encendidas. Cuando comenzó a burbujear, el mayor de los hermanos sepultó las piedrecitas relucientes en la masa sin levar.

Moses murmuraba con tristeza, en tanto las tortas de mijo se iban endureciendo, parecía un ritual de hechicería:

—Estas son piedras de muerte. De ellas no recibiremos alegría. Los blancos las quieren demasiado; son las piedras de la locura y la muerte.

Hendrick, sin prestarle atención, dio forma a las hogazas que se estaban cocinando; entornaba los ojos para protegerlos del humo y sonreía secretamente para sí. Cuando cada una de las tortillas quedó bien tostada por debajo, las dio vuelta y dejó que se cocinaran hasta que adquirieron la dureza de un ladrillo. Entonces las retiró del fuego y las puso a enfriar. Por fin guardó ese tosco pan en la bolsa de cuero, y ambos regresaron silenciosamente a la aldea dormida.

Por la mañana se marcharon temprano. Las mujeres los acompañaron por uno o dos kilómetros, ululando luctuosamente y entonando la canción de despedida. Ellos las dejaron atrás, sin echar un solo vistazo por sobre el hombro. Avanzaban hacia el horizonte profundo y oscuro, llevando sus bultos en equilibrio sobre la cabeza. Aunque no reparaban en eso, todos los días se repetía esa pequeña escena en un millar de aldeas, a lo largo de todo el subcontinente.

Días más tarde, los dos hombres, siempre a pie, llegaron al puesto de reclutamiento. Era un almacén de ramos generales que funcionaba en una sola habitación; el edificio era el único de un remoto cruce de vías, al borde del desierto. El comerciante blanco aumentaba sus precarias transacciones comprando cueros de vaca a las tribus nómadas de la zona y reclutando empleados para "Wenela".

"Wenela" era el acrónimo de Witwatersrand Native Labour Association (Asociación de Trabajadores Nativos Witwatersrand), una empresa ubicua y extensa, que alargaba sus tentáculos en los vastos páramos africanos. Desde las cumbres de las montañas del Dragón, en Basutolandia, hasta los pantanos de Zambeze y Chobe, desde las tierras sedientas del Kalahari hasta los bosques pluviales de la alta meseta de Nyasalandia, congregaba a los negros que llegaban en pequeños grupos, canalizándolos primero en un arroyo y, finalmente, en un poderoso río, que corría interminablemente hasta los fabulosos campos auríferos de la Cordillera de Aguas Blancas, la Witwatersrand de Transvaal.

El comerciante observó con ligereza a aquellos dos nuevos candidatos, plantados en silencio ante él. Sus rostros se mantenían deliberadamente inexpresivos, con los ojos en blanco; era la única defensa perfecta del negro africano en presencia del hombre blanco.

—¿Nombre? —preguntó el comerciante.

—Henry Tabaka. —Hendrick había elegido ese nuevo nombre para ocultar su parentesco con Moses; además, así descartaba cualquier vinculación casual con Lothar De La Rey y el robo.

—¿Nombre? —repitió el comerciante, mirando a Moses.

—Moses Gama. —Lo pronunció con la G gutural.

—¿Han trabajado antes en alguna mina? ¿Saben inglés?

—Sí, *Basie*.

Se mostraban obsequiosos, y el mercader sonrió.

—¡Bien, muy bien! Cuando vuelvan de *Goldi* serán hombres ricos. Muchas mujeres. Mucho *chig-chig*, ¿eh? —Con una sonrisa lasciva, entregó a cada uno una tarjeta verde de Wenela y un pasaje de ómnibus. —El colectivo vendrá pronto. Esperen afuera —ordenó.

Y de inmediato perdió todo interés por ellos. Ya se había ganado los aranceles de reclutamiento, una guinea por cabeza; era dinero fácil, y allí acababan sus obligaciones con respecto a los reclutados.

Ellos esperaron bajo el retorcido espinillo, a un costado del almacén. Pasaron cuarenta y ocho horas antes de que el ómnibus del ferrocarril apareciera a los tumbos, matraqueante y exhalando humo azul por el caño de escape.

El vehículo se detuvo brevemente, y ellos arrojaron sus magros bultos al portaequipajes, que ya estaba repleto de calabazas, cajas, hatillos, cabras maniatadas y jaulas de corteza entretejida con aves de corral en su interior. Luego treparon al cargado colectivo y se apretaron en uno de los duros bancos de madera. El vehículo exhaló un escape sordo y siguió bailoteando por la planicie; los pasajeros negros, amontonados hombro contra hombro, saltaban y se mecían, en idéntico compás, sobre las rutas desparejas.

Dos días después, el ómnibus se detuvo ante unos portones de alambre de púas; era un puesto de Wanela, en las afueras de Windhoek. Casi todos los pasajeros (todos ellos hombres jóvenes) descendieron del vehículo y miraron en derrededor, perdidos, hasta que los llamó un corpulento capataz negro, que lucía las placas de bronce de la autoridad en el brazo y un látigo largo en la mano. Los organizó en una fila india y los condujo a través de los portones.

El gerente blanco del puesto estaba sentado en la galería de la oficina, con las botas apoyadas en el bajo muro y una botella de cerveza alemana junto al codo, abanicándose con su sombrero. El capataz negro fue empujando a los nuevos reclutas, uno a uno, para que él los estudiara. El gerente rechazó a uno solo; era un hombrecito flaco, que apenas tuvo fuerzas para arrastrarse hasta la galería.

—Ese hijo de puta se cae de tuberculosis. —Tomó un sorbo de cerveza. —Sácalo de aquí. Que se vuelva.

Cuando vio a Hendrick enderezó la espalda en la silla y dejó el vaso de cerveza.

—¿Cómo te llamas, muchacho? —preguntó.

—Tabaka.

—Ah, hablas inglés. —El gerente entornó los ojos. Sabía distinguir inmediatamente a los que darían problemas: en eso consistía su trabajo. Los reconocía por los ojos, que lucían un brillo de inteligencia y agresividad. Los reconocía por el modo de caminar y de erguir los hombros; ese negrazo ceñudo y erguido iba a dar muchos problemas.

—¿Te has metido en líos con la policía, muchacho? —volvió a preguntar—. ¿Robaste ganado? ¿Mataste a tu hermano? ¿Hiciste *chig-chig* con su mujer, tal vez, eh?

Hendrick lo miró inexpresivamente.

—Responde, muchacho.

—No.

—Cuando te dirijas a mí, ma llamas *Baas*, ¿entendido?

—Sí, *Baas* —dijo Hendrick, cautelosamente.

El gerente abrió el informe policial que tenía en la mesa, a su lado, y lo hojeó lentamente, levantando la vista sin previo aviso para sorprender cualquier señal de culpabilidad o aprensión en la cara de Hendrick. Pero el negro se había puesto nuevamente la máscara africana: muda, resignada e inescrutable.

—Cielos, como apestan. —Arrojó la carpeta a la mesa y ordenó al capataz negro: —Llévatelos.

Con la botella y el vaso en la mano, volvió a su oficina.

—Deberías saber que eso no se hace, hermano mío —susurró Moses, mientras los conducían hacia la fila de chozas—. Cuando te encuentres con una hiena blanca hambrienta, no le pongas la mano en la boca.

Hendrick no respondió.

Tuvieron suerte; la cuota de reclutamiento estaba casi completa; ya había trescientos negros esperando en las chozas, tras la cerca de alambre de púas. Algunos llevaban diez días allí; era hora de iniciar la siguiente etapa del viaje, de modo que Hendrick y Moses no se vieron obligados a soportar otra espera interminable. Esa noche, tres vagones de ferrocarril fueron puestos sobre la línea que corría junto al campamento. Los capataces los despertaron antes del amanecer.

—Junten sus cosas. *Shayile!* Ha llegado la hora. El tren espera para llevarlos a *Goldi*, el lugar del oro.

Volvieron a formarse en fila y fueron respondiendo a medida que se pasaba lista. Después marcharon hacia los vagones.

Allí había otro blanco a cargo. Era alto, bronceado por el sol, y llevaba las mangas de la camisa bien enrolladas sobre sus bíceps. Del sombrero negro, informe, brotaban mechones de pelo rubio. Sus facciones eran planas, de corte eslavo; tenía los dientes torcidos y manchados por el tabaco; sus ojos eran de un color azul claro, neblinoso. Sonreía perpetuamente, de un modo blando e idiota, aspirando el aire por el agujero de un diente negro. De la muñeca, por medio de un tiento, le colgaba un látigo de hipopótamo. De vez en cuando, sin motivo visible, tocaba con la punta del látigo las piernas desnudas de algún hombre, cuando pasaba ante él; más que crueldad deliberada, era un acto indiferente, nacido del desinterés y el desdén; aunque el golpe era liviano como una pluma, dolía como un aguijonazo, y la víctima aceleraba el ascenso de la escalerilla, con una exclamación ahogada.

Cuando Hendrick llegó a su lado, los labios del capataz descubrieron los dientes picados y la sonrisa se ensanchó. El gerente del campamento le había señalado al gigantesco ovambo.

"Uno de los malos", le habían advertido. "Vigílalo. No dejes que se te desmande."

Al tocar con el látigo la carne suave, tras la rodilla de Hendrick, aplicó al golpe la fuerza de su muñeca.

—*Che-Cha!* —ordenó—. ¡Apúrense!

Y el látigo se envolvió a la pierna de Hendrick. No llegó a abrir la piel, pues el hombre era experto en eso, pero dejó una magulladura purpúrea en la piel oscura y aterciopelada.

Hendrick se detuvo en seco, con la otra pierna levantada hasta el primer peldaño y la mano libre asida a la barandilla. Sin soltar el bulto que sostenía sobre el hombro, giró lentamente la cabeza hasta mirar de frente los ojos desteñidos del capataz.

—¡Sí! —le alentó el blanco, con voz suave.

Por primera vez había una chispa de interés en sus ojos. Alteró sutilmente su postura, levantándose sobre la punta de los pies.

—¡Sí! —repitió.

Quería entenderse con ese negro piojoso allí mismo, delante de los otros. Pasarían cinco días en esos vagones, cinco días calurosos, con sed, que pondrían de punta los nervios y alterarían el humor. A él le gustaba arreglar eso al principio del viaje. Sólo hacía falta uno; si daba un buen ejemplo allí, antes de partir, se ahorraba un montón de problemas posteriores. De ese modo, todo el mundo sabía qué le esperaba si se alborotaba un poco. Por su experiencia, nadie molestaba en lo más mínimo después de esas demostraciones.

—Vamos, kaffir.

Bajó la voz aun más, para dar al insulto un tono más personal e intenso. Le gustaba esa parte de su trabajo y la hacía muy bien. Ese bastardo arrogante no estaría en condiciones de viajar cuando terminaran de arreglar cuentas. No serviría de mucho, con cuatro o cinco costillas hundidas y, tal vez, la mandíbula fracturada.

Hendrick fue demasiado rápido para él. Subió la escalerilla de un solo salto, dejando al capataz al costado del vagón, listo para enfrentar el ataque, con el látigo preparado para clavarse, por el lado del mango, en el cuello de Hendrick, cuando avanzara.

El movimiento del ovambo tomó al capataz completamente por sorpresa. Cuando trató de alcanzar las piernas de Hendrick con un buen latigazo, llegó medio segundo tarde y el golpe quedó siseando en el aire.

Moses, que seguía a su hermano, vio la expresión asesina del blanco.

—Esto no ha terminado —advirtió a Hendrick, mientras ambos acomodaban sus bultos en las rejillas para el equipaje. Se ubicaron en los duros bancos de madera que corrían a lo largo del vagón. —Te atacará otra vez.

Al promediar la mañana, los tres vagones fueron acoplados a un tren largo, de vagones más elegantes. Tras algunas horas de sacudidas y falsas partidas, la caravana ascendió lentamente por las colinas y viró hacia el sur.

Ya avanzada la tarde, el tren se detuvo por media hora en una pequeña estación, donde cargaron un carrito con comida en el coche principal. Bajo los pálidos ojos del capataz blanco, los dos encargados negros hicieron circular el carrito por los coches atestados; cada uno de los reclutas recibió un pequeño plato de lata, lleno de maíz blanco, sobre el cual se había puesto un cucharada de guiso de alubias.

Cuando llegaron al asiento de Swart Hendrick, el capataz blanco apartó a sus ayudantes y tomó el plato para servir la porción de Hendrick.

—Debemos cuidar de este kaffir —dijo, en voz alta—. Tiene que estar fuerte para trabajar en *Goldi.*

Y puso una segunda porción de guiso en el plato, para ofrecerlo al ovambo.

—Toma, kaffir.

Pero cuando Hendrick alargó la mano hacia el plato, el hombre lo dejó caer al suelo. El guiso caliente salpicó los pies del gigantesco negro, en tanto el capataz pisaba la masa de maíz, aplastándola con su bota. Luego dio un paso atrás, con una mano en la empuñadura de su cachiporra, sonriendo con toda la cara.

—Epa, negro piojoso, qué torpe eres. No se sirve más que una ración. Si quieres comerla del suelo, es cosa tuya.

Esperó con ansiedad la reacción de Hendrick. Con una mueca de desencanto, vio que el otro bajaba la vista y se inclinaba para recoger la pasta de maíz, haciendo una bola entre los dedos, que luego se puso en la boca y masticó como un tonto.

—Estos negros de porquería son capaces de comer cualquier cosa, hasta su propia bosta —bramó el hombre.

Y continuó su marcha.

Las ventanas del vagón tenían barrotes; las puertas, a ambos extremos, estaban cerradas con llave y por afuera, con candado. El capataz llevaba en su cinturón el llavero, con el que había asegurado cuidadosamente todas las puertas a su paso. Sabía, por experiencia, que muchos de los reclutas tenían malos presentimientos al iniciarse el viaje; impulsados por la nostalgia y el miedo creciente a lo desconocido, por la perturbadora novedad de cuanto los rodeaba, comenzaban a desertar; algunos llegaban a saltar desde el coche en movimiento. El capataz hacía una ronda cada tanto y contaba minuciosamente las cabezas, aun en medio de la noche. Cuando pasaba junto a Hendrick, enfocaba el rayo de su linterna contra la cara del hombre dormido, para despertarlo cada vez que recorría los coches.

Jamás cejaba en sus esfuerzos por provocar a Hendrick; se había convertido en un desafío, una especie de contienda entre ambos. El sabía que allí había algo; lo había visto en los ojos de Hendrick: sólo un destello de violencia, amenaza y energía.

Y estaba decidido a apagarlo, a sacarlo a la luz, donde pudiera hacerlo trizas.

—Paciencia, hermano mío —susurraba Moses a Hendrick—. Contén tu ira. Aliméntala con cuidado. Déjala crecer hasta que llegue a término, hasta que puedas ponerla a trabajar para ti.

Hendrick confiaba cada vez más en el consejo de su hermano, con el correr de los días. Moses era inteligente y persuasivo; su lengua, rápida para elegir la palabra debida. Y ese don especial que poseía lograba que los otros hombres lo escucharan con atención.

Esas dotes especiales fueron bien demostradas en los días siguientes. Al principio, Moses hablaba sólo con los hombres que se sentaban cerca de él, en el coche atestado y caluroso. Les contaba cómo sería el sitio al que iban, cómo los tratarían los blancos, qué se esperaba de ellos y cuáles serían las consecuencias si desilusionaban a sus nuevos patrones.

Las caras negras que lo rodeaban, escuchando, expresaban atención. Los que se hallaban más lejos no tardaron en estirar el cuello para captar sus palabras, pidiendo suavemente:

—Habla más alto, Gama. Habla para que todos podamos oír tus palabras.

Moses Gama elevaba la voz, su clara y atractiva voz de barítono, y todos atendían con respeto.

—En Goldi habrá muchos negros, más de los que ustedes creen posible. Zulus, Xhosas, n'debeles, swazis, nyasas... Cincuenta tribus diferentes, y otros tantos idiomas, que ustedes no oyeron nunca. Algunos serán enemigos tradicionales de las tribus a las que ustedes pertenecen; esperarán como hienas la oportunidad de arrojarse contra ustedes. A veces, cuando estén muy hondo en la tierra, allá abajo, donde siempre es de noche, estarán a merced de esos hombres. Para protegerse, deben ponerse bajo la dirección de un hombre fuerte. A cambio de su protección, deben darse a ese jefe obediencia y lealtad.

Muy pronto, todos llegaron a reconocer que Moses Gama era ese líder fuerte. En cuestión de días se convirtió en el jefe indiscutido del coche tres. Mientras hablaba con aquellos hombres, respondiendo a sus preguntas, calmando sus miedos, Moses, a su vez, los evaluaba uno a uno, observándolos, sopesándolos, seleccionando y descartando. Comenzó a cambiar el orden de los asientos, para que los elegidos por él estuvieran más cerca del centro, de él mismo; así reunió a su alrededor a la crema de los reclutas. De inmediato, los elegidos cobraron prestigio; formaban una élite pretoriana en torno del nuevo emperador.

Hendrick veía cómo manipulaba a los hombres, cómo los sometía a la fuerza de su personalidad, y se llenaba de orgullo y admiración; renunciando a sus últimas reservas, le acordó voluntariamente toda su lealtad, su amor y su obediencia.

Por la vinculación con Moses, Hendrick también se convirtió en destinatario del respeto y la veneración de los otros. Era el capitán y el lugarteniente de Moses; lo reconocían como tal, y poco a poco Hendrick fue entendiendo que, en aquellos pocos días, su hermano había constituido un *impi*, una banda de guerreros en los que podía confiar implícitamente, sin que ello le costara esfuerzo visible.

En aquel coche atestado, que ya hedía como una jaula de animales por el sudor rancio y el cubículo de la letrina, hipnotizado por los ojos y las palabras mesiánicas de su propio hermano, Hendrick recordaba a los otros grandes gobernantes negros que habían surgido de la neblina, en la historia africana; todos ellos habían encabezado, primero, una banda pequeña; después, una tribu; finalmente, una vasta horda de guerreros, para cruzar con ellos todo el continente, asolándolo todo.

Pensó en Mantatisi, Chaka, Mizikazi; en Shangaan y Angoni. Con un destello de clarividencia, los vio en sus comienzos, sentados así ante alguna remota fogata de campamento, en el páramo, rodeados por un pequeño grupo; así habían tejido el hechizo sobre ellos, atrapando la imaginación y el espíritu con el lazo de seda de las palabras y las ideas, inflamándolos de sueños.

"Estoy en el comienzo de una aventura que aún no comprendo", pensó. "Todo cuanto he hecho hasta ahora era sólo mi iniciación; tanta lucha, tanta muerte, tantos esfuerzos no han sido sino mi adiestramiento. Ahora estoy listo para la hazaña, cualquiera sea, y Moses Gama me llevará a ella. No necesito saber cuál es. Basta con seguir sus pasos."

Escuchaba ávidamente a Moses, que pronunciaba nombres nunca oídos, exponiendo ideas nuevas y extrañamente excitantes.

—Lenin —decía Moses—; no un hombre sino un dios bajado a la tierra.

Y todos se apasionaban con la historia de una tierra del norte, donde las tribus se habían unido bajo el mando de ese hombre —dios, Lenin, para derrocar a un rey, y al hacerlo así se habían convertido en parte de lo divino.

Se entusiasmaban, encantados, cuando él les hablaba de una guerra como el mundo no había visto nunca. La atávica sed de batalla les quemaba en las venas, acelerándoles el corazón, dura y caliente como la cabeza del hacha de combate, cuando sale de la forja, roja y centelleante. "Revolución", llamaba Moses a esa guerra. Y cuando la explicaba, ellos comprendían que era posible ser parte de esa gloriosa batalla, asesinos de reyes, parte de la divinidad.

La puerta del coche se abrió impetuosamente. El capataz blanco la atravesó y se detuvo con las manos en las caderas, sonriéndoles sin alegría. Todos bajaron la cabeza y clavaron la vista en el suelo, poniendo pantallas a sus ojos. Pero los que estaban más cerca de Moses, los elegidos, la élite, comenzaron a comprender, en ese momento, cuándo se libraría la batalla y quiénes eran los reyes a matar.

El capataz blanco percibió la atmósfera cargada del coche. Era tan espesa como el olor de los cuerpos sucios y la fétida letrina; era eléctrica como el aire de mediodía, en los días suicidas de noviembre, antes de que estallaran las grandes lluvias. Buscó rápidamente a Hendrick, que estaba sentado en el centro del vagón.

"Una manzana podrida", pensó, amargado, "y todo el cesto se echa a perder". Tocó la cachiporra que llevaba al cinto. Había descubierto, con pesar, que el látigo era demasiado largo para resultar efectivo en el limitado espacio de los vagones. La cachiporra, con sus setenta centímetros de madera dura, tenía un extremo ahuecado y lleno de plomo. Con ella podía romper huesos, aplastar cráneos y matar a un hombre instantáneamente, si hacía falta. De lo contrario, con una delicada modificación del golpe, se limitaba a aturdirlo. Era un artista con la cachiporra, y en el manejo del látigo, pero para cada uno había un momento y un lugar. En esa ocasión correspondía usar la cachiporra.

Avanzó lentamente por el vagón, fingiendo ignorar a Hendrick, y examinó las otras caras al pasar. Apreció la nueva rebeldía de sus rostros ceñudos y se fue enojando, más y más, con el hombre que le dificultaba la tarea.

"Debí haberlo liquidado desde un principio", se dijo, amargamente. "Es casi demasiado tarde. ¡yo, que adoro la vida tranquila y las cosas fáciles! Bueno, ahora tendré que hacer lo mejor que pueda."

Al pasar junto a Hendrick le echó una mirada indiferente. Por el rabillo del ojo vio que el ovambo se relajaba un poco al verlo seguir por el pasillo, entre los asientos.

"Lo estás esperando, muchacho. Sabes que debe ocurrir. Y no voy a desilusionarte."

Se detuvo ante la otra puerta del vagón. Como si acabara de ocurrírsele otra idea, volvió lentamente por el pasillo, sonriendo para sus adentros. Se detuvo otra vez frente a Hendrick y aspiró ruidosamente el aire por el hueco del diente.

—Mírame, kaffir —invitó, con voz agradable.

Hendrick levantó la barbilla para mirarlo.

—¿Dónde está tu *m'phale*, tu equipaje? —preguntó.

Tomó al ovambo por sorpresa. Hendrick, muy consciente del tesoro que guardaba por sobre su cabeza, en la rejilla, miró instintivamente la bolsa de cuero.

—Bien. —El capataz retiró la bolsa y la dejó caer en el suelo, frente a Hendrick.

—Ábrela —ordenó, aún sonriente, con una mano en la cadera y otra en la empuñadura de la cachiporra—. Vamos, ábrela, kaffir. A ver que ocultas ahí dentro.

Eso nunca le había fallado hasta el momento. Hasta el más dócil de los hombres reaccionaba para proteger sus pertenencias, por insignificantes y desprovistas de valor que fueran.

Poco a poco, Hendrick se inclinó hacia adelante y desató la boca de su bolsa de cuero. Luego volvió a enderezar la espalda y se mantuvo en actitud pasiva. El capataz blanco se agachó para tomar la bolsa por el fondo y se incorporó otra vez, sin apartar los ojos de Hendrick. De inmediato sacudió el saco vigorosamente, esparciendo el contenido por el suelo.

Lo primero que rodó fue el rollo de las frazadas, que el capataz desplegó con la puntera de la bota. Había un chaleco de piel de oveja y algunas otras ropas, junto con un cuchillo de veintidós o veintitrés centímetros, con su vaina de cuero.

—Qué arma peligrosa —apuntó el capataz—. Ya sabes que en los vagones no se permiten armas peligrosas.

Levantó el cuchillo y presionó la hoja contra el nicho de la ventana, hasta romperla. Luego arrojó los dos pedazos por entre los barrotes de la ventanilla, junto a la nuca de Hendrick.

El ovambo no se movió, aunque el capataz esperó por un minuto casi completo, mirándolo provocativamente. El único ruido era el *cláquete-clac* de las ruedas sobre los durmientes y el vago resoplido de la locomotora, a la cabeza del tren. Entre los otros pasajeros negros, ninguno estaba mirando aquel pequeño drama; todos mantenían la vista perdida hacia adelante, el rostro en blanco y los ojos ciegos.

—¿Qué porquería es esto? —preguntó el capataz; tocando con la punta del pie una de las tortas de mijo.

Aunque Hendrick no movió un músculo, el blanco vio, en aquellos ojos negros y ahumados, la primera chispa. "Sí", pensó, regocijado. "Eso es. Ahora actuará." Y recogió una hogaza para olfatearla, pensativo.

—Pan de kaffir —murmuró—. No está permitido. Reglas de la compañía. Nada de comida en el tren.

Puso el panecillo plano sobre el canto, para que pasara entre los barrotes, y lo dejó caer por la ventanilla abierta. La hogaza rebotó en el terraplén, bajo las ruedas de acero, y se hizo pedazos. El capataz, riendo entre dientes, se agachó para recoger otro.

Algo se rompió en la cabeza de Hendrick. Llevaba demasiado tiempo conteniéndolo, y la pérdida de los diamantes lo volvió loco. Se arrojó contra el hombre blanco, saltando desde el asiento, pero el capataz estaba preparado. En cuanto enderezó el brazo derecho, la punta de su cachiporra se hundió en el cuello de Hendrick. Mientras el negro caía hacia atrás, ahogándose, con la mano cerrada al cuello, él azotó con la cachiporra la parte frontal de su cráneo, midiendo con exactitud la fuerza para no matarlo. La mano de Hendrick se apartó del cuello y el corpulento ovambo se tambaleó hacia adelante. Pero el capataz no lo dejó caer; con la mano izquierda lo arrojó otra vez contra el asiento, sujetándolo, mientras manejaba su arma.

La cachiporra sonaba como hacha contra madera, rebotando en el hueso del cráneo. Abrió la fina piel del cuero cabelludo y la sangre brotó en pequeñas fuentes de rubí. El capataz golpeó tres veces, con fuerza bien medida; luego hundió la punta de la cachiporra en la boca abierta y floja de su víctima, para romperle ambos incisivos a la altura de las encías. "Siempre hay que marcarlos." Era una de sus máximas. "Hay que marcarlos para que no se olviden."

Sólo entonces soltó al hombre inconsciente y lo dejó caer, de cabeza, en el centro del pasillo.

De inmediato giró sobre sus talones y se irguió sobre la punta de los pies, como una víbora que adopta la clásica postura del ataque. Con la cachiporra lista en la diestra, miró fijamente los ojos espantados de todos los negros. Ellos se apresuraron a bajar la vista. El único movimiento era la sacudida de los cuerpos por el traqueteo del vagón.

La sangre de Hendrick estaba formando un charco bajo su cabeza e iba corriendo, como pequeñas serpientes de color rojo oscuro, por el piso del pasillo. El capataz volvió a sonreír, mirando la figura postrada con una expresión casi paternal. Había sido una magnífica actuación: rápida y completa, tal como la planeara, y eso le hacía sentir satisfecho. El hombre tendido a sus pies era su propia creación, de la que estaba orgulloso.

Recogió las otras tortas de mijo, retirándolas de la sangre, y las arrojó, de a una por vez, por entre las rejas de la ventanilla. Por fin se sentó en cuclillas junto al hombre caído y, con la espalda de su camisa, limpió cuidadosamente los últimos rastros de sangre que quedaban en su cachiporra. Por fin volvió a guardarla en su cinturón y se marchó lentamente por el pasillo.

Ya todo estaba en orden. El clima había cambiado, como si se lo hubiera neutralizado. No habría más dificultades. Su trabajo estaba terminado y bien hecho.

Salió al balcón del coche y, con una sonrisa leve, echó el cerrojo a la puerta corrediza que dejaba atrás.

En ese mismo instante, los ocupantes del vagón tornaron a la vida. Moses dio órdenes rápidas y secas; dos de ellos pusieron a Hendrick en su asiento; otro fue al tanque de agua que estaba junto a la letrina, mientras Moses abría su propia mochila para sacar un cuerno con tapa.

Mientras los otros sostenían la cabeza bamboleante de Hendrick, él virtió en su cuero cabelludo el polvo del cuerno. Era una mezcla de cenizas y hierbas, reducidas a partículas muy finas, que él frotó con el dedo en la carne viva. Cesó la hemorragia. Con un paño húmedo, Moses limpió la boca rota de su hermano. Luego esperó, acunando en sus brazos la cabeza inconsciente.

Moses había observado, con interés casi clínico, el conflicto entre su hermano y el blanco, conteniendo y dirigiendo deliberadamente la reacción de Hendrick, hasta que el drama llegó a su punto explosivo. El vínculo con su hermano aún era tenue. El padre, hombre próspero y lujurioso, había embarazado regularmente a sus quince esposas. Moses tenía más de treinta hermanos, y por muy pocos de ellos experimentaba un afecto especial, más allá del vago deber para con la familia y la tribu. Hendrick, muchos años mayor, había abandonado el *kraal* cuando Moses aún era niño. Desde entonces le habían llegado las leyendas sobre sus hazañas; la fama del mayor había crecido gracias a esos relatos de episodios salvajes y desesperados. Pero las leyendas no eran sino leyendas, hasta tanto se probara su veracidad; una reputación puede estar basada en palabras y no en hechos.

El momento de la prueba estaba a mano. Moses estudiaría los resultados y en ellos basaría la relación futura entre ambos. Necesitaba a un hombre duro como lugarteniente: un hombre de acero. Lenin había elegido a José Stalin. El también elegiría a un hombre de acero, que fuera como un hacha; con él como arma daría forma a sus propios planes, tallándolos en la dura madera del futuro. Si Hendrick no pasaba la prueba, Moses lo haría a un lado, con tan poca compasión como la que se siente por un hacha cuya hoja se quiebra al primer golpe contra el tronco de un árbol.

Hendrick abrió los ojos y miró a su hermano con pupilas dilatadas; luego, gimiendo, se tocó las heridas abiertas en el cuero cabelludo. El dolor le arrancó una mueca; sus pupilas se contrajeron y enfocaron la mirada. En tanto erguía el cuerpo, la ira llameó en sus honduras.

—¿Los diamantes?

Su voz era grave y sibilante como el siseo de las mortíferas serpientes del desierto.

—Perdidos —respondió Moses, tranquilamente.

—Tenemos que volver... para buscarlos.

Pero Moses sacudió la cabeza.

—Han quedado esparcidos como semillas de hierba; no hay modo de marcar el sitio en donde cayeron. No, hermano mío: estamos prisioneros en este vagón. No podemos volver. Los diamantes se han perdido para siempre.

Hendrick se sentó, en silencio, mientras exploraba con la lengua la boca destrozada; pasando la punta por sobre los restos quebrados de sus incisivos, estudió la fría lógica de su hermano. Moses esperaba, en silencio. Esa vez no daría órdenes, no señalaría la dirección a tomar, ni siquiera con sutileza. Hendrick debía llegar a eso por cuenta propia.

—Tienes razón, hermano mío —dijo el mayor, por fin—. Los diamantes se han perdido. Pero voy a matar al hombre que nos hizo esto.

Moses no dio muestras de emoción. Tampoco le ofreció aliento. Se limitaba a esperar.

—Lo haré con astucia. Hallaré el modo de matarlo sin que nadie lo sepa, salvo él y nosotros.

El otro siguió esperando. Hasta allí, Hendrick tomaba por el sendero que él le había trazado. Sin embargo, aún le quedaba un trecho. Esperó, y todo salió tal como deseaba.

—¿Estás de acuerdo en que debo matar a ese perro blanco, hermano mío?

Al pedir la autorización de Moses Gama, lo reconocía como líder y señor; se ponía en las manos de su hermano. Moses, sonriendo, le tocó el brazo en señal de aprobación.

—Hazlo, hermano mío —ordenó.

Si fallaba, los blancos lo colgarían de una soga; si triunfaba, habría demostrado ser un hacha, un hombre de acero.

Hendrick cavilaba sombríamente en su asiento. Pasó otra hora sin pronunciar palabra; de vez en cuando se masajeaba las sienes, cuando el dolor palpitante de los golpes amenazaba con hacerle estallar el cráneo. Por fin se levantó para recorrer lentamente el vagón, examinando una a una las ventanillas enrejadas, mientras sacudía la cabeza, murmurando de dolor. Regresó a su asiento y permaneció allí un rato. Después volvió a levantarse y recorrió el pasillo, arrastrando los pies, hasta el cubículo de la letrina.

344

Allí se encerró bajo llave. Había un agujero abierto en el suelo, por donde se veía el borrón precipitado del terraplén, bajo el coche. Muchos de los hombres, al usar la letrina, no habían hallado el agujero; en el suelo chapoteaba la orina oscura y las heces salpicadas.

Hendrick fijó su atención en la única ventanilla, carente de vidrios. La abertura estaba cubierta por una malla de acero con armazón metálica, atornillada al marco de madera en cada esquina y en el centro de cada lado.

Al volver a su asiento susurró a Moses:

—Ese mono blanco se llevó mi cuchillo. Necesito otro.

Moses no hizo preguntas. Era parte de la prueba. Hendrick debía hacerlo todo solo; si fallaba, aceptaría las consecuencias sin pretender que Moses las compartiera o intentara ayudarlo. Dijo una discreta palabra a los hombres que lo rodeaban y, en cuestión de pocos minutos, una navaja de bolsillo pasó de mano en mano, hasta quedar en la de Hendrick.

El ovambo regresó a la letrina y aflojó los tornillos de la armazón de tela metálica, poniendo cuidado de no rayar la pintura circundante ni dejar señales de que se los hubiera tocado. Después de retirar los ocho tornillos, sacó el marco de su sitio y lo puso a un lado.

Esperó a que las vías describieran una curva hacia la derecha, apreciándola por la fuerza centrífuga aplicada a su cuerpo al girar el vagón; entonces echó una mirada por la ventana abierta. El tren estaba virando en dirección opuesta; los primeros coches y los carros de carga estaban fuera de la vista, hacia delante. Asomó por la ventanilla y miró hacia arriba.

A lo largo del techo había una brazola. Estiró la mano para deslizar los dedos por esa saliente hasta hallar apoyo y tiró de sí, pendiendo de los brazos; sólo tenía los pies dentro de la ventanilla, en tanto el resto del cuerpo colgaba afuera. Alzó los ojos hasta el techo y memorizó la inclinación y el contorno; luego volvió a meterse por la ventanilla de la letrina. Puso la tela metálica en su sitio, pero sólo enroscó los tornillos con el dedo. Por fin volvió a su asiento.

Al anochecer, el capataz blanco y sus dos ayudantes pasaron por el vagón con el carrito de la comida. Al llegar a Hendrick, el hombre sonrió sin rencor.

—Ahora estás hermoso, kaffir. A las doncellas negras les encantará besar esa boca. —Se volvió para dirigirse a las silenciosas filas de negros. —Si alguno de ustedes quiere estar así de hermoso, díganmelo. Lo haré gratis.

Un momento antes del oscurecer, los dos capataces negros pasaron recogiendo los platos vacíos.

—Mañana a la noche estarás en *Goldi* —dijo uno de ellos a Hendrick—. Allá hay un médico blanco que te curará las heridas. —Había un dejo de simpatía en su impasible cara negra. No estuviste prudente al enfurecer a *Tshayela*, el que golpea. Has aprendido una dura lección, amigo. Recuérdenla bien, todos ustedes.

Y cerró con llave al salir del vagón.

Hendrick contemplaba el crepúsculo por la ventanilla. En los cuatro días de viaje, el paisaje había cambiado por completo, según ascendían a la meseta de las planicies altas. Las pasturas mostraban el pardo desteñido de las escarchas invernales; la roja tierra había sido abierta por las *dongas* de la erosión y estaba dividida en campos geométricos por alambrados de púas. Las viviendas aisladas parecían perdidas en la pradera abierta, donde los molinos de viento se erguían como flacos centinelas. El ganado, escaso de carnes, tenía cuernos largos y pelaje multicolor: rojo, negro y blanco.

Hendrick, que había pasado toda su vida en las vastedades despobladas, sintió que esos alambrados eran restrictivos. Allí nunca se estaba lejos de otros hombres o de sus obras; las aldeas por las que pasaban eran extensas y pobladas como Windhoek, la ciudad más grande que él pudiera imaginar.

—Ya verás cuando lleguemos a *Goldi* —le dijo Moses.

Afuera caía la oscuridad; los hombres, en derredor de ellos, se estaban acomodando para dormir, envolviéndose en las frazadas hasta la coronilla, para soportar el frío de las praderas, que entraba por las ventanillas abiertas.

Hendrick esperó a que el capataz blanco hiciera su primera recorrida; cuando apuntó el rayo de su linterna a la cara del ovambo, éste lo miró parpadeando, sin tratar de fingirse dormido. El capataz siguió su camino y, al salir del vagón, cerró la puerta con llave.

Hendrick se levantó silenciosamente. Moses, frente a él, se movió en la oscuridad, sin decir palabra. El mayor fue a encerrarse en la letrina. Aflojó apresuradamente los tornillos y retiró el marco de su sitio. Después de ponerlo contra el mamparo, salió por la ventanilla. El aire frío de la noche le sacudió la cabeza, obligándolo a entornar los ojos para protegerlos de las negras bocanadas lanzadas por la locomotora, que le hirieron las mejillas y la frente en cuanto buscó apoyo para sus manos, en el borde de la brazola.

Subió sin dificultad; luego, con una sacudida, e impulsándose con los pies, plantó la parte superior del cuerpo en lo alto del techo y estiró un brazo. Encontró asidero en el agujero de ventilación y siguió ascendiendo, arrastrándose sobre el vientre.

Permaneció inmóvil por un rato, jadeando, con los ojos bien apretados, hasta dominar el dolor palpitante de la cabeza. Entonces se incorporó sobre las rodillas y comenzó a arrastrarse hacia adelante, siguiendo el filo central del techo.

La noche era clara; la tierra mostraba la plata de las estrellas y el azul de las sombras; el viento le rugía en derredor de la cabeza. Se puso de pie, manteniendo el equilibrio contra el balanceo del vagón, y avanzó con los pies bien separados y las rodillas flexionadas. Una premonición de peligro le hizo levantar la vista. Vio que una forma oscura se precipitaba hacia él, brotando de la noche, y se arrojó de plano contra el techo, justo cuando el férreo brazo de una torre de agua pasaba, centelleando, por sobre su cabeza. En un segundo más lo habría decapitado; la idea lo hizo estremecer con el frío y el espanto de la muerte cercana. Al cabo de un minuto, tranquilizado, volvió a reptar hacia adelante, sin levantar la cabeza más que unos pocos centímetros, hasta llegar al borde frontal del techo.

Allí permaneció, despatarrado boca abajo, espiando cautelosamente por sobre el borde. Por debajo de él tenía los balcones de los coches contiguos; el espacio abierto entre los techos era tan largo como uno de sus brazos, y más allá se articulaban los estribos, que acompañaban el traqueteo del tren en las curvas de la línea. Cualquier persona que pasara de un coche a otro debía cruzar ese espacio, por debajo de donde Hendrick esperaba. Gruñendo de satisfacción, echó una mirada atrás.

Así tendido, uno de sus pies quedaba junto a una chimenea de ventilación. Se arrastró hacia atrás y, después de retirar el grueso cinturón de cuero de sus presillas, lo sujetó a la abertura de ventilación, formando un lazo en el cual metió uno de sus pies hasta el tobillo.

Una vez más se estiró sobre el techo, con un pie bien sujeto, y estiró los brazos hacia el espacio abierto entre los coches. Llegaba a tocar las barandillas del balcón. Como había lamparitas eléctricas instaladas en cajas de alambre bajo la saliente del techo, la zona estaba totalmente iluminada.

Se retiró un breve trecho y permaneció tendido contra el vagón; desde abajo sólo se veían sus ojos y la parte superior de la cabeza; de todas maneras, las luces cegarían a quien mirara hacia arriba. Así se acomodó para esperar, como un leopardo en el árbol extendido sobre el abrevadero.

Pasó una hora y otra más, pero Hendrick sólo podía calcular el tiempo por la lenta rotación de las estrellas en el cielo nocturno. Se sentía tieso y congelado, pues el viento azotaba su cuerpo carente de protección. Lo soportó estoicamente, sin permitirse dormitar ni aflojar su concentración. La espera es siempre una parte importante de la cacería, del juego de la muerte que él había practicado ya cien veces...

De pronto, aun a pesar del ruido del tren y el ritmo de los durmientes, oyó un chasquido de acero contra acero y el repiqueteo de llaves en la cerradura, allá abajo. Entonces se preparó.

El hombre pisaría los estribos yuxtapuestos con toda celeridad, pues no desearía estar en esa posición, vulnerable y expuesta, sino por los segundos necesarios para el cruce. Hendrick tendría que ser aun más veloz.

Oyó que la puerta corrediza volvía a chocar contra el marco. La cerradura volvió a girar, y un instante después apareció, por debajo de él, el sombrero del capataz blanco.

De inmediato, Hendrick lanzó el cuerpo hacia adelante y se dejó caer hasta la cintura en el espacio abierto entre los coches. Sólo lo sostenía el cinturón de cuero ceñido a su tobillo. Lothar le había enseñado la llave doble; pasó un brazo alrededor del cuello del hombre blanco y sujetó la otra mano en el hueco de su propio codo; así, la cabeza del capataz quedó entre sus brazos como en una morsa que lo alzó en vilo.

El blanco emitió un sonido estrangulado; de sus labios escapó una lluvia de saliva que chisporroteó a la luz eléctrica, en tanto Hendrick tiraba de él hacia arriba, como si lo izara en una horca.

El sombrero del capataz cayó en la noche, como un gato negro. El hombre pataleaba y retorcía violentamente su cuerpo, lanzando zarpazos a los brazos musculosos que le ceñían el cuello. Su largo pelo rubio se agitaba con el viento de la noche. Hendrick lo alzó hasta que los ojos de ambos estuvieron a pocos centímetros de distancia; entonces le sonrió en la cara, descubriendo el foso negro y mutilado de su propia boca, con los incisivos rotos, aún llenos de sangre seca. Vio, a la luz de las lamparillas, que el blanco lo reconocía, dilatando sus ojos pálidos.

—Sí, amigo —susurró—. Soy yo, el kaffir.

Tiró del hombre para subirlo otro par de centímetros y le apoyó la parte trasera del cuello contra el borde del techo. Después, con toda deliberación, aplicó presión contra la base del cráneo. El blanco se retorció, forcejeando como un pez en el arpón, pero Hendrick lo sostuvo con facilidad, mirándolo profundamente a los ojos. Siguió torciéndole el cuello hacia atrás, con el antebrazo bajo la mandíbula.

Sintió que la columna vertebral se ponía tensa por la presión. Ya no soportaba más, y él la retuvo por un segundo en el punto máximo. Luego, con una sacudida, alzó el mentón del hombre dos centímetros más y la columna se rompió como una rama seca. El blanco quedó bailando en el aire, entre contorsiones y sacudidas. Hendrick vio que sus pálidos ojos azules se tornaban vidriosos, opacos e inmóviles. Por sobre el ruido del viento le llegó en un borboteo suave la descarga involutaria de los intestinos en aquel cuerpo sin vida.

El ovambo balanceó aquel cadáver como si fuera un péndulo; cuando pasó por sobre la barandilla del balcón, lo dejó caer entre los dos vagones, directamente hacia las vías. El acero giratorio lo tomó como un trozo de carne en las hojas de una máquina picadora.

Hendrick permaneció inmóvil por un instante, hasta recobrar el aliento. Sabía que el cuerpo mutilado del capataz quedaría diseminado a lo largo de un kilómetro de vías.

Desabrochó su cinturón y volvió a ponérselo a la cintura. Después se arrastró por el techo hasta verse directamente encima de la ventanilla de la letrina. Pasó los pies por el marco y, retorciendo el cuerpo, se dejó caer en el interior del cubículo. De inmediato puso la tela metálica en su marco y ajustó los tornillos. Al volver a su asiento, vio que Moses Gama lo observaba. Le hizo una señal afirmativa y se echó la manta sobre la cara. En pocos minutos estuvo dormido.

Lo despertaron los gritos de los capataces negros y las sacudidas del vagón, apartado de la línea principal. El nombre de la pequeña aldea en donde se habían detenido estaba pintada en una tabla blanca, por sobre el andén: "Vryburg". Pero para él no significaba nada.

Muy pronto la plataforma y los vagones quedaron invadidos por la policía ferroviaria. Los uniformados de azul ordenaron a todos los reclutas que descendieran y formaran una fila, estremecidos y soñolientos bajo los reflectores, para pasar lista. Todos estaban presentes.

Hendrick dio un codazo a su hermano y señaló, con el mentón, las ruedas y la parte inferior del vagón. Todo estaba salpicado de sangre; se veían diminutas astillas y partículas de carne roja.

Durante todo el día siguiente, los coches permanecieron en la vía lateral, mientras la policía interrogaba individualmente a cada uno de los reclutas, en la oficina del jefe de estación. Al promediar la tarde era obvio que comenzaban a aceptar la muerte del capataz como hecho accidental, perdido ya el interés por la investigación. Las puertas cerradas y las ventanillas con barrotes eran prueba convincente. Tanto el testimonio de los ayudantes negros como el de todos los reclutas resultó unánime e inconmovible.

Muy avanzada la tarde, volvieron a cargarlos en los vagones y continuaron el viaje por la noche, hacia la fabulosa Cordillera de las Aguas Blancas.

Hendrick despertó ante la cháchara excitada de los hombres sentados en derredor. Al abrirse paso hasta la atestada ventanilla, lo primero que vio fue una montaña, tan alta que bloqueaba el cielo hacia el norte. Era una montaña rara y maravillosa, que centelleaba con una perlada luz amarilla bajo el sol matinal; tenía la cima perfectamente plana y costados inclinados simétricamente.

—¿Qué clase de montaña es ésa? —se extrañó Hendrick.

—Una montaña extraída de la panza de la tierra —le dijo Moses—. Es un terreno de mina, hermano mío: una elevación construida por el hombre con las rocas que excavan desde abajo.

Por doquiera Hendrick mirara, allí estaban esos relucientes escoriales de cumbre plana, en la ondulante pradera, erguidos contra el cielo. Cerca de cada uno había altas jirafas de acero, esqueléticas y de cuello largo, con gigantescas ruedas a modo de cabeza, que giraban interminablemente en el pálido firmamento de la pradera.

—Castilletes de extracción —le dijo Moses—. Bajo cada una de esas cosas hay un agujero que llega hasta las entrañas del mundo, hasta las tripas de la roca que contienen el amarillo *Goldi*, por el que los blancos sudan, mienten y engañan... y hasta matan, con frecuencia.

El tren siguió su marcha, descubriendo maravilla tras maravilla: edificios tan altos que ellos no los habrían creído posibles; rutas que corrían como ríos de acero, con vehículos rugientes; altas chimeneas que colmaban el cielo de negras nubes de tormenta. Y multitudes tras multitudes, seres humanos más numerosos que los gamos al migrar en el Kalahari; hombres negros, con cascos plateados y botas de goma hasta la rodilla, regimientos enteros de negros que marchaban hacia los altos castilletes de extracción o, al cambiar los turnos, se alejaban cansadamente de las perforaciones, salpicados de barro amarillo de pies a cabeza. Había hombres blancos en las calles y en las plataformas, y también blancas, que lucían vestidos de alegres colores, con expresiones ausentes y desdeñosas. Y más gente en las ventanas de los edificios que se amontonaban, formando un muro contra la pared de ladrillo rojo, a la vera de los rieles. Era un todo demasiado vasto y confuso como para que ellos lo asimilaran de una vez. Apretados contra las ventanillas, observaban boquiabiertos, entre exclamaciones.

—¿Dónde están las mujeres? —preguntó Hendrick, de pronto. Moses sonrió.

—¿Qué mujeres, hermano?

—Las negras, las mujeres de nuestra tribu.

—Aquí no hay mujeres del tipo que tú conoces. Sólo están las *Isifebi*, que lo hacen por oro. Todo aquí se hace por oro.

Una vez más, se vieron apartados de las vías principales hacia un sitio cercado, en donde las barracas blancas se extendían en filas interminables. Por sobre los portones, el letrero decía:

ASOCIACIÓN DE OBREROS NATIVOS DE WITWATERSRAND
CENTRO DE INDUCCIÓN DE CENTRAL RAND.

Desde los coches se los condujo a un largo cobertizo, donde un par de sonrientes auxiliares negros les indicaron desnudarse por completo. Las hileras de negros desnudos se adelantaron arrastrando los pies, bajo la mirada paternal de los auxiliares, que los trataban de una manera bromista y amistosa.

—Algunos se han traído todo el ganado —reían—. Tienen cabras en el pelo y vacas en el vello púbico.

Hundieron grandes brochas en baldes llenos de ungüento y untaron con él la cabeza y las ingles de los reclutas.

—Froten, froten —indicaron—. Aquí no queremos piojos ni nada que pique.

Y los reclutas, entrando en clima, rugían de risa al untar mutuamente con aquella manteca pegajosa.

En el extremo del cobertizo se entregó a cada uno un pequeño jabón desinfectante.

—Sus madres pensarán que huelen como mimosas en flor, pero hasta las cabras se estremecen cuando ustedes pasan contra el viento —rieron los auxiliares, empujándolos hacia las duchas de agua caliente.

Cuando salieron, bien restregados y aún desnudos, los médicos los estaban esperando. En esa oportunidad, el examen médico fue exhaustivo. Fueron auscultados y revisados en todos los orificios del cuerpo.

—¿Qué te pasó en la boca y en la cabeza? —preguntó un médico a Hendrick—. No, no me digas nada. Prefiero no saber. —Ya había visto heridas como ésas. —¡Esas bestias que están a cargo de los trenes! Bueno, te mandaremos al dentista para que te arranque esas raíces. Es demasiado tarde para coserte la cabeza. ¡Te quedarán unas cicatrices encantadoras! Aparte de eso, estás estupendo. —Dio unas palmadas a los músculos de Hendrick, duros, negros y relucientes. —Te asignaremos a trabajos subterráneos, para que cobres el bono adicional.

Después se les proporcionó un mameluco gris y botas claveteadas. Luego recibieron una comida pantagruélica y sin límites en cuanto a cantidad.

—No es como yo esperaba —comentó Hendrick, llenándose la boca de guiso—. Hay buena comida, blancos que sonríen y nada de palizas. No se parece a lo del tren.

—Hermano, sólo un tonto castiga y alimenta mal a sus bueyes... y estos blancos no son tontos.

Uno de los otros ovambos llevó el plato vacío de Moses a la cocina, para traerlo lleno. Ya no hacía falta que él diera órdenes para obtener esos pequeños servicios. Los hombres que lo rodeaban se ocupaban de satisfacer sus deseos como si ése fuera su legítimo derecho. La muerte de *Tshayela*, el capataz blanco, ya había sido aderezada y convertida en leyenda por sus múltiples repeticiones; aquéllo realzaba la estatura y la autoridad de Moses Gama y su lugarteniente; todos pisaban con suavidad en torno a ellos e inclinaban la cabeza respetuosamente cuando Moses o Hendrick les dirigían la palabra.

Al amanecer del día siguiente, una vez levantados, les fue servido un abundante desayuno, compuesto por tortas de maíz y *maas*, leche agria bien espesa. Luego se los condujo a una larga aula con techo de hierro.

—A *Goldi* vienen hombres de cuarenta tribus diferentes, desde todos los rincones de la tierra, que hablan otros tantos idiomas distintos: desde el zulú al tswana, desde el herero al basuto. Y sólo uno entre mil sabe una palabra de inglés o afrikaans —explicó suavemnte Moses a su hermano, en tanto los otros les abrían sitio, respetuosamente, en uno de los bancos—. Ahora nos enseñarán el lenguaje especial de *Goldi*, la lengua con la que se entienden todos aquí, blancos y negros.

Un venerable auxiliar zulú, cuya cabeza lucía una capa de brillantes motas plateadas, era el instructor de fanakalo, lengua franca de las minas auríferas. El nombre había sido tomado de su propio vocabulario y significaba, literalmente: "Así, asá". Era la frase que los reclutas oirían con frecuencia en las semanas venideras: "¡Hazlo así! ¡Trabaja asá!" *Sebenza fanakalo!*

El instructor zulú, de pie en el estrado, estaba rodeado por todos los implementos del oficio de minero, dispuestos de modo tal que él pudiera tocarlos con el puntero. Los reclutas repetirían el nombre al unísono. Cascos y linternas, martillos y picos, aparejos de seguridad: a todos los conocerían íntimamente antes de trabajar en su primer turno.

Por el momento, el viejo zulú se tocó el pecho, diciendo:

—*¡Mina!* —Luego señaló a la clase, agregando: —*Wena!*

Y Moses guió al coro:.

—¡Yo! ¡Ustedes!

—¡Cabeza! —dijo el instructor— ¡Brazo! ¡Pierna! —tocándose el cuerpo.

Y los alumnos lo imitaron con entusiasmo.

Pasaron toda la mañana trabajando con el idioma. Después de almorzar se los dividió en grupos de veinte. El que incluía a Moses y a Hendrick fue conducido a otro edificio con techo de hierro, similar al aula. Sólo difería en cuanto a su mobiliario. De pared a pared corrían largas mesas sobre caballetes. La persona que les dio la bienvenida era un blanco de peculiar pelo rojizo, bigote del mismo color intenso y ojos verdes. Vestía un guardapolvo blanco, largo, como el de los médicos; como ellos, se mostraba sonriente y amistoso. Les indicó por señas que tomaran asiento y habló en inglés. Sólo Moses y Hendrick comprendieron, aunque pusieron mucho cuidado en no delatarse, manteniendo una pantomima de perplejidad e ignorancia.

—Muy bien, amigos. Soy el doctor Marcus Archer, psicólogo. Lo que vamos a hacer ahora es aplicarles un test de aptitudes, para ver qué tipo de trabajo conviene a cada uno.

El blanco les sonrió e hizo una señal de cabeza al auxiliar, que tradujo:

—Hagan lo que les diga *Bomvu*, el colorado. Así les mediremos la estupidez.

La primera prueba era un ejercicio de construcción con bloques, que Marcus Archer había ideado personalmente, a fin de medir la destreza manual básica y la percepción de la forma mecánica. Los bloques de madera, multicolores y de formas diversas, debían ser dispuestos dentro de un marco puesto ante cada sujeto, como si se tratara de un rompecabezas elemental; el tiempo acordado para su realización era de seis minutos. El auxiliar explicó el procedimiento e hizo una demostración. Cuando los reclutas estuvieron sentados, Marcus Archer ordenó:

—*Enza!* ¡Háganlo!

Y puso en marcha su cronómetro.

Moses completó su acertijo en un minuto y seis segundos. Según los minuciosos registros del doctor Archer, hasta esa fecha habían efectuado ese test ciento dieciséis mil ochocientos dieciséis sujetos. Ninguno de ellos lo había terminado en menos de dos minutos y medio. Abandonó el estrado para acercarse a Moses y verificar su prueba. La solución era correcta. Con una señal afirmativa, estudió con aire caviloso las facciones inexpresivas de Moses.

Naturalmente, Moses le había llamado la atención de inmediato. Nunca en su vida había visto un hombre tan hermoso, blanco o negro, y las preferencias del doctor Archer se inclinaban poderosamente hacia la piel negra. Era uno de los motivos principales que lo habían llevado al África, cinco años antes, pues el doctor Marcus Archer era homosexual.

352

Había llegado al tercer año de su carrera universitaria antes de admitir eso ante sí mismo. El hombre que le enseñó esos deleites agridulces fue el mismo que estimuló su intelecto con las extrañas y novedosas doctrinas de Karl Marx, más los subsiguientes refinamientos introducidos por Vladimir Ilych Lenin. Su amante lo inscribió secretamente en el Partido Comunista Británico y, una vez graduado, lo presentó a los camaradas de Bloomsbury. Sin embargo, el joven Marcus nunca se había sentido completamente a gusto en el Londres intelectual; le faltaban la lengua filosa, el ingenio agrio y rápido, la crueldad felina que eran necesarios allí. Después de un amorío breve y muy poco satisfactorio con Lytton Strachey, se le aplicó el notorio "tratamiento" de Lytton y fue ignorado por el grupo.

Entonces se retiró a los páramos de la Universidad de Manchester, para dedicarse a la nueva ciencia de la psicología industrial. En Manchester inició una larga relación amorosa, líricamente feliz, con un jamaicano que tocaba el trombón; sus vinculaciones con el Partido cayeron en el descuido. Sin embargo, le faltaba descubrir que el Partido jamás olvida a sus elegidos. A la edad de treinta y un años, ya con cierta reputación profesional, pero deprimido y al borde del suicidio por el agrio fin de sus amores con el jamaicano, vio acercarse uno de los tentáculos del grupo político, que lo acogió suavemente entre sus pliegues.

Le dijeron que había una oportunidad dentro de su campo profesional, en las minas de Sudáfrica. Por entonces, sus preferencias por la piel negra se habían convertido en adicción. El Partido Comunista Sudafricano, aún en pañales, necesitaba impulso; si deseaba ese puesto, podía contar con él. Se le dio a entender que podía elegir libremente, pero nunca hubo dudas en cuanto al resultado. En el curso de un mes zarpó rumbo a Ciudad del Cabo.

En los cinco años siguientes efectuó un importante trabajo de pionero en la Cámara de Minería, recibiendo así el reconocimiento público y una profunda satisfacción. Aunque sus vinculaciones con el Partido habían sido cuidadosamente disimuladas, el trabajo encubierto que realizaba en ese aspecto era aún más importante. Su entrega a los ideales del marxismo cobró potencia con los años, al comprobar por sí mismo lo inhumano de la discriminación racial y clasista, el terrible abismo que separaba al proletariado negro, pobre y desposeído, de las enormes riquezas y los privilegios que detentaban los burgueses blancos. Había descubierto que, en esa tierra bella y fértil, todos los males de la condición humana prosperaban como en un invernadero, desmesuradamente hasta convertirse casi en caricatura del mal.

Marcus Archer contempló a ese noble joven, cuya cara parecía la de un dios egipcio, de miel quemada su piel, y se sintió lleno de anhelos.

—Hablas inglés, ¿verdad? —preguntó.

Moses asintió con la cabeza.

—Sí, lo hablo —dijo, con suavidad.

Marcus Archer tuvo que girar en redondo y volver a su estrado. Le era imposible disimular su pasión. Con dedos temblorosos, tomó una tiza y escribió en el pizarrón, concediéndose una pausa para dominar sus emociones.

Los tests continuaron por el resto de la tarde; gradualmente se iba clasificando a los sujetos según diversos grados y niveles, basándose en los resultados. Al terminar, sólo uno permanecía en la corriente principal. Moses Gama había completado las pruebas más difíciles, con el mismo aplomo que al terminar la primera, y el doctor Archer comprendió que acababa de descubrir a un prodigio. A las cinco en punto terminó la sesión. Los sujetos se retiraron, dando gracias, pues la última hora había fatigado hasta a los más inteligentes. Sólo Moses permanecía impertérrito. Cuando pasó junto al escritorio, el doctor Archer dijo:

—¡Gama! —Había sacado el nombre del registro. —Quisiera que probaras una tarea más.

Y condujo a Moses a lo largo de la galería, hasta su despacho, que estaba en un extremo.

—¿Sabes leer y escribir, Gama?

—Sí, doctor.

—Tengo la teoría de que se puede estudiar la letra de una persona para conocer su personalidad —explicó Archer—. Me gustaría que me escribieras algo.

En la tarjeta que entregó a Moses estaba impresa una copla infantil. Moses mojó la pluma y el psicólogo se inclinó un poco más para observarlo. Su escritura era grande y fluida; los caracteres formaban ángulos agudos; la inclinación era decidida y progresiva. Todo indicaba la presencia de determinación mental e implacable energía.

Mientras estudiaba la escritura, Archer apoyó una mano, como por azar, en el muslo de Moses, percibiendo intensamente los duros músculos bajo la piel aterciopelada. La pluma hizo una salpicadura de tinta ante el respingo del sujeto, pero su mano siguió escribiendo con firmeza. Al terminar, dejó la lapicera con cuidado y, por primera vez, miró a Marcus Archer directamente a los verdes ojos.

—Gama —dijo el psicólogo, con voz estremecida, mientras sus dedos se ponían tensos—, eres demasiado inteligente para malgastar el tiempo paleando piedras.

Hizo una pausa y subió lentamente la mano por la pierna de Moses.

El ovambo lo miró a los ojos sin vacilar. Su expresión no se alteró, pero dejó que sus muslos se abrieran lentamente. El corazón de Archer golpeaba locamente contra las costillas.

—Quiero que seas mi asistente personal, Gama —susurró.

Moses estudió la magnitud del ofrecimiento. Tendría acceso a los registros de todos los trabajadores empleados por la industria aurífera; tendría protección y privilegios, más el derecho de circular por donde otros negros tenían la entrada prohibida. Las ventajas eran tan numerosas que no se consideró capaz de abarcarlas en un solo instante. Por el hombre que le hacía la propuesta no sentía casi nada, ni asco ni deseo, pero no tendría reparos en pagar el precio exigido. Si el blanco deseaba que lo trataran como a mujer, Moses estaba dispuesto a prestarle ese servicio.

—Sí, doctor —dijo—; me gustaría trabajar para usted.

En la última noche que pasaron en las barracas del centro de inducción, Moses llamó a sus lugartenientes, que se arracimaron en torno de su camastro.

—Muy pronto, ustedes irán desde aquí al *Goldi.* No todos estarán juntos, pues hay muchas minas a lo largo de la cordillera. Algunos bajarán al interior de la tierra; otros trabajarán en la superficie, en los molinos y las plantas de reducción. Estaremos separados por un tiempo, pero no olviden que somos hermanos. Yo, el hermano mayor, no los olvidaré. Tengo trabajo importante para asignarles. Los buscaré, dondequiera estén, y ustedes han de estar listos para responder a mi llamado.

—*¡Eh, je!* —gruñeron todos, en señal de acuerdo y obediencia—. Somos tus hermanos menores. Estaremos alertas para escuchar tu voz.

—Han de saber que estarán siempre bajo mi protección; cualquier acción que se realice contra uno de ustedes será vengada. Ya han visto qué les sucede a quienes ofenden a nuestra hermandad.

—Lo hemos visto —murmuraron—. Lo hemos visto... y es la muerte.

—Es la muerte —confirmó Moses—. También es la muerte para cualquiera de la hermandad que nos traicione. Es la muerte para todos los traidores.

—Muerte a todos los traidores. —Se balancearon al unísono, cayendo, una vez más, bajo el hechizo hipnótico que Moses Gama tejía en torno de ellos.

—He escogido un tótem para nuestra hermandad —prosiguió el jefe—. He elegido como tótem al búfalo, porque es negro y poderoso, porque todos los hombres le temen. Nosotros somos los Búfalos.

—Somos los Búfalos. —Repetían orgullosos ante esa distinción. —Somos los Búfalos negros, y todos los hombres aprenderán a temernos.

—Éstas son las señales secretas por las que reconoceremos a los nuestros.

Hizo la señal y depués, individualmente, les estrechó la mano derecha, a la manera del blanco, pero de un modo diferente, con doble presión y un giro del dedo mayor. —Así reconocerán a sus hermanos cuando acudan a ustedes.

Se saludaron mutuamente en las barracas oscuras; cada uno de ellos estrechó la mano de todos los demás, a la usanza nueva; fue como una iniciación.

—Pronto sabrán de mí. Hasta que los llamen, deberán hacer lo que el blanco les pida. Deben trabajar mucho y aprender. Deben estar dispuestos a responder cuando llegue la convocatoria.

Moses los envió a sus respectivas literas y permaneció a solas con Hendrick, conversando con él en susurros.

—Has perdido las piedrecitas blancas —le dijo—. A estas horas, los pájaros y los animales pequeños habrán devorado el pan de mijo. Las piedras estarán diseminadas y perdidas; el polvo las cubrirá, el pasto crecerá sobre ellas. Han desaparecido, hermano mío.

—Sí, han desaparecido —se lamentó Hendrick—. Después de tanta sangre, de tanta lucha, de las privaciones que sufrimos, están diseminadas como semillas en el viento.

—Estaban malditas —lo consoló Moses—. Desde que las vi supe que sólo acarrearían desastres y muerte. Son juguetes del hombre blanco. ¿Qué habrías hecho con riquezas de blanco? Al tratar de gastarlas, al intentar comprar cosas de blanco, de inmediato hubieras llamado la atención de la policía. Y habrías terminado en la celda o en el extremo de una soga.

Hendrick guardó silencio, estudiando la verdad de esas palabras. ¿Qué habría podido comprar con las piedras? Los negros no podían poseer tierras. Con más de cien cabezas de ganado, habría despertado la envidia del jefe local. Ya tenía todas las esposas que podía desear... y más aún. Los negros no conducían automóviles. Los negros no llamaban la atención sobre sí de modo alguno, cuando eran prudentes.

—No, hermano mío —le dijo Moses, suavemente—. No eran para ti. Gracias a los espíritus de tus antepasados, te fueron arrebatadas para devolverlas a la tierra, a donde pertenecen.

Hendrick gruñó suavemente.

—Aún así, me habría gustado tener ese tesoro, verlo en mis manos, aunque fuera en secreto.

—Hay otros tesoros, aún más importantes que los diamantes y el oro del blanco, hermano mío.

—¿Qué tesoros son ésos? —preguntó Hendrick.

—Sígueme, que yo te guiaré a ellos.

—Pero dime cuáles son —insistió el mayor.

—Lo descubrirás a su debido tiempo. —Moses sonrió. —Pero ahora, hermano mío, debemos hablar de cosas más importantes; los tesoros vendrán después. Préstame atención. *Bomvu*, el pequeño doctor al que le gusta ser tratado como a mujer, *Bomvu* te ha asignado al *Goldi* llamado Central Rand Consolitated. Es una de las minas más ricas, con muchos pozos profundos. Irás bajo tierra, y te conviene hacerte de fama allá. He convencido a *Bomvu* para que envíe contigo a diez de nuestros mejores Búfalos. Ellos serán tu *impi*, tus guerreros escogidos. Debes comenzar con ellos, pero construirás usándolos como base, reuniendo junto a ti a los fuertes, los rápidos, los temerarios.

—¿Qué haré con esos hombres?

—Mantenerlos dispuestos. Pronto tendrás noticias mías.

—¿Y los otros Búfalos?

—Por sugerencia mía, *Bomvu* los ha enviado, en grupos de diez, a cada una de las otras *Goldi* que hay a lo largo de la cordillera. Habrá pequeños grupos de hombres nuestros por doquier, e irán en aumento. Pronto seremos un gran rebaño de Búfalos negros, que ni siquiera el más salvaje de los leones se atreverá a desafiar.

El descenso inicial de Swart Hendrick al interior de la tierra fue la primera oportunidad, en su vida, en que se sintió aterrorizado hasta perder el seso, incapaz de hablar ni de pensar, tan espantado que ni siquiera pudo gritar o resistirse.

El pánico se inició cuando se vio en la larga fila de mineros negros, cada uno de los cuales usaba botas de goma negra y mameluco gris, más un casco plateado en la cabeza, con un reflector incluido. Hendrick avanzó por la rampa, en el apretujamiento de cuerpos, entre los polos de la multitud; como el ganado al entrar en el brete, se detenían y volvían a avanzar. De pronto se encontró en la vanguardia de la fila, frente al portón de malla de acero que cerraba la entrada al pozo de la mina.

Más allá del portón se veían los cables de acero que colgaban en el interior del pozo, como pitones con escamas brillantes; por sobre su cabeza se erguía el esqueleto de acero del castillete. Al levantar la vista vio las enormes ruedas recortadas contra el cielo, a treinta metros de altura, que giraban, se detenían e invertían su marcha.

De pronto se abrieron los portones de malla y él se vio arrastrado, junto con otros cuerpos negros, hacia la jaula que había detrás. Entraron setenta, hombro contra hombro. Las puertas se cerraron; el piso cayó bajo sus pies y se detuvo de inmediato. Al oír ruido de pasos por sobre su cabeza, volvió a levantar la vista, comprendiendo que la caja era doble; en el compartimiento superior se amontonaban otros setenta hombres.

Una vez más oyó el estruendo de los portones metálicos al cerrarse; el telégrafo le hizo dar un sobresalto: cuatro timbres largos, la señal de descenso. Y la caja cayó nuevamente, pero esa vez con una aceleración tan violenta que su cuerpo pareció liberarse; sus pies apenas se apoyaban en las placas de acero que formaban el piso y el vientre se apretó a sus costillas. Aquello desató su terror.

En la oscuridad, la caja descendió como un cohete, retumbando y traqueteando como un tren expreso por un túnel. El pavor iba en aumento, minuto a minuto, en una eternidad. Hendrick se sintió sofocado, abrumado por la idea del enorme peso de roca que tenía encima; sus oídos se henchían ante la presión. Uno, dos, tres kilómetros, directamente hacia el interior de la tierra.

La caja se detuvo tan abruptamente que las rodillas de Hendrick cedieron. Sintió que la carne de la cara tiraba hacia abajo desde los huesos del cráneo, estirándose como si fuera goma. Los portones se abrieron con estruendo y se vio arrojado al exterior, a la galería principal. Era una caverna con paredes de roca mojada, centelleante, atestada de hombres; los había por cientos, como ratas en cloaca, y marchaban en torrentes hacia los interminables túneles que perforaban las entrañas del mundo.

Por doquier había agua, que brillaba al resplandor sin relieves de la luz eléctrica, corriendo en canales a cada lado de la galería; hacía ruido bajo los pies, y tamborileaba en sitios ocultos o goteaba desde la roca mellada del techo. El aire mismo estaba denso de agua, húmedo, caliente y claustrofóbico, a tal punto que tenía una textura gelatinosa; parecía colmarle los tímpanos, ensordeciéndolo, y se filtraba espesamente en el interior de sus pulmones, como si fuera melaza. El terror de Hendrick duró tanto como aquella larga marcha por la galería, hasta que llegaron a los tajos de arranque. Allí se dividieron en equipos separados y desaparecieron en las sombras.

Los tajos de arranque eran las vastas cámaras abiertas de donde se había extraído ya la mena aurífera; el muro estaba sostenido por columnas de madera; el suelo, abajo, tenía la forma de una rampa que seguía la dirección de la veta.

Los hombres de su equipo avanzaban pesadamente, guiando a Hendrick hasta su puesto. Allí, bajo una lamparilla eléctrica descubierta, esperaron al capataz blanco del sector: un corpulento afrikaner, escoltado por sus dos ayudantes negros.

El puesto era una cámara de tres lados, abierta en la roca, con el número sobre la entrada. Había un banco largo contra la pared posterior y una letrina, cuyos baldes abiertos se ocultaban tras láminas de tela alquitranada.

El equipo tomó asiento en el banco, mientras los ayudantes pasaban lista; por fin, el jefe preguntó, en fanakalo:

—¿Dónde está el nuevo martinetero?

Hendrick se puso de pie. Cronje, el jefe de la sección, se acercó hasta detenerse frente a él. Sus ojos estaban al mismo nivel, pues ambos eran corpulentos. El jefe tenía la nariz torcida, como si se la hubieran quebrado largo tiempo atrás, en una pelea olvidada. Examinó a Hendrick con atención; cuando notó los dientes rotos y las cicatrices de su cabeza, evidenció un respeto a desgano, como para probarlo. Los dos eran fuertes y duros; los dos reconocieron mutuamente esas características. Allá afuera, a la luz del sol y en el dulce aire fresco, serían un blanco y un negro. Allá abajo, dentro de la tierra, eran, simplemente, dos hombres.

—¿Sabes manejar el martinete? —preguntó Cronje, en fanakalo.

—Sí, sé —replicó Hendrick, en afrikaans.

Lo habían hecho practicar con la herramienta durante dos semanas en los pozos de adiestramiento de la superficie. Cronje parpadeó y le agradeció con una sonrisa el uso de su propio idioma.

—Dirijo el mejor equipo de romperrocas dentro de la CRC —dijo, siempre sonriente—. Tú aprenderás a romper la roca, amigo mío, o yo te romperé la cabeza y el culo, ¿me entiendes?

—Entiendo.

Hendrick también sonrió. Cronje alzó la voz para llamar:

—¡Todos los martineteros, aquí!

Se levantaron del banco. Eran cinco, todos tan forzudos como Hendrick. Hacía falta una fuerza física tremenda para manejar los martinetes. Ellos eran la elite de los equipos; ganaban casi el doble y recibían bonificación por espacio perforado; además, obtenían un inmenso respeto entre los otros hombres.

Cronje anotó los nombres en el pizarrón instalado bajo la lamparilla eléctrica: Henry Tabaka estaba al pie de la lista; el número uno era Zama, el corpulento zulú. Cuando Zama se quitó la chaqueta y la arrojó a su segundo, sus grandes músculos negros se abultaron, relucientes bajo la luz eléctrica.

—¡Ja! —exclamó, mirando a Hendrick—. Conque ha venido un pequeño chacal ovambo, chillando desde el desierto.

Los otros hombres rieron, obsequiosos. Zama era el principal entre los martineteros de la sección; todos reían cuando él hacía un chiste.

—Yo creía que el mandril zulú sólo se rascaba las pulgas en las cimas del Drakensberg, para hacer oír su voz a los lejos —replicó Hendrick, tranquilamente.

Por un momento se produjo un silencio estremecido; luego, una risa breve e incrédula.

—A ver, ustedes dos, charlatanes —intervino Cronje—: a romper un poco de roca.

Los llevó cámara arriba, hasta la faz rocosa donde la veta de oro se veía como una banda gris, horizontal, en el muro mellado; algo opaco, nada llamativo, sin la más leve chispa preciosa. El oro estaba encerrado allí.

El techo era bajo; había que doblarse en dos para alcanzar la veta; pero la cámara era amplia; se extendía por cientos de metros en la oscuridad, a cada lado. Otros equipos estaban trabajando allí, y sus voces repercutían, despertando ecos, mientras las linternas arrojaban sombras extrañas.

—¡Tabaka! —chilló Cronje—. ¡Aquí!

Había marcado con pintura blanca los sitios a perforar, indicando la inclinación y profundidad de cada agujero.

La voladura era una explosión precisa y calculada, con cargas de gelignita. Los agujeros exteriores serían cargados con explosivos medidos para formar las paredes superior e inferior de la perforación que abrirían primero, y las explosiones interiores se activarían un segundo después. Eran los cortes que desprenderían de la faz rocosa la mena aurífera.

—*Shaya!* —gritó Cronje. "¡Dale!" Y se demoró un segundo para observar a Hendrick, que se inclinaba hacia el taladro.

Era una herramienta fea, con forma de ametralladora pesada, provista de largas mangueras neumáticas que se conectaban con el sistema de aire comprimido, instalado en la galería principal. Sin pérdida de tiempo, Hendrick fijó la barrena de seis metros a la agarradera del taladro. Con la ayuda de su segundo, arrastró la herramienta hasta la faz rocosa. Hizo falta toda la fuerza de Hendrick y de su ayudante para levantarla y apoyar la punta de la barrena en la marca de pintura blanca y así efectuar el primer corte. Hendrick se acomodó tras la herramienta, apoyando todo el peso en el hombro derecho, y su segundo dio un paso atrás. El ovambo abrió la válvula.

El estruendo era ensordecedor; era una implosión sónica que golpeaba contra los tímpanos, según el aire comprimido, a una presión de doscientos cincuenta kilogramos por centímetro cuadrado, entraba rugiendo en el martinete y golpeaba contra la roca aquella larga barrena de acero.

Todo el cuerpo de Hendrick se estremecía y temblaba al impulso de la herramienta contra el hombro, pero aun así apoyó contra ella su peso. La cabeza le saltaba sobre la gruesa columna del cuerpo, con tanta velocidad que hacía borrosa su visión; sin embargo, con los ojos entornados, apuntó la barrena en el ángulo exacto indicado por el jefe de sección. El agua se filtraba por el acero ahuecado, saliendo por el agujero en una niebla amarilla, que salpicaba la cara de Hendrick.

El sudor brotó de su negra piel, corriéndole por la cara como si estuviera bajo una lluvia torrencial, mezclado con el lodo que se deslizaba por su espalda desnuda y salpicaba en forma de rocío con el impulso de los golpes que la herramienta daba contra su hombro.

A los pocos minutos le ardía toda la superficie del cuerpo. Era la afección de los martineteros, causada por el roce de la piel, sacudida mil veces por minuto por el movimiento del taladro. Con cada minuto el tormento se intensificaba. Aunque trató de evadirse mentalmente, era como si le estuvieran pasando un soplete por el cuerpo.

La larga barrena de acero se hundió lentamente en la roca, hasta llegar a la marca de profundidad que se había pintado en ella. Hendrick cerró la válvula. No hubo silencio, pues, aunque su capacidad auditiva estaba entorpecida, como si tuviera los oídos llenos de algodón, aún percibía los ecos del ruido contra el interior del cráneo.

Su segundo se adelantó a la carrera, tomó la barrena y lo ayudó a retirarla del primer agujero para colocar la punta en la segunda marca de pintura. Una vez más, Hendrick abrió la válvula; el estruendo y el tormento recomenzaron. Sin embargo, el ardor de su cuerpo se fue calmando gradualmente, borrado por el entumecimiento. Hendrick se sentía descarnado, como si le hubieran inyectado cocaína bajo la piel.

Así permaneció ante la roca durante todo ese turno; seis horas, sin alivio ni descanso. Cuando todo acabó y se retiraron de allí, salpicados y cubiertos de barro amarillo de la cabeza a los pies, agotados hasta carecer de dolor y sensaciones, hasta Zama, el enorme zulú, se tambaleaba y tenía los ojos opacos.

En el puesto, Cronje anotó el total de trabajo completado ante cada uno de los nombres escritos en el pizarrón. Zama había perforado dieciséis esquemas; Hendrick, doce; el siguiente, diez.

—*Hau!* —murmuró Zama, mientras subían a la superficie, en la caja atestada—. En su primer turno, el chacal se convierte en segundo martinetero.

Y Hendrick encontró apenas la fuerza suficiente para responder:

—Y en el segundo turno el chacal será primer martinetero.

Pero jamás fue así. Ni una sola vez pudo perforar más que el zulú. Sin embargo, al terminar el primer mes, estando Hendrick en la cervecería de la empresa, con los otros ovambos del tótem del Búfalo, el zulú se acercó a su mesa llevando dos jarras de dos litros, colmadas de cremosa y efervescente cerveza de mijo que se vendía a los obreros. Era espesa como papilla, igualmente nutritiva y muy poco alcohólica.

Zama puso una jarra frente a Hendrick y dijo:

—Este mes rompimos bastante roca, tú y yo, ¿eh, chacal?

—Y el mes próximo romperemos mucha más, ¿eh, mandril?

Ambos, rugiendo de risa, lavantaron las jarras al mismo tiempo y bebieron hasta vaciarlas.

Zama fue el primer zulú iniciado en la hermandad de los Búfalos. No era tan natural como parecía, pues las barreras tribales, al igual que las cordilleras, resultaban difíciles de franquear.

Pasaron tres meses antes de que Hendrick viera otra vez a su hermano; por entonces, ya había extendido su influencia a todos los mineros negros de la CRC, con Zama como lugarteniente. Los Búfalos comprendían ahora a hombres de muchas tribus diferentes: zulúes, shangaans y matabeles. El único requisito era que los nuevos iniciados fueran hombres duros y de confianza; preferentemente, debían ejercer alguna influencia sobre una parte, cuanto menos, de los ocho mil mineros negros; también se requería que los administradores les hubieran asignado puestos de autoridad dentro de la empresa: empleos de oficina, como ayudantes de capataz o como policías de la compañía.

Algunos de los hombres abordados se resistieron a las propuestas de la hermandad. Uno de ellos, un ayudante de capataz zulú, con treinta años de antigüedad y un mal entendido sentimiento de deber hacia su tribu y hacia la empresa, cayó en una de las tolvas para mena, en el sexagésimo nivel de la galería principal, un día después de haberse negado. Su cuerpo fue convertido en una pasta lodosa por las toneladas de roca mellada que cayeron sobre él. Al parecer, nadie había presenciado el accidente.

Uno de los *indunas* de la policía privada, que también se resistió a las proposiciones de la hermandad, fue encontrado en su caseta de guardia, ante los portones principales de la propiedad, muerto a puñaladas. Un tercero murió quemado en las cocinas; tres Búfalos presenciaron ese infortunado accidente. A partir de entonces no hubo más rechazos.

Cuando llegó, por fin, el mensajero enviado por Moses, identificándose con la señal secreta y la forma de estrechar la mano, traía la convocatoria a una reunión. Hendrick pudo abandonar los terrenos de la mina sin que nadie lo detuviera.

Por decreto del gobierno, los mineros negros estaban estrictamente confinados a los terrenos alambrados. En opinión de la Cámara de Minas y los grandes de Johannesburgo, dejar que miles de negros sueltos vagaran por los campos auríferos a voluntad era una invitación al desastre. Habían pasado ya por la saludable lección de los chinos. En 1904, casi cincuenta mil *coolies* chinos habían llegado a Sudáfrica, para compensar la gran escasez de mano de obra no calificada en las minas de oro. Sin embargo, los chinos eran demasiado inteligentes e inquietos para dejarse confinar en los terrenos de la compañía y restringirse al trabajo bruto; además, sus sociedades secretas estaban muy bien organizadas. El resultado fue una ola de ilegalidad y terror que invadió las minas de oro: violaciones y asaltos, drogas y apuestas. En 1908, con grandes gastos, todos los chinos fueron reagrupados y enviados nuevamente a su patria. El gobierno estaba decidido a evitar la repetición de ese azote; por eso imponía estrictamente el cercado de los terrenos.

No obstante, Hendrick atravesó los portones de la CRC como si fuera invisible. Cruzó la planicie abierta a la luz de las estrellas, hasta encontrar el sendero cubierto de hierbas que debía seguir hasta la vieja mina abandonada. Allí había un Ford sedan negro, estacionado tras el cobertizo de hierro corrugado, ya herrumbroso y desierto. Al acercarse Hendrick, cautelosamente, los faros se encendieron, iluminándolo. Él quedó petrificado.

Por fin se apagaron las luces y la voz de Moses llamó, desde la oscuridad:

—Te veo, hermano mío.

Se abrazaron impulsivamente, mientras Hendrick reía.

—¡Ja! Así que ahora andas en auto, como los blancos.

—El auto pertenece a *Bomvu*.

Moses lo condujo hasta él, y el mayor se dejó caer contra el respaldo de cuero, con un suspiro reconfortado.

—Esto es mucho mejor que caminar.

—Y ahora dime, Hendrick, hermano mío; ¿qué ha pasado en CRC?

Moses escuchó sin comentarios hasta que el otro hubo terminado su largo informe. Luego hizo una señal afirmativa.

—Has comprendido mis deseos. Es exactamente lo que yo deseaba. La hermandad debe incluir a gente de todas las tribus, no sólo ovambos. Tenemos que llegar a todos los grupos, a todas las propiedades, a todos los rincones de las minas.

—No es la primera vez que lo dices —gruñó Hendrick—, pero nunca me explicaste por qué, hermano mío. Yo confío en ti, pero los hombres que he reunido, el *impi* que me hiciste formar, ellos se dirigen a mí con una sola pregunta: "¿Por qué? ¿Qué vamos a ganar con esto? ¿Qué nos ofrece la hermandad?"

—Y tú, ¿qué les respondes, hermano mío?

—Les digo que deben tener paciencia. —Hendrick frunció el entrecejo. —No sé la respuesta, pero pongo cara de sabio. Y si me fastidian, como los niños... pues los castigo como a niños.

Moses rió, encantado, pero Hendrick sacudió la cabeza.

—No te rías, hermano mío. No puedo seguir castigándolos por mucho tiempo más.

El otro le dio una palmadita en el hombro.

—Tampoco hará falta. Pero ahora dime, Hendrick: ¿qué es lo que más echas de menos, desde que trabajas en la CRC?

—La sensación de tener una mujer abajo.

—Eso lo tendrás antes de que acabe la noche. ¿Y qué más, hermano?

—El fuego del buen licor en la panza, no esa agua sucia que vende la cervecería de la empresa.

—Hermano mío —replicó Moses, muy serio—, acabas de responder a tu propia pregunta. Ésas son las cosas que tus hombres conseguirán por medio de la hermandad. Son las sobras que arrojaremos a nuestros perros de caza: mujeres, licor y dinero, por supuesto. Pero para quienes formemos la cabeza de los Búfalos habrá más, mucho más.

Y puso en marcha el motor del Ford.

Los yacimientos auríferos de la Witwatersrand forman un extenso arco, de cien kilómetros de longitud. Las propiedades más antiguas, tales como East Daggafontein, están en el sector oriental del arco, donde los yacimientos estaban, originariamente, a la vista; las propiedades más nuevas se encuentran al oeste, donde las vetas se hunden hasta grandes profundidades; pero esas minas profundas, como la Blyvooruitzicht, son enormemente ricas. Todas se yuxtaponen a lo largo de esa fabulosa medialuna, rodeadas por el desarrollo urbano que el oro atrae y fomenta.

Moses condujo el Ford negro hacia el sur, alejándose de las minas y de las edificaciones hechas por los blancos. La ruta que seguían no tardó en deteriorarse y convertirse en un camino estrecho, con profundas huellas y charcos dejados por la última tormenta. Perdía el rumbo y comenzaba a describir giros, degenerando en un laberinto de sendas rurales.

Las luces de la ciudad quedaron atrás, pero allí comenzaba otra iluminación: el resplandor de cien hogueras de leña, cuya luz anaranjada quedaba opacada por el mismo humo. Había una fogata frente a cada uno de los cobertizos, hechos de papel alquitranado y hierro corrugado viejo, tan apretados que apenas dejaban estrechos pasos entre sí. Allí, entre esos albergues improvisados, se sentía la presencia de mucha gente invisible, como si hubiera todo un ejército acampado allí, en la llanura abierta.

—¿Dónde estamos? —preguntó Hendrick.

—En una ciudad que ningún hombre conoce, una ciudad cuyos habitantes no existen.

Hendrick divisó sus siluetas oscuras, en tanto el Ford avanzaba a los tumbos por la ruta desigual, entre cobertizos y casuchas; los faros, al moverse sin sentido, iluminaban pequeñas escenas de camafeo; un grupo de niños negros que apedreaban a un perro callejero; un cuerpo tendido junto al camino, muerto o borracho; una mujer agachada, orinando en un rincón del hierro corrugado; dos hombres trabados en silencioso combate mortal, enormes y brillantes los ojos sorprendidos por los faros. Otras formas oscuras se escabullían furtivamente entre las sombras; cientos de ellas, además de otros miles cuya presencia se presentía.

—Esto es la Granja de Drake —le dijo Moses—; una de las ciudades de colonos intrusos que rodean a los *Goldi* de los blancos.

El olor de ese extenso y amorfo amontonamiento humano era humo de leña y agua servida, sudor rancio sobre cuerpos calientes y comida chamuscada sobre las fogatas al aire libre. Era la fetidez de la basura que se pudría en los charcos de lluvia y la nauseabunda dulzura de los parásitos chupasangre entre la ropa de cama que nunca se lava.

—¿Cuántos viven aquí?

—Cinco mil, diez mil... Nadie lo sabe, a nadie le importa.

Moses detuvo el Ford, apagando el motor y las luces. El silencio, a partir de entonces, no fue auténtico silencio; era el murmullo de las multitudes, como el mar oído desde lejos; gemir de bebés, ladrido de perros mestizos, una mujer cantando, hombres que maldecían, hablaban y comían, parejas que copulaban o discutían ásperamente, gente que moría, defecaba, roncaba, jugaba por dinero o bebía en la noche.

Moses bajó del Ford y llamó imperativamente hacia la oscuridad; cinco o seis siluetas oscuras aparecieron presurosas, desde los cobertizos. Eran niños, aunque su edad y su sexo resultaran difíciles de determinar.

—Monten guardia junto a mi automóvil —ordenó Moses.

Y arrojó una moneda que centelleó a la luz del fuego, hasta que uno de los niños la atrapó en el aire.

—*Eh je! Babá!* —chillaron.

Moses condujo a su hermano entre los cobertizos, a lo largo de cien metros. El canto de las mujeres se hizo más audible; era un sonido escalofriante y lleno de evocaciones. También se percibía el zumbar de muchas otras voces y el olor agrio del alcohol rancio, mezclado con la carne que se cocía sobre el fuego.

Habían llegado a un edificio largo y bajo: un simple cobertizo, armado con material de desecho; tenía las paredes torcidas y el techo hundido. Moses llamó a la puerta; una linterna le iluminó la cara de lleno antes de que se le abriera de par en par.

—Bueno, hermano mío. —Moses tomó a Hendrick del brazo y le hizo cruzar la puerta. —Vas a conocer una taberna clandestina. Aquí tendrás todo lo que te he prometido: mujeres y licor hasta que te hartes de ambos.

El tugurio estaba atestado de seres humanos, tan colmado que la pared opuesta se perdía en una niebla de humo de tabaco. Había que gritar para hacerse oír a muy poca distancia. Las caras negras brillaban de sudor y entusiasmo. Los hombres eran mineros; bebían, cantaban, reían y lanzaban manotazos hacia las mujeres. Algunos estaban muy ebrios; unos cuantos habían caído al suelo de tierra y yacían sobre sus propios vómitos. Las mujeres, provenientes de todas las tribus, se habían pintado la cara a la manera de las blancas; vestían ropas alegres y translúcidas; cantaban y bailaban, sacudiendo las caderas, mientras iban eligiendo a los hombres provistos de dinero para llevárselos a tirones, por las puertas abiertas en la parte trasera del cobertizo.

Moses no tuvo que forcejear para abrirse paso entre esa apretada muchedumbre: se abrió ante él casi por milagro. Muchas de las mujeres lo saludaron respetuosamente. Hendrick, que lo seguía de cerca, se admiró del reconocimiento que había conseguido su hermano en los tres breves meses transcurridos desde que llegaran a la cordillera.

Ante la puerta, en el extremo más alejado de la taberna, montaba guardia un feo rufián, de cicatriz en la cara, pero también él reconoció a Moses y lo saludó dando palmadas, antes de apartar la lona para permitirles pasar a la trastienda.

Ese cuarto, menos atestado, tenía mesas y bancos para los parroquianos. Allí las muchachas aún tenían la gracia de la juventud, ojos brillantes y rostros frescos. Ante una mesa separada, en el rincón, se sentaba una negra enorme; tenía la serena cara de luna que caracteriza a los zulúes de alta cuna, pero la gordura casi borraba sus contornos. Su piel de ámbar oscuro se estiraba, muy tensa, sobre tanta abundancia; el abdomen le colgaba en una serie de balcones carr̲osos sobre el regazo; tenía grandes rollos negros bajo los brazos y alrededor de las muñecas. Frente a ella, sobre la mesa, se veían pulcras pilas de monedas, de plata y cobre, y fajos de billetes multicolores. Minuto a minuto, las muchachas traían más dinero para agregar a los montones.

Al ver a Moses, los dientes perfectos de la mujer brillaron como porcelana preciosa; se levantó trabajosamente; sus muslos eran tan elefantiásicos que caminaba con los pies muy separados, pero se acercó a Moses y lo saludó como si fuera un jefe de tribu: tocándose la frente y entrechocando las manos con respeto.

—Te presento a Mama Nginga —dijo Moses a su hermano—. Es la mayor tabernera y alcahueta de la Granja de Drake. Y pronto será la única de los alrededores.

Sólo entonces notó Hendrick que conocía a casi todos los hombres allí sentados. Eran Búfalos que habían viajado en el tren de Wenela y pronunciado el juramento de iniciación con él. Fue saludado con sincero deleite y presentado a los nuevos miembros, con estas palabras:

—Éste es Henry Tabaka, el de la leyenda. El hombre que mató a *Tshayela*, el capataz blanco...

Y Hendrick vio un respeto inmediato en los ojos de esos desconocidos. Eran hombres provenientes de las otras minas, reclutados por los Búfalos más antiguos. En general, se había escogido bien.

— Mi hermano no ha probado mujeres ni licor bueno desde hace tres meses — les dijo Moses, mientras tomaba asiento a la cabecera de la mesa central —. No queremos de tu *skokiaan*, Mama Nginga. E informó a su hermano, simulando un aparte: — Lo prepara ella misma, con carburo y alcoholes metílicos; para darle potencia y sabor, agrega serpientes muertas y bebés abortados.

Mama Nginga chillaba de risa.

— Mi *skokiaan* es famoso desde Fordsburg a Bapsfontein. Hasta algunos hombres blancos, los *mabuni*, vienen por él.

— Para ellos será bueno — concedió Moses —, pero no para mi hermano.

Mama Nginga les envió a una de sus muchachas con una botella de coñac del Cabo; Moses sujetó a la chica por la cintura y la retuvo con facilidad. Después de abrirle la blusa europea que lucía, le sacó los grandes senos redondos, que brillaron a la luz de las lámparas como carbón lavado.

— Así empezaremos, Búfalos míos: con una chica y una botella — dijo —. En *Goldi* hay cincuenta mil hombres solitarios, lejos de sus esposas, todos ellos hambrientos de carne jóven y dulce. Hay cincuenta mil hombres sedientos de trabajar en la tierra, y los blancos les prohíben saciar la sed con esto. — Sacudió la botella de licor dorado. — Hay cincuenta mil hombres alzados y sedientos en *Goldi*, todos con dinero en los bolsillos. Los Búfalos les daremos lo que desean.

Empujó a la muchacha al regazo de Hendrick; ella se enroscó al gigante con lujuria profesional, plantándole los pechos brillantes en la cara.

Cuando despuntó el alba por sobre el villorrio de la Granja de Drake, Moses y Hendrick se abieron paso por los fétidos callejones hasta donde habían dejado el Ford; los niños aún estaban montando guardia, como chacales en derredor de la presa matada por un león. Los hermanos habían pasado toda la noche en la trastienda de Mama Nginga; el plan preliminar estaba, por fin, trazado, y cada uno de los lugartenientes conocía su área de acción y su responsabilidad.

— Pero aún queda mucho por hacer, hermano mío — dijo Moses, en tanto ponía el Ford en marcha —. Debemos hallar el licor y las mujeres. Tendremos que atraer a todas las otras tabernas y burdeles a nuestro *kraal*, como si fueran cabras, y sólo existe un modo de hacerlo.

— Ya sé cómo — asintió Hendrick —. Y para eso contamos con un *impi*.

— Y con un *induna*, un general, para que mande al *impi*. — Moses lanzó sobre su hermano una mirada significativa —. Ha llegado la hora de que salgas de CRC, hermano mío. Ahora necesitaremos de todo tu tiempo y de toda tu fuerza. No malgastarás más energías rompiendo roca por una limosna del blanco. Desde ahora en adelante romperás cabezas a cambio de poder y grandes riquezas. — Sonrió apenas. — Ya no tendrás que lamentarte por haber perdido tus piedrecitas blancas. Yo te daré mucho más.

Marcus Archer dispuso que el contrato de Hendrick en la CRC quedara cancelado, y le hizo suministrar papeles para que viajara en uno de los trenes especiales, destinados al retorno de los mineros que se habían ganado el pasaje de vuelta a las reservaciones y a las lejanas aldeas. Pero Hendrick nunca tomó ese tren. Desapareció de los registros del hombre blanco y fue absorbido por el sombrío submundo de las barriadas.

Mama Nginga puso a su disposición uno de los cobertizos que había detrás de su taberna; una de las muchachas estaba siempre a mano, para barrer y lavar su ropa, preparar su comida y calentarle la cama.

Seis días después de su llegada a la Granja, el *impi* de los Búfalos abrió su campaña. Hendrick había discutido cuidadosamente con ellos el objetivo, que era simple y claro. Convertirían a la Granja de Drake en su propia ciudadela.

En la primera noche, doce de las tabernas rivales fueron arrasadas por el fuego. Los propietarios ardieron con ellas, al igual que los parroquianos demasiado ebrios para salir de los tugurios incendiados. La Granja de Drake estaba mucho más allá del sector en donde operaban las autobombas del blanco, de modo que no se hizo intento alguno de combatir las llamas. Antes bien, los habitantes de la Granja se reunieron a contemplar el espectáculo, como si fuera un circo organizado especialmente para entretenerlos. Los niños bailaban y chillaban a la luz de los incendios, aullando de risa cuando las botellas de licor estallaban como fuegos artificiales.

Casi todas las muchachas escaparon de las llamas. Las que habían estado trabajando al iniciarse el fuego salieron a la carrera, desnudas, manoteando sus escasas ropas y llorando a mares por la pérdida de todos sus bienes terrenales. Sin embargo, allí había hombres amables y considerados, que las consolaron y las condujeron al establecimiento de Mama Nginga.

A las cuarenta y ocho horas, todas las tabernas habían sido reconstruidas de sus cenizas y las muchachas estaban otra vez trabajando. Su suerte había mejorado mucho: estaban bien alimentadas y vestidas; contaban con un Búfalo que las protegería de sus clientes y cuidaría de que nadie las engañara ni abusara de ellas. Claro que si ellas, a su vez, trataban de engañar o quedarse con la ganancia, se las castigaría con firmeza. Pero eso era lo que ellas esperaban; así se sentían parte del tótem, y él reemplazaba a los padres y hermanos que habían dejado en las reservaciones.

Hendrick les permitía quedarse con un porcentaje fijo de lo cobrado y verificaba que sus hombres las respetaran en ese derecho.

—La generosidad engendra lealtad; la firmeza, un corazón amante —explicaba a sus Búfalos.

Extendió su política de "casa feliz" a los parroquianos y a todos los habitantes de la Granja. Los mineros negros que llegaban al villorrio recibían una protección tan cuidadosa como las muchachas. En muy poco tiempo fueron desarraigados asaltantes, carteristas y otros pequeños empresarios independientes. Mejoró la calidad del licor; desde ese momento en adelante, todo se destiló bajo la supervisión personal de Mama Nginga.

Era fuerte como un elefante macho y mordía como hiena rabiosa, pero ya no provocaba la ceguera ni destruía el cerebro; además, como se lo fabricaba en grandes cantidades, el precio resultaba razonable. Por dos chelines, uno podía emborracharse hasta caer redondo o gozar de una muchacha sana y limpia.

Los hombres de Hendrick salían al encuentro de todos los ómnibus y trenes que llegaban desde los distritos rurales, trayendo a las jóvenes negras que huían de sus aldeas para ir hacia el brillo deslumbrante de *Goldi*. A las que eran bonitas, se las llevaba a la Granja de Drake. Cuando ese aprovisionamiento se tornó insuficiente, por el aumento de la demanda, Hendrick envió a sus hombres a las aldeas lejanas, para reclutar a las muchachas en la fuente misma, con dulces palabras y promesas de cosas bonitas.

Los grandes de Johannesburgo y la policía tenían plena conciencia de la proximidad de esos submundos no reconocidos, surgidos al sur de los campos auríferos; empero, acobardados por la perspectiva de tener que hallar acomodo para miles de vagabundos y malhechores si cerraban esos centros, hacían la vista gorda y aplacaban su conciencia cívica con redadas ocasionales, donde se imponían arrestos y fuertes multas.

Sin embargo, como la incidencia de asesinatos, robos y otros delitos graves descendiera misteriosamente en la Granja de Drake, que se había convertido en una zona relativamente ordenada y tranquila, la tolerancia y la condescendencia se tornaron más pragmáticas. Cesaron las redadas policiales y aumentó la prosperidad de la zona, conforme se extendía su reputación de lugar ameno y libre de peligros entre los miles de mineros negros que trabajaban a lo largo de la Cordillera. Cuando tenían pase para abandonar los distritos, solían viajar cuarenta o cincuenta kilómetros para llegar hasta allí, dejando atrás otros centros de entretenimiento.

No obstante, aún quedaban muchos miles de parroquianos potenciales que jamás podrían llegar a la Granja de Drake, y hacia ellos volvió su atención Moses Gama.

—Como ellos no pueden venir a nosotros, nosotros tendremos que ir a ellos.

Explicó a Hendrick qué era preciso hacer, y a Hendrick le tocó negociar la compra de una flota de camiones de segunda mano, además de emplear a un mecánico de color para que los renovara y los mantuviera en buen funcionamiento.

En cada atardecer, las caravanas de vehículos, cargados de licor y mujeres, salían de la Granja de Drake y recorrían los campos mineros, en toda su longitud, para estacionar en algún sitio discreto, cerca de las grandes propiedades mineras: un bosquecillo, un valle entre los escoriales o un pozo abandonado. Los guardianes de los terrenos cercados, que eran Búfalos en su totalidad, se aseguraban de que los clientes pudieran entrar y salir. Ahora todos los miembros del tótem podían compartir la buena suerte del clan.

—Y bien, hermano mío, ¿aún echas de menos tus piedrecitas blancas? —preguntó Moses, tras dos años de operación.

—Es como prometiste —rió Hendrick—. Ahora tenemos todo lo que uno pueda desear.

—Te contentas con muy poco —le regañó Moses.

—¿Hay más? —preguntó el mayor, interesado.

—Apenas hemos comenzado.

—¿Y qué será ahora, hermano mío?

—¿Has oído hablar de los sindicatos? —preguntó Moses—. ¿Sabes de qué se trata?

Hendrick se mostró dubitativo, frunciendo el entrecejo.

—Sé que los mineros blancos tienen sindicatos, y también los blancos del ferrocarril. He oído hablar de eso, pero no sé gran cosa del asunto. Es cosa de los blancos; no tiene nada que ver con nosotros.

—Te equivocas, hermano mío —corrigió el menor, serenamente—. La Unión de Mineros Africanos tiene muchísimo que ver con nosotros. Es el motivo por el que tú y yo vinimos a *Goldi.*

—¿No hemos venido por dinero?

—Cincuenta mil miembros afiliados, pagando cada uno un chelín por semana como contribución sindical. ¿Te parece que eso no es dinero?

—Moses sonrió mientras su hermano hacía el cálculo. La avaricia le contorsionó la sonrisa, de modo tal que la abertura de sus dientes rotos asomó como el pozo negro de una mina.

—¡Ya lo creo que es dinero!

Moses había sacado una buena enseñanza de sus fracasados intentos por establecer un sindicato en la Mina H'ani. Los obreros negros eran almas simples, sin el menor vestigio de conciencia política; los separaban las rivalidades entre tribus; no se consideraban parte de una sola nación.

—El tribalismo es el gran obstáculo de nuestro camino —explicó a su hermano—. Si fuéramos un solo pueblo seríamos como un océano negro, infinito en nuestro poder.

—Pero no somos un solo pueblo —señaló Hendrick—. Tal como los blancos no son un solo pueblo. El zulú es tan diferente del ovambo como el escocés del cosaco ruso o el afrikaner del inglés.

—¡Ja! —sonrió Moses—. Veo que has estado leyendo los libros que te di. Cuando llegamos a *Goldi* nunca habías oído hablar de los cosacos rusos.

—Tú me has enseñado mucho sobre los hombres y el mundo en que viven —reconoció Hendrick—. Ahora explícame cómo vas a hacer que los zulúes llamen hermanos a los ovambos. Dime cómo vas a tomar el poder que los blancos tienen en sus manos con tanta firmeza.

—Son cosas posibles. El pueblo ruso era tan diverso como nosotros, los negros del África. Hay asiáticos, europeos, tártaros y eslavos; sin embargo, bajo el liderazgo de un gran hombre, se han convertido en una sola nación, capaz de destronar a una tiranía aún más infame que ésta. Los pueblos negros necesitan un líder consciente de lo que les conviene y capaz de obligarlos a hacerlo, aunque mueran diez mil o un millón en el intento.

—¿Un líder como tú, hermano mío? —preguntó Hendrick.

Moses esbozó su sonrisa lejana y enigmática.

—Primero, la Unión de Mineros —dijo—. Cada paso a su tiempo, como el niño que aprende a caminar. Es preciso obligar al pueblo a hacer lo que le conviene a la larga, aunque en un principio sea doloroso.

—No estoy seguro... —Hendrick sacudió su gran cabeza afeitada, en donde las cicatrices sobresalían, orgullosas, como gemas de ónix negro bien pulido. —¿Qué es lo que buscamos, hermano mío? ¿Riquezas o poder?

—Tenemos suerte —respondió Moses—. Tú quieres riquezas y yo quiero poder. Por el medio que he escogido, los dos obtendremos lo que deseamos.

Aun contando con implacables contingentes de Búfalos en cada una de las minas, el proceso de sindicalización fue lento y frustrante. Por necesidad, gran parte de él debía efectuarse en secreto, pues la Ley de Conciliación Industrial, dictada por el gobierno, imponía serias limitaciones a la asociación de trabajadores negros y prohibía, específicamente, que éstos negociaran colectivamente. Además, había oposición entre los mismos trabajadores, dada su natural suspicacia y su antagonismo contra los representantes del nuevo sindicato, todos ellos Búfalos designados y no elegidos libremente. Por otra parte, los trabajadores comunes se mostraban reacios a entregar parte de sus salarios, tan duramente ganados, para algo que no entendían y en lo que no confiaban.

Sin embargo, con el asesoramiento del doctor Marcus Archer y el impulso de los Búfalos de Hendrick, se logró poco a poco la sindicalización de los trabajadores, en cada una de las diversas minas. La renuencia de los mineros a ceder sus chelines de plata fue aplacada. Hubo víctimas, por supuesto, y murieron algunos hombres, pero finalmente hubo más de veinte mil miembros que pagaron sus cuotas de afiliación a la Unión de Mineros Africanos.

La Cámara de Minas, asociación de intereses mineros, se encontró ante un hecho consumado. En un principio, sus miembros se mostraron alarmados; el instinto los llevaba a destruir inmediatamente ese cáncer. Sin embargo, sus integrantes eran, ante todo, comerciantes y empresarios; su único interés era sacar a la superficie el metal amarillo, con la menor bulla posible y con dividendos regulares para sus accionistas. Comprendían que una batalla sindical podía causar la ruina de sus intereses, por lo tanto, sostuvieron las primeras conversaciones, informales y cautas, con el inexistente sindicato. Se llevaron una grata sorpresa al descubrir que el autodesignado secretario general era una persona inteligente, coherente y razonable. En sus declaraciones no había rastros de dialéctica bolchevique; lejos de mostrarse radical y belicoso, actuaba de un modo solidario y hablaba con respeto.

—Con este hombre se puede trabajar —se dijeron los unos a los otros—. Y parece tener influencia. Necesitábamos un portavoz de los trabajadores, y éste parece un tipo decente. Podría haber sido mucho peor. Con él podremos manejarnos.

Sin duda, las primeras entrevistas dieron resultados excelentes; se solucionarion algunos problemas pequeños, pero molestos desde hacía tiempo, a satisfacción del sindicato y con beneficio para los propietarios de minas.

A partir de entonces, el sindicato, aunque informal y no reconocido, contó con la aceptación tácita de la Cámara. Cuando surgía un problema con los obreros, se llamaba a Moses Gama y todo quedaba rápidamente resuelto. En cada oportunidad, la posición de Moses se consolidaba con mayor firmeza. Y por parte del sindicato, naturalmente, nunca existieron amenazas de huelgas ni militancia de ninguna índole.

—¿Comprenden ahora, hermanos míos? —explicó Moses, en la primera reunión de su comité central de mineros africanos, llevada a cabo en la taberna de Mama Nginga—. Si se arrojan contra nosotros con toda su fuerza, mientras aún seamos débiles, quedaremos destrozados por toda la eternidad. Ese Smuts es un demonio; constituye, realmente, el acero en la lanza del gobierno. En 1922 no vaciló en mandar tropas armadas de ametralladoras contra los huelguistas blancos. ¿Qué no haría contra los huelguistas negros, hermanos míos? Regaría la tierra con nuestra sangre. No, debemos adormecerlos. La paciencia es la gran fuerza de nuestro pueblo. Nosotros tenemos cien años; el blanco, en cambio, sólo vive para el día de hoy. Con el correr del tiempo, las hormigas negras de la pradera levantan montañas y devoran el cadáver del elefante. El tiempo es nuestra arma y es también el enemigo del blanco. Paciencia, hermanos míos; un día, el blanco descubrirá que no somos bueyes para uncir a las varas de su carreta. Descubrirá, antes bien, que somos leones de melena negra, feroces devoradores de carne blanca.

—Con qué celeridad han pasado los años, desde aquellos días en que viajábamos en el tren de *Tshayela*, por los desiertos del oeste hacia las montañas planas y brillantes de *Goldi...*

Hendrick observaba los escoriales en el horizonte, mientras Moses conducía el viejo Ford entre el escaso tránsito del domingo por la mañana. Manejaba con serenidad, ni demasiado aprisa ni con demasiada lentitud, obedeciendo las reglas de tránsito; se detenía con tiempo ante los semáforos en rojo, esas maravillas de la era tecnológica, que sólo habían sido instalados en las rutas principales en los últimos meses. Moses siempre conducía de ese modo.

—Nunca hay que llamar la atención innecesariamente, hermano mío

—aconsejaba a Hendrick—. Nunca des a los policías blancos una excusa para que te detengan. Ya te odian por conducir un coche que ellos no pueden comprar. No es cuestión de ponerse en sus manos.

La ruta rodeaba los extensos prados del Country Club de Johannesburgo; eran verdes oasis en la planicie parduscas, regados, atendidos y cortados hasta que se convertían en alfombras de terciopelo, por donde los golfistas paseaban en grupos de cuatro, seguidos por los *caddies* descalzos. Más atrás, entre los árboles, relumbraban las paredes blancas del edificio del club. Moses aminoró la marcha y viró al final de los terrenos, donde la ruta cruzaba el pequeño lecho seco de Sand Spruit. El letrero anunciaba allí: "Granja Rivonia".

Siguieron por la ruta sin pavimentar, donde el polvo levantado por las cuatro ruedas quedaba suspendido tras ellos en el aire inmóvil, hasta posarse suavemente en el pasto de las orillas, quebradizo por la helada, que le otorgaba un tono rojizo, intenso y teatral.

La ruta pasaba entre un puñado de pequeñas fincas, de cinco a diez acres; la propiedad del doctor Marcus Archer era la última. El psicólogo no hacía intento alguno de aprovechar la tierra; no tenía pollos, caballos ni huerta, como los otros pequeños propietarios. Sólo había un edificio cuadrado y sin pretensiones; tenía un techo de paja raído y una amplia galería que abarcaba los cuatro costados. Lo separaba de la ruta una deslucida plantación de gomeros australianos.

Bajo los gomeros había otros cuatro vehículos. Moses se desvió de la ruta y detuvo el motor.

—Sí, hermano mío. Los años han pasado con celeridad —coincidió—. Siempre es así cuando los hombres persiguen propósitos horrendos, y el mundo está cambiando en derredor. Se aproximan grandes acontecimientos. Han pasado diecinueve años desde la Revolución Rusa y Trotsky ha sido exiliado. Herr Hitler ocupa la Renania y en Europa se habla de guerra: una guerra que destruirá para siempre la maldición del capitalismo, y de la cual la revolución emergerá victoriosa.

Hendrick se echó a reír, pero el hueco negro entre sus dientes convirtió la risa en una mueca grotesca.

—Esas cosas no nos conciernen.

—Te equivocas otra vez, hermano mío. Nos conciernen por sobre todas las cosas.

—Yo no las entiendo.

—Entonces te ayudaré. —Moses le tocó el brazo. —Ven, hermano mío. Te haré dar el paso siguiente en tu aprendizaje sobre el mundo.

Abrió la puerta del Ford; Hendrick bajó por el costado y lo siguió hacia la vieja casa.

—Será prudente, hermano mío, que mantengas los ojos y las orejas abiertas, pero la boca cerrada —le indicó Moses, cuando llegaban a los peldaños de la galería frontal—. Así aprenderás mucho.

Mientras subían los peldaños, Marcus Archer salió corriendo para saludarlos, con expresión radiante de placer al ver a Moses. Se acercó para abrazarlo y, con un brazo todavía alrededor de su cintura, giró hacia Hendrick.

—Tú has de ser Henny. Hemos hablado mucho de ti.

—Usted y yo nos vimos en el centro de inducción, doctor Archer.

—Eso fue hace mucho tiempo —replicó el psicólogo, estrechándole la mano—. Y tienes que tutearme, eres miembro de nuestra familia.

Miró a Moses con visible adoración. Hendrick lo comparó con una recién casada, embobada por la virilidad de su esposo.

Hendrick sabía que Moses vivía allí, en Granja Rivonia, con Marcus Archer, pero esa relación no le causaba repulsión. Comprendía que el consejo y la ayuda de ese hombre habían tenido una importancia vital en los éxitos de esos años; por eso aprobaba el precio que Moses pagaba por ellos. El mismo Hendrick había usado de ese modo a otros hombres, nunca en relación amorosa, sino como forma de torturar al enemigo capturado. A su modo de ver, no había humillación ni degradación mayores que se pudieran infligir a un hombre. Sin embargo, sabía que, en la situación de su hermano, no vacilaría en utilizar a ese extraño hombrecito pelirrojo tal como él lo deseaba.

—Moses ha sido muy pícaro al no traerte antes a visitarnos. —Marcus dio una palmada juguetona al brazo de su amigo. —Aquí hay muchas personas interesantes y de gran importancia, que deberías conocer desde hace siglos. Ahora ven, deja que te presente.

Tomó a Hendrick del brazo y lo guió hasta la cocina.

Era una cocina de granja tradicional, con piso de lajas, cocina de leña en un extremo y, colgados del techo, manojos de cebollas, jamones curados y grandes salames.

Había once hombres sentados ante la larga mesa de madera amarilla. Cinco de ellos eran blancos; los otros, negros. En edad, había desde jóvenes inexpertos hasta maduros sabios de cabellos grises. Marcus llevó a Hendrick a lo largo de cada hilera, presentándole a cada uno, comenzando por el hombre que ocupaba la cabecera.

—Te presento al reverendo John Dube, de quien habrás oído hablar con el nombre de *Mafukuzela*.

Hendrick sintió una desacostumbrada ola de respeto.

—*Hau, Babá* —saludó, con vasto respeto, al anciano y apuesto zulú.

Sabía que era el líder político de la nación zulú y, además, editor y fundador del periódico *Ilanga Lase Natal* ("El sol de Natal"). Más importante aún: era el presidente del Congreso Nacional Africano, única organización política que intentaba obrar como portavoz de todas las naciones negras del continente sudafricano.

—Te conozco —dijo Dube a Hendrick, sin alzar la voz—. Has hecho un valioso trabajo con el nuevo sindicato. Te doy la bienvenida, hijo mío.

Por comparación con John Dube, los otros hombres presentes interesaron poco a Hendrick, aunque había un joven negro, no mayor de veinte años, que lo impresionó por su dignidad y poderosa presencia.

—Éste es nuestro joven abogado...

—¡Todavía no, todavía no! —protestó el joven—

—Nuestro futuro abogado —se corrigió Marcus Archer—. Nelson Mandela, hijo del jefe Henry Mandela, del Transkei.

Mientras se estrechaban la mano, a la manera del hombre blanco, que aún azoraba a Hendrick, éste miró al joven estudiante a los ojos, pensando: "Es un león joven".

Los hombres blancos impresionaron poco a Hendrick. Había abogados, un periodista y un hombre que escribía libros y poesía, de los que Hendrick nunca había oído hablar; empero, los otros lo trataban con respeto.

Lo único que llamó la atención de Hendrick en esos blancos fue la cortesía que le demostraban. En una sociedad en donde el blanco rara vez reconocía la existencia de un negro, como no fuera para darle una orden, generalmente con brusquedad, resultaba extraño encontrarse con tanta afabilidad. Todos estrecharon la mano a Hendrick sin azoramiento, lo cual era extraño en sí, y le hicieron sitio ante la mesa. Le sirvieron vino de la misma botella y le pasaron comida en el mismo plato del que se habían servido ellos. Cuando le dirigían la palabra, era de igual a igual, llamándolo "camarada" y "hermano".

Al parecer, Marcus Archer tenía reputación de buen cocinero; había estado trajinando junto a la cocina de leña, hasta lograr fuentes de comida tan picada, mezclada, decorada y rebosante de salsas que Hendrick no habría podido decir, por el gusto o la vista, si se trataba de pescado, ave o carne roja. Sin embargo los demás aplaudieron, festejaron con exclamaciones y comieron con voracidad.

Moses había aconsejado a Hendrick que mantuviera la boca llena de comida y no de palabras; debía hablar sólo cuando se dirigieran a él directamente, y aun en esos casos respondería con monosílabos. Sin embargo, los otros no dejaban de mirarlo con respeto, pues constituía una figura impresionante: enorme la cabeza, pesada como una bala de cañón, con la cicatriz brillante, sobresaliente en el cráneo afeitado, y la mirada cavilosa, amenazadora.

La conversación interesó poco a Hendrick, pero fingió una concentrada atención, en tanto los otros analizaban, entusiasmados, la situación de España. El gobierno del Frente Popular, coalición de trotskistas, socialistas, republicanos de izquierda y comunistas, se veía amenazado por un motín del ejército, bajo la dirección del general Francisco Franco; los invitados de Marcus Archer se manifestaban llenos de jubilosa indignación por la traición fascista. Parecía probable que la nación española se hundiera en una guerra civil, y todos ellos sabían que sólo en la caldera de la guerra se podía forjar la revolución.

Dos de los comensales blancos, el poeta y el periodista, declararon su intención de partir hacia España cuanto antes, para participar de la lucha, y los otros blancos no disimularon su admiración y envidia.

—Qué tipos de suerte. Yo iría como bala, pero el Partido quiere que me quede aquí.

Se hicieron muchas referencias a "el Partido" en el curso de aquella larga tarde de domingo. Poco a poco, el grupo volvió su atención concertada hacia Hendrick, como si hubiera sido dispuesto de antemano. Para él fue un alivio que Moses lo hubiera obligado a leer fragmentos de *El Capital* y algunas obras de Lenin, sobre todo *¿Qué se debe hacer?* y *Sobre la autoridad dual.* En verdad, le habían resultado difíciles y hasta penosas; sólo las comprendía imperfectamente. Pero Moses se las había dado ya masticadas, ofreciéndole lo esencial sobre el pensamiento de Marx y Lenin.

Ahora todos se turnaban para hablar directamente con Hendrick, y él comprendió que lo estaban sometiendo a una especie de test. Consultó con una mirada a Moses, que no alteró su expresión, y tuvo la sensación de que lo impulsaba a actuar de cierto modo. ¿Trataba de advertirle que guardara silencio? Hendrick no estaba seguro, pero en ese momento oyó que Marcus Archer decía, con total claridad:

—Claro que la formación de un sindicato entre los mineros negros es, en sí, suficiente para asegurar el triunfo de la revolución, a su debido tiempo...

Pero daba a su frase una inflexión de pregunta y observaba con astucia a Hendrick. El ovambo no habría podido decir de dónde surgió en él la inspiración que le hizo gruñir:

—No estoy de acuerdo con eso.

Todos guardaron silencio, esperando, llenos de expectativa.

—La historia de la lucha atestigua que los trabajadores, sin ayuda, sólo llegarán a la idea del sindicalismo, de combinar sus recursos para luchar contra los patrones y el gobierno capitalista. Pero se requieren revolucionarios profesionales, atados a sus ideales por una lealtad completa y por la disciplina de tipo militar, para llevar la lucha a su término definitivo y victorioso.

Era una cita casi textual de *¿Qué se debe hacer?*, de Lenin, y Hendrick había hablado en inglés. Hasta Moses pareció sorprendido por ese logro, en tanto los otros intercambiaban sonrisas encantadas. Hendrick echó una mirada fulminante y volvió a su silencio, impresionante y monumental.

Eso fue suficiente. No hizo falta que volviera a hablar. Al caer la noche, los otros salieron a la oscuridad, entre despedidas y frases de agradecimiento, para subir a sus automóviles y alejarse, con portazos y rugir de motores, por la ruta polvorienta; Moses supo que había alcanzado ya aquello que perseguía al llevar a su hermano a Granja Rivonia.

Hendrick había prestado juramento como miembro pleno, a un tiempo, del Partido Comunista Sudafricano y del Congreso Nacional Africano.

Marcus Archer le había asignado el dormitorio de huéspedes. Tendido en la cama estrecha, oyó el retozar de Moses y Marcus en el dormitorio principal, al otro lado del pasillo, y se sintió abruptamente convencido de que, en ese día, habían sido sembradas las semillas de su destino; más allá de los límites exteriores de su suerte, el tiempo y el modo de su propia muerte habían quedado decididas en esas últimas horas. Al quedarse dormido, se vio arrastrado a la oscuridad en una ola de exaltación y miedo.

Moses lo despertó antes de que aclarara. Marcus los acompañó hasta el Ford. La pradera, blanca de escarcha, crujía bajo los pies y había formado una costra en el parabrisas del auto.

Marcus estrechó la mano de Hendrick:

—Adelante, camarada —dijo—. El futuro nos pertenece.

Y quedó de pie en la oscuridad escarchada, siguiéndolos con la vista.

Moses no volvió directamente a la ciudad. En cambio, estacionó el Ford junto a uno de los altos escoriales y ascendió, con su hermano, por el costado de la montaña plana, ciento cincuenta metros casi a pico. Alcanzaron la cima justo cuando el sol franqueaba el horizonte, convirtiendo la pradera invernal en oro pálido.

—¿Comprendes ahora? —preguntó Moses, cuando se irguieron, hombro con hombro, al borde del precipicio.

De pronto, como el amanecer mismo, Hendrick divisó los tremendos designios de su hermano en su totalidad.

—No quieres una parte —dijo, con suavidad—, aunque sea la parte más grande. —Extendió los brazos en un gesto amplio, que lo abarcaba todo allá abajo, de horizonte a horizonte. —Lo quieres todo. La tierra entera y cuanto contiene.

Y su voz se llenó de maravilla ante la enormidad de la visión.

Moses sonrió. Por fin, su hermano había comprendido.

Tras descender del escorial, se encaminaron en silencio hacia el Ford. En silencio viajaron hacia la Granja de Drake, pues no había palabras para describir lo que acababa de ocurrir, tal como no las hay para describir el nacimiento y la muerte. Sólo al abandonar los límites de la ciudad, cuando se vieron obligados a detenerse en uno de los cruces del ferrocarril con la ruta principal, volvió a entrometerse en ellos el mundo exterior.

Un pilluelo negro, harapiento y estremecido por el frío de la mañana invernal, corrió hasta la ventanilla del Ford, agitando un periódico plegado a través del vidrio. Moses bajó la ventanilla, arrojó un cobre a la criatura y dejó el periódico en el asiento, entre ambos.

Hendrick frunció el entrecejo, interesado, y desplegó la publicación, sosteniéndola de modo tal que ambos pudieran ver la primera plana. Los titulares, a toda página, decían:

EQUIPO SUDAFRICANO ELEGIDO PARA LAS OLIMPÍADAS DE BERLIN
LA NACIÓN LES DESEA BUENA SUERTE

— Yo conozco a ese muchacho blanco — exclamó Hendrick, mostrando el hueco de sus dientes en una sonrisa, al reconocer una de las fotografías que acompañaban el artículo.

— Yo también —asintió Moses.

Pero estaban mirando dos caras diferentes en las largas filas de fotografías, que mostraban rostros blancos y jóvenes.

Manfred sabía, por supuesto, que tío Tromp tenía horarios rarísimos. Cada vez que lo despertaban sus esfínteres a la madrugada, se arrastraba hasta el excusado, contra el seto de moroto y veía, con los ojos nublados por el sueño, la lámpara encendida en la ventana del estudio.

Una vez, más despabilado que de costumbre, abandonó el sendero y se escurrió entre los repollos de tía Trudi para mirar por sobre el antepecho. Tío Tromp, sentado ante su escritorio como un oso desmelenado, con la barba enredada por el manoseo constante de sus gruesos dedos y los anteojos encaramados al gran pico de su nariz, murmuraba furiosamente para sus adentros, mientras garabateaba en hojas de papel suelto, desparramadas en el escritorio como escombros tras el huracán. Manfred había dado por sentado que estaba trabajando en uno de sus sermones, pero no le pareció extraño que ese esfuerzo continuara, noche tras noche, durante casi dos años.

De pronto, una mañana, el cartero de color subió con su bicicleta por la ruta polvorienta, cargado con un enorme paquete de papel marrón, condecorado con estampillas, etiquetas y lacre sellado. Tía Trudi puso el misterioso paquete en la mesita del vestíbulo, y todos los niños buscaron excusas para deslizarse a mirarlo, sobrecogidos de respeto. Por fin, a las cinco, tío Tromp llegó en su carrito. Las niñas, con Sara a la cabeza, corrieron chillando a su encuentro, antes de que pudiera descender.

— Hay un paquete para usted, papá.

Se amontonaron a sus espaldas, mientras él examinaba ostentosamente la encomienda y leía la etiqueta en voz alta. Después, tío Tromp sacó su cortaplumas con mango de madreperla, probó deliberadamente el filo de la hoja con el pulgar y cortó los cordeles que ataban el paquete, para desenvolverlo con cuidado.

— ¡Libros! —suspiró Sara.

Y todas las niñas se alejaron, con palpable desilusión. Sólo Manfred se demoró allí.

Eran seis gruesos ejemplares del mismo libro, todos idénticos, encuadernados en rojo y con los títulos en letras doradas, aún relucientes, recién salidos de la imprenta. Algo en la actitud de tío Tromp, en la expresión tensa con la que observaba a Manfred, como esperando su reacción, le indicó que esa pila de libros tenía un significado especial.

El muchachito leyó el título del primer ejemplar, que le resultó largo y difícil: *El afrikaner: su sitio en la historia y en el África*. Estaba escrito en afrikaans, idioma en pañales, que aún luchaba por ser reconocido como tal. Eso le pareció extraño, pues todas las obras eruditas importantes, aun las escritas por afrikaners, eran redactadas en holandés. Iba a hacer un comentario al respecto cuando su mirada bajó hacia el nombre del autor. Entonces dio un repingo, soltando una exclamación ahogada.

—¡Tío Tromp!

El anciano rió entre dientes, con modesta gratificación.

—¡Lo escribiste tú! —La cara de Manfred se encendió de orgullo. —Escribiste un libro.

—*Ja, Jong*. Hasta los perros viejos aprenden mañas nuevas.

Tío Tromp recogió los libros en sus brazos y entró en su estudio a grandes pasos. Puso la pila en el centro de su escritorio y miró en derredor, atónito, pues Manfred lo había seguido.

—Disculpa, tío Tromp —dijo el muchacho, comprendiendo su traspié. Sólo una vez había entrado en ese cuarto y por invitación especial. —No pedí permiso. ¿Puedo pasar, *Oom*, por favor?

—Parece que ya has pasado. —Tío Tromp trataba de mostrarse severo. —A esta altura, más vale que te quedes.

Manfred se acercó al escritorio, con las manos por detrás. En esa casa había aprendido a sentir un inmenso respeto por la palabra escrita. Se le había enseñado que los libros eran el tesoro más precioso de todos los hombres, receptáculos del genio otorgado por Dios.

—¿Puedo tocar uno? —preguntó.

Como tío Tromp asintiera, alargó tímidamente una mano y rozó el nombre del autor con la punta de un dedo: *Reverendo Tromp Bierman*. Luego tomó el primer ejemplar, esperando que el anciano le pegara un bramido en cualquier momento. No fue así. Abrió el libro y se quedó mirando los pequeños tipos impresos en papel amarillento, esponjoso y barato.

—¿Puedo leerlo, tío Tromp, por favor? —se descubrió suplicando.

Una vez más, esperaba una negativa, pero la expresión del tío se tornó ligeramente asombrada.

—¿Quieres leerlo? —parpadeó con leve sorpresa, pero luego rió entre dientes—. Bueno, supongo que para eso lo escribí, para que la gente lo lea.

Súbitamente sonrió como un niñito travieso y arrebató el libro de manos de Manfred. Sentado ante su escritorio, con los anteojos calzados en la nariz, mojó la pluma y escribió algo en la primera hoja del libro abierto. Después de releer lo anotado, entregó el ejemplar a Manfred con un florido ademán.

A Manfred De La Rey, un joven afrikaner que ayudará a crear, para nuestro pueblo, un sitio en la historia y en el África, seguro por toda la eternidad.

Afectuosamente, tu tío

Tromp Bierman

Con el libro apretado contra el pecho, Manfred retrocedió hacia la puerta, como temiendo que le fuera arrebatado otra vez.

—¿Es mío? ¿De veras es para mí? —susurró.

Como tío Tromp asintiera, diciendo: "Sí, *Jong*, es para ti", giró en redondo y huyó, olvidando, en su prisa, expresar su gratitud.

Leyó el libro en tres noches sucesivas, permaneciendo sentado hasta muy pasada la medianoche, con una frazada sobre los hombros, bizqueando a la luz vacilante de la vela. Eran quinientas páginas de letra pequeña, cargadas con citas de las escrituras, pero estaban redactadas en un lenguaje fuerte y simple, sin el peso de adjetivos o descripciones excesivas; cantaba directamente al corazón de Manfred. Cuando lo terminó, reventaba de orgullo por el coraje, la fortaleza y la fe de su pueblo, y ardía de furia por la manera cruel en que habían sido perseguidos y despojados por sus enemigos.

Permaneció con el libro cerrado en el regazo, perdida la vista en las sombras ondulantes, mientras revivía en pleno detalle los errabundeos y los sufrimientos de su joven nación, compartiendo el tormento en las barricadas, cuando las hordas de negros paganos se lanzaron en torrentes sobre ellos, con las plumas de guerra al viento y el acero plateado de los *assegais* tamborileando contra los escudos de cuero crudo, así como el oleaje del mar durante un vendaval; compartió la maravilla de viajar por el océano herbáceo del continente alto, hasta el bello paraje silvestre, puro y despoblado, que tomarían para sí; por fin, compartió el amargo tormento de ver la tierra libre nuevamente arrancada por extranjeros arrogantes, en legiones guerreras, y la humillación final de la esclavitud, política y económica, que les era impuesta en su propia tierra, la tierra que sus antepasados habían conquistado y en la cual habían nacido.

Como si la ira del jovencito lo hubiera convocado, tío Tromp llegó por el sendero, haciendo crujir la grava con sus pasos, y entró en el cobertizo. De detuvo bajo el marco de la puerta, precisando la vista a la luz de la vela, y se acercó a Manfred, que estaba encogido en la cama. El colchón se hundió, chirriando bajo su mole.

Permanecieron en silencio cinco minutos enteros, antes de que tío Tromp preguntara:

—Conque te las arreglaste para terminarlo.

Manfred tuvo que sacudirse para volver al presente.

—Creo que es el libro más importante que se haya escrito —susurró—. Tan importante como la Biblia.

—Eso es una blasfemia, *Jong*. —Tío Tromp trataba de parecer severo, pero la satisfacción que experimentaba suavizó la línea de su boca.

Manfred, en vez de disculparse, prosiguió, ansioso:

—Por primera vez sé quién soy... y por qué estoy aquí.

—En ese caso, no han sido vanos mis esfuerzos —murmuró el pastor. Guardaron silencio otra vez, hasta que el anciano suspiró. —Escribir un libro es cosa solitaria —musitó—. Es como llorar con toda tu alma en la oscuridad, cuando no hay nadie que oiga tu llanto, nadie que te responda.

—Yo te oí, tío Tromp.

—*Ja, Jong*, tú sí. Pero sólo tú.

Sin embargo, tío Tromp se equivocaba. Había otros con el oído atento allá afuera, en la oscuridad.

La llegada de un desconocido a la aldea era todo un acontecimiento; la llegada de tres desconocidos a la vez fue algo sin paralelos ni precedentes que despertó una tormenta de chismes y elucubraciones que mantuvo a toda la población en una fiebre de curiosidad.

Los forasteros llegaron desde el sur, en el tren correo que pasaba una vez por semana. Taciturnos y de rostro pétreo, vestidos con telas oscuras y severas, cargaron sus propios bolsos de viaje y cruzaron la ruta desde la pequeña estación, hasta llegar a la diminuta pensión de la viuda Vorster. No se los volvió a ver hasta el domingo por la mañana, momento en que aparecieron para bajar a grandes pasos por la acera, hombro contra hombro, sombríos y devotos. Lucían corbatas blancas y trajes negros tal como lo hacían los diáconos de la Iglesia Holandesa Reformada; bajo el brazo derecho llevaban sus libros de oraciones encuadernados en cuero negro, como si fueran sables prontos a desenvainarse contra Satanás y todas sus obras.

Después de recorrer el pasillo central, ocuparon el primer banco ante el púlpito, como si les correspondiera por derecho. Las familias que habían ocupado esos bancos por generaciones enteras, en vez de protestar, buscaron silenciosamente otros sitios en la parte posterior de la nave.

Los rumores sobre la presencia de los forasteros (que ya habían sido apodados "los tres sabios") habían llegado a los distritos circundantes más remotos. Aun aquellos que llevaban años sin pisar una iglesia, atraídos por la curiosidad, atestaban entonces todos los bancos o permanecían de pie contra los muros. La asistencia superó incluso a la del último día de Dingaan, fecha de la Alianza con Dios, en conmemoración de la victoria contra las hordas zulúes, una de las celebraciones más sagradas en el calendario de la Iglesia Reformada.

Los cánticos fueron impresionantes. Manfred, de pie junto a Sara, se sintió tan conmovido por la cristalina belleza de su dulce voz de contralto, que inspirado por ella trató de superarla con su resonante y poco educado registro de tenor. Aun bajo la alta capucha de su sombrero tradicional, Sara parecía un ángel rubio y adorable, brillantes sus facciones por el éxtasis religioso. Su femineidad, a los catorce años, apenas afloraba en incierto y tierno capullo; Manfred se sintió extrañamente sofocado al mirarla por sobre el libro de himnos que compartían. Ella levantó la vista para sonreírle, llena de confianza y adoración.

Al terminar el himno, los congregados tomaron asiento con mucho estruendo de pies y toses ahogadas, ante un silencio tenso y cargado de expectativa. Los sermones del reverendo Bierman eran renombrados en todo el sudoeste de África; constituían el mejor entretenimiento del territorio, además del nuevo cinematógrafo de Windhoek, al que muy pocos se habían atrevido a entrar. Ese día, tío Tromp estaba en vena, provocado por los tres caballeros sobrios e inescrutables sentados en la primera fila, que no habían tenido siquiera la deferencia de presentarle sus respetos desde su llegada. El pastor apoyó sus grandes puños nudosos en la barandilla del púlpito y se inclinó sobre ellos, como un campeón de lucha en guardia. Luego echó una mirada a su grey con indignado desprecio, y todos gimieron ante él, trémulos de deleite, sabiendo exactamente qué presagiaba esa expresión.

—¡Pecadores! —emitió tío Tromp, con un bramido que resonó contra las vigas del techo. Los tres forasteros de traje oscuro saltaron en el asiento, como si alguien hubiera accionado un explosivo bajo el banco. —La Casa de Dios está llena de pecadores impenitentes...

Y ya no se detuvo; los azotó con horribles acusaciones, amilanándolos con ese tono especial que Manfred, para sus adentros, llamaba "la voz". Después los adormeció con suaves pasajes sonoros y promesas de salvación, antes de arrojarles nuevamente amenazas de fuego y condenación, como feroces lanzas, hasta que algunas de las mujeres se echaron abiertamente a llorar. Hubo espontáneos gritos roncos que exclamaban "Amén", "Alabado sea el Señor" y "Aleluya". Por fin, todos se arrodillaron, estremecidos mientras él rogaba por sus almas.

Más tarde todos salieron en tropel, con una especie de alivio nervioso, gárrulos y alegres como si acabaran de sobrevivir a algún mortífero fenómeno natural, semejante a un terremoto o un huracán en el mar. Los tres desconocidos fueron los últimos en retirarse. Ante la puerta, donde tío Tromp esperaba para saludarlos, le estrecharon la mano y conversaron con él por turnos, en voz baja y seria.

Tío Tromp los escuchó con gravedad; luego consultó brevemente con tía Trudi antes de volverse nuevamente a ellos.

—Me sentiría muy honrado si quisieran entrar en mi casa y compartir mi mesa.

Los cuatro hombres se encaminaron, en digna procesión, hasta la casa del pastor, mientras tía Trudi y los niños los seguían a respetuosa distancia. En cuanto estuvieron fuera de la vista, la mujer dio secas instrucciones a las niñas, que corrieron a abrir las cortinas del comedor, utilizado sólo en ocasiones muy especiales, y a llevar el juego de vajilla a la gran mesa que Trudi heredara de su madre.

Los tres forasteros no permitieron que la conversación, profundamente erudita, interfiriera con el paladeo de la buena cocina. Al otro lado de la mesa, los niños comían en silencio, pero con los ojos dilatados. Más tarde, los hombres salieron a la galería frontal para tomar el café y fumar en pipa; el zumbido de sus voces resultaba soporífero en el calor del mediodía. Después se hizo la hora de volver a la divina adoración.

El texto que tío Tromp había escogido para el segundo sermón era: "El Señor ha trazado para ti un sendero recto en la espesura." Lo desarrolló con su formidable retórica y toda su potencia, pero en esa oportunidad incluyó pasajes de su propio libro, asegurando a la congregación que el Señor los había elegido como pueblo, asignándoles un sitio. Sólo faltaba que ellos reclamaran ese sitio en la tierra que constituía su heredad. Más de una vez, Manfred vio que los tres severos desconocidos se miraban mutuamente en el primer banco, en tanto lo escuchaban.

Los forasteros partieron el lunes por la mañana, en el tren al sur. En los días y semanas siguientes, una tensa expectativa impregnó la casa del pastor Tromp, faltando a su costumbre, dio en esperar al cartero ante el portón, todas las mañanas. Después de saludarlo, revisaba apresuradamente la correspondencia. Día a día, su desilusión se tornaba más obvia.

Pasaron tres semanas antes de que dejara de esperar la llegada del cartero. Por eso estaba en el cobertizo, afinando esa salvaje izquierda de Manfred, cuando por fin llegó la carta.

Estaba en la mesa del vestíbulo cuando tío Tromp fue a la casa para lavarse, antes de comer. Manfred, que lo acompañaba, le vio palidecer al observar el sello del alto moderador de la Iglesia en el reverso del sobre. El reverendo tomó la carta y corrió a su estudio, descargando un portazo en las narices de su sobrino. La cerradura giró con un fuerte ruido metálico. Tía Trudi tuvo que demorar la cena casi veinte minutos antes de que él saliera. Cuando tío Tromp dio gracias a Dios por la comida, lleno de alabanzas, prolongó la oración al doble de lo habitual. Sara ponía los ojos en blanco y desviaba cómicamente su mirada en dirección a Manfred, que frunció el entrecejo en un rápido gesto de advertencia. Por fin, Bierman rugió el "Amén", pero aún no recogía su cuchara. Lo que hizo fue mirar a tía Trudi, a lo largo de la mesa, con una sonrisa radiante.

—Mi querida esposa —dijo—, ha sido usted paciente en todos estos años, sin quejarse nunca.

Tía Trudi se puso escarlata.

—Frente a los niños no, *Meneer* —susurró.

Pero la sonrisa de tío Tromp se hizo aun más amplia.

—Me han asignado Stellenbosch —le dijo.

El silencio fue total. Todos lo miraban, incrédulos, comprendiendo muy bien lo que decía.

—Stellenbosch —repitió él, saboreando la palabra en la lengua, ha-

382

ciendo gárgaras con ella, como si fuera el primer sorbo de un vino raro y noble.

Stellenbosch era una pequeña ciudad rural, a cincuenta kilómetros de Ciudad del Cabo. Los edificios, de estilo holandés, estaban encalados hasta encandilar como la nieve. Las calles anchas se cobijaban bajo los buenos robles que el gobernador Van Stel había hecho plantar en el siglo XVIII. Alrededor de la ciudad, los viñedos de las grandes fincas formaban un maravilloso juego de patchwork; más allá los oscuros precipicios de las montañas se elevaban en un decorado celestial.

Aunque bonita y pintoresca, la pequeña villa era también la ciudadela misma del pueblo afrikaner, atesorada en la universidad, cuyas facultades se agrupaban bajo los verdes robles y las protectoras barricadas de las montañas. Era el centro del intelectualismo afrikaner. Allí se había forjado el idioma, que aún estaba en elaboración. Allí debatían y meditaban los teólogos. El mismo Tromp Bierman había estudiado bajo los soñadores robles de Stellenbosch. Todos los grandes provenían de ese lugar: Louis Botha, Hertzog, Jan Christian Smuts. Nadie que no fuera graduado de Stellenbosch había encabezado nunca el gobierno de la Unión Sudafricana; muy pocos miembros del gabinete provenían de otros claustros. Era la Oxford y la Cambridge de África del Sur. Y la parroquia había sido asignada a Tromp Bierman. Era un honor insuperable, y ahora las puertas se abrirían para él. Se sentaría en el centro mismo, ejerciendo el poder y con la promesa de un poder aun mayor; sería uno de los innovadores, de los que impulsaban la marcha. Ahora todo se tornaba posible: el concejo del Sínodo, la moderatura misma; nada de todo eso estaba fuera de su alcance. Ya no había límites ni fronteras. Todo era posible.

—Fue por el libro —susurró tía Trudi—. Nunca lo imaginé. Nunca comprendí.

—Sí, fue por el libro —rió tío Tromp—. Y por treinta años de duro trabajo. Viviremos en la gran mansión de Eikeboom Straat, cobrando mil por año. Cada uno de los niños tendrá su propio cuarto y un banco en la universidad, pagado por la iglesia. Predicaré ante los hombres poderosos de la tierra y ante nuestra juventud más brillante. Estaré en el concejo de la universidad. Y tú, mi querida consorte, tendrás a tu mesa a profesores y ministros del gobierno; sus esposas serán tus compañeras...

Se interrumpió, con aire de culpabilidad, para agregar:

—Pero ahora rezaremos. Pediremos a Dios que nos conceda humildad, que nos salve de los pecados mortales de la soberbia y la avaricia. ¡De rodillas, todo el mundo! —rugió—. ¡De rodillas!

Cuando les permitió levantarse otra vez, la sopa ya estaba fría.

Partieron dos meses después, cuando tío Tromp hubo transferido sus funciones al joven *dominie*, recién salido de la facultad de teología, en la misma universidad a la que el anciano los llevaba.

Daba la impresión de que todos los hombres, mujeres y niños de ciento cincuenta kilómetros a la redonda habían ido a la estación para despedirlos. Sólo entonces Manfred cobró conciencia del enorme afecto y la estima que la comunidad sentía por su tío. Los hombres se habían puesto los trajes de ir a la iglesia; cada uno de ellos le estrechó la mano, le dio roncamente las gracias y le deseó buen viaje. Algunas mujeres lloraban, y todas ellas habían llevado regalos; había cestos de mermeladas y conservas, tartas de leche y *koeksisters*, picadillos y comida suficiente para alimentar a todo un ejército en el viaje al sur.

Cuatro días después, la familia cambió de tren en la estación central de Ciudad del Cabo. Apenas tuvieron tiempo para desfilar por la calle Adderley, maravillados con la legendaria mole aplanada de Table Mountain, antes de correr al vagón para un tramo mucho más corto, cruzando las planicies del cabo y los extensos viñedos, rumbo a las montañas.

En el andén de Stellenbosch los esperaban los diáconos de la iglesia y la mitad de la congregación, para darles la bienvenida. La familia descubrió, en muy poco tiempo, que el ritmo de su vida había cambiado dramáticamente.

Casi desde el primer día, Manfred se vio totalmente inmerso en los estudios para rendir los exámenes de ingreso en la universidad. Estudiaba desde las primeras horas de la mañana hasta entrada la noche, todos los días; después de dos meses se sometió a los exámenes, a lo largo de una dolorosa semana, y pasó otra aun más dolorosa, esperando que se dieran los resultados. Obtuvo las mejores notas en idioma alemán, el tercer puesto en matemáticas y el octavo promedio general. Los hábitos de aplicación aprendidos en la casa de los Bierman estaban dando su fruto, y lo inscribieron en la facultad de abogacía para cursar el semestre que se iniciaría a fines de enero.

Tía Trudi se opuso enérgicamente a que abandonara la mansión para entrar en una de las residencias universitarias para varones. Tal como ella señalaba, el muchacho tenía un cuarto para él solo; las niñas lo echarían de menos hasta acabar por distraerse (se deducía que ella estaría entre los sufrientes); además, a pesar del principesco estipendio que cobraba ahora tío Tromp, el costo de la residencia sería una carga para el presupuesto familiar.

Tío Tromp habló con el rector de la universidad e hizo algunos arreglos financieros de los que nunca habló con la familia. Luego se puso enérgicamente de parte de Manfred.

—Con eso de vivir en una casa llena de mujeres, el muchacho acabará por enloquecer. Debe ir donde se beneficie con la compañía de otros hombres jóvenes y con la plena vida universitaria.

Así, el 25 de enero Manfred se presentó ansiosamente en la imponente residencia para estudiantes varones, un edificio al estilo holandés imperante en el Cabo. Se llamaba Rust en Vrede, nombre que podía traducirse como "Descanso y Paz". A los pocos minutos de su llegada, el muchacho notó lo irónico de ese nombre, pues se vio atrapado en el bárbaro rito de iniciación.

Se le privó de su nombre, a cambio del cual le fue dado el apodo de *Poep*, que compartía con los otros diecinueve ingresantes de la casa. En traducción libre, la palabra significaba "flato". Se le prohibió el uso de los pronombres "yo" y "mí", reemplazados en adelante por "este flato". Debía pedir autorización para todos sus actos, no sólo a los veteranos de la residencia, sino a todos los objetos inanimados que en ella encontrara. Por lo tanto, se veía obligado a balbucear interminables inanidades, tales como: "Honorable puerta, este flato desea pasar", o "Honorable inodoro, este flato desea sentarse en usted."

Dentro de la residencia, ni a él ni a sus compañeros ingresantes se les permitían los medios ambulatorios normales: debían caminar hacia atrás en todo momento, aun bajando escaleras. Estaban incomunicados con respecto a sus amigos y familiares; en especial, se les prohibía muy estrictamente hablar otra persona del sexo opuesto; si se los sorprendía mirando vagamente en dirección a una muchacha bonita, se les colgaba un letrero del cuello, que no podían quitarse siquiera al bañarse: "¡Cuidado! Maniático sexual suelto".

Los veteranos hacían una redada en sus habitaciones de hora en hora, puntualmente, desde las seis de la tarde hasta las seis de la mañana. Se amontonaba la ropa de cama en el medio de la habitación y se la empapaba con agua; sus libros y sus pertenencias, arrebatados de estantes y cajones, iban a parar al montón de sábanas mojadas. Los veteranos realizaron esas funciones por turnos, hasta que los ingresantes, tiritando, acabaron por dormir sobre el mosaico del pasillo, ante las habitaciones, dejando que el caos interior enmoheciera. Momento en que el estudiante más antiguo, un señorial y excelente alumno de cuarto año llamado Roelf Stander, realizó una inspección formal de las habitaciones.

—Ustedes son la nube de flatos más asquerosa que haya deshonrado jamás esta universidad —les dijo, al terminar la inspección—. Se les concede una hora para dejar esos cuartos impecables y en perfecto orden. Después serán llevados en marcha por la ruta, como castigo por esa falta de pulcritud.

Era ya la medianoche cuando Roelf Stander se declaró, finalmente, satisfecho con el estado de los dormitorios. Entonces se los preparó para la marcha.

Eso requería desnudarlos hasta dejarlos en calzoncillos, con una funda de almohada sobre la cabeza, y atarlos en fila india con una soga alrededor del cuello. Con las manos atadas a la espalda, se los hizo recorrer las calles de la ciudad desnuda y salir a las montañas. La ruta elegida era desigual y predregosa; cada vez que caía uno de ellos, arrastraba consigo a los ingresantes de adelante y de atrás. A las cuatro de la mañana se los condujo de nuevo a la ciudad, con los pies ensangrentados y los cuellos despellejados por la áspera soga de cáñamo. Entonces descubrieron que las habitaciones habían sido arrasadas otra vez y que la siguiente inspección de Roelf Stander se llevaría a cabo a las cinco en punto. La primera clase de la jornada se iniciaba a las siete. No hubo tiempo para desayunar.

Todo eso entraba bajo la designación de sana y limpia diversión; las autoridades universitarias hacían la vista gorda, sobre la base de que los muchachos son siempre muchachos y que el rito de iniciación era "tradicional", con el resultado de inspirar el espíritu comunitario a los recién llegados.

Sin embargo, los matones y sádicos que acechan en cualquier comunidad aprovechaban a pleno ese clima de indulgencia. Hubo varias palizas inmisericordes. Uno de los ingresantes fue untado de alquitrán y emplumado. Manfred había oído mencionar ese castigo en tono liviano, pero sólo entonces comprendió el terrible tormento que se provoca cuando se impermeabiliza la piel de la víctima, untándole el pelo y el vello del cuerpo con pez caliente. El muchacho fue hospitalizado y no regresó a la universidad, pero el caso se silenció por completo.

Hubo otros ingresantes que cayeron en esas primeras semanas, pues los autodesignados guardianes de la tradición universitaria no tenían tolerancia para con las constituciones delicadas en lo físico o en lo mental. Una de las víctimas, un asmático, fue declarado culpable de insubordinación y sentenciado al ahogo formal.

La sentencia se ejecutó en el baño de la residencia, donde cuatro forzudos veteranos sujetaron a la víctima y lo introdujeron cabeza abajo, en el interior del inodoro. Dos estudiantes del último año de medicina controlaban su pulso y los latidos del corazón durante el castigo, pero no habían tenido en cuenta su afección asmática; el muchacho estuvo a punto de ahogarse en serio. Sólo con frenéticos esfuerzos de los médicos en cierne y con una inyección intravenosa de estimulantes pudieron reactivarle el corazón. Abandonó la universidad al día siguiente, como los otros descartados, para no retornar.

Manfred, a pesar de su corpulencia y su apostura, que lo convertían en blanco natural, pudo contener su enojo y mantener la lengua a rienda corta. Se sometió estoicamente a las provocaciones más extremas, hasta que, en la segunda semana de tormento, apareció una nota en el tablero de la sala común:

> *Todos los flatos deben presentarse en el gimnasio de la universidad, el sábado a las 16, para la prueba de ingreso en el equipo de boxeo.*
> *Firmado: Roelf Stander*
> *Capitán de boxeadores.*

Cada una de las residencias universitarias se especializaba en un deporte; una era la casa del rugby; otra, de las carreras pedestres. Pero Rust en Vrede se caracterizaba por el boxeo. Aparte de haber sido la antigua residencia de tío Tromp, ése era el motivo por el cual Manfred había solicitado ingreso en ella.

También por ese emotivo, el interés despertado por la prueba de los ingresantes superó sobradamente lo que Manfred había esperado. Había allí trescientos espectadores, cuanto menos. Cuando los flatos llegaron al gimnasio, todos los asientos que rodeaban el *ring* estaban ya ocupados. Uno de los veteranos los hizo formar en fila y los condujo a los vestuarios. Allí se les concedieron cinco minutos para ponerse zapatillas de tenis, pantalones cortos y camisetas. Luego se los alineó contra los casilleros, por orden de estatura.

Roelf Stander recorrió las filas, consultando la lista que tenía en la mano para concertar las luchas. Por lo visto, los había estado estudiando en las semanas precedentes, para calcular el potencial de cada uno. Manfred, el más alto y corpulento de los nuevos, ocupaba el extremo de la fila. Roelf Stander se detuvo frente a él.

—No hay flato tan fuerte y maloliente como éste —anunció, y guardó silencio por un instante, mientras estudiaba a Manfred—. ¿Cuánto pesas, flato?

—Este flato es mediopesado, señor.

Roelf entornó ligeramente los ojos. Ya había elegido a Manfred como el de mejores perspectivas; la jerga técnica lo alentó.

—¿Has boxeado antes, flato?

La descorazonante respuesta le agrió la expresión.

—Este flato nunca ha participado en un match, señor, pero tiene cierta práctica.

—¡Oh, bueno, está bien! Yo soy peso pesado, pero no hay nadie que se te pueda enfrentar, así que haremos unos *rounds* contigo, si prometes no abusar de mí, flato.

Roelf Stander era capitán del equipo universitario, campeón provincial de aficionados y uno de los mejores candidatos de Sudáfrica para las Olimpíadas de Berlín, en 1936. Se trataba de un buen chiste, hecho por un estudiante avanzado, y todo el mundo lo festejó servilmente. Ni el mismo Roelf pudo disimular una sonrisa ante su ridículo pedido de misericordia.

—Bueno, comenzaremos con los peso mosca —continuó, mientras los precedía en la marcha hacia el gimnasio.

Los novatos se sentaron en un banco largo, al final de la sala, desde donde gozaba de una imperfecta vista del *ring*, por sobre la cabeza de los espectadores más privilegiados. Roelf y sus ayudantes, miembros todos del equipo de pugilismo, pusieron los guantes a los primeros candidatos y los condujeron al cuadrilátero.

Mientras eso ocurría, Manfred notó cierta presencia en la primera fila de asientos; alguien se había puesto de pie y trataba de llamarle la atención. Echó un vistazo al veterano que los vigilaba, pero éste tenía la mirada fija en el *ring*. Entonces pudo, por primera vez, mirar a aquella persona.

Había olvidado la belleza de Sara, o tal vez ella había florecido en las semanas transcurridas. Con los ojos chispeantes y las mejillas encendidas de entusiasmo, agitó un pañuelo de encaje y pronunció su nombre, feliz.

Manfred mantuvo una expresión inescrutable, pero cerró un ojo en un guiño furtivo, y ella le envió un beso con las dos manos. Luego se dejó caer en el asiento, junto a là mole de tío Tromp.

"¡Han venido los dos!" Eso lo animó enormemente. Hasta ese momento no se había dado cuenta de lo solitario que se sentía. Tío Tromp giró la cabeza para sonreírle, con dientes muy blancos en la mata negra y escarchada de su barba; luego se volvió hacia el ring.

Se inició el primer asalto; dos valientes pesos mosca se atacaron en un torbellino de golpes, pero uno estaba fuera de clase; pronto hubo una salpicadura de sangre en la lona. Roelf Stander interrumpió el encuentro en el segundo *round* y dio al derrotado unas palmadas en la espalda.

—¡Buen desempeño! Perder no es vergüenza.

Siguieron otros asaltos, todos animosos; era obvio que los pugilistas hacían lo posible; empero, descontando a un medio pesado prometedor, todos eran muy toscos y carecían de adiestramiento. Por fin sólo quedó Manfred en el banco.

—¡Bueno, flato! —El veterano le ató los guantes. ¡A ver cómo te portas!

Manfred se quitó la toalla de los hombros y se levantó, en el momento en que Roelf Stander volvía al *ring* desde los vestuarios. Ahora lucía el chaleco marrón y los pantalones con vivos dorados, en corcordancia con los colores de la universidad. Calzaba costosas botas de cuero blando, atadas por sobre los tobillos. Levantó las manos enguantadas para acallar los silbidos y los vítores de simpatía, diciendo:

—Señoras y señores: para nuestro último candidato no tenemos rival de su peso entre los novatos. Por lo tanto, si ustedes quieren tener la bondad de soportarme, voy a encargame de su prueba.

Se repitieron los vítores, pero entre gritos que pedían:

—No lo maltrates, Roelf.

—¡No vayas a matar al pobre diablo!

Stander aseguró, por señas, que tendría misericordia, concentrándose en la sección de platea ocupada por las chicas de las residencias femeninas. Hubo grititos ahogados, risas aniñadas y agitación de cabellos ondulados, pues Roelf medía un metro ochenta y era cuadrado de mandíbula, con dientes blancos y chispeantes ojos oscuros. Su pelo denso, ondeado, relucía de Brylcreem; las patillas rizadas y el bigote le daban el aspecto deslumbrante de un caballero antiguo.

Al llegar a la primera fila de asientos, Manfred no pudo evitar el mirar de reojo a Sara y a tío Tromp. La chica saltaba en la platea y tenía los puños apretados contra las mejillas, encendidas por el entusiasmo.

—¡Dale, Manie! —gritó—. *Vat hom!*

Tío Tromp, junto a ella, hizo una señal afirmativa.

—¡Veloz con la mamba, *Jong*! ¡Valiente como el ratel! —rugió por lo bajo, para que sólo el sobrino oyera.

Y Manfred irguió el mentón; en sus pies había una elasticidad nueva cuando atravesó las sogas para entrar en el ring.

Uno de los otros veteranos había asumido la función de árbitro.

—En este rincón, con ochenta y tres kilos, ochocientos gramos, el capitán del equipo universitario y campeón aficionado de mediopesados en el Cabo de Buena Esperanza: ¡Roelf Stander! Y en este otro rincón, con setenta y siete kilos novecientos, un ingresante —por consideración a la delicada concurrencia, no usó el tratamiento honorífico—: Manfred De La Rey.

El marcador de tiempo hizo sonar la campana. Roelf salió de su rincón bailoteando con agilidad, ondulante, esquivando, con una sonrisa leve sobre los guantes de cuero rojo. Ambos avanzaron en círculos, cada uno fuera del alcance del otro, e invirtieron la marcha. Los labios de Roelf perdieron la sonrisa, tensándose en una línea recta y fina. Se evaporó su aire ligero; no esperaba semejante cosa.

No había puntos débiles en la guardia del muchacho que tenía ante sí. El novato mantenía la cabeza gacha entre los hombros musculosos y se movía como si estuviera de pie sobre una nube.

"¡Es un púgil!" Saltó el enojo de Roelf. "Mintió; sabe muy bien lo que hace."

Trató, una vez más, de dominar el centro del ring, pero se vio obligado a salir otra vez, pues su adversario se movía amenazadoramente hacia la izquierda.

Hasta el momento, ninguno de los dos había intentado un golpe, pero la multitud acalló sus vítores. Presentían que estaban presenciando algo extraordinario; vieron cómo se alteraba la actitud indiferente de Roelf, vieron la intención asesina en su modo de moverse. Y quienes lo conocían bien distinguieron las pequeñas arrugas de perturbación e inquietud en las comisuras de sus ojos y su boca.

Roelf disparó la izquierda en un golpe de prueba, sin que el adversario se dignara siquiera esquivarlo: lo desvió con el guante, despectivamente, y la piel de Roelf se irritó con la potencia de ese contacto fugaz. Entonces miró profundamente a los ojos de Manfred, utilizando su triquiñuela: dominar al adversario por la mirada.

Los ojos de ese muchacho eran de un color extraño, como topacio o zafiro amarillo. Roelf pensó en los ojos de un leopardo cebado que su padre había cazado con trampa, en las colinas, detrás de la granja natal. Aquellos ojos eran iguales. Y en ese momento cambiaron, encendidos con una luz fría y dorada, implacable, inhumana.

No fue el miedo lo que apretó el pecho de Roelf Stander, sino una premonición de terrible peligro. Lo que estaba en el *ring*, ante él, era un animal. El hambre era visible en sus ojos: un hambre enorme, asesina. Por instinto, lanzó el puño contra aquello.

Usó la izquierda, su mejor mano, poniendo toda su fuerza contra esos ojos amarillos e inmisericordes. El golpe murió en el aire. Trató desesperadamente de recobrarse, pero tenía el puño izquierdo levantado y su flanco quedó abierto, quizá por una centésima de segundo. Algo estalló dentro de él. No vio el puño; no lo reconoció como golpe, pues jamás lo habían tocado así hasta entonces. Era como si estuviera dentro de él, reventándole entre las costillas, arrancándole las vísceras, haciendo implosión en sus pulmones. El aliento abandonó su garganta en un tormento siseante al volar hacia atrás.

La sogas lo sujetaron por la parte baja de la espalda y bajo los omóplatos, arrojándolo hacia adelante otra vez, como la piedra escapada de una honda. El tiempo pareció reducir su marcha como en un espeso goteo; su vista parecía dotada de aumento, como si le corriera alguna droga por la sangre, y en esa oportunidad vio llegar el puño. Tuvo la extraña fantasía de que no había carne y hueso en ese guante, sino hierro negro, y sus fibras se estremecieron. Pero no estaba en su poder esquivar. Esa vez el impacto fue aun más grande, increíble, superior a todo lo que se pudiera imaginar. Sintió que algo se desgarraba dentro de él y que los huesos de sus piernas se fundían, como cera caliente.

Quiso gritar de dolor, pero aun en ese aprieto ahogó el grito. Quiso caer, lanzarse a la lona antes de que llegara otra vez el puño, pero las sogas lo sostuvieron en alto y su cuerpo pareció hacerse trizas, como cristal, en tanto la mano enguantada se estrellaba en él y las sogas lo arrojaban hacia adelante.

Las manos se le apartaron de la cara; vio venir el puño una vez más. Parecía inflarse ante sus ojos, colmando su campo visual. Pero no lo sintió golpear.

Roelf avanzaba hacia el guante con todo su peso. Su cráneo rebotó hacia atrás, contra la tensión de la columna dorsal, y volvió adelante. Cayó de bruces, como muerto, sin el menor movimiento, en la lona blanca.

Todo acabó en cuestión de segundos. La multitud guardó un silencio estupefacto. Manfred aún se mecía sobre la silueta postrada a sus pies, con las facciones contraídas en una máscara salvaje y una extraña luz amarilla en los ojos, no del todo humano, atrapado aún por la enfermedad asesina.

De pronto, una mujer gritó en la multitud. De inmediato surgieron la consternación y el alboroto. Los hombres se levantaron bruscamente, estrellando las sillas, rugiendo de asombro y júbilo, y se lanzaron en carrera hacia el *ring* para rodear a Manfred, palmeándole la espalda. Otros, de rodillas junto a la silueta tendida en la lona, se daban instrucciones mutuamente para levantarlo con cuidado. Uno de ellos trataba en vano de restañar la sangre. Todos estaban aturdidos y temblorosos.

Las mujeres habían quedado pálidas de espanto; algunas aún gritaban, deliciosamente horrorizadas, con los ojos llenos de una excitación teñida de sexualidad. Estirando el cuello, observaron a Roelf Stander, a quien habían sacado por sobre las sogas para llevarlo por el pasillo, laxo como un cadáver y con la cabeza bamboleante. La sangre le brotaba de la boca floja, cruzándole la mejilla hasta empapar el pelo brillante. Y giraron hacia Manfred, que era llevado en vilo a los vestuarios por un grupo de veteranos. Una de ella alargó la mano para tocarlo en el hombro, con los ojos ardiendo de interés físico.

Tío Tromp tomó a Sara del brazo para calmarla, pues chillaba como una fanática, y la sacó del gimnasio a la luz del sol.

—Estaba maravilloso —balbuceó ella, aún incoherente por el entusiasmo—. Qué rápido, qué hermoso... Oh, tío Tromp, nunca en mi vida había visto nada igual. ¿No es maravilloso?

El reverendo asintió con un gruñido, sin hacer comentarios, y la dejó parlotear durante todo el trayecto de regreso a la casa pastoral. Sólo cuando subieron a la amplia galería de entrada se detuvo para volver la vista atrás, como hacia un sitio o una persona a la que abandonaba con profunda pena.

—Su vida ha cambiado, y la nuestra cambiará también —murmuró, sobriamente—. Ruego a Dios Todopoderoso que ninguno de nosotros llegue a lamentar lo que nos ha ocurrido, pues soy yo quien ha provocado todo esto.

Los ritos de iniciación se prolongaron por tres días más. A Manfred aún no se le permitía más contacto que el de sus compañeros novatos. Sin embargo, para ellos se había convertido en una especie de dios; era la esperanza de salvación, y se agruparon patéticamente en torno a él durante las últimas humillaciones y degradaciones, en busca de fortaleza.

La última noche fue la peor. Con los ojos cubiertos por una venda, sin haber podido dormir, se les obligó a permanecer sentados en una viga estrecha, con un balde hierro galvanizado en la cabeza, contra el cual uno de los veteranos descargaba un garrotazo sin previo aviso. La noche pareció prolongarse por toda la eternidad. Al amanecer se les retiraron los baldes y las vendas. Roelf Stander les hizo un discurso.

—¡Hombres! —comenzó.

Todos parpadearon de estupor ante ese apelativo, aún aturdidos por la falta de sueño y medio ensordecidos por los golpes sobre los baldes.

—¡Hombres! —repitió Stander—. Estamos orgullosos de ustedes. Son el mejor grupo de novatos que hemos tenido en esta casa desde que yo mismo ingresé en la universidad. Aguantaron todo lo que se les hizo, sin un solo chillido. Bienvenidos a Rust en Vrede. A partir de ahora, esta casa es de ustedes y nosotros, sus hermanos.

Un momento después, los veteranos se agolpaban contra ellos, riendo, entre abrazos y palmadas.

—¡Vamos, hombres! ¡A la taberna! ¡La cerveza corre por cuenta nuestra! —aulló Roelf.

Del bracete los cien, cantando la marcha de la residencia, desfilaron por la calle hasta el viejo hotel Drosdy, donde golpearon la puerta cerrada hasta que el tabernero, desafiando los horarios permitidos, se resignó a abrirles.

Mareado por el sueño y con medio litro de cerveza en la panza, Manfred sonreía estúpidamente, aferrado al mostrador para no perder el equilibrio. De pronto tuvo la sensación de que estaba por ocurrir algo y giró en redondo.

La muchedumbre se había abierto ante él, dejando libre un corredor por donde Roelf Stander se acercaba sigilosamente, fiero y amenazante. El pulso de Manfred se aceleró al comprender que sería la primera confrontación entre ambos desde la pelea en el ring, tres días antes. Y no tendría nada de placentera. Dejó el jarro vacío y sacudió la cabeza para despejarse, enfrentándose al otro. Ambos se fulminaron con la vista.

Roelf se detuvo frente a él. Los otros, novatos y veteranos, se apretujaron para no perder una sola palabra. El suspenso se alargó por varios segundos, sin que nadie se atreviera a respirar.

—Dos cosas quiero hacer contigo —gruñó Roelf Stander. Y de pronto, mientras Manfred se preparaba, sonrió. Fue una sonrisa luminosa, encantadora. Alargó la mano derecha. —Primero, quiero estrecharte la mano. Segundo, quiero invitarte con una cerveza. Por Dios, Manie, cómo pegas. Nunca había combatido con alguien así.

Hubo un aullido de risas y la jornada se disolvió en una niebla de vapores alcohólicos y camaradería.

Ese habría sido el fin del asunto. Aunque la iniciación formal había terminado, con la aceptación de Manfred en la fraternidad de Rust en Vrede, aún axistía una gran división social entre el distinguido estudiante avanzado, capitán de púgiles, y el novato recién ingresado. Sin embargo, al día siguiente, una hora antes de la cena, sonó un golpecito a la puerta de Manie y Roelf entró garbosamente, vestido con su túnica universitaria y su birrete. Se dejó caer en el único sillón, cruzó los pies sobre el escritorio del muchacho y se dedicó a charlar tranquilamente sobre boxeo, abogacía y geografía de Sudáfrica. Sólo se levantó cuando sonó el gongo.

—Mañana te despertaré a las cinco de la madrugada, para que salgamos a correr. Dentro de dos semanas tenemos un match importante contra los Ikeys —anunció, muy sonriente al ver la expresión del muchacho—. Sí, Manie, estás en el equipo.

A partir de entonces, Roelf fue a su cuarto todas las noches, antes de cenar. Con frecuencia llevaba una botella de cerveza en el bolsillo de la túnica, y ambos compartían la bebida, sirviéndola en vasos para enjuagarse la boca; la amistad se tornaba más relajada y estable.

Eso no pasó inadvertido entre los otros miembros de la residencia, tanto veteranos como novatos, y elevó el rango de Manie. Dos semanas después se llevó a cabo el encuentro contra el equipo de Ikeys, en cuatro categorías. Manie vistió entonces los colores de la universidad, por primera vez. "Ikeys" era el apodo que daban a los estudiantes de la Universidad de Ciudad del Cabo, de habla inglesa, tradicionalmente rival de Stellenbosch, la universidad de los afrikaners, cuyos alumnos eran apodados Maties. Tan aguda era la rivalidad entre ambas que los partidarios Ikeys viajaron cincuenta kilómetros, llenando autobuses, vestidos con los colores de la universidad, plenos de cerveza y bullanguero entusiasmo. Después de ocupar la mitad del gimnasio, rugieron sus cánticos universitarios contra los partidarios Maties que ocupaban la otra mitad.

Manie debía enfrentarse con Laurie King, un mediopesado provisto de buenas manos y mandíbula de cemento, que había participado en cuarenta peleas de aficionados, sin que lo derribaran hasta entonces. Casi nadie había oído hablar de Manfred De La Rey, y los pocos que tenían referencias suyas descartaban aquella única victoria, atribuyéndola a un golpe de suerte contra un adversario que, de todos modos, no lo había tomado en serio.

Sin embargo, Laurie King había oído la anécdota y se la tomaba muy a pecho. Se mantuvo a distancia por la mayor parte del primer *round*, hasta que la multitud comenzó a abuchear de impaciencia. A esa altura había estudiado a Manfred; el muchacho se movía bien, pero no era tan peligroso como le habían dicho; se lo podía alcanzar con un izquierdazo a la cabeza. Y decidió probar su teoría.

Lo último que recordó fue un par de feroces ojos amarillos, que ardían como el sol de Kalahari a mediodía; después, la lona áspera le despellejó la mejilla, al caer de cabeza en el *ring*. No recordaba haber visto llegar el golpe. Aunque sonó la campana antes de que terminara la cuenta, Laurie King no pudo salir al segundo *round*; aún se le bamboleaba la cabeza como si estuviera ebrio, y sus segundos tuvieron que llevarlo en vilo hasta los vestuarios.

En la primera fila, tío Tromp rugía como un búfalo herido, mientras Sara, a su lado, chillaba hasta quedar ronca; lágrimas de júbilo y entusiasmo le mojaban las pestañas y las mejillas.

A la mañana siguiente, el corresponsal de boxeo enviado por *Die Burger*, el periódico afrikaans, apodaba a Manfred "El león del Kalahari", mencionando que no sólo era sobrino-nieto del general Jacobus Hercules De La Rey, héroe del *Volk*, sino también pariente del reverendo Tromp Bierman, campeón de boxeo, escritor y nuevo *dominie* de Stellenbosch.

Roelf Stander y todo el equipo de pugilismo esperaron a Manfred a la salida de su clase de Sociología.

—Nos has estado ocultando cosas, Manie —lo acusó Roelf, furioso, mientras lo rodeaban—. No nos dijiste que eres sobrino de Tromp Bierman, nada menos. Por el amor de Dios, hombre, él fue campeón nacional durante cinco años. ¡Derribó a Slater y al negro Jephta!

—¿No se lo dije? —Manie frunció el entrecejo, pensativo—. Probablemente se me olvidó.

—Tienes que presentarnos, Manie —rogó el subcapitán—. Todos

queremos conocerlo. Anda, hombre, por favor.

—¿Te parece que él estaría dispuesto a entrenarnos, Manie? ¿Por qué no le preguntas? Diablos, si tuviéramos a Tromp Bierman como entrenador...

Roelf se interrumpió, enmudecido por lo grandioso de la idea.

—Les propongo una cosa —sugirió Manie—. Si todo el equipo de boxeo va a la iglesia el domingo por la mañana, estoy seguro de que mi tía Trudi nos invitará a almorzar. Y les aseguro, caballeros, que no sabe qué es el paraíso quien no ha probado el *koeksisters* de mi tía.

Por lo tanto, acicalados y llenos de Brylcreem, con las galas domingueras bien abotonadas, los pugilistas de la universidad ocuparon todo un banco de la iglesia, y sus voces, al entonar los himnos, estremecieron las vigas del techo.

Tía Trudi tomó aquella ocasión como desafío a su habilidad culinaria. Ella y las muchachas se tomaron toda la semana para preparar la comida Los invitados, jóvenes de estupendo estado físico, llevaban semanas subsistiendo con los menúes de la universidad, y contemplaron aquel banquete con incrédulo apetito. Con toda gallardía, se esforzaron por repartir su atención entre tío Tromp, que estaba en vena y relataba sus peleas más memorables, sus balbuceantes y ruborizadas hijas, que servían la mesa, y la mesa que crujía bajo los asados, las conservas y los budines.

Al terminar la comida, Roelf Stander, satisfecho como el pitón que acaba de tragarse una gacela, se levantó para pronunciar un discurso de agradecimiento en nombre del equipo. Iba promediando cuando cambió de tema, convirtiéndolo en una apasionada súplica para que Tromp Bierman aceptara el cargo de entrenador honorario.

Tío Tromp descartó la solicitud con una risa jovial, como si fuera algo inconcebible. Pero todo el equipo, incluido Manie, añadió sus propias súplicas. Él presentó inmediatamente una serie de excusas, cada una más débil que la precedente, todas las cuales fueron estruendosamente rebatidas por el equipo, al unísono. Por fin, con un pesado suspiro de resignación y tolerancia, el reverendo capituló. Mientras aceptaba la ferviente gratitud de los estudiantes y sus calurosos apretones de mano, no pudo ya seguir conteniéndose y sonrió, radiante de evidente placer.

—Les advierto, muchachos: no saben en qué se meten. Hay muchas palabras de las que no tengo el menor conocimiento. Por ejemplo: "Estoy cansado" y "Ya tengo bastante", entre otras —sermoneó.

Tras el servicio vespertino, Manie y Roelf volvieron a Rust en Vrede caminando bajo los robles, oscuros y susurrantes. El campeón guardaba un extraño silencio. Sólo habló cuando llegaron al portón principal, y entonces su voz sonó pensativa.

—Dime, Manie, tu prima, ¿cuántos años tiene?

—¿Cuál? —preguntó Manie, sin interés—. La gorda se llama Gertrud; la de los hoyuelos, Renata...

—¡No! Vamos, Manie, no seas zorro —lo interrumpió su amigo—. La bonita, la de los ojos azules y el pelo dorado y sedoso. La que se va a casar conmigo.

Manfred se detuvo en seco y giró para enfrentarlo, con la cabeza gacha entre los hombros y la boca torcida en una mueca feroz.

—No vuelvas a decir eso. —Le temblaba la voz. Aferró a Roelf por la pechera de la chaqueta. —Que no te vuelva a oír porquerías como la que acabas de decir. Te lo advierto: si vuelves a decir una cosa así de Sara, te mato.

La cara de Manfred estaba a pocos centímetros de la de Roelf. En sus ojos asomaba ese terrible fulgor amarillo, la ira asesina.

—Eh, Manie —susurró Roelf, enronquecido—, ¿qué te pasa? No dije ninguna porquería. ¿Te has vuelto loco? No pasaría por mi cabeza insultar a Sara.

La ira amarilla se borró lentamente en los ojos de Manfred, que soltó las solapas de Roelf. Sacudió la cabeza como para despejarse. Cuando volvió a hablar, parecía asombrado.

—Es apenas una criatura. No deberías hablar así, hombre. Ella es sólo una niñita.

—¿Una criatura? —Roelf rió entre dientes, vacilando, mientras se enderezaba la chaqueta—. ¿Estás ciego, Manie? Ella no es ninguna niñita. Es la más adorable...

Pero Manfred se apartó, furioso, y cruzó como una tormenta los portones de la residencia.

—Conque así son las cosas, amigo mío —susurró su compañero.

Con un hondo suspiro, metió las manos hasta el fondo de los bolsillos. Y entonces recordó el modo en que Sara miraba a Manfred durante la comida. Y recordó también que lo había visto apoyar la mano en la nuca del muchacho, furtivamente, adorándolo, al inclinarse para recoger su plato vacío.

Volvió a suspirar, bruscamente abrumado por una triste melancolía.

—Hay un millar de muchachas bonitas allá afuera —se dijo, en un intento de quitarse la tristeza—. Todas, muriéndose por Roelf Stander...

Encogiéndose de hombros con una sonrisa torcida, siguió a Manie al interior de la casa.

Manfred ganó los doce encuentros siguientes en sucesión ininterrumpida, siempre por *knock-out* y dentro de los tres *rounds*. Por entonces, todos los periodistas deportivos habían adoptado el apodo de "El león del Kalahari" para describir sus hazañas.

—Está bien, *Jong*, gana mientras puedas —le advirtió tío Tromp—. Pero recuerda que no siempre serás joven. Y a la larga no es a fuerza de músculos y puños que uno se mantiene arriba. Es por lo que se trae dentro de la cabeza, *Jong*. ¡Y no lo olvides!

Por lo tanto, Manfred se lanzó a sus estudios académicos con el mismo entusiasmo que ponía en su entrenamiento.

Por entonces, el alemán le era casi tan natural como el afrikaans; lo dominaba mucho mejor que al inglés, idioma que hablaba sólo a desgano y con fuerte acento. Descubrió que la ley romano-holandesa lo satisfacía por su lógica y su filosofía; leía los *Instituta* de Justiniano como si fueran literatura. Al mismo tiempo, lo fascinaban la política y la sociología. Él y Roelf debatían y discutían esas materias interminablemente, cimentando su amistad en el proceso.

Sus proezas en el boxeo lo convirtieron instantáneamente en celebridad dentro del recinto de Stellenbosch. Algunos de los profesores, debido a eso, lo trataban con especial preferencia; otros, en cambio, comenzaron por mostrarse deliberadamente antagónicos; actuaban como si él fuera un tonto hasta tanto no demostrara lo contrario.

Tal vez nuestro renombrado pugilista nos brinde el brillo de su gran intelecto, arrojando alguna luz sobre el concepto del bolcheviquismo nacional, en nuestro beneficio.

Quien hablaba era el profesor de sociología y política, un intelectual alto y austero, que tenía la mirada penetrante de los místicos. Si bien había nacido en Holanda, sus padres lo habían llevado al África a temprana edad. El doctor Hendrick Frensch Verwoerd era uno de los mayores intelectuales afrikaners y campeón de las aspiraciones nacionalistas de su pueblo. Daba clase a sus estudiantes de primer año sólo una vez por semestre, reservando casi todos sus esfuerzos para los estudiantes destacados de su facultad. En esos momentos, con una sonrisa irónica, contempló a Manfred, que se levantaba lentamente mientras ordenaba sus pensamientos.

El doctor Verwoerd esperó algunos segundos. Iba a hacerle señas de que volviera a sentarse, convencido de que el muchacho era un estúpido, cuando de pronto Manfred inició su respuesta, hablando con cuidadosa exactitud gramatical, con su acento de Stellenbosch, recién aprendido y refinado gracias a la ayuda de Roelf; era el acento purista de los afrikaans.

—El bolcheviquismo nacional, en contraposición con la ideología revolucionaria del bolcheviquismo convencional, creado bajo el liderazgo de Lenin, fue, en sus orígenes, un término empleado en Alemania para designar una política de resistencia al Tratado de Versalles.

El doctor Verwoerd parpadeó y dejó de sonreír. El muchacho había visto la trampa desde un kilómetro de distancia y separaba inmediatamente los dos conceptos.

—¿Puede decirnos quién fue el innovador del concepto? —preguntó el doctor Verwoerd, con una chispa de exasperación en su tono, habitualmente frío.

—Creo que la idea fue propuesta por Karl Radek en 1919. Su foro era una alianza de las potencias parias contra el enemigo occidental común: Gran Bretaña, Francia y Estados Unidos.

El profesor se inclinó hacia adelante, como el halcón lanzado contra su presa.

—Desde su punto de vista, señor: esta doctrina, o alguna similar, ¿tiene algún vigor en la política actual de África del Sur?

Se dedicaron mutuamente una atención concentrada por el resto de la clase, mientras los compañeros de Manfred, liberados de la necesidad de pensar, escuchaban con diversos grados de confusión o aburrimiento.

El sábado siguiente, por la noche, cuando Manfred ganó el título de campeón de mediopesados dentro de la universidad, el doctor Verwoerd estaba sentado en la segunda fila del atestado gimnasio. Era la primera vez que presenciaba uno de los torneos atléticos de la institución, descontando, naturalmente, los de rugby, que ningún afrikaner digno de ese nombre podía pasar por alto.

Pocos días después, el profesional mandó llamar a Manfred, evidentemente para analizar un ensayo presentado por el muchacho, sobre la historia del liberalismo; pero la discusión de prolongó por más de una hora y versó sobre temas diversos. Al terminar, el doctor Verword detuvo a Manfred ante la puerta.

—Aquí tiene un libro que tal vez no haya tenido la oportunidad de ver. —Se lo entregó por sobre el escritorio. —Téngalo por todo el tiempo que necesite y, cuando lo termine, hágame conocer su opinión.

Manfred, que estaba apurado por llegar a la clase siguiente, ni siquiera leyó el título; al volver a su cuarto lo dejó descuidadamente sobre el escritorio. Roelf lo estaba esperando para la carrera vespertina; por eso no tuvo oportunidad de mirar el libro otra vez sino hasta después de haberse puesto el piyama, ya avanzada la noche.

Lo tomó del escritorio y advirtió que ya había oído hablar de él; estaba escrito en alemán, el idioma original. No pudo cerrarlo hasta que la aurora brilló por entre las ranuras de sus cortinas y las palomas comenzaron a arrullar en el alero, junto a su ventana. Entonces volvió a leer el título: *Mein Kampf*, de Adolf Hitler.

Pasó el resto del día en un trance de revelación casi religiosa; a la hora del almuerzo corrió a su cuarto para seguir leyendo. El autor parecía hablarle directamente, apelando a su sangre alemana y aria. Tenía la extraña sensación de que la obra había sido escrita exclusivamente para él. ¿Por qué, si no, habría incluido Herr Hitler pasajes tan maravillosos como ésos?:

"Se considera natural y honroso que los jóvenes aprendan esgrima y se batan a duelo a diestra y siniestra; pero si boxean, eso se considera vulgar. ¿Por qué? No hay otro deporte que fomente tanto el espíritu de ataque, exigiendo decisiones inmediatas y adiestrando el cuerpo con destreza de acero... pero sobre todo, el cuerpo joven y saludable debe aprender también a sufrir golpes:

no es función del estado *Völkisch* crear una colonia de apacibles estetas y degenerados físicos. Si toda nuestra clase superior no hubiera sido criada tan exclusivamente para la etiqueta de alcurnia; si hubiera aprendido, en cambio, a boxear plenamente, nunca habría sido posible una revolución alemana de afeminados, desertores y chusma por el estilo..."

Manfred se estremeció, con una especie de presentimiento, al ver sus propias actitudes sobre la moralidad personal, apenas formuladas, tan claramente expuestas:

"Paralelamente al adiestramiento del cuerpo, se debe iniciar una lucha contra el envenenamiento del alma. Hoy en día, toda nuestra vida pública es un invernadero para las ideas y los estímulos de tipo sexual..."

Manfred había sufrido en carne propia esos tormentos, como si fueran trampas tendidas para los jóvenes y los puros. Se había visto obligado a luchar contra el clamor malo y lujurioso de su propio cuerpo, expuesto a carteles de propaganda cinematográfica y a revistas, siempre escritos en inglés, ese idioma degenerado y femenil que comenzaba a odiar. Todo representaba a mujeres medio desnudas.

—Tienes razón —murmuró, volviendo furiosamente las páginas—. Estás exponiendo las grandes verdades para toda la humanidad. Debemos ser puros y fuertes.

Su corazón dio un brinco al ver expresadas, en inequívoco lenguaje, las otras verdades que él apenas había oído sugerir. Se sintió transportado por los años al campamento de desocupados, junto a las vías ferroviarias de Windhoek, y vio otra vez el ajado periódico con la historieta de Hoggenheimer, que llevaba al *Volk* hacia la esclavitud. Su cólera fue ardorosa; temblaba de rabia al leer:

"Con satánica alegría en el rostro, el joven judío moreno acecha en la oscuridad, esperando a la desprevenida niña, a quien profana con su sangre, robándola a su pueblo."

En su imaginación, vio el cuerpo dulce y claro de Sara, despatarrado bajo la grotesca mole peluda de Hoggenheimer, y se sintió dispuesto a asesinar.

Más adelante, el autor perforó una vena de su sangre afrikaner, tan hábilmente que el alma de Manfred pareció sangrar sobre la página:

"Fueron y son los judíos quien traen a los negros a la Renania, siempre con el mismo pensamiento secreto y el propósito claro de arruinar a la odiada raza blanca con el bastardeo necesariamente resultante."

Se estremeció. *"Swartgevaar!"*, "¡Peligro negro!", había sido el grito de ataque de su pueblo, desde que estaban en África, y su atávico corazón palpitó una vez más, ante el reclamo.

Acabó el libro conmovido y exhausto como nunca había bajado del *ring*. Aunque ya era tarde, fue en busca del hombre que se lo había prestado, y ambos conversaron, ansiosa y gravemente, hasta pasada la medianoche.

Al día siguiente, el profesor dejó caer una palabra de aprobación ante otra persona, situada en un alto puesto.

—He descubierto a uno que, en mi opinión, será un recluta valioso; tiene una mente muy receptiva, y pronto ejercerá gran influencia y poderío entre nuestros jóvenes.

El nombre de Manfred fue expuesto ante el alto mando de una sociedad secreta, en su siguiente cónclave:

—Uno de nuestros mejores estudiantes universitarios, el líder de Rust en Vrede, tiene una estrecha amistad con él.

—Hágalo reclutar —ordenó el presidente del concejo.

Cinco días a la semana, Roelf y Manfred realizaban prácticas de carrera en las montañas, por una ardua ruta de empinadas cuestas y superficie desigual. Después de siete u ocho kilómetros, se detenían a beber en la hondonada de una espumosa cascada blanca. Roelf observó a Manfred, arrodillado en las rocas resbalosas para recoger agua en el hueco de la mano.

"Está bien elegido", pensó, coincidiendo en silencio con la decisión de sus superiores. El chaleco liviano y los pantaloncitos cortos destacaban su cuerpo, potente, pero gracioso; su lustroso pelo cobrizo y sus finas facciones resultaban muy atractivos. Sin embargo, la clave de su personalidad estaba en esos dorados ojos de topacio. Hasta Roelf se sentía opacado por la creciente confianza y la seguridad de su joven amigo. "Será un líder fuerte, de los que tan desesperadamente necesitamos."

Manfred se levantó de un salto, limpiándose el agua de la boca con el brazo.

—Vamos, culo aplastado —rió—. El último en llegar a casa es un bolchevique.

Pero Roelf lo detuvo.

—Hoy quiero hablar contigo —admitió.

Manfred frunció el entrecejo.

—Qué joder, hombre, últimamente no hacemos más que hablar. ¿Por qué aquí?

—Porque aquí nadie va a oírnos. Y te equivocas, Manie; algunos estamos haciendo algo más que hablar. Nos estamos preparando para la acción, para una dura lucha, del tipo que tanto te gusta.

Manfred se volvió hacia él, inmediatamente intrigado, y fue a sentarse en cuclillas frente a su amigo.

—¿Quién? ¿Qué acción? —preguntó.

Roelf inclinó la cabeza.

—Una elite secreta de afrikaners abnegados, los líderes de nuestro pueblo; hombres que detentan los primeros puestos en el gobierno, la educación y la vida comercial de la nación. De ellos se trata, Manie. Y no sólo están los líderes de hoy, Manie, sino también los del mañana. Hombre como tú y yo, Manie.

—¿Una sociedad secreta? —Manfred se balanceó hacia atrás sobre los talones.

—No, Manie, mucho más que eso: un ejército secreto, dispuesto a luchar por nuestro pobre pueblo pisoteado. Dispuesto a morir para devolver la grandeza a nuestra nación.

Manfred sintió que se le erizaba el vello de los brazos y el pelo de la nuca ante la emoción que le corría por las venas. Su reacción fue inmediata y sin cuestionamientos.

—Soldados, Manie; las tropas de ataque de nuestra nación —prosiguió Roelf.

—¿Y tú eres uno de ellos?

—Sí, Manie, yo soy uno de ellos, y también tú. Has llamado la atención de nuestro concejo supremo. Se me ha pedido que te invite a participar de nuestra marcha hacia el destino, de nuestra lucha para lograr el manifiesto destino de nuestro pueblo.

—¿Quiénes son nuestros líderes? ¿Cómo se llama este ejército secreto?

—Ya lo sabrás. Se te dirá todo cuando hayas pronunciado el juramento de fidelidad —le prometió Roelf, mientras alargaba una mano para tomarlo del brazo, apretando los duros bíceps de Manie con sus dedos poderosos—. ¿Aceptas el llamado del deber? —preguntó—. ¿Te unirás a nosotros, Manfred De La Rey? ¿Usarás nuestro uniforme, combatirás en nuestras filas?

La sangre holandesa de Manfred, suspicaz, cavilosamente introspectiva, respondió a esa promesa de intriga clandestina; mientras tanto, su parte alemana ansiaba el orden y la autoridad que ofrecía una sociedad de feroces guerreros, caballeros teutones de la era moderna, duros e implacables, por Dios y por la patria. También, aunque no tuviera conciencia de ello, la vena espectacular y el amor por lo teatral que había heredado de su madre francesa lo inclinaban por la pompa militar, los uniformes y las charreteras que Roelf parecía ofrecerle.

Apretó el hombro de su amigo y ambos se abrazaron como dos camaradas, mirándose profundamente a los ojos.

—Con todo mi corazón —dijo Manfred, suavemente—. Me uniré a ustedes con todo mi corazón.

La luna llena estaba alta por sobre las montañas de Stellenbosch, plateando sus murallas y hundiendo sus barrancos en la más profunda oscuridad. Al sur, la Gran Cruz se erguía a gran altura, pero opacada hasta la insignificancia por la inmensa cruz que ardía más cerca, con mayor fiereza, en el claro del bosque. Era un anfiteatro natural, protegido por las densas coníferas que lo rodeaban: un lugar secreto, oculto a las miradas curiosas u hostiles, perfecto para esa finalidad.

Debajo de la fiera cruz se amontonaban los soldados; sus cinturones lustrosos y sus hebillas relumbraban a la luz de las antorchas que sostenían en alto. No había más de cien, pues eran la elite; con expresión orgullosa y solemne, contemplaban al diminuto grupo de reclutas nuevos que marchaban cuesta abajo, hacia el general, que esperaba para saludarlos.

Manfred De La Rey fue el primero en presentarse a los líderes. Llevaba camisa negra y pantalones de montar, además de las botas altas, bien lustradas, que caracterizaban a esa secreta banda de caballeros; pero iban sin sombrero ni adornos, con excepción de la daga envainada que les pendía del cinturón.

El gran comandante dio un paso adelante y se detuvo muy cerca de Manfred. Era una figura imponente; alto, de rostro curtido e irregular, saliente y dura la mandíbula. Aunque de cintura gruesa y abdomen hinchado bajo la camisa negra, estaba en la flor de su edad; era un león de melena negra dentro de su manada; un halo de autoridad se posaba holgadamente sobre los anchos hombros.

Manfred lo reconoció de inmediato, pues era un rostro visto con frecuencia en las columnas políticas del periódico nacional. Ocupaba un alto puesto en el gobierno; era administrador de una provincia y gozaba de amplias influencias.

—Manfred De La Rey: —preguntó el comandante, con voz poderosa—, ¿estás dispuesto a pronunciar el juramento de sangre?

—Estoy dispuesto —pronunció Manfred, con toda claridad, mientras desenvainaba la daga de plata.

Roelf Stander, de uniforme, gorra y botas, con la insignia de la cruz quebrada en el brazo derecho, se adelantó por detrás y sacó la pistola. Después de amartillarla, apretó la boca contra el pecho de Manfred, apuntando al corazón, sin que su amigo parpadeara. Roelf era su patrocinador. La pistola simbolizaba el hecho de que también sería su verdugo, si Manfred traicionaba el juramento de sangre que estaba por hacer.

Con mucha ceremonia, el comandante le entregó una hoja de rígido pergamino, con el símbolo de la orden: un cuerno para pólvora, como los que usaban los *Voortrekkers*, pioneros de su pueblo. Debajo tenía impreso el juramento. Manfred lo tomó con una mano, mientras con la otra sostenía la daga desenvainada, con la punta contra su corazón, demostrando así su voluntad de dar la vida por los ideales de la hermandad.

—Ante Dios Topoderoso, y a la vista de mis camaradas —leyó en voz alta—, me someto enteramente a los dictados del destino de mi pueblo, divinamente ordenado. Juro ser fiel a los preceptos del *Ossewa Brandwag*, los centinelas del tren afrikaner, y obedecer las órdenes de mis superiores. Juro por mi vida que guardaré secreto, que atesoraré como sagrados los asuntos y procederes del *Ossewa Brandwag*. Exijo que, si traicionara a mis camaradas, a mi juramento o a mi *Volk*, la venganza me siga a mi tumba de traidor. Convoco a mis camaradas a escuchar mi apelación:

> "Si avanzo, seguidme.
> Si retrocedo, matadme.
> Si muero, vengadme.
> ¡Dios Todopoderoso me ayude!"

Y Manfred se pasó la hoja de plata por la muñeca, hasta que su sangre apareció a la luz de las antorchas, oscura como el rubí, y con ella salpicó el pergamino.

El alto comandante se adelantó para abrazarlo. A su espalda, las filas negras rompieron en un jubiloso grito guerrero de aprobación. Roelf Stander, a su lado, volvió la pistola cargada a su funda, con los párpados acicateados por lágrimas de orgullo. Al retroceder el comandante, él corrió a tomar la mano derecha de Manfred.

—Hermano mío. —Hablaba en un susurro sofocado. —Ahora somos realmente hermanos.

A mediados de noviembre, Manfred rindió sus exámenes finales y aprobó con el tercer promedio en una clase de ciento cincuenta y tres alumnos.

Tres días después de conocerse los resultados, el equipo de boxeo de Stellenbosch, con su entrenador a la cabeza, viajó para participar en el campeonato interuniversitario. En esa oportunidad, la sede era la universidad de Witwatersrand, en Johannesburgo, y hacia allá fueron boxeadores de las otras instituciones de Sudáfrica, provenientes de todas las provincias y rincones de la Unión.

El equipo de Stellenbosch viajó por tren. En la estación había una multitud de estudiantes y miembros de la facultad, que cantaban y los vitoreaban, despidiéndolos antes de un viaje que se prolongaría por mil quinientos kilómetros.

Tío Tromp se despidió de sus mujeres con un beso, comenzando por tía Trudi y terminando por Sara, la menor, que ocupaba el extremo de la línea. Manfred lo imitó. Vestía una chaqueta deportiva con los colores universitarios y un sombrero de paja; se lo veía tan alto y hermoso que Sara, sin poder soportar más, rompió en lágrimas y le echó los brazos al cuello, estrechándolo con todas sus fuerzas.

—Vamos, no seas tontita —le gruñó Manfred, al oído.

Pero su voz sonaba ronca por el tumulto, extraño y desacostumbrado, que el contacto de esa mejilla caliente y sedosa le provocaba bajo las costillas.

—Oh, Manie, te vas tan lejos... —Ella trató de ocultar sus lágrimas en el hueco del cuello masculino. —Nunca hemos estado separados por tanta distancia.

—Vamos, monita. Te están mirando —la regañó él, con suavidad—. Dame un beso y te traeré un regalo.

—No quiero regalos. Te quiero a ti —sollozó ella.

Pero levantó su tierno rostro y apoyó sus labios en los de él. Su boca pareció fundirse en su propio calor, húmeda y dulce como una manzana madura.

El contacto duró apenas unos segundos, pero Manfred lo experimentó con tanta intensidad como si la hubiera tenido desnuda entre los brazos. Quedó estremecido por los remordimientos y la repulsión que le provocaba la pronta traición de su propio cuerpo, y por el mal que parecía humear en su sangre, reventando como un cohete en su cerebro. La apartó bruscamente de sí. La muchacha quedó desconcertada y herida, con los brazos aún levantados, mientras él trepaba los peldaños del vagón y se unía al bullicio de sus compañeros.

Cuando el tren partió de la estación, Sara estaba algo separada de las otras niñas; mientras todas giraban en redondo para retirarse en tropel, ella se demoró, siguiendo con la vista al tren que corría hacia las montañas, tomando velocidad.

Por fin, un recodo de las vías lo puso fuera de la vista.

Manfred, que echaba la cabeza atrás, vio que Roelf Stander lo observaba, intrigado. De pronto sonrió, abriendo la boca para decir algo, pero Manfred lo fulminó con una mirada furiosa y culpable.

—*Hou jou bek!* ¡Cierra el pico, hombre!

El campeonato interuniversitario se llevó a cabo a lo largo de diez días, con cinco pruebas eliminatorias en cada categoría. Por lo tanto, cada participante combatía día por medio..

Manfred quedó clasificado segundo en su categoría; eso significaba que, probablemente, se enfrentaría al campeón del momento en la ronda final. Era un estudiante de ingeniería, que acababa de graduarse en la universidad de Witwatersrand; no se lo había derrotado en toda su carrera, y tenía intenciones de dedicarse al boxeo en forma profesional inmediatamente después de las olimpíadas, para las que se lo consideraba candidato seguro.

"El león del Kalahari se enfrenta a la prueba más difícil de su meteórica carrera. ¿Podrá recibir un castigo tan duro como el que propina? Eso es lo que todo el mundo se pregunta y lo que Ian Rushmore nos responderá a todos, si las cosas resultan como se espera", escribía el corresponsal del *Rand Daily Mail.* "No parece haber ningún participante, en la misma categoría, que pueda impedir el enfrentamiento entre De La Rey y Rushmore, en la noche del sábado, 20 de diciembre de 1935. Será la mano derecha de Rushmore, hecha de granito y gelignita, contra el fustigante estilo ambidextro de De La Rey. Este corresponsal no se perdería esa pelea por todo el oro que yace bajo las calles de Johannesburgo."

Manfred ganó sus dos primeros encuentros con insultante facilidad. Sus adversarios, desmoralizados por su reputación, cayeron en el segundo *round*, en ambas oportunidades, bajo el fuego granate de sus guantes rojos. Para Manfred, el miércoles fue día de descanso.

Abandonó la residencia de la universidad que los albergaba antes de que los otros se levantaran; no desayunó para tomar a tiempo el primer tren proveniente de Johannesburgo. Su viaje duraría menos de una hora por las praderas abiertas.

Consumió un frugal desayuno en la cafetería de la estación de Pretoria y partió a pie, con un pesado desgano en el paso.

La Prisión Central de Pretoria era un edificio cuadrado y feo; el interior resultaba igualmente depresivo. Allí se llevaban a cabo las ejecuciones y se cumplían las condenas de por vida.

Manfred se acercó a la entrada para visitantes, donde fue atendido por un severo jefe de guardias, que le hizo llenar un formulario de solicitud. Al llegar a la casilla "Parentesco con el prisionero", vaciló por un instante; luego escribió, audazmente: "Hijo".

El hombre leyó su formulario de punta a punta, lentamente; después miró al muchacho con impersonal seriedad.

—Nadie lo ha visitado; nadie, en todos estos años —dijo.

—Hasta ahora no pude venir —se excusó Manfred—. Había motivos.

—Todos dicen lo mismo. —Pero la expresión del guardia se alteró sutilmente. —Usted es el boxeador, ¿verdad?

—Sí —asintió Manfred.

Y de pronto, siguiendo un impulso, hizo la señal secreta de la OB; los ojos del hombre parpadearon de sorpresa; su mano dejó caer el formulario.

—Está bien. Tome asiento. Lo llamaré cuando él esté preparado —dijo.

Por debajo del mostrador, hizo la contraseña de la *Ossewa Brandwag*, y agregó, en un susurro:

—A ver si matas a ese maldito *rooinek*, el sábado por la noche.

Y le volvió la espalda. Manfred, aunque asombrado, se regocijó al comprobar la repercusión que la hermandad había tenido en el *Volk*.

Diez minutos después, el guardia condujo a Manfred hasta una celda pintada de verde, con altas ventanas enrejadas, donde sólo había una mesa de cocina sencilla y tres sillas de respaldo recto. Una de las sillas estaba ocupada por un viejo desconocido; Manfred miró más allá, lleno de expectativa.

El desconocido levantó poco a poco la vista. Estaba encorvado por los años y el trabajo duro; su piel, arrugada y manchada por el sol, caía en bolsas. El pelo era fino y blanco como algodón en rama, formando apenas una pelusa sobre el cuero cabelludo, pecoso como un huevo de chorlito. El cuello flaco y nudoso asomaba del áspero uniforme de la prisión como el de una tortura en su caparazón. Los ojos incoleres y surcados de rojo, nadaban en las lágrimas que se habían acumulado en las pestañas, como rocío.

—¿Papá? —preguntó Manfred, incrédulo, al ver que le faltaba un brazo.

El anciano comenzó a sollozar en silencio. Sus hombros se estremecían; las lágrimas, al romper por sobre el borde enrojecido de los párpados, se deslizaron por las mejillas.

—¡Papá! —La ira sofocó a Manfred. —¿Qué te han hecho?

Se precipitó hacia adelante para abrazar a su padre, tratando de que el guardia no le viera la cara, tratando de protegerlo, de disimular la debilidad y las lágrimas de Lothar.

—¡Papá! ¡Papá! —repetía, desolado, palmeando los hombros flacos bajo el tosco uniforme.

Por fin giró la cabeza para mirar al guardia, en silenciosa súplica.

—No puedo dejarlos solos. —El hombre comprendía, pero sacudió la cabeza. —Es la norma. Perdería mi puesto.

—Por favor —susurró Manfred.

—¿Me da su palabra de hermano que no tratará de ayudarlo a escapar?

—¡Mi palabra de hermano! —aseguró Manfred.

—Diez minutos —dijo el guardia—. No puedo darles más tiempo.

Y salió de la habitación, cerrando con llave la puerta verde de acero.

Lothar De La Rey se limpió las mejillas mojadas con la palma de la mano, tratando de sonreír, pero le temblaba la voz.

—Mírame, lloriqueando como una vieja. Pero fue sólo la impresión de volver a verte. Ya estoy bien, ya estoy bien. Deja que te mire. Deja que te mire por un momento.

Dio un paso atrás y observó con atención el rostro de su hijo.

—Te has convertido en todo un hombre: fuerte y apuesto, como era yo a tu edad. —Siguió con la punta de los dedos las facciones de Manfred. Su mano estaba fría y áspera como piel de tiburón. —He leído lo que publican sobre ti, hijo mío. Aquí nos permiten recibir los diarios. Recorté todo lo que decían de ti y lo tengo guardado bajo el colchón. Estoy muy orgulloso, como todos en este lugar, hasta los soplones.

Manfred lo interrumpió en seco.

—¿Cómo te tratan, papá?

—Bien, Manie, bien. —Lothar bajó la vista y sus labios se ahuecaron de desesperación. —Sólo que... de por vida es mucho tiempo. Tanto tiempo, Manie, tanto... Y a veces pienso en el desierto, en los horizontes que se convierten en humo lejano, en el cielo azul. —Se interrumpió, tratando de sonreír. —Y pienso en ti todos los días. No pasa un día sin que rece a Dios: "Cuida de mi hijo".

—No, papá, por favor —rogó Manfred—. ¡No! Me vas a hacer llorar a mí también. —Se levantó y acercó la otra silla a la de su padre. —Yo también he pensado en ti, papá, todos los días. Quería escribirte. Hablé con tío Tromp, pero él dijo que era mejor no...

Lothar levantó una mano para acallarlo.

—*Ja*, Manie, era mejor. Tromp Bierman es un hombre sabio; él sabe lo que conviene. —Esbozó una sonrisa más convincente. —Qué alto te has puesto. Y el color de tu pelo... así era el mío. Te irá bien, lo sé. ¿Qué has decidido hacer de tu vida? Cuéntame, pronto. Tenemos tan poco tiempo...

—Estoy estudiando abogacía en Stellenbosch. Aprobé el primer año con el tercer promedio.

—Qué maravilla, hijo mío. ¿Y después?

—No estoy seguro, papá, pero creo que debo luchar por nuestra nación. Me siento llamado a luchar por que se haga justicia a nuestro pueblo.

—¿Vas a dedicarte a la política? —preguntó Lothar. Y, como el muchacho asintiera: —Un camino difícil, lleno de recodos y desvíos. Siempre he preferido la ruta recta, un caballo entre las piernas y un fusil en la mano. —Luego rió entre dientes, sardónico. —Y mira adonde he venido a parar por esa ruta.

—Yo también voy a luchar, papá. Cuando llegue el momento, en el campo de batalla que yo elija.

—Oh, hijo mío, la historia es muy cruel con nuestra gente. A veces pienso, desesperado, que estamos condenados a ser siempre los sometidos.

—¡Te equivocas! —La expresión de Manfred se había endurecido. Se le quebró la voz. —Ya llegará nuestro día, y está amaneciendo. No estaremos sometidos por mucho tiempo más.

Hubiera querido contarle todo a su padre, pero en seguida recordó su juramento de sangre y guardó silencio.

—Manie. —El padre se inclinó hacia él, echando una mirada en derredor de la celda como un conspirador, antes de tironear la manga a su hijo. —Los diamantes... ¿todavía tienes tus diamantes? —De inmediato vio la respuesta en el rostro de Manfred. —¿Qué pasó con ellos? —Su inquietud era difícil de presenciar. —Eran mi herencia para ti, lo único que podía dejarte. ¿Dónde están?

—Tío Tromp... los descubrió hace años. Dijo que eran malignos, la moneda del demonio, y me obligó a destruirlos.

¿Cómo, a destruirlos? —Lothar lo miraba boquiabierto.

—A romperlos con una maza sobre un yunque. A hacerlos polvo, uno por uno.

Manfred vio que el antiguo espíritu de su padre volvía a levantar llama. Lothar abandonó la silla de un salto y se paseó por la celda, furioso.

—¡Tromp Bierman! ¡Si puediera echarte mano! Siempre fuiste un hipócrita santurrón y tozudo... —Pero se interumpió para volver hacia su hijo. —Manie, están los otros. ¿Recuerdas? El kopje, la colina del desierto. Los dejé allí para ti. Tienes que ir a buscarlos.

Manfred apartó la vista. Con el curso de los años, había tratado de apartar ese recuerdo de su mente. Era algo malo, el recuerdo de algo muy malo, que asociaba con el terror, los remordimientos y el dolor. Había tratado de cerrar la mente a eso, ocurrido tanto tiempo antes, y lo estaba consiguiendo. Pero en ese momento, ante las palabras de su padre, volvió a sentir el hedor de la gangrena en el fondo de la garganta y vio el paquete del tesoro que caía hacia abajo, en la grieta del granito.

—He olvidado el camino, papá. Jamás podría volver solo.

Lothar le tironeaba del brazo.

—¡Hendrick! —Balbuceó—. ¡Swart Hendrick! Él puede guiarte.

—Hendrick. —Manfred parpadeó. Un nombre, medio olvidado, un fragmento del pasado. De pronto, súbita y claramente, le brotó en la mente una imagen de la gran cabeza calva, aquella negra bala de cañón. —Hendrick —repitió—. Pero ha desaparecido. No sé adónde fue. Volvió al desierto. No podría hallarlo.

—No, no, Manie! Hendrick está aquí, cerca, en la Witwatersrand. Ahora es todo un personaje, un jefe entre su propia gente.

—¿Cómo lo sabes, papá?

—¡Rumores! Aquí todo se sabe. Vienen de afuera, trayendo noticias y mensajes. Lo sabemos todo. Hendrick me hizo llegar un mensaje. No se olvidó de mí. Fuimos camaradas, cabalgamos juntos por miles de kilómetros y peleamos en cien batallas. Me hizo saber de un sitio en donde podría hallarlo si alguna vez escapaba de estas malditas murallas. —Lothar se inclinó hacia adelante y le sujetó la cabeza, acercándole los labios al oído. —Tienes que ir a buscarlo. Él te conducirá a la colina de granito, por debajo del río Okavango. Oh, buen Dios, cuánto me gustaría poder cabalgar por el desierto contigo...

Se oyó el chasquido de las llaves en la cerradura. Lothar sacudió desesperadamente el brazo de su hijo.

—Prométeme que irás, Manie.

—Esas piedras son algo malo, papá.

—Prométemelo, hijo mío, prométeme que no habré soportado todos estos años de cautiverio por nada. Promete que volverás por las piedras.

—Lo prometo, papá —susurró Manfred, mientras el guardián entraba en la celda.

—Se acabó el tiempo. Lo siento.

—¿Puedo volver mañana para visitar a mi padre?

El guardia sacudió la cabeza.

—Sólo una visita por mes.

—Te escribiré, papá. —El muchacho abrazó a Lothar. —Desde ahora en adelante, te escribiré todas las semanas.

Pero Lothar asintió, inexpresivo. Su rostro se había cerrado; sus ojos estaban velados.

—*Ja* —asintió—, escríbeme de vez en cuando.

Y salió, arrastrando los pies.

Manfred se quedó mirando la puerta cerrada hasta que el guardia le tocó el hombro.

—Venga.

Manfred lo siguió hasta la entrada para visitantes, en una maraña de emociones. Sólo cuando cruzó los portones hasta la luz del sol y levantó la vista hacia el imponente cielo africano, del que su padre había hablado con tantas ansias, sólo entonces surgió una emoción que ahogó a las otras.

Era cólera, una cólera desesperada y ciega, que fue haciéndose más fuerte en los días siguientes. Pareció llegar a su punto culminante mientras marchaba entre las hileras de espectadores que lo vitoreaban, hacia el *ring* de cuerdas y lona, iluminado a pleno, vestido de sedas lustrosas, con los guantes carmesíes en sus puños y un deseo asesino en el corazón.

Centaine despertó mucho antes que Blaine; no le gustaba perder durmiendo el tiempo que pasaban juntos. Aún estaba oscuro afuera, pues la cabaña estaba bajo el precipicio de la alta montaña aplanada, cuya mole le tapaba el primer resplandor del día. Sin embargo, los pájaros del diminuto jardín amurallado ya estaban gorjeando, soñolientos. Ella había hecho cubrir de madreselva y tacoma los muros de piedra, para atraerlos; por orden suya, el jardinero llenaba todos los días las cajitas de alpiste. Le había llevado meses enteros hallar la casa perfecta. Debía estar discretamente cercada y contar con un sitio cubierto donde estacionar el Daimler y el nuevo Bentley de Blaine, vehículos que de inmediato llamaban la atención. Era preciso que, desde ella, se pudiera llegar en diez minutos de caminata al Parlamento y a las oficinas de Blaine, en el edificio reservado a los ministros del gabinete. Debía tener vista a la montaña y estar edificada junto a una calle lateral de algún suburbio poco elegante, por donde difícilmente pasaran amigos, vinculaciones comerciales, gente del parlamento, enemigas o periodistas. Pero, por sobre todo, debía ofrecer esa sensación especial.

Cuando entró en ella, por fin, ni siquiera vio el empapelado desteñido ni las alfombras raídas. De pie en el cuarto principal, sonrió con suavidad, diciendo:

—Aquí han vivido personas felices. Sí, ésta es la que quiero. La compraré.

Había registrado el título de propiedad a nombre de una de sus compañías inversoras. Pero no confió a ningún arquitecto ni decorador el proyecto para su renovación. Se encargó ella misma de los planos y de la ejecución.

"Tiene que ser el nido de amor más perfecto de cuantos hayan existido." Después de fijarse el objetivo, inalcanzable, como de costumbre, consultó con el constructor y sus obreros todas las mañanas, mientras se realizaba la obra. Se derribaron los muros que separaban los cuatro pequeños dormitorios, para convertirlos en una sola alcoba, con puertas ventanas y persianas que se abrían hacia el jardín amurallado, desde donde se veía la alta pared de Table Mountain y el gran acantilado gris, más atrás.

Hizo construir baños separados para Blaine y para sí misma; el de él, terminado con mármol italiano de color crema, con vetas de rubí, y grifería dorada; el de ella parecía una carpa beduina de seda rosada.

La cama era una pieza de museo del renacimiento italiano, con incrustaciones de marfil y laminada en oro.

—Aquí se puede jugar polo fuera de temporada —comentó Blaine, al verla por primera vez.

Centaine puso allí su magnífico Turner, todo sol y mar dorado, para que se viera desde la cama. Colgó el Bonnard en el comedor y lo iluminó con una araña que parecía un árbol de Navidad invertido; en el aparador instaló las mejores piezas de su platería Reina Ana y Luis XIV.

Dotó al chalé de cuatro criados permanentes, incluyendo un valet para Blaine y un jardinero con dedicación exclusiva. El cocinero era un malayo capaz de conjugar celestiales *pilaffs*, *boboties* y *rystafels*, los mejores que Blaine hubiera probado, con su paladar exigente y sus conocimientos sobre *curries*.

Una florista que tenía un puesto cerca del Parlamento recibió encargo de entregar diariamente enormes ramos de rosas amarillas en la vivienda. Centaine surtió la pequeña bodega con los vinos más nobles de Weltevreden; también instaló, a un costo enorme, un frigorífico eléctrico en donde guardar jamones y quesos, frascos de caviar, salmón escocés ahumado y otras necesidades de la buena vida.

Sin embargo, pese a la amorosa atención que dedicaba a los detalles, Centaine se podía considerar afortunada si ambos pasaban allí una sola noche al mes, aunque existían las horas robadas, que ella atesoraba como si fuera una mísera mendiga: un almuerzo en privado, cuando el Parlamento entraba en receso, o un interludio a medianoche, si la sesión había durado hasta tarde. De vez en cuando, una tarde (y qué tardes, por Dios), cuando Isabella creía que Blaine estaba en una práctica de polo o en una reunión de gabinete.

Centaine giró cuidadosamente la cabeza en la almohada de encaje y miró a su compañero. La luz del amanecer entraba como plata por entre las persianas, haciendo que las facciones de Blaine parecieran talladas en marfil. Ella lo comparó con un César romano durmiente, por esa nariz imperial y esa boca ancha, autoritaria.

"En todo, exceptuando las orejas", pensó. Y sofocó una risita. Era extraño, pero la presencia de Blaine, aún podía hacerla comportar como una muchachita. Se levantó con cuidado, para no molestarlo moviendo el colchón, y fue hacia su baño, tomando la bata del sofá.

Sin pérdida de tiempo, se cepilló el pelo en gruesas plumas oscuras, buscando rastros de gris. Aliviada por no hallarlos, se lavó los dientes y se dio baños oculares hasta que el blanco de los ojos quedó claro y centelleante. Luego se puso crema en la cara y retiró el sobrante; a Blaine le gustaba su piel libre de cosméticos. Mientras usaba el *bidet*, volvió a sonreír al recordar el burlón asombro de Blaine al verlo por primera vez.

—¡Qué maravilla! —había exclamado—. Un abrevadero para caballos en el baño. ¡Qué cosa tan útil!

A veces se ponía tan romántico que parecía casi francés. Riendo anticipadamente, Centaine tomó una bata limpia del ropero y corrió a la cocina. Los criados se hallaban en plena actividad, parloteando de entusiasmo, pues el amo estaba allí y todos adoraban a Blaine.

—¿Conseguiste, Hadji? —preguntó Centaine, empleando el título honorífico que se da a quienes han realizado el peregrinaje hasta la Meca.

El cocinero malayo sonrió como un gnomo amarillento bajo la borla de su fez rojo; orgulloso, exhibió un par de gruesos y jugosos arenques ahumados.

—Vinieron ayer en el buque correo, señora —se jactó.

—Eres mago, Hadji —aplaudió ella—. Los arenques ahumados de Escocia eran el desayuno favorito de Blaine. —Y los vas a preparar como a él le gustan, ¿verdad?

Blaine los prefería hervidos en leche. Hadji puso cara de ofendido ante lo impropio de la pregunta y volvió a sus hornallas.

Para Centaine, aquello era un maravilloso juego de simulaciones: jugaba a la esposa, fingiendo que Blaine le pertenecía de verdad. Por eso vigiló a Miriam, que molía los granos de café, y a Khalil, que terminaba de limpiar el traje gris de Blaine, antes de dar un lustre militar a sus zapatos; luego abandonó la cocina para volver al dormitorio en penumbras.

Casi sin aliento, caminó alrededor de la cama, estudiando las facciones del hombre dormido. A pesar del tiempo transcurrido, él seguía causándole el mismo efecto.

"Soy más fiel que ninguna esposa", se jactó. "Más abnegada, más amante, más..."

El brazo de Blaine se movió con tanta celeridad que ella chilló de miedo al verse tendida en la cama y cubierta con la sábana.

—Estabas despierto —se quejó ella—. Oh, qué hombre horrible. No se puede confiar en ti.

En otras ocasiones, aún podían llevarse mutuamente a ese frenesí alocado, a esas retorcidas maratones sensuales que acababan en un estallido de luz y color, como el Turner de la pared. Pero con más frecuencia la relación era como esa mañana: una fortaleza de amor, sólido e inexpugnable. La abandonaron contra su voluntad, separándose de a poco, demorándose, mientras el día llenaba la habitación de oro y los platos de Hadji tintineaban en la terraza, detrás de las persianas.

Ella le alcanzó su bata, larga hasta los tobillos, de brocato chino azul real, con forro carmesí, cinturón bordado de perlas y solapas de terciopelo. Centaine la había elegido por ser extravagante, muy distinta de las ropas sobrias que él usaba habitualmente.

—No me la pondría delante de niguna otra persona —le había dicho él, observando con timidez su regalo de cumpleaños.

—¡Y si lo haces, cuida de que yo no me entere! —le advirtió ella.

Pasada la primera impresión, a Blaine había acabado por gustarle usarla cuando estaba con ella.

Ambos salieron de la mano a la terraza; Hadji y Miriam, sonrientes y encantados, les prepararon los asientos con una reverencia. La mesa estaba bajo el sol de la mañana.

Centaine, tras una rápida, pero férrea inspección, se aseguró de que todo estuviera perfecto: desde las rosas en el florero de Lalique hasta el níveo mantel, pasando por la jarra de plata sobredorada y cristal, llena de jugo de uvas recién exprimidas. Luego abrió el periódico y comenzó a leer en voz alta.

Siempre seguían el mismo orden: primero, los titulares; luego, los informes del Parlamento; ella esperaba los comentarios y agregaba sus propias ideas. Después pasaba a las páginas de finanzas y los informes de la Bolsa, para terminar con los artículos sobre deporte, con especial énfasis en cualquier mención al polo.

—Oh, ya veo que ayer hablaste: "Una enérgica réplica del ministro sin cartera", dicen.

Blaine sonrió, recogiendo un trozo de arenque ahumado.

—Más que enérgica, yo diría "fastidiada" —comentó.

—¿Qué es este asunto de las sociedades secretas?

—Un poco de lío sobre esas organizaciones militares, que parecen inspiradas por el encantador Herr Hitler y su banda de matones políticos.

—¿Hay algo de cierto en eso? —Centaine tomó un sorbo de café. Aún no se había acostumbrado a deglutir esos desayunos ingleses. —Al parecer, las tratas con bastante ligereza. —Lo miró con los ojos entornados.

—Estabas disimulando, ¿verdad?

Él le sonrió, culpable. Centaine lo conocía demasiado.

—No se te escapa nada, ¿eh?

—¿No me puedes contar?

—En realidad, no debería. —Blaine frunció el entrecejo, pero ella nunca había traicionado su confianza. —La verdad es que estamos muy preocupados —admitió—. Más aún. El *Ou Baas* considera que es la amenaza más

411

grave desde la rebelión de 1914, cuando De Wet llamó a sus comandos para luchar por el Káiser. Todo eso es un embrollo político y, potencialmente, un campo minado. —Hizo una pausa; ella sabía que el tema no estaba agotado, pero aguardó en silencio a que él se decidiera a continuar. —Bueno, está bien. El *Ou Baas* me ha ordenado que encabece una comisión investigadora, a nivel de gabinete y muy confidencialmente, sobre la *Ossewa Brandwag*, que es la más extremista y floreciente de todas, peor aún que la *Broederbond*.

—¿Y por qué a ti, Blaine? Es algo feo, ¿verdad?

—Sí, es algo feo, y me escogió porque no soy afrikaner. El juez imparcial.

—He oído hablar de la *OB*, por supuesto. Hace años que se habla de ella, pero nadie parece saber gran cosa.

—Son nacionalistas de extrema derecha, antisemitas, antinegros; culpan de todos los males de su mundo a la pérfida Albión; tienen juramentos de sangre y reuniones a medianoche. Es una especie de movimiento de *boy-scouts* neanderthalenses, con *Mi lucha* como inspiración.

—Todavía no he leído ese libro. Todo el mundo habla de él. ¿Hay alguna traducción al inglés o al francés?

—Oficialmente publicada, no, pero tengo una traducción de Relaciones Exteriores. Es una bolsa de pesadillas y obscenidades, un manual de prejuicios y agresión desembozada. Te enviaría mi ejemplar, pero como literatura es horrorosa y el contenido emocional te daría asco.

—Tal vez no sea gran escritor —reconoció Centaine—. A pesar de todo, Blaine, Hitler ha puesto a Alemania de pie, tras el desastre de la República de Weimar. Alemania es el único país del mundo que no tiene desempleo y cuya economía está en auge. Tengo acciones de Krupp y Farben, y casi han duplicado su cotización en los últimos nueve meses. —Se interrumpió al ver la expresión de su compañero. —¿Pasa algo, Blaine?

El había dejado los cubiertos para mirarla fijamente.

—¿Tienes acciones de la industria armamentista alemana? —preguntó, en voz baja.

Ella asintió:

—Es la mejor inversión que he hecho desde que abandonamos el patrón oro... —Pero se interrumpió; jamás habían vuelto a mencionar ese tema.

—Nunca te pedí que hicieras algo por mí ¿verdad? —preguntó él.

Ella estudió cuidadosamente la pregunta

—No, nunca.

—Bueno, ahora voy a pedirte algo. Vende esas acciones del armamentismo alemán.

Ella puso cara de desconcierto.

—¿Por qué, Blaine?

—Porque es como invertir en la propagación del cáncer o como financiar las campañas de Genghis Khan.

Ella no respondió, pero su rostro quedó inexpresivo, con la mirada perdida; sus ojos se extraviaron como si sufriera de miopía. La primera vez, Blaine se había alarmado ante esa actitud; no tardó mucho en comprender que, cuando ella ponía los ojos de ese modo, estaba dedicada a la aritmética mental; lo fascinaba su celeridad para los cálculos.

Los ojos de Centaine volvieron a centrarse. Ella sonrió en señal de acuerdo.

—A la cotización de ayer, tendré una utilidad de ciento veintiséis mil libras. De cualquier modo, era hora de vender. Telegrafiaré a mis agentes de Londres en cuanto abra el correo.

—Gracias, amor mío. —Blaine sacudió tristemente la cabeza. —Pero me gustaría que ganaras dinero de otro modo.

—Tal vez estés juzgando mal la situación, *chéri* —sugirió ella, con tacto—. Quizá Hitler no sea tan malo como tú piensas.

—No hace falta que sea tan malo como yo pienso, Centaine. Basta con que sea tan malo como él dice ser en *Mein Kampf* para ser digno de la cámara de los horrores.

Blaine tomó un bocado de arenque y cerró los ojos, en suave éxtasis. Ella lo observó con un placer casi equivalente. Él tragó el bocado, abrió los ojos y declaró cerrado el tema con un movimiento de su tenedor.

—La mañana está demasiado bella para horrores —dijo, sonriendo—. ¡Léeme la página de deportes, mujer!

Centaine hizo crujir portentosamente las páginas y se preparó para leer en voz alta, pero de pronto perdió el color y se tambaleó en el asiento.

Blaine dejó caer los cubiertos con un tintineo y se levantó de un salto para sostenerla.

—¿Qué pasa querida?

Estaba alarmado y casi tan pálido como ella. Centaine le apartó las manos para clavar la vista en el periódico, que le temblaba en las manos.

Él se puso rápidamente a su espalda y observó la página por sobre su hombro. Había un artículo sobre la carrera de Kenilworth, efectuada en el fin de semana anterior. El caballo de Centaine, un buen potro llamado Bonheur, había perdido la carrera principal por menos de una cabeza, pero eso no podía haber ocasionado tanta aflicción.

De pronto vio, al pie de la página, lo que ella estaba mirando. Era una fotografía de un boxeador, de chaleco y pantalones cortos, que enfrentaba a la cámara en la postura formal: puños desnudos levantados y expresión ceñuda en sus agradables facciones. Centaine nunca había evidenciado el menor interés por el boxeo, y Blaine quedó intrigado. El titular del artículo decía:

FESTÍN DE GOLPES

CLIMA ELEGANTE PARA EL CAMPEONATO INTERUNIVERSITARIO

Eso no aclaró en nada su desconcierto. Entonces echó un vistazo al epígrafe de la fotografía: "El León del Kalahari, Manfred De La Rey, desafiante por el título de campeón universitario de medio-pesados".

—Manfred De La Rey —Blaine pronunció el nombre con suavidad, tratando de recordar dónde lo había oído anteriormente. De pronto se aclaró su expresión y estrechó los hombros de Centaine. —¡Manfred De La Rey! Es el muchacho que buscabas en Windhoek. ¿Es éste?

Centaine asintió bruscamente, sin mirarlo.

—¿Es algo tuyo, Centaine?

Ella estaba en medio de un torbellino emocional; de otro modo, su respuesta habría podido ser diferente. Pero le surgió antes de que pudiera morderse la lengua.

—Es mi hijo. Mi hijo bastardo.

Las manos de Blaine cayeron desde sus hombros. Ella le oyó aspirar bruscamente.

—¡Debo de estar loco!

"Hice mal en decírselo", pensó ella, inmediatamente. "Blaine jamás comprenderá. No podrá perdonarme."

No se atrevía a enfrentar el impacto y la acusación en el rostro de él. Dejó caer la cabeza y se cubrió los ojos con las manos.

"Lo he perdido", pensó. "Blaine es demasiado recto, demasiado virtuoso para aceptar una cosa así."

En ese momento, las manos de Blaine volvieron a tocarla; la levantaron del asiento y la hicieron girar suavemente hacia él.

—Te amo —dijo Blaine, simplemente.

Las lágrimas ahogaron a Centaine, que se arrojó hacia él y lo estrechó con todas sus fuerzas.

—Oh, Blaine, qué bueno eres.

—Si quieres hablarme de eso, aquí estoy, para ayudarte. Si prefieres no decir nada, comprenderé. Recuerda sólo que no importa lo que haya pasado, lo que hayas hecho; eso no cambia mis sentimientos por ti.

—Quiero contártelo. —Ella contuvo sus lágrimas de alivio y levantó la mirada. —Nunca he querido ocultarte cosas. Hace años que deseaba decirte esto, pero soy cobarde.

—Eres muchas cosas, amor mío, pero cobarde, nunca.

Blaine volvió a sentarla y acercó su propia silla, para sostenerle la mano mientras ella hablaba.

—Y ahora cuéntame todo.

—Es una historia muy larga, Blaine, y tú tienes reunión de gabinete a las nueve.

—Los asuntos de Estado pueden esperar. Tu felicidad es lo más importante del mundo.

Entonces ella le contó todo, desde el momento en que Lothar De La Rey la rescatara hasta el descubrimiento de la mina diamantífera y el nacimiento de Manfred, en el desierto. No ocultó nada; habló de su amor por Lothar, el amor de una muchacha solitaria y perdida por el hombre que la rescataba. Explicó de qué modo se había convertido en amargo odio, al descubrir que Lothar había asesinado a la vieja bosquimana, su madre

414

adoptiva, y que ese odio se había canalizado hacia el hijo de Lothar que llevaba en el vientre. Reveló que se había negado aun a mirar al recién nacido, haciendo que el padre se lo llevara, aún mojado con las aguas del nacimiento.

—Fue una perversión —susurró—. Pero estaba confundida y asustada. Temía que la familia Courtney me rechazara si introducía a un bastardo entre ellos. Oh, Blaine, lo he lamentado diez mil veces... y me he odiado tanto como odiaba a Lothar De La Rey.

—¿Quieres ir a Johannesburgo para verlo otra vez? —preguntó Blaine—. Podríamos volar para ver el campeonato.

La idea sobresaltó a Centaine.

—¿Podríamos? —repitió—. ¿Los dos, Blaine?

—No puedo dejar que vayas sola a algo que tanto te perturba.

—Pero, ¿puedes viajar? ¿Qué me dices de Isabella?

—Lo que tú necesitas es ahora mucho más importante —respondió él, con sencillez—. ¿Quieres ir?

—Oh, sí, Blaine. Oh, sí, por favor.

Centaine enjugó la última lágrima con la servilleta de encaje, y él vio el cambio en su actitud. Siempre le había fascinado verle cambiar de humor como otras mujeres de sombrero. Ahora se mostraba seca, rápida y práctica.

—Shasa debe volver del sudoeste hoy mismo. Llamaré a Abe para averiguar a qué hora despegaron. Si todo está bien, podemos ir mañana mismo a Johannesburgo. ¿A qué hora, Blaine?

—Tan temprano como quieras. Esta tarde despejaré mi escritorio y haré las paces con *Ou Baas*.

—A esta altura del año, el clima ha de ser bueno. Tal vez haya algunas tormentas eléctricas en la planicie alta. —Centaine le tomó la muñeca para ver el reloj de pulsera.— *Chéri*, todavía puedes llegar a esa reunión de gabinete, si te apuras.

Lo acompañó hasta la cochera para despedirlo, siempre jugando a la esposa abnegada, y lo besó por la ventanilla abierta del Bentley.

—Te llamaré a la oficina en cuanto llegue Shasa —le murmuró al oído—. Si todavía estás en reunión, te dejaré un mensaje con Doris.

Doris era la secretaria de Blaine, una de las pocas personas que conocía la relación entre ambos.

En cuanto él se marchó, Centaine corrió al dormitorio y tomó el teléfono. La línea a Windhoek estaba cargada de crujidos y siseos. Se hubiera dicho que Abe Abrahams estaba en Alaska.

—Despegaron al rayar el día, hace casi cinco horas —le informó, débilmente—. David va con él, por supuesto.

—¿Qué viento tienen, Abe?

—Deberían tener viento de cola durante todo el trayecto. Yo le calcularía treinta o treinta y cinco kilómetros por hora.

—Gracias. Iré a esperarlos al aeropuerto.

—Eso podría ser algo molesto. —Abe parecía vacilar. —Cuai do llegaron de la mina, ayer por la tarde, se comportaron con muchos secretos y deliberadas vaguedades. Esta mañana no me permitieron acompañarlos al aeropuerto. Creo que pueden estar en compañía... si me permites el eufemismo.

Centaine frunció el entrecejo por acto reflejo, aunque le costaba reprobar del todo los amoríos de Shasa. Siempre lo disculpaba con aquello de: "Es la sangre de Thiry. No puede evitarlo." Experimentaba cierto orgullo indulgente por el fácil éxito de su hijo con el sexo opuesto. Y cambió de tema.

—Gracias, Abe. He firmado los nuevos arriendos de Namaqualand, así que se puedes seguir adelante con el contrato.

Hablaron de negocios por cinco minutos más, antes de que Centaine cortara. Hizo otras tres llamadas, todas por negocios. Por fin, ella telefoneó a su secretario, que estaba en Weltevreden, y le dictó cuatro cartas, además del telegrama al agente de Londres, ordenando: "Venda todas acciones Krupp y Farben".

Después de cortar, hizo venir a Hadji y Miriam y les dio instrucciones para que manejaran el chalé en su ausencia. Por fin hizo un rápido cálculo. El Dragon Rapid, bella máquina bimotor azul y plata, que Shasa le había hecho comprar, podía volar a doscientos kilómetros; con viento de cola de treinta kilómetros por hora, los muchachos deberían de estar en Youngsfield antes de mediodía.

—Veremos si el gusto del señorito Shasa en cuestiones de mujeres ha mejorado en tiempos recientes.

Condujo su Daimler a poca velocidad, más allá del Distrito Seis, el colorido barrio malayo, cuyas callejuelas reverberaban con los gritos del muecín que llamaba a rezar, las atronadoras bocinas de los pescadores que anunciaban su mercancía y los gorjeos de los niños. Dejó atrás el hospital de Groote Schuur y la universidad contigua a la magnífica finca de Cecil Rhodes, su legado a la nación.

"Ha de ser la universidad mejor situada del mundo", pensó.

Los edificios de piedra, con sus columnatas, se erguían contra un fondo de pinos oscuros y contra el acantilado de la montaña; en las praderas que los rodeaban pastaban pequeños rebaños de corzos y cebras. Al ver la universidad volvió a pensar en Shasa. Acababa de terminar su año lectivo, con un respetable Distinguido.

—Los que salen primeros en torno me resultan siempre sospechosos —había comentado Blaine, al saber de esos resultados—. Casi todos son demasiado inteligentes para su propio bien y para el bien de quienes los rodean. Prefiero aquellos mortales menos excelsos, a quienes la excelencia les requiere un esfuerzo considerable.

—Me acusas de malcriarlo —había apuntado ella, sonriente—, pero tú te lo pasas disculpándolo.

—Ser hijo tuyo, amor mío, no es nada fácil para un muchacho.

—Vas a decirme que no soy buena con él —se enfureció ella.

—Eres muy buena con él. Tal como he sugerido, demasiado buena, tal vez. Es que no le dejas gran cosa. Eres tan triunfadora, tan dominante. Lo has hecho todo. ¿Qué puede hacer él para demostrar su propio valor?

—No soy dominadora, Blaine.

—Dije dominante, Centaine, no dominadora. Son dos cosas diferentes. Te amo porque tienes dominio, pero te despreciaría si fueras dominadora.

—No termino de entender ese idioma tuyo. Lo buscaré en mi diccionario.

—Pregúntale a Shasa. El único sobresaliente lo sacó en inglés —rió Blaine. Luego le rodeó los hombros con un abrazo. —Debes aflojar un poco las riendas, Centaine. Deja que cometa sus propios errores y disfrute de sus propios triunfos. Si quiere cazar, aunque a ti no te parezca bien matar animales que no vas a comer, recuerda que todos los Courtney han sido grandes adictos a la caza mayor. El viejo general Courtney mataba elefantes por cientos, y el padre de Shasa también cazaba. Deja que el muchacho pruebe. Eso y el polo son las únicas cosas que tú no has hecho antes que él.

—¿Y volar? —lo desafió ella.

—Perdón, también volar.

—Muy bien, dejaré que salga a asesinar animales. Pero dime, Blaine: ¿integrará el equipo de polo para las Olimpíadas?

—Francamente, querida... no.

—¡Pero si es bueno! ¡Tú mismo lo dijiste!

—Sí —concordó Blaine—, es bueno. Tiene fuego y audacia, muy buena vista y un brazo maravilloso, pero le falta experiencia. Si lo eligieran, sería el más joven de los jugadores internacionales que se hayan enviado. Sin embargo, no creo que vaya. Creo que el número dos debe ser Clive Ramsay.

Ella lo miró fijamente, y Blaine le sostuvo la mirada sin expresión. Adivinaba sus pensamientos. Como capitán, él era uno de quienes efectuarían la selección nacional.

—David irá a Berlín —apuntó ella.

—David Abrahams es la versión humana de la gacela —observó Blaine, con aire razonable—. Tiene el cuarto tiempo mundial en los doscientos metros y el tercero en los cuatrocientos. Tu hijo Shasa va a competir contra diez de los mejores jinetes del mundo, cuanto menos, por un sitio en la selección.

—Daría cualquier cosa por que Shasa fuera a Berlín.

—Te creo muy capaz —reconoció Blaine. Ella había construido un ala nueva para la facultad de ingeniería de Ciudad del Cabo, al decidirse, finalmente, que Shasa estudiara allí y no en Oxford. Sí, ningún precio le parecía demasiado alto. —Te aseguro, amor mío, que me aseguraré de... —Blaine hizo una pausa, mientras ella se erguía, llena de expectativa—... que me retiraré cuando se discuta el nombre de Shasa para la selección.

Centaine, al recordar la conversación, exclamó en voz alta:

—¡Es un maldito virtuoso!

Y golpeó con el puño el volante del Daimler, llena de frustración. De pronto, la imagen de una cama con incrustaciones de oro y marfil la hizo sonreír con perversidad.

—Bueno, tal vez no se pueda decir, exactamente, que es virtuoso.

El aeropuerto estaba desierto. Ella estacionó el Daimler junto al hangar, donde Shasa no pudiera verlo desde el aire. Luego sacó la manta de viaje del baúl y la tendió bajo un árbol, en el borde de la amplia pista, cubierta de césped.

Era un encantador día de verano, a pleno sol, con pocas nubes sobre la montaña y una brisa fuerte que agitaba los pinos, aplacando el calor.

Se instaló sobre la manta con *Un mundo feliz*, de Aldous Huxley, libro que estaba tratando de terminar desde hacía una semana. De vez en cuando levantaba la vista para escrutar el cielo, en dirección al norte.

A David Abrahams le encantaba volar, casi tanto como correr. Eso era lo que lo había acercado a Shasa, en un principio. Aunque Abe Abrahams trabajaba para Centaine y era uno de sus amigos más íntimos casi desde el nacimiento de David, los dos muchachos no se habían prestado verdadera atención hasta que ingresaron en la universidad, en el mismo año. Desde entonces se habían vuelto inseparables y eran miembros fundadores del club universitario de aviación, para el que Centaine había donado un Tiger Moth para entrenamiento.

David estaba estudiando abogacía; se daba tácitamente por sabido que, cuando se recibiera, trabajaría con su padre en Windhoek, lo cual significaba, naturalmente, que sería uno de los empleados de Centaine. Ella lo observaba cuidadosamente desde hacía años, sin haberle encontrado vicio alguno; por eso aprobaba su amistad con Shasa.

David era más alto que su padre; tenía el cuerpo flaco de los corredores y cara fea, atractiva y llena de humor, denso pelo rizado y gran nariz picuda, heredada de Abe. Sus mejores rasgos eran sus oscuros ojos semíticos y sus manos, largas y sensibles, que manipulaban ahora los controles del Dragon Rapide. Piloteaba con una dedicación casi religiosa, tal como el sacerdote que cumple con el rito de alguna religión arcana. Trataba al avión como si fuera una bella criatura viviente; Shasa, en cambio, volaba como ingeniero: con conocimiento y gran habilidad, pero sin la pasión mística de David.

David aplicaba esa misma pasión a las carreras pedestres y a muchas otras cosas de su existencia. Era uno de los motivos por los que Shasa lo amaba tan profundamente. Él daba sabor a su vida, acentuando el placer que Shasa obtenía de las actividades compartidas con él. Esas últimas semanas podrían haber sido aburridas sin la compañía de David.

Con la bendición de Centaine, denegada tercamente por casi un año, para ser otorgada misteriosamente a último momento, los dos habían volado en el Rapid a la Mina H'ani, un día después de terminar los exámenes finales.

En la mina, el doctor Twentyman-Jones dispuso que dos camiones de cuatro toneladas los esperaran, totalmente equipados para campamento, con criados, rastreadores, desolladores y un cocinero. Uno de los empleados de la compañía, hombre muy versado en la vida salvaje y la caza mayor, estaba a cargo de la expedición.

La meta era Caprivi Strip, esa remota banda de espesura, entre Angola y Bechuanalandia. El ingreso a esa zona estaba severamente restringido y se prohibía la caza, salvo en circunstancias excepcionales. Los otros deportistas se referían a ella, envidiosos, llamándola "el coto de caza privado de los ministros de Sudáfrica". Blaine Malcomess les había conseguido permisos de ingreso y de caza.

Bajo las serenas indicaciones y la mano firme del canoso minero, los dos jóvenes habían llegado a entender y respetar mejor la vida silvestre y el fascinante espectro de vida que contenía. En pocas semanas, él les enseñó en parte cuán era el puesto del hombre en el frágil equilibrio de la naturaleza, infiltrando en ellos los principios de la cacería ética.

—La muerte de cada animal es un hecho triste, pero inevitable. Sin embargo, la muerte de la selva, el pantano o la pradera que mantiene a toda la especie es una tragedia —explicaba—. Si los reyes y los nobles de Europa no hubieran sido ávidos cazadores, los alces, los jabalíes y los osos ya serían animales extinguidos. Fueron los cazadores quienes salvaron al bosque del hacha y el arado de los campesinos. —Ellos escuchaban atentamente junto a la fogata— Los hombres que cazan por amor a las bestias que persiguen protegerán a las hembras preñadas y con cría de los cazadores furtivos; todavía salvarán la selva de las cabras y el ganado. No, jóvenes amigos; Robin Hood era un sucio cazador furtivo. El verdadero héroe era el *sheriff* de Nottingham.

Pasaron días encantadores entre los matorrales. Salían del campamento a pie, antes de que aclarara, y volvían cansados como caballos, cuando el sol ya se había puesto. Cada uno de ellos mató su león y experimento, ante el hecho, la tristeza y el júbilo del cazador; también volvió decidido a preservar ese bello y salvaje país de las depredaciones causadas por hombres codiciosos e inconscientes. Y Shasa, bendecido en su nacimiento con la promesa de una gran fortuna y mucha influencia, llegó a comprender, en alguna medida, que esa responsabilidad podía recaer sobre él en gran parte, algún día.

Tal como David había previsto, las mujeres resultaron superfluas. Sin embargo, Shasa había insistido en llevar una para sí y otra para su amigo.

La elegida por Shasa tenía casi treinta años de edad. "Las mejores melodías se tocan con violines viejos", aseguró a David. Además, estaba divorciada. "Nunca domo a mis propios caballos de polo." Tenía ojos azules grandes, boca roja y madura y una silueta neumática, pero no cargaba con cantidades innecesarias de cerebro. David la apodó "Jumbo", explicando: "Es tan cabeza dura que podrían pasarle los elefantes por el cráneo."

Shasa había convencido a Jumbo para que llevara una amiga para David, y ella había elegido a otra divorciada, alta y morena, de rizos largos; llevaba los brazos delgados y el cuello largo cargados de cuentas y brazaletes. Usaba boquilla de marfil y tenía una mirada intensa, ardiente. hablaba poco... habitualmente para pedir otra ginebra.

David la apodó "el camello", por su sed insaciable. Sin embargo, las dos resultaron ser compañeras ideales, pues brindaban lo que de ellas se esperaba con vigor y experiencia, si así se les pedía. Por el resto del tiempo, se contentaban con pasar el día en el campamento. Al atardecer requerían pocas atenciones y no trataban de sabotear la conversación participando en ella.

—Éstas han sido, probablemente, las mejores vacaciones de mi vida. —Shasa se reclinó en el asiento del piloto, mirando soñadoramente adelante, mientras David, en el asiento del copiloto, se encargaba de los mandos. —Pero todavía no terminaron. —Echó un vistazo a su reloj. —Dentro de una hora más llegaremos a Ciudad del Cabo. Mantén el avión en curso.

Y desabrochó su cinturón de seguridad.

—¿Adónde vas? —preguntó David.

—No voy a abochornarte respondiendo a tu pregunta, pero no te sorprendas si el Camello viene a la cabina para estar contigo.

—Me preocupas, de veras. —David parecía muy serio. —Si sigues así, acabarás por reventar algo.

—Nunca me sentí más vigoroso —le aseguró Shasa, mientras salía trabajosamente del asiento.

—No me refería a ti, querido; la que me preocupa es Jumbo.

David sacudió tristemente la cabeza. Shasa, riendo entre dientes, le dio una palmada en el hombro y entró en la cabina trasera.

El Camello fijó en él su mirada oscura y fanática, mientras se volcaba un poco de ginebra y agua tónica en la pechera de la blusa. Jumbo, riendo como una niñita, contorsionó su gordo traserito para hacer sitio a Shasa. Él le susurró algo al oído. Jumbo puso cara de desconcierto, lo cual no era desacostumbrado en ella.

—El Club de la Milla de Altitud. ¿Qué cuernos es eso?

Shasa volvió a susurrarle algo y ella echó un vistazo por la ventanilla, hacia abajo.

—¡Por Dios! No me había dado cuenta de que estábamos tan alto.

—Cuando te asocias recibes un prendedor especial —le dijo Shasa—, hecho de oro y diamantes.

El interés de Jumbo cobró vuelo.

—Oh, caramba, ¿qué clase de prendedor?

—Un gatito volador, con alas de oro y ojos de diamante.

—¿Un gatito? ¿Y por qué un gati...? —Se interrumpió, al encenderse la intención en sus ojos de porcelana azul. —¡Eres terrible, Shasa Courtney!

Bajó los ojos, parpadeando pudorosamente, mientras Shasa guiñaba un ojo al Camello, diciendo:

—Creo que Davie quiere decirte algo.

El Camello se levantó, obediente, con el vaso en la mano. Todos sus brazaletes y collares tintinearon cuando avanzó hacia el otro lado.

Una hora después, Shasa acercaba el Rapide a la pista y lo posaba en la hierba, como quien enmanteca una tostada caliente. Antes de detenerlo, viró el morro y carreteó hacia los hangares, donde lo detuvo, con un resoplido del motor derecho. Sólo entonces reparó en el Daimler amarillo estacionado a la sombra del hangar, y en Centaine, de pie junto al coche.

—Oh, por Alá, ha venido *Mater*. ¡David, que nuestras bellezas se echen cuerpo a tierra!

—Demasiado tarde —gruñó su amigo—. Jumbo, bendita sea, ya la está saludando con la mano por la ventanilla.

Shasa juntó coraje para soportar la ira de su madre, mientras Jumbo bajaba la escalerilla, entre risitas y sosteniendo al Camello, a quien ya le fallaban las piernas.

Centaine no dijo nada, pero tenía un taxi esperando junto al Daimler. Shasa jamás preguntaría cómo había sabido lo de las muchachas, pero ella hizo que el taxi se adelantara y metió a la tambaleante pareja en el asiento trasero, con una mirada que parecía un látigo.

—Pon el equipaje de esas mujeres en el baúl —ordenó a Shasa, secamente. En cuanto estuvo cargado, hizo otra señal al conductor. —Llévelas adonde se les antoje.

El Camello se dejó caer en el asiento, con los ojos dilatados, pero Jumbo asomó por la ventanilla trasera, saludando con la mano y arrojando besos a Shasa, hasta que el taxi desapareció por los portones del aeropuerto. Entonces el muchacho inclinó la cabeza, esperando el gélido sarcasmo de su madre.

—¿Tuvieron buen viaje, querido? —preguntó ella, dulcemente, acercándole la mejilla para recibir un beso.

Las dos muchachas no volvieron a ser mencionadas.

—¡Maravilloso! —El beso de Shasa estaba lleno de gratitud, alivio y auténtico placer por verse otra vez a su lado. Quiso contarle todo, pero ella lo interrumpió, diciendo:

—Más tarde. Ahora quiero que hagas revisar el Rapide y cargar combustible. Mañana volaremos a Johannesburgo.

Una vez en Johannesburgo, se hospedaron en el Carlton. Centaine poseía el treinta por ciento del capital accionario del establecimiento, y la suite real estaba a su disposición siempre que se hallaba en la ciudad.

El hotel no tardaría en necesitar una gran renovación, pero ocupaba una situación privilegiada en el centro de Johannesburgo. Mientras se cambiaba para cenar, Centaine sopesó la posibilidad de hacerlo derribar totalmente para aprovechar el terreno. Decidió hacer que sus arquitectos prepararan un informe y apartó los negocios de su mente, dedicando a Blaine el resto de la velada y toda su atención.

Corriendo un tonto riesgo de provocar habladurías, ella y Blaine bailaron hasta las dos de la mañana en el *nightclub* del último piso.

Al día siguiente, él tenía planeada toda una serie de entrevistas en Pretoria; había sido una excusa ante Isabella para ese viaje. Por lo tanto, Centaine pudo pasar todo el día con Shasa. Por la mañana asistieron a una venta de potrillos pura sangre, pero los precios resultaron ridículamente elevados, y ellos salieron sin haber comprado un solo animal. Almorzaron en el pabellón de África del Este, donde Centaine disfrutó, más que de la comida, de las miradas envidiosas y calculadoras que le echaban las mujeres de las mesas vecinas.

Por la tarde fueron al zoológico. Mientras alimentaban a los monos y remaban en el lago, analizaron los planes de Shasa para el futuro. Ella descubrió, con deleite, que el muchacho no había abandonado en un ápice su decisión de asumir sus deberes y responsabilidades en la empresa Courtney, en cuanto hubiera obtenido su diploma.

Llegaron al Carlton con tiempo de sobra para cambiarse, antes de la pelea. Blaine, que ya estaba de esmoquin, con un whisky en la mano, se repantigó en uno de los sillones, contemplando a Centaine, dedicada a su arreglo. A ella le gustó; era como jugar otra otra vez a estar casados; hasta le pidió que le pusiera los aros y desfiló ante él, dando una vuelta para desplegar sus largas faldas.

—Es la primera vez que voy a una pelea, Blaine. ¿No estamos demasiado elegantes?

—Te aseguro que la gente va de rigurosa etiqueta.

—Oh, Dios estoy tan nerviosa... No sé qué voy a decirle, cuando tenga la oportunidad... —Se interrumpió. —Conseguiste entradas, ¿no?

Él se las mostró, sonriendo.

—Primera fila, y tengo contratado un coche con chofer.

Shasa entró en la suite, con una chalina de seda blanca sobre los hombros de su esmoquin y la corbata negra cuidadosamente asimétrica, para que no se la confundiera con esas monstruosidades modernas que se abrochaban sobre la camisa.

"Qué espléndido está." El corazón de Centaine se henchió al verlo. "¿Cómo voy a protegerlo de las arpías?"

Después de darle un beso, él fue al armario y le sirvió la acostumbrada copa de champagne.

—¿Le sirvo otro whisky, señor? —preguntó a Blaine.

—Gracias pero me limito a uno, Shasa —rechazó Blaine.

El muchacho se sirvió un ginger-ale seco. Si por algo no cabía preocuparse, pensó la madre, era por el licor. El alcohol nunca sería la debilidad de Shasa.

—Bueno, *Mater* —dijo el joven, levantando la copa—, brindo por tu nuevo interés en el caballeresco arte del boxeo. ¿Estás versada en los objetivos generales del deporte?

—Según creo, consiste en que dos muchachos suban al ring y traten de matarse mutuamente. ¿Me equivoco?

—Es la definición exacta, Centaine —rió Blaine.

Nunca le aplicaba términos cariñosos delante de Shasa. No por primera vez, se preguntó qué pensaría el muchacho de la relación entre ella y Blaine. Debía sospechar algo, sin duda. Pero ella ya tenía suficientes motivos de preocupación, por esa noche, sin necesidad de agregarle otro.

Centaine bebió su champagne y, esplendorosa con sus diamantes y sus sedas, llevada del brazo por los dos hombres más importantes de su mundo, salió hacia la limusina que esperaba.

Las calles de la universidad de Witwatersrand, alrededor del gimnasio, estaban llenas de vehículos estacionados; las filas de automóviles avanzaban por la colina, cola contra morro; en las aceras de agolpaban multitudes de estudiantes excitados y aficionados al boxeo, que corrían hacia el vestíbulo. Por lo tanto, el chofer se vio obligado a dejarlos a doscientos metros de la entrada, para que se incorporaran a la muchedumbre que avanzaba a pie.

En el vestíbulo, la atmósfera era ruidosa y cargada de expectativa. Cuando ocuparon los asientos reservados, Centaine se sintió aliviada al ver que todos, en las tres primeras filas, vestían de gala, y que había casi tantas damas como caballeros. Había tenido pesadillas en las que se veía como la única mujer del público.

Soportó las pruebas eliminatorias previas, tratando de demostrar interés en la conferencia que le daban Blaine y Shasa, pero los combatientes de las categorías menores eran tan pequeños y esmirriados que parecían gallos de pelea subalimentados; la acción a fuer de rápida, engañaba la vista. Además, su mente y su interés estaban puestos en la aparición del muchacho que había ido a ver.

Terminó otra pelea; los boxeadores, magullados y cubiertos de sudor, bajaron del *ring*. Un silencio expectante cayó sobre el salón y las cabezas comenzaron a estirarse hacia el vestuario.

Blaine verificó su programa, murmurando:

—¡Ahora viene!

En eso, un rugido sanguinario brotó de los espectadores.

—Allí está. —Blaine le tocó el brazo, pero ella descubrió que no podía volver la cabeza.

"Ojalá no hubiera venido", pensó, acurrucándose en el asiento. "No quiero que me vea."

Manfred De La Rey, el mediopesado desafiante, fue el primero en subir al *ring*, atendido por su entrenador y sus dos segundos. El grupo de Stellenbosch rugía, blandiendo los estandartes de la universidad, mientras lanzaban el grito de guerra característico. De inmediato respondieron los estudiantes de Witwatersrand, con gritos de burla, vítores y golpeteo de pies. El ruido imperante hacía doler los tímpanos. Manfred subió al *ring* y ejecutó una pequeña danza, arrastrando los pies, con las manos enguantadas por sobre la cabeza; la bata de seda le colgaba de los hombros como un manto.

Tenía el pelo crecido, fuera de moda; en vez de peinarlo con Brylcrem, lo dejaba formar alrededor de la cabeza como una nube dorada. Su fuerte mandíbula no llegaba a ser pesada; los huesos de la frente y los pómulos eran prominentes y bien cincelados, pero los ojos sobresalían por sobre todos sus rasgos: pálidos e implacables como de los un gran felino carnicero, subrayados por sus cejas oscuras.

Desde los hombros anchos, el cuerpo descendía en una pirámide invertida hasta las caderas y las líneas de las piernas, largas y bien definidas; no había en su físico grasa ni carne floja; cada uno de sus músculos era visible bajo la piel.

Shasa se puso tenso en el asiento al reconocerlo y rechinó furiosamente los dientes, recordando el impacto de aquellos puños en su carne, la sofocante pasta de pescado que casi lo había ahogado, tal como si los años intermedios no hubieran transcurrido.

—Lo conozco, *Mater* —gruñó, entre dientes apretados—. Es el muchacho con quien me peleé en el muelle de Walvis Bay.

Centaine le puso una mano en el brazo para contenerlo, pero no le dirigió una mirada ni una palabra. En cambio echó un vistazo al rostro de Blaine. Lo que vio en él la dejó preocupada.

La expresión de Malcomess era sombría; Centaine sintió su enfado y su dolor. A mil quinientos kilómetros de allí había podido mostrarse comprensivo y magnánimo, pero al tener ante sí la prueba viviente de otros amoríos sólo podía pensar en el hombre que le había hecho ese bastardo, en la aquiescencia... no, en la jubilosa participación de Centaine en ese acto. Pensaba en ese cuerpo de mujer, que habría debido ser sólo de él, amado por un desconocido, por un enemigo contra quien él había arriesgado su vida en combate.

"Oh, Dios, ¿por qué vine?", se torturó ella. Y de pronto sintió que algo se fundía y cambiaba de forma en su interior. Entonces tuvo la respuesta. "Carne de mi carne", pensó. "Sangre de mi sangre."

Y recordó el peso de ese hijo en el vientre, y los espasmos de la vida que crecía en ella. Todos los instintos de la maternidad afloraron, amenazando sofocarla. El furioso grito del nacimiento volvió a resonar en su cerebro, ensordeciéndola.

"¡Mi hijo!" Estuvo a punto de gritarlo en voz alta. "Mi propio hijo."

El magnífico luchador del ring giró la cabeza en su dirección y la vio por primera vez. Dejó caer las manos a los costados y levantó el mentón, mirándola con tan concentrado veneno, con odio tan amargo en esos ojos amarillos, que fue como el golpe de una maza llena de clavos contra su rostro desprotegido. Luego, Manfred De La Rey le volvió deliberadamente la espalda y caminó hasta su rincón.

Blaine, Shasa y Centaine permanecían rígidos y silenciosos, en medio de una multitud que rugía y entonaba estribillos. Ninguno de los tres miraba a sus compañeros. Sólo Centaine se movía, retorciendo la punta de su chal de lentejuelas, mordiéndose el labio inferior para evitar que temblara.

El campeón subió al ring. Ian Rushmore era dos o tres centímetros más bajo que Manfred, pero más amplio de pecho, dotado de largos brazos simiescos, muy musculosos, y cuello tan corto y grueso que daba la impresión de tener la cabeza directamente plantada en los hombros. El vello negro, espeso y áspero, asomaba en rizos por sobre la parte superior del chaleco. Parecía potente y peligroso como un jabalí.

Sonó la campana. Entre el rugido sanguinario de la muchedumbre, los dos luchadores se encontraron en el medio del *ring*. Centaine ahogó una exclamación involuntaria ante el ruido del puño enguantado contra la carne. Por comparación con los breves toques de los combates precedentes, aquello era como el enfrentamiento de dos gladiadores.

A ella le era imposible distinguir alguna ventaja entre los dos hombres, que giraban, arrojándose aquellos puñetazos terribles, que rebotaban en la sólida guardia de brazos y guantes. Zigzagueaban, se agachaban y volvían a enfrentarse, mientras la multitud, en derredor, aullaba en un frenesí descontrolado.

El asalto terminó tan abruptamente como había comenzado; los combatientes se separaron para volver a los pequeños grupos de ayudantes, que se afanaron en atenderlos amorosamente, lavándolos con esponjas, masajeándolos, dándoles aire fresco o susurrándole indicaciones.

Manfred tomó un sorbo de agua que su entrenador, un hombre corpulento, de gran barba negra, le acercó a la boca. Hizo un buche con el líquido y luego, mirando deliberadamente a Centaine, como si la escogiera entre el público con esos ojos pálidos, escupió el agua en el balde que tenía a sus pies, sin apartar la vista de ella. La mujer comprendió que era una muestra de odio y se acobardó ante esa ira. Apenas oyó a Blaine, que murmuraba a su lado:

—Yo daría este asalto por empatado. De La Rey no aflojó en nada y Rushmore le tiene miedo.

Entonces los boxeadores volvieron a levantarse, a saltar en círculos y a arrojarse golpes con los puños enguantados, gruñendo como animales exigidos al pegar y recibir; los cuerpos les brillaban de sudor por el esfuerzo; allí donde asestaban un puñetazo se encendía un parche rojo y reluciente. Aquello siguió y siguió. Centaine llegó a sentir náuseas ante el salvajismo primitivo de aquella escena, ante los ruidos, el olor y el espectáculo de la violencia, del dolor.

—Rushmore se llevó este *round* —dijo Blaine, tranquilamente, al sonar otra vez la campana.

Ella lo odió, por un momento, por esa calma. Sentía un sudor pegajoso en la cara y las náuseas amenazaban con abrumarla. Blaine prosiguió:

—De La Rey tendrá que definir esto en los próximos dos *rounds*. Si no, Rushmore va a hacerlo papilla. Está cobrando cada vez más confianza.

Ella habría querido levantarse de un salto y salir corriendo, pero no le respondían las piernas. Volvió a sonar la campana y los dos hombres salieron otra vez, al fulgor de los reflectores. Centaine trató de apartar la vista, pero no pudo. Y siguió observando lo que ocurría, con enfermiza fascinación. Vio cómo se desarrollaba cada escena, en sus más vívidos detalles, y supo que jamás podría olvidarlo.

Vio que el guante de cuero rojo se convertía en un borrón, penetrando por una diminuta abertura en el círculo defensivo de los brazos. Vio que la cabeza del otro hombre se movía de un modo seco, como si hubiera llegado al límite de la horca. Vio cada una de las gotitas de sudor que volaron de sus rizos empapados, como si alguien hubiera arrojado una pesada piedra al estanque, y las facciones que se retorcían grotescamente, perdiendo la forma ante el impacto, para convertirse en una careta de agonía.

Oyó el golpe, y el ruido de algo que se rompía: dientes, huesos o tendones. Y gritó, pero su grito se perdió, tragado por la alta marea de sonido que estallaba en mil gargantas, a su alrededor. Entonces se metió los dedos en la boca, pues los golpes seguían llegando, tan veloces que los horribles ruidos de los impactos se encadenaban como el del batidor en el bol de crema espesa, y la carne se convertía en una ruina colorada bajo ellos. Centaine siguió gritando, mientras contemplaba la espantosa rabia amarilla en los ojos del hijo que ella había gestado. Lo vio convertirse en una bestia asesina y delirante, y vio cómo se marchitaba y se quebraba su adversario, retrocediendo como si sus piernas no tuvieran huesos, para caer en un giro, rodando hasta quedar de espaldas, con los ojos ciegos clavados en los reflectores. Roncaba, tragándose la sangre espesa y brillante que le brotaba de la nariz deshecha, cayendo en la boca abierta. Manfred De La Rey bailoteó a su lado, aún poseído por su ira asesina, y Centaine pensó que iba a echar la cabeza atrás para aullar como los lobos, o a arrojarse contra ese objeto roto caído a sus pies, para arrancarle el cuero cabelludo y blandirlo en alto, en obscena muestra de triunfo.

—Sácame de aquí, Blaine —sollozó—. Por favor, sácame de aquí.

Y los brazos de su compañero la pusieron en pie y la llevaron a la noche.

Detrás de ella, el rugido sanguinario se fue desvaneciendo. Bebió a grandes tragos el aire frío y dulce de la pradera, como si acabara de ser rescatada en el momento mismo en que se ahogaba.

"El león del Kalahari se gana el pasaje a Berlín", vocearon los titulares. Centaine, estremecida por el recuerdo, dejó caer el periódico junto a la cama y tomó el teléfono.

—Shasa, ¿a qué hora podemos volver a casa? —preguntó, en cuanto la voz del muchacho, gangosa de sueño, sonó en el auricular.

Blaine entró desde el baño, con espuma de afeitar en las mejillas.

—¿Estás decidida? —preguntó, al verla cortar.

—No tiene sentido que procure, siquiera, hablar con él —respondió ella—. Ya viste cómo me miraba.

—Tal vez haya otra oportunidad...

Era un intento de consolarla, pero vio la desesperación en sus ojos y corrió a abrazarla.

David Abrahams batió su propio record en la carrera de doscientos metros, por casi un segundo, en el primer día de las pruebas eliminatorias para las Olimpíadas. Sin embargo, al segundo día no le fue tan bien como se esperaba; apenas pudo ganar por medio metro la prueba final de los cuatrocientos metros.

Aún así, su nombre figuraba entre los primeros de la lista que se leyó en el banquete, seguido de gran baile, con que se clausuraron los cinco días de certámenes clasificatorios. Shasa, que estaba sentado a su lado, fue el primero en estrecharle la mano y darle grandes palmadas en la espalda. David iría a Berlín.

Dos semanas después se llevaron a cabo las eliminatorias de polo, en el Club Inanda de Johannesburgo. Shasa fue seleccionado para el equipo B de "candidatos posibles", contra el equipo A, capitaneado por Blaine, de "candidatos probables"; sería el último *match* del día final.

Centaine, sentada en las últimas gradas del palco de honor, observaba a Shasa, que estaba en uno de los días más inspirados de su carrera. Aún así, adivinaba, con el corazón desesperado, que eso no era suficiente. Shasa no perdió una intercepción, no erró un solo tiro durante los cinco primeros *chukkers*. En cierta oportunidad, llegó a tomar la pelota bajo el mismo hocico del caballo de Blaine, con un despliegue de audacia que hizo poner de pie a todos los espectadores. Y tampoco eso, Centaine lo adivinó, sería suficiente.

Clive Ramsay, el rival de Shasa por el puesto número dos en el equipo a seleccionar, había jugado bien por toda la semana. Tenía cuarenta y dos años y una sólida carrera detrás de sí; había actuado como segundo de Blaine Malcomess en casi treinta *matches* internacionales. Su carrera de polista estaba llegando a la cima, y Centaine sabía que los selectores no podían descartarlo en favor del candidato más joven y audaz; aunque tuviera mejores dotes, contaba con menos experiencia y, por lo tanto, era menos digno de confianza. Casi los veía mover sabiamente las cabezas, fumando cigarros: "El joven Courtney tendrá una buena oportunidad la próxima vez." Y los odió por anticipado, incluyendo a Blaine Malcomess.

De pronto, la multitud lanzó un aullido. Ella también se levantó de un salto.

Shasa, gracias a Dios, estaba fuera del asunto; galopaba por la línea lateral, listo para cruzarse, mientras su propio número uno, otro joven de empuje, desafiaba a Clive Ramsay en el centro del campo.

Probablemente no fue deliberado, sino consecuencia de una implacable necesidad de lucirse, pero el capitán de Shasa chocó a Clive Ramsay en la intercepción, de un modo asesino, poniendo a su caballo de rodillas. Clive salió despedido de la silla y cayó, dando tumbos, al suelo duro como hierro. Esa misma tarde, los rayos X confirmaron una fractura múltiple de fémur, que el cirujano traumatólogo se vio obligado a operar.

—Nada de polo por un año, cuanto menos —ordenó, cuando su paciente salió de la anestesia.

Por lo tanto, cuando los selectores se reunieron en cónclave, Centaine aguardó con ansias, abrigando renovadas esperanzas. Al discutirse el nombre de Shasa, Blaine se diculpó de participar, tal como lo había anticipado. Pero cuando volvieron a llamarlo al salón, el presidente gruñó:

—Muy bien, el joven Courtney irá en vez de Clive.

A pesar de sí mismo, Blaine experimentó una oleada de júbilo y orgullo; Shasa Courtney era lo más parecido a un hijo varón que podría tener jamás.

En cuanto le fue posible, telefoneó a Centaine para darle la noticia:

—Esto no se sabrá hasta el viernes, pero Shasa va a Berlín.

Centaine quedó fuera de sí de alegría.

—Oh, Blaine, querido, ¿cómo voy a hacer para dominarme hasta el viernes? —exclamó—. ¡Piensa en lo divertido que será ir a Berlín juntos, los tres! Podemos llevar el Daimler y cruzar en automóvil toda Europa. Shasa no conoce Mort Homme. Podemos pasar algunos días en París, y tú me llevarás a cenar a Laserre. Hay tantas cosas que preparar... Pero ya hablaremos de eso cuando nos veamos, el sábado.

—¿El sábado?

Se había olvidado. Centaine lo percibió en su voz.

—Es el cumpleaños de Sir Garry, ¡el picnic en la montaña! —Suspiró de exasperación. —Oh, Blaine, es una de las pocas fechas en el año en que podemos estar juntos... justificadamente.

—¿Y es otra vez el cumpleaños de Sir Garry? Pero ¿qué pasó con este año? —protestó él.

—Oh, Blaine, te olvidaste —lo acusó ella—. No me puedes fallar. Este año la celebración será doble: el cumpleaños y la selección de Shasa para las Olimpíadas. Prométeme que irás, Blaine.

Él vaciló por un instante. Había prometido a Isabella que la llevaría con las niñas a casa de su madre, en Franschoek, para pasar allí el fin de semana.

—Lo prometo, tesoro. Allí estaré.

Ella jamás sabría lo que iba a pagar Blaine por esa promesa, pues Isabella se cobraría con exquisitos refinamientos de crueldad el compromiso roto.

Era la droga lo que había provocado ese cambio en Isabella, se repetía, una y otra vez. En el fondo, ella seguía siendo la misma persona, dulce y gentil, con la que se casó. Pero el dolor incesante y la droga la habían arruinado, y él trataba de conservarle el respeto y el afecto.

Trató de recordar su encanto, delicado y etéreo como el de una rosa apenas abierta. Pero ese encanto había desaparecido hacía tiempo, dejando pétalos marchitos y el hedor de la descomposición. Cada poro de su piel exudaba el olor dulzón y enfermizo del láudano; las profundas llagas, jamás cicatrizadas, de las nalgas y la parte inferior de la espalda, despedían un vaho sutil, pero penetrante, que él había llegado a aborrecer. Se le hacía difícil estar cerca de ella. Su aspecto y su olor le resultaban repulsivos; empero, al mismo tiempo, lo colmaban de indefensa piedad y de corrosivos remordimientos hacia su infidelidad.

Ella se había convertido en un esqueleto. No había carne en los huesos de aquellas piernas frágiles, que eran como los miembros zancudos de aves acuáticas, perfectamente rectas y sin forma, sólo distorsionadas por el bulto de la rodilla y los pies inútiles, desproporcionadamente grandes, en el extremo.

Sus brazos estaban igualmente flacos y hasta su cráneo había perdido carne. Los labios estaban recogidos hacia atrás, descubriendo los dientes; cuando trataba de sonreír, cuando hacía una mueca de enojo (lo cual era más frecuente), parecía una calavera. Hasta las encías estaban pálidas, casi blancas.

También su piel tenía la apariencia de papel de arroz, por lo blanca y sin vida, tan fina y traslúcida que dejaba ver las venas de manos y frente, en un dibujo azul. En la cara, lo único dotado de vida eran los ojos; ahora había en ellos un brillo malicioso, como si odiara a Blaine por tener un cuerpo saludable y lujurioso, en tanto el suyo estaba destruido e inútil.

—¿Cómo puedes hacer algo así, Blaine? —le preguntó con el mismo gemido acusador y agudo que había utilizado ya incontables veces. —Me lo prometiste. Sabe Dios que te veo muy poco. Esperaba tanto este fin de semana, desde hace...

Siguió y siguió. Él trató de no escuchar, pero se descubrió pensando otra vez en su cuerpo.

Después de haber pasado casi siete años sin verla desvestida, hacía apenas un mes había entrado en su vestidor, convencido de que ella estaba en la glorieta del jardín, donde pasaba casi todo el día. Pero estaba allí, desnuda, tendida en la camilla de masajes, mientras la enfermera diurna trabajaba en ella. La impresión debió de verse claramente en la cara de Blaine cuando las dos mujeres levantaron la vista, sobresaltadas.

En el pecho esmirriado de Isabella sobresalían todas las costillas; sus pechos eran vacíos sacos de piel que le colgaban desde las axilas. La mata oscura del vello público resultaba incongruente y obscena en la cuenca huesuda de la pelvis, bajo la cual brotaban aquellas piernas similares a palillos, en un ángulo desarticulado, tan consumidas que, entre los muslos, el espacio era más ancho que una mano de hombre con los dedos abiertos.

—¡Sal de aquí! —había gritado ella. Él apartó los ojos y salió precipitadamente. —¡Sal de aquí y no vuelvas a entrar jamás!

Y ahora su voz tenía el mismo timbre.

—Esta bien, vete a tu picnic, si es preciso. Ya sé que soy una carga para ti. Sé que no soportas pasar sino unos pocos minutos en mi presencia...

Él, sin soportarlo más, levantó una mano para acallarla.

—Tienes razón, querida mía. Fue un acto de agoísmo mencionarlo, siquiera. Que no se vuelva a hablar del asunto. Iré con ustedes, por supuesto.

Vio la vengativa chispa de triunfo en los ojos de Isbella y la odió de pronto, por primera vez. Sin poder contenerse, pensó: "¿Por qué no se muere? Sería mejor para ella y para todos los que la rodeamos". De inmediato se horrorizó de su propia idea; la culpa lo invadió de tal modo que se acercó apresuradamente a la silla de ruedas y se inclinó hacia ella, para tomar con ambas manos aquella diestra fría y huesuda, estrechándola con suavidad, mientras la besaba en los labios.

—Perdona, por favor —susurró.

Empero, sin que la invocara, se le apareció la imagen de Isabella en su ataúd. Allí estaba, bella y serena como antes, con el pelo nuevamente espeso, lustroso, esparcidos en la almohada de satén los mechones rojizodorados. Cerró los ojos con fuerza para apartar la imagen, pero persistió, aun cuando ella se aferró de su mano.

—Oh, será divertido estar juntos y solos por un par de días. —El quiso apartarse, pero ella lo retuvo. —Ahora tenemos tan pocas oportunidades de conversar... Pasas mucho tiempo en el Parlamento. Y cuando no estás trabajando vas a jugar al polo.

—Te veo todos los días, por la mañana y por la noche.

—Oh, lo sé, pero nunca conversamos. Ni siquiera hemos hablado del viaje a Berlín, y ya queda poco tiempo.

—¿Hay mucho de que hablar al respecto, querida? —preguntó él, con cautela, mientras se desasía para volver a su silla, al otro lado de la glorieta.

—Por supuesto, Blaine. —Ella le sonrió, exponiendo esas encías pálidas tras los labios encogidos. El gesto le dio una expresión astuta, casi taimada, que a Blaine le resultó perturbadora. —Hay muchos arreglos que hacer. ¿Cuándo parte el equipo?

430

—Tal vez no viaje con el equipo —advirtió él, cauto—. Quizá parta algunas semanas antes y me detenga en Londres y en París, para efectuar algunas conversaciones con los gobiernos británico y francés, antes de seguir viaje a Berlín.

—Oh, Blaine, y aún debemos arreglarlo todo para que yo te acompañe...

Él tuvo que controlar su expresión, pues Isabella lo observaba con atención.

—Sí —dijo—, habrá que planearlo todo con cuidado.

La idea era insoportable. Tanto como deseaba estar con Centaine, poder abandonar los disimulos y no temer que los descubrieran...

—Antes que nada, querida, es preciso asegurarse bien de que el viaje no empeore tu estado de salud.

—No quieres que yo vaya, ¿verdad? —La voz de Isabella se elevó ásperamente.

—Por supuesto que...

—Es una maravillosa oportunidad para escapar de mí.

—Por favor, Isabella, tranquilízate. Te vas a...

—No finjas que te importo. Hace nueve años que soy una carga para ti. Desearías verme muerta, sin duda.

—Isabella... —Pero lo había impresionado lo acertado de la acusación.

—Oh, no te hagas el santo, Blaine Malcomess. Aunque esté atada a esta silla, puedo ver y oír lo que pasa.

—No quiero continuar así. —Blaine se levantó. —Volveremos a conversar cuando te hayas calmado...

—¡Siéntate! —chilló ella—. ¡No voy a permitir que corras a tu prostituta francesa, como siempre!

Blaine hizo una mueca de dolor, como si hubiera recibido un golpe en plena cara. Ella prosiguió, jactanciosa:

—Bueno, al fin lo he dicho. Oh, Dios, no te imaginas cuántas veces he estado a punto de decirlo. No te imaginas lo bien que se siente una cuando puede decirlo: ¡prostituta! ¡Ramera!

—Si dices una palabra más, me iré —le advirtió él.

—¡Buscona! —agregó ella, con placer—. ¡Trotacalles! ¡Arrastrada!

Blaine giró sobre sus talones y bajó los peldaños de la glorieta, de a dos por vez.

—¡Blaine! —gritó ella—. ¡Vuelve!

Él siguió caminando hacia la casa. El tono de Isabella cambió.

—Lo siento, Blaine. Te pido perdón. Vuelve, por favor. ¡Por favor!

Y él no pudo negarse. A su pesar, regresó. Descubrió que le temblaban las manos de furia y horror; se las metió en los bolsillos y se detuvo al pie de la escalera.

—Está bien —dijo, con suavidad—. Lo de Centaine Courtney es cierto. La amo. Pero también es cierto que hemos hecho todo lo posible para evitar que te sintieras herida o humillada. Por lo tanto, no vuelvas a hablar así de ella. Si Centaine lo hubiera permitido, me habría ido con ella hace años... abandonándote. Que Dios me perdone, pero te habría abandonado. Sólo ella me obligó a seguir aquí, y sólo por ella me quedo.

Ella estaba tan arrepentida e impresionada como Blaine. Al menos, así pareció cuando volvió a levantar la vista. Entonces quedó al descubierto que había fingido arrepentimiento sólo para hacerlo volver y tenerlo bajo al alcance de su lengua.

—Ya sé que no puedo ir a Berlín contigo, Blaine. Se lo he preguntado al doctor Joseph y él lo prohíbe. Dice que el viaje me mataría. Sin embargo, sé lo que están planeando, tú y esa mujer. Sé que has utilizado toda tu influencia para lograr que Shasa Courtney integre el equipo; así le das a ella una excusa para viajar también. Sé que han ideado un maravilloso interludio ilícito y no puedo impedir que vayas...

Él abrió los brazos en un gesto de furiosa resignación. Era inútil protestar, y la voz de Isabella volvió a elevarse, con esa insistente aspereza.

—Bueno, voy a decirte una cosa: olvídense de la luna de miel que estaban planeando. He dicho a las niñas, tanto a Tara como a Mathilda Janine, que irán contigo. Ya se los he dicho y están entusiasmadísimas. Ahora, todo corre por tu cuenta. O cometes la crueldad de desilusionar a tus hijas o asumes el papel de niñera, en lugar del Romeo que pensabas representar en Berlín. —Su voz se elevó un poco más; el centelleo de sus ojos era vengativo. —¡Y te lo advierto, Blaine Malcomess, si te niegas a llevarlas, les diré por qué. Pongo a Dios de testigo: les diré que su amado papito es un mentiroso, un hombre falso, un libertino mantenido por mujeres!

Aunque todo el mundo, desde los periodistas más especializados hasta el último de los fanáticos, confiaban en que Manfred De La Rey integraría el equipo de boxeo enviado a Berlín, toda la ciudad de Stellenbosch estalló de orgullo cuando se anunció oficialmente, no sólo que él era el mediopesado a competir, sino también que Roelf Stander representaría a los pesopesados y al reverendo Tromp Bierman le tocaría la tarea de entrenador oficial.

Hubo una recepción cívica y un desfile por las calles de la ciudad. En una reunión de la *Ossewa Brandwag*, el general los puso como ejemplo de la virilidad afrikaner, destacando la abnegación y capacidad combativa de ambos muchachos.

—Son los jóvenes como éstos los que darán a nuestra nación el sitio que le corresponde por derecho en esta tierra —dijo.

Y, mientras desde la filas uniformadas recibía el saludo de la *OB*, con el puño derecho apretado contra el corazón, prendió en la chaquetilla de Manfred y Roelf las insignias del rango de oficial.

—Por Dios y por el *Volk* —les exhortó el comandante.

Manfred nunca había experimentado tanto orgullo ni tanta determinación a honrar la confianza depositada en él.

En las semanas siguientes, el entusiasmo fue en aumento. El equipo oficial tuvo que probarse las chaquetillas verdes y doradas, los pantalones blancos y los anchos sombreros Panamá, que componían el uniforme con el que marcharían al estadio olímpico. Hubo interminables reuniones informativas dedicadas a todos los temas posibles, desde las reglas de etiqueta y buena educación imperantes en Alemania hasta las disposiciones tomadas para el viaje, pasando por las características de los adversarios con los que, probablemente, deberían enfrentarse en la marcha hacia la final.

Tanto Manfred como Roelf fueron entrevistados por periodistas de todas las revistas y periódicos del país. En el programa radial *Esta es tu tierra*, que se transmitía en toda la nación, se les dedicó media hora completa.

Sólo una persona parecía estar fuera del entusiasmo.

—Las semanas que vas a pasar lejos serán más largas que mi vida toda —dijo Sara a Manfred.

—No seas tontita —rió él—. Todo pasará sin que te des cuenta, y volveré con una medalla de oro colgada al cuello.

—No me llames tontita —le espetó ella—, ¡nunca más!

Él se echó a reír.

—Tienes razón —dijo—. Mereces mucho más que eso.

Sara había asumido las tareas de cronometrista y auxiliar de Manfred y Roelf, en las carreras vespertinas. Descalza, volaba por los atajos de la colina y el bosque, para esperarlos en sitios prefijados con el cronómetro que le prestaba tío Tromp, una esponja mojada y un frasco de jugo de naranjas frío, para refrescarlos. En cuanto se habían lavado, después de beber un poco, partían otra vez, y ella volvía a correr, cruzando el valle o la cumbre, hasta la parada siguiente.

Dos semanas antes de hacerse a la mar, Roelf se vio obligado a perder unos de esos ejercicios vespertinos, pues debía presidir una reunión extraordinaria del consejo estudiantil. Manfred corrió solo.

Tomó por la ladera empinada y larga del cerro Hartenbosch, a toda carrera, volando por la cuesta con largos pasos elásticos, fija la vista en la cima. Allí lo esperaba Sara; el sol otoñal, ya bajo, brillaba a sus espaldas, coronándola de oro y atravesando la tela fina de sus faldas, de modo tal que sus piernas quedaban dibujadas en la transparencia. Manfred pudo ver cada línea, cada ángulo de su cuerpo, casi como si estuviera desnuda.

Se detuvo involuntariamente, en medio de un paso, y permaneció inmóvil, con la vista fija en ella y el pecho palpitante, no sólo por el esfuerzo.

"Es hermosa." Lo sorprendía no haberlo notado antes. Caminó lentamente por el último tramo, sin apartar los ojos de Sara, confundido por ese brusco descubrimiento, por el hambre hueco, la necesidad que había reprimido hasta entonces, sin admitirla ante sí mismo, y que ahora, de pronto, amenazaba con consumirlo.

433

Ella le salió al encuentro; así, descalza, era mucho más pequeña que él, y eso pareció aumentar su terrible apetito. Le ofreció la esponja; como él no hiciera movimiento alguno por tomarla, dio un paso más y comenzó a limpiarle el sudor del cuello y los hombros.

—Anoche soñé que estábamos otra vez en el campamento —susurró, mientras le lavaba los antebrazos—. ¿Te acuerdas del campamento junto a las vías, Manie?

Él hizo un gesto afirmativo con la cabeza. Tenía la garganta cerrada y no podía hablar.

—Vi a mamá tendida en la tumba. Fue alto terrible. Pero luego cambió, Manie. Ya no era mi mamá, sino tú. Estabas pálido y hermoso, pero yo sabía que te había perdido... y mi dolor era tan devorador que quería morir también, para estar contigo por siempre.

Él la tomó en sus brazos y la dejó sollozar contra su pecho. El cuerpo de Sara era fresco, suave, dócil; le temblaba la voz.

—Oh, Manie, no quiero perderte. Por favor, vuelve a mí... sin ti no quiero seguir viviendo.

—Te amo, Sarie —dijo él, con voz áspera.

Ella dio un respingo entre sus brazos.

—Oh, Manie.

—Hasta ahora no me había dado cuenta —admitió él con voz ronca.

—Oh, Manie, yo siempre lo he sabido. Te amé desde el primer minuto del primer día, y te amaré hasta el último —exclamó ella, ofreciéndole la boca—. Bésame, Manie; si no me besas voy a morir.

El contacto de aquellos labios encendió algo en él; su fuego y su humo le obscurecieron la razón y la realidad. De pronto se encontró con ella bajo los pinos, junto al sendero, tendido en un lecho de agujas suaves; el aire otoñal era como seda en su espalda desnuda, pero no tan sedoso como el cuerpo de Sara bajo el suyo, ni tan caliente como las húmedas profundidades en las que iba sumergiéndose.

No comprendió lo que estaba ocurriendo hasta que Sara gritó de dolor y de intenso júbilo. Por entonces ya era demasiado tarde; se encontró respondiendo a su grito, sin poder ya contenerse, arrastrado por una marea revuelta hasta llegar a un lugar en donde nunca había estado antes, cuya existencia ni siquiera había soñado.

La realidad y la conciencia volvieron lentamente, desde muy lejos. Él se apartó de ella y la miró con horror, mientras volvía a cubrirse.

—Lo que hemos hecho es pecaminoso. No tiene perdón.

—No. —Ella sacudió la cabeza, vehemente; aún desnuda, alargó una mano. —No, Manie, no es pecaminoso que dos personas se amen. ¿Cómo podría serlo? Es algo dado por Dios, algo bello y sagrado.

La noche antes de que Manfred partiera hacia Europa, con tío Tromp y el equipo, el muchacho volvió a dormir en su viejo cuarto de la mansión pastoral. Cuando la antigua casa quedó a oscuras y en silencio, Sara se escabulló por el pasillo. Manfred había dejado su puerta sin llave. No protestó cuando ella dejó caer el camisón y se filtró entre las sábanas, a su lado.

Permaneció con él hasta que las palomas comenzaron a arrullar en las ramas de los robles, junto a la galería. Entonces lo besó por última vez, susurrando:

—Ahora nos pertenecemos mutuamente, por siempre jamás.

Faltaba sólo media hora para zarpar, y el camarote de Centaine estaba atestado, a tal punto que los camareros se veían obligados a pasar las copas de champagne por sobre la cabeza de los invitados. Era toda una expedición llegar de un extremo de la habitación al otro. Sólo faltaba allí uno entre los amigos de Centaine: Blaine Malcomess. Había decidido no hacer notorio el hecho de que se habían embarcado en el mismo buque-correo; se reunirían sólo cuando estuvieran lejos del puerto.

En la fiesta estaban Abe Abrahams, reventando de orgullo, rodeando a David con un brazo, y el doctor Twentyman-Jones, alto y lúgubre como un marabú. Habían viajado desde Windhoek para esa despedida. También estaban, naturalmente, Sir Garry y Anna, y *Ou Baas* Smuts con su pequeña esposa, cuya melena esponjada, combinada con los anteojos de marco metálico, la asemejaban a una propaganda de Té Mazzawattee.

En el rincón más apartado, Shasa, rodeado por un ramillete de señoritas, contaba algo que era seguido con chillidos de asombro y exclamaciones de incrédula maravilla. Cuando iba por la mitad, súbitamente, perdió el hilo de lo que estaba diciendo y clavó la vista en el ojo de buey abierto a su lado. Acababa de ver, en la cubierta de botes, la cabeza de una muchacha.

No pudo ver su cara: sólo el perfil y la parte trasera de su cabeza, una cascada de rizos castaño-rojizos sobre un cuello largo y esbelto; una orejita que sobresalía entre los rizos en ángulo audaz. Fue apenas un vistazo, pero algo en el porte de esa cabeza le hizo perder todo interés en las mujeres que lo rodeaban.

Se irguió sobre la punta de los pies, volcando su champagne, para asomar la cabeza por el ojo de buey, pero la muchacha ya había pasado y sólo pudo verla desde atrás. Tenía la cintura increíblemente estrecha, pero el traserito se movía, descarado, meciendo rítmicamente las faldas al caminar. Sus pantorrillas estaban perfectamente torneadas, con tobillos finos y bien formados. Viró en la esquina con un último bamboleo de nalgas, dejando a Shasa decidido a conocer su rostro.

—Disculpen, señoritas.

Su público emitió grititos de desencanto, pero él escapó del círculo y comenzó a abrirse paso hacia la puerta. Antes de que llegara, las sirenas iniciaron su sonora advertencia y se elevó el anuncio:

—Último aviso, damas y caballeros: todos los visitantes a tierra...

Entonces comprendió que se había quedado sin tiempo.

—Probablemente era un cuco: retaguardia de diosa y una cara infernal. Además, es casi seguro que no viaja con nosotros —se consoló.

El doctor Twentyman-Jones le estrechó la mano, deseándole buena suerte en las Olimpíadas. Él trató de olvidar ese puñado de rizos rojodorados, tratando de concentrarse en sus obligaciones sociales, pero no le resultó muy fácil.

Ya en cubierta, buscó una cabeza rojiza que bajara por la planchada; la buscó también entre la multitud del muelle. Pero Centaine le estaba tironeando del brazo y la brecha entre la nave y la tierra se agrandaba.

—Vamos, *chéri*, vamos a ver dónde nos han asignado asiento.

—Pero si tú estás invitada a la mesa del capitán, *Mater* —protestó él—. Tienes la tarjeta en...

—Sí, pero tú y David no —señaló ella—. Ven, David, vamos a averiguar en dónde se los ha ubicado. Si no es un buen sitio, lo haremos cambiar.

Shasa se dio cuenta de que ella tenía algo entre manos. Por lo común, no se preocupaba por esos detalles, segura de que su apellido era garantía de preferencia. Pero ahora se mostraba insistente; sus ojos tenían esa expresión que el hijo denominaba "chispa maquiavélica".

—Bueno, vamos —concedió, indulgente.

Y los tres bajaron la escalera de nogal hasta el comedor de primera clase.

Al pie de la escalera había unos cuantos viajeros experimentados, dando muestras de afabilidad al jefe de camareros; los billetes de cinco libras desaparecían como por arte de magia en los bolsillos del amable caballero, sin dejar bulto alguno; había nombres borrados y vueltos a anotar en el plan de asientos.

A cierta distancia del grupo había una silueta alta y familiar, que Shasa reconoció de inmediato. Cierto detalle, como el movimiento expectante de la cabeza hacia la escalera, indicó a Shasa que esperaba a alguien. La deslumbrante sonrisa con que miró a Centaine no dejó dudas al respecto.

—Caramba, *Mater* —exclamó Shasa—; no sabía que Blaine pensara viajar hoy. Supuse que zarparía después, con los otros...

Pero se interrumpió. Acababa de percibir la brusca inspiración de su madre y la presión de sus dedos en el hueco del brazo.

"Lo tenían planeado", comprendió, con un destello de asombro. "Por eso estaba tan excitada." Y por fin vio la luz. "Uno nunca lo piensa, tratándose de la madre, pero ellos son amantes. Lo han sido durante todos estos años, y yo no me he dado cuenta." Acudieron en tropel pequeños detalles, hasta entonces insignificantes y ahora cargados de sentido, "¡Blaine y *Mater*, que me cuelguen! Quién lo hubiera pensado..." Y sintió el arrebato de emociones encontradas. En ese momento comprendió que Blaine Malcomess había llegado a reemplazar, en gran parte, al padre que él no había conocido, pero de inmediato sintió un ataque de celos y de indignación moral. "De todos los hombres del mundo, lo habría escogido a él... pero

Blaine Malcomess, pilar de la sociedad y del gobierno, y *Mater*, que se pasa la vida desaprobándome... ¡Los muy diablos han estado disfrutando por años enteros sin que nadie lo hubiera sospechado!"

Blaine se estaba acercando.

—¡Qué sorpresa, Centaine!

Mater, riendo, le alargó la mano.

—¡Pero caramba, Blaine Malcomess, no tenía idea de que estuvieras a bordo!

Shasa pensó, agriamente: "Qué actuación maravillosa. Nos han engañado a todos durante años. Dejan a Clark Gable y a Ingrid Bergman a la altura de dos principiantes."

De pronto, la cuestión perdió su relevancia. Lo único importante era que dos muchachas seguían a Blaine, en dirección a ellos.

—Centaine, sin duda recuerdas a mis dos hijas. Tara... Mathilda Janine...

"Tara." Shasa cantó el nombre mentalmente, en silencio. "Tara, qué nombre encantador." Era la muchacha que había divisado en la cubierta de botes, y la descubría apenas cien veces más hermosa de lo que sospechara.

Tara. Era alta; apenas le faltaban unos centímetros para llegar a su propio metro ochenta. Pero sus piernas eran como varas de mimbre y su cintura, como un junco.

Tara. Tenía rostro de virgen, serenamente oval; su cutis era una mezcla de crema y pétalos, casi demasiado perfecto. Pero la salvaba de una vacuidad insípida su pelo del color de las castañas, la boca ancha y fuerte, como la de su padre, y los ojos, elásticos como el acero, brillantes de inteligencia y decisión.

Saludó a Centaine con la deferencia debida y volvió hacia Shasa una mirada directa.

—Tú también recordarás a Tara, Shasa —dijo Blaine—. Fue a Weltevreden hace cuatro años.

¿Podía tratarse de aquella pequeña peste? Shasa la miró fijamente; aquella chiquilla de faldas cortas y costras en las rodillas huesudas, que lo había avergonzado con sus vítores vocingleros e infantiles... Parecía imposible, y la voz se le atascó en la garganta.

—Cuánto me alegro de volver a verte, Tara, después de tanto tiempo.

Ella se amonestó: "Recuerda, Tara Malcomess: muéstrate controlada y altanera." Le costaba no estremecerse de vergüenza al recordar el modo en que había rondado en torno de él, como un cachorrito que pidiera un mimo. "Qué bestezuela torpe era", pensó. Pero se había sentido herida por un enamoramiento tan poderoso, a primera vista, que aún experimentaba aquel dolor.

Sin embargo, logró exhibir un dejo exacto de indiferencia al murmurar.

—Ah, ¿nos conocíamos? Parece que lo he olvidado, disculpa. Le alargó la mano. —Bueno, encantada de conocerte otra vez... ¿Shasa?

—Shasa, sí —confirmó él, tomando aquella mano como si fuera un talismán sagrado.

"¿Por qué no nos hemos visto desde entonces?", se preguntó. Inmediatamente comprendió el motivo. "Fue deliberado. Blaine y *Mater* se aseguraron bien de que no volviéramos a vernos, para que eso no les complicara las cosas. No querían que Tara informara a su mamá." Pero se sentía demasiado feliz para enojarse con ellos.

—¿Han reservado mesa? —preguntó, sin soltarle la mano.

—Papá estará en la mesa del capitán. —Tara miró a su padre con un mohín adorable. —Y a nosotras nos deja solitas.

—Podríamos sentarnos los cuatro juntos —suspiró Shasa, apresuradamente—. Vamos a hablar con el *maître*.

Blaine y Centaine intercambiaron una mirada de alivio. Las cosas estaban saliendo exactamente como las habían planeado, pero con una variante que ellos no tenían prevista.

Mathilda Janine se había ruborizado al estrechar la mano de David Abrahams. De las dos hermanas, ella era el patito feo; no sólo había heredado la boca ancha de su padre, sino también la nariz grande y las orejas prominentes; su pelo no era de castaño dorado, sino del color de las zanahorias.

"Pero él también es narigón", pensó, desafiante, mientras estudiaba a David. De pronto, sus pensamientos se fueron por la tangente: "Si Tara le dice que sólo tengo dieciséis años me voy a morir".

El viaje fue una tempestad de emociones, lleno de deleites, sorpresas, frustraciones y tormentos para todos ellos. Durante los catorce días de navegación hasta Southampton, Blaine y Centaine vieron rara vez a los cuatro jóvenes. Se encontraban con ellos para tomar un cóctel junto a la piscina, antes del almuerzo, y para el baile de rigor después de la cena. David y Shasa revoleaban alternadamente a Centaine por la pista, mientras Blaine hacía lo mismo con sus hijas. Después se producía un rápido intercambio de miradas entre los cuatro jóvenes y, tras las complicadas excusas, todos desaparecían hacia la clase turista, donde estaba la verdadera diversión, mientras los padres se dedicaban a sus almidonados placeres en las cubiertas superiores.

Tara, con un traje de baño de una sola pieza, de color verde lima, era el espectáculo más magnífico que Shasa viera en su vida. Bajo la tela adherente, sus pechos tenían la forma de dos peras aún no maduras. Cuando salía de la piscina, chorreando agua por esas piernas largas y elegantes, él llegaba a distinguir bajo la tela el hoyuelo del ombligo y los pequeños bultitos de los pezones; entonces debía hacer uso de todo su dominio para no gemir en voz alta.

Mathilda Janine y David se habían descubierto mutuamente un estrafalario sentido del humor; pasaron casi todo el viaje desternillándose de risa. La muchacha se levantaba a las cuatro y media, todas las mañanas, cualquiera fuese la hora a la que se había acostado, para alentar bulliciosamente a David, mientras él cumplía con las cincuenta vueltas por la cubierta de botes.

"Se mueve como una pantera", pensaba ella. "Largo, suave, gracioso." Y tenía que idear cincuenta frases ingeniosas, todas las mañanas, para gritarle cuando pasara delante de ella. Se perseguían mutuamente en derredor de la piscina y luchaban como en éxtasis bajo el agua, cuando lograban caer abrazados. Sin embargo, descontando algún beso breve y furtivo ante la puerta del camarote compartido por las hermanas, a ninguno de los dos se le ocurría llevar la relación más allá. David había aprovechado su breve relación con el Camello, pero nunca se le habría ocurrido permitirse las mismas acrobacias con alquien tan especial como Matty.

Shasa, por el contrario, no sufría tales inhibiciones. Era mucho más experimentado que David, en lo sexual; una vez que pudo recobrarse del sobrecogimiento inicial ante la belleza de Tara, inició un ataque insidioso, pero determinado, contra la fortaleza de su virginidad. Sin embargo, sus logros fueron aun menos espectaculares que los de David.

Le llevó casi una semana llegar a la intimidad necesaria para que Tara le permitiera untarle la espalda y los hombros con aceite bronceador. Hacia la madrugada, cuando se atenuaban las luces para la última pieza y la orquesta tocaba una canción almibarada, ella apoyaba su mejilla aterciopelada contra la de él, pero cuando Shasa trataba de oprimir contra ella la parte inferior de su cuerpo, apenas pasaban algunos segundos antes de que se echara hacia atrás. Si él trataba de besarla ante el camarote, Tara lo mantenía a distancia, apoyándole las manos contra el pecho, y soltaba esa risa grave, tentadora.

"Esa tontita es completamente frígida", se decía Shasa frente al espejo, mientras se afeitaba. "Ha de tener un témpano bajo la bombacha." El sólo pensar en esas regiones lo hacía temblar de frustración; entonces decidía abandonar la persecución. Pensaba en las cinco o seis mujeres, no todas jóvenes, que le habían dedicado miradas obviamente provocadoras. "Podría divertirme con cualquiera de ellas... o con todas, en vez de andar jadeando detrás de la señorita Ingle de Lata."

Empero, una hora más tarde se encontraba jugando de pareja con ella en el campeonato de paleta, o untando de bronceador aquella impecable espalda, con dedos estremecidos de deseo, o tratando de que ella no ganara una discusión sobre las virtudes y los defectos de los planes gubernamentales para quitar el voto a los ciudadanos negros de la provincia.

Había descubierto, algo horrorizado, que Tara Malcomess tenía una conciencia política muy desarrollada. Si bien existía un vago entendimiento, entre Shasa y su madre, de que él se dedicaría a la política en algún momento, su interés por los complejos problemas del país (y su comprensión de ellos) no eran como los de Tara. Las opiniones de la muchacha le resultaban casi tan perturbadoras como sus atractivos físicos.

—Creo, como papá, que, lejos de quitar el voto a los pocos negros que lo tienen, deberíamos otorgarlo a todos ellos.

—¡A todos! —exclamaba Shasa, horrorizado—. ¡No me digas que crees eso!

—Por supuesto. A todos de inmediato no, pero sí sobre una base de civilización; el gobierno debe ser ejercido por quienes han demostrado ser aptos para gobernar. Hay que dar el voto a los que tienen la educación y responsabilidad necesarias. En el curso de dos generaciones, podrían estar empadronados todos los hombres y todas las mujeres, negros o blancos.

Shasa se estremecía de sólo pensarlo; sus aspiraciones a lograr una banca en el Parlamento no sobrevivirían a semejante cosa. Pero ésa era, probablemente, la menos radical entre las opiniones de Tara.

—¿Cómo podemos impedir que la gente sea propietaria de tierras en su propio país, o que ofrezca su trabajo al mejor postor, o que negocie colectivamente?

Los sindicatos eran los instrumentos de Lenin y el demonio: era un hecho que Shasa había mamado con la leche de su madre.

"Es una bolche. ¡Pero qué bolche hermosa por Dios", pensaba, mientras tiraba de ella para levantarla, a fin de terminar con esa intragable conferencia.

—Ven, vamos a nadar.

"Es un fascista ignorante", pensaba ella, furiosa. Pero cuando notaba el modo en que lo miraban las otras mujeres, tras los anteojos oscuros, habría querido arrancarles los ojos. Por la noche, ya acostada, pensaba en el contacto de sus manos sobre la espalda desnuda y la presión de su cuerpo contra ella, en la pista de baile, y se ruborizaba en la oscuridad, ante las fantasías que le llenaban la cabeza.

"Si lo dejo actuar, siquiera un poquitito, sé que no podré detenerlo. Ni siquiera tendré deseos de detenerlo." Y se endurecía para resistirle. "Controlada y altanera", repetía, como si fuera una fórmula mágica contra los traicioneros caprichos de su propio cuerpo.

Por alguna extraordinaria coincidencia, resultó que Blaine había embarcado su Bentley en la bodega, junto con el Daimler de Centaine.

—Podríamos ir en caravana a Berlín —exclamó Centaine, como si la idea se le acabara de ocurrir.

Y los cuatro miembros más jóvenes del grupo dejaron oír su clamorosa aceptación. De inmediato se produjeron los cabildeos por la distribución de asientos. Centaine y Blaine, entre mansas protestas, permitieron que se les asignara el Bentley; los otros los seguirían en el Daimler, con Shasa al volante.

Desde Le Havre transitaron las rutas polvorientas del noroeste de Francia, cruzando las ciudades cuyos nombres aún resonaban de terror: Amiens y Arras. La hierba verde había cubierto los cenagosos campos en donde Blaine combatiera, pero las cruces blancas brillaban como margaritas bajo el sol.

—Dios quiera que la humanidad no vuelva a pasar por eso — murmuró Blaine.

Centaine alargó una mano para tomar la suya.

En la pequeña aldea de Mort Homme, estacionaron frente a la *auberge* de la calle principal. En cuanto Centaine franqueó la puerta para pedir alojamiento, Madame, desde el escritorio, la reconoció de inmediato y chilló de entusiasmo.

—*Henri, viens vite! C'est Mademoiselle de Thiry, du château.*

Y corrió para abrazar a Centaine y besarla en ambas mejillas.

Desalojaron a un viajante de comercio y los mejores cuartos fueron puestos a disposición del grupo. Hubo que dar algunas explicaciones cuando Blaine y Centaine pidieron cuartos separados, pero la comida de esa noche fue, para Centaine, exquisitamente nostálgica. Comprendía todas las especialidades de la zona: carne a la cacerola, trufas, tartas y el vino de la región. Madame, de pie junto a la mesa, puso al tanto a Centaine de todos los chismes: muertes y nacimientos, bodas, fugas y vinculaciones de los últimos diecinueve años.

Temprano por la mañana, Centaine y Shasa dejaron dormidos a los otros para ir al *château*. Era un montón de escombros y paredes ennegrecidas, en donde se veían ventanas sin marcos y los agujeros de las balas, entre hierbas crecidas y desolación. Centaine, de pie en medio de las ruinas, lloró por su padre, que había muerto en el incendio de la casoña, por no abandonarla ante el avance alemán.

Después de la guerra la propiedad había sido vendida para saldar las deudas acumuladas por el anciano, en toda una vida de lujos y licores. Ahora era propiedad de Hennessy, la gran firma destiladora de coñac. Centaine sonrió al pensar que el anciano habría disfrutado de esa ironía.

Juntos treparon la loma, tras el *château* en ruinas; desde la cima, Centaine señaló la huerta que delimitaba el antiguo aeródromo, en tiempos de la guerra.

—Allí estaba apostado el escuadrón de tu padre, al borde de la huerta. Yo esperaba aquí todas las mañanas, hasta que despegaba la escuadrilla, y los saludaba cuando salían a combatir.

—Piloteaban SE5a, ¿verdad?

—Después sí, pero al principio sólo había viejos Sopwiths. —La madre levantó la vista al cielo. —La máquina de tu padre estaba pintada de amarillo brillante. Yo lo llamaba *le petit jaune*, el pequeño amarillo. Todavía lo veo, con su casco de piloto. Solía levantarse las antiparras para que le viera los ojos, al pasar por aquí. Oh, Shasa, qué noble, alegre y joven era. Una joven águila que alzaba vuelo.

Descendieron la colina y volvieron lentamente, conduciendo el coche por entre los viñedos. Centaine pidió a Shasa que se detuviera junto a un pequeño granero de piedra, en la esquina del Campo Norte. El hijo la contempló, intrigado, notando que pasaba algunos minutos ante la puerta de la construcción. Regresó al Daimler con una leve sonrisa y un fulgor suave en los ojos.

Al ver la mirada inquisitiva de Shasa, le dijo:

—Aquí solía encontrarme con tu padre.

Y el muchacho, en un destello de clarividencia, comprendió que él había sido concebido en ese granero desvencijado de una tierra extranjera. Lo extraño de ese pensamiento quedó en él mientras regresaban a la *auberge*.

A la entrada de la aldea, frente a la pequeña iglesia, volvieron a detenerse para entrar en el cementerio. La tumba de Michael Courtney estaba en el extremo más alejado, bajo un tejo. Centaine había encargado la lápida desde el África, pero la veía por primera vez. Era un águila de mármol, encaramada sobre un desgarrado estandarte de batalla, con las alas extendidas y a punto de volar. A Shasa le pareció demasiado espectacular como recordatorio de un muerto. Ambos se inclinaron a leer la inscripción:

A LA SAGRADA MEMORIA DEL
CAPITÁN MICHAEL COURTNEY RFC,
CAÍDO EN COMBATE EL 19 DE ABRIL DE 1917.
MÁS GRANDE AMOR NO TUVO NADIE.

Alrededor de la lápida habían crecido las hierbas. Madre e hijo se arrodillaron para limpiar la tumba. Después permanecieron al pie, con la cabeza inclinada.

Shasa había supuesto que se conmovería profundamente ante la sepultura de su padre; en realidad, se sentía remoto e impertérrito. El hombre enterrado bajo esa lápida se había convertido en arcilla mucho antes de que él naciera. Experimentaba mayor proximidad con él a nueve mil kilómetros de distancia, cuando dormía en su cama, usaba su vieja chaqueta de tweed, manejaba su rifle y sus cañas de pescar, lucía su lapicera de oro o sus gemelos de platino y ónix.

En la iglesia encontraron al sacerdote. Era un hombre joven, no mucho mayor que Shasa, y Centaine se sintió desencantada; esa juventud parecía quebrar su tenue vínculo con Michael y el pasado. De todas maneras, libró dos cheques por grandes sumas: uno, para reparar la cúpula de cobre; el otro, para que se pusieran flores frescas en la tumba de Michael, todos los domingos, a perpetuidad. Regresaron al Daimler seguidos por las fervientes bendiciones del cura.

Al día siguiente continuaron viaje a París, en los dos coches. Centaine había telegrafiado por anticipado para reservar alojamiento en el Ritz de la Place Vendôme.

Como Blaine y Centaine tenían toda una serie de compromisos con diversos miembros del gobierno francés, los cuatro jóvenes quedaron librados a sus propios recursos. Muy pronto descubrieron que París era la ciudad del romance y la aventura.

Subieron al primer piso de la Torre Eiffel, en uno de los chirriantes ascensores; desde allí se persiguieron mutuamente por la escalera abierta hasta lo más alto, para contemplar la ciudad entre exclamaciones de asombro. Pasearon del brazo por los senderos del río, bajo los fabulosos puentes del Sena. Tara, armada de su pequeña cámara de cajón, los fotografió en los peldaños de Montmartre, con el Sacré Coeur como fondo. Pidieron café y medialunas en los cafés al aire libre; almorzaron en el Café de la Paix, cenaron en La Coupole y vieron *La Traviata* en L'Opéra.

A medianoche, después de que las chicas daban las buenas noches a su padre y a Centaine, para retirarse juiciosamente a su cuarto, Shasa y David las sacaban subrepticiamente por el balcón, y los cuatro iban a bailar en las *boîtes* de la Rive Gauche o a escuchar jazz en los sótanos de Montmartre. Allí descubrieron a un trombonista negro que provocaba escalofríos, y una pequeña *brasserie* donde se podían comer caracoles y frutillas silvestres a las tres de la mañana.

En el último amanecer, mientras se escabullían por el pasillo para acompañar a las chicas hasta su cuarto, oyeron voces familiares en el ascensor, que se detenía en ese piso. Los cuatro tuvieron el tiempo suficiente para arrojarse de cabeza por la escalera y tenderse en el primer descansillo, amontonados. Mientras las muchachas se metían el pañuelo en la boca para ahogar sus risitas, Blaine y Centaine, esplendorosos con sus ropas de gala e ignorando su presencia, caminaron del brazo hacia las habitaciones de ella.

Fue con pena que abandonaron a París, pero llegaron a la frontera alemana de muy buen ánimo. Cuando presentaron los pasaportes a los *douaniers* franceses, éstos les hicieron señales de pasar con típica desenvoltura gálica. El grupo dejó los coches estacionados ante la barrera y trotó hasta el puesto fronterizo alemán, donde de inmediato llamó la atención la diferencia de actitud entre esos funcionarios y los anteriores.

Los dos oficiales alemanes estaban meticulosamente ataviados; sus botas deslumbraban, sus gorras mantenían el ángulo reglamentario y lucían cruces esvásticas negras en el brazo izquierdo, sobre un campo de rojo y blanco. En la pared, detrás del escritorio, los miraba el ceño del Führer, severo y con bigote.

Blaine dejó la pila de pasaportes en el escritorio, con un amistoso:

—*Guten Tag, mein Herr.*

Mientras él charlaba con Centaine, uno de los funcionarios revisó los documentos, uno a uno, comparando a cada miembro del grupo con la fotografía correspondiente. Después de estampar la visa, con un sello donde figuraban el águila negra y la svástica, pasaban al siguiente pasaporte.

El de Dave Abrahams era el último de la pila. Al llegar a él, el oficial hizo una pausa; luego de releer la cubierta, se dedicó a revisar cada página del documento, con aire pedante, levantando la mirada con frecuencia para estudiar las facciones del muchacho. Al cabo de varios minutos, los viajeros, en silencio, comenzaron a intercambiar miradas de extrañeza.

—Creo que algo anda mal, Blaine —observó Centaine, en voz baja.

Malcomess volvió al escritorio.

—¿Problema? —preguntó.

El alemán le respondió en inglés entrecortado, pero correcto.

—Abrahams. Es nombre judío, ¿no?

Blaine enrojeció de indignación, pero antes de que pudiera responder David se adelantó hasta el escritorio.

—¡Es nombre judío, sí! —dijo, tranquilamente.

El funcionario asintió, pensativo, dando golpecitos en el pasaporte con el dedo índice.

—¿Usted admite que es judío?

—Soy judío —replicó el muchacho, en el mismo tono sereno.

—No está escrito en su pasaporte que usted es judío —señaló el oficial de aduana.

—¿Y eso es necesario? —preguntó David.

El alemán se encogió de hombros.

—¿Quiere entrar en Alemania... y es judío?

—Quiero entrar en Alemania para participar de los Juegos Olímpicos, a los que he sido invitado por el gobierno alemán.

—¡Ah! ¿Es atleta olímpico? ¿Un atleta olímpico judío?

—No, soy un atleta olímpico sudafricano. ¿Mi visa está en orden?

El funcionario no se dignó responder a la pregunta.

—Espere aquí, por favor.

Y desapareció por la puerta trasera, llevándose el pasaporte de David.

Lo oyeron hablar con alguien en la oficina de atrás, y todos miraron a Tara. Era la única del grupo que hablaba un poco de alemán, pues había estudiado el idioma antes de recibirse, aprobando la materia con las mejores notas.

—¿Qué dice? —preguntó Blaine.

—Hablan demasiado rápido. Repiten mucho algo de "judíos" y "olimpíadas" —respondió Tara.

En eso volvió a abrirse la puerta trasera y el oficial reapareció, acompañado de un hombre regordete y rubicundo, obviamente superior suyo, pues su uniforme y sus modales eran más grandiosos.

—¿Quién es Abrahams? —preguntó.

—Soy yo.

—¿Es judío? ¿Admite ser judío?

—Sí, soy judío. Lo he dicho muchas veces. ¿Hay algún problema con mi visa?

—Espere aquí, por favor.

En esa oportunidad, los tres funcionarios se retiraron a la oficina tra-

444

sera, siempre llevando el pasaporte de David. Se oyó el tintineo de un teléfono y la voz del oficial de mayor rango, alta y obsequiosa.

—¿Qué está pasando? —todos miraban a Tara.

—Habla con alguien de Berlín —explicó ella—. Les está diciendo lo de David.

El diálogo parcial del cuarto vecino terminó con cuatro "*Jawolhl, mein Kapitän*", repetido cada vez con más potencia. Por fin, un estentóreo "*Heil Hitler!*", y el tintineo del aparato.

Los tres oficiales volvieron a la oficina delantera. El superior rubicundo selló el pasaporte de David y se lo entregó, con un ademán garboso.

—¡Bienvenido al Tercer Reich! —declaró; con la mano derecha en alto, la palma abierta extendida hacia ellos, gritó: —*Heil Hitler!*

Mathilda Janine estalló en risitas nerviosas:

—¿No es divertidísimo?

Blaine la tomó por un brazo y la sacó de la oficina.

Así ingresaron en Alemania, silenciosos y entristecidos.

En el primer albergue de la ruta pidieron alojamiento. Centaine, contra su costumbre, los aceptó sin inspeccionar antes las camas, las tuberías y la cocina. Después de cenar, nadie tuvo ganas de jugar a las cartas ni de explorar la aldea; antes de las diez, todos estaban acostados.

Sin embargo, a la hora del desayuno habían recobrado el buen ánimo; Mathilda Janine los hizo reír con un poema que había compuesto, en honor a las extraordinarias proezas que su padre, Shasa y David iban a realizar en las Olimpíadas.

El buen humor aumentó durante la fácil jornada, en tanto viajaban por el bello paisaje alemán, con sus aldeas y sus castillos, como salidos de los cuentos de Hans Andersen, sus selvas de pinos, oscuramente contrastantes con las praderas abiertas y los ríos torrentosos, cruzados por puentes de piedra en forma de arco. A lo largo del trayecto vieron varios grupos de jóvenes vestidos con el atuendo nacional: los muchachos, de *lederhosen* y sombreros emplumados; las chicas, de *dirndls*. Todos saludaban con la mano y de viva voz, al pasar los dos grandes automóviles, a buena velocidad.

Almorzaron en una posada llena de gente, música y risas; comieron carne de jabalí, con papas y manzanas asadas, y bebieron un Mosela con gusto a uvas y sol de las pálidas honduras verdosas.

—Aquí la gente parece tan feliz y próspera... —comentó Shasa, al mirar en derredor.

—El único país del mundo donde no hay desempleo ni pobreza —afirmó Centaine.

Pero Blaine probó su vino, sin decir nada.

Esa tarde entraron en la planicie septentrional del acceso a Berlín. Shasa, que iba adelante, apartó el Daimler de la ruta con tanta brusquedad que David se aferró del tablero y las muchachas, en el asiento trasero, gritaron asustadas.

Shasa bajó de un salto, dejando el motor en marcha, mientras gritaba:

—¡David, David, mira eso! ¿No son lo más bello que hayas visto en tu vida?

Los otros se amontonaron a su lado, con la vista clavada en el cielo, mientras Blaine detenía el Bentley tras el Daimler. Él y Centaine se les unieron, cubriéndose los ojos con las manos para protegerlos del sol.

Junto a la autopista había un aeródromo. Los hangares estaban pintados de plateado; la gran veleta mecía su largo brazo blanco a impulsos de la leve brisa. Tres aviones de combate llegaron en formación, desde el fulgor del sol, preparados para aterrizar. Eran esbeltos como tiburones; la panza y la parte inferior de las alas estaban pintadas de azul celeste; la parte superior, manchada como para camuflaje; las bases de las hélices eran de color amarillo intenso.

—¿Qué son? —preguntó Blaine, a los dos jóvenes pilotos.

Y ellos respondieron al unísono:

—109. Messerschmitts.

Desde las alas sobresalían las bocas de las ametralladoras, y los ojos del cañón espiaban, malévolos, desde el centro de las hélices.

—¡Qué no daría por pilotear uno de ésos!

—Un brazo...

—... y una pierna...

—¡... y mi salvación eterna!

Los tres aviones de combate cambiaron de formación y descendieron hacia el aeródromo.

—Dicen que dan hasta quinientos veinticinco kilómetros por hora, en línea recta.

—¡Oh, qué maravilla! ¡Vean cómo vuelan!

Las chicas, contagiadas por su entusiasmo, palmotearon y rieron, en tanto las máquinas de guerra pasaban a baja altura por sobre ellos y tocaban la pista, a pocos cientos de metros.

—Valdría la pena ir a la guerra, sólo por pilotear algo parecido a eso —exclamó Shasa, alborozado.

Blaine se volvió hacia el Bentley para disimular su repentino enojo ante ese comentario. Centaine se deslizó en el asiento, a su lado, y ambos viajaron en silencio durante cinco minutos antes de que ella comentara:

—A veces es tan infantil y tonto... Lo siento, Blaine. Sé que te molestó.

Él lanzó un suspiro.

—Nosotros éramos iguales. Nos parecía "un gran juego"; pensábamos que sería la gloria de toda una vida, que nos convertiría en hombres y en héroes. Nadie nos habló de las entrañas desgarradas, del terror, del olor que despedían los muertos tras cinco días al sol.

—No volverá a ocurrir —aseguró Centaine, fieramente—. ¡Por favor, que no vuelva a ocurrir!

446

Mentalmente volvió a ver el avión incendiado, con el cadáver de su amado ennegrecido y retorciéndose; pero la cara ya no era la de Michael, sino la de su único hijo. El bello rostro de Shasa estalló como una salchicha demasiado cerca de las llamas, dejando escapar los dulces jugos de la vida joven.

—Por favor, Blaine —susurró—, detén el auto. Creo que voy a vomitar.

Conduciendo de prisa, habrían podido llegar a Berlín esa noche, pero una de las pequeñas ciudades por las que pasaron tenía sus calles decoradas para alguna celebración. Centaine averiguó que era la fiesta del santo patrono.

—Oh, quedémonos, Blaine —exclamó.

Y se unieron a las festividades.

Esa tarde hubo procesión. La imagen del santo fue llevada por las callejuelas adoquinadas; una banda iba detrás, acompañada por angelicales niñitas rubias, ataviadas con el ropaje tradicional, y niños de uniforme.

—Son la Juventud Hitlerista —explicó Blaine—. Algo así como los antiguos *boy-scouts* de Baden-Powell, pero con mucho más énfasis en las aspiraciones y el patriotismo alemanes.

Después de la procesión hubo danza en la plaza, a la luz de las antorchas; había carritos donde se servían espumosos jarros de cerveza o copas de *Sket*, el equivalente alemán del champagne; las muchachas camareras, con delantales de encaje y mejillas de manzana madura, llevaban rebosantes bandejas de rica comida: patas de cerdo, ternera, pescado ahumado y quesos.

Hallaron mesa en la esquina de la plaza; los de las mesas vecinas los saludaban en voz alta, bromeando con alegría. Bebieron cerveza y bailaron al compás del "umpa-pá" de la banda.

De pronto, abruptamente, el clima sufrió un cambio. La risa se tornó más quebradiza y forzada; las caras y los ojos de los comensales cobraron una expresión precavida. La banda comenzó a tocar con demasiado volumen, mientras los bailarines hacían esfuerzos febriles.

Cuatro hombres acababan de ingresar en la plaza. Llevaban uniformes pardos, con correas cruzadas sobre el pecho, el ubicuo brazalete con la cruz svástica y gorras pardas, de visera redondeada, con la correa pasada por debajo de la barbilla. Cada uno de ellos portaba una alcancía de madera; se diseminaron y comenzaron a pasar por las mesas.

Aunque todos hacían su donación, ponían sus monedas en la caja sin mirar a los uniformados. Las risas eran forzadas y nerviosas; la gente mantenía la vista fija en la cerveza o en sus propias manos hasta que los recolectores hubieran pasado a la mesa vecina; sólo entonces intercambiaron una mirada de alivio.

—¿Quiénes son esas personas? —preguntó Centaine, inocente, sin disimular su interés.

—Son de la SA —respondió Blaine. —Tropas de asalto; los matones del Partido Nacionalsocialista. Fíjate en ése.

El hombre que indicaba tenía la cara blanda y recia de los campesinos, inexpresiva y brutal. —No es raro que siempre haya gente para este tipo de trabajo; la necesidad hace al hombre. Roguemos para que no sea ése el rostro de la nueva Alemania.

El soldado había reparado en su obvio interés; se encaminó directamente hacia la mesa de ellos, con su andar bamboleante, amenazador y calculado.

—¡Papeles! —dijo.

—Quiere ver nuestros documentos —tradujo Tara.

Blaine entregó su pasaporte.

—¡Ah, turistas extranjeros!

El soldado cambió de actitud. Devolvió el pasaporte a Blaine, con una sonrisa simpática y unas cuantas palabras agradables.

—Dice: "Bienvenidos al paraíso de la Alemania Nacional-socialista" —tradujo Tara.

Blaine hizo un gesto de asentimiento.

—Dice: "Verán que el pueblo alemán es ahora feliz y está orgulloso"... y algo más, que no entendí.

—Dile: "Esperamos que siempre se sientan felices y orgullosos."

El soldado les dedicó una enorme sonrisa y les hizo la venia, entrechocando los tacos de sus botas.

—*Heil Hitler!* —exclamó, haciendo el saludo nazi.

Mathilda Janine se deshizo en irremediables risitas.

—No lo puedo evitar —jadeó, ante la severa mirada de su padre. —Cuando hacen eso, me da un ataque.

Los de la SA abandonaron la plaza. La tensión se alivió de un modo notorio; la banda aminoró su frenético volumen y los bailarines tomaron un ritmo más lento. La gente volvió a mirarse y a sonreír con naturalidad.

Esa noche, Centaine se envolvió hasta las orejas en el grueso acolchado de plumas, acurrucada contra Blaine.

—¿Has notado —preguntó—, que todos aquí parecen atrapados entre la risa febril y las lágrimas nerviosas?

Tras un momento de silencio, él gruñó:

—Hay en el aire un olor que me preocupa. Me parece el hedor de alguna plaga mortal.

Y se estremeció un poco, estrechándola contra sí.

Con el Daimler a la cabeza, volaron por la amplia *autobahn* blanca hasta los suburbios de la capital alemana.

—Cuánta agua, cuántos canales, cuántos árboles.

—La ciudad está construida sobre una serie de canales —explicó Tara—. Son ríos atrapados entre las antiguas morenas terminales que se extienden de este a oeste...

—¿Es posible que lo sepas siempre todo? —la interrumpió Shasa, con un dejo de real desesperación bajo su tono burlón.

—A diferencia de algunos que conozco, sé leer y escribir. ¿Qué te parece? —contraatacó ella.

David hizo una mueca teatral.

—Ay, cómo dolió eso. Y no era para mí, siquiera.

—Muy bien, señorita Sábelotodo —la desafió Shasa—, ya que tanto sabe, ¿qué dice ese letrero?

Señalaba hacia adelante, a un gran letrero blanco, con letras negras, plantado junto a la autopista. Tara lo leyó en voz alta.

—Dice: "¡Judíos! ¡Seguid derecho por aquí! ¡Esta ruta os llevará de regreso a Jerusalén, donde debéis estar!" —Al darse cuenta de lo que había dicho, azorada, se inclinó para tocar a David en el hombro. —Oh, David, lo siento mucho. ¡Nunca debí pronunciar semejante porquería!

El muchacho permanecía erguido, con la vista perdida en el parabrisas. Al cabo de algunos segundos le dedicó una sonrisita débil.

—Bienvenidos a Berlín —susurró—, el centro de la civilización aria.

—¡Bienvenidos a Berlín! ¡Bienvenidos a Berlín!

El tren que los había llevado a través de media Europa entró en la estación, entre nubes de vapor despedidas por sus frenos y los gritos de la multitud, casi ahogados por el ritmo de la banda, que tocaba un aire marcial.

—¡Bienvenidos a Berlín!

La muchedumbre se lanzó hacia adelante en cuanto el vagón quedó detenido. Manfred de La Rey, al bajar, se vio rodeado de personas que le deseaban suerte, sonrientes, felices, deseosas de estrecharle la mano; había muchachas sonrientes y guirnaldas de flores, preguntas hechas a gritos y flashes encendidos.

Los otros atletas vestían, como él, chaqueta deportiva verde, ribeteada en oro, pantalones y zapatos blancos y sombreros de Panamá. También ellos se vieron rodeados por la multitud. Pasaron algunos minutos antes de que se elevara una fuerte voz por encima del bullicio.

—¡Atención, por favor! ¡Permítanme su atención!

La banda marcó un redoble de tambores, mientras un hombre alto, de uniforme oscuro y anteojos con marco de acero, daba un paso adelante.

—Ante todo, permítanme ofrecerles los calurosos saludos del Führer y del pueblo alemán. Les damos la bienvenida a estas Undécimas Olimpíadas de la era moderna. Sabemos que ustedes representan el espíritu y el valor de la nación sudafricana; les deseamos todo el éxito y muchas, muchas medallas. —Entre aplausos y risas, el orador alzó las manos. —Hay automóviles esperando para llevarlos a sus alojamientos del distrito olímpico, donde todo está preparado para que su estada entre nosotros sea, a un tiempo, inolvidable y grata. Ahora tengo el placentero deber de presentarles a la señorita que actuará como guía e intérprete de ustedes en las próximas semanas. —Hizo una seña hacia la multitud; una joven salió de entre la gente y se volvió hacia el grupo de atletas. Se oyó un suspiro colectivo y un murmullo de apreciación.

—Les presento a Heidi Kramer.

Era alta y fuerte, pero inequívocamente femenina; sus caderas y su pecho tenían la forma de un reloj de arena, pero también la gracia de los bailarines y la postura de los gimnastas. Manfred comparó el color de su pelo con el de las auroras del Kalahari; sus dientes, cuando sonreía, eran perfectos, de bordes imperceptiblemente aserrados y translúcidos como porcelana fina. Pero sus ojos estaban más allá de toda descripción, eran más azules y más límpidos que el cielo africano al mediodía. Sin vacilación, el joven se dijo que nunca había conocido mujer tan magnífica. El pensamiento le hizo formular una disculpa silenciosa y culpable, dirigida a Sara. Pero Sara, comparada con esa valkiria alemana, era un dulce gatito junto a un leopardo hembra en la flor de su edad.

—Ahora Heidi se encargará de que recojan el equipaje y de que todos ustedes tengan asiento en las *limousines*. Desde ahora en adelante, cualquier cosa que necesiten pueden pedírsela a Heidi. Ella es una hermana mayor y una madrastra.

Todos rieron, silbando y dando vítores. Heidi, sonriente y encantadora, pero también rápida y eficaz, se hizo cargo de todo. A los pocos minutos, una banda de changadores uniformados se había llevado el equipaje. Ella los condujo por el largo andén, bajo su cúpula de vidrio, hasta los magníficos vestíbulos de la estación, ante la cual esperaba una fila de Mercedes negros.

Manfred, tío Tromp y Roelf Stander subieron al asiento trasero de una *limousine*. El conductor estaba por iniciar la marcha cuando Heidi le hizo una seña y se acercó a la carrera. Usaba tacos altos, que imponían tensión a los músculos de sus pantorrillas, destacando sus adorables líneas y la fina delicadeza de sus tobillos. Ni Sara ni las otras muchachas que Manfred conocía habían usado jamás tacos altos.

Heidi abrió la portezuela delantera y metió la cabeza en el Mercedes.

—¿Les molestaría, caballeros, que viajara con ustedes? —preguntó, con su radiante sonrisa.

Todos protestaron vigorosamente, incluido tío Tromp.

—¡No, no! ¡Suba, por favor!

Ella se deslizó junto al chofer. En cuanto hubo cerrado la puerta torció el cuerpo para mirarlos, con los brazos apoyados en el respaldo del asiento.

—No saben cómo me entusiasma conocerlos —les dijo en inglés, aunque con acento—. He leído mucho sobre el Africa, los animales y los zulúes; algún día iré allá. Tienen que prometerme que me contarán muchas cosas sobre su bello país. Y yo les hablaré de mi bella Alemania.

Ellos aceptaron, llenos de entusiasmo. Heidi miró directamente a tío Tromp.

—Déjeme adivinar. Usted ha de ser el reverendo Tromp Bierman, el entrenador de boxeo.

Tío Tromp quedó radiante.

—Qué sagaz de su parte.

—He visto su fotografía —admitió ella—. ¿Cómo olvidar barba tan magnífica? —El reverendo puso cara de gran satisfacción. —Pero debe decirme quiénes son sus compañeros.

—Aquí, Roelf Stander, nuestro boxeador de peso pesado —presentó tío Tromp. —Y aquí, Manfred De La Rey, nuestro mediopesado.

Manfred tuvo la certeza de que ella había reaccionado al oír su nombre: una elevación en la comisura de la boca, un leve entornarse de los ojos. De inmediato volvió a sonreír.

—Todos seremos buenos amigos —dijo.

Manfred respondió, en alemán:

—Mi pueblo, los afrikaners, siempre hemos sido leales amigos del pueblo alemán.

—Oh, habla alemán a la perfección —exclamó la muchacha, encantada, en el mismo idioma—. ¿Dónde aprendió a hablar como uno de nosotros?

—Mi abuela paterna y mi madre eran alemanas de pura sangre.

—Entonces encontrará mucho de interés en nuestro país.

Volviendo al inglés, Heidi comenzó a darles una conferencia, señalándoles los puntos principales de la ciudad, mientras el Mercedes negro volaba por las calles, con las banderillas olímpicas flameando sobre el capot.

—Ésta es la famosa Unter den Linden, la calle que tanto amamos los berlineses. —Era amplia y magnífica, bordeada de tilos, que la dividían en dos carriles. —Mide un kilómetro y medio de longitud. Allá atrás está el palacio real. Allí, adelante, la Brandenburg Tor.

Las altas columnatas del monumento estaban decoradas con enormes estandartes que pendían de una cuadriga esculpida arriba y llegaban al suelo; junto a la svástica negra y carmesí se veían los anillos multicolores del símbolo olímpico, flameando con la brisa ligera.

—Ése es el teatro de la ópera. —Heidi se volvió para señalar por la ventana lateral. —Fue construido en 1741...

De pronto, con ese entusiasmo nervioso que parecía caracterizar a todos los ciudadanos de la Alemania Nacional-socialista, exclamó:

—Vean cómo los saluda el pueblo de Berlín. ¡Miren, miren!

Berlín era una ciudad de banderas y estandartes. De todos los edificios públicos, de las grandes tiendas y las viviendas particulares, ondeaban banderas con svásticas y anillos olímpicos, por millares y millares.

Cuando llegaron, por fin, al edificio de departamentos que se les había asignado, dentro del distrito olímpico, los esperaba una guardia de honor de la Juventud Hitlerista, con antorchas en alto. Otra banda, desde la acera, comenzó a tocar *La voz de Sudáfrica*, el himno nacional de los visitantes.

Ya dentro del edificio, Heidi proporcionó a cada uno un folleto lleno de cupones de color, que organizaba las necesidades personales hasta en el último detalle: desde el cuarto y la cama en donde dormirían hasta los vestuarios y los casilleros que les corresponderían en los estadios, pasando por los autobuses encargados de transportarlos entre el edificio y el complejo olímpico.

—Aquí, en esta casa, contarán con un cocinero y un comedor propios. La comida será preparada de acuerdo con sus gustos, teniendo en cuenta las dietas especiales y las preferencias de cada uno. Hay un médico y un dentista disponibles a cualquier hora. Tintorería y lavandería, radios y teléfonos, un masajista privado para el equipo, una secretaria con su máquina de escribir...

Todo había sido dispuesto. Los atletas quedaron asombrados ante esa planificación precisa y meticulosa.

—Busquen sus cuartos, por favor; allí encontrará cada uno su equipaje. Desempaquen y descansen. Mañana por la mañana los acompañaré en el ómnibus a recorrer el *Reichssportfeld*, el complejo olímpico. Está a quince kilómetros de aquí, de modo que partiremos inmediatamente después de desayunar, a las ocho y media de la mañana. Mientras tanto, si necesitan algo, cualquier cosa que sea, no tienen más que solicitarlo.

—Bien sé lo que me gustaría pedirle —susurró uno de los levantadores de pesas, poniendo los ojos en blanco.

Manfred cerró los puños, enfadado por la impertinencia, aunque Heidi no la había oído.

—Hasta mañana —se despidió, alegremente.

Y pasó a la cocina para hablar con el cocinero.

—Eso es lo que yo llamo una mujer —gruñó tío Tromp—. Menos mal que soy un religioso, viejo y feliz en su matrimonio, libre de todas las tentaciones de Eva.

Hubo gritos de burlona conmiseración hacia el reverendo, que ya era como un tío para todos. Él cobró una súbita seriedad.

—¡Muy bien! ¡A ponerse los zapatos de carrera, banda de haraganes! ¡Quince kilómetros a toda marcha antes de cenar, por favor!

Cuando bajaron a desayunar, Heidi los estaba esperando, alegre, radiante y llena de sonrisas; respondió a todas las preguntas, distribuyó la correspondencia llegada desde Sudáfrica y solucionó algunos pequeños problemas con prontitud y sin bulla. Cuando todos terminaron de comer, los llevó en grupo a la estación de autobuses.

Casi todos los atletas de los otros países se hospedaban en el distrito olímpico, que bullía de entusiasmo. Hombres y mujeres, con sus equipos deportivos, corrían por la calle, saludándose en una multiplicidad de idiomas; el estupendo estado físico se veía en sus caras jóvenes y en cada uno de sus movimientos. Todos quedaron atónitos ante el tamaño del estadio, un enorme complejo de salones, gimnasios y piscinas cubiertas, levantados en derredor de una pista ovalada y un teatro al aire libre. Las gradas parecían extenderse hasta el infinito, y el altar olímpico, en un extremo, con su antorcha apagada, confería cierta solemnidad religiosa a ese templo, dedicado a la adoración del cuerpo humano.

Les llevó la mañana entera recorrerlo todo y recibir respuesta a sus cien preguntas. Heidi no descuidaba a nadie, pero Manfred la descubrió más de una vez caminando a su lado. El hecho de hablar ambos en alemán les daba una sensación de intimidad, aun en medio de la multitud. Y no era sólo imaginación del muchacho, pues también Roelf había reparado en la atención especial que su amigo recibía.

—¿Estás disfrutando de tus lecciones de alemán? —preguntó, con aire ingenuo, a la hora del almuerzo.

Como Manfred le respondiera con un gruñido, sonrió con toda la cara, sin muestras de arrepentimiento.

Los organizadores habían conseguido *sparrings* entre los clubes de boxeo locales. En los días siguientes, tío Tromp los llevó hacia el pináculo de su entrenamiento.

Manfred hacía pedazos a sus adversarios, plantando tales puñetazos en los gruesos acolchados que les cubrían el vientre y la cabeza que, a pesar de esa protección, ninguno aguantaba más de uno o dos *rounds* antes de pedir cuartel. Cuando el muchacho volvía a su rincón y miraba en derredor, solía encontrarse con que Heidi Kramer lo estaba observando, con el impecable cuello enrojecido y una mirada intensa, extraña, en esos ojos increíblemente azules; la punta de su lengua rosada asomaba entre los dientes blancos y filosos.

Sin embargo, sólo tras cuatro días de entrenamiento, pudo Manfred encontrarse a solas con ella. Había terminado una dura sesión en el gimnasio; después de darse una ducha y ponerse ropas cómodas, cruzó la entrada principal del estadio. Cuando estaba llegando a la parada de ómnibus, ella lo llamó por su nombre y corrió para alcanzarlo.

—Yo también vuelvo a la aldea. Tengo que hablar con el cocinero. ¿Puedo tomar el ómnibus contigo?

Seguramente lo había estado esperando; él se sintió halagado

La muchacha caminaba meneando libremente las caderas; cuando se volvía a mirarlo, su cabellera giraba como una lámina de seda dorada.

—He observado a los boxeadores de otros países —comentó—, sobre todo a los mediopesados. Y también a ti.

—Sí. —Manfred frunció el entrecejo para disimular su azoramiento. —Te he visto.

—No tienes adversarios a los que temer, salvo al norteamericano.

—Cyrus Lomax —confirmó él—. Sí, la revista *Ring* lo califica como el mejor del mundo entre los mediopesados. También tío Tromp ha venido observándolo y dice que es muy bueno. Muy fuerte. Y como es negro, el cráneo ha de ser marfil macizo.

—Será tu único adversario por la de oro —observó ella. *La de oro*: en sus labios sonaba a música que aceleraba el pulso. —Yo estaré allí para darte ánimos.

—Gracias, Heidi.

Cuando subieron al autobús, los otros pasajeros miraron a la muchacha con admiración y él se sintió orgulloso de tenerla a su lado.

—Mi tío es gran aficionado al boxeo. Y piensa lo mismo que yo: que tienes una buena posibilidad de derrotar al negro norteamericano. Tiene muchos deseos de conocerte.

—Qué amable de su parte.

—Esta noche da una pequeña recepción en su casa. Me ha pedido que te invite.

—Ya sabes que no es posible. —Él sacudió la cabeza. —Mi entrenamiento...

—Mi tío es un hombre importante, de mucha influencia —insistió Heidi, mirándolo con la cabeza inclinada y una sonrisa irresistible—. Será muy temprano. Te prometo que estarás en casa antes de las nueve. —Al verlo vacilar, prosiguió: —Sería una gran alegría para mi tío... y para mí.

—Yo también tengo un tío.

—Si consigo que tu tío Tromp te dé permiso, ¿prometes venir?

A las siete en punto, como quedó acordado, Heidi lo estaba esperando ante el edificio, con el Mercedes. El chofer abrió la portezuela de atrás para que Manfred se instalara junto a ella.

—Estás muy apuesto, Manfred —comentó Heidi, sonriendo.

Llevaba la cabellera rubia peinada en dos gruesas trenzas sobre la cabeza. Los hombros y el escote mostraban, descubiertos, su nívea perfección. El vestido de cóctel, de tafetán azul, coincidía exactamente con el color de sus ojos.

—Eres hermosa —comentó él, con voz maravillada.

Nunca hasta entonces había dicho un cumplido a una mujer, pero se trataba de una mera observación. Ella bajó la vista, en un gesto de modestia conmovedor, considerando que debía de estar habituada a la adulación de los hombres.

—A la Rupertstrasse —ordenó al conductor.

Bajaron lentamente por la Kurfürstendamm, contemplando a los grupos que festejaban en las iluminadas aceras. El Mercedes aceleró al entrar en las tranquilas calles del distrito Grünewald, el sector de los millonarios, en los límites del oeste. Manfred se relajó en el asiento de cuero, girando hacia la encantadora mujer que tenía a su lado. Ella hablaba con seriedad. Le hizo preguntas sobre él, su familia y su país. El muchacho no tardó en notar que ella poseía insospechados conocimientos sobre Sudáfrica, y se preguntó cómo los habría adquirido.

Heidi conocía la historia de guerras, conflictos y rebeliones, la lucha de su gente contra las bárbaras tribus negras y, más adelante, el sometimiento de los afrikaners a los británicos y el terrible peligro que amenazaba su supervivencia como pueblo.

—Los ingleses —dijo ella, con un filo de amargura en la voz—, están en todas partes, llevando consigo la guerra y el sufrimiento: en el África, en la India, en mi propia Alemania. También nosotros hemos sufrido opresión y persecuciones. Si no fuera por nuestro bienamado Führer, todavía estaríamos tambaleándonos bajo el yugo de los judíos y los ingleses.

—Sí, el Führer es un gran hombre —afirmó Manfred. Y citó textualmente: —"Aquello por lo que debemos luchar es la salvaguardia de la existencia y reproducción de nuestra raza y de nuestro pueblo, el sustento de nuestros hijos y la pureza de nuestra sangre, la libertad y la independencia de la patria, para que nuestro pueblo pueda madurar hasta cumplir la misión que le fue asignada por el creador del universo."

—*Mein Kampf!* —exclamó ella—. ¡Puedes citar las palabras del Führer!

Manfred comprendió que habían franqueado una etapa importante en la mutua relación.

—Con esas palabras, él ha expresado todo lo que creo y siento —dijo—. Es un gran hombre, jefe de una gran nación.

La casa de Rupertstrasse estaba apartada de la ruta, entre grandes jardines, en la ribera de uno de los bellos lagos Havel. Había diez o doce *limousines* estacionadas en el camino de entrada, casi todas con la esvástica flameando sobre el capot y un chofer uniformado al volante. Había luz en todas las ventanas de la casona y, cuando el conductor los dejó junto al pórtico, oyeron música, voces y risas.

Manfred ofreció el brazo a Heidi y ambos atravesaron las puertas de entrada, abiertas de par en par. Después de cruzar un vestíbulo de mármol blanco y negro, cuyas paredes estaban decoradas por un bosque de astas de venado, se detuvieron ante el gran salón.

Estaba colmado de invitados. Casi todos los hombres lucían deslumbrantes uniformes, en los que centelleaban las insignias del rango y el regimiento; las mujeres vestían elegantes sedas y terciopelos, con los hombros desnudos y las melenas muy cortas, según la última moda.

Las risas y conversaciones se apagaron, pues todos estaban examinando a los recién llegados, entre interesantes especulaciones, pues Manfred y Heidi componían una pareja llamativamente hermosa. Luego se reanudó la conversación.

—Allí está tío Sigmund —exclamó Heidi, arrastrando a Manfred hacia una alta silueta uniformada, que les salía al encuentro.

—Heidi, querida. —El hombre se inclinó sobre la mano de la muchacha. —Cada vez que te veo estás más bella.

—Manfred, te presento a mi tío, el coronel Sigmund Boldt. Tío Sigmund, ¿me permites presentarte a Herr Manfred De La Rey, el boxeador sudafricano?

El coronel Boldt estrechó la mano del joven. Su pelo, puramente blanco, estaba bien echado hacia atrás, descubriendo el rostro fino de un académico, de buena estructura ósea y nariz aristocráticamente estrecha.

—Heidi me ha dicho que usted es de extracción alemana, ¿verdad?

Llevaba uniforme negro, con insignias de plata en las solapas; tenía un párpado caído y ese ojo le lagrimeaba incontrolablemente; él lo secaba con frecuencia, con un pañuelo de hilo que sostenía en la mano derecha.

—Es verdad, coronel. Tengo vínculos muy fuertes con su patria —replicó Mandred.

—Ah, habla alemán de un modo excelente. —El coronel lo tomó del brazo. —Aquí hay muchas personas que querrán conocerlo. Pero antes dígame: ¿qué piensa del boxeador negro norteamericano, ese tal Cyrus Lomax? ¿Y con qué táctica piensa enfrentarlo?

Con discreta habilidad social, Heidi o el coronel Boldt estaban siempre a mano, para llevarlo de un grupo a otro; como él rechazó el champagne que se le ofrecía, el camarero le trajo un vaso de agua mineral.

Sin embargo, lo dejaron por más tiempo que el acostumbrado con un huésped a quien Heidi presentó con el nombre de "general Zoller": un alto oficial prusiano, que vestía uniforme de campaña gris y lucía una cruz de hierro a la garganta. A pesar de su rostro, bastante común y olvidable, y de sus facciones pálidas y enfermizas, demostró ser dueño de una inteligencia aguda e incisiva. Interrogó minuciosamente a Manfred sobre la política y la situación de Sudáfrica, sobre todo en cuanto a los sentimientos del afrikaner con respecto a sus vínculos con Gran Bretaña y el Imperio.

Mientras hablaban, el general Zoller fumó, en cadena, una serie de finos cigarrillos, envueltos en papel amarillo, que despedían un fuerte olor a hierbas; de vez en cuando emitía el jadeo del asma. Manfred descubrió pronto que simpatizaba con él y que poseía un conocimiento enciclopédico de los asuntos africanos. El tiempo pasó muy de prisa. Por fin, Heidi cruzó el salón para tocarle el brazo.

—Disculpe, general Zoller, pero he prometido al entrenador de boxeo llevarle a su estrella antes de las nueve.

—Ha sido un placer conocerlo, joven —El general estrechó la mano a Manfred. —Nuestros países deberían ser buenos amigos.

Manfred le aseguró:

—Haré cuanto esté en mi poder para que así sea.

—Buena suerte en las Olimpíadas, Herr De La Rey.

Ya en el Mercedes otra vez, Heidi comentó:

—Causaste muy buena impresión a mi tío... y a muchos de sus amigos; el general Zoller, para empezar.

456

—Disfruté mucho con la velada.

—¿Te gusta la música, Manfred?

Él quedó algo sorprendido por la pregunta.

—Me gusta cierto tipo de música, pero no soy experto.

—¿Wagner?

—Sí, Wagner me gusta mucho.

—Tío Sigmund me ha dado dos entradas para escuchar la Filarmónica de Berlín, el próximo viernes. Actuará Herbert von Karajan, el joven director, con un programa de Wagner. Sé que esa tarde tienes tu primera prueba eliminatoria, pero después podríamos celebrar. —Vaciló por un instante y agregó, apresurada: —Perdona. Pensarás que soy atrevida, pero te aseguro que...

—No, no. Será un gran honor acompañarte... gane o pierda.

—Ganarás —dijo ella, simplemente—. Estoy segura.

Lo dejó frente a la casa del equipo y aguardó a que él hubieran entrado antes de ordenar al conductor:

—Volvamos a Rupertstrasse.

Cuando llegó otra vez a la casa del coronel, la mayor parte de los invitados se estaba retirando. Ella esperó en silencio hasta que él hubo despedido al último. Entonces, con una inclinación de su cabeza plateada, le dio la orden de seguirlo. El modo de tratarla había cambiado por completo, tornándose brusco y lleno de superioridad.

El coronel abrió una discreta puerta de roble, en el extremo más alejado del salón, y se adelantó a ella. Heidi lo siguió, cerrando suavemente tras de sí. De inmediato se puso en posición de firme y aguardó. Boldt la dejó allí, de pie, mientras llenaba dos copas de coñac. Llevó una al general Zoller, que estaba sentado en un sillón, junto al hogar de leña, fumando uno de sus cigarrillos de hierbas, con una carpeta de archivo abierta en las rodillas.

—Bueno, Fräulein —dijo el coronel Boldt, dejándose caer en el sillón de cuero, mientras señalaba el diván—, siéntese. Puede ponerse cómoda en la casa de su "tío".

Ella sonrió cortésmente, pero se instaló en la orilla del sofá, con la espalda rígida. El coronel Boldt se volvió hacia el general.

—¿Puedo conocer la opinión del general sobre el sujeto?

Zoller levantó la vista de la carpeta.

—Parece haber una zona oscura en torno de la madre del sujeto. ¿Está confirmado que haya sido alemana, como él asegura?

—Temo que no tenemos ninguna confirmación. No hemos podido establecer pruebas sobre la nacionalidad de la madre, aunque he hecho averiguaciones exhaustivas entre nuestra gente del sudeste de África. En general, se cree que murió al darlo a luz, en la espesura africana. Sin embargo, por el lado paterno, existen pruebas documentadas de que su abuela era alemana y de que su padre luchó muy valerosamente por el ejército del Káiser, en África.

—Sí, ya lo veo —expresó el general, agrio. Y levantó la vista hacia Heidi. —¿Qué sentimientos le ha expresado a usted, Fräulein?

—Está muy orgulloso de su sangre alemana y se considera aliado natural del pueblo alemán. Es un gran admirador del Führer y puede citar largamente su obra.

El general tosió y jadeó un poco, encendiendo otro cigarrillo, antes de volver su atención a la carpeta roja, que lucía el emblema del águila y la svástica en la cubierta. Los otros esperaron en silencio por casi diez minutos. Por fin, él levantó la vista hacia Heidi.

—¿Qué relación ha establecido usted con el sujeto, Fräulein?

—Por órdenes del coronel Boldt, me he mostrado simpática y amistosa hacia él, demostrándole de diversas maneras mi interés como mujer. Le he probado que tengo conocimientos sobre boxeo y que me interesa ese deporte. También que conozco mucho sobre los problemas de su patria.

—Fräulein Kramer es una de mis mejores agentes —explicó el coronel Boldt—. Se le ha proporcionado una amplia información sobre la historia de Sudáfrica y el deporte del boxeo. —El general asintió. —Prosiga, Fräulein.

Heidi obedeció.

—Le he dado a entender que comprendo las aspiraciones políticas de su pueblo, dejando en claro que soy su amiga, con posibilidades de algo más.

—¿No hay intimidad sexual entre ustedes?

—No, mi general. Juzgo que el sujeto se ofendería si yo procediera con demasiada celeridad. Como sabemos por sus antecedentes, proviene de una familia estrictamente calvinista. Además, no he recibido órdenes del coronel Boldt en cuanto a iniciar avances sexuales.

—Bien. —El general asintió. —Se trata de un asunto muy importante. El mismo Führer sabe de nuestra operación. Como yo, considera que la punta meridional de África posee una enorme importancia táctica y estratégica en nuestros planes de expansión global. Custodia las rutas marítimas hacia la India y Oriente y, en el caso de que el canal de Suez no esté abierto a nuestra navegación, es la única vía disponible. Además, es un tesoro de materias primas vitales para nuestros preparativos militares: cromo, diamantes, minerales del grupo del platino. Teniendo esto en cuenta, y después de conocer personalmente al sujeto, soy de la firme opinión de que debemos proceder. Por lo tanto, la operación cuenta ahora con sanción departamental completa y una clasificación "en rojo".

—Muy bien, mi general.

—El nombre clave del operativo será "Espada blanca", *Das Weisse Schwart.*

—*Jawohl,* mi general.

—Fräulein Kramer, queda usted asignada exclusivamente a este operativo. En la primera oportunidad, iniciará intimidades sexuales con el sujeto, de modo tal que no lo alarme ni lo ofenda, sino, antes bien, que aumente nuestro dominio sobre su lealtad.

— Muy bien, mi general.

— A su debido tiempo, puede resultar necesario que usted ingrese en una especie de matrimonio con el sujeto. ¿Hay algún motivo que se lo impida en caso necesario?

Heidi no vaciló.

— Ninguno, mi general. Puede confiar por completo en mi dedicación y en mi lealtad. Haré todo lo que se requiera de mí.

— Muy bien, Fräulein. — El general Zoller tosió y trató, ruidosamente, de tomar aliento. Al proseguir, su voz seguía siendo ronca. — Ahora bien, coronel: convendrá a nuestros propósitos que el sujeto sea ganador de una medalla de oro en estos Juegos. Le dará mucho prestigio en su patria, aparte del aspecto ideológico; un ario debe triunfar sobre toda persona de raza negra, inferior.

— Comprendo, mi general.

— No hay ningún candidato alemán con posibilidades de ganar el título de campeón mediopesado, ¿verdad?

— No, mi general; el sujeto es el único candidato blanco con posibilidades. Podemos asegurarnos de que todas sus peleas tengan por jueces y árbitros a miembros del Partido, que se encuentren bajo el control de nuestro departamento. Naturalmente, no podemos alterar el resultado en el caso de un *knock-out*, pero...

— Naturalmente, Boldt, pero usted hará cuanto esté a su alcance. Y Fräulein Kramer informará diariamente al coronel Boldt sus progresos con el sujeto.

El clan Courtney-Malcomess se había hospedado en el lujoso hotel Bristol, en vez de hacerlo en el distrito olímpico. David Abrahams, en cambio, inclinándose ante los dictados del entrenador de atletismo, compartía el edificio de departamentos con sus compañeros de equipo. Por lo tanto, Shasa le vio muy poco en esos días de duro adiestramiento, previos a la inauguración de los juegos.

Mathilda Janine convenció a Tara para que la acompañara a casi todos los entrenamientos; a cambio, ella le prestaba su compañía en los campos de polo. Así, las dos muchachas se pasaban casi todo el día volando del vasto complejo olímpico, a través de toda Berlín, hasta el centro ecuestre, a toda velocidad; era el único modo en que Tara sabía conducir el Bentley verde de su padre.

El breve abandono del adiestramiento, combinado con la inminencia de los Juegos, parecían haber acrecentado la velocidad de David, en vez de perjudicarla. Logró algunos tiempos excelentes en esos cinco días, y se resistía valerosamente a las proposiciones de Mathilda Janine, en cuanto a robar "una o dos horas" por la noche.

— Tienes una buena posibilidad, David — le dijo su entrenador, verificando su cronómetro tras la última carrera, antes de la ceremonia oficial de apertura—. Tienes que concentrarte. Si lo haces, volverás a tu casa con un trocito de lata.

Tanto Shasa como Blaine estaban encantados con los caballos que les habían proporcionado los alemanes. Tanto ellos como todo lo demás: los palafreneros, los establos y el equipo, eran irreprochables. Bajo el férreo control de Blaine, el equipo se dedicó a la práctica concentrada. Muy pronto volvieron a formar una cohesiva falange de jinetes.

Entre una y otra de sus largas sesiones en el campo de práctica, observaban a los otros equipos con que deberían enfrentarse. Los norteamericanos, sin tener en cuenta los gastos, habían cruzado el Atlántico con sus propios caballos. Los argentinos, superándolos, habían llevado también a sus peones, con sombrero de gaucho y pantalones de cuero, decorados con tachas de plata.

— Esos son los dos equipos que debemos derrotar — advirtió Blaine a sus compañeros—. Pero los alemanes son asombrosamente buenos. Y los británicos, como siempre, se afanarán como negros.

— Podemos aplastarlos a todos. — Shasa los benefició con su vasta experiencia. — ...Con un poco de suerte.

Tara fue la única que se tomó en serio esa jactancia. Desde el palco, le observaba volar por el campo lateral, bien erguido en la montura, como un bello centauro, ligero y esbelto, centelleantes los dientes blancos contra el bronceado de su cara.

— Es tan engreído y testarudo — se lamentó—. Ojalá pudiera dejar de prestarle atención. Ojalá la vida no fuera tan aburrida lejos de él.

El 1º de agosto de 1936, a las nueve de la mañana, el vasto estadio olímpico, el más grande del mundo, ya estaba atestado por más de cien mil seres humanos.

El césped de la isla central había sido cultivado hasta convertirse en una lámina de terciopelo verde esmeralda, marcado con las rayas y los círculos blancos que indicaban la distribución de los juegos. La pista de carrera, en la periferia, era de cenizas de color ladrillo. Muy arriba se elevaba la "tribuna de Honor": la plataforma para la marcha tradicional de los atletas. En un extremo alejado se alzaba el altar olímpico, con su antorcha de trípode aún fría.

Ante la entrada del estadio se extendía el Maifeld, cuyo amplio espacio contenía el alto campanario, donde se leía: *Ich rufe die Jugend der Welt* ("yo convoco a la juventud del mundo"). Los grupos de atletas se reunieron frente al largo *boulevard* del Kaiserdamm, rebautizado, para esa solemne ocasión, Via Triumphalis. Por sobre el campo flotaba la gigantesca aeronave, Hindenburg, arrastrando tras de sí el estandarte de las Olimpíadas: cinco grandes círculos entrelazados.

Desde lejos se elevó un vago susurro en el frío aire de la mañana. Fue creciendo poco a poco, acercándose. Una larga procesión de Mercedes descubiertos se aproximaba por la Via Triumphalis, centelleante el cromado, y pasaba entre las filas cerradas de cincuenta mil soldados de uniforme marrón, que flanqueaban la calle por ambos lados, conteniendo a una densa multitud, de a diez y veinte en fondo, que rugía de adulación al ver en el primer vehículo, una figura elevando el brazo derecho en el saludo nazi.

La procesión se detuvo ante la legión de atletas; Adolf Hitler bajó del primer Mercedes, luciendo una simple camisa parda, los pantalones de montar y las botas del soldado raso. Ese atuendo sombrío y sin adornos, en vez de tornarlo inadvertido, parecía distinguirlo en el amontonamiento de refulgentes uniformes, encajes de oro, pieles, estrellas y cintas que lo seguían hacia los portones del estadio.

"Conque ése es el loco", pensó Blaine Malcomess, al verlo pasar, apenas a cinco pasos de donde estaba.

Era exactamente como él lo había visto en mil retratos: pelo oscuro peinado hacia adelante, pequeño bigote cuadrado. Pero Blaine no estaba preparado para enfrentarse a la intensa mirada mesiánica que descansó en él por un fugaz instante. Descubrió que se le había erizado eléctricamente la piel de los brazos, pues acababa de mirar a los ojos a un profeta del Antiguo Testamento... o a un demente.

Detrás de Hitler iban todos sus favoritos: Goebbels vestía un traje de verano claro; Goering, en cambio, lucía su porte con el uniforme de gala de la Luftwaffe, y saludó a los atletas con su bastón de mariscal. En ese momento, la gran campana de bronce comenzó a tañer, convocando a los jóvenes del mundo.

Hitler y su cortejo se perdieron de vista, ingresando en el túnel abierto entre los palcos. Pocos minutos después estallaba una gran fanfarria de trompetas, cien veces amplificada por los altavoces, y un gran coro entonaba *Deutschland über alles*. Las filas de atletas se pusieron en marcha, ubicándose en sus diferentes posiciones para el desfile inicial.

Cuando salían de la oscuridad del túnel a la pista iluminada por el sol, Shasa intercambió una mirada con David, que marchaba a su lado. Ambos se sonrieron, compartiendo el entusiasmo de la música, el coro y los vítores de cien mil espectadores. Luego miraron adelante, con el mentón en alto y los brazos en vaivén, caminando al compás de la grandiosa música de Richard Strauss.

En la hilera que precedía a la de Shasa, Manfred De La Rey salió con la misma audacia, pero sus ojos se mantenían fijos en la figura parda que presidía el Tribunal de Honor, rodeado de príncipes y reyes. Cuando llegó a ese punto, sintió deseos de levantar el brazo derecho, gritando: *"Heil Hitler!"*, pero tuvo que contenerse. Tras largas discusiones de equipo, se había impuesto el criterio de Blaine Malcomess y los otros angloparlantes del grupo sudafricano: en vez de hacer el saludo alemán, los miembros se limitarían a girar la cabeza, en un saludo de "vista derecha" ante el Führer.

Un silbido grave y un pataleo de desaprobación siguió la marcha del grupo, entre el público. A Manfred le ardían en los ojos las lágrimas de vergüenza, ante el insulto que se había visto obligado a hacer a tan gran hombre.

El enojo le duró por el resto de las asombrosas festividades siguientes: el encender de la antorcha olímpica, el discurso de inauguración por parte del Führer, las cincuenta mil palomas blancas que colmaron el cielo, las banderas de las naciones izadas simultáneamente alrededor del estadio, las demostraciones de gimnastas y bailarines, los reflectores, los fuegos artificiales, la música, el paso de las escuadrillas del mariscal Goering, que oscurecieron el firmamento con su tronar.

Esa noche, Blaine y Centaine cenaron a solas en la suite de ella; ambos sentían un gran cansancio, tras las excitaciones de la jornada.

—¡Qué espectáculo presentaron al mundo! —comentó Centaine—. Creo que nadie, entre nosotros, esperaba algo así.

—Debimos haberlo previsto —replicó Blaine—. Después de haber organizado los *rallies* de Nuremberg, los nazis son los grandes maestros de la exhibición. Ni siquiera los antiguos romanos tenían tan refinado el seductor atractivo del espectáculo público.

—Me encantó —aseguró Centaine.

—Fue algo pagano, idólatra, propaganda flagrante. Herr Hitler, publicitando a la Alemania Nazi y a su nueva raza de superhombres ante el mundo entero. Pero sí, estoy de acuerdo contigo; por desgracia, fue muy divertido, con un ominoso dejo amenazador y maligno, que lo hizo aún más agradable.

—Eres un viejo cínico, Blaine.

—Es mi única virtud —reconoció él, antes de cambiar de tema—. Ya están sorteados los *matches* de la primera ronda. Por suerte, no nos han tocado los argentinos ni los yanquis.

Debían jugar contra los australianos. Casi de inmediato perdieron sus esperanzas de lograr una fácil victoria, pues los adversarios galoparon como una caballería a la carga desde el primer silbato, haciendo que Blaine y Shasa retrocedieran en desesperada defensa. Mantuvieron ese ataque implacable durante los tres primeros *chukkers*, muy difíciles, sin permitir que el equipo sudafricano se reorganizara en ningún momento.

Shasa mantenía sofrenados sus propios instintos, que le ordenaban lucirse individualmente. En cambio, se puso por completo bajo el mando de su capitán, respondiendo inmediatamente a sus indicaciones; extraía de Blaine lo único que a él le faltaba: experiencia. En esos minutos desesperados, el vínculo de comprensión y confianza, que tanto tiempo había llevado establecer, fue sometido a una prueba crucial. Sin embargo, se mantuvo. Al promediar el cuarto *chukker*, Blaine gruñó, pasando junto a su joven número dos:

—Quemaron todos sus cartuchos, Shasa. Ahora veamos si saben tragar su propia medicina.

Shasa tomó el siguiente tiro cruzado y alto de Blaine a toda marcha, estirado sobre los estribos para bajarlo, e impulsó la bocha campo arriba, haciendo retroceder a los *backs* australianos, antes de enviarla en una perezosa parábola, que acabó bajo el hocico del animal que montaba Blaine. Fue el momento decisivo. Al terminar, desmontaron de sus sudados caballos para palmotearse con fuerza las espaldas, festejando con risas un triunfo que les dejaba algo de incredulidad ante el propio logro.

La victoria se convirtió en malos presagios cuando supieron que, en la segunda ronda, enfrentarían a los argentinos.

David Abrahams tuvo un desempeño desilusionante en su primera eliminatoria de cuatrocientos metros, pues entró cuarto y no pudo clasificarse. Esa noche, Mathilda Janine rechazó la cena y se acostó temprano.

Dos días después estaba burbujeante y deliraba de entusiasmo: David había ganado las eliminatorias de los doscientos metros y pasaba a las semifinales.

El primer adversario de Manfred De La Rey fue el francés Maurice Artois, que no estaba clasificado dentro de su categoría.

—Rápido como la mamba, valiente como el ratel —susurró Tromp a su sobrino, al sonar la campana.

Heidi Kramer estaba sentada en la cuarta fila, junto al coronel Boldt. Estremecida de inesperado entusiasmo, vio que Manfred abandonaba su rincón para ir al centro del *ring*, moviéndose como un gato.

Hasta ese momento le había costado un gran esfuerzo fingir interés en ese deporte. Los ruidos, los olores y los espectáculos asociados con él le parecían repelentes: el hedor rancio en la lona y el cuero, los gruñidos animales, el golpe de los puños enguantados contra la carne, la sangre, el sudor y la saliva que volaban ofendían su melindrosa naturaleza. Ahora, en compañía de un público cultivado y bien vestido, ataviada ella también de sedas y encajes, perfumada y serena, descubrió que el contraste con la violencia y el salvajismo la asustaba y la excitaba a un tiempo.

Manfred De La Rey, ese joven silencioso y severo, carente de humor, levemente torpe cuando vestía de gala e incómodo entre gentes sofisticadas, se había transformado en una magnífica bestia salvaje. La ferocidad primitiva que parecía exudar, el destello de sus ojos amarillos bajo las cejas negras, al convertir la cara del francés en una máscara sangrante, la excitaron perversamente. Cuando el adversario cayó de rodillas en la impecable lona, ella descubrió que estaba apretando los muslos y que sus ingles, cálidamente derretidas, humedecían la costosa falda de *crêpe-de-chine*.

Esa exaltación persistió mientras ocupó, junto a Manfred, un palco de la majestuosa sala de óperas, en tanto la heroica música teutónica de Wagner llenaba el auditorio con un sonido escalofriante. Se movió un poco en el asiento hasta que su brazo desnudo tocó el de Manfred. Sintió que él daba un respingo y comenzaba a apartarse, sólo para interrumpir el movimiento de inmediato. El contacto entre ambos era leve como una gasa, pero les despertaba una aguda conciencia.

Una vez más, el coronel Brandt había puesto el Mercedes a disposición de Heidi, y el chofer los estaba esperando cuando salieron de la ópera. Mientras se acomodaban en el asiento trasero, ella vio que Manfred hacía una leve mueca de dolor.

—¿Qué te pasa? —se apresuró a preguntar.

—No es nada.

Heidi le tocó el hombro con dedos fuertes y firmes.

—¿Duele?

—Tengo cierta rigidez en el músculo. Mañana estaré bien.

—Hans, llévenos a mi departamento, en la Hansa —ordenó ella al chofer.

Manfred le echó una mirada, perturbado.

—Mutti me ha pasado uno de sus secretos especiales. Tengo un ungüento hecho de helechos silvestres, realmente mágico.

—No es necesario —protestó él.

—Mi departamento está camino al distrito olímpico. No tardaremos mucho. Hans puede llevarte en cuanto terminemos.

Hasta ese momento no había podido decidir cómo quedarse a solas con él sin alarmarlo, pero el muchacho aceptó esa sugerencia sin más comentarios. Guardó silencio por el resto del trayecto. Ella percibía su tensión, aunque no había repetido sus intentos de tocarlo.

Manfred pensaba en Sara, tratando de formarse mentalmente su imagen, pero surgía borrosa, como un dulce e insípido manchón. Tuvo deseos de ordenar a Hans que lo llevara directamente al distrito olímpico, pero no halló la voluntad necesaria. Lo que estaban haciendo era incorrecto, eso de estar a solas con una joven atractiva. Trató de convencerse de que no había nada de malo, pero al recordar el contacto de su brazo contra el propio se puso rígido.

—¿Duele? —preguntó ella, mal interpretando su movimiento.

—Apenas —susurró él, y perdió la voz.

Siempre le era más difícil después de una pelea. Quedaba nervioso y sensible por varias horas, y entonces su cuerpo solía hacerle endemoniadas jugarretas. Sintió que volvía a ocurrir, y la mortificación, la culpabilidad, le llenaron las mejillas de sangre caliente. ¿Qué pensaría de él esa limpia virgen alemana, si viera esa obscena, perversa tumescencia? Abrió la boca para decirle que no la acompañaría, pero ella acababa de inclinarse hacia el asiento delantero.

—Gracias, Hans. Déjenos en la esquina; puede esperarnos en la otra cuadra.

Ya había salido del coche y estaba cruzando la acera. Manfred no tuvo más alternativa que seguirla. El vestíbulo de entrada estaba en penumbras.

—Lo siento, Manfred, pero vivo en el último piso y no hay ascensor.

La subida por las escaleras permitió que el muchacho recobrara el dominio de sí. Ella lo hizo pasar a un departamento de un ambiente.

—Éste es mi palacio —dijo, con una sonrisa de disculpa—. En estos tiempos es muy difícil conseguir alojamiento en Berlín. Le señaló la cama con un gesto. —Siéntate allí, Manfred.

Se quitó la chaqueta que llevaba sobre la blusa blanca y se irguió en puntas de pie para colgarla en el ropero. Los pechos se le movieron pesadamente hacia adelante cuando levantó los brazos, blancos y suaves. Manfred apartó la vista. En la pared había un estante con libros; al ver varias obras de Goethe, recordó que había sido el escritor favorito de su padre. "Piensa en cualquier cosa", se dijo, "en cualquier cosa que no sean esos grandes pechos puntiagudos bajo la tela fina".

Ella había entrado en el diminuto baño, donde se oían ruidos de agua y tintineos de vidrio. Volvió con un frasquito verde en las manos y se detuvo frente a él, sonriendo.

—Tienes que quitarte la chaqueta y la camisa —dijo.

Él no pudo contestar. No había pensado en eso.

—Pero no es correcto, Heidi.

La chica rió suavemente, con un sonido profundo, murmurando:

—No seas tonto, Manfred. Piensa que soy una enfermera.

Con mucha suavidad, le quitó la chaqueta; sus senos volvieron a moverse hacia adelante, rozando casi la cara de Manfred. Dejó la prenda en el respaldo de la única silla y, pocos segundos después, agregó la camisa plegada. Había calentado el frasquito en el lavatorio. La loción, aplicada sobre la piel, lo calmó de inmediato. Los dedos de la muchacha eran hábiles y fuertes.

—Relájate —susurró—. Aquí está, ya lo siento. Está duro y anudado. Relájate, deja que el dolor se vaya. —Le inclinó suavemente la cabeza hacia sí. —Apóyate en mí, Manfred. Sí, eso es.

Estaba de pie frente a él, e inclinaba las caderas hacia adelante. La cabeza de Manfred quedó apretada contra la parte inferior del torso femenino. Su vientre era blando y cálido; su voz, hipnótica. El muchacho sintió oleadas de placer que partían de aquellos dedos masajeantes.

—Qué duro y fuerte eres, Manfred. Tan blanco, duro, hermoso... Pasaron algunos momentos antes de que él captara el sentido de lo que acababa de oír. Pero los dedos seguían masajeando y acariciando. Todo pensamiento racional huyó de su mente. Sólo tenía conciencia de las manos, de las frases de cariño y elogio que oía murmurar. Y de pronto captó algo más: un olor cálido, almizclado, que se elevaba del vientre contra el que estaba apoyado. No supo reconocerlo como el olor de una joven saludable, físicamente excitada y madura para el amor, pero su propia reacción fue instintiva e innegable.

—Heidi. —La voz le temblaba locamente. —Te amo. Perdóname, por Dios, pero te amo mucho.

—Sí, *mein Schatz*, lo sé —susurró ella—, y yo también te amo.

Lo empujó suavemente hacia el colchón y, de pie ante él, comenzó a desabotonarse poco a poco la blusa blanca. Sus grandes pechos de seda, coronados de rubíes eran lo más bello que Manfred viera en su vida.

—Te amo...

Lo gritó muchas veces, esa noche. Cada vez, con diferente voz: maravilla, sobrecogimiento y éxtasis, pues el modo en que ella lo amaba sobrepasaba cuanto había imaginado.

Shasa, con maña, había logrado conseguir entradas de favor para que las chicas presenciaran las finales de carreras y saltos, pero los asientos estaban a mucha altura, en el palco norte. Mathilda Janine le pidió los binoculares para observar ansiosamente la gran pista.

—No lo veo —se quejó.

—Todavía no salió —la tranquilizó Shasa—. Primero van a correr los cien metros.

Pero estaba tan nervioso como ella. En la semifinal de los doscientos metros, David Abrahams había salido segundo, después del gran atleta norteamericano Jesse Owens, "el antílope de ébano", asegurándose así la participación en la final.

—Estoy tan nerviosa que me va a dar un desmayo —jadeó Mathilda Janine, sin bajar los binoculares.

Al otro lado de Shasa, Tara también estaba agitada, pero por otros motivos.

—Es indignante —dijo, con tanta vehemencia que Shasa se volvió hacia ella, sorprendido.

—¿Qué pasa?

—¿No has escuchado una sola palabra?

—Perdona, pero ya sabes que David va a salir en cualquier momento...

Su voz se perdió bajo un ensordecedor aplauso; los espectadores se pusieron de pie al ver que los finalistas de los cien metros salían disparados desde sus bloques, corriendo por la pista. Cuando cruzaron la línea final, la cualidad del sonido se alteró; a la ovación que saludaba al ganador se mezclaron gruñidos de protesta.

—¡Ahí está! —Tara apretó el brazo de Shasa. —Escucha.

A poca distancia, en la multitud, una voz gritó:

—Otro negro norteamericano que gana.

Y, más cerca aún:

—A los norteamericanos debería darles vergüenza dejar que esos animales negros usen sus colores.

—Qué prejuicios asquerosos. —Tara lanzó una mirada fulminante en derredor, tratando de identificar a quienes habían hablado entre el mar de caras que los rodeaban. Al no conseguirlo, se volvió hacia su compañero.

—Los alemanes están amenazando con anular todos los premios obtenidos por los que ellos consideran razas inferiores: los negros y los judíos —dijo, en voz alta—. Es repugnante.

—Cálmate —le susurró Shasa.

—¿A ti no te molesta? —lo desafió la muchacha—. David es judío.

—Claro que me molesta —replicó él, en voz baja, mirando a su alrededor, azorado—. Pero cállate, Tara, sé buena.

—Opino que...

La voz de Tara se elevó, en respuesta directa a la súplica del muchacho. Pero Mathilda Janine gritó de un modo aún más agudo.

—¡Allí está! ¡Allí está David!

Shasa, aliviado, se levantó de un salto.

—Allí está. ¡Vamos, Davie, vamos! ¡Corre como los gamos!

Los finalistas de la carrera de doscientos metros se habían arracimado en el extremo opuesto de la pista y daban saltitos en sus puestos, haciendo girar los brazos como aspas de molino, en sus ejercicios de precalentamiento.

—¿Verdad que David es indescriptible? —preguntó Mathilda Janine.

—Es una forma perfecta de describirlo —concordó Shasa.

Ella le asestó un golpe de puño en el brazo.

—Ya entiendes lo que quiero decir.

El grupo de atletas se distribuyó entre los bloques y el encargado de señalar la partida se adelantó un paso. Una vez más descendió el silencio sobre la vasta pista. Los corredores permanecían agachados, petrificados en rigurosa concentración.

Sonó el disparo de pistola, que a esa distancia se oyó como un chasquido. Los atletas se lanzaron hacia adelante, en una línea perfecta, con las largas piernas al vuelo y los brazos balanceándose arriba. La línea perdió su perfección, abultándose en el centro. Una pantera flaca y oscura se adelantó al grupo. El rugido de la multitud se convirtió en algo articulado.

—¡Je-Se O-Wens! —repetía, en un cántico raudo, mientras el moreno pasaba como un relámpago sobre la línea de llegada, arrastrando a un puñado de competidores.

—¿Qué pasó? —gritó Mathilda Janine.

—Ganó Jesse Owens —respondió Shasa, también a los gritos para hacerse oír.

—Ya sé, pero David, ¿qué pasó con David?

—No sé, no vi. Estaban todos muy cerca.

Esperaron, presas de la fiebre, hasta que los altavoces tronaron con su estentórea orden.

—*Achtung! Achtung!* —Y se oyeron los nombres en una maraña de palabras alemanas: —Jesse Owens... Carter Brown... —Y entonces, asombrosamente: —...David Abrahams.

Mathilda Janine chilló:

—Sosténganme, que me desmayo. ¡David ganó la medalla de bronce!

Todavía estaba chillando y dando saltitos ante el asiento, entre lágrimas de loca alegría que le corrían hasta el mentón, cuando una silueta flaca y desgarbada, de pantaloncitos y remera, subió al peldaño inferior de la pirámide de los triunfadores e inclinó la cabeza para que se le pusiera la medalla de bronce, colgando de una cinta.

Esa noche, los cuatro iniciaron su celebración en el salón de la *suite* que Centaine ocupaba en el Bristol. Blaine pronunció un breve discurso de congratulación, mientras David, en el medio del cuarto, ponía cara de tímido. Se brindó con champagne, y Shasa, porque se trataba de un amigo, bebió toda la copa del magnífico Bollinger 1929 que Centaine proporcionó para la festividad.

En el Café am Ku-damm, a poca distancia del hotel, bebió otra copa de Sekt. Después, los cuatro se tomaron del brazo y marcharon por la famosa Kurfürstendamm, la calle de las diversiones. Todas las señales de decadencia que los nazis habían prohibido (las botellas de Coca-Cola en las mesas al aire libre, los compases de jazz en los cafés, los carteles cinematográficos que mostraban a Clark Gable y a Myrna Loy) estaban nuevamente a la vista, permitidos por dispensa especial, sólo mientras duraran los Juegos Olímpicos.

Se detuvieron en otro café, y en esa oportunidad Shasa pidió *schnapps*.

—Despacio —le susurró David, sabiendo que Shasa rara vez probaba bebidas alcohólicas, como no fuera una sola copa de vino o cerveza liviana.

—Davie, amigo, no todos los días un amigo mío gana una medalla olímpica. —Estaba enrojecido bajo el bronceado y sus ojos tenían un brillo febril.

—Bueno, te advierto que no pienso llevarte al hombro —le previno David.

Siguieron caminando por la Ku-damm. Shasa mantenía a las muchachas en una risa constante, con su tonto humor.

—*Ach so, meine Lieblings* —chapurreaba, mezclando inglés con ale-.

mán y una entonación latina—, *dis is de famousa Kranzlers* cafetería, ¿no? Entraremos a *toumar* un poco de champagne, ¿sí?

—Eso es italiano, no alemán —señaló Tara—. Me parece que estás borracho.

—Esa palabra, borracho, no es digna de tus bellos labios —le dijo Shasa, haciéndola entrar en la elegante cafetería.

—Basta de champagne, Shasa —protestó David.

—Mi querido muchacho, no sugerirás que brinde por tu vida eterna con cerveza, ¿verdad?

Shasa chasqueó los dedos para llamar a la camarera, que llenó cuatro copas con el espumoso vino amarillo. Como los cuatro estaban riendo y charlando, ninguno de ellos notó, en un principio, el súbito silencio que se había impuesto en la atestada cafetería.

—Oh, caramba —murmuró Tara—. Aquí llega la caballería.

Al salón habían entrado seis soldados de uniforme pardo. Por lo visto, venían de alguna ceremonia realizada en el regimiento, pues dos de ellos llevaban estandartes enroscados. También era obvio que habían estado bebiendo; su actitud era belicosa y caminaban con paso vacilante. Algunos de los parroquianos se apresuraron a recoger sombreros y abrigos, pagaron las cuentas y abandonaron el local.

Los seis soldados se acercaron, pavoneándose, a la mesa vecina a la de los cuatro amigos, y pidieron jarras de cerveza. El propietario de la cafetería, deseoso de evitar problemas, fue a saludarlos personalmente, con aire obsequioso. Conversaron por un rato; después, el propietario se despidió haciéndoles la venia y el saludo nazi. De inmediato, los seis uniformados se levantaron de un salto para devolverle el saludo, entrechocando los tacos de las botas al grito de: *"Heil Hitler!"*

Mathilda Janine, que había bebido cuanto menos una copa entera de champagne, dejó escapar una carcajada chillona y se deshizo en risitas infantiles. De inmediato, toda la atención de los soldados se centró en ella.

—Cállate, Matty —imploró David.

Pero eso no hizo sino empeorar las cosas. Mathilda Janine puso los ojos en blanco y enrojeció hasta quedar escarlata, en un esfuerzo por contener las risas. De todos modos, acabó por estallar en un resoplido carcajeante. Los militares intercambiaron una mirada y avanzaron como un solo hombre, rodeando la mesa, hombro contra hombro. El jefe, un macizo sargento de edad madura, dijo algo a lo que Tara respondió con su alemán escolar.

—Ah —dijo el sargento, en inglés, con fuerte acento alemán—, son ingleses.

—Mi hermanita es muy joven y tonta. —Tara fulminó con la vista a Mathilda Janine, que dejó escapar otro resoplido sofocado por el pañuelo.

—Son ingleses —dijo el sargento, como si eso explicara tanta locura.

Y todos se habrían retirado, pero uno de los soldados más jóvenes estaba estudiando a David. En pasable inglés, preguntó:

469

—¿Usted es el corredor? El que ganó la medalla de bronce. David Abrahams.

David asintió, con timidez.

—Es David Abrahams, el corredor judío —amplió el soldado. El rostro del muchacho palideció, endureciéndose. Los dos soldados que hablaban inglés dieron explicaciones a sus compañeros, repitiendo varias veces la palabra *Juden*. Todos miraron a David con hostilidad, apretando los puños contra las caderas, y el sargento preguntó, en voz muy alta:

—¿No les da vergüenza, a los ingleses y a los norteamericanos, dejar que los judíos y los negros ganen medallas en nombre de ellos?

Antes de que ellos pudieran contestar, Shasa se puso de pie, con una sonrisa cortés.

—Me parece, muchachos, que cometen un error. Él no es judío, en absoluto. Es zulú.

—¿Cómo es posible eso? —El sargento parecía desconcertado. —Los zulúes son negros.

—Se equivoca otra vez, viejo. Los zulúes nacen blancos. Se ponen negros cuando se los deja al sol. A éste siempre lo hemos mantenido a la sombra.

—Está bromeando —acusó el sargento.

—¡Pog supuesto que esthoy bgomeando! —repitió Shasa, imitando su pronunciación—. ¿Y quién no, con espectáculo tan cómico?

—Shasa, por el amor de Dios, siéntate —le pidió David—. Te estás buscando problemas.

Pero Shasa estaba embriagado por el champagne y su propio ingenio.

—En realidad, querido amigo —manifestó, dando una palmadita en el pecho al sargento—, si busca judíos, yo soy el único que hay aquí.

—¿Los dos son judíos? —acusó el sargento, entornando los ojos con aire amenazador.

—No sea ganso. Ya le he explicado: él es zulú y el judío soy yo.

—Eso es mentira —replicó el sargento.

A esa altura, toda la clientela del salón estaba escuchando el diálogo con mucha atención. Quienes sabían inglés traducían para beneficio de sus compañeros.

Shasa, alentado por tanta atención y envalentonado por el champagne, continuó:

—Ya veo que necesita una demostración. Para convencerlo de que conozco los antiquísimos secretos del judaísmo, le revelaré uno de nuestros misterios más reservados. ¿Alguna vez se ha preguntado qué hacemos con los pedacitos que el rabino nos corta del extremo?

—Cállate, Shasa —dijo David.

—¿De qué está hablando? —preguntó Mathilda Janine, interesada.

—No seas repulsivo, Shasa Courtney —regañó Tara.

—¿Pedacito? —repitió el sargento, intranquilo.

Pero los otros parroquianos ya sonreían, a la expectativa. El humor subido de tono era algo habitual en la Ku-damm, y todos disfrutaban con la rara incomodidad de las tropas de asalto.

—Muy bien, lo voy a decir. —Shasa no prestaba atención a David ni a Tara. —Los envasamos en sal, como si fueran arenques, y los enviamos a Jerusalén. Allí, en el sagrado Monte de los Olivos, el día de Pascua, el rabino más antiguo los planta en fila y hace un pase mágico sobre ellos. Entonces se produce un milagro, ¡un milagro! Comienzan a crecer. —Shasa hizo un gesto para señalar el crecimiento. —Crecen más y más. —Los soldados le vieron levantar la mano, con expresión desconcertada. —Y entonces, ¿saben ustedes qué pasa?

El sargento, involuntariamente, sacudió la cabeza.

—Cuando se han convertido en grandes y robustos *schmucks*, los enviamos a Berlín, para que sean tropas de asalto nazis.

Todos lo miraban boquiabiertos, sin poder creer en lo que oían. Shasa completó su recital:

—Y se les enseña a decir —hizo la venia y levantó la mano derecha—: "Heil..." ¿Cómo se llama ese tipo? Siempre me olvido.

El sargento dejó escapar un bramido y lanzó un tremendo derechazo. Shasa lo esquivó, pero perdió el equilibrio, gracias al champagne, y cayó con estruendo, arrastrando el mantel y haciendo trizas las copas. La botella de champagne rodó por el suelo, salpicando vino, mientras dos soldados saltaban sobre el muchacho, haciendo llover golpes sobre su cabeza y su torso.

David se levantó de un salto para ir en su ayuda, pero otro de los soldados le sujetó los brazos desde atrás. El joven logró liberar su brazo derecho, giró en redondo y plantó un estupendo derechazo en la nariz del hombre. Éste emitió un aullido y soltó a David para llevarse la mano a la cara. Empero, otros dos soldados sujetaron al muchacho desde atrás y le torcieron los brazos a la espalda.

—¡Déjenlo en paz! —gritó Mathilda Janine.

Y aterrizó en los hombros de un soldado, con un salto, que era casi un vuelo. Le tumbó la gorra sobre los ojos y le tomó dos mechones de pelo.

—¡Deja a David, pedazo de cerdo!

Le tironeaba del pelo con todas sus fuerzas, y el soldado giró en círculo, tratando de quitársela de encima. Las mujeres gritaban y los muebles volaban en pedazos. El propietario, a la puerta de su cocina, se retorcía las manos, con gestos de angustia.

—¡Shasa Courtney! —chilló Tara, furiosa—. ¡Te estás comportando como un patán! ¡Termina inmediatamente con esa escena!

Shasa, medio sepultado bajo un montón de uniformes pardos y puños al vuelo, no dio respuesta audible. Los soldados habían sido tomados por sorpresa, pero se estaban componiendo velozmente. La lucha callejera era su especialidad.

Mathilda fue desalojada con un sacudón de hombros y voló hasta el rincón. Tres soldados levantaron a Shasa de un tirón, con los brazos sujetos a la espalda, y lo llevaron hacia la puerta de la cocina. David recibió el mismo tratamiento, con un soldado prendido a cada brazo. El que tenía la nariz herida los siguió de cerca, sangrando y maldiciendo amargamente.

El propietario se hizo apresuradamente a un lado, mientras los militares llevaban a Shasa y a David a través de la cocina, diseminando a cocineros y camareras, para sacarlos al callejón trasero. Shasa, en sus inútiles forcejeos, tumbó los cubos de basura.

Ninguno de los soldados pronunció palabra. No había necesidad de dar órdenes, pues eran profesionales dedicados al deporte que más les gustaba. Con movimientos expertos, inmovilizaron a las dos víctimas contra la pared de ladrillos, mientras uno de ellos apaleaba a los muchachos, lanzando puñetazos a la cara y al cuerpo, alternativamente, gruñendo como un cerdo al compás de los golpes.

Mathilda Janine, que los había seguido, corrió otra vez en defensa de David, pero un empujón indiferente la despidió hacia atrás, y la hizo tropezar, hasta que cayó entre las latas de basura. El soldado volvió a su tarea.

Tara estaba en la cocina, gritando furiosamente al propietario de la cafetería:

—¡Llame inmediatamente a la policía! ¿No me oye? ¡Llame a la policía! ¡Allá afuera están matando a dos inocentes!

Pero el propietario hizo un gesto indefenso:

—No serviría de nada, Fräulein. La policía no vendrá.

Shasa se dobló en dos y lo dejaron caer. De inmediato, los tres que lo sujetaban comenzaron a usar las botas. Las puntas de acero se estrellaron contra su vientre, su espalda y sus flancos.

El soldado que se dedicaba a David ya estaba sudando y jadeante por el esfuerzo. Por fin dio un paso atrás, midió cuidadosamente el golpe y envió un último *upper-cut*, que se plantó en la cabeza bamboleante del muchacho, en plena boca. La nuca crujió contra los ladrillos. Los uniformados lo dejaron caer de bruces al pavimento.

David yacía flojo, inmóvil; no hizo esfuerzo alguno por evitar las botas que se hundían en su cuerpo inerte. Los soldados se cansaron inmediatamente del juego. No era divertido patear a alguien que ya no se retorcía ni gritaba pidiendo misericordia. Con prontitud, recogieron las gorras y los estandartes, para marcharse en grupo, pasando junto a los dos vigilantes de policía que, de pie en la boca del callejón, trataban de fingir indiferencia.

Mathilda Janine se dejó caer de rodillas junto a David y apoyó la maltratada cabeza en su regazo.

—Dime algo, David —gimió.

Tara salió de la cocina con un paño mojado y se inclinó sobre Shasa, tratando de disimular su preocupación. Pasaron algunos minutos antes de que las víctimas dieran señales de vida. Por fin, Shasa se incorporó y puso la cabeza entre las rodillas, sacudiéndola como si estuviera mareado. Da-

·vid se levantó sobre un codo y escupió un diente, en una bocanada de saliva y sangre.

—¿Te sientes bien, David, muchacho? —preguntó Shasa, entre sus labios aplastados. .

—Hazme un favor: jamás vengas a rescatarme —bramó su amigo—. La próxima vez harás que me maten.

Mathilda Janine los ayudó a levantarse. Tara, ahora que veía a Shasa reanimado, se mostraba sombría y llena de desaprobación.

—Nunca en mi vida he visto exhibición más despreciable, Shasa Courtney. Estuviste obsceno y provocativo. Te merecías todo lo que te pasó.

—Mira que eres dura, vieja —protestó Shasa.

Él y David, dándose mutuo apoyo, avanzaron renqueando por el callejón. Uno de los agentes de policía, que esperaba en la esquina, les espetó algo al pasar.

—¿Qué dijo? —preguntó Shasa a Tara.

—Dijo, con bastante razón —tradujo ella, gélidamente—, que la próxima vez se te arrestará por violencia pública.

Mientras los dos caminaban dolorosamente por la Ku-damm, ensangrentados y maltrechos, Mathilda Janine se mantenía a mano. Tara, en cambio, marchaba diez o doce pasos más adelante, tratando de mantenerse ajena al grupo, que atraía horrorizadas miradas de los transeúntes. Inmediatamente, todo el mundo apartaba la vista y apretaba el paso.

Mientras los cuatro subían en el ascensor del Bristol, Mathilda Janine preguntó, pensativa:

—Eso que contaste, Shasa, sobre sembrar no sé qué cosa en el Monte de los Olivos... No entendí. ¿Qué son los *schmucks*?

David y Shasa se doblaron en dos, en agónico regocijo, apretándose las magulladuras.

—Por favor, Matty —suplicó David—, no hables más. Me duele mucho cuando me río.

Tara se volvió hacia ella, severa:

—Ya verás cuando papá se entere del papel que has desempeñado en todo esto, jovencita. Se va a poner lívido.

Tenía razón: Blaine se puso furioso, pero no tanto como Centaine Courtney.

Resultó que Shasa tenía cuatro costillas y una clavícula fracturadas. En adelante, sostendría que fue su ausencia del equipo lo que causó la victoria argentina por diez a cuatro, en los cuartos de final de polo, dos días después. David, aparte de dos dientes faltantes, sólo tenía contusiones superficiales, lastimaduras y esguinces.

—No se ha perdido gran cosa —reconoció Centaine, por fin—. Al menos, no habrá publicidad. Esos horrendos periodistas que escriben artículos jactanciosos...

Se equivocaba. Entre los parroquianos de la cafetería había un corresponsal sudafricano de Reuters. Su artículo fue publicado por el *Jewish Times*, periódico judío de Sudáfrica. Destacaba, sobre todo, la parte desempeñada por Shasa Courtney en defensa de su amigo judío, el corredor premiado. Cuando el grupo volvió a Ciudad del Cabo, Shasa descubrió que era una pequeña celebridad. Tanto él como David fueron invitados a pronunciar un discurso en una comida de los Amigos de Sión.

— La ley de las consecuencias imprevistas — señaló Blaine.

— ¿Cuántos votantes judíos hay en el padrón, según tu cálculo? — inquirió Centaine, bizqueando ligeramente en su aritmética mental.

Blaine rió entre dientes.

— Eres realmente incorregible, tesoro.

El salón de boxeo del gran complejo olímpico estaba lleno en toda su capacidad cuando se libró el combate final de la categoría mediopesados. Había filas de soldados uniformados a cada lado del pasillo, desde los vestuarios, formando una guardia de honor para los contendientes que subían al cuadrilátero.

— Nos pareció necesario ponerlos — explicó el coronel Boldt a Heidi Kramer, mientras ocupaban sus asientos junto al *ring*.

Y echó una mirada significativa a los cuatro jueces. Todos eran alemanes y miembros del partido; habían hecho falta delicadas negociaciones del coronel para que así fuera.

Manfred De La Rey fue el primero en subir al *ring*. Llevaba *shorts* de seda verde y una camiseta, verde también, con el emblema del gamo en el pecho; le habían cortado recientemente el pelo, que mostraba las raíces más doradas. El joven echó un rápido vistazo al *ringside*, saludando con los puños por sobre la cabeza, para agradecer el tremendo aplauso con que lo recibieron. El público alemán lo había adoptado como a uno de sus héroes; esa noche, él era el campeón de la supremacía racial blanca.

Distinguió a Heidi Kramer casi de inmediato, pues sabía por dónde buscarla, pero no sonrió. Ella lo miró con la misma seriedad, pero el muchacho sintió que la energía manaba de su cuerpo, ante esa presencia. De pronto apartó la vista y frunció el entrecejo; la ira se mezcló con la fuerza de su amor.

Allí estaba esa mujer. Cuando pensaba en Centaine Courtney, siempre la llamaba "esa mujer". Estaba sólo a tres asientos de su amada Heidi, con su inconfundible mata de pelo oscuro, vestida de seda amarilla y luciendo diamantes, con gran porte y elegancia. La odió con tanta intensidad que pudo sentirlo en la boca, como hiel y fuego.

"¿Por qué me persigue así?", se preguntó. Más de una vez la había visto entre la multitud, durante sus peleas anteriores, siempre acompañada por ese hombre alto y arrogante, de nariz y orejas grandes.

Centaine lo estaba observando con esa expresión enigmática, desconcertante, que él había llegado a conocer tan bien. Le volvió deliberadamente la espalda, tratando de expresar todo su odio y su desprecio, y contempló a Cyrus Lomax, que subía al ring por el lado opuesto.

El norteamericano tenía cuerpo musculoso, del color del chocolate con leche, pero su magnífica cabeza era bien africana, como las de aquellos antiguos vaciados en bronce de los príncipes ashantis: frente bien arqueada, ojos separados, gruesos labios con forma de arco asirio y nariz plana, ancha. Lucía en el pecho las estrellas y las bandas rojas, azules y blancas. En él había un aire amenazador.

—Es uno de los peores con quienes deberás enfrentarte en tu vida —le había advertido tío Tromp—. Si derrotas a éste, los derrotarás a todos.

El árbitro los convocó al centro del *ring* y los presentó al público. La multitud rugió al oír el nombre de Manfred, que volvió a su rincón sintiéndose fuerte e indomable. Tío Tromp le untó las mejillas y las cejas con vaselina, antes de colocarle el protector bucal. Le dio una ardorosa palmada en el hombro, que fue como el acicate al toro, y le susurró al oído:

—¡Rápido como la mamba! ¡Valiente como el ratel!

Manfred asintió, acomodándose el protector de goma, y avanzó al toque de campana, saliendo al blanco y caliente resplandor de los reflectores. El norteamericano acudió a su encuentro, acechándolo como una pantera oscura.

La pelea iba equilibrada. Combatían a poca distancia, con fuerza, arrojándose golpes que podían lisiar, pero que ellos esquivaban por milímetros. Cada uno parecía adivinar las intenciones del otro con una concentración casi sobrenatural. Movían la cabeza, se retiraban o agachaban apenas, usando la elasticidad de las sogas, bloqueando con los brazos, guantes y codos. No entraron en contacto en ningún momento, pero ambos se mostraban hostiles, rápidos, peligrosos.

La campana iba marcando los *rounds*: cinco, seis, siete. Manfred nunca se había visto obligado a combatir por tanto tiempo; sus victorias solían ser rápidas, acabando con ese fuego ametrallador de golpes que plantaban a su adversario en la lona. Sin embargo, el duro adiestramiento impuesto por tío Tromp lo había dotado de largo aliento, fortaleciendo sus brazos y sus piernas. Aún se sentía fuerte e invulnerable, y sabía que el fin debía llegar pronto. Sólo hacía falta esperar. El norteamericano daba muestras de cansancio; sus golpes ya no surgían con la misma velocidad. Pronto cometería un error, y Manfred lo esperaba, conteniendo su apasionada sed por ver la sangre americana.

Sucedió al promediar el séptimo *round.*

El norteamericano disparó una de esas izquierdas rectas, siseantes. Manfred, sin siquiera verla, la percibió por puro instinto animal, y retrocedió con el mentón hundido. El golpe le rozó la cara, pero no llegó a destino.

Manfred estaba casi en puntas de pies, con el peso echado hacia atrás, pero listo para avanzar; el brazo derecho estaba preparado, con el puño cerrado como un martillo de forja, y el norteamericano demoró una centésima de segundo en recobrarse. Siete difíciles *rounds* lo habían dejado cansado; en esa fracción de tiempo, su lado derecho quedó al descubierto. Manfred no vio la abertura: era demasiado estrecha y fugaz. Pero el instinto, una vez más, lo puso en acción y la experiencia guió su brazo. Por los hombros de su adversario, el ángulo de su brazo y la inclinación de la cabeza, adivinó dónde estaba la abertura.

El golpe partió antes de que él pudiera pensar; su decisión fue puramente instintiva: terminar de un solo golpe, decisivo e irreparable, haciendo a un lado su habitual ataque a dos manos.

Se inició en la gran elasticidad de muslos y pantorrillas, acelerado como una piedra impulsada por una honda, por la torsión de la pelvis, la columna y los hombros, canalizados hacia el brazo derecho, como un amplio río torrentoso atrapado en un cañón estrecho. Atravesó la guardia del adversario e hizo impacto en el costado de su cabeza oscura, con tanta fuerza que hizo castañetear los dientes del mismo Manfred. Era todo cuanto poseía: entrenamiento y experiencia, toda su potencia, su coraje y sus entrañas; cada uno de sus músculos bien afinados iba tras ese golpe, que llegó a destino en forma sólida y limpia.

Manfred sintió que el negro cedía. Sintió que se rompían los huesos de su mano derecha, crepitando como ramitas secas. El dolor fue algo blanco y eléctrico, que le corrió como un destello por el brazo, llenándole la cabeza de fuego. Pero en ese dolor estaba el triunfo y un júbilo raudo lo invadió, pues sabía que todo había terminado. Sabía que era el vencedor.

Cuando las llamas de tormento le despejaron la vista, bajó la mirada hacia el norteamericano, que debía estar en la lona, acurrucado a sus pies. Y entonces el loco vuelo de su corazón se detuvo, convirtiéndose en una piedra de desesperación que caía a plomo. Cyrus Lomax aún estaba de pie, herido y tambaleante, con los ojos sin vida, las piernas como de algodón y el cráneo de plomo fundido, vacilando en el borde mismo, pero aún de pie.

—¡Mátalo! —aulló la multitud—. ¡Mátalo!

Manfred vio que hacía falta muy poco, sólo un golpe más con la mano derecha, pues el norteamericano estaba a punto de caer. Sólo uno más. Pero no quedaba nada. La mano derecha había desaparecido.

El americano caminaba en zigzag, como si estuviera ebrio, rebotando en las sogas, con las rodillas flojas. De pronto, con un enorme esfuerzo de voluntad, se repuso.

"La mano izquierda". Manfred reunió cuanto le quedaba. "Tengo que voltearlo con la izquierda." Y fue tras él, a pesar de su propio tormento.

Lanzó un izquierdazo a la cabeza, pero el negro lo sofocó lanzándose hacia adelante; sin coordinación aún, echó sus brazos a los hombros de Manfred, y se aferró a él como si se ahogara. Manfred trató de empujarlo. La multitud tronaba enloquecida, mientras el árbitro gritaba, para hacerse oír:

—¡Sepárense! ¡Sepáranse!

Pero el norteamericano siguió abrazado por el tiempo indispensable.

Cuando el árbitro logró separarlos, sus ojos habían vuelto a tener expresión y pudo retroceder frente a los desesperados esfuerzos de Manfred por acertar con la izquierda. Entonces sonó la campana.

—¿Qué pasa, Manie? —Tío Tromp lo sujetó para guiarlo a su rincón.

—Lo tenías acabado. ¿Qué te pasó?

—La derecha —murmuró Manfred, dolorido.

Tío Tromp se la tocó, apenas por sobre la muñeca, y el muchacho estuvo a punto de gritar. La mano se estaba hinchando, y la tumescencia se extendía por el brazo, a ojos vista.

—Voy a tirar la toalla —susurró el tío—. ¡No puedes seguir con esa mano así!

—¡No! —bramó Manfred.

Sus ojos, feroces y amarillos, miraron al otro lado del *ring*, donde trabajaban con el aturdido norteamericano, a fuerza de compresas frías, sales, palmaditas en las mejillas y mucho hablar para que reaccionara.

Cuando sonó la campana, indicando el comienzo del octavo round, Manfred notó, desesperado, que el norteamericano se movía con fuerza y coordinación renovadas. Aún estaba temeroso e inseguro; retrocedía, esperando el ataque de su adversario, pero minuto a minuto se iba fortaleciendo. Al principio pareció intrigado por el hecho de que Manfred no utilizara otra vez la derecha; por fin se hizo la luz en sus ojos.

—Estás listo —gruñó, al oído de Manfred, cuando volvieron a trabarse—. Se acabó la mano derecha, blanquito. ¡Ahora te voy a devorar!

Sus puñetazos empezaron a tornarse dolorosos. Manfred dio en retroceder. Se le estaba cerrando el ojo izquierdo y sentía el gusto cobrizo de la sangre en la boca.

El norteamericano disparó un duro izquierdazo, que Manfred bloqueó instintivamente con la derecha, recibiendo el golpe en el guante. El dolor fue tan intenso que un campo negro cubrió su visión y la tierra dio un tumbo bajo sus pies. En la siguiente oportunidad, tuvo miedo de bloquear con la derecha; el golpe del norteamericano pasó su defensa y se plantó en su ojo herido. Manfred sintió que la hinchazón le colgaba en la cara como una sanguijuela ahíta, como una gorda uva purpúrea que le cerrara el ojo por completo. La campana indicó el final del octavo *round*.

—Faltan dos rounds —susurró tío Tromp, aplicándole una bolsa de hielo al ojo hinchado—. ¿Podrás aguantar, Manie?

El muchacho asintió. Cuando salió para el noveno *round*, el negro le salió ansiosamente al encuentro... con demasiada ansiedad, pues bajó la mano derecha para aplicar un buen golpe y Manfred le ganó de mano, plantándole un izquierdazo que lo hizo tambalear sobre los talones.

Si hubiera contado con la mano derecha, habría podido aún vencerlo, continuando con esa tormenta de golpes cruzados a la que nadie sobrevivía. Pero su diestra estaba inutilizada. Lomax esquivó, retrocediendo, y volvió a danzar en círculos, trabajando los ojos de su adversario; trataba de hacer un corte, y por fin tuvo éxito. Tocó el grueso saco purpúreo que cerraba el ojo con la cara interior del guante, desgarrándolo con los cordones cruzados. Una lámina de sangre cubrió la cara de Manfred, salpicándole el pecho.

Antes de que el árbitro pudiera detenerlos para examinar el daño, sonó la campana. Manfred se retiró a su rincón, tambaleándose. Tío Tromp corrió a su encuentro.

—Voy a parar eso —susurró, feroz, al examinar la terrible herida—. Así no puedes pelear. Podrías perder el ojo.

—Jamás te perdonaré si paras la pelea —replicó Manfred.

No había levantado la voz, pero el fuego de sus ojos amarillos advirtió a Bierman que hablaba muy en serio. El viejo gruñó. Se limitó a limpiar la herida y a aplicar un lápiz estíptico. El árbitro se acercó para examinar el ojo, poniendo la cara de Manfred contra la luz.

—¿Puede seguir? —preguntó, en voz baja.

—Por el *Volk* y por el Führer —fue la suave respuesta.

El hombre asintió.

—¡Usted es valiente! —dijo, e hizo la señal para que continuara la lucha.

Ese último *round* fue una eternidad de agonía; los golpes del norteamericano golpeaban como mazas, dejando cardenales sobre grandes cardenales; cada uno reducía más y más las fuerzas de Manfred y su capacidad de protegerse ante nuevos golpes.

Cada aliento era un tormento más, pues extendía los músculos desgarrados y los ligamentos del pecho, quemando el tejido blando de sus pulmones. El dolor de la mano derecha, trepando por el brazo, se mezclaba con el de cada golpe recibido. La oscuridad cubría la visión del único ojo restante, sin permitirle ver los puñetazos que venían. La tortura rugía como el viento en sus tímpanos, pero se mantuvo de pie. Lomax lo castigó hasta dejarle la cara en carne viva, pero Manfred se mantuvo de pie.

La multitud estaba indignada; la sed de sangre se había convertido en compasión primero, en horror después. Todos gritaban para que el árbitro pusiera fin a esa atrocidad. Pero Manfred aún seguía de pie, haciendo patéticos esfuerzos por responder con la mano izquierda; los golpes continuaban estrellándose contra su cara ciega y su cuerpo quebrado.

Por fin, demasiado tarde, por cierto, sonó la campana que ponía fin al combate. Manfred De La Rey aún estaba de pie, en el centro del *ring*, tambaleándose, sin ver, ni sentir, sin poder hallar el camino hasta su propio rincón. Tío Tromp corrió a abrazarlo con ternura, llorando; las lágrimas le corrían sin pudor por la barba, al guiar a Manfred hasta el banquillo.

—Mi pobre Manie —susurró—, hice mal en permitirte esto. Debí haberlo impedido.

Al otro lado del *ring*, Cyrus Lomax estaba rodeado por una muchedumbre de simpatizantes, que reían y le daban palmadas en la espalda. El negro realizó un breve y fatigado baile triunfal, mientras esperaba que los jueces confirmaran su victoria; empero, arrojaba miradas afligidas al hombre que acababa de destruir. En cuanto se oyera el anuncio se acercaría a él, para expresarle su admiración por tal demostración de coraje.

—¡Achtung! ¡Achtung! —El árbitro tenía las tarjetas de los jueces en una mano y el micrófono en la otra. Su voz atronó por los altavoces. —Damas y caballeros: el ganador de la medalla de oro, por puntos, es... Manfred De La Rey, de Sudáfrica.

Se produjo en el vasto salón un silencio tenso, incrédulo, que perduró con los latidos del acelerado corazón de Manfred. De inmediato, una tormenta de protestas, un rugido de indignación y furia, de abucheos y golpes contra el suelo. Cyrus Lomax corría en derredor del *ring*, como enloquecido, sacudiendo las sogas y gritando hacia los jueces. Cientos de espectadores trataban de subir al *ring* para efectuar una improvisada demostración contra el veredicto.

El coronel Boldt hizo una señal a alguien que estaba en la parte trasera del salón. Las tropas de asalto, con sus camisas pardas, avanzaron velozmente por los pasillos y rodearon el *ring*, alejando a la furiosa muchedumbre. Luego despejaron un paso hasta los vestidores, por el cual llevaron a Manfred.

Por los altavoces, el árbitro intentaba justificar la decisión:

—El juez Krauser acordó cinco *rounds* a De La Rey, dio uno por empatado y cuatro ganados por Lomax...

Pero nadie lo escuchaba. El abucheo llegaba casi a cubrir el sonido de los altavoces a todo volumen.

—Esa mujer debe de tener cinco o seis años más que tú —observó tío Tromp, cautelosamente, eligiendo sus palabras.

Caminaban por los jardines Tegel; en el aire pendía el primer frío del otoño.

—Tiene tres años más que yo —replicó Manfred—. Pero eso no cambia en nada las cosas. Lo único que importa es que la amo y ella me ama.

Aún llevaba la mano derecha enyesada y en cabestrillo.

—Todavía no tienes veintiún años, Manie. No puedes casarte sin autorización de tu tutor.

—Mi tutor eres tú —señaló el muchacho, girando la cabeza para clavarle una desconcertante mirada de topacio.

Tío Tromp bajó la vista.

—¿Cómo vas a mantener a tu esposa? —preguntó.

—El Departamento de Cultura del Reich me ha otorgado una beca para que termine mis estudios de abogacía aquí, en Berlín. Heidi tiene un buen trabajo en el Ministerio de Informaciones y un departamento. Además, voy a dedicarme profesionalmente al boxeo; así ganaré lo suficiente para vivir hasta que pueda iniciar mi carrera de abogado. Entonces volveremos a Sudáfrica.

—Lo tienes todo planeado.

Tío Tromp suspiró. Manfred hizo una señal de asentimiento. Aún tenía la ceja anudada por cicatrices cascarudas; quedaría marcado de por vida. En ese momento se tocó la herida, preguntando:

—No me negarás tu autorización, ¿verdad tío Tromp? Nos casaremos antes de que te vayas... y los dos queremos que tú oficies la ceremonia.

—Me siento halagado.

Pero tío Tromp parecía preocupado. Conocía a ese muchacho; sabía lo terco que era, cuando tomaba una decisión. Si seguía discutiendo no haría sino empecinarlo más.

—Eres como mi padre —dijo Manfred, simplemente—. Y más aún. Tu bendición sería un regalo inapreciable.

—¡Manie, Manie! —exclamó el reverendo—. Tú eres el hijo varón que nunca tuve. Sólo pienso en lo que más te conviene. ¿Cómo puedo convencerte para que esperes un poco en vez de apresurarte?

—No hay modo de disuadirme.

—Piensa en tu tía Trudi.

—Ella querrá que yo sea feliz, lo sé —interrumpió Manfred.

—Sí, lo sé, pero también está la pequeña Sara...

—¿Qué pasa con ella?

Los ojos de Manfred se habían puesto feroces y fríos; proyectó la mandíbula, desafiante a fuerza de culpabilidad.

—Sara te ama, Manie. Siempre te ha amado; hasta yo me he dado cuenta.

—Sara es mi hermana y la amo. La amo como corresponde a un hermano. En cambio, a Heidi la amo con amor de hombre, y ella me ama como aman las mujeres.

—Creo que te equivocas, Manie. Siempre pensé que tú y Sara...

—Basta, tío Tromp. No quiero oír una palabra más. Me casaré con Heidi... espero que con tu permiso y tu bendición. ¿Quieres hacernos esos regalos de casamiento, por favor?

Y el anciano asintió, pesada, tristemente.

—Te doy mi permiso y mi bendición, hijo mío... y te casaré con el corazón jubiloso.

Heidi y Manfred se casaron en la ribera del lago Havel, en el jardín del coronel Sigmund Boldt. Era una tarde dorada, a principios de septiembre; las hojas se estaban tornando amarillas y rojas con el primer toque del otoño. Para estar presentes tío Tromp y Roelf Stander se habían quedado en Alemania después que partieron los equipos olímpicos. Roelf ofició de padrino, mientras el tío oficiaba la sencilla ceremonia.

Como Heidi era huérfana, su padrino fue Sigmund Boldt. Allí estaban diez o doce de sus amigos, casi todos altos funcionarios y colegas del ministerio de Propaganda e Información, pero también primos y parientes más lejanos, con el uniforme negro de la SS, el azul de la Luftwaffe o el gris de la Wehrmacht, y muchachas bonitas, algunas ataviadas con los tradicionales *Dirndls* que tanto propiciaba el partido Nazi.

Tras la breve y sencilla ceremonia calvinista, el coronel Boldt ofreció un banquete al aire libre, bajo los árboles. Un cuarteto cuyos miembros lucían *Lederhosen* y sombreros tiroleses, tocaba la música popular aprobada por el partido, alternándola con tradicionales aires campestres. Los invitados bailaron en la pista improvisada, construida con tablones de madera puestos en el césped.

Manfred, absorto en su encantadora esposa, no reparó en la súbita excitación que demostraban los invitados, ni el apresuramiento con que el coronel Boldt corrió a saludar a un pequeño grupo. De pronto, la banda inició la marcha del partido nazi.

Todos los invitados estaban de pie, en posición de firmes. Manfred, aunque intrigado, dejó de bailar y se puso firme, con Heidi a su lado. Cuando el pequeño grupo de recién llegados pisó la pista improvisada, todos los invitados elevaron el brazo en el saludo nazi, gritando al unísono:

—*Heil Hitler!*

Sólo entonces comprendió Manfred lo que estaba ocurriendo, el increíble honor que se les estaba otorgando.

El hombre que avanzaba hacia él lucía una chaqueta blanca, abotonada hasta el cuello, con la simple Cruz de Hierro al valor como único adorno. Su rostro era pálido, cuadrado y fuerte; su pelo oscuro estaba cepillado hacia adelante sobre la frente alta, y gastaba un pequeño bigote recortado bajo la nariz, grande y bien formada. No se trataba de un rostro extraordinario, pero los ojos eran distintos a todos los que Manfred había visto en su vida; le quemaron el alma con su penetrante intensidad; llegaron hasta su corazón, esclavizándolo para siempre.

Levantó en el saludo nazi la mano derecha, todavía encerrada en yeso, y Adolf Hitler sonrió, asintiendo:

—Me han dicho que usted es amigo de Alemania, Herr De La Rey.

—Soy de sangre alemana, verdadero amigo y ardiente admirador suyo. No tengo palabras para describir el grande y humilde honor que siento ante su presencia.

—Lo felicito por su valiente victoria sobre el negro americano —Adolf Hitler le alargó la mano. —Y también lo felicito por haberse casado con una de las encantadoras hijas del Reich. —Manfred estrechó la diestra del Führer con la izquierda, estremecido de abrumador respeto ante la importancia del momento. —Le deseo mucha felicidad —continuó Hitler—, y ojalá este matrimonio forje lazos de hierro entre usted y el pueblo alemán.

La mano del Führer era fría y seca, fuerte, pero elegante, como la de un artista. Manfred se sintió sofocado por las emociones.

—Siempre, mi Führer; los lazos entre nosotros durarán por siempre.

Adolf Hitler asintió una vez más. Después de estrechar la mano a

Heidi, sonriendo ante sus gozosas lágrimas, se retiró tan bruscamente como había llegado, dedicando una palabra y una sonrisa a los invitados más importantes.

—Nunca soñé... —susurró Heidi, prendida al brazo de Manfred. —Mi felicidad es completa.

—Eso es la grandeza —comentó el muchacho, siguiéndolo con la vista—. Ésa es la verdadera grandeza. Cuesta recordar que es un simple mortal... no un dios.

Sara Bester pedaleaba por la calle principal de Stellenbosch, zigzagueando entre el poco tránsito; cuando reconocía a alguien en las aceras, saludaba con una sonrisa, agitando la mano. Llevaba sus textos escolares atados al canastito de la bicicleta. La falda de gimnasia se le levantaba casi hasta las rodillas y tenía que sujetarse el sombrero.

Esa mañana, su clase había recibido las notas del período anterior, y ella reventaba por decir a tía Trudi que había pasado del quinto al segundo lugar. La directora había anotado, en su boletín: "Muy bien, Sara; no dejes de trabajar." Era su último año. En octubre cumpliría los diecisiete y, al mes siguiente, se matricularía en la universidad.

Manie se pondría orgulloso. Era por su inspiración y su aliento que ella trataba de estar entre las primeras. En ese momento comenzó a soñar despierta, pedaleando bajo los robles. La ausencia duraba ya mucho tiempo, pero Manie volvería pronto a casa; entonces podría decirle aquello y todo saldría bien. Ya no pasaría las noches afligida y llorando. Cuando Manie volviera, Manie, tan fuerte, bueno y amoroso, él lo arreglaría todo.

Pensó en casarse con él, en prepararle el desayuno, lavar sus camisas, zurcir sus medias y caminar con él hasta la iglesia, llamándolo *Meneer*, como tía Trudi a tío Tromp; pensó en acostarse a su lado todas las noches, en despertar junto a él todas las mañanas y en ver su bella cabeza rubia en la almohada, y supo que no deseaba otra cosa en el mundo.

—Sólo a Manie —susurró—. Siempre a Manie, sólo a él. Es todo lo que nunca he tenido y todo lo que ansío.

Hacia adelante vio al cartero ante el portón de la casa pastoral, y saltó de la bicicleta, preguntando:

—¿Tiene algo para nosotros, señor Grobler?

El cartero la miró con una gran sonrisa, extrayendo de su bolsa un sobre de color.

—Un telegrama —le dijo, con aire importante—. Un telegrama de ultramar. Pero no es para ti, pequeña, sino para tu tía.

—¡Yo lo recibiré!

Sara garabateó su firma en el registro de recibo, plantó su bicicleta en el portón y subió al vuelo los escalones de entrada.

—¡Tía Trudi! —gritó—. ¡Un telegrama! ¿Dónde estás?

Al percibir olores desde la cocina adivinó dónde debía buscar y entró precipitadamente en ella.

—¡Es un telegrama!

Tía Trudi estaba de pie ante la gran mesa amarilla, con el palo de amasar en las manos, harina hasta los codos y mechones de pelo rubio-plateado haciéndole cosquillas en la nariz. Se los apartó de un soplido al enderezarse. Su piel brillaba, húmeda por el calor de la cocina, donde borboteaban grandes ollas de mermelada.

—¡Caramba! ¡Qué modo de comportarte! Debes aprender a actuar como una señorita, Sarie. Ya no eres una niña.

—¡Pero es un telegrama! Mira, un telegrama de verdad. El primero que hemos recibido.

Hasta tía Trudi quedó impresionada. Alargó la mano para tomarlo, pero se detuvo.

—Tengo las manos llenas de harina. Ábrelo tú, Sarie.

Sara desgarró el sobre.

—¿Lo leo en voz alta? —preguntó.

—Sí, sí, léelo. ¿De quién es?

—De tío Tromp. Firma: "Tu abnegado esposo Tromp Bierman".

—¡Qué viejo tonto! —gruñó tía Trudi—. Ha pagado cuatro palabras de más. Lee lo que dice.

—Dice: "Debo informarte que Manfred se..." —La voz de Sara murió en el silencio. Su expresión, llena de luminosa expectativa, se hizo pedazos ante la hoja.

—Sigue, niña —la instó tía Trudi—. Lee.

Sara volvió a comenzar, con voz leve y susurrante.

—"Debo informarte que Manfred se casó hoy con una muchacha alemana llamada Heidi Kramer. Piensa estudiar en la Universidad de Berlín y no volverá a casa conmigo. Pienso que le deseas tanta felicidad como yo. Tu abnegado esposo Tromp Bierman."

Sara apartó los ojos del formulario. Ambas se miraron fijamente, hasta que tía Trudi balbuceó:

—No puedo creer... Nuestro Manfred, imposible. Él no es capaz... Él no puede abandonarnos.

Y entonces vio la cara de la muchacha. Se había puesto gris como las cenizas del hogar.

—Oh, mi pequeña Sarie...

Las regordetas facciones de tía Trudi se derrumbaron por la compasión y el dolor compartido. Alargó los brazos hacia la muchacha, pero ella dejó caer el telegrama, que revoloteó hasta el suelo de la cocina, y salió de la habitación a toda carrera.

Recogió su bicicleta y subió al sillín. Erguida sobre los pedales, para impulsarla con más fuerza, movió las piernas al compás de su corazón. El sombrero se le voló de la cabeza y quedó colgando a su espalda, suspendido del elástico que lo sujetaba al cuello. Tenía los ojos grandes y secos, el rostro aún gris de espanto. Salió de la aldea a toda velocidad, dejando atrás la vieja finca de Lanzerac, y se encaminó instintivamente hacia las montañas.

Cuando la senda se tornó demasiado empinada y desigual, dejó caer la bicicleta y prosiguió a pie, cruzando el bosque de pinos, hasta llegar a la primera cima. Allí abandonó el sendero, a tropezones, y se dejó caer en el húmedo lecho de agujas, en el punto exacto en donde había dado su amor, su cuerpo y su alma a Manfred.

Una vez que pudo recobrar el aliento, tras la veloz carrera montaña arriba, permaneció tendida, inmóvil, sin llorar, con la cara apretada a la curva de su propio brazo. Al avanzar la tarde, el viento tomó una dirección nordeste y las nubes se agolparon en los altos picos, por sobre donde estaba ella. Comenzó a llover y la oscuridad cayó prematuramente. El aire se volvió helado; el viento gemía entre los pinos, sacudiendo gotas de agua que caían en el cuerpo tendido, hasta que el equipo de gimnasia quedó totalmente empapado. Ella no levantó nunca la cabeza; así acostada, boca abajo, temblaba como un cachorro perdido; su corazón lloraba en la oscuridad, clamando: "Manfred, Manfred, ¿adónde fuiste? ¿Por qué tuve que perderte?"

Un poquito antes del amanecer, uno de los grupos que habían salido a buscarla, tras revisar las montañas durante toda la noche, tropezó con ella y la bajaron por la ladera.

—Es neumonía, Mevrou Bierman —dijo el médico a tía Trudi, cuando ella lo llamó por segunda vez en esa noche—. Usted tendrá que luchar para salvarla, pues ella no parece tener voluntad de vivir.

Tía Trudi no permitió que llevaran a Sara al nuevo hospital del distrito. La atendió personalmente, día y noche, lavándole la transpiración y el calor del cuerpo, cuando la fiebre aumentaba; sentada junto a la cama, le sostenía la mano caliente, y no abandonó la habitación aun cuando la crisis hubo pasado. Sara estaba pálida y consumida; la carne parecía habérsele derretido en la cara, dejando facciones huesudas y flacas, ojos sin brillo, demasiado grandes para las cavidades amoratadas en las que se hundían.

Al sexto día, cuando la muchacha pudo incorporarse y tomar un poco de sopa sin ayuda, el médico hizo su última visita y, a puerta cerrada, examinó a Sara detalladamente. Más tarde se reunió con tía Trudi en la cocina y habló con ella en voz baja, con aire muy serio. Una vez que hubo abandonado la casa pastoral, tía Trudi volvió al dormitorio y se sentó junto a la cama, en la misma silla en donde había cumplido con su larga vigilia.

—Sara —dijo, tomando la mano delgada de la muchacha, frágil y fría—, ¿cuándo tuviste tus reglas por última vez?

Sara la miró sin responder por largos segundos. Después, por primera vez en aquellos días, comenzó a llorar. Lágrimas lentas, casi viscosas, le brotaban desde lo hondo de aquellos ojos acosados; sus hombros flacos se estremecían en silencio.

—Oh, mi niñita... —Tía Trudi la apretó contra la abultada almohada de su seno. —Mi pobrecita... ¿Quién te hizo esto?

Sara lloraba en silencio. La mujer le acarició el pelo.

—Tienes que decírmelo... —De pronto, la mano acariciante quedó petrificada sobre la cabeza de la muchacha, cuando comprendió. —Manie. ¡Fue Manie!

No era una pregunta, pero la confirmación fue inmediata, pues un sollozo estalló en el pecho torturado de la jovencita.

—Oh, Sarie, oh, mi pobrecita Sarie...

Involuntariamente, tía Trudi giró la cabeza hacia una pequeña fotografía enmarcada que la enferma tenía junto a su cama. Era un retrato de Manfred De La Rey, con atuendo de boxeo, en la clásica postura del pugilista y con el cinturón plateado de campeón. La inscripción decía: "A la pequeña Sarie, de su hermano mayor, Manie".

—¡Qué cosa terrible! —balbuceó la mujer—. Y ahora, ¿qué vamos a hacer?

A la tarde siguiente, mientras tía Trudi, en la cocina, aderezaba una pata de venado, presente de un feligrés, Sara entró descalza.

—No deberías haberte levantado, Sarie —la regañó la tía, con severidad.

Pero quedó en silencio, pues la muchacha ni siquiera la miraba. El fino camisón de algodón blanco le colgaba flojamente del cuerpo consumido. Tuvo que sujetarse de una silla, pues aún estaba muy débil. Por fin reunió fuerzas y se acercó a la cocina económica, como una sonámbula; retiró con las pinzas la tapa de hierro negro que cubría el fogón, y por la abertura brotaron puntas anaranjadas. Sólo entonces vio tía Trudi que Sara llevaba en la mano la fotografía de Manfred, retirada de su marco. La estudió por algunos segundos y la dejó caer entre las llamas.

El cuadrado de carbón no tardó en rizarse, completamente negro. Su imagen se desvaneció en un gris fantasmal antes de quedar oscurecido por el fuego. Con la punta de las pinzas, Sara apuñaló las suaves cenizas hasta reducirlas a polvo, y aún continuó castigando las llamas con innecesaria fuerza. Por fin volvió a poner la cubierta en su sitio y dejó caer las pinzas, tambaleándose. Pudo haber caído contra las hornallas calientes, pero tía Trudi la sujetó y la condujo hasta una silla. La muchacha se quedó mirando el fogón por largos minutos, antes de hablar:

—Lo odio —dijo, con suavidad.

Tía Trudi inclinó la cabeza sobre el venado, para ocultar los ojos.

—Tenemos que conversar, Sarie —dijo, blandamente—. Es preciso decidir lo que vamos a hacer.

—Yo sé lo que debo hacer —replicó Sara.

Su tono dejó helada a tía Trudi. No era la voz de una niña dulce y alegre, sino el de una mujer endurecida, amargada y llena de frío enojo por lo que la vida le había ofrecido hasta entonces.

Once días más tarde, Roelf Stander llegó a Stellenbosch. Seis semanas después, se casaba con Sara en la Iglesia Reformada de Holanda.

485

El hijo de Sara nació el 16 de marzo de 1937. Fue un parto difícil, pues el bebé era de huesos grandes, mientras que la madre, de cadera estrechas, no estaba aún del todo repuesta de su neumonía.

Roelf recibió autorización para entrar a la sala de partos inmediatamente después del nacimiento. De pie junto a la camilla, contempló fijamente la cara hinchada y enrojecida del recién nacido.

—¿Lo odias, Roelf? —preguntó ella.

Sara tenía el pelo empapado de sudor; estaba pálida y exhausta. Roelf guardó silencio por algunos instantes, mientras estudiaba la respuesta. Por fin sacudió la cabeza.

—Es parte de ti —dijo—. Jamás podría odiar nada que fuera tuyo.

Ella le tendió la mano. Roelf se acercó a la cama para tomarla.

—Eres una buena persona. Voy a ser buena esposa para ti, Roelf. Te lo prometo.

—Sé exactamente lo que vas a decir, papá.

Mathilda Janine se había sentado frente a Blaine, en su oficina del parlamento.

—¿De veras? A ver, quiero que me digas exactamente lo que voy a decir.

Mathilda Janine levantó el índice.

—Primero dirás que David Abrahams es un joven muy decente, muy buen estudiante de abogacía y deportista de reputación internacional, que ganó una de las dos únicas medallas otorgadas a este país en las Olimpíadas de Berlín. Después dirás que es gentil, amable y bondadoso, que tiene un maravilloso sentido del humor y que baila muy bien; que es buen mozo, a su modo, y que sería un estupendo marido para cualquier chica. Y entonces dirás: "Pero..." y te pondrás serio.

—Conque yo iba a decir todo eso, ¿no? —Blaine sacudió la cabeza, maravillado. —Bueno. Ahora digo "pero" y pongo cara seria. Por favor, continúa por mí, Matty.

—"Pero", dirás, seriamente, "es judío". Notarás la inflexión. Ahora te pones, no sólo serio, sino significativamente serio.

—Esto impone cierta tensión a mis músculos faciales. Significativamente serio. Muy bien, continúa.

—Mi querido papá no cometerá la torpeza de agregar: "No me interpretes mal, Matty; entre mis mejores amigos hay algunos judíos". No serías tan torpe, ¿verdad?

—Jamás. —Blaine trató de no sonreír; aunque todavía lo preocupaba mucho esa proposición, las travesuras de su feúcha, pero bienamada hija menor le eran irresistibles. —Jamás diría semejante cosa.

—"Pero", —dirías, "los matrimonios mixtos son muy difíciles, Matty. El matrimonio ya es bastante difícil sin complicarlo con diferencias en las religiones, las costumbres y el modo de vida".

— Qué prudente de mi parte —asintió Blaine—. ¿Y qué responderías tú?

— Te diría que llevo un año recibiendo instrucción del rabino Jacobs y que, hacia fines del mes próximo, seré judía.

Blaine hizo una mueca de dolor.

— Es la primera vez que me ocultas algo, Matty.

— Se lo dije a mami.

— Comprendo.

Ella sonrió alegremente, aún tratando de convertir aquello en un juego.

— Luego dirías: "Pero todavía eres una criatura, Matty."

— Y tú responderías: "Voy a cumplir los dieciocho."

— Y tú pondrás cara de gruñón para preguntar: "¿Qué perspectivas económicas tiene David?"

— Y tú me dirías: "David entrará a trabajar en la empresa Courtney a fin de año, con un sueldo de dos mil libras por año."

— ¿Cómo sabes eso? —Matty quedó atónita. —David sólo me lo ha contado a mí...

Se interrumpió al adivinar cuál era la fuente de la información, removiéndose en la silla. Las relaciones entre su padre y Centaine Courtney la preocupaban más de lo que estaba dispuesta a admitir.

— ¿Lo amas, Matty?

— Sí, papá. Con todo mi corazón.

— Y ya tienes el permiso de tu madre. De eso estoy seguro.

Con el correr de los años, tanto Mathilda Janine como Tara habían tomado la costumbre de enfrentar a los padres en su beneficio. La muchacha asintió, con cara de culpable. Blaine eligió un cigarro de la caja que tenía en el escritorio y, mientras lo preparaba, frunció el entrecejo, pensativo.

— Esto no es cosa que puedas decidir a la ligera, Matty.

— No lo decido a la ligera. Hace dos años que conozco a David.

— Siempre pensé que harías carrera...

— Y la voy a hacer, papá. Mi carrera será tener feliz a David y darle montones de hijos.

Él encendió el cigarro, gruñendo:

— Bueno, entonces será mejor que me envíes a David. Quiero advertirle cuáles serán las consecuencias si no cuida bien a mi pequeña.

Mathilda Janine corrió al otro lado del escritorio para dejarse caer en sus rodillas, rodeándole el cuello con los brazos.

— ¡Eres el padre más maravilloso del mundo!

— Cuando te doy el gusto —aclaró él.

La muchacha lo abrazó hasta que le dolieron los brazos y a él, el cuello.

Shasa y David volaron a Windhoek en el Rapide para traer a Abe Abrahams y a su esposa, a fin de que asistieran a la boda. El resto de la familia y casi todos los amigos del novio, incluido el doctor Twentyman-Jones, llegaron en tren. Junto con los amigos y parientes de Mathilda Janine Malcomess, formaron una multitud que colmó la gran sinagoga en toda su capacidad.

David habría querido que Shasa fuera su padrino, pero ya había sido necesaria una delicada persuasión para que el rabino Jacobs, estrictamente ortodoxo, celebrara la ceremonia sin tener en cuenta que la novia se había convertido a la fe expresamente para casarse. Por lo tanto, David no podía introducir un padrino gentil en el Schul. Shasa tuvo que conformarse con sostener un palio de la *huppah*. Sin embargo, en la recepción brindada por Blaine, en su casa de la avenida Newlands, Shasa pronunció un divertido discurso, que convirtió a David en el blanco de su ingenio.

La fiesta de boda proporcionó al muchacho la oportunidad de efectuar una de sus periódicas reconciliaciones con Tara Malcomess. En los dos años transcurridos desde las Olimpíadas, aquella relación había sido una serie de días soleados y tormentosos, tan rápidamente alternados que ni siquiera los dos protagonistas sabían cómo estaba la cosa en un momento dado.

Se las componían para estar en desacuerdo sobre casi todo; aunque la política era el tema favorito de las disensiones, otra de las divergencias perennes era la situación de los pobres y los oprimidos en una tierra donde ambas situaciones abundaban.

Por lo común, Tara tenía mucho que decir sobre la insensibilidad de las clases gobernantes blancas, ricas y privilegiadas, y sobre la iniquidad del sistema que permitía a un joven, cuyos únicos méritos demostrados eran su bello rostro y una madre rica e indulgente, tener como juguetes quince caballos de polo, un Jaguar SS y un biplano Tiger Moth, mientras miles de niños negros lucían los vientres hinchados por la desnutrición y las piernas deformadas por el raquitismo.

Esos temas no agotaban la habilidad de ambos para hallar motivos de pelea. Tara sostenía opiniones muy fuertes sobre los "supuestos deportistas", que salían a la pradera armados con rifles de alto poder, para matar animales y pájaros bellos e inocentes. Tampoco aprobaba el obvio deleite con que algunos jóvenes sin cerebro veían acercarse, lenta pero inexorablemente, las nubes de la guerra, deseando la aventura que ella parecía ofrecer. Y despreciaba a cualquier persona capaz de conformarse con un promedio bastante bueno, cuando con un poco de aplicación podía haber terminado una carrera costosa, que tantos deseaban sin poder cursar, con notas honoríficas en ingeniería.

A Shasa, por su parte, le parecía sacrílego que una muchacha bella como una diosa tratara de disimular su cuerpo y su rostro, tratando de pasar por hija del proletariado. Tampoco aprobaba que esa misma joven pasara la mayor parte de su tiempo estudiando o en las barriadas pobres, sirviendo a los mocosos de la calle la sopa gratuita, preparada con el dinero que ella misma había mendigado en las calles.

Mucho menos le gustaban los estudiantes de medicina y los doctores recién recibidos, bolcheviques todos ellos, con quienes ella pasaba tanto tiempo, desempeñándose como enfermera sin título ni sueldo, atendiendo a sucios pacientes pardos y negros, enfermos de cosas altamente contagiosas, como la tuberculosis, la sífilis, la diarrea infantil, la lepra, y otros males como los efectos secundarios del alcoholismo crónico y las desagradables consecuencias de la pobreza y la ignorancia.

—¡Suerte la de San Francisco de Asís, que no tuvo que competir contigo! Habría quedado como Atila, el Huno.

Los amigos de Tara le resultaban aburridos por lo serios y obsesivos que eran, además de ostentosos por sus barbas izquierdistas y sus ropas raídas.

—No tienen refinamiento ni educación, Tara. ¿Cómo puedes andar por la calle con ellos?

—Tienen la fineza del futuro y la educación de toda la humanidad.

—¡Y ahora estás hablando como cualquiera de ellos, Dios me ampare!

Sin embargo, esas diferencias eran leves y carentes de importancia cuando se las comparaba con el monumental desacuerdo que los separaba en cuanto a la virginidad de Tara Malcomess.

—Por lo que más quieras, Tara, la reina Victoria murió hace treinta y siete años. Estamos en el siglo XX.

—Gracias por la lección de historia, Shasa Courtney. Pero si tratas de meterme la mano por debajo de la falda te voy a quebrar el brazo en tres partes bien diferenciadas.

—Lo que tienes ahí abajo no tiene nada de extraordinario. Hay muchas otras señoritas que...

—Lo de "señoritas" es un eufemismo, pero dejémoslo pasar. Te sugiero que, en el futuro, limites tus atenciones a esas señoritas y me dejes en paz.

—Es la única sugerencia sensata que has hecho en toda la noche.

Y Shasa, lleno de frustración y helada cólera, puso en marcha el Jaguar, con un tronar de caños de escape que retumbaron en los pinares, sobresaltando a las otras parejas que habían estacionado en la oscuridad.

Viajaron montaña abajo a una velocidad salvaje. Shasa detuvo el gran coche deportivo en la grava, frente a las puertas de caoba de los Malcomess.

—No te molestes en abrirme la portezuela —dijo Tara, fríamente.

Y descargó tal portazo que el muchacho hizo una mueca dolorida.

Eso había sido dos meses antes, y Shasa no había dejado de pensar en ella por un solo día. Mientras sudaba en el gran pozo de la mina diamantífera, mientras estudiaba un contrato con Abe Abrahams en la oficina de Windhoek o contemplaba las lodosas aguas del río Orange, transformadas en láminas de plata por el equipo de irrigación, la imagen de Tara surgía en su mente, sin invitación alguna. Él trataba de borrarla piloteando el Tiger Moth, a tan poca altura que el tren de aterrizaje levantaba nubes de polvo en la superficie del Kalahari, o dedicándose a acrobacias aéreas, precisas e intrincadas. Empero, en cuanto aterrizaba el recuerdo de Tara estaba allí, esperándolo.

Cazaba los rojos leones del Kalahari, en el vasto desierto, tras las místicas colinas de la H'ani, o se sumergía en los multifacéticos asuntos de las empresas maternas, bajo la dirección de Centaine, observando sus métodos, absorbiendo su modo de pensar. Por fin, ella le tuvo la suficiente confianza como para ponerlo al mando de las subsidiarias menores.

Shasa jugaba al polo con dedicación casi furiosa, exigiendo de los caballos y de sí mismo todo lo que podían dar. Aplicaba la misma obsesiva determinación al cortejo y seducción de mujeres, en asombrosa procesión: jóvenes y no tan jóvenes, feas y bonitas, casadas y solteras, más y menos experimentadas. Pero cuando vio a Tara Malcomess otra vez, tuvo la extraña sensación de que había vivido sólo a medias en esos meses de separación.

Tara, para la boda de su hermana, había descartado las ropas desteñidas de los intelectuales izquierdistas. Vestía de seda gris, con destellos azulados; bella como era la tela, no podía igualarse al gris acero de sus ojos. Se había cambiado el corte de pelo, cuyos densos rizos formaban una linda gorra alrededor de la cabeza, dejando al descubierto su cuello largo; eso parecía acentuar su estatura y la longitud de sus miembros perfectos.

Por un momento se miraron a través de la atestada carpa. Shasa tuvo la impresión de que, bajo el dosel, acababa de estallar un relámpago, y adivinó que ella también lo había echado de menos. Pero Tara inclinó la cabeza cortésmente y dedicó toda su atención al hombre que la acompañaba.

Shasa ya lo conocía. Se llamaba Hubert Langley y era miembro de la solidaria brigada de Tara. Entre los otros invitados, vestidos de traje, sólo él llevaba una raída chaqueta de tweed con parches de cuero en los codos. Era dos o tres centímetros más bajo que la muchacha, de pelo rubio, prematuramente escaso; usaba anteojos con marco de acero y su barba tenía el color y la textura de un pollito sin emplumar. Daba clases de sociología en la universidad.

Cierta vez, Tara había confiado a Shasa:

—Huey es miembro activo del Partido Comunista. ¿Verdad que es asombroso? —Su voz sonaba muy respetuosa. —Está totalmente dedicado a eso y tiene un cerebro muy brillante.

—Se podría decir que es una joya reluciente en un engarce grasiento y sucio —comentó Shasa, precipitando así otro de los periódicos alejamientos.

En ese momento, antes sus ojos, Huey puso una de sus zarpas pecosas en el impecable brazo de Tara; cuando le rozó la mejilla con esos bigotes ralos, susurrando una de las joyas de su brillante intelecto junto a aquella orejita de nácar, Shasa se dijo que el garrote vil era demasiado poco para él.

Cruzó la carpa, caminando tranquilamente, para intervenir en la escena. Tara lo saludó con frialdad, disimulando perfectamente el hecho de que el pulso le palpitaba, enloquecido, en los oídos. Sólo había cobrado conciencia de lo mucho que lo añoraba al verle pronunciar su discurso, tan urbano y seguro de sí, tan divertido e irritantemente buen mozo.

"Eso sí: no vamos a subir otra vez a la vieja calesita", se regañó, reuniendo todas sus defensas. Mientras tanto, él ocupó la silla contigua, sonriéndole y bromeando ligeramente con ella, mientras la observaba con abierta admiración, muy difícil de resistir. Habían compartido muchas cosas: amigos, lugares, diversiones y peleas; él sabía exactamente cómo avivarle el sentido del humor. Tara comprendió que, si empezaba a reír, todo habría terminado. Se resistió a hacerlo, pero él debilitaba sus defensas con destreza, eligiendo el momento, y las iba derribando tan pronto como ella las instalaba. Por fin, la muchacha se rindió con un tintineo de risas que ya no podía contener, y él obró con prontitud, separándola de Huey.

Mathilda Janine, desde el balcón, buscó con la mirada a su hermana mayor y le arrojó el ramo. Tara no hizo esfuerzo alguno por tomarlo, pero Shasa lo atajó en el aire y se lo entregó con una reverencia, mientras los otros invitados aplaudían, con expresión complaciente.

En cuanto David y Matty se marcharon, arrastrando una serie de zapatos viejos y envases de lata tras el viejo Morris del joven, Shasa logró sacar a Tara de la carpa y llevársela en el Jaguar. No cometió el error de llevarla al bosque de pinos, escena de la última pelea histórica. En cambio, condujo hacia Hout Bay y estacionó en la cima de los altos precipicios. Mientras el sol hacía estallar una silenciosa bomba de anaranjados y rojos en el sombrío Atlántico gris, cayeron uno en brazos del otro, en un frenesí de reconciliación.

El cuerpo de Tara estaba dividido en dos zonas por una línea, invisible pero muy clara, alrededor de la cintura. En ocasiones de extremada buena voluntad, como la presente, la zona por encima de la línea, tras una adecuada demostración de resistencia, quedaba abierta al acceso. Sin embargo, la zona al sur de la línea era inviolable. Esa restricción los dejaba a ambos cargados de tensión nerviosa. Por fin, al amanecer, se separaron a desgano, con un último y largo beso ante la puerta de los Malcomess.

Esa última reconciliación duró cuatro meses, todo un récord para ellos. Después de preparar un balance emocional, donde las numerosas ventajas de la soltería quedaban superadas por una sola consideración ("No puedo vivir sin ella"), Shasa le propuso formalmente matrimonio y recibió una respuesta devastadora:

—No seas tonto, Shasa. Aparte de una vulgar atracción animal, tú y yo no tenemos absolutamente nada en común.

491

—Eso es una perfecta estupidez, Tara —protestó él—. Provenimos del mismo ambiente social, hablabamos el mismo idioma, nos divierten las mismas cosas.

—Pero tú no te interesas, Shasa.

—Sabes que pienso ingresar al Parlamento.

—Eso es una decisión profesional, no algo que venga del corazón. No es interesarse por los pobres, los necesitados y los indefensos.

—A mí me interesan los pobres...

—A ti te interesa Shasa Courtney, nadie más. —La voz de Tara hería como un estilete sacado de su vaina. —Para ti, pobre es cualquiera que no pueda mantener más de seis caballos para polo.

—Tu papá tenía quince en adiestramiento, la última vez que los conté —apuntó él, agrio.

—Deja a mi padre fuera de esto —le espetó ella—. Papá ha hecho más por los negros y los mulatos de este país que...

Él levantó las dos manos para interrumpirla.

—Vamos, Tara! Sabes que soy el más ardiente admirador de Blaine Malcomess. No era mi intención denigrarlo. Simplemente, trataba de que te casaras conmigo.

—Es inútil, Shasa. Tengo la férrea convicción de que la enorme riqueza de esta tierra debe ser redistribuida, quitada a los Courtney y los Oppenheimer, para devolverla...

—Ésas son palabras de Hubert Langley, no de Tara Malcomess. Tu pequeño amigo comunista debería pensar en generar nuevas riquezas, en vez de repartir las viejas. Si tomas todo lo que los Courtney y los Oppenheimer poseemos y lo repartes equitativamente, cada uno tendrá lo suficiente para una buena comida; veinticuatro horas después, todos estaremos pasando hambre otra vez, incluidos los Courtney y los Oppenheimer.

—¡Ya ves! —exclamó ella, triunfal—. No te importa que todo el mundo se muera de hambre, siempre que tú comas.

Él aspiró profundamente ante esa injusticia, preparándose para un contraataque a toda escala. Justo a tiempo, vio en los ojos grises la luz del combate y se contuvo.

—Si nos casamos —dijo, tratando de dar a su voz un sonido humilde—, podrás influir sobre mí y convencerme para que piense como tú...

Ella, que estaba lista para uno de esos maravillosos enfrentamientos a gritos, quedó un poco alicaída.

—¡Maldito capitalista! —protestó—. Eso es pelear sucio.

—No quiero pelear contigo, querida mía. Por el contrario, lo que quiero hacer contigo es algo diametralmente opuesto.

Tara rió a pesar de sí.

—Esa es otra cosa que me disgusta de ti. Piensas con eso que tienes en los calzoncillos.

—Todavía no me has respondido: ¿quieres casarte conmigo?

—Tengo que entregar un ensayo mañana por la mañana, a las nueve en punto, y esta tarde estoy de turno en la clínica, a partir de las seis. Hazme el favor, Shasa, llévame a casa ahora mismo.

—¿Sí o no?

—Tal vez —respondió ella—, pero sólo cuando note una gran mejoría en tu conciencia social. Y, naturalmente, después de que me reciba.

—Para eso faltan dos años más.

—Dieciocho meses —corrigió ella—. De todos modos, no es una promesa, sino un gordo "tal vez".

—No sé si puedo esperar tanto.

—En ese caso, adiós, Shasa Courtney.

Jamás prolongaron el record más allá de los cuatro meses, pues tres días después Shasa recibió una llamada telefónica. Estaba en una reunión, con su madre y el nuevo experto en vinos que Centaine había hecho venir desde Francia, analizando los diseños de etiquetas para la última cosecha de Cabernet Sauvignon. El secretario de Centaine entró en la oficina.

—Tiene un llamado, señor Shasa.

—En este momento no puedo atender. Tome el mensaje y diga que yo llamaré. —Shasa no levantó la vista de las etiquetas.

—Es la señorita Tara. Dice que es urgente.

Shasa echó una mirada tímida a su madre. Una de sus reglas estrictas era que los negocios estaban antes que nada y no debían mezclarse con actividades sociales o deportivas. Sin embargo, en esa oportunidad le hizo una señal afirmativa.

—Vuelvo en un minuto —prometió él.

A los pocos segundos estaba de regreso.

—Pero ¿qué pasa? —preguntó Centaine, levantándose apresuradamente al verle la cara.

—Tara —dijo él—. Es Tara.

—¿Está bien?

—Está detenida.

En diciembre de 1838, en un tributario del río Búfalo, Dingaan, el rey zulú, había lanzado a sus impis de guerreros, armados con assegais y escudos de cuero, contra el círculo de carretas de los Voortrekkers, los antepasados del pueblo afrikaner.

Las ruedas de las carretas fueron atadas con cadenas; los espacios intermedios, bloqueados con ramas de espinos. Los Voortrekkers se instalaron tras la barricada, con sus largas carabinas, veteranos todos ellos de diez batallas semejantes, hombres corajudos y los mejores tiradores del mundo. Diezmaron a las hordas zulúes, cubriendo el río de muertos, de orilla a orilla, dejando sus aguas carmesíes; desde entonces en adelante, se lo conocería con el nombre de río Sangre.

Ese día cayó en pedazos el poderío del imperio zulú; los líderes de los Voortrekkers, de pie, descubierta la cabeza en el campo de batalla, establecieron una alianza con Dios: en adelante, celebrarían el aniversario de la victoria con un servicio religioso y una acción de gracias, por toda la eternidad.

Esa fecha se había convertido en la celebración más sagrada dentro del calendario calvinista afrikaner, después de la Navidad. Representaba todas sus inspiraciones como pueblo, conmemoraba sus sufrimientos, honraba a sus héroes y sus antepasados.

Por lo tanto, el centésimo aniversario de la batalla tuvo un significado especial para los Afrikaners. Durante los prolongados festejos, el líder del partido nacionalista declaró: "Debemos hacer de Sudáfrica un lugar seguro para el hombre blanco. Es una vergüenza que los blancos se vean obligados a vivir y trabajar junto a razas inferiores; la sangre de color es mala sangre, y es preciso que nos protejamos de ella. Necesitamos una segunda victoria, si queremos rescatar nuestra civilización blanca."

En los meses siguientes, el doctor Malan y su partido nacionalista introdujeron en el Parlamento una serie de leyes de orientación racista. Iban desde el considerar delito el matrimonio mixto hasta establecer la segregación física de blancos y hombres de color, ya fueran asiáticos o africanos, y desautorizar a todas las personas de color que ya gozaban de derecho al voto, asegurándose de que las otras no lo obtuvieran jamás. Hasta mediados de 1939, Hertzog y Smuts habían logrado que estas propuestas fueran rechazadas.

El censo de Sudáfrica establecía una distinción entre los diversos grupos raciales: "los de color del Cabo y otras razas mixtas". Éstas no eran, como se podría creer, la progenie de colonos blancos y tribus nativas, sino, antes bien, los restos de las tribus khoisan, los hotentotes, bosquimanos y damaras, junto con los descendientes de los esclavos asiáticos que habían sido llevados al Cabo de Buena Esperanza en los barcos de la Compañía Holandesa de las Indias Orientales.

En conjunto, eran un pueblo atractivo, miembros útiles y productivos de una compleja sociedad. Tendían a ser de estructura pequeña y piel clara, facciones vagamente orientales y ojos almendrados. Eran alegres, inteligentes e ingeniosos, adictos a los espectáculos brillantes, el carnaval y la música, diestros y voluntariosos en el trabajo, buenos cristianos o musulmanes devotos. Llevaban siglos viviendo al modo de la Europa Occidental y, desde los tiempos de la esclavitud, mantenían una estrecha y amable asociación con los blancos.

El Cabo era su ciudadela, y allí estaban mejor que casi todos los otros grupos de color. Gozaban de derecho al voto, aunque con padrones separados; muchos de ellos, hábiles artesanos y pequeños comerciantes, habían logrado un nivel de vida y una solvencia material que sobrepasaba la de sus vecinos blancos. Sin embargo, la mayoría trabajaba en el servicio doméstico o en las empresas urbanas, logrando apenas cubrir sus necesidades. Eran ellos los que ahora caían bajo los intentos del doctor Daniel Malan, en cuanto a imponer la segregación en el Cabo y en todos los rincones del país.

Hertzog y Smuts sabían perfectamente que muchos de sus seguidores simpatizaban con los nacionalistas. Si se oponían rígidamente a ellos, bien podían arruinar la delicada coalición del Partido Unido. Contra su voluntad, idearon una contrapropuesta de segregación residencial, que perturbaría el delicado equilibrio social en una mínima proporción y que apaciguaría a su propio partido, quitando base a la oposición nacionalista, al convertir en ley una situación ya existente.

"Queremos estabilizar la situación actual" —explicó el general Jan Smuts. Una semana después de esta explicación, una multitud numerosa y ordenada de personas de color, a la que se agregaron muchos blancos liberales, se reunieron en Greenmarket Square, el centro de Ciudad del Cabo, para protestar apaciblemente contra la legislación propuesta.

Otras organizaciones, el Partido Comunista Sudafricano y el Congreso Nacional Africano, la Liga Trotsky de Liberación Nacional y la Organización de Pueblos Africanos, olfatearon sangre en el aire: sus miembros aumentaron las filas de la congregación. En el centro de la vanguardia, justo bajo el improvisado palco de los altavoces, estaba Tara Malcomess, con el pelo reluciente y los ojos azul-grisáceos encendidos de justiciero ardor. A su lado, aunque ligeramente por debajo de ella, se veía a Hubert Langley, respaldado por un grupo de sus estudiantes de sociología. Todos miraban al orador, encantados y llenos de entusiasmo.

—Este tipo es magnífico —susurró Hubert—. Me extraña que no hayamos oído hablar de él antes.

—Es del Transvaal —dijo uno de sus estudiantes, que lo había oído. Y se inclinó hacia él para explicar: —Uno de los principales del Congreso Nacional Africano del Witwatersrand.

Hubert asintió.

—¿Sabes cómo se llama?

—Gama. Moses Gama. Moses: el nombre le sienta; es el que sacará a su pueblo del cautiverio.

Tara se dijo que rara vez se veía a hombre tan bello, entre los blancos o entre los negros. Era alto y delgado; su rostro era el de un joven faraón: inteligente, noble y fiero.

—Vivimos tiempos de dolor y gran peligro. —Su voz tenía un alcance y un timbre que provocó en Tara un estremecimiento involuntario. —Tiempos que fueron anunciados en el Libro de Proverbios. —Hizo una pausa y alargó las manos en un gesto elocuente, al citar: —"Hay una generación cuyos dientes son espadas, y cuyas muelas, como cuchillos para devorar a los pobres de la tierra, y a los necesitados de entre todos los hombres."

—¡Eso es magnífico! —Tara volvió a estremecerse.

—Nosotros, amigos, somos los pobres y los necesitados. Cuando cada uno de nosotros está solo, somos débiles. A solas, somos presa de aquellos que tienen dientes como espadas. Pero juntos podemos ser fuertes. Si estamos juntos podemos resistirles.

Tara participó del aplauso, palmoteando hasta que se le entumecieron las manos. El orador guardó silencio, sereno, esperando que todos callaran. Entonces continuó:

—El mundo es como una gran cacerola de aceite que se calienta poco a poco. Cuando hierva habrá agitación, vapor, y eso alimentará al fuego que arde abajo. Las llamas volarán hasta el cielo. A partir de entonces nada será como antes. El mundo que conocemos se alterará para siempre. Sólo una cosa es segura, tan segura como que mañana saldrá el sol: el futuro pertenece al pueblo, y África pertenece a los africanos.

Tara descubrió que estaba llorando histéricamente, aplaudiendo y elogiándolo a gritos. En comparación con Moses Gama, los otros oradores resultaron aburridos y entrecortados. Ella, furiosa por esa ineptitud, miró en derredor, buscando a Moses Gama en la multitud, pero el hombre había desaparecido.

—Esa clase de personas no se atreve a permanecer mucho tiempo en un mismo sitio —explicó Hubert—. Tienen que moverse como las semillas de cardo, para que no los arreste la policía. Los generales nunca combaten en la vanguardia; son demasiado valiosos a la revolución para que se los use como carne de cañón. Lenín sólo volvió a Rusia al terminar la lucha. Pero ya tendremos noticias de Moses Gama. Acuérdate de lo que te digo.

La multitud, alrededor, recibió indicaciones de formar una procesión detrás de la banda de quince músicos. Cualquier reunión era buena excusa par que la "gente de color del Cabo" hiciera música. En filas de a cuatro y cinco en fondo, la manifestación comenzó a abandonar la plaza. La banda tocaba *Alabama*, imponiendo un clima festivo. La muchedumbre reía y cantaba; se parecía más a un desfile que a una manifestación.

—Mantendremos una actitud pacífica y ordenada —repetían los organizadores, reforzando las órdenes previas—. Nada de disturbios; no queremos problemas con la policía. Vamos a marchar hasta el Parlamento y allí entregaremos un petitorio al Primer Ministro.

En la procesión había dos o tres mil personas, más de lo que los organizadores habían esperado. Tara marchaba en la quinta fila, justo detrás del doctor Goollam Gool, su hija Cissie y los otros líderes de color.

Bajo la conducción de la banda, tomaron por la calle Adderley, la arteria principal de la ciudad. En tanto marchaban hacia el Parlamento, las filas de la manifestación aumentaron con el agregado de desocupados y curiosos. Cuando los líderes trataron de entrar por la calle del Parlamento, los seguía ya una columna de cinco mil personas, que medía setecientos u ochocientos metros; entre esa gente, casi la mitad estaban allí por diversión y curiosidad, y no por motivos políticos.

A la entrada de la calle del Parlamento los esperaba un pequeño grupo de policías. En la ruta había una barricada y, frente a la reja que protegía el edificio del Parlamento, había más policías armados de cachiporras y largos látigos de hipopótamo, a manera de reserva.

La procesión se detuvo ante la barrera policial. El doctor Gool hizo una seña a la banda para que guardara silencio y se adelantó a parlamentar con el inspector que comandaba el grupo, mientras fotógrafos y periodistas de los órganos locales se agolpaban en derredor, para registrar las negociaciones.

—Deseo presentar un petitorio al Primer Ministro, en nombre del pueblo de color de la Provincia del Cabo —comenzó el doctor Gool.

—Doctor, usted preside una muchedumbre rebelde. Debo pedirle que la haga dispersar —contraatacó el inspector de policía.

Ninguno de sus hombres había sido provisto de armas de fuego; la atmósfera era casi amistosa. Uno de los trompetistas tocó una áspera escala. El inspector, sonriendo ante el insulto, agitó el índice como un maestro de escuela ante un alumno travieso; la multitud reía. Todo el mundo entendía bien ese tipo de tratamiento paternalista.

El doctor Gool y el inspector discutieron y regatearon de un modo amistoso, sin alterarse ante los comentarios de los matones escondidos entre la muchedumbre. Por fin se envió a buscar un mensajero parlamentario. El doctor Gool le entregó el petitorio y se volvió hacia la multitud.

A esa altura, muchos de los ociosos se habían retirado, perdido el interés, y sólo permanecía allí el núcleo original de la procesión.

—Amigos míos: nuestro petitorio ha sido llevado al Primer Ministro —les dijo el doctor Gool—. Hemos logrado nuestro objetivo. Ahora podemos confiar en el general Hertzog, hombre bueno y amigo del pueblo, que hará lo correcto. He prometido a la policía que ahora nos retiraremos en silencio y sin causar disturbios.

—Hemos sido insultados —clamó Hubert Langley, a todo pulmón—. Ni siquiera se dignan hablar con nosotros.

—Que nos escuchen —dijo otra voz.

Sonaron fuertes palabras de acuerdo y otras de disenso, igualmente potentes. La procesión comenzó a perder su forma ordenada; se henchía y ondulaba.

—¡Por favor, amigos míos...!

La voz del doctor Gool quedó casi ensordecida por el alboroto. El inspector de policía dio una orden. Las reservas policiales avanzaron por la calle y se formaron tras la barricada, con los bastones listos, frente a la vanguardia de la multitud.

Por algunos minutos, el clima fue desagradable y confuso. Por fin se impusieron los líderes de color y la muchedumbre comenzó a dispersarse... exceptuando un duro grupo de tres o cuatrocientos jóvenes, blancos y negros, muchos de ellos estudiantes. Tara era una de las pocas mujeres.

La policía avanzó, alejándolos con firmeza, pero ellos se reagruparon espontáneamente, en una banda menos numerosa, pero más cohesiva, y comenzaron a marchar hacia el Distrito Seis, zona de la ciudad en que habitaban, casi con exclusividad, gentes de color; estaba en las proximidades del centro comercial, pero sus límites, difusos y poco claros, eran uno de los temas de la legislación propuesta, en cuanto a separar físicamente a los grupos raciales.

Los manifestantes más jóvenes y agresivos se tomaron del brazo y comenzaron a entonar estribillos. Los destacamentos policiales los seguían, frustrando con firmeza sus esfuerzos por volver a la zona central de la ciudad y encaminándolos hacia sus propios distritos.

—Africa para los africanos —cantaban, al marchar.

—Todos somos del mismo color bajo la piel.

—Pan y libertad.

De pronto, uno de los estudiantes de Hubert Langley se puso lírico y repitió el antiguo estribillo de los oprimidos, que él les había enseñado:

Cuando Adán sembraba y Eva paría
¿quién era entonces la señoría?

La banda comenzó a tocar una protesta más moderna: *Mis ojos han visto la gloria de la llegada del Señor*. Después se lanzaron con *Nkosi sikelela Africa*: Dios salve al Africa.

Cuando entraron por las callejuelas estrechas y atestadas del Distrito Seis, las patotas salieron a mirarlos con interés y acabaron por unirse a la diversión. En aquellas manzanas atestadas vivían quienes tenían cuentas personales a saldar, criminales descarados y oportunistas.

Medio ladrillo apareció volando, arrojado desde la compacta multitud, y se estrelló contra la vidriera de uno de los almacenes, cuyo dueño blanco era famoso por negar el crédito y cobrar muy altos precios. La muchedumbre se galvanizó; se oyó el grito de una mujer y los hombres comenzaron a aullar, como lobos en manada.

Alguien metió la mano por el agujero del vidrio y sustrajo algunas ropas masculinas. Algo más allá voló hacia otro escaparate. La policía cerró filas y avanzó.

Tara trataba desesperadamente de ayudar a imponer el orden, suplicando a los ladrones, que invadían los negocios entre risas. Pero la apartaron a empujones y estuvo a punto de caer entre los pies.

—Vete a tu casa, blanquita —le gritó uno de la banda, en sus narices—. Aquí no haces falta.

Entró a la carrera en el negocio y salió con una máquina de coser entre los brazos.

—¡Basta! —pidió Tara, saliéndole al encuentro—. Deja eso donde estaba. Lo estás arruinando todo. ¿No te das cuenta? ¡Es lo que ellos quieren que hagas!

Y castigó con los puños el pecho del hombre, que retrocedió ante su furia. De todos modos, la calle estaba atestada de gente: ladrones, patoteros, ciudadanos comunes y manifestantes, todos confundidos, enojados, temerosos. Desde el otro extremo de la calle, la policía atacó en falange, con los bastones en alto y los látigos restallantes, para barrer la multitud calle abajo.

Tara salió corriendo del negocio saqueado, en el momento en que un corpulento agente, de uniforme azul oscuro, aplicaba fuertes bastonazos a un menudo sastre malayo, que había salido de su local en persecución de quien se llevaba una pieza de paño.

El agente golpeó al sastre con su bastón, aplastándole el fez rojo. Cuando el hombrecito cayó al pavimento, se inclinó hacia él para aplicarle otro golpe. Tara se arrojó contra el policía. Fue un acto reflejo, como el de una leona que protegiera a su cachorro. El policía estaba inclinado hacia adelante, de espaldas a ella. Tara lo tomó por sorpresa. El hombre cayó despatarrado, pero la muchacha sujetaba su bastón con fuerza. La correa que lo ataba a la muñeca se rompió.

De pronto, Tara se encontró armada y triunfante; a sus pies, el uniformado enemigo del proletariado y sirviente de la burguesía.

Había salido tras las filas de la policía, que acababa de pasar junto al negocio y estaba de espaldas a ella. Los golpes secos de los bastones y los chillidos aterrorizados de las víctimas la enfurecieron. Eran los pobres, los necesitados, los oprimidos. Y allí estaban los opresores. Y allí también, con el bastón en alto, estaba Tara Malcomess.

Normalmente, Shasa habría tardado poco más de media hora en llevar su Jaguar, desde los portones de Weltevreden, hasta la comisaría de la calle Victoria. Esa tarde le llevó casi una hora y mucho discutir.

La policía había acordonado la zona. Por sobre el Distrito Seis pendía un ominoso manto de humo negro, que se extendía sobre Table Bay. Los agentes de policía, en cada bloqueo, se mostraban tensos e irritables.

—No puede pasar, señor —dijo un sargento, deteniendo al Jaguar—. No se permite el ingreso a nadie. Esos malditos negros están arrojando ladrillos y quemando cuanto les cae a la vista.

—Acabo de recibir un mensaje, sargento. Mi novia está allí y me necesita. Está en terribles dificultades. Tiene que permitirme llegar a ella.

—Lo siento, señor, pero tengo órdenes.

Había seis agentes ante la barricada: cuatro de ellos eran de color, miembros de la policía municipal.

—Sargento, ¿qué haría usted si su madre o su esposa lo necesitaran?

El hombre echó en derredor una mirada mansa.

—Le diré qué vamos a hacer, señor. Mis hombres van a abrir el bloqueo por un solo minuto y nos pondremos de espaldas. Yo no lo he visto. No sé nada de usted.

Las calles estaban desiertas, pero cubiertas de escombros, piedras sueltas, ladrillos y vidrios rotos, que crujían bajo las ruedas del Jaguar. Shasa condujo a baja velocidad, horrorizado ante la destrucción que veía, con los ojos entornados para protegerlos del humo que le oscurecía la vista cada pocos metros. En una o dos ocasiones vio siluetas que acechaban en los callejones o desde las ventanas altas de los edificios indemnes, pero nadie trató de detenerlo ni atacarlo. De cualquier modo, fue con intenso alivio que llegó al destacamento policial de Victoria Road y a la protección de las brigadas, convocadas de prisa.

—Tara Malcomess. —El sargento a cargo del escritorio reconoció inmediatamente el nombre. —¡Sí, ya lo creo que sabemos de ella! Después de todo, hicieron falta cuatro agentes para traerla.

—¿De qué se la acusa, sargento?

—A ver... —Consultó la hoja de cargos. —Hasta ahora, sólo de participación en una manifestación ilegal, destrucción malintencionada de propiedad, incitación a la violencia, insultos y amenazas, obstaculización de la labor policial, ataque a uno y/o varios policías, ataque común, ataque a mano armada y/o ataque intencional.

—Voy a pagar su fianza.

—Yo diría, señor, que eso le va a salir bastante.

—Es hija del coronel Malcomess, el ministro de gabinete.

—Bueno, ¿por qué no lo dijo antes? Espere aquí, por favor.

Tara tenía un ojo negro, la blusa desgarrada y el pelo enmarañado. Miró a Shasa por entre los barrotes de su celda.

—¿Y Huey? —quiso saber.

—Huey se puede ir al infierno, por lo que me importa.

—Entonces yo me iré con él —declaró Tara, truculenta—. No me voy de aquí si él no viene conmigo.

Shasa reconoció el gesto obstinado de sus virginales facciones y suspiró. Por lo tanto, aquello le costó cien libras: cincuenta por Tara y cincuenta por Huey.

—Pero no pienses que voy a llevarlo en mi auto —declaró—. Cincuenta libras es demasiado por un bolchevique. Que vuelva a su cucha caminando, si quiere.

Tara subió al asiento delantero del Jaguar y se cruzó de brazos, desafiante. Sin que ninguno de los dos pronunciara palabra, el muchacho puso en marcha el motor y partió con innecesaria violencia, despidiendo humo azul por la fricción de las cubiertas.

En vez de dirigirse hacia los adinerados suburbios blancos del sur, condujo el Jaguar, rugiendo, por las cuestas inferiores del Pico del Diablo. Estacionó ante uno de los miradores que daban a los edificios humeantes y arruinados del Distrito Seis.

—¿Qué haces? —preguntó ella, al verle apagar el motor.

—¿No quieres echar un vistazo a tu obra? —propuso él, con frialdad—. Has de estar orgullosa de lo que has logrado.

Ella se movió en el asiento, inquieta.

—No fuimos nosotros —murmuró—. Fueron los *skollies* y los pistoleros.

—Mi querida Tara, se supone que así debe funcionar la revolución. Se insta a los elementos criminales a que destruyan el sistema existente, quebrando el gobierno de la ley y el orden; entonces intervienen los líderes y vuelven a imponer el orden, fusilando a los revolucionarios. ¿No has estudiado las enseñanzas de Lenin, tu ídolo?

—Fue culpa de la policía...

—Sí, siempre es culpa de la policía. Eso también forma parte del plan de Lenin.

—La cosa no es así...

—Cállate —le espetó él—. Por una vez en la vida, calla y escucha. Hasta ahora he soportado tus aires de Juana de Arco. Era algo tonto e ingenuo, pero lo soporté porque te amaba. Pero si empiezas a quemar hogares, a arrojar ladrillos y bombas, entonces ya no me parece divertido.

—No te atrevas a hablarme con ese aire condescendiente —estalló la muchacha.

—Mira, Tara, mira ese humo, esos incendios. Allí está la gente por quien tanto te interesas, esos a quienes tanto quieres ayudar, supuestamente. Es a sus hogares y a sus negocios a los que has arrimado la antorcha.

—No pensé que...

—No, no pensaste, por cierto. Pero voy a decirte algo y quiero que lo recuerdes bien. Si tratas de destruir esta tierra que amo y de hacer sufrir a su pueblo, te conviertes en mi enemiga. Y te combatiré hasta la muerte.

Ella guardó silencio por largo rato, sin mirarlo; por fin dijo, en voz baja:

—¿Quieres llevarme a casa, por favor?

Él tomó por el trayecto más largo, junto a la costa atlántica, para evitar las áreas de disturbio. No volvieron a decir una palabra hasta que Shasa se detuvo frente a la casa de los Malcomess.

—Puede que tengas razón —murmuró ella, entonces—. Tal vez somos, en realidad, enemigos.

Bajó del Jaguar y permaneció un instante mirándolo, sentado tras el volante de la cabina descubierta.

—Adiós, Shasa —pronunció suavemente, con tristeza.

Y entró en la casa.

—Adiós, Tara —susurró él—. Adiós, mi amada enemiga.

Todos los Courtney estaban reunidos en la sala principal de Weltevreden. Sir Garry y Anna se habían sentado en el largo sofá, tapizado en damasco a rayas. Habían viajado desde Natal para festejar el cumpleaños de Sir Garry, la semana anterior, con el picnic tradicional en Table Mountain. Con ellos había estado el *Ou Baas*, el general Jan Christian Smuts, como casi siempre.

Sir Garry y Lady Anna tenían pensado regresar a su casa pocos días después del picnic. Los retuvo en Weltevreden la horrible noticia de la invasión alemana a Polonia. Era correcto que la familia permaneciera unida en esos momentos desesperados. Los dos se tenían de la mano, como jóvenes amantes. En el último año, Sir Garry se había dejado crecer una barbilla plateada, tal vez en inconsciente imitación de su viejo amigo, el general Smuts. Eso aumentaba su aspecto erudito, agregando un toque de distinción a sus facciones, pálidas y estéticas. Inclinado levemente hacia adelante y apoyado en su mujer, ponía toda su atención en el aparato de radio que Shasa Courtney estaba manipulando, con el entrecejo fruncido ante el crepitar y los silbidos de la estática.

—La BBC está en la banda de cuarenta y un metros —le dijo Centaine, secamente, echando un vistazo a su reloj, tachonado de diamantes—. Haz el favor de apurarte, *chéri*, o nos perderemos la transmisión.

—¡Ah! —Shasa sonrió al despejarse la estática. Las campanadas del Big Ben se oyeron con claridad. Al apagarse, el locutor anunció:

—Hora, doce en punto, según el Meridiano de Greenwich; en reemplazo del boletín informativo, transmitiremos una declaración del señor Neville Chamberlain, el Primer Ministro...

—Dale más volumen, *chéri* —ordenó Centaine, ansiosa.

Las fatídicas palabras, mesuradas y graves, tronaron en la elegante sala.

Todos escuchaban en total silencio. La perilla de Sir Garry temblaba; se quitó los anteojos de la nariz para mascar, distraídamente, una de las patillas. Anna, a su lado, se retorció para correrse hasta el borde del sofá, con los gruesos muslos abiertos bajo su propio peso; su rostro fue tomando, poco a poco, un intenso color de ladrillo. Apretó con más fuerza la mano de su esposo, con los ojos fijos en el gabinete de caoba que contenía la radio.

Centaine estaba sentada en un sillón de respaldo alto, junto al enorme hogar de piedra. El vestido de verano, blanco y con una cinta amarilla a la cintura, le daba un aspecto muy juvenil. Aunque ya tenía treinta y nueve años, aún no había una sola hebra de plata en los densos rizos oscuros; también su piel seguía clara; las leves patas de gallo que asomaban en las comisuras de sus ojos se borraban casi por completo, gracias a los aceites y las cremas caras. Tenía un codo apoyado en el brazo del sillón y se tocaba la mejilla con un dedo, pero sin apartar la vista de su hijo.

Shasa se paseaba por el largo cuarto, entre la radio y el piano de cola; iba y venía con pasos rápidos e inquietos, las manos cruzadas a la espalda y la cabeza gacha, en actitud concentrada.

Centaine lo vio demasiado parecido a su padre. Michael, aunque algo mayor y no tan apuesto en la época de sus relaciones, había tenido la misma gracia. Recordó que ella lo había creído inmortal como un joven dios, y entonces sintió que el terror volvía a su alma, el mismo terror paralizante e inútil, al oír que las palabras de guerra resonaban en ese bello hogar, del que ella había querido hacer una fortaleza contra el mundo.

"Nunca estamos a salvo; no hay refugio", pensó. "Todo vuelve a empezar y no puedo salvar a quienes amo. Shasa y Blaine... se irán los dos, y no puedo impedirlo. La última vez fueron Michael y papá; esta vez, Shasa y Blaine. Y cómo odio esto, Dios mío. Odio la guerra y odio a los hombres perversos que la causan. Por favor, Dios mío, esta vez sálvanos. Te llevaste a Michael y a papá; por favor, salva a Shasa y a Blaine. Son todo lo que tengo; por favor, no me los quites."

La voz lenta y profunda hablaba en la habitación. Shasa quedó petrificado en el centro, girando la cabeza hacia la radio.

"Y es, por lo tanto, con el más profundo dolor que debo informarlo: ahora existe un estado de guerra entre Gran Bretaña y Alemania."

Terminó la transmisión. Fue reemplazada por compases lentos y tristes de música de cámara.

—Apaga, *chéri* —dijo Centaine, con suavidad.

La habitación quedó en completo silencio. Por varios segundos, nadie se movió. De pronto, Centaine se puso de pie, con una alegre sonrisa, y pasó su brazo por el de Shasa.

—A ver, todos —exclamó—, el almuerzo está listo. Con un día tan hermoso, comeremos en la terraza. Shasa abrirá una botella de champagne

Mantuvo un monólogo alegre y brillante hasta que todos estuvieron sentados a la mesa, con las copas llenas. De pronto, su ficción se derrumbó. Giró la cabeza hacia Sir Garry, con expresión torturada.

—Nosotros no tenemos que entrar en esto, ¿verdad, papá? El general Hertzog prometió que nos mantendría fuera. Dice que esta guerra es cosa de los ingleses. No tendremos que enviar a nuestros hombres otra vez... esta vez no, ¿verdad, papá?

Sir Garry le tomó la mano.

—Tú y yo sabemos cuál fue el precio, la última vez... —Se le cortó la voz y no pudo mencionar el nombre de Michael. Tras un momento pudo dominarse. —Ojalá pudiera darte seguridad, querida mía. Ojalá pudiera decir lo que deseas oír.

—No es justo —dijo Centaine, miserablemente—. No, no es justo.

—En eso estoy de acuerdo. No es justo. Sin embargo, allá hay una mostruosa tiranía, un mal enorme que nos tragará a todos, a nuestro mundo entero, si no presentamos resistencia.

Centaine se levantó de un salto y corrió al interior de la casa. Shasa se levantó de prisa para seguirla, pero Sir Garry lo retuvo, poniéndole una mano en el brazo. Diez minutos después, Centaine volvió a salir. Se había lavado la cara para renovar el maquillaje. Estaba sonriente, pero en sus ojos había un brillo febril cuando ocupó su sitio a la cabecera de la mesa.

—Quiero alegría —rió—. Es una orden. Nada de cavilaciones tristes, pensamientos morbosos ni palabras... Vamos a divertirnos y... —Hizo una pausa; su risa vaciló. Había estado a punto de decir: "Seamos felices juntos, por última vez, quizá."

El 4 de septiembre de 1939, un día después de que Gran Bretaña y Francia declararan la guerra a la Alemania nazi, el general Barry Hertzog se levantó para hablar ante el Parlamento de la Unión de Sudáfrica.

—Tengo el triste y doloroso deber de informar a esta cámara que el gabinete de gobierno está dividido en cuanto a la situación de este país con respecto a la guerra que existe, en la actualidad, entre Gran Bretaña y Francia, por una parte, y Alemania por la otra.

Hizo una pausa y volvió a ponerse los anteojos, para estudiar las caras que lo flanqueaban en las bancas del gobierno. Luego prosiguió, con gravedad:

—Tengo la firme creencia de que el ultimátum presentado a Alemania por el gobierno británico, concerniente a la ocupación de Polonia por parte de la Wehrmacht alemana, no compromete a este país. Tampoco la ocupación de Polonia constituye una amenaza a la seguridad de la Unión Sudafricana...

Entre las bancas de la oposición surgió un gran rugido de aprobación; en tanto, en las bancas oficialistas, Smuts y sus partidarios registraron su protesta con el mismo vigor.

—Es un asunto local entre Alemania y Polonia —prosiguió Hertzog—, que no da a este país causa alguna para participar en la declaración de guerra. Por lo tanto, propongo que Sudáfrica permanezca neutral; que ceda la base naval de Simonstown a Gran Bretaña, pero que, en los otros aspectos, mantenga su relación actual con todos los países beligerantes, como si la guerra no se estuviera librando.

El envejecido Primer Ministro era un orador fluido y convincente. Mientras continuaba apoyando la posición neutral, Blaine Malcomess, desde las bancas del oficialismo, observaba disimuladamente la reacción de los partidarios de Smuts.

Sabía cuáles de ellos estaban tan dispuestos como él y el *Ou Baas* a ponerse junto a Gran Bretaña y cuáles vacilaban, inseguros. Mientras Hertzog continuaba con su discurso, percibió el vuelco de las emociones hacia el bando del viejo general; con incredulidad y creciente vergüenza, previó la ignominiosa decisión que tomaría el Parlamento. Su enojo creció al ritmo de su vergüenza.

El general Hertzog seguía hablando. Blaine lo escuchaba apenas con un oído, mientras garabateaba una nota para pasar a *Ou Baas*. De pronto, toda su atención volvió a lo que decía el Primer Ministro:

—Finalmente, considerando la ética de la invasión alemana a Polonia, bien se podría justificar este acto, si se tomara en consideración el hecho de que la seguridad del estado alemán...

Blaine sintió que su espíritu ascendía, raudo, percibiendo el súbito golpe, la repulsión emocional entre quienes comenzaban a inclinarse por la neutralidad.

"Se le ha ido la mano", escribió Blaine, en una página en blanco. "Está defendiendo la agresión de Hitler. Ganamos."

Arrancó la hoja de su libreta y la entregó al general Smuts, quien, después de leerla, hizo una leve señal de asentimiento. Luego se puso de pie para expresar la otra cara del argumento.

—Gran Bretaña es nuestra amiga, nuestra mejor y más antigua amiga. Debemos permanecer a su lado hasta el fin —dijo, con su voz aguda y sus características erres—. Lejos de ser una disputa local, la invasión a Polonia tiene consecuencias que superan ampliamente a Danzig y el corredor, hasta llegar al corazón y al alma de los libres, en todos los rincones del planeta.

Cuando al fin se puso a votación la moción, en favor de la guerra o la neutralidad, los nacionalistas del doctor Malan votaron en bloque por la neutralidad. Del partido del propio Hertzog, un tercio siguió ese ejemplo, junto con tres miembros de su gabinete.

Sin embargo, Smuts y sus hombres (Reitz, Malcomess, Stuttaford y los otros) ganaron la votación. Por el estrecho margen de ochenta votos contra sesenta y siete, Sudáfrica declaró la guerra a la Alemania nazi.

En un último y desesperado intento de frustrar la declaración, el general Hertzog disolvió el Parlamento y llamó a elecciones generales, pero el gobernador general, Sir Patrick Duncan, rechazó el pedido. En cambio, aceptó la renuncia del viejo general e invitó a Jan Christian Smuts a formar un nuevo gobierno, que conduciría a la nación en la guerra.

—El *Ou Baas* no me deja ir —dijo Blaine, amargamente.

Centaine corrió hacia él, cruzando el dormitorio del chalé, y se irguió en puntas de pies para abrazarlo.

—Oh, gracias a Dios, Blaine, querido. No sabes cómo he rezado. Y Él me respondió. No soportaba la idea de perderlos a los dos, a ti y a Shasa. No podría sobrevivir.

—No me pone orgulloso quedarme en casa mientras los otros van a combatir.

—Ya combatiste una vez, valerosamente, sin egoísmos —le señaló ella—. Eres mil veces más valioso aquí que muerto en tierra extranjera.

—El *Ou Baas* me ha convencido de eso —suspiró Blaine.

Le rodeó la cintura con un brazo para conducirla a la sala. Ella comprendió que esa noche, por una vez, no harían el amor. Él estaba demasiado inquieto. Esa noche sólo querría hablar, y a ella le correspondía escuchar sus dudas, sus miedos y sus lamentaciones.

Surgieron en tropel, sin secuencia lógica. Ella se sentó muy cerca, para que Blaine pudiera tocarla con sólo extender una mano.

—Nuestra posición es muy precaria. ¿Cómo vamos a librar una guerra, si sólo contamos con una mayoría de trece votos en la Cámara? En contra, tenemos una sólida oposición, que odia al *Ou Baas* y lo que ellos llaman "la guerra inglesa". Lucharán contra nosotros a cada paso. Y el pueblo también está profundamente dividido contra nosotros. Dentro de nuestras propias fronteras tenemos enemigos tan crueles como los nazis, la *Ossewa Brandwag*, los Camisas Negras y los Camisas Grises, la *Deutsche Bund* en África del Sudeste, enemigos adentro y afuera.

Ella le sirvió otro whisky con soda y le llevó el vaso de cristal. Era el segundo de esa noche; Centaine no recordaba haberle visto beber nunca más de uno.

—Pirow nos ha traicionado. Ahora es uno de ellos; sin embargo, se mantuvo durante años en un puesto de confianza. —Oswald Pirow había sido Ministro de Defensa en el gobierno de Hertzog. —Le dimos un presupuesto de cincuenta y seis millones para defensa, con la indicación de armar un ejército moderno y efectivo. Lo que hizo, a traición, fue entregarnos un ejército de papel. Creímos en sus informes y sus frases tranquilizadoras, pero desde que se ha ido nos encontramos sin armas modernas, con un puñado de tanques obsoletos, aviones vetustos y un ejército inferior a los mil quinientos soldados en las fuerzas permanentes. Pirow se negó a armar a esta nación para una guerra que él y Hertzog no estaban decididos a librar.

La noche avanzaba, pero ambos estaban demasiado nerviosos para pensar en dormir. Cuando él rechazó el tercer whisky, Centaine fue a la cocina para preparar café. Blaine la siguió. Mientras esperaban a que el agua hirviera, permaneció detrás de ella, abrazándola por la cintura.

—El general Smuts me ha asignado el Ministerio del Interior del nuevo gabinete. Uno de los motivos por los cuales me ha elegido es haber encabezado la comisión investigadora sobre la *Ossewa Brandwag* y las otras organizaciones subversivas. Una de mis principales funciones será anular todo el esfuerzo que ellos hagan para sabotear nuestros preparativos bélicos. El mismo *Ou Baas* se ha hecho cargo del Ministerio de Defensa, y ya ha prometido a Gran Bretaña un ejército de cincuenta mil voluntarios, listos para combatir en cualquier lugar del África.

Llevaron la bandeja al salón. Mientras Centaine servía el café sonó el teléfono, agudo y chocante en el silencio del chalé. Ella dio un brinco y salpicó la bandeja de líquido oscuro.

—¿Qué hora es, Blaine?

—La una menos diez.

—No voy a atender. Deja que suene.

Centaine meneaba la cabeza, con la vista fija en el insistente aparato, pero él se levantó.

—Sólo Doris sabe que estoy aquí —dijo—. Tuve que decírselo, por si acaso...

No hacían falta más explicaciones. Doris era su secretaria, la única al tanto de sus relaciones. Naturalmente, debía saber dónde localizarlo. Centaine levantó el tubo.

—Habla la señora Courtney. —Escuchó por un momento. —Sí, Doris, está aquí.

Entregó el teléfono a Blaine y le volvió al espalda. Él escuchó por algunos segundos. Luego dijo, en voz baja:

—Gracias, Doris. Estaré allí dentro de veinte minutos. —Al cortar miró a Centaine en silencio. —Lo siento, Centaine.

—Voy a buscar tu chaqueta.

La sostuvo para que él deslizara los brazos dentro de las mangas. Mientras él se abotonaba, se volvió hacia ella, diciendo:

—Es por Isabella. —Al ver la sorpresa de Centaine, aclaró: —Está con el médico. Me necesitan. Doris no quiso decir nada más, pero parece que es grave.

Cuando Blaine se fue, ella recogió la cafetera y las tazas para llevarlas a la cocina y lavar todo. Rara vez se había sentido tan solitaria. El chalé estaba silencioso y frío; le sería imposible dormir. Volvió al saloncito y puso un disco en el plato; era un aria de *Aída*, de Verdi, una de sus favoritas. Mientras escuchaba, los recuerdos vinculados con ella volvieron subrepticiamente desde el pasado: Michael, Mort Homme, la otra guerra, tanto tiempo atrás. La melancolía la inundó por completo.

Por fin se quedó dormida, sentada en el sillón, con las piernas recogidas bajo el cuerpo. El teléfono la despertó con un sobresalto. Alargó la mano para atender sin haberse despertado del todo.

—¡Blaine! —Reconoció su voz al instante. —¿Qué hora es?

—Las cuatro pasadas.

—¿Hay algún problema, Blaine? —preguntó, ya del todo despierta.

—Isabella —dijo él—. Pide por ti.

—¿Por mí? —Centaine estaba confundida.

—Quiere que vengas.

—No puedo, Blaine. No es posible, y tú lo sabes.

—Se está muriendo, Centaine. El médico dice que no pasará el día de hoy.

—Oh, Dios mío, Blaine, cuánto lo siento. —Extrañada, se dio cuenta de que así era, en verdad. —Pobre Isabella...

—¿Vendrás?

—¿Quieres tú que vaya, Blaine?

—Es su última voluntad. Si nos negamos, nuestros remordimientos serán mucho peores.

—Voy —dijo ella, y cortó.

Le llevó apenas unos minutos lavarse la cara, cambiarse y aplicar un maquillaje liviano. Condujo por las calles, casi desiertas, hasta la gran casa de Blaine, la única de la zona que tenía las luces encendidas.

Él le salió al encuentro. Ante las grandes puertas de caoba, sin abrazarla, dijo, sencillamente:

—Gracias, Centaine.

Sólo entonces vio ella que la hija estaba en el vestíbulo, detrás de él.

—Hola, Tara —la saludó.

La muchacha había estado llorando. Sus grandes ojos grises estaban hinchados y enrojecidos. Ante su acentuada palidez, el pelo rojizo parecía arder como un incendio de matorrales.

—Lamento lo de tu madre —agregó Centaine.

—No, no lo lamenta. Tara la miró con una expresión hostil que cambió de pronto. La chica, sollozando, echó a correr por el pasillo.

Una puerta se cerró de golpe, en la parte trasera de la casa.

—Está muy afligida —explicó Blaine—. Tienes que disculparla.

—Comprendo —fue la respuesta de Centaine—. Merezco parte de eso, cuanto menos.

Él sacudió la cabeza para negarlo, pero se limitó a decir:

—Acompáñame, por favor.

Mientras subían la escalinata circular, lado a lado, Centaine preguntó, suavemente:

—¿Qué tiene, Blaine?

—Una degeneración de la columna y el sistema nervioso. El proceso viene avanzando poco a poco, desde hace años. Ahora se ha presentado neumonía. Ya no puede resistir.

—¿Tiene dolores? —preguntó ella.

—Sí. Siempre ha tenido dolores, más de los que una persona normal puede soportar.

Recorrieron el ancho pasillo alfombrado. Blaine dio un golpecito a la puerta del extremo y abrió.

—Pasa, por favor.

El cuarto era grande; estaba decorado en frescos y reposados tonos de verde y azul. Las cortinas estaban corridas; en la mesa de luz brillaba el velador. De pie junto a la cama velaba un hombre, obviamente el médico. Blaine condujo a Centaine hasta la cama de dosel.

Ella había tratado de prepararse, pero aun así dio un respingo al ver la silueta que yacía sobre la pila de almohadas. Recordaba siempre la suave y serena belleza de Isabella Malcomess. Ahora, en cambio, una máscara mortuoria la miraba desde las cuencas hundidas. La sonrisa inmóvil de aquéllos dientes amarillentos, el rictus de esos labios encogidos, resultaba grosero, en cierto modo. El efecto se acentuaba por el contraste de la densa cabellera rojiza, que formaba una nube en torno de la cara consumida.

—Ha sido muy amable al venir.

Centaine tuvo que inclinarse hacia la cama para oír aquélla débil voz.

—Vine en cuanto supe que me requería.

El médico intervino, en voz baja.

—Sólo puede quedarse unos minutos. La señora Malcomess necesita descanso.

Pero Isabella agitó la mano, en un gesto de impaciencia. Centaine vio que era una garra de pájaro, de frágiles huesos, cubiertos por una red de venas azules y una piel que tenía el color del sebo.

—Quiero que hablemos en privado —susurró la enferma—. Por favor, doctor, déjenos solas.

Blaine se inclinó sobre ella para acomodarle las almohadas.

—Por favor, querida, no te canses —dijo.

Esa gentileza para con la moribunda provocó en Centaine una punzada de celos imposibles de reprimir.

Blaine y el médico se retiraron en silencio, cerrando la puerta con un chasquido del picaporte. Ambas quedaron a solas por primera vez. Centaine fue presa de una sensación de irrealidad. Durante muchos años, esa mujer había constituído un grave obstáculo en su vida; su misma existencia la había hecho sufrir toda clase de emociones viles, desde remordimientos hasta celos, desde el enojo al odio. Pero en ese momento, junto a su lecho de muerte, todo se evaporó. Sólo quedaba una vasta sensación de lástima.

—Acércate, Centaine —susurró Isabella, llamándola con otro aleteo de su mano consumida—. Hablar me cuesta tanto...

Centaine, siguiendo un impulso, se arrodilló junto a la cama, de modo tal que los ojos de ambas quedaron a pocos centímetros. Experimentaba la terrible necesidad de hacer penitencia por toda la infelicidad que le había causado, de pedir el perdón de Isabella. Pero la enferma fue la primera en hablar.

—Dije a Blaine que quería hacer las paces contigo, Centaine. Le dije que comprendía, que ustedes dos se habían enamorado sin poder evitarlo. Que habían tratado de hacerme sufrir lo menos posible y yo me he dado cuenta de eso. Le dije que tú nunca fuiste cruel. Que podrías habértelo llevado, pero nunca me impusiste esa última humillación. Que, aun cuando yo ya no era mujer, me permitiste conservar los restos de mi dignidad.

Centaine sintió que la compasión le inundaba el alma y los ojos. Habría querido estrechar en sus brazos a esa frágil criatura moribunda, pero algo en los ojos de Isabella se lo impidió. Era una luz de orgullo feroz. Centaine se limitó a inclinar la cabeza y guardó silencio.

—Dije a Blaine que tú habías llenado su vida con la felicidad que yo no podía darle, pero, a pesar de eso y gracias a tu generosidad, aún podía retener una parte de él.

—Oh, Isabella, no sé cómo decirte...

La voz de Centaine se quebró. Isabella la hizo callar con un gesto. Parecía estar preparándose para un esfuerzo enorme. Un leve rubor subió a sus mejillas y la fiera luz de sus ojos cobró fuerza. Su aliento se hizo más rápido. Cuando volvió a hablar, su voz era más potente y más dura.

—Le dije todo eso para convencerlo de que te trajera. Si hubiera adivinado mis intenciones, jamás te habría permitido venir. —Levantó la cabeza de la almohada. Su voz se convirtió en un siseo de serpiente. —Ahora puedo decirte lo mucho que te he odiado, cada hora de cada largo año. Y que el odio me mantuvo viva hasta ahora, para que no pudieras casarte con él. Y que ahora, mientras me muero, ese odio ha aumentado cien veces...

Se interrumpió, jadeando, sin aliento, y Centaine retrocedió ante su mirada. Comprendió que Isabella había sido llevada a la locura por el tormento soportado, por la larga corrosión del odio y de los celos.

—Si la maldición de una agonizante tiene algún poder —dijo Isabella—, te maldigo, Centaine Courtney, con mi último aliento. Ojalá experimentes la misma tortura que me has impuesto; ojalá conozcas el dolor que yo he padecido. El día en que te presentes ante el altar con mi esposo, yo te buscaré desde la tumba...

—¡No! —Centaine se levantó de un salto y retrocedió hacia la puerta.
—¡Basta! ¡Basta, por favor!

Isabella se echó a reír. Fue un sonido estridente, casi macabro.

—Te maldigo, y que mi maldición empañe tu pasión adúltera. Maldigo cada minuto que ustedes pasen juntos cuando yo me haya ido. Maldigo cualquier semilla que él plante en tu vientre. Maldigo cada beso y cada caricia. Te maldigo a ti y maldigo a tu descendencia. Maldigo todo lo tuyo. Ojo por ojo, Centaine Courtney. Recuerda mis palabras: ¡ojo por ojo!

Centaine cruzó la habitación y se arrojó contra la puerta. La abrió de par en par y siguió corriendo por el pasillo. Blaine estaba subiendo la escalinata, apresuradamente, y trató de detenerla, pero ella se desprendió de sus manos y voló hasta la calle, donde había estacionado el Daimler.

Llevaba varias horas al volante, con el acelerador presionado a fondo, arrancando un bramido constante del gran motor y una columna de polvo del suelo, detrás de ella, cuando cobró conciencia de lo que estaba haciendo. Volvía al desierto, a aquellas soñadoras y místicas colinas que los pequeños bosquimanos llamaban "El sitio de toda la vida".

Pasaron dos meses antes de que Centaine regresara del Kalahari. Durante todo ese tiempo, había malogrado los esfuerzos de Blaine por establecer contacto con ella; se negaba a responder a sus cartas y los llamados telefónicos que él hacía a Abe Abrahams y al doctor Twentyman-Jones.

Leyó el aviso fúnebre de Isabella Malcomess en los periódicos que llegaban a la Mina H'ani con varias semanas de retraso, pero sólo sirvieron para aumentar su sensación de aislamiento y la horrible premonición de tragedias y desastres que la maldición de Isabella le había dejado.

Por fin volvió a Weltevreden, sólo ante la insistencia de Shasa.

Llegó con el pelo cubierto de polvo y el intenso bronceado del Kalahari, pero aún cansada y sin ánimo.

Shasa debía de haber recibido su telegrama, y tenía que haber oído el motor del Daimler en el camino de entrada, pero no la estaba esperando en los peldaños de acceso. Al entrar, Centaine comprendió por qué.

Shasa se apartó de la ventana, desde donde la había visto llegar, y cruzó la habitación para salirle al encuentro. Vestía uniforme.

Ella se detuvo bajo el marco de la puerta, petrificada como un bloque de hielo. Cuando le vio caminar hacia ella, la memoria la llevó hacia atrás, en el tiempo y el espacio, hasta otro encuentro con un joven alto, increíblemente apuesto, con la misma chaquetilla caqui, el mismo cinturón lustrado, la misma gorra de visera, inclinada en un ángulo audaz, y las alas de piloto en el pecho.

—Has llegado, *Mater*, gracias a Dios —la saludó él—. Tenía que verte antes de partir.

—¿Cuándo? —preguntó ella, balbuceante, aterrorizada ante la respuesta que iba a recibir—. ¿Cuándo te vas?

—Mañana.

—¿Adónde? ¿Adónde te envían?

—Primero, a Roberts Heights. —Era una base de adiestramiento de la fuerza aérea, situada en el Transvaal. —Allí me enseñarán a manejar aviones de combate. Después, adonde nos envíen. Deséame buena suerte, *Mater*.

Ella vio que había destellos amarillos en las charreteras de su uniforme: la insignia de quienes se habían ofrecido como voluntarios para luchar fuera de las fronteras del país.

—Sí, querido mío, te deseo buena suerte —dijo.

Y supo que se le rompería el corazón cuando lo viera partir.

El rugido del motor Rolls-Royce Merlin llenaba la cabeza de Shasa, a pesar de los auriculares de la radio que llevaba sobre el casco de piloto. El avión de combate, un Hawker Hurricane, tenía la cabina abierta; el viento de la hélice le castigaba la cabeza, pero así disponía de una visión ininterrumpida del azul cielo africano que lo rodeaba. Los tres cazas volaban en formación de flecha. La pintura de camuflaje, que imitaba el color del desierto, no podía disimular sus líneas bellas y mortíferas.

Shasa encabezaba la escuadrilla. Su ascenso había sido rápido, pues el mando era algo natural en él; había aprendido esa lección de Centaine Courtney. Sólo tardó dieciocho meses en alcanzar el rango de jefe de escuadrilla.

Volaba con chaquetilla de mangas cortas, y *shorts* de color caqui, con calzado de ante en los pies, pues el calor estival de Abisinia era brutal. A la cintura llevaba un revólver de servicio Webley, arma arcaica para el piloto de un avión tan moderno.

Todos ellos habían tomado la costumbre de usar armas cortas desde que la sección de inteligencia hiciera circular esas fotografías repulsivas. Una de las unidades motorizadas para reconocimiento, al invadir una aldea de las montañas, había descubierto los restos de dos pilotos sudafricanos que, obligados a descender, habían sido capturados por los insurrectos abisinios: los *shufta*, bandidos de las colinas. Los pilotos habían sido entregados a las mujeres de la aldea. Fueron primeramente castrados; después, azotados con hierros calientes y destripados, tan hábilmente que aún estaban con vida tras habérseles quitado las vísceras. Por último, les abrieron las mandíbulas con ramas espinosas y las mujeres orinaron en sus bocas abiertas hasta ahogarlos. Por eso todos llevaban, desde entonces, armas cortas con que defenderse o asegurarse de no ser capturados con vida.

Ese día, el aire era claro y brillante bajo un cielo de azul, sin una sola nube; la visibilidad era ilimitada. Por debajo y hacia adelante se extendían las escarpadas tierras altas de Abisinia: grandes montañas de cimas planas, separadas por profundas gargantas oscuras, desierto y roca, resecos por el sol hasta quedar como la piel de los viejos leones cubiertos de cicatrices.

Los tres cazas buscaron altura. habían partido del polvoriento aeródromo de Yirga Alem apenas unos minutos antes, en respuesta a una débil, pero desesperada súplica de la infantería de avanzada, captada por la radio del campamento. Shasa condujo a la escuadrilla en un giro hacia el norte y distinguió la pálida hebra de la ruta, que serpenteaba entre las montañas, mucho más abajo. De inmediato volvió a escudriñar el cielo como cualquier piloto de combate, volviendo la cabeza y moviendo los ojos de un lado a otro, sin fijar la vista por más de un segundo. Fue el primero en divisarlos.

Eran motas diminutas: una nube de mosquitos negros contra el doloroso azul.

—Escuadrilla Popeye, aquí el jefe. ¡Enemigo a la vista! —dijo al micrófono—. ¡Altura de once en punto! Diez o más... y parecen Capronis. ¡Buster, Buster!

"Buster" era la orden de dar velocidad máxima.

—Los veo —respondió Dave Abrahams, inmediatamente.

Era extraordinario que ambos hubieran podido permanecer juntos, desde el adiestramiento en Roberts Heights, a través de todos los vagabundeos de la campaña de África Oriental, hasta acabar combatiendo con el cuerpo de Sudáfrica de Dan Pienaar, para hacer retroceder a los italianos del duque de Aosta por las montañas, rumbo a Addis Adaba.

Shasa echó una mirada en derredor. David había acercado su Hurricane a su ala izquierda y también llevaba la cabina descubierta; ambos se miraron con una gran sonrisa. Dave tenía la narizota quemada y despellejada por el sol; las correas del casco caían bajo el mentón, sin abrochar. Daba ánimos tenerlo en la punta del ala. Luego los dos cerraron las cabinas transparentes, preparándose para el ataque, y miraron hacia el frente. Shasa condujo a la escuadrilla en un suave giro, ascendiendo hacia el sol: la clásica táctica de combate.

Los lejanos mosquitos se convirtieron rápidamente en las siluetas familiares de los bombarderos trimotores Caproni. Shasa contó doce, en filas de a tres. Se dirigían otra vez hacia el cruce de rutas de Kerene, donde la avanzada sudafricana estaba atascada en el paso, entre las altas murallas de las mesetas. En ese momento, Shasa vio que las bombas caían desde la primera fila de aviones.

Aún a pleno, los motores Rolls-Royce aullaron su protesta al ascender, girando hacia el sol que cegaba a los artilleros italianos. Shasa giró sobre el ala y bajó al ataque.

Entonces pudo ver las fuentes de claro polvo levantado por los estallidos; brotaban alrededor del cruce, cayendo en las columnas de vehículos, que parecían hormigas en las entrañas de las colinas. Allá abajo, aquellos pobres tipos estaban recibiendo un duro castigo. La segunda escuadrilla de Caproni bajó en picada descargando sus bombas. Aquellos gordos huevos grises, con aletas en un extremo, descendieron en un movimiento engañosamente lerdo y bamboleante. Shasa giró la cabeza, echando un último vistazo a los cielos; se desvió en dirección oblicua al sol, para verificar que cazas italianos no estuvieran esperando allá arriba, en emboscada. Pero el cielo era de un azul sin mácula. Entonces concentró toda su atención en la mira de su ametralladora.

Eligió al primer Caproni de la tercera escuadrilla, con la esperanza de que su ataque malograra la puntería del bombardero. Con un toque de timón izquierdo, giró la nariz del Hurricane hacia abajo, por el grosor de un cabello, hasta que el Caproni azul y plateado se meció suavemente en el disco de su mira.

Estaba a seiscientos metros; contuvo el fuego. Veía claramente la insignia de los haces con el hacha de la Roma imperial en el fuselaje. Dentro de la cabina, los dos pilotos inclinaban la cabeza hacia tierra, esperando que cayeran las bombas. Las ametralladoras gemelas de la torrezuela giratoria estaban dirigidas hacia la cola del avión.

Quinientos metros. Ya veía la cabeza y los hombros del artillero; tenía la parte trasera del casco dirigida hacia Shasa; todavía no tenía noticias de las tres mortíferas máquinas que se lanzaban, aullando, hacia su cuarto de estribor.

Cuatrocientos metros, tan poco que Shasa distinguía ya los humos despedidos por los motores de los Caproni. Y el artillero aún no sabía nada.

Trescientos metros. El compartimiento de bombas comenzó a abrirse bajo el vientre hinchado del Caproni, preñado de muerte. Ahora Shasa distinguía las hileras de remaches en el fuselaje y en las anchas alas azules. Sujetó con fuerza la palanca de mandos que emergía por entre las rodillas y retiró el seguro del disparador, preparando las ocho ametralladoras Browning que tenía en las alas.

Doscientos metros. Manejó con la punta de los pies los timones de cola; la mira giró hacia el fuselaje del Caproni. Shasa miró a través de ella, frunciendo un poco el entrecejo en su concentración, con el labio inferior sujeto entre los dientes. De pronto, una línea de feroces cuentas fosforescentes cruzó el morro de su Hurricane: el artillero del segundo Caproni lo había visto, por fin, y disparaba una ráfaga de advertencia hacia su proa.

Cien metros. El artillero y ambos pilotos del primer Caproni, alertados por la ráfaga, habían vuelto la cabeza y acababan de verlo. El encargado de la torrezuela viraba frenéticamente, tratando de apuntar sus armas. A través de la mira, Shasa vio su cara blanca, contorsionada de terror.

Ochenta metros. Siempre con el entrecejo fruncido, Shasa presionó con el pulgar el botón disparador. El Hurricane, estremecido, aminoró la velocidad, como efecto del retroceso causado por las ocho Brownings, y Shasa se sintió lanzado contra el cinturón de seguridad por la desaceleración. Chorros brillantes de balas trazadoras como chispas eléctricas, cayeron hacia el Caproni. Shasa contempló el impacto, dirigiéndolo con rápidos y sutiles toques de mando.

El artillero italiano jamás llegó a disparar las ametralladoras de la torrezuela. La cubierta transparente se desintegró alrededor de él; el fuego concentrado lo hizo pedazos. La mitad de la cabeza y uno de los brazos le fueron arrancados, como a una muñeca de trapo, y escaparon girando en el chorro de los motores. De inmediato, Shasa apuntó hacia la medalla de plata que formaba la hélice en su giro y la vulnerable raíz del ala que tenía en su mira. La nítida silueta del ala se disolvió como cera sobre la llama. La glicerina y el vapor del combustible brotaron del motor en láminas líquidas; el ala entera giró lentamente hacia atrás, sobre la raíz, y se desprendió dando vueltas como una hoja seca en el viento de la hélice. El bombardero quedó cabeza abajo y descendió en una espiral invertida, aplanada por la falta de un ala, dejando un zigzag irregular de humo, vapores y llamas.

Shasa dedicó toda su atención a la siguiente formación de cazas. Describió un giro, siempre a toda máquina, y lo hizo de modo tan cerrado que el cerebro se le quedó sin sangre, dejando su vista agrisada y nubosa. Tensó los músculos del vientre y apretó las mandíbulas para resistir aquella falta de circulación y, ya en trayectoria horizontal, se arrojó de cabeza hacia el siguiente Caproni.

Los dos aviones volaron el uno hacia el otro, a una velocidad extrema. El fuselaje del Caproni se hinchó como por milagro, hasta colmar todo el campo visual de Shasa. Él disparó a quemarropa y levantó la nariz de su avión. Pasaron como relámpagos, a tan poca distancia que Shasa sintió la sacudida del viento arrojado por la hélice de su enemigo. Giró para volver, furiosamente, disolviendo la formación italiana y diseminando los aviones por el cielo. Giraba, se lanzaba en picada y disparaba sus ametralladoras, una y otra vez. Por fin, súbitamente, como ocurre en el combate aéreo, todos desaparecieron.

Shasa quedó solo en la inmensidad azul, sudoroso por la reacción de adrenalina. Tenía los dedos tan apretados a la palanca de mandos que le dolían los nudillos. Emprendió el regreso, acelerando, y verificó su medidor de combustible. Aquellos desesperados minutos a toda máquina habían quemado más de medio tanque.

—Escuadrilla Popeye, aquí el jefe. Adelante, todas las unidades —dijo al micrófono.

La respuesta fue inmediata.

—¡Jefe, aquí Tres! —Era el tercer Hurricane, con el joven Le Roux a los mandos. —Tengo apenas un cuarto de tanque.

—Está bien, Tres, vuelva a la base de manera independiente— ordenó Shasa. Y volvió a llamar: —Popeye Dos, aquí el jefe. ¿Me oye?

Escrutaba el cielo en derredor, tratando de distinguir el avión de David, con los primeros escalofríos de preocupación.

—Adelante, Popeye Dos —repitió, mirando hacia abajo.

Buscaba el humo que se eleva de cualquier aparato caído, en la tierra parda y escarpada. Su pulso dio un brinco al oír la voz de David, con toda claridad.

—Jefe, aquí Dos. Estoy averiado.

—David, ¿dónde diablos estás?

—Aproximadamente quince kilómetros al este del cruce Kerene a ocho mil pies de altitud.

Shasa echó un vistazo hacia el este. Casi de inmediato distinguió una fina línea gris que se estiraba por sobre el horizonte azul, en dirección sur. Parecía una pluma.

—Veo humo en tu zona, David. ¿Estás en llamas?

—Afirmativo. Tengo fuego en el motor.

—¡Ya voy, David, aguanta!

Shasa tomó altura y aplicó acelerador a fondo. David estaba algo más abajo; hacia allá se dirigió, aullando.

—David, ¿es grave?

—Pavo asado —fue la lacónica respuesta.

Hacia adelante, Shasa vio el Hurricane incendiándose.

David piloteaba su averiada máquina haciendo que se deslizara de costado, para que las llamas no se volcaran hacia la cabina, sino en dirección contraria. Perdía altura de prisa, tratando de cobrar velocidad para alcanzar el punto crítico en que el incendio, privado de oxígeno, se extinguiría espontáneamente.

Shasa descendió hacia él y aminoró su propia velocidad, manteniéndose a doscientos metros de distancia y algo más arriba. Tenía a la vista los agujeros dejados por las balas en el ala y el fuselaje de la otra máquina. Uno de los italianos había disparado una buena ráfaga hacia ella. La pintura estaba ennegrecida e iba ampollándose, ya muy cerca de la cabina. David forcejeaba con la cubierta transparente, tratando de abrirla.

"Si la cubierta se traba, David se cocinará allí dentro", pensó Shasa. Pero en ese momento la cubierta se abrió, deslizándose hacia atrás con facilidad. David lo miró desde su aparato. En derredor de su cabeza, el calor de las llamas invisibles distorsionaba el aire. En la manga de su chaquetilla apareció una mancha parda, al chamuscarse el algodón.

—¡No hay caso! Me largo, Shasa.

Courtney vio el movimiento de sus labios. Su voz tronó en los auriculares. Antes de que pudiera responder, su amigo se quitó el casco de la cabeza y soltó el cinturón de seguridad. Después de levantar una mano en gesto de despedida, puso el Hurricane incendiado en posición invertida y se dejó caer desde la cabina abierta.

Descendió con los miembros extendidos, como una desprolija estrella de mar, girando como una rueda; por fin, una cascada de seda estalló desde la mochila del paracaídas; floreció en un níveo capullo que tiró de él hacia atrás, quebrando su caída. Entonces empezó a flotar en dirección a la tierra recocida y aleonada que lo esperaba, mil quinientos metros más abajo. La leve brisa llevaba su paracaídas hacia el sur.

Shasa aminoró su velocidad hasta perder altura en la misma proporción que el paracaídas. Entonces comenzó a describir círculos en derredor de David, manteniéndose a doscientos o trescientos metros de distancia. Estirando el cuello desde su cabina abierta, trataba de calcular dónde aterrizaría David, al tiempo que echaba miradas ansiosas al medidor de combustible. La aguja oscilaba justo por sobre la línea roja.

El avión incendiado se estrelló en la planicie polvorienta y estalló, con un rápido aliento de dragón. Shasa investigó el terreno.

Directamente abajo había riscos grises, que formaban conos de roca más oscura. Entre uno y otro, huecos rocosos, desiguales como cuero de cocodrilo. Pero más allá del último risco había un valle más liso. Mientras descendían, Shasa distinguió los surcos regulares del cultivo primitivo en las suaves laderas del valle. David tocaría tierra en el último risco, o muy cerca de él.

Courtney entornó los ojos. ¡Población humana! Había un pequeño grupo de chozas en un extremo del valle. Por un momento se sintió reanimado, pero de inmediato recordó las fotografías, aquellos trozos de carne humana, mutilada y profanada. Apretando los dientes, echó un vistazo a David, que se balanceaba en el sudario del paracaídas.

Inclinó lateralmente el Hurricane, descendiendo hacia el valle, y lo niveló a cincuenta pies de altura, para volar entre los riscos pedregosos hacia el valle. Pasó rugiendo por sobre los toscos cultivos; eran pobres tallos de sorgo, que formaban líneas quebradas, pardos por la sequía. Hacia adelante distinguió varias siluetas humanas.

Un grupo de hombres corría al valle desde la aldea; eran veinte o más, vestidos con largas túnicas de un gris sucio, que flameaban alrededor de las piernas negras. El pelo se abultaba en oscuras matas esponjosas; todos ellos iban armados; algunos, con carabinas modernas, probablemente tomadas en el campo de batalla; otros, con largos *jezails* que se cargaban por la boca.

Mientras el Hurricane pasaba bramando por sobre ellos, tres o cuatro dejaron de correr y se echaron el arma contra el hombro, apuntando hacia Shasa. El joven vio el destello de la pólvora negra, pero no sintió el impacto de las balas contra su aparato.

No hacían falta más pruebas de sus intenciones hostiles. Los hombres armados corrían por el fondo del barranco, agitando los fusiles, tratando de interceptar a la pequeña figura que descendía en el paracaídas.

Shasa volvió a descender. Apuntó hacia el grupo y abrió fuego con las ocho Browning, a quinientos metros de distancia. En derredor de las túnicas estalló una furiosa tormenta de balas trozadoras y polvo. Cuatro o cinco fueron levantados en el aire y arrojados nuevamente al suelo por la descarga.

De inmediato se vio obligado a ascender otra vez, para esquivar las colinas que cerraban el valle. Al describir un nuevo giro, vio que los *shufta* se habían reagrupado y corrían otra vez para interceptar a David, quien ya estaba a menos de trescientos metros de altura. Obviamente, caería en la cuesta del risco.

Shasa descendió para un segundo ataque, pero en ésa oportunidad los *shufta* se diseminaron y, a cubierto entre las rocas, dispararon una furiosa descarga cerrada contra el aviador, que pasaba por sobre ellos. Las ametralladoras levantaron nubes de polvo y piedras, pero causaron poco efecto.

Ascendió y volvió a nivelar su vuelo, girando la cabeza para observar el sitio en que aterrizaba David. El paracaídas pasó a la deriva por sobre el risco, evitándolo apenas por un par de metros; luego recibió la ráfaga descendente de la cuesta posterior y cayó a plomo.

Shasa vio que David aterrizaba pesadamente, dando tumbos por la cuesta rocosa. Por fin, un tirón del paracaídas lo puso nuevamente de pie. Forcejeó con los pliegues y los cordajes enredados, hasta que la seda se derrumbó en un montón plateado y el muchacho pudo descartar el arnés.

Se puso de pie, mirando cuesta abajo, hacia el grupo de *shufta* que ascendían, aullando. Shasa le vio desabrochar su pistolera para sacar el arma de servicio. Con una mano a modo de visera, levantó la vista hacia el avión que volaba en círculos.

Shasa descendió casi hasta su nivel y, al pasar, le señaló la cuesta hacia abajo, con ademán urgente. David lo miró sin comprender. Parecía muy pequeño y abandonado en esa ladera desierta. A tan poca distancia, Shasa pudo ver la cara de resignación con que agitó el brazo, en despedida, antes de volverse hacia los salvajes que corrían a apresarlo.

Su amigo disparó otra ráfaga de ametralladora en dirección a los *shufta*, que volvieron a diseminarse en busca de refugio. Aún estaban a unos ochocientos metros de David; él los había demorado por algunos segundos preciosos. Impuso al Hurricane el giro más cerrado posible, rozando con la punta del ala los espinillos y, en el momento de nivelar, bajó el tren de aterrizaje. Con las ruedas colgando, volvió a pasar cerca de David y repitió el gesto anterior, señalando el valle.

Vio que un gesto de comprensión iluminaba el rostro de David, quien echó a correr cuesta abajo a grandes saltos, como si flotara sobre las rocas oscuras, rozándolas apenas.

Shasa viró en el fondo del valle y sobrevoló el terreno arado, al pie de la pendiente. Vio que David ya iba por la mitad de la cuesta y que los *shufta* estaban tratando de desviarlo... pero de inmediato tuvo que concentrar todo su ingenio en el aterrizaje.

A último momento extendió todos los flaps y dejó que el Hurricane descendiera flotando, perdiendo velocidad: palanca atrás, atrás, atrás. A medio metro de la tierra arada, el avión perdió fuerza y cayó estruendosamente. Rebotó y volvió a caer y a rebotar; una rueda quedó atrapada en el surco; el avión levantó la cola, casi a punto de tumbarse hacia adelante, pero siguió carreteando, sacudiendo cruelmente a Shasa contra el cinturón.

Había descendido; con una posibilidad sobre dos de arruinar el avión, estaba en tierra y David casi había llegado al fondo del risco.

Casi de inmediato comprendió que el muchacho no podría llegar. Entre los *shufta*, cuatro corredores estaban adelantándose e iban a detenerlo antes de que llegara al sembradío. Los otros *shufta* se habían detenido y estaban disparando, a demasiada distancia. Shasa vio que las balas levantaban pequeñas volutas de polvo a lo largo de la cuesta, algunas peligrosamente cerca de David.

Shasa puso el Hurricane en dirección opuesta, de pie sobre un pedal de timón para que las ruedas funcionaran en la tierra desigual. Cuando la nariz quedó apuntando directamente hacia los cuatro primeros *shufta*, aplicó un golpe de acelerador a fondo. El Hurricane levantó la cola y quedó, por un momento, en posición horizontal. Shasa descargó sus ocho Brownings. Un tornado de disparos barrió el campo, segando los tallos secos, y alcanzó al grupo de corredores. Dos de ellos quedaron convertidos en bultos de harapos rojos; el tercero giró en una vertiginosa danza macabra, velado por un telón de polvo. El bandido restante se arrojó cuerpo a tierra. En ese momento, la cola del Hurricane volvió a descender sobre la rueda trasera. Las ametralladoras ya no podían seguir apuntando.

David estaba a unos cientos de metros y avanzaba de prisa, con sus largas piernas al vuelo. Shasa giró el avión para apuntar hacia el valle, la cuesta descendente agregaría velocidad al despegue.

—¡Vamos, Davie! —chilló, asomándose desde la cabina—. ¡Esta vez, la medalla será de oro, muchacho!

Algo dio en la caseta del motor, justo frente a la cubierta de la cabina, emitiendo un sonido metálico antes de rebotar. En la pintura quedó una mancha plateada. Shasa miró hacia atrás: los *shufta* estaban en el borde del sembradío y se adelantaban a toda carrera. Se detuvieron para disparar, y otra bala pasó junto a la cabeza del piloto, obligándolo a agacharse.

—¡Vamos, Davie!

Ya oía el aliento jadeante de su amigo por sobre el latido del motor en punto muerto. Una bala golpeó el ala, abriendo un pulcro agujero redondo en la tela.

518

—Anda, Davie...

El sudor había manchado la chaquetilla de David, engrasando su cara enrojecida. Llegó al Hurricane y saltó sobre el ala. El avión se inclinó ante su peso.

—A mi regazo —chilló Shasa—. ¡Sube!

David se dejó caer en sus rodillas, respirando en gruñidos.

—¡No veo hacia adelante! —gritó Shasa—. Encárgate de los mandos y del acelerador. Yo operaré los timones de cola.

Al sentir las manos de David en la palanca de mandos y el acelerador, retiró las suyas. El latido del motor se tornó más rápido: el Hurricane comenzaba a carretear.

—Un toque de timón izquierdo —pidió David, con voz quebrada y áspera de fatiga.

Shasa aplicó un par de centímetros de timón izquierdo.

En un vendaval de ruido y polvo, el motor Rolls-Royce alcanzó toda su potencia. Partieron dando tumbos a través del campo, en un curso errático, según Shasa operaba los timones de cola a ciegas, obedeciendo las instrucciones de su amigo.

No tenía visión hacia adelante, pues David se la obstruía por completo, aplastándolo en el asiento. Torció la cabeza para mirar por sobre el borde de la cabina; el suelo pasaba como una mancha al aumentar la velocidad. Los tallos de sorgo seco azotaban los filos de las alas, con un sonido casi tal feo como el silbar de las balas. Los *shufta* sobrevivientes seguían disparando, pero la distancia era cada vez mayor.

El Hurricane pasó por un pequeño lomo del terreno, que los despidió por el aire. Las sacudidas cesaron abruptamente. Estaban en el aire, tomando altura.

—¡Lo conseguimos! —gritó Shasa, asombrado por la victoria.

Y en el momento en que las palabras partían de sus labios, algo le golpeó en la cara.

La bala era un trozo de hierro trabajado a martillo, largo y grueso como un pulgar. Había sido disparado con un mosquete Tower 1779, gracias a un puñado de pólvora negra. Golpeó el marco metálico de la cubierta transparente, junto a la cabeza de Shasa, y el trozo de hierro salió despedido, girando a gran velocidad. Cuando se hundió en la cara de Shasa, por el costado, la velocidad del proyectil había sido ya notablemente reducida y el fragmento no penetró hasta el cerebro.

Shasa ni siquiera perdió el sentido. Tuvo la sensación de que le habían aplicado un buen martillazo en la comisura exterior del ojo izquierdo. Su cabeza recibió tal impacto que golpeó el lado opuesto de la cabina.

Sintió que se le despedazaba el hueso frontal del cráneo, sobre la órbita; el ojo se le inundó de sangre caliente. Ante la cara, como una cortina, pendían harapos de su propia carne.

—¡David! —gritó—. ¡Estoy herido! ¡No veo!

David torció el cuerpo para mirar hacia atrás. Al ver la cara de su compañero, lanzó un grito de espanto. La sangre manaba en chorros y láminas, que el viento de la hélice convertía en tules rosados contra su propia cara.

—No veo, no veo —repetía Shasa. Su rostro era carne cruda y un torrente rojo. —No veo, oh, por Dios, David, no veo.

El muchacho se quitó la bufanda de seda que llevaba al cuello y la puso en las manos ciegas de su amigo.

—Trata de detener la hemorragia —gritó, por sobre el rugir del motor.

Shasa hizo un bulto con la bufanda y oprimió con ella la horrible herida, mientras David dedicaba toda su atención al vuelo de regreso, a baja altura, rozando las colinas pardas.

Tardaron quince minutos en llegar al aeródromo de Yirga Alem. David plantó el Hurricane en la pista polvorienta y carreteó, con la cola levantada, hasta la ambulancia que había pedido desde el aire.

Sacaron a Shasa de la ensangrentada cabina. Con ayuda de un auxiliar médico, David lo llevó, medio en vilo y a los tumbos, hasta la ambulancia. Un cuarto de hora después, Shasa, anestesiado, yacía en la mesa de operaciones de la carpa-hospital. Un médico de la fuerza aérea estaba trabajando con él.

Despertó de la anestesia en medio de una gran oscuridad.

Levantó la mano para tocarse la cara. Estaba cubierta de vendajes. El pánico creció en él.

—¡David! —trató de gritar.

Pero sólo surgió un balbuceo gangoso a causa del cloroformo.

—Todo está bien, Shasa. Aquí estoy.

La voz sonaba cerca. Lo buscó a tientas.

—¡Davie! ¡Davie!

—Todo está bien, Shasa. No habrá problemas.

Shasa halló su mano y se aferró a ella.

—No veo nada. Estoy ciego.

—Son sólo los vendajes —le aseguró el amigo—. El médico está encantado contigo.

—¿No me estás mintiendo, David? —suplicó Shasa—. Dime que no estoy ciego.

—No estás ciego —susurró David.

Por suerte, Shasa no podía verle la cara. Sus dedos desesperados se aflojaron poco a poco. Un minuto después hicieron efecto los calmantes y volvió a caer en la inconsciencia.

David pasó toda la noche sentado junto a su catre. Aun en la oscuridad, la carpa era un horno. El limpiaba el sudor reluciente en el cuello y el pecho del enfermo. También le apretaba la mano al oírle gemir: sueño:

—¿Mater? ¿Estás ahí, Mater?

Después de medianoche, el médico ordenó a David que fuera a descansar, pero el joven se negó.

—Tengo que estar aquí cuando despierte. Debo ser yo quien se lo diga. Le debo eso, cuanto menos.

Fuera de la carpa, los chacales ladraron al amanecer. Cuando la primera luz se filtró por la lona, Shasa volvió a despertar y preguntó, de inmediato:

—¿David?

—Aquí estoy, Shasa.

—Duele horrores, David, pero me dijiste que no había problemas. Recuerdo que me lo dijiste, ¿verdad?

—Sí, lo dije.

—Pronto volveremos a volar juntos, ¿verdad, Davie, amigo? El viejo equipo: Courtney y Abrahams, de nuevo en la lid.

Al no recibir respuesta, su tono cambió;

—No estoy ciego, ¿o sí? ¿Volveremos a volar?

—No estás ciego —aseguró David, suavemente—, pero no volverás a volar. Te envían a tu casa, Shasa.

—¡Dime la verdad! —ordenó Shasa—. No trates de protegerme, porque así será peor.

—Está bien. Te lo diré francamente. La bala te reventó el globo ocular izquierdo. El médico tuvo que retirártelo.

Shasa levantó la mano para tocarse el lado izquierdo de la cara, incrédulo.

—Conservas completa la visión del ojo derecho, pero no volverás a pilotear Hurricanes. Lo siento, Shasa.

—Sí —susurró su amigo—. También yo.

Esa noche, David volvió de visita.

—El comandante te ha propuesto para una condecoración. La vas a recibir, por cierto.

—Qué encantador —dijo Shasa—. Un encanto, de veras.

Ambos guardaron silencio por un rato. Por fin David volvió a hablar.

—Me salvaste la vida, Shasa.

—Oh, cállate, Davie, no seas pesado.

—Mañana por la mañana saldrás en el transporte Dakota. Estarás en Ciudad del Cabo para Navidad. Da mis cariños a Matty y al bebé.

—Te cambiaría el puesto con mucho gusto —le aseguró Shasa—. Pero cuando vuelvas a casa te organizaremos una gran fiesta.

—¿Puedo hacer algo por ti, Shasa? ¿Necesitas algo? —preguntó David, mientras se levantaba.

—En realidad, sí. ¿Podrías echar mano de una botella de whisky para mí, Davie?

El comandante del submarino se apartó de la mirilla del periscopio e hizo una señal afirmativa, dedicada a Manfred De La Rey.

—¡Mire, por favor! —dijo.

Manfred ocupó su sitio ante el periscopio, apretando la frente contra la goma para mirar por el lente.

Estaban a tres kilómetros de la costa; sobre la superficie estaba anocheciendo. El sol se ponía tras la tierra.

—¿Reconoce las características geográficas? —preguntó el comandante del submarino, en alemán.

El joven tardó en contestar, pues le resultaba difícil articular palabra. Sus emociones eran demasiado poderosas.

Cinco años. Habían pasado cinco largos años desde que viera esa amada costa por última vez, y su júbilo era enorme. Jamás podría ser realmente feliz fuera de su añorada África.

Sin embargo, los años transcurridos no habían sido infelices. Allí estaba Heidi y, en ese último año, Lothar, bautizado así en honor de su abuelo paterno. Ellos dos constituían el eje de su existencia. Y también estaba su trabajo: dos ocupaciones a la par, cada una de ellas llena de exigencias y de satisfacciones.

Sus estudios de abogacía habían culminado con un diploma de licenciado en Legislación romana-holandesa y leyes internacionales, en la Universidad de Berlín.

Y además, su preparación militar. A veces, estas tareas lo mantenían alejado de su nueva familia por varios meses a la vez, pero se había convertido en un abnegado operario de la *Abwehr* alemana, muy bien adiestrado. Dominaba muchas y raras habilidades; era operador de radio, experto en explosivos y en armas pequeñas había efectuado diez saltos en paracaídas, cinco de ellos en la oscuridad, y podía pilotear un avión liviano; era versado en claves y códigos, mortífero con fusil o arma corta, diestro en el combate cuerpo a cuerpo y asesino hábil. Era dueño de un cuerpo y una mente afilados como navaja. Había aprendido el arte de la retórica y el discurso persuasivo; había estudiado las estructuras políticas y militares de Sudáfrica, hasta conocer todas sus zonas vulnerables y cómo aprovecharlas. Ahora estaba listo, hasta donde él y sus amos podían prever, para la tarea que le esperaba. Ni un solo hombre en un millón tendría una oportunidad como la que se le brindaba: la oportunidad de moldear la historia y cambiar el detestable orden del mundo. Se le había impuesto la grandeza, y él se sabía digno del desafío.

—Sí —respondió al comandante, en alemán—, reconozco los detalles geográficos.

Había pasado un verano feliz y despreocupado en ese sector, escasamente poblado, de la costa sudoriental de África. La familia de Roelf Stander poseía cinco mil hectáreas en esa zona y siete kilómetros de costa. Allá, bajo las colinas, centelleando bajo los últimos rayos del sol, se veían las paredes encaladas de la pequeña cabaña veraniega en donde habían vivido.

—Sí —repitió—. Es el punto de la cita.

—Esperaremos la hora convenida —dijo el comandante, y dio órdenes de bajar el periscopio.

Siempre a tres kilómetros de la costa, veinte metros por debajo de la superficie, el submarino permaneció suspendido en las oscuras aguas, con los motores apagados, mientras el sol se hundía tras el horizonte y caía la noche sobre el continente africano. Manfred recorrió el estrecho pasillo hasta el diminuto cubículo que compartía con dos jóvenes oficiales. Debía iniciar sus preparativos para el desembarco.

En las semanas transcurridas desde que partieron de Bremerhaven, había llegado a odiar ese navío siniestro. Odiaba los alojamientos atestados y la íntima proximidad de otros hombres; odiaba el movimiento y la incesante vibración de las máquinas. Nunca se había acostumbrado a la idea de estar encerrado en una caja de hierro, en la profundidad de las frías aguas oceánicas. Odiaba también el hedor del diesel y el aceite, y el olor de los otros hombres encerrados con él. Ansiaba con toda el alma el aire puro de la noche en sus pulmones y los fuertes soles africanos en la cara.

Se despojó rápidamente de la polera blanca y la chaquetilla azul marino. En cambio, se puso las ropas gastadas e informes de los campesinos afrikaners, los colonos intrusos. Aún estaba muy bronceado por el entrenamiento en las montañas; se había dejado crecer el pelo y la barba, espesa y rizada, que le agregaba varios años. Al mirarse en el espejito del mamparo dijo, en voz alta:

—No me reconocerán. Ni mi propia familia me reconocerá.

Se había teñido de negro el pelo y la barba, imitando el color de sus cejas, y tenía la nariz más gruesa y torcida. Jamás había soldado debidamente tras la fractura que le hizo el norteamericano Cyrus Lomax, en la final olímpica; también una de sus cejas estaba deformada por una cicatriz. Lucía muy diferente del joven atleta rubio que partió de África, cinco años antes. Después de encasquetarse el sombrero manchado hasta los ojos, miró su propia imagen con satisfacción. Luego abandonó el espejo y se puso de rodillas, para sacar el equipo guardado bajo su litera.

Los envases impermeables habían sido cerrados con cinta engomada. Cuando hubo verificado cada paquete numerado con su lista, un marinero alemán se los llevó para amontonarlos al pie de la escalerilla, junto a la torrezuela del submarino.

Manfred consultó su reloj. Tenía el tiempo justo para comer algo. Cuando el contramaestre lo llamó, Manfred, con la boca aún llena de pan y fiambre, corrió a la sala de mandos.

—Hay luces en la costa —observó el capitán, retirándose del periscopio para ceder su sitio a Manfred.

En la superficie, la oscuridad era total. A través de las lentes, Manfred distinguió inmediatamente las tres fogatas de señales, una en cada saliente de los promontorios y la última en la playa.

—Es la señal correcta, capitán —asintió, irguiendo la espalda—. Deberíamos salir a la superficie y dar nuestra respuesta.

Entre el crepitar del aire comprimido que purgaba los tanques de inmersión, el submarino salió a la superficie, como Leviatán. Mientras aún flotaba en su propia espuma, el capitán y Manfred subieron la escalerilla y salieron al puente. El aire nocturno era fresco y perfumado. El joven lo aspiró a grandes bocanadas, apuntando los binoculares hacia la negrura de la costa.

El capitán dio una silenciosa orden al señalero, que operó la manivela de la lámpara, lanzando rápidos rayos de luz amarilla por sobre el océano oscuro, deletreando las letras W E B en código Morse; era la abreviatura de "Espada Blanca". Tras una breve pausa, una de las fogatas se extinguió. Unos minutos después se apagó la segunda. Sólo quedaba encendida la de la playa.

—Es la respuesta debida —gruñó Manfred—. Por favor, haga que suban mi equipo, capitán.

Esperaron casi media hora hasta que una voz, en la oscuridad, los saludó diciendo:

—¿Espada Blanca?

—Acérquese —ordenó Manfred, en afrikaans.

Un pequeño bote pesquero se arrimó a ellos, a fuerza de remo. Manfred se apresuró a estrechar la mano del capitán, haciéndole el saludo nazi:

—*Heil Hitler!*

Luego bajó a la cubierta inferior. En cuanto el casco de madera del bote tocó un costado del submarino, Manfred dio un ágil brinco y se sostuvo, con facilidad, en el banco central. El remero del asiento de proa se levantó para saludarlo.

—¿Eres tú, Manie?

—¡Roelf! —Manfred lo abrazó por un instante. —¡Qué alegría verte! Subamos mi equipo a bordo.

La tripulación del submarino arrojó los envoltorios de goma, que fueron colocados en el fondo del bote. La pequeña embarcación se apartó de inmediato. Manfred tomó el remo que estaba junto a Roelf y ambos pusieron distancia. Después, apoyados en los remos, ambos obervaron que el negro tiburón metálico desaparecía, en un torbellino de aguas blancas.

Una vez más, remaron hacia la costa, mientras Manfred preguntaba, suavemente:

—¿Quiénes son los otros?

Indicaba con el mentón a los otros tres remeros.

—Hombres nuestros, todos; granjeros de la zona. Los conozco desde que era niño. Se puede confiar en ellos por completo.

No volvieron a hablar hasta que el bote estuvo en la arena seca, oculto entre las matas.

—Voy a traer el camión —murmuró Roelf.

Pocos minutos después, los faros amarillos descendían por la escarpada ruta a la playa. Roelf estacionó el vehículo junto al bote pesquero.

Los tres granjeros ayudaron a trasladar el equipo a la parte trasera del camión y cubrieron los bultos con paja seca y una vieja tela alquitranada. Luego treparon a los fardos, mientras Manfred ocupaba el asiento del pasajero, dentro de la cabina.

—Primero dame noticias de mi familia —estalló—. Ya habrá tiempo de sobra para hablar de trabajo.

—Tío Tromp está siempre igual. ¡Qué sermones predica ese hombre! Sarie y yo vamos todos los domingos.

—¿Cómo está Sara? —preguntó el recién llegado—. ¿Y el bebé?

—Estás atrasado, —rió Roelf—. Ya van tres bebés: dos varones y una niñita de tres meses. Pronto los verás a todos.

Fueron dejando a los granjeros, de a uno, a lo largo de la serpenteante ruta de tierra, con un rápido apretón de manos y una palabra de agradecimiento. Por fin quedaron a solas. Algunos kilómetros más allá, llegaron a la ruta costera principal, próxima a la aldea de Riversdale, y giraron hacia el oeste, en dirección a Ciudad del Cabo, que distaba trescientos kilómetros. Viajaron toda la noche, deteniéndose sólo a cargar combustible, en la pequeña ciudad de Swellendam, y para turnarse ante el volante.

Cuatro horas después cruzaban las montañas y descendían hacia el amplio litoral. Volvieron a detenerse a pocos kilómetros de Stellenbosch, ante una de las empresas cooperativas vineras. Aunque eran las tres de la mañana, el gerente los estaba esperando y les ayudó a descargar el equipo, para llevarlo al sótano.

—Te presento a Sakkie Van Vuuren —dijo Roelf—. Es un buen amigo. Te ha preparado un lugar seguro para el equipo.

El hombre los condujo hasta la parte trasera del sótano, donde estaba la última hilera de toneles. Eran grandes cubas de roble, cada una de las cuales contenía dos mil litros de vino rojo fresco, pero el gerente dio una palmada contra un tonel, que despidió un sonido hueco.

—Yo mismo hice el trabajo —dijo, sonriendo, mientras abría la parte frontal de la cuba. Estaba montada sobre bisagras, como si fuera una puerta; detrás, el tonel estaba vacío. —Aquí nadie hallará la mercancía.

Amontonó los bultos dentro de la cuba y volvió a cerrar. El tonel era irreconocible entre los otros de la hilera.

—Cuando llegue el momento, estaremos listos para actuar —dijo el gerente—. ¿Cuándo será?

—Pronto, amigo mío —le prometió Manfred—, muy pronto.

Él y Roelf siguieron viaje hasta la aldea de Stellenbosch.

—Cuánto me alegro de haber vuelto.

—Sólo pasarás aquí una noche, Manie —le dijo Roelf—. Aun con esa barba negra y esa nariz quebrada, se te conoce demasiado. Te reconocerían.

Estacionó el caminón en el patio de un revendedor, cuyo local estabal próximo a las vías del ferrocarril, y dejó la llave bajo la esterilla del piso. Por fin, los dos cubrieron el último kilómetro y medio a pie, marchando por las calles desiertas hasta la casa de Roelf; era una chalé entre otros. Entraron por la puerta trasera, que daba a la cocina. Una silueta familiar se levantó de su asiento, ante la mesa, para saludarlos.

—¡Tío Tromp! —exclamó Manfred.

El anciano le tendió los brazos y Manfred corrió a ellos.

—Pareces un verdadero rufián, con esa barba —rió el reverendo—. Y ya veo que el norteamericano te hizo un trabajo duradero en la nariz.

Manfred miró por sobre el hombro de su tío. Había una mujer de pie, en la puerta de la cocina. Aquello lo confundió: era una mujer, no una muchachita. En su rostro se veía una especie de sabiduría triste; su expresión era seca y desprovista de alegría.

—¿Sara? —Manfred dejó a tío Tromp para ir hacia ella. —¿Cómo estás, hermanita?

—Nunca fui tu hermanita, Manfred —advirtió ella—. Pero estoy muy bien, gracias.

No hizo ademán alguno de abrazarlo. Manfred quedó obviamente perturbado por la frialdad de ese recibimiento.

—¿Eres feliz, Sara?

—Tengo un buen esposo y tres hijitos preciosos —respondió ella, mirando a Roelf—. Han de tener hambre. Siéntense. Pueden conversar mientras preparo el desayuno.

Los tres se sentaron ante la mesa de la cocina. De vez en cuando, Manfred echaba una mirada subrepticia a Sara, que trabajaba ante las hornallas. Estaba preocupado, asolado por la culpa y los recuerdos. Acabó por dominarse y concentró su atención en lo que decían los otros.

—Todas las noticias son buenas. Los británicos fueron hechos trizas en Dunquerque, Francia ha caído y los Países Bajos también. Los submarinos alemanes están ganando la guerra del Atlántico y hasta los italianos van triunfando en África del Norte.

—No sabía que fueras uno de nosotros, tío Tromp —interrumpió Manfred.

—Sí, hijo mío; soy tan patriota como tú. La Ossewa Brandwag ya cuenta con cuarenta mil miembros. Cuarenta mil hombres escogidos, situados en puestos de poder y autoridad. Mientras tanto, Jannie Smuts ha enviado a ciento sesenta mil anglófilos a combatir fuera del país. Se ha puesto a nuestra merced.

—Nuestros líderes están enterados de tu llegada, Manie —le dijo Roelf—. Saben que traes un mensaje del Führer en persona y están ansiosos por conocerte.

Manfred pidió:

—¿Puedes concertar una reunión lo antes posible? Hay mucho que hacer. Tenemos una obra gloriosa por delante.

Sara Stander, silenciosa ante las hornallas, partía huevos en la sartén, avivando el fuego. Aunque no apartó la vista de su trabajo ni llamó la atención, se dijo:

"Has venido para traer tristezas y sufrimientos a mi vida, una vez más, Manfred De La Rey. Con cada palabra, cada gesto, cada mirada, reabres las heridas que creía cicatrizadas. Has venido a destruir la poca vida que me resta. Roelf te seguirá ciegamente a la estupidez. Has venido a amenazar a mi esposo y mis hijitos..."

Y el odio que sentía por Manfred se tornó más potente y acendrado, con el recuerdo de aquel amor que él había asesinado a traición.

Manfred viajó solo. No había control de los movimientos individuales; no había bloqueos de caminos, revisaciones policiales ni obligación de presentar documentos. Sudáfrica estaba tan lejos de los centros bélicos principales que no se notaba siquiera la escasez de bienes de consumo, descontando el racionamiento de combustibles y la prohibición de producir harina blanca. Por lo tanto, no había necesidad de contar con cupones de racionamiento ni papeles de identificación.

Cargando una pequeña valija, Manfred se limitó a sacar un boleto de segunda clase a Bloemfontein, la capital de la provincia de Orange. Durante los primeros ochocientos kilómetros, viajó en el compartimiento del tren con otros cinco viajeros.

Como por ironía, la reunión planeada para sabotear al gobierno nacional electo se llevó a cabo en la sede del gobierno provincial. Manfred, al entrar en el imponente despacho del Administrador, tuvo conciencia de la extensa influencia que tenía su organización secreta.

El comandante de la OB le salió al encuentro. Había cambiado poco desde que tomara juramento de sangre a Manfred, en aquella ceremonia a la luz de las antorchas. Aún panzón y de facciones desiguales, vestía ahora un traje de civil, cruzado, de color oscuro. Saludó calurosamente a Manfred, con un apretón de manos y una palmada en el hombro, sonriendo con toda la cara.

—Lo estaba esperando, hermano. Antes que nada, permítame felicitarlo por sus triunfos desde que nos vimos por última vez y por la magnífica labor que ha realizado hasta ahora.

Hizo pasar a Manfred y lo presentó a los otros cinco hombres sentados a la mesa larga.

—Todos hemos prestado el juramento de sangre. Puede hablar con entera libertad —dijo a Manfred.

El joven comprendió entonces que estaba ante el consejo supremo de la hermandad. Se sentó a un extremo de la mesa, frente al comandante, y ordenó sus pensamientos por un instante, para comenzar:

—Caballeros, les traigo los saludos personales del Führer del pueblo alemán: Adolf Hitler. Me ha encargado garantizarles la estrecha amistad que siempre ha existido entre la nación afrikaner y la alemana, y decirles que está dispuesto a apoyar por todos los medios nuestros esfuerzos por recuperar lo que nos corresponde por derecho, la tierra que pertenece a los afrikaners por derecho de nacimiento y de conquista.

Manfred hablaba con lógica y apasionamiento. Había preparado ese discurso con ayuda de los expertos en propaganda del gobierno nazi, ensayándolo hasta lograr una comunicación perfecta. Por las expresiones deslumbradas de quienes lo escuchaban le era posible apreciar su éxito.

—El Führer sabe muy bien que este país ha sido privado de casi todos los hombres en edad militar que simpatizan con el gobierno de Smuts y con los británicos. Casi ciento sesenta mil hombres están en el norte, luchando más allá de nuestras fronteras. Esto facilita nuestra tarea.

—Smuts ha secuestrado todas las armas que estaban en manos particulares —interrumpió uno de los hombres—. Se ha llevado los rifles de caza, las escopetas, hasta los cañones recordatorios de las plazas. No habrá alzamiento sin armas.

—Acaba de señalar la médula del problema —reconoció Manfred—. Para triunfar necesitamos dinero y armas. Los conseguiremos.

—¿Nos los enviarán los alemanes?

—No. —Manfred sacudió la cabeza. —Se ha estudiado la posibilidad, pero ha sido rechazada. Hay mucha distancia, excesivas dificultades para depositar grandes cantidades de armas en una costa inhóspita, y los puertos están bien custodiados. Sin embargo, en cuanto dominemos los puertos se nos enviarán armas pesadas con toda prontitud, por medio de los submarinos de la armada alemana. A cambio, nosotros les abriremos nuestros puertos, prohibiendo la ruta del Cabo a los británicos.

—Entonces, ¿de dónde sacaremos las armas que necesitamos para el alzamiento?

—De Jannie Smuts —dijo Manfred.

Todos se movieron, incómodos, e intercambiaron miradas dubitativas.

—Con la aprobación de ustedes, naturalmente, voy a reclutar y a adiestrar una pequeña fuerza de ataque entre nuestros *Stormjagters*, escogiendo una elite. Asaltaremos los depósitos gubernamentales de armas y municiones, para tomar lo que nos hace falta. Y lo mismo en cuanto al dinero. Lo sacaremos de los Bancos.

La enormidad del concepto y su atrevimiento dejaron a todos sorprendidos. Manfred prosiguió, mientras los otros lo miraban fijamente, enmudecidos:

"Actuaremos velozmente y sin cuartel; tomaremos las armas y serán distribuidas. Después, a una señal dada, nos alzaremos: cuarenta mil patriotas que tomaremos todas las riendas del poder, la policía y el ejército, los sistemas de comunicaciones, los ferrocarriles y los puertos. En cada uno de esos lugares tenemos ya a nuestros hombres. Todo se hará al recibir la señal prefijada.

—¿Cuál será esa señal? —preguntó el comandante de la OB.

—Será algo que pondrá a todo el país de cabeza. Algo abrumador. Pero todavía no es tiempo para hablar de eso. Baste decir que la señal ha sido elegida, así como el hombre que deberá darla. —Manfred lo miró con firmeza y seriedad. —Ese honor caerá sobre mí. He sido adiestrado para la obra y lo haré solo, sin ayuda. A partir de entonces, ustedes sólo tendrán que tomar las riendas, prestar nuestro apoyo al victorioso ejército alemán y conducir a nuestro pueblo hasta la grandeza que nuestros enemigos le han denegado.

En silencio, estudió las expresiones de los presentes; vio en sus rostros el fervor patriótico y en sus ojos una nueva luz.

—Caballeros, ¿cuento con la aprobación de ustedes para proceder?

El comandante los consultó a todos con la mirada, recibiendo de cada uno, por turnos, una breve inclinación de cabeza. Entonces se volvió hacia Manfred.

—Cuenta con nuestra aprobación y con nuestra bendición. Me encargaré de que reciba apoyo y ayuda de cada miembro de la hermandad.

—Gracias, caballeros —pronunció Manfred, en voz baja—. Y ahora, permítanme repetirles las palabras del mismo Adolf Hitler, de su gran libro *Mein Kampf*: "Dios Todopoderoso, bendice nuestras armas cuando llegue el momento. Sé justo, como siempre lo has sido. Juzga ahora si somos merecedores de libertad. Bendice, Señor, nuestra batalla."

—¡Amén! —gritaron todos, levantándose de un salto para hacer el saludo de la OB, con el puño apretado contra el pecho. —¡Amén!

El Jaguar verde estaba estacionado al aire libre, junto a la ruta, allí donde seguía el borde del acantilado. Tenía aspecto de haber sido abandonado, como si llevara allí días, semanas enteras.

Blaine Malcomess estacionó su Bentley más atrás y caminó hasta el borde del acantilado. Era la primera vez que visitaba ese sitio, pero Centaine le había descripto la ensenada y el modo de hallar el sendero. Se inclinó hacia afuera para mirar abajo. El barranco era muy alto, pero no caía a pico; hasta se podía distinguir la senda que zigzagueaba por noventa metros hasta la bahía Smitswinkel. Allá, en el fondo, se veían los techos de tres o cuatro chozas toscas, sembradas en la curva de la bahía, tal como Centaine le había advertido.

Se quitó la chaqueta para dejarla en el asiento delantero del Bentley; el descenso sería un esfuerzo sofocante. Cerró con llave la portezuela y echó a andar por el sendero del acantilado. Si había acudido no era sólo porque Centaine se lo hubiera suplicado, sino por su propio afecto, su orgullo y su sentido de responsabilidad hacia Shasa Courtney.

Varias veces, en el pasado, había supuesto que Shasa sería su hijastro o su yerno. Mientras bajaba el sendero volvió a experimentar la profunda pena ante esas expectativas, que no se habían visto cumplidas, hasta el momento.

Él y Centaine no estaban casados, aunque ya habían transcurrido casi tres años desde la muerte de Isabella. Recordó que Centaine había huido de él, en la noche de su deceso; lo había evitado por muchos meses, a pesar de todos los esfuerzos de Blaine por hallarla. Algo terrible debía de haber ocurrido aquella noche, ante el lecho de muerte de su mujer. Aun después de la reconciliación, Centaine, se negaba a hablar de eso. Jamás dejaba caer siquiera una sugerencia de lo que había ocurrido entre ambas. El se odiaba por haberla puesto en poder de Isabella. Había hecho mal en confiar en ella, pues el daño realizado entonces no había cicatrizado jamás. Hizo falta casi un año de paciencia y gentilezas, por parte de Blaine, para que Centaine pudiera retomar el papel de amante y protectora, que tanto disfrutara antes.

Sin embargo, ni siquiera quería mencionar el asunto del casamiento. Si él trataba de insistir, se ponía agitada e inquieta. Era casi como si Isabella siguiera con vida, como si pudiera, desde su fría tumba, ejercer algún poder malévolo sobre ambos. Nada había que Blaine deseara tanto como hacer de Centaine Courtney su legítima esposa, a los ojos de Dios y del mundo entero, pero comenzaba a dudar de que eso ocurriera algún día.

—Por favor, Blaine, no me hables de eso, ahora. No puedo... simplemente, no puedo mencionar el asunto. No, no puedo decirte por qué. Hemos sido muy felices así, como estamos, por muchos años. No quiero correr el riesgo de arruinar esta felicidad.

—Te estoy pidiendo que te cases conmigo. Te estoy pidiendo que confirmes y des base a nuestro amor, no que lo arruines.

—Por favor, Blaine, dejemos las cosas así. Ahora no.

—¿Cuándo, Centaine? Dime cuándo.

—No sé. De veras, querido, no lo sé. Sólo sé que te amo mucho.

Además, estaban Shasa y Tara. Eran como dos almas perdidas que se buscaban mutuamente en la oscuridad. Él sabía cuánto se necesitaban; lo había comprendido desde el mismo principio. Pero siempre fallaban al intentar el contacto vital, definitivo, y se apartaban dolorosamente. Parecía no haber motivos para eso, como no fueran el orgullo y el empecinamiento; cada uno de ellos, privado del otro, se veía disminuido, sin poder llevar a su realización su gran capacidad, sin aprovechar a fondo las raras bendiciones otorgadas al nacer.

Dos jóvenes dotados de belleza y talento, fortaleza y energía, lo malgastaban todo en la búsqueda de algo que no existía, en sueños imposibles, o lo quemaban en la desesperación y la tristeza.

"No puedo permitir que sigan así", se dijo, decidido. "Aunque me odien por esto, debo evitarlo."

Al llegar al pie del sendero, se detuvo para mirar en derredor. No necesitaba descansar; aunque el descenso había sido arduo, y a pesar de sus casi cincuenta años, estaba en mejores condiciones físicas que muchos hombres de treinta y cinco.

La Bahía Smitswinkel estaba cerrada por una medialuna de altos acantilados, abierta sólo en su extremo más alejado a la mayor expansión de Bahía Falsa. Rodeada por esa protección, el agua tenía la serenidad de un lago y tanta claridad que los tallos de las algas eran visibles hasta los ocho o nueve metros de profundidad, donde se anclaban al fondo. Era un escondrijo delicioso, y él se tomó algunos momentos para apreciar su apacible belleza.

Había allí cuatro cobertizos, cada uno bien separado de los otros, encaramados a las rocas, por sobre la playa estrecha. Tres de ellos estaban desiertos y con las ventanas cerradas por tablas. El último era el que él buscaba, y hacia allí caminó.

Al acercarse vio que tenía las ventanas abiertas, pero las cortinas estaban corridas, desteñidas por el aire salitroso. En la galería pendían redes de pesca, un par de remos y una caña de pescar. En la playa, por sobre la marca de la marea alta, descansaba un bote.

Blaine subió los pocos escalones de piedras y se acercó a la puerta. Estaba abierta, de modo que entró en la única habitación.

La pequeña cocina estaba fría; la sartén, sobre ella, mostraba restos de grasa endurecida. En la mesa central se amontonaban platos y jarritos sucios; una columna de hormigas negras trepaba por una pata, en busca de restos. Nadie había barrido el piso de madera, crujiente por la arena. Contra la pared lateral había dos literas superpuestas, frente a la ventana. En la de arriba no había colchón, pero la inferior era un enredo de frazadas grises y un duro colchón de crin, con el forro manchado y roto. Encima de todo eso yacía Shasa Courtney.

Aunque faltaban pocos minutos para mediodía, el muchacho estaba durmiendo. En el suelo lleno de arena, al alcance de un brazo fláccido, se veía una botella de whisky casi vacía y un vaso grande. Shasa sólo tenía puestos unos *shorts* viejos. Su cuerpo había tomado el color de la caoba aceitada y el vello de sus brazos, decolorado por el sol, parecía de oro; pero en el pecho seguía siendo oscuro. Por lo visto, llevaba varios días sin afeitarse. El pelo largo se desparramaba sobre la almohada sucia. Sin embargo, el intenso bronceado cubría las señales más obvias de su vida disipada.

Dormía tranquilamente, sin que su cara reflejara el torbellino interior que lo había llevado desde Weltevreden a esa pobre cabaña. En todos los aspectos, menos uno, seguía siendo un joven de magnífico porte. Por eso el vacío del ojo izquierdo resultaba aún más chocante. La parte superior de la cuenca presentaba una depresión en el lado exterior, allí donde el hueso se había astillado; la cicatriz que le cruzaba la ceja oscura era de un blanco reluciente. La cuenca vacía se hundía en el cráneo y sus párpados se separaban un poco dejando al descubierto el tejido rojo de la abertura, entre las gruesas pestañas.

Resultaba imposible mirar esa horrible herida sin sentir piedad, y Blaine tardó algunos segundos en juntar fuerzas para lo que debía hacer.

—¡Shasa! —llamó, dando a su voz un tono áspero.

El muchacho gruñó suavemente. El párpado del ojo vaciado sufrió una torsión.

—Despierta, hombre. —Blaine se acercó al camastro para sacudirlo por el hombro. —Despierta. Tenemos que hablar.

—Vete —murmuró Shasa, no del todo despierto—. Vete y déjame en paz.

—¡Despierta, maldición!

El ojo sano de Shasa se abrió, parpadeando, y fijó en Blaine una mirada legañosa. Al enfocar la vista, su expresión se alteró.

—¿Qué diablos hace usted aquí?

Apartó la cara, ocultando el ojo vaciado, mientras buscaba a tientas hasta encontrar, entre la ropa enredada, un trozo de paño negro con una banda elástica. Con la cara aún desviada, se puso el parche en el ojo y sujetó la banda a su cabeza, antes de volverse hacia Blaine. Ese parche le daba el atractivo de un pirata realzando, de algún modo perverso, su atractivo físico.

—Tengo que achicar —barbotó, saliendo a tropezones a la galería.

Mientras él no estaba, Blaine quitó el polvo a uno de los banquillos y lo acomodó contra la pared, para sentarse en él. Recostó la espalda en el muro y encendió uno de sus largos cigarros.

Shasa volvió a entrar, levantándose la parte delantera de los *shorts*, y se sentó en el borde de la litera, sujetándose la cabeza con las dos manos.

—Tengo un gusto horrible en la boca, como si un gato de albañal me hubiera meado adentro —murmuró.

Alargó la mano hacia la botella que tenía entre los pies y virtió en el vaso lo que restaba de whisky, después de lamer del cuello la última gota, arrojó la botella vacía más o menos en dirección al rebosante cubo de basura, puesto junto a la cocina.

—¿Quieres uno? —preguntó, levantando el vaso.

Blaine sacudió la cabeza. Shasa lo miraba por sobre el vidrio.

—Esa cara sólo puede significar una de dos cosas —observó—. O acabas de oler un pedo o me estás reprobando.

—Supongo que ese lenguaje sucio es una proeza reciente, como la nueva costumbre de embriagarte. Te felicito por ambas cosas. Van bien con tu nueva imagen.

—¡Déjese de joder, Blaine Malcomess! —contestó Shasa, desafiante, mientras se llevaba el vaso a los labios. Hizo pasar el whisky entre los dientes, enjuagándose la boca con él. Después de tragarlo, se estremeció y exhaló ruidosamente los vapores.

—Lo envió mi madre —dijo, secamente.

—Me dijo dónde podía hallarte, pero no me envió.

—Es lo mismo. —Shasa se llevó el vaso a los labios, dejando correr la última gota en la lengua. —Quiere que vuelva a sacar diamantes del polvo, a juntar uvas, cultivar algodón y juntar papeles. No entiende nada.

—Entiende mucho más de lo que tú reconoces.

—Allá afuera están combatiendo, David y mis otros compañeros. Están arriba, por el cielo. Y yo aquí, en el polvo, inválido, arrastrándome en la mugre.

—Porque tú elegiste la mugre. —Blaine echó un vistazo por la sucia vivienda. —Y aquí, lloriqueando y arrastrándote.

—Será mejor que te vayas al diablo —le advirtió Shasa—, antes de que pierda los estribos.

—Será un placer, te lo aseguro. —Blaine se levantó. —Te juzgué mal. Vine a ofrecerte un trabajo, un importante trabajo de guerra, pero ya veo que no eres bastante hombre como para eso. —Se detuvo ante la puerta de la cabaña. —También te traía una invitación para cierta fiesta que se celebrará el viernes por la noche. Tara va a anunciar su compromiso matrimonial con Hubert Langley. Pensé que podía divertirte. Pero dejémoslo así.

Salió, con sus pasos largos y decididos. A los pocos segundos, Shasa también salió a la galería para seguirlo con la mirada. Blaine subió por el sendero, sin mirar atrás. Cuando desapareció por sobre la cima, el muchacho se sintió súbitamente abandonado. Hasta ese momento no se había dado cuenta de lo importante que era Blaine Malcomess en su vida, cuánto le hacía falta su consejo y su experiencia, dentro del campo de polo y fuera de él.

—Buscaba tanto parecerme a él... —se dijo, en voz alta—. Y ahora no lo seré jamás.

Se tocó el parche negro que le cubría el ojo.

—¿Por qué a mí? —exclamó, con la queja eterna de los perdedores—. ¿Por qué a mí?

Y cayó en el primer peldaño, con la vista perdida en las aguas verdes y tranquilas de la bahía.

Poco a poco fue captando las palabras de Blaine, en todo su impacto. Pensó en el trabajo que les había ofrecido: un importante trabajo de guerra. Pensó en Tara y en Hubert Langley; vio los ojos grises y el pelo rojo de la muchacha. La autocompasión lo invadió como una ola oscura y fría.

Se levantó, inquieto, para volver al cobertizo. Abrió el armario de la cocina, donde quedaba una sola botella de Haig.

—¿Qué pasó con las otras? —se preguntó—. ¿Hay ratones?

Quitó la tapa y buscó un vaso. Estaban todos sucios, amontonados en la pileta. Entonces se llevó la botella a los labios. Los vapores del alcohol le irritaron el ojo. Bajó la botella antes de beber y la miró fijamente. Su estómago dio un vuelco, llenándose de súbita repulsión, tanto física como emocional.

Entonces invirtió la botella sobre la pileta y dejó que el dorado líquido corriera a borbotones hacia el sumidero. Cuando se vació, era demasiado tarde, la necesidad de beber volvió en toda su fuerza, horrorizándolo. Sentía la garganta reseca y dolorida. La mano que sostenía la botella vacía comenzó a temblar. El deseo de olvido le dolía en todas las articulaciones; el ojo le ardía tanto que fue preciso parpadear para despejarlo.

Arrojó la botella contra la pared del cobertizo y salió corriendo a la luz del sol, por los escalones que descendían hasta la playa. Se quitó el parche y los pantaloncitos de rugby, para sumergirse en las aguas frías, verdes. Nadó hacia afuera, con fuertes brazadas de *crawl*. Cuando llegó a la entrada de la ensenada le dolían todos los músculos y el aliento quemaba en sus pulmones. Giró hacia atrás y, sin aflojar el ritmo de sus brazadas, nadó otra vez hacia la playa. En cuanto sus pies tocaron el fondo volvió a girar. Hizo una y otra vez ese trayecto, hora tras hora, hasta quedar tan agotado que no le habría sido posible levantar un brazo por sobre la superficie. Tuvo que cubrir los últimos cien metros en un doloroso avance lateral.

Se arrastró hasta la playa, de bruces en la arena mojada, y quedó tendido como un cadáver. Promediaba la tarde cuando se sintió con fuerzas suficientes para renquear hasta el cobertizo.

De pie en el vano de la puerta, contempló el desastre que había provocado. Luego tomó la escoba que estaba detrás de la puerta y puso manos a la obra.

Terminó al caer la tarde. Lo único que no podía solucionar era lo de las sábanas sucias. Amontonó la ropa de cama con sus ropas sucias, para que la *dhobi wallah* de Weltevreden se hiciera cargo del lavado. Luego llenó una pava con agua de lluvia, acumulada en un tanque junto a la puerta trasera, y la calentó en la cocina.

Se afeitó con cuidado, se puso la camisa y los pantalones más limpios que encontró y ajustó el parche sobre el ojo. Después de cerrar la puerta del cobertizo, escondió la llave y, llevando el lío de ropa sucia, trepó el sendero hasta la cima.

Su Jaguar estaba cubierto de polvo y sal marina. La batería se había descargado. Tuvo que dejar correr el coche colina abajo para que arrancara.

Centaine estaba en su estudio, sentada ante el escritorio, revisando una pila de documentos. Al verlo entrar se levantó de un salto. Iba a correr hacia él, pero se contuvo con obvio esfuerzo.

—Hola, querido, qué bien estás. Me tenías preocupada. Ha pasado tanto tiempo... Cinco semanas.

Ese parche seguía horrorizándola. Cada vez que lo veía recordaba las últimas palabras que le dijera Isabella Malcomess: "Ojo por ojo, Centaine Courtney. Recuerda mis palabras: ojo por ojo".

En cuanto pudo dominarse, fue tranquilamente al encuentro de su hijo y levantó la cara para recibir un beso.

—Me alegro de que hayas vuelto, *chéri*.

—Blaine Malcomess me ha ofrecido un trabajo, un empleo de guerra. Estoy pensando en aceptarlo.

—Ha de ser importante, sin duda —asintió Centaine—. Me alegro por ti. Yo puedo mantener el negocio en pie hasta que vuelvas.

—No lo pongo en duda, *Mater* —respondió él, con una sonrisa irónica—. Después de todo, te las has arreglado muy bien, en los últimos veintidós años, para mantener el negocio en pie.

La larga fila de vagones cargueros, tirados por dos locomotoras de vapor, trepó la última cuesta del paso. En aquel plano inclinado, las locomotoras despedían brillantes columnas de vapor plateado por las válvulas. Las montañas resonaban con el rugir de sus calderas exigidas.

Con un último esfuerzo, franquearon la parte superior del paso e irrumpieron en la alta meseta, ganando velocidad de un modo dramático.

Sesenta kilómetros más allá, el tren aminoró la marcha y se detuvo en el patio de maniobras de una estación intermedia, junto al río Touws.

El personal de relevo esperaba en la oficina del jefe de estación. Después de saludar a sus compañeros recién llegados con chistes ligeros, treparon a los estribos. La primera locomotora fue desacoplada y llevada a una vía lateral. Ya no hacía falta, pues el resto del trayecto, unos mil quinientos kilómetros hacia el norte, hasta los campos auríferos de Witwatersrand, corría por terrenos relativamente planos. La segunda locomotora volvería por el paso de la montaña, para ayudar al próximo tren de carga a subir las empinadas cuestas.

El personal relevado echó a andar hacia las cabañas del ferrocarril, llevando el almuerzo y los abrigos, feliz de haber llegado a tiempo para darse un baño caliente y comer. Sólo uno de los maquinistas se demoró en el andén, observando al tren, que se alejaba rápidamente.

Contó los vagones que pasaban ante él, verificando su cálculo previo. Los números doce y trece eran coches cerrados, pintados de plata para distinguirlos y reflejar los rayos del sol. A cada lado tenían una cruz carmesí y, en letras de un metro ochenta, que cruzaban cada vagón en toda su longitud, la advertencia: EXPLOSIVOS. Cada uno había sido cargado en la fábrica Somerset West con veinte toneladas de gelignita, destinadas a las minas auríferas del grupo Anglo American.

Cuando el coche del guardia pasó junto a él, el maquinista entró apaciblemente en la oficina del jefe de estación. Éste todavía se encontraba en el otro extremo del andén, con las banderillas rojas y verdes bajo el brazo. El maquinista tomó el tubo del teléfono colgado en la pared e hizo girar la manivela.

—Central —dijo ante la bocina, hablando en afrikaans—, déme con Matjiesfontein once dieciséis.

Esperó a que el operador estableciera la comunicación, anunciando:

—Puede hablar.

Pero antes esperó el chasquido del operador al salir de la línea.

—Aquí Van Niekerk.

—Aquí Espada blanca.

La respuesta, si bien era esperada, le erizó el pelo de la nuca.

—Va con veintitrés minutos de retraso. Salió hace dos minutos. Los vagones son los números doce y trece.

—Muy bien.

Manfred De La Rey dejó el tubo en su sitio y echó un vistazo a su reloj pulsera; después sonrió a las dos mujeres que lo observaban, aprensivas, desde el otro lado de la cocina.

—Gracias, *Mevrou* —dijo a la mayor—. Le agradecemos esta ayuda. Les doy mi palabra de que ustedes no sufrirán ningún problema por esto.

—Los problemas son cosa vieja para nosotros, *Meneer* —aseguró la orgullosa anciana—. En el noventa y nueve, los *rooinekke* incendiaron mi granja y mataron a mi esposo.

Manfred había dejado su motocicleta detrás del granero. La puso en marcha y regresó por la senda, uno o dos kilómetros, hasta salir a la ruta principal. Allí viró hacia el norte; unos pocos kilómetros más allá, la carretera tomó una dirección paralela a las vías ferroviarias. En la base de una colina rocosa, ambas volvieron a separarse. Las vías ascendían una loma y desaparecían tras ella.

Manfred detuvo la motocicleta y verificó que la ruta estuviera despejada, hacia atrás y hacia adelante. Luego tomó por otro camino de granjeros y siguió las vías hasta el otro lado de la colina. Una vez más se detuvo, dejó la moto y estudió el terreno.

Estaba lo bastante lejos, con respecto a la granja de la viuda, como para no despertar sospechas sobre la anciana. La colina ocultaba esa parte de las vías a quien pasara por la ruta principal, pero ésta se hallaba a poca distancia, ofreciendo una huida rápida en cualquier dirección. La cuesta haría que la locomotora redujera su marcha casi a paso de hombre. El había observado a otros trenes de carga al pasar por allí.

Sacó la moto de la ruta, siguiendo las huellas de otras ruedas que habían aplanado el pasto. En el primer repliegue del terreno, entre unos cuantos espinillos, estaban los camiones. Eran cuatro— uno de tres toneladas, otro de cuatro y un gran Bedford pardo, de diez. Lo difícil había sido conseguir cupones de combustible en cantidad suficiente para llenar los tanques.

Desde los camiones hasta la vía había apenas cien pasos de distancia. Sus hombres esperaban, descansando, tendidos en el pasto. Pero al oír el ruido de la motocicleta se levantaron para agolparse en torno de él, ansiosos. Los presidía Roelf Stander.

—Llegará a las 21:30 —le dijo Manfred—. Los vagones son el doce y el trece. Atiende eso.

En la banda había un empleado del ferrocarril, que calculó la distancia entre la locomotora y los vagones cargados de explosivos. Roelf y Manfred dejaron a los otros escondidos y salieron a las vías, para marcar las distancias. Manfred deseaba detener el tren de modo tal que los dos vagones cargados quedaran frente a los camiones escondidos entre los espinillos.

Marcaron la distancia a partir de ese punto. Manfred puso las cargas en una unión de los rieles. Después volvió atrás, en compañía de Roelf, y preparó las luces rojas de advertencia, utilizando como guía los cálculos de su hombre.

Cuando terminaron ya estaba oscuro, de modo que pudieron proseguir con el paso siguiente— instalar a sus hombres en sus respectivas posiciones. Todos eran jóvenes, elegidos por su corpulencia y su fuerza física. Vestían ropas toscas, de colores oscuros, y estaban armados con armas diversas, que habían sobrevivido a la expropiación del gobierno de Smuts. Sólo Roelf y Manfred llevaban modernas Luger alemanas, parte del contenido de las bolsas descargadas por el submarino.

Manfred se hizo cargo del grupo menos numeroso, mientras Roelf esperaba con el otro, encargado de descargar los vagones; todos se acomodaron en la oscuridad.

Manfred fue el primero en oírlo: un susurro lejano en la noche, aún a gran distancia. Alertó a los otros con tres agudos toques de silbato y se dedicó a armar la batería, conectando los cables a los terminales de bronce. El enorme ojo de cíclope de la locomotora se encendió al pie de la colina. Los hombres se acomodaron las máscaras y permanecieron ocultos entre la hierba, junto a las vías.

El palpitar de la máquina se tornó más lento e intenso al subir la cuesta. Trepaba trabajosamente, pasó junto al primer grupo y, un poco más allá, golpeó la primera de las señales de advertencia. La llama se encendió con un ruido seco, iluminando la pradera con su luz roja y parpadeante, a cincuenta metros a la redonda.

Manfred oyó el chillido metálico de los frenos y se relajó un poco. El maquinista estaba actuando reflexivamente. No sería necesario hacer volar las vías. Se encendió la segunda llama, lanzando lenguas rojas desde bajo las ruedas. Por entonces la locomotora se detenía, con una gran descarga de vapor lanzada por los tubos de emergencia.

Antes de que se detuviera del todo, Manfred saltó al estribo y plantó la Luger en los rostros atónitos del maquinista y su fogonero.

—¡Párenla! ¡Apaguen el reflector! —chilló, a través de la máscara—. Y después se bajan de la cabina.

Los operarios trabaron los frenos y bajaron, con las manos en alto. De inmediato se los revisó y maniató. Manfred recorrió todo el tren. Cuando llegó a los vagones de explosivos, los hombres de Roelf ya habían forzado las puertas y estaban descargando los cajones de madera, por medio de una cadena humana.

—¿Y el guardia del último coche? —preguntó Manfred.

—Ya lo atamos —respondió Roelf.

Manfred volvió a las vías y desactivó prontamente las cargas explosivas allí dispuestas; lo complacía que no hubiera sido necesario dispararlas. Cuando regresó a los vagones doce y trece, el primer camión ya estaba completamente cargado. .

—¡Llévenselo! —ordenó Roelf.

Uno de sus hombres subió a la cabina, puso el motor en marcha y se alejó, con las luces apagadas.

El segundo vehículo se acercó, marchando hacia atrás, hacia los vagones. Se reinició la operación.

Manfred consultó su reloj.

—Doce minutos —murmuró.

Estaban adelantados a los cálculos.

El maquinista, el guardia y el fogonero fueron atados con firmeza y encerrados en el último coche, mientras el traslado de explosivos proseguía rápida y fácilmente.

—Listo —gritó Roelf—. Ya no podemos cargar más.

—Cuarenta y ocho minutos —informó Manfred—. Muy bien. ¡Bueno, adelante, todo el mundo!

—¿Y tú?

—¡Váyanse! —ordenó Manfred—. Yo me arreglo solo.

Cuando el Bedford se alejó, esperó a ver que encendía los faros, ya en la ruta de la granja. Se apagó el sonido del motor. Manfred estaba solo. Si Roelf o los otros hubieran sabido lo que él pensaba hacer entonces, habrían tratado de impedirlo.

Subió al vagón de explosivos, aún lleno a medias de cajones de madera blanca. Apenas habían podido llevarse una parte del cargamento, y el segundo vagón estaba intacto. Quedaban, cuando menos, veinticinco toneladas de explosivos en el tren.

Preparó el artefacto con una demora de quince minutos y lo dejó entre los cajones, empujándolo hasta donde le fue posible, para que no quedara a la vista. Después saltó a tierra y corrió hasta la locomotora. Ninguno de los tres hombres encerrados en el último coche era miembro de la Ossewa Brandwag. Si se los dejaba con vida, no dejarían de hacer declaraciones peligrosas a la policía. Manfred sintió poca pena por ellos. Eran bajas de guerra.

Subió a la cabina de la locomotora y soltó los frenos. Luego abrió gradualmente los aceleradores. Las ruedas giraron y el tren dio un brinco hacia adelante. Luego comenzó a trepar la cuesta, a sacudidas.

Manfred abrió las válvulas hasta la mitad y las trabó allí. Después saltó a tierra y dejó que los vagones pasaran a su lado, retumbando. Iban cobrando velocidad, poco a poco. Al ver pasar el último coche, se encaminó hasta el grupo de espinillos y montó su motocicleta.

Esperó con impaciencia, echando un vistazo a su alrededor cada dos o tres minutos.

La explosión, cuando al fin se produjo, fue una breve llama anaranjada, como un gran relámpago en el horizonte septentrional, seguida, después de una larga pausa, por la onda expansiva que le golpeó la cara y un ruido, como el de la marea distante que rompe contra una costa rocosa.

Manfred puso en marcha su vehículo y se dirigió hacia el sur, perdiéndose en la noche.

Era un buen comienzo, pero todavía quedaba mucho más por hacer.

Blaine levantó la vista, al ver que Shasa entraba en su oficina, vacilando en el umbral. El muchacho vestía su pulcro uniforme de la fuerza aérea, con las condecoraciones en el pecho y las insignias de su rango en los hombros.

—Buenos días, Shasa —saludó Blaine, tristemente—. Son las diez. ¿Puedo ofrecerte un whisky?

Shasa hizo una mueca.

—Vine a disculparme por mi conducta del otro día. Fue imperdonable, señor.

—Siéntate. —Blaine señaló el sillón instalado contra la biblioteca.— Todos actuamos como idiotas en algún momento de la vida. El secreto consiste en saber cuándo lo estamos haciendo. Acepto las disculpas.

Shasa tomó asiento y se cruzó de piernas, pero volvió a descruzarlas.

—¿Me había hablado de un trabajo?

Blaine, asintiendo, se levantó para acercarse a la ventana. En los jardines, una vieja estaba alimentando a las palomas. Mientras la observaba, estudió su decisión definitiva. ¿No estaría dejando que el interés por Centaine Courtney y su hijo le empañara el sentido del deber? Lo que tenía pensado era crítico para el bienestar de Estado. ¿Y se Shasa era demasiado joven y poco experimentado para esa tarea? Pero ya lo había cavilado muchas veces. Volvió a su escritorio y tomó una carpeta sin carátula.

—Esto es muy secreto —dijo, sopesando la carpeta en la mano derecha—. Un informe muy secreto y delicado, con su correspondiente análisis. —Lo entregó a Shasa. —No debe salir de esta oficina. Léelo aquí. Tengo una reunión con el mariscal de campo Smuts. —Retiró la manga para mirar el reloj. —Vuelvo dentro de una hora. Entonces volveremos a hablar.

Tardó más de una hora, pero cuando volvió Shasa aún estaba leyendo. Levantó la vista hacia Blaine, desde el sillón, con la carpeta abierta entre las manos. Su expresión era preocupada y grave.

—¿Qué opinas? —preguntó Blaine.

—Había oído hablar de la OB, por supuesto —replicó Shasa—, pero no tenía idea de que fuera algo así. Es todo un ejército secreto, señor, en nuestro mismo seno. Si llegara a efectuar una movilización plena contra nosotros... —Sacudió la cabeza, tratando de hallar las palabras debidas.

—Una revolución, una guerra civil, mientras la mayoría de nuestros combatientes se encuentran en el norte.

—Han comenzado a avanzar —dijo Blaine, con suavidad—. Hasta ahora han estado perdiendo el tiempo, con el típico estilo de los afrikaners, riñendo entre ellos. Pero recientemente ha ocurrido algo que los ha movido a una nueva decisión. —Se interrumpió para cavilar por un momento. Luego continuó: —No hace falta decir, Shasa, que cuanto estamos comentando no debe ser repetido, ni siquiera a los familiares más íntimos.

—Por supuesto, señor —aseguró Shasa, con cara de ofendido.

—¿Te enteraste sobre la explosión de un tren cargado de dinamita, en la línea del río Touws, hace dos semanas?

—Sí señor. Un accidente horrible. El maquinista y sus ayudantes volaron también.

—Tenemos nuevas pruebas. Ya no creemos que haya sido un accidente. Las tres personas estaban en el coche del guarda; hay indicaciones de que uno de ellos, cuanto menos, estaba atado de pies y manos. Creemos que alguien sacó del tren una gran cantidad de explosivos y, después, hizo detonar el resto para cubrir el robo.

Shasa lanzó un suave silbido.

—Y me parece que esto fue sólo el comienzo. Estoy convencido de que se ha iniciado una nueva fase, que irá en rápida escalada, desde ahora en adelante. Como te dije, algo ha provocado esto. Debemos descubrir qué es y aplastarlo cuanto antes.

—¿En qué puedo ayudar, señor?

—Este asunto es algo grande, de alcance nacional. Debo mantener un estrecho contacto con los jefes de policía de las diversas provincias, junto con los de inteligencia militar. Es preciso coordinar cuidadosamente toda la operación. Necesito un ayudante personal, un oficial de contacto. Te ofrezco ese trabajo.

—Es un honor, señor, pero no me explico por qué me elige a mí. Hay muchos mejor calificados...

—Nos conocemos bien, Shasa —le interrumpió Blaine—. Trabajamos juntos desde hace muchos años y formamos un buen equipo. Te tengo confianza. Te sé dotado de sesos y fibra. No necesito a un policía; necesito de alguien que comprenda mi modo de pensar y que siga mis órdenes implícitamente. —De pronto, Blaine sonrió. —Además, necesitas un trabajo. ¿Me equivoco?

—No se equivoca, señor. Gracias.

—Por el momento estás con licencia de convaleciente, pero haré que te transfieran desde la fuerza aérea al departamento del Interior. Conservarás tu rango y tu sueldo de jefe de escuadrón, pero desde ahora en adelante estarás directamente bajo mis órdenes.

—Comprendo, señor.

—¿Has piloteado desde que perdiste el ojo, Shasa?

Había ido directamente al tema, mencionando lo del ojo sin evasiones. Nadie había hecho eso hasta entonces, ni siquiera *Mater*. El aprecio de Shasa hacia Blaine se reavivó.

—No, señor.

—Lástima. Tal vez debas viajar de un lado a otro a gran velocidad. —Blaine observó el rostro del muchacho y le vio apretar los dientes, decidido.

—Es sólo cuestión de calcular adecuadamente las distancias —murmuró Shasa—. Sólo hace falta práctica.

Blaine sintió una oleada de gratificación.

—Ensaya otra vez con la pelota de polo —sugirió, como con indiferencia—. Es buena práctica para calcular distancias. Pero ahora vamos a hablar de cosas más serias. El oficial de policía a cargo de la investigación, en general, es el inspector en jefe Louis Nel, de la Estación Central de Ciudad del Cabo. Te lo presentaré. Te va a gustar; es un tipo de primera.

Conversaron y planificaron por una hora más antes de que Blaine lo despidiera, diciendo:

—Con eso tienes bastante, para empezar. Preséntate aquí mañana por la mañana, a las ocho y media.

Pero cuando el muchacho llegó a la puerta, él agregó:

—A propósito, Shasa. La invitación para el viernes a la noche sigue pendiente. A las ocho, de esmoquin o uniforme de gala. Trata de ir, ¿quieres?

Sara Stander estaba sola en su cama, en la oscuridad. Los dos niños mayores dormían en el cuarto vecino. Junto a la cama, la beba, en su cuna, resoplaba en sueños, satisfecha.

El reloj del municipio dio las cuatro. Sara había oído todas sus campanadas, a partir de la medianoche. Tuvo idea de ir al otro cuarto, para asegurarse de que los niños estuvieran bien arropados (el pequeño Petrus siempre pataleaba, arrojando las frazadas), pero en ese momento oyó que la puerta de la cocina se abría sigilosamente. Con el cuerpo rígido, contuvo el aliento para escuchar.

Oyó que Roelf entraba y comenzaba a desvestirse en el baño: el doble tump-tump de las botas al caer y, algo después, el chirrido de la puerta. La cama se hundió bajo su peso. Ella se fingió dormida. Era la primera vez que su marido volvía tan tarde. Había cambiado mucho desde el retorno de Manfred.

Desvelada en la oscuridad, pensó: "Él es quien trae problemas. Nos destruirá a todos. Te odio, Manfred De La Rey."

Roelf, junto a ella, tampoco dormía. Estaba inquieto y nervioso. Las horas pasaron con lentitud, mientras Sara se obligaba a permanecer inmóvil. Cuando la beba gimió, ella la acostó en su cama para darle el pecho. Sara siempre había tenido buena leche; la criatura pronto dejó escapar un eructo y volvió a dormir. Ella la acostó en la cuna. En el momento en que se deslizaba entre las sábanas, Roelf alargó una mano hacia ella.

Ninguno de los dos habló, y ella juntó coraje para aceptarlo. Detestaba aquello. Nunca era como en aquellas recordadas ocasiones compartidas con Manfred. Sin embargo, esa noche Roelf se comportó de manera diferente. Se colocó sobre ella con celeridad, casi brutalmente, y acabó enseguida, con un grito áspero, salvaje. Después se apartó de ella y cayó en un sueño profundo. Sara, despierta, lo escuchaba roncar.

A la hora del desayuno le preguntó, serenamente:

—¿Adónde fuiste anoche?

El enojo de Roelf fue inmediato.

—Cállate la boca, mujer —le gritó, empleando la palabra *bek*, que se refiere a la boca del animal y no a la del ser humano—. No tengo por qué darte explicaciones.

—Estás metido en alguna tontería peligrosa —continuó ella, sin prestar atención a la advertencia—. Tienes tres pequeños, Roelf; no puedes hacer estupideces.

—¡Basta, mujer! —le chilló él—. Es asunto de hombres. No te entrometas en esto.

Sin decir otra palabra, salió rumbo a la universidad, donde era profesor en la facultad de abogacía. Ella sabía que le bastarían diez años para alcanzar la titularidad, siempre que no se metiera en problemas.

Después de limpiar la casa y tender las camas, puso a los niños en el coche doble y empujó el vehículo por la acera, hacia el centro de la aldea. Se detuvo en una oportunidad para conversar con la esposa de otro profesor y también para comprarles dulces a los dos mayorcitos. Mientras pagaba las golosinas, reparó en los titulares de un periódico.

—Voy a llevar también el *Burger* —dijo.

Cruzó la calle y se sentó en un banco del parque, mientras leía el artículo referido a la explosión de un tren carguero, en alguna parte de las montañas. Luego plegó el periódico y permaneció inmóvil, pensando.

El día anterior, Roelf había salido después del almuerzo. La explosión se había producido algo antes de las diez y media de la noche. Después de calcular tiempos y distancias, sintió un horror frío que le dio calambres de estómago. Volvió a poner a los niños en el cochecito y cruzó al correo. Dejó el coche junto a la cabina telefónica, donde lo tuviera a la vista.

—Central, por favor, comuníqueme con la jefatura de policía de Ciudad del Cabo.

—Un momento, por favor.

De pronto captó, en toda su dimensión, lo que estaba por hacer. ¿Cómo iba a entregar a Manfred De La Rey sin traicionar también a su esposo? Sin embargo, estaba segura de que era su deber impedir que Roelf hiciera esas cosas terribles, destinadas al desastre. Era su deber para con su esposo y sus hijitos.

—Jefatura de Policía de Ciudad del Cabo. ¿En qué puedo servirle?

—En... —tartamudeó Sara. Y de inmediato: —No, disculpe. No tiene importancia.

Colgó el tubo y salió corriendo de la cabina. Con decisión, empujó el cochecito hacia su chalé. Sentada a la mesa de la cocina, lloró en silencio, aturdida, sola, insegura.

Al cabo de un rato se limpió los ojos con el delantal y se preparó una taza de café.

Shasa estacionó el Jaguar frente a la casa de Blaine Malcomess, pero tardó en bajar. Necesitaba analizar lo que iba a hacer.

"Probablemente volveré a quedar como idiota", pensó.

Movió un poquito el espejo retrovisor, para estudiarse en él. Se pasó un peine por el pelo y ajustó cuidadosamente el parche sobre el ojo. Después descendió.

Los vehículos estaban estacionados, paragolpes contra paragolpes, a lo largo de ambos cordones. La fiesta era grande— doscientos o trescientos invitados. Claro que Blaine Malcomess era hombre importante y el compromiso de su hija merecía un buen festejo.

Shasa cruzó la calle. Las puertas estaban abiertas de par en par, pero aun así era difícil entrar en la casa. Hasta el vestíbulo estaba atestado. Una orquesta de color, en lo mejor de la fiesta, tocaba el *Lambeth Walk*, en el salón, los bailarines saltaban alegremente. Se abrió paso a empujones hasta el bar. Ni siquiera Blaine Malcomess podía servir whisky, que ya no se conseguía. En esos tiempos se consideraba patriótico beber coñac del Cabo, pero Shasa pidió una gaseosa.

"Mis aficiones alcohólicas han desaparecido", pensó, agriamente. Con la copa en la mano, se abrió paso por los salones atestados, estrechando la mano de viejos amigos, besando a las mujeres en la mejilla. A muchas de ellas, en algún momento, ls había besado de otro modo.

—Cuánto me alegro de verte, Shasa...

Todos trataban de no fijar la atención en el parche negro. Al cabo de algunos segundos, él seguía su marcha, buscándola.

Estaba en el comedor, con el cocinero y dos mucamas, supervisando los toques finales de una complicada cena fría. Al levantar la vista, vio a Shasa y quedó petrificada. Lucía un vestido muy tenue, de color gris rojizo y tenía el pelo suelto sobre los hombros. Él había olvidado el brillo de esos ojos, como de madreperla gris.

Ella hizo un gesto para despedir a los sirvientes. Shasa se acercó, a paso lento.

—Hola, Tara. He vuelto.

—Sí, me enteré. Hace cinco semanas que volviste. Pensé que ibas a...
—Se interrumpió para estudiarlo. —Me enteré de que te condecoraron —comentó, tocándole la cinta del pecho— . Y que fuiste herido. —Volvió a estudiarle la cara con toda franqueza, sin dejar de mirar el ojo izquierdo, y acabó por sonreír. Te da un aspecto muy audaz.

—Pues no me siento nada audaz.

—Me doy cuenta —reconoció ella—. Has cambiado.

—¿Te parece?

—Sí. Ya no eres tan... —Meneó la cabeza, irritada por no hallar la palabra exacta. —...tan engreído y seguro de ti.

—Quiero conversar contigo —dijo él—. En serio.

—Está bien. ¿De qué se trata?

—Aquí no. Hay demasiada gente.

—¿Mañana?

—Mañana será demasiado tarde. Ven conmigo ahora mismo.

—¿Estás loco, Shasa? Esta fiesta es para festejar mi compromiso.

—Acercaré el Jaguar a la entrada de servicio —dijo él—. Te hará falta un abrigo. Afuera hace frío.

Estacionó el coche contra la pared. Ése era el sitio en donde ambos solían celebrar sus largas despedidas. Apagó las luces. Estaba seguro de que ella no vendría, pero de todos modos aguardó.

Su sorpresa fue auténtica, intenso su alivio, al ver que Tara abría la portezuela y se deslizaba en el asiento del acompañante. Se había puesto pantalones sueltos y un suéter de cuello alto. No pensaba volver a la fiesta.

—¡Vamos! —dijo—. Vámonos lejos de aquí.

Por un rato guardaron silencio; él le echaba un vistazo cada vez que las lámparas de alumbrado público iluminaban el interior del automóvil. Tara mantenía la vista fija hacia adelante y una leve sonrisa. Por fin dijo:

—Antes nunca necesitabas de nada, de nadie. Eso era lo que no podía soportar de ti.

Shasa no respondió.

—Pero creo que ahora me necesitas. Lo sentí en el momento en que volvía a verte. Por fin me necesitas de verdad.

Él guardó silencio. Las palabras parecían superfluas. En cambio, alargó una mano para tomar la de Tara.

—Ahora estoy dispuesta, Shasa —dijo—. Llévame a algún lugar en donde podamos estar solos, completamente solos.

La luna iluminaba bastante el sendero. Ella se aferró a Shasa, buscando apoyo, y ambos rieron, sofocados por la excitación. En el medio del acantilado se detuvieron para besarse.

Él abrió la puerta del cobertizo y encendió la lámpara de parafina. Vio, con alivio, que los sirvientes de Weltevreden habían seguido sus órdenes. En el camastro había sábanas limpias y el piso estaba encerado.

Tara, de pie en el centro de la habitación, apretó las manos frente al regazo, en un gesto protector, con los ojos enormes, luminosos al fulgor de la lámpara. Cuando él la tomó en sus brazos, comenzó a temblar.

—Por favor, Shasa —susurró—, sé suave. Estoy muy asustada.

Él se mostró paciente y muy suave, pero Tara no contaba con otra vara con la cual reconocer su inmensa habilidad, la seguridad con que ac-

tuaba. Sólo supo que él parecía presentir cada cambio sutil en sus sentimientos, anticipar cada respuesta de su cuerpo. Por eso no la avergonzó
su propia desnudez, y todos sus miedos, todas sus dudas se disolvieron rápidamente bajo las manos tiernas y los labios amantes de Shasa. Por fin
se descubrió adelantándose a él, aprendiendo velozmente a guiarlo y alentarlo con pequeños movimientos sutiles, con jadeos y exclamaciones de
aprobación.

Por fin levantó la vista hacia él, maravillada, susurrando:

—Nunca pensé... nunca soñé que sería así. Oh, Shasa, cuánto me
alegro de que hayas vuelto a mí.

La sucursal Fordsburg del Standard Bank atendía a todas las minas
de oro del complejo Central Rand. Cuando se pagaban los salarios semana-
les de los obreros negros, por decenas de miles, todo el dinero se retiraba
de esa sucursal. Y el jefe de contadores era miembro de la OB.

Se llamaba Willem De Kok; era un hombrecito pálido, de ojos miopes
y neblinosos, ocultos tras gruesos lentes. Pero su aspecto era engañoso. A
los pocos minutos de conocerlo, Manfred De La Rey descubrió en él una
mente rápida, un completa dedicación a la causa y casi demasiado coraje
para cuerpo tan menudo.

—El dinero entra el jueves por la tarde, entre las cinco y las seis. Lo
traen en un coche blindado, con escolta de policías en motocicletas. No es
buen momento para actuar, habría disparos, casi con seguridad —explicó
De Kok.

—Comprendo —asintió Manfred—. Antes de continuar, dígame por
favor, cuánto dinero se transfiere habitualmente.

—Entre cincuenta y setenta mil libras, salvo el último jueves de cada
mes; entonces calculamos también el sueldo mensual de los empleados. En
esas fechas se aproxima a cien mil. Además, siempre tenemos un efectivo
flotante de unas veinticinco mil libras.

Se habían reunido en la casa de uno de los funcionarios de las minas.
Él mismo había reunido a los *stormjagters* de la zona, que actuarían en el
operativo. Era un grandote rubicundo, llamado Lourens, con aspecto de
bebedor. Manfred no estaba del todo satisfecho con él; aunque hasta entonces no había hallado motivos para su desconfianza, tenía la impresión
de que ese hombre no sería leal bajo presión.

—Gracias, *Meneer* De Kok. Continúe, por favor.

—El señor Cartwright, el gerente del banco, abre la puerta trasera
del edificio para que entren el dinero. Naturalmente, a esa hora de la tarde el banco está cerrado a las operaciones normales. El señor Cartwright
y yo, junto con los dos cajeros de mayor antigüedad, contamos el dinero y
libramos un recibo. Después se deposita el efectivo en la caja fuerte y se
cierra hasta el día siguiente. Yo tengo una llave y la mitad de la combina-

ción. El señor Cartwright, la otra llave y la otra mitad de combinación.

—Ése sería el mejor momento —se anticipó Manfred—; al retirarse la escolta policial y antes de que la caja fuerte quede cerrada.

—Es una posibilidad —reconoció De Kok—. Sin embargo, a esa hora todavía hay claridad y mucha gente en las calles. El señor Cartwright es un hombre difícil; podrían producirse muchos problemas. ¿Puedo decirle cómo lo haría yo, si estuviera a cargo?

—Se lo agradezco, *Meneer* De Kok. Me alegra contar con su ayuda.

Diez minutos antes de la medianoche, el señor Peter Cartwright abandonó el salón de la francmasonería, al terminar la reunión. Era presidente de la logia y aún llevaba su delantal sobre el *smoking*. Siempre estacionaba su Morris en el camino, tras el salón, pero esa noche, mientras forcejeaba con la llave de encendido, algo duro se le clavó en la nuca. Una voz fría dijo, serenamente:

—Esto es una pistola, señor Cartwright. Si no hace exactamente lo que se le dice, recibirá un tiro en la nuca. Conduzca hasta el Banco, por favor.

Aterrorizado, Peter Cartwright manejó el coche hasta estacionarlo junto a la puerta trasera del banco, siguiendo las instrucciones de los dos enmascarados que ocupaban el asiento trasero. En los últimos meses se habían producido varios asaltos a Bancos; cuatro, cuanto menos, en Witwatersrand. Durante uno de ellos había muerto un guardia. El gerente no ponía en duda lo peligroso de su situación ni las malas intenciones de sus secuestradores.

En cuanto bajó del Morris, los dos hombres lo flanquearon, sujetándole los brazos, y lo empujaron hasta la puerta trasera del Banco. Uno de ellos golpeó a la puerta con la culata de su pistola. Para asombro de Cartwright, se abrió inmediatamente. Sólo entonces comprendió cómo habían hecho los asaltantes para entrar: Willem de Kok, su contador en jefe, estaba ya adentro, en piyama y batín, con el pelo revuelto y la cara cenicienta de terror. Por lo visto, lo habían sacado a tirones de su cama.

—Lo siento, señor Cartwright —balbuceó—. Me obligaron.

—Dominese, hombre —le espetó Cartwright— su propio temor le hacía hablar con brusquedad.

De pronto, su expresión cambió: acababa de ver a las dos mujeres: la regordeta esposa de De Kok y su amada Mary, con ruleros y bata de seda rosada.

—Peter —gimió ella—. Oh, Peter, no dejes que hagan nada...

—Basta, Mary. Que no te vean así.

Cartwright miró a sus secuestradores. En total, eran seis, incluyendo a los dos que lo habían capturado. Su experiencia en el análisis de caracteres le permitió distinguir al líder casi de inmediato; era un hombre alto y corpulento, cuya densa barba negra se rizaba por debajo de la máscara de paño. Por encima de la máscara asomaban los ojos, extrañamente pálidos, como los de un gran felino salvaje. Su miedo se convirtió en verdadero terror al ver esos ojos amarillos, pues percibió que en ellos no había compasión alguna.

—Abra la caja fuerte —dijo el hombre, en inglés, pero con fuerte acento.

—No tengo la llave —dijo Cartwright.

El hombre de los ojos amarillos sujetó a Mary Cartwright por la muñeca y la obligó a ponerse de rodillas.

—No se atreva —barbotó el marido.

El hombre apoyó la boca de su pistola contra la sien de Mary.

—Mi esposa va a tener un bebé —dijo Cartwright.

—En ese caso, no le haga pasar un mal rato.

—Ábreles, Peter. Que se lleven el dinero. No es nuestro —aulló Mary—. Es del Banco. Dáselo.

Y empezó a orinar, en pequeños chorritos que empaparon la falda de su bata.

Cartwright se acercó a la puerta de acero de la caja fuerte y sacó el reloj de bolsillo; la llave pendía en la punta de la cadena. En él hervían el enojo y la humillación, en tanto marcaba la combinación y hacía girar la llave. Dio un paso atrás, y De Kok se adelantó para hacer otro tanto. Entonces, mientras todos tenían la atención fija en la puerta de la caja fuerte, que se estaba abriendo, él echó un vistazo a su escritorio. Tenía la pistola guardada en el primer cajón del lado derecho. Era una Webley de servicio, calibre .455, y siempre tenía una bala bajo el martillo. Por entonces, la indignación que le provocaba el tratamiento recibido por su esposa sobrepasaba su terror.

—¡Saquen el dinero! —dijo el líder de los ojos pálidos.

Tres de los asaltantes entraron apresuradamente en la cámara, llevando bolsas de lona.

—Mi esposa —dijo Cartwright—. Debo atenderla.

Nadie se opuso cuando él se levantó para ayudarla a llegar al escritorio. La instaló tiernamente en la silla, murmurando palabras reconfortantes, que cubrieron el suave ruido del cajón al abrirse. Retiró la pistola y se la deslizó en el bolsillo del delantal de masón. Luego retrocedió, dejando a su esposa ante el escritorio. Con ambas manos elevadas a la altura de los hombros, en actitud de rendición, fue a reunirse con De Kok contra la pared opuesta. Las dos mujeres estaban fuera de la línea de fuego, pero él esperó a que los tres asaltantes salieran de la bóveda, cada uno cargado con una bolsa llena de billetes.

Una vez más, toda la atención estaba fija en las grandes bolsas abultadas. Cartwright metió la mano en el bolsillo del blanco delantal de cuero y sacó la pistola.

El primer disparo cruzó la habitación en una larga bocanada de humo azul. Siguió disparando, en tanto las balas de Luger penetraban por su cuerpo y lo arrojaban contra la pared. Disparó hasta que el detonador de la Webley golpeó en un cartucho vacío, pero su última bala se había clavado en el suelo de cemento, entre sus pies. Ya estaba muerto cuando se deslizó por la pared agujereada. Quedó acurrucado al pie, y la sangre formó un charco bajo su cuerpo.

TIROTEO EN EL RAND BANK
DOS MUERTOS
ASALTO VINCULADO CON OB

Las letras OB llamaron la atención de Sara Stander, en el puesto de diarios. Entró en el negocio para comprar golosinas a los niños, como siempre; después, como si acabara de ocurrírsele, pidió un ejemplar del periódico.

Cruzó hasta el parque y, mientras los dos niñitos correteaban por el prado, ella siguió meciendo el coche con un pie, distraídamente, para mantener tranquila a la beba mientras leía ávidamente la primera plana.

"El señor Peter Cartwright gerente de un Banco de Fordsburg, fue muerto a tiros anoche, al intentar evitar un asalto a la sede bancaria. Uno de los asaltantes también murió; otro fue seriamente herido y está bajo custodia policial. Los primeros cálculos estiman que los cuatro asaltantes indemnes huyeron con una suma en efectivo superior a las cien mil libras.

Esta mañana, un portavoz de la policía dijo que los interrogatorios preliminares al herido han establecido definitivamente la participación de miembros de la *Ossewa Brandwag* en el hecho delictivo."

"El coronel Blaine Malcomess, Ministro del Interior, anunció, desde su despacho en la Cámara del Parlamento de Ciudad del Cabo, que ha ordenado una investigación en las actividades subversivas de la OB, y que cualquier ciudadano capaz de dar informaciones debe ponerse en contacto con la estación de policía más cercana o telefonear a los siguientes números — Johannesburgo 78114, Ciudad del Cabo 42444. El ministro aseguró que toda información será tratada como estrictamente confidencial."

Sara permaneció sentada en el parque por casi una hora, tratando de tomar una decisión, desgarrada por la lealtad que debía a su familia y la patriótica responsabilidad para con su propio pueblo. Estaba terriblemente confundida. ¿Era correcto hacer volar trenes, asaltar Bancos y matar a personas inocentes, todo en nombre de la libertad y la justicia? ¿Sería una traidora si trataba de salvar a su esposo y a sus hijitos? ¿Y los otros inocentes que no dejarían de morir si Manfred De La Rey continuaba con su obra? No le costó imaginar el desastre y el caos de una guerra civil. Volvió a estudiar el periódico y aprendió de memoria el número telefónico.

Llamó a los niños y condujo el cochecito al otro lado de la calle. Al llegar a la acera opuesta, cuando se dirigía hacia el correo, vio que el anciano señor Oberholster, jefe de correos, la observaba desde la ventana de su oficina. Era uno de ellos; Sara lo había visto con el uniforme de la OB, cuando pasaba por el chalé para acompañar a Roelf a una reunión.

De inmediato sintió el pánico de la culpabilidad. Todas las llamadas telefónicas pasaban por el conmutador del correo. A Oberholster no le costaría escuchar la conversación. O quizá el operador reconociera su voz. Giró en dirección contraria y se encaminó hacia la carnicería, como si ésa hubiera sido su primera intención. Allí compró un kilo de chuletas de cerdo, el plato favorito de Roelf, y volvió apresuradamente a su casa. Ansiaba estar fuera de la calle, a solas, para poder pensar.

Al entrar en la cocina oyó voces de hombre en el cuarto delantero, que Roelf utilizaba como estudio. Había vuelto temprano de la universidad. El pulso de Sara se aceleró al oír la voz de Manfred. Se sintió desleal y culpable por el efecto que él podía provocar todavía en ella. Manfred llevaba casi tres semanas sin visitar la casa, y ella comprendió que lo había echado de menos, pensando en él todos los días con sentimientos que oscilaban entre el odio más amargo y el resentimiento hasta una trémula excitación física.

Comenzó a preparar la cena para Roelf y los niños, pero las voces masculinas le llegaban con toda claridad. De vez en cuando hacía una pausa en su trabajo para escuchar. En cierta oportunidad oyó que Manie decía:

—Cuando yo estaba en Johannesburgo...

Conque había estado en Johannesburgo. El asalto al Banco se había producido dos noches antes. Era tiempo suficiente para que él regresara, por ruta o en el tren correo. Pensó en los dos hombres que habían muerto; el periódico decía que el gerente del Banco dejaba a la esposa embarazada y con dos hijos pequeños. ¿Cómo se sentiría esa mujer, sin marido y con tres pequeños a criar?

En eso la distrajo nuevamente la voz de los hombres. Lo que oyó le dejó el corazón lleno de presentimientos.

"¿Dónde terminará todo esto?", se dijo, tristemente. "Oh, ojalá no siguieran. Ojalá Manie se fuera, para que pudiéramos vivir en paz..."

Pero la sola idea la dejó desolada.

Shasa viajó desde Witwatersrand en el Rapid, piloteando solo, y aterrizó en Youngsfield después del oscurecer. Desde el aeródromo fue directamente a la casa de Blaine, en la avenida Newlands.

Tara le abrió la puerta; la cara se le iluminó al ver que se trataba de él.

—¡Oh, querido te eché de menos!

Se besaron arrebatadamente hasta que la voz de Blaine los separó:

—Mira, Shasa, no quisiera interrumpir nada importante, pero cuando puedas dedicarme un momento... Me gustaría recibir tu informe.

Tara se ruborizó furiosamente.

—¡Nos estabas espiando, papá!

—Exhibición pública, querida mía. No hacía falta espiar. Vamos, Shasa.

Lo condujo a su estudio y le indicó que tomara asiento.

—¿Te sirvo algo?

—Una gaseosa, señor.

—¡Qué abajo nos hemos venido! —Blaine se sirvió un poquito de su atesorado whisky y entregó a Shasa su refresco. —Bueno ¿qué es eso que no podías decir por teléfono?

—Tal vez tengamos, por fin, un golpe de suerte, señor.

Por orden de Blaine, Shasa había viajado a Johannesburgo al surgir la vinculación entre el asalto al Banco de Fordsburg y la *Ossewa Brandwag*, para presenciar el interrogatorio del ladrón capturado.

—Como usted sabe, el tipo es funcionario de las minas. Se llama Thys Lourens y figuraba en nuestra lista de miembros conocidos de la OB. No era de los peces gordos, por cierto, pero tiene un aspecto impresionante aunque parece algo alcohólico. Dije al inspector de policía que usted quería respuestas...

—Nada de violencias —advirtió Blaine, frunciendo el entrecejo.

—No, señor. No fue necesario. Lourens no era tan duro como parecía. Sólo hizo falta informarle que la pena por asalto armado y complicidad en homicidio era la horca, pero que estábamos dispuestos a hacer un trato. Y empezó a hablar. Cuando lo llamé por teléfono, esta mañana, le dije la mayor parte de lo que él había declarado.

—Sí. Continúa.

—Después nos dio los nombres de los otros hombres involucrados en el asalto; es decir, de tres de ellos. Pudimos arrestarlos antes de que yo iniciara el regreso. Sin embargo, el jefe de la banda era un hombre a quien él sólo había conocido tres días antes del asalto. No conocía su nombre ni su paradero.

—¿Te dio una descripción?

—Sí. Físicamente grande, pelo y barba negros, nariz torcida, cicatriz sobre un ojo. Una descripción bastante detallada. Pero nos dijo algo más, que puede resultar vital.

—¿Qué?

—Un nombre clave. Al jefe sólo se lo conoce por *Die Wit Swaard*, la Espada Blanca. Todos tenían órdenes de colaborar con él, desde los oficiales superiores hasta los *stormjagters*.

—Espada Blanca —musitó Blaine—. Parece sacado de una aventura infantil.

550

—Por desgracia, no es tan infantil —prosiguió Shasa—. Hice entender al inspector a cargo que es preciso reservarse el nombre clave y la descripción, hasta tanto usted dé órdenes personales.

—Bien. —Blaine sorbió su whisky, complacido de que Shasa justificara tan pronto la confianza depositada en él. —Espada Blanca... ¿Será ése el detonador que estábamos buscando, el catalizador que, por fin, ha puesto en acción a la OB?

—Bien podría ser, señor. Todos los miembros de la banda que fueron arrestados le tienen un gran respeto, a ojos vista. Es evidente que él fue la fuerza impulsora de todo eso, y ha desaparecido por completo. No hay rastros del dinero faltante. A propósito— hemos establecido que la suma supera las ciento veintisiete mil libras.

—Bonita suma —murmuró Blaine—. Y debemos presumir que ha ido a engordar el presupuesto guerrero de la OB. probablemente junto con la gelignita robada del tren.

—En cuanto a ese nombre clave, señor, sugeriría que no se lo revele al periodismo ni a nadie que no esté vinculado con la investigación.

—Estoy de acuerdo, pero quiero conocer tus motivos. A ver si son iguales a los míos.

—En primer lugar, no conviene alertar a la presa. No debe saber que le seguimos la pista.

—En efecto —asintió Blaine.

—El otro motivo es que servirá para confirmar la confiabilidad de cualquier informante que mencione ese nombre.

—No te comprendo —dijo Blaine, frunciendo el entrecejo.

—El pedido hecho al gran público ha dado por resultado un torrente de llamados telefónicos. Por desgracia, la mayoría son falsos. Si dejamos que el nombre clave sea de conocimiento general, todo el mundo lo mencionará.

—Comprendo. Quien use el nombre clave estará presentando sus credenciales.

—Eso es, señor.

—Muy bien, nos lo reservaremos, por el momento. ¿Algo más?

—Por ahora, no.

—Entonces voy a contarte qué ha pasado aquí mientras tú no estabas. Me he reunido con el Primer Ministro, y decidimos declarar a la OB organización política. Todos los empleados públicos, incluyendo a la policía y al ejército, estarán obligados a renunciar inmediatamente, en el caso de ser miembros.

—Eso no cambiará su modo de pensar —señaló Shasa.

—No, por supuesto —coincidió Blaine—. Aun así tendremos al cuarenta o al cincuenta del país en contra de nosotros y a favor de la Alemania nazi.

—Esto no puede seguir así, señor. Usted y el *Ou Baas* tendrán que provocar un enfrentamiento.

—Sí, lo sabemos. En cuanto la investigación esté terminada, en cuanto tengamos una lista amplia de los líderes, atacaremos.

—¿Se los va a arrestar? —exclamó Shasa, sobresaltado.

—Sí. Se los detendrá por todo el transcurso de la guerra, como enemigos del Estado.

El muchacho soltó un leve silbido.

—Es bastante drástico, señor. Eso podría llevar a problemas graves.

—Por eso debemos detenerlos a todos al mismo tiempo. No podemos permitir que se nos escape ninguno. —Blaine se levantó. —Veo que estás exhausto, Shasa, y estoy seguro de que *Mademoiselle* Tara querrá decirte algunas cosas. Te espero en mi oficina mañana a las ocho y media, en punto. —Mientras caminaban hacia la puerta del estudio, Blaine agregó, como si acabara de recordarlo: —A propósito, tu abuelo, Sir Garry, llegó esta mañana a Weltevreden.

—Ha venido para festejar su cumpleaños —dijo Shasa, sonriendo—. Tengo muchos deseos de verlo. Espero que usted y el mariscal Smuts asistan al picnic, como de costumbre.

—¡No me lo perdería por nada del mundo!

Blaine abrió la puerta del estudio. Tara, al otro lado del vestíbulo, mariposeaba con aire inocente, fingiendo elegir un libro de entre los de la biblioteca.

Blaine sonrió.

—Tara, deja que Shasa duerma un poco esta noche, ¿me oyes? No quiero tener que trabajar mañana con un *zombie*.

A la mañana siguiente, la reunión celebrada en la oficina de Blaine se prolongó por más tiempo del que ellos esperaban. Después se trasladó a la oficina del Primer Ministro, donde Smuts interrogó personalmente a Shasa. Sus preguntas eran tan incisivas que el muchacho quedó agotado por el esfuerzo de seguir el paso a aquella mente mercurial. Escapó con alivio, seguido por la advertencia de Smuts:

—Queremos a ese tal Espada Blanca, sea quien fuere, y lo queremos antes de que siga haciendo daño. Haz llegar ese mensaje a todos los involucrados en la investigación.

—Sí, señor.

—Que esas listas estén en mi escritorio antes del fin de semana. Esos tipos deben estar entre rejas, donde no molesten.

Promediaba la mañana cuando Shasa llegó a la central de policía y estacionó el Jaguar en el sitio que le habían reservado.

El cuarto de operaciones especiales estaba instalado en uno de los extensos sótanos. Había un agente de guardia ante la puerta, y Shasa tuvo que firmar el registro. El ingreso estaba reservado a las personas que figuraban en una lista dada. Muchos miembros de la policía eran afiliados o simpatizantes de la OB, y el inspector Louis Nel había elegido a su equipo con sumo cuidado.

Era un hombre calvo y taciturno, cuya edad y tipo de trabajo le había impedido ofrecerse para prestar servicio militar más allá de las fronteras, hecho que lo resentía profundamente. Sin embargo, Shasa no tardó en descubrir que resultaba fácil cobrarle aprecio y respeto, aunque no complacerlo. Pronto establecieron una buena relación laboral.

Nel, en mangas de camisa y con un cigarrillo colgándole de la boca, estaba hablando por teléfono, pero cubrió el micrófono con la mano e hizo una imperiosa señal al muchacho.

—¿Dónde diablos estabas? Ya iba a enviar un grupo en tu busca —lo regañó—. Siéntate. Quiero hablar contigo.

Shasa se encaramó a una esquina del escritorio; mientras el inspector continuaba con su conversación telefónica, contempló por la ventana la laboriosa sala de operaciones. Se habían asignado al inspector Nel ocho detectives y un grupo de estenógrafas. El cuarto estaba lleno de humo de cigarrillos y tableteo de máquinas de escribir. Sonó uno de los teléfonos amontonados en el escritorio del inspector, que levantó la vista, pidiendo a Shasa:

—Atiende eso. Ese maldito del conmutador central me pasa todas las llamadas.

Shasa tomó el tubo.

—Buenos días; aquí la estación central de policía. ¿En qué puedo servirle?

Como sólo le respondió el silencio, repitió sus frases en afrikaans.

—Hola. Quiero hablar con alguien...

Quien llamaba era una mujer, una mujer joven y muy agitada; hablaba en afrikaans, con voz insegura y jadeante.

—En el periódico —continuó—, dicen que ustedes quieren información sobre la *Ossewa Brandag*. Quiero hablar con alguien sobre eso.

—Me llamo Courtney —dijo Shasa, siempre en afrikaans—. Soy el jefe de escuadrón Courtney. Le agradezco mucho que desee colaborar con la policía. Puede contarme todo lo que sepa. —Trató de que su voz fuera cálida y tranquilizadora, pero percibió que la mujer tenía miedo; tal vez estaba a punto de cambiar de idea y cortar la comunicación. —Tómese todo el tiempo que quiera. Estoy aquí para escucharla.

—¿Usted es de la policía?

—Sí, señora. ¿Querría darme su nombre?

—¡No! No le voy a decir...

Él comprendió de inmediato que había cometido un error.

—Está bien, perfectamente. No tiene por qué darme su nombre —se apresuró a decir. Hubo un largo silencio; se la oía respirar. —Tómese todo el tiempo necesario —repitió, con suavidad—. Bastará con que me diga lo que desea.

—Están robando las armas. —La voz de la mujer era un susurro.

—¿Qué armas? ¿Puede decírmelo? —preguntó Shasa, con cautela.
—Las de la fábrica de armamentos de Pretoria. El taller del ferrocarril.

Shasa irguió la espalda y sujetó el tubo con las dos manos. Casi toda
la fabricación de armas y municiones se estaba llevando a cabo en los talleres ferroviarios de Pretoria. Era el único establecimiento dotado de
equipo pesado, tornos de alta velocidad y prensas de vapor, capaces de
producir caños y culatas para fusiles y ametralladoras. Los cartuchos para
municiones se estampaban en la casa de la moneda, pero se los despacha-
ba a los talleres del ferrocarril para el procesamiento final.

—Lo que usted me está diciendo es muy importante —comentó,
cauto—. ¿Puede decirme cómo roban las armas?

—Ponen hierros viejos en los cajones y roban los fusiles —susurró la
mujer.

—¿Y quién está haciendo todo eso, por favor? ¿Sabe el nombre del
responsable?

—No conozco a los del taller, pero sí al que está a cargo. Sé quién es.
—Necesitamos saber su nombre —dijo Shasa, persuasivo.

Pero la mujer guardó silencio. El muchacho comprendió que luchaba
consigo misma. Cualquier insistencia la asustaría.

—¿Quiere decirme quién es? —preguntó—. Tómese su tiempo.
—Se llama... —La mujer vaciló e hizo otra pausa. Por fin barbotó:
—Lo llaman *Wit Swaard*, Espada Blanca.

Shasa sintió que se le erizaba la piel, como si estuviera lleno de parásitos. Su corazón pareció detenerse, dejar de latir por un instante y partir
en loca carrera.

—¿Cómo dijo usted?
—Espada Blanca. Se llama Espada Blanca —repitió la mujer.

Se oyó un crepitar, un chasquido. La comunicación se cortó.

—¡Hola, Hola! —gritó Shasa ante el micrófono— ¿Me oye? ¡No corte!
Pero la estática, en la línea desierta, le hizo un eco de burla.

Shasa estaba junto al escritorio cuando Blandie hizo la llamada al comisionado de policía de Marshall Square, en Johannesburgo.

—En cuanto tenga la orden de allanamiento, cierre los talleres. Que
nadie entre ni salga. Ya he hablado con el comandante militar del Transval.
Él y su personal le brindarán toda la cooperación necesaria. Quiero que
inicie la revisación de inmediato. Abra todos los cajones de armas que haya en depósito y revíselos, pieza a pieza, con los registros de producción
de la fábrica. Yo parto inmediatamente hacia allá, en avión. Por favor, haga que un coche de la policía me espere en el aeródromo de Robert Heights a... —Consultó la hora con Shasa.— ...A las cinco de la tarde. Mientras
tanto, quiero que imponga un secreto absoluto a todos los hombres invo-

lucrados en el allanamiento. Otra cosa, comisionado: por favor, elija sólo a hombres que no puedan pertenecer a ninguna organización subversiva, especialmente a la *Ossewa Brandwag.*

Shasa condujo el Jaguar hasta Youngsfield. En cuanto estacionaron tras el hangar, Blaine desplegó sus largas piernas para salir del auto deportivo.

—Bueno, al menos hemos terminado con la parte más horrible del viaje —comentó.

Bajo la torre de control de Robert Heights los esperaba un oficial del policía. Les salió al encuentro en cuano Blaine y Shasa descendieron del Rapid.

—¿Cómo marcha la investigación? —preguntó Blaine, en cuanto se hubieron estrechado la mano— ¿Qué han hallado hasta ahora?

—Nada, señor ministro, —El inspector sacudió la cabeza— Hemos revisado más de seiscientos cajones de fusiles. Es una trabajo largo, pero hasta ahora todo parece estar en orden.

—¿Cuánto cajones faltan?

—Novecientos ochenta.

—Con que han revisado más de la mitad. —Blaine meneó la cabeza. —De todas maneras, iremos a echar un vistazo.

Se acomodó el sombrero en la cabeza y se abotonó el sobretodo hasta el cuello, pues el viento era frío y los pastos de la pradera estaban plateados por las heladas. Él y Shasa subieron al asiento trasero del negro Packard policial. Ninguno de ellos pronunció palabra en el breve trayecto hasta el centro de Pretoria.

Ante el portón del taller había una doble guardia de policía y personal militar, que investigó escrupulosamente a los ocupantes del Packard, sin dejarse impresionar por el rango de Blaine.

El inspector a cargo de la investigación estaba en la oficina del gerente. Tenía poco que agregar a lo que ellos ya sabían. Hasta el momento no había sido posible hallar ninguna irregularidad en la producción ni en el embalaje de las armas.

—Hagamos una recorrida —ordenó Blaine, secamente.

Todo el grupo (Blaine, Shasa, el inspector en jefe y el gerente del taller) salieron a la planta de producción principal. Destinada primeramente a la reparación de los equipos rodantes, había sido modernizada para poder fabricar totalmente las locomotoras necesarias; se la utilizaba actualmente para armar los vehículos blindados para la guerra del desierto, en África del Norte. La investigación policial no había interrumpido el funcionamiento de la fábrica; el enorme taller resonaba con el tronar de las prensas y la cacofonía de los tornos.

—¿Cuántos hombres trabajan aquí? —Blaine tuvo que gritar para hacerse oír en medio de ese estruendo.

—Casi tres mil, en total. Trabajamos ahora en tres turnos, por la guerra.

El gerente los condujo al edificio más alejado.

—Aquí es donde fabricamos las armas pequeñas —gritó—. Mejor dicho, las partes metálicas. Las piezas de madera están a cargo de particulares.

—Muéstrenos los artículos terminados y el embalaje —ordenó Blaine— Si hay algún problema, tiene que ser allí.

Después del ensamblado y la verificación, los fusiles terminados y engrasados eran envueltos en papel amarillo. Después se los empacaba en largos cajones de madera, de a diez. Por fin se cargaban los cajones en una cinta transportadora, que los llevaba hasta los depósitos de despacho.

Cuando entraron en los depósitos, diez o doce agentes uniformados estaban trabajando con cincuenta empleados de la fábrica dedicados a retirar cada uno de los cajones para sacar y revisar cada uno de los fusiles. Cada cajón revisado se llevaba al extremo opuesto del depósito. Shasa vio de inmediato que apenas quedaban unos cincuenta cajones por abrir.

El jefe del depósito se acercó apresuradamente desde su escritorio para increpar a Blaine, indignado:

—No sé quién es usted, pero si esta maldita orden es cosa suya habría que sacarlo a patadas. Hemos perdido todo un día de producción. Hay un tren carguero esperando para llevar estas armas a nuestros muchachos, allá en el norte.

Shasa se apartó del grupo y fue a observar el trabajo de los agentes de policía.

—¿No aparece nada? —preguntó a uno de ellos.

—Estamos perdiendo el tiempo —gruñó el hombre, sin levantar la vista.

Shasa se maldijo en silencio. Por su culpa se había perdido todo un día de producción, en plena guerra; era una tremenda responsabilidad. Desolado, siguió observando mientras abrían, revisaban y volvían a cerrar los cajones restantes.

Los agentes se reunieron ante la puerta de los depósitos y los obreros de la fábrica se retiraron, para retomar sus puestos en las líneas de producción. El inspector de policía se acercó al desconsolado grupo.

—Nada, señor ministro. Lo siento.

—Era necesario —dijo Blaine, mirando a Shasa—. No es culpa de nadie.

—Claro que es culpa de alguien, qué joder —intervino el jefe de depósitos, truculento—. Ya se han divertido bastante, ustedes. ¿Ahora puedo seguir cargando el resto del embarque?

Shasa lo miró fijamente. En la conducta de ese hombre, algo le producía un escalofrío de advertencia. Esa actitud irritada y defensiva, su mirada huidiza...

"Por supuesto", pensó. "Si hay un cambio, aquí es donde se ha de producir, y este tipo tiene que estar metido en el asunto hasta el cuello."

Su mente comenzaba a sacudirse la inercia de la desilusión.

—Bueno —reconoció Blaine—. Estamos perdiendo el tiempo. Pueden seguir con el trabajo.

—Un momento, señor —intervino Shasa, bajando la voz. Se volvió hacia el jefe de depósitos. —¿Cuántos vagones de ferrocarril ha cargado?

Otra vez aquello: los ojos desviados, la leve vacilación. El hombre estaba por mentir. De pronto echó una mirada involuntaria a los manifiestos de embarque, que estaban en su escritorio.

Shasa se acercó rápidamente para tomar los documentos.

—Ya se han cargado tres vagones —observó—. ¿Dónde están?

—Se los llevaron —murmuró el jefe de depósitos, disgustado.

—En ese caso, que los traigan inmediatamente —intervino Blaine, enérgico.

De pie bajo las lámparas del andén de carga, él y Shasa hicieron abrir el primero de los vagones. Por dentro, estaba lleno hasta el techo de cajones verdes.

—Si aquí hay algo raro, ha de estar debajo de todo —sugirió Shasa—. Para deshacerse de la prueba cuanto antes, el responsable hará cargar los cajones alterados en primer término.

—Saquen los cajones del fondo —ordenó Blaine, ásperamente.

Los primeros embalajes fueron llevados al andén.

—¡Bien! —Blaine señaló la parte trasera del vagón. —Saquen ese cajón y ábranlo.

Cuando saltó la cubierta, el agente la dejó caer estruendosamente en el piso de cemento.

—¡Mire esto, señor!

Blaine se acercó a él y clavó la vista en el cajón abierto. De inmediato levantó la cabeza.

El jefe de depósitos corría hacia las puertas, por otro extremo del cobertizo.

—¡Arresten a ese hombre! —gritó el ministro, de inmediato.

Dos agentes se adelantaron a toda carrera y lo sujetaron. A pesar de sus furiosos forcejeos, lo arrastraron hasta el andén de carga.

Blaine se volvió hacia Shasa, con expresión sombría y ojos de pedernal.

—Bueno, muchacho. Espero que estés contento. Nos has traído una montaña de trabajo y muchas noches sin dormir.

Quince hombre graves, sentados en derredor de la mesa larga, escuchaban silenciosamente el informe de Blaine Malcomess.

—No hay manera de establecer con certeza cuántas armas faltan. Se han enviado otros dos embarque grandes, desde principios de este mes, y ninguno de ellos ha llegado a destino. Todavía están en tránsito, pero debemos suponer que faltan armas en ambos embarques. Calculo que pueden ser dos mil fusiles, más un millón y medio de balas.

Los hombres sentados a la mesa se agitaron, inquietos, pero nadie habló.

—Eso es alarmante, por cierto. Sin embargo, lo peor del, asunto es el robo de treinta a cincuenta ametralladoras Vickers, de la misma fuente.

—Es increíble —murmuró Denys Reitz—. Bastaría para armar una rebelión de carácter nacional. Podría repetirse lo de 1914. Debemos asegurarnos de que esto no se sepa. Causaría pánico.

Blaine prosiguió:

—También debemos tener en cuenta las toneladas de explosivos robadas del tren. Es casi seguro que se las utilizará para interrumpir las comunicaciones y evitar la organización de nuestro limitado poderío militar. Si se produjera una rebelión...

—Por favor, Blaine, dinos —intervino el primer ministro, levantando un dedo—: en primer lugar, ¿tenemos alguna indicación sobre el momento en que saldrán a la luz del día para intentar el golpe de Estado?

—No, primer ministro. Cuanto más, puedo hacer un cálculo basado en nuestro probable descubrimiento del robo de armas. Deben de haber comprendido que el robo sería descubierto en cuanto el primer embarque llegara a destino. Casi con seguridad, planean actuar antes de entonces.

—¿Cuándo llegará el embarque a El Cairo?

—Dentro de dos semanas, aproximadamente.

—En ese caso, debemos esperar que realicen el intento dentro de pocos días.

—Temo que sí, primer ministro.

—Mi siguiente pregunta, Blaine: ¿Hasta qué punto está avanzada tu investigación? ¿Tienes una lista completa de los jefes y los *stormjagters* de la OB?

—Completa no; hasta el momento sólo tenemos unos seiscientos nombres. Creo que eso incluye a casi todos los hombres clave. Pero no hay modo de asegurarse, por supuesto.

—Gracias, Blaine.

El Primer Ministro se tironeó pensativamente de la perilla plateada. Su expresión era casi serena; sus ojos azules permanecían tranquilos, sin preocupaciones. Todos esperaron a que él volviera a hablar.

—¿Hay nombres delicados en esa lista? —preguntó.

—Figura el administrador del estado libre de Orange.

—Sí, lo sabemos.

—Y doce miembros del Parlamento, incluido un ex ministro de gabinete.

—Privilegios parlamentarios —murmuró Smuts—. No podemos tocarlos.

—Además, líderes religiosos, cuatro oficiales de alto rango, cuanto menos, importantes funcionarios civiles y un subcomisario.

Blaine leyó la lista en su totalidad. Cuando hubo terminado, el Primer

Ministro ya había tomado su decisión.

—No podemos esperar —dijo—. Exceptuando a los miembros del Parlamento, quiero que se preparen órdenes de arresto y encarcelamiento para todos los sospechosos de esa nómina. Las firmaré en cuanto estén listas. Mientras tanto, quiero que planees el arresto simultáneo de toda esa gente y hagas los preparativos necesarios para su encarcelamiento.

—Están los campos de concentración construidos para los prisioneros de guerra italianos, en Baviaanspoort y Pietermaritzburg —señaló Blaine.

—Bien — concordó el mariscal de campo—. Quiero que todos esos hombres estén tras alambradas de púas lo antes posible. Y que se hallen las armas y los explosivos robados. A la brevedad.

—No podemos esperar —dijo Manfred De La Rey, cauteloso—. Correremos peligro con cada hora. Cada día nos acerca al abismo. Una semana podría significar el desastre.

—No estamos preparados. Necesitamos tiempo —intervino uno de los otros hombres que ocupaban el compartimiento del tren.

Eran ocho, incluido Manfred. Había abordado el tren expreso al sur por separado, en distintas estaciones, a lo largo de los últimos trescientos kilómetros. El maquinista del tren era simpatizante de la OB y había *stormjagters* en los corredores, actuando como centinelas. Nadie podría llegar a ellos ni escuchar la conversación.

—Usted nos prometió diez días más para completar los preparativos finales.

—No tenemos diez días disponibles, hombre. ¿No ha escuchado lo que acabo de decir?

—No se puede —repitió el hombre, tercamente.

—Se puede. —Manfred elevó la voz—. ¡Hay que poder!

El administrador intervino, severamente:

—Basta ya, caballeros; dejemos la lucha para nuestros enemigos.

Manfred, con obvio esfuerzo, moderó su tono.

—Pido disculpas por mi arrebato. De cualquier modo, repito que no disponemos de tiempo. Se ha descubierto el reemplazo de las armas en los talleres del ferrocarril; diez de nuestros hombres están arrestados. Uno de los nuestros, en Marshall Square, nos ha dicho que tienen órdenes de arresto contra más de doscientos de nuestros miembros principales, y que se llevarán a cabo el domingo. Para eso faltan sólo cuatro días.

—Tenemos perfecta conciencia de eso —dijo el administrador—. Lo que debemos hacer ahora es decidir si podemos adelantar todo el plan... o si conviene abandonarlo. Escucharé la opinión de cada uno. Después votaremos. Nos atendremos a la decisión de la mayoría. Escuchemos primero al brigadier Koopman.

Todos miraron al oficial del ejército. Estaba en ropas de civil, pero su porte militar era inconfundible. Abrió un mapa grande sobre la mesa plegadiza y lo utilizó para ilustrar su informe, presentado en voz profesional y objetiva. Primero estableció el orden de batalla del ejército y la disposición de las tropas que quedaban en el país. Luego prosiguió:

—Como ven, las dos concentraciones principales son: las barracas de adiestramiento para infantería, en Roberts Heigths, y en Durban, donde esperan que se los embarque para servir en ultramar. Con casi ciento sesenta mil hombres fuera del país, no quedan sino cinco mil. No hay aviones modernos, descontando los cincuenta Harvard para adiestramiento. Eso posibilita la inmovilización de las tropas en sus posiciones presentes, al menos por los primeros días, que serán cruciales para tomar el control. Se puede hacer si destruimos las rutas principales y los puentes del ferrocarril, sobre todo los que cruzan los ríos Vaal, Orange y Umzindusi.

Después de exponer por otros diez minutos, resumió:

—Tenemos a nuestros hombres ubicados en puestos de mando, hasta en el generalato. Ellos podrán protegernos de cualquier acción militar directa. Después arrestarán a los generales de Smuts y pondrán al ejército de nuestra parte, para apoyar al nuevo gobierno republicano.

Los hombres presentes fueron exponiendo sus informes. Manfred fue el último en hablar.

—Caballeros, —comenzó— en las últimas doce horas, he estado en contacto por radio con la *Abwehr* alemana, por intermedio de su representante en la Angola portuguesa. Él nos ha transmitido las garantías del alto mando alemán y del mismo Führer. El *Altmark*, un submarino de aprovisionamiento, está al presente a trescientas millas náuticas de Ciudad del Cabo; trae más de quinientas toneladas en armamentos, y sólo espera la señal para acudir en nuestra ayuda.

Hablaba en voz baja, pero convincente. Sintió que el humor general viraba en su favor. Al terminar se produjo un silencio breve, pero intenso. Por fin, el administrador dijo:

—Ahora tenemos todos los hechos a la vista. Debemos tomar una decisión. Es la siguiente: antes de que el gobierno pueda arrestarnos y ponernos en prisión, junto con los otros líderes legítimos del *Volk*, llevaremos a cabo el plan. Nos alzaremos y derrocaremos al gobierno actual. Con el poder en nuestras manos, volveremos a poner a nuestra nación en el camino de la libertad y la justicia. Preguntaré a cada uno de ustedes, por turnos, si se deciden por el sí o por el no.

—*Ja* —dijo el primero.

—*Ek stem ja.* Digo que sí.

—*Ek stem ook ja.* Yo también digo que sí.

Por fin, el administrador hizo el resumen.

—Todos estamos de acuerdo. Ninguno de nosotros está contra la empresa. —Hizo una pausa para mirar a Manfred De La Rey. —Usted nos ha hablado de una señal que iniciará el alzamiento, algo que pondrá al país de cabeza. ¿Puede decirnos ahora cuál será esa señal?

—La señal —dijo Manfred—, será el asesinato del traidor Jan Christian Smuts.

Lo miraron fijamente, en silencio. Era obvio que habían anticipado algo importante, pero eso no.

—Los detalles de su ejecución política han sido cuidadosamente planeados —los tranquilizó Manfred—. En Berlín elaboraron tres planes de alternativa, cada uno para una fecha distinta, según lo que indicaran las circunstancias. El primer plan, el de la fecha más próxima, es el que se ajusta a la situación actual. Smuts será ejecutado el próximo sábado, dentro de tres días. Un día antes de que se cumplan las órdenes de arresto contra nuestros líderes.

El silencio se prolongó por un minuto más. Luego el administrador preguntó:

—¿Dónde? ¿Cómo se hará?

—No le hace falta saber eso. Haré lo que sea necesario, solo y sin ayuda. A ustedes les corresponderá actuar de prisa y con energía en cuanto se divulgue la noticia de su muerte. Deben adelantarse para llenar el vacío y tomar las riendas del poder.

—Así sea —dijo el administrador, serenamente—. Cuando llegue el momento, estaremos listos. Quiera Dios bendecir nuestra batalla.

De los ocho hombres presentes en el compartimiento, sólo Manfred siguió a bordo cuando el expreso abandonó la estación de Bloemfontein, para iniciar su larga travesía hacia Ciudad del Cabo.

—Tengo autorización para tener un arma de fuego en la finca —dijo a Manfred, Sakkie Van Vuuren, el gerente del lagar—. La utilizamos para disparar contra los mandriles que asuelan viñedos y huertas.

Lo condujo por la escalera, hasta la fresca penumbra de los sótanos.

—Si alguien oye unos cuantos disparos en las montañas, no les prestará atención. Pero si lo interrogan, diga que es empleado de la finca y envíemelos.

Abrió el frente falso del tonel y se retiró. Manfred, arrodillado en el suelo, abrió una de las bolsas impermeables. Primero sacó el transmisor de radio y le conectó las baterías nuevas que le había conseguido Van Vuuren. El aparato estaba instalado dentro de una mochila de lona, fácilmente portátil.

Abrió la segunda bolsa, de la que sacó el estuche del fusil. Era un máuser para francotiradores, modelo 98, con esa estupenda posibilidad de disparar una bala de 173 a una velocidad de setecientos cincuenta metros por segundo. Había cincuenta balas, especialmente cargadas a mano por uno de los técnicos alemanes, y la mira telescópica era de Zeiss. Manfred la fijó al fusil y llenó el cargador. Después de guardar el resto de las municiones, cerró el tonel.

Van Vuuren lo llevó en camión hasta uno de los valles de las montañas; cuando la ruta se perdió, lo dejó allí y emprendió el regreso por la senda rocosa y serpenteante.

Manfred esperó a que se perdiera de vista. Entonces levantó su fusil y su mochila para iniciar el ascenso. Tenía tiempo de sobra; no había necesidad de apretar el paso, pero el esfuerzo físico le causaba placer. Partió a largos pasos, disfrutando el sudor en la cara y el cuerpo.

Cruzó la primera cadena de colinas bajas y, después de atravesar los valles boscosos, ascendió otra vez, hasta uno de los picos principales. Se detuvo cerca de la cima para instalar la radio. Puso las antenas en las ramas de dos arbustos y las orientó cuidadosamente hacia el norte.

Luego se acomodó, con la espalda contra una piedra, para comer los sándwiches que le había preparado la pequeña Sara. Debía establecer contacto con el agente de la Abwehr en Luanda, la capital de la Angola portuguesa, a las 15.00, hora de Greenwich, y para eso faltaba casi una hora.

Después de comer, sacó el máuser y lo manejó con cariño, refamiliarizándose con su peso y su equilibrio. Se lo puso contra el hombro y miró por la mira telescópica.

En Alemania había practicado interminablemente con esa misma arma. Se sabía capaz de volar un ojo a un hombre que estuviera a trescientos metros de distancia. Sin embargo, era esencial probar el fusil, para asegurarse de que aún estuviera bien calibrado. Necesitaba un blanco parecido a una forma humana, pero desde donde estaba no veía nada adecuado. Apartó cuidadosamente el arma y consultó su reloj. Entonces dedicó su atención a la radio.

Sacó la llave Morse y hojeó su libreta hasta encontrar la página en donde ya tenía codificado el mensaje. Después de flexionar los dedos, comenzó a transmitir, golpeando la tecla de bronce con un movimiento rápido y fluido. Sabía que el operador de Luanda reconocería su estilo, aceptándolo como prueba de su identidad, más valedera que su nombre clave.

—Base Aguila, aquí Espada Blanca.

A la cuarta llamada recibió respuesta. La señal, en sus auriculares, sonaba fuerte y clara.

—Adelante, Espada Blanca.

—Confirmo plan uno en marcha. Repito plan uno. Acuse recibo.

No había necesidad de enviar un mensaje largo, aumentando la posibilidad de que lo interceptaran. Todo estaba dispuesto desde antes de su viaje, con teutónica atención a los detalles.

—Entendido plan uno. Buena suerte. Cambio y fuera. Base Águila.

—Cambio y fuera Espada Blanca.

Enrolló las antenas, reacomodó el transmisor y, cuando estaba por cargarse la mochila al hombro, un ladrido explosivo resonó en los barrancos. Manfred se dejó caer tras la piedra, con el máuser en la mano. El viento estaba a su favor.

Pasó casi una media hora esperando, sin moverse, callado y atento.

Por fin vio, en el fondo del valle, los primeros movimientos, entre las rocas cubiertas de líquenes y las matas de protea.

Los mandriles avanzaban en el orden habitual: cinco o seis machos jóvenes a la vanguardia, hembras y crías en el centro y tres enormes patriarcas grises cerrando la marcha. Las crías más pequeñas iban colgadas del vientre de las madres, aferradas al pelaje áspero. Las más crecidas las montaban como jinetes. Los tres machos guerreros se balanceaban, arrogantes, con la cabeza en alto, casi perrunos.

Manfred eligió el más grande de los tres simios y lo observó por la mira telescópica. Lo dejó subir por la cuesta hasta que lo tuvo a trescientos metros de distancia.

El mandril macho dio un súbito salto hacia adelante y alcanzó la parte alta de una piedra casi tan grande como una choza. Allí permaneció, erguido sobre los cuartos traseros y con los codos apoyados en las rodillas; tenía mucho de humano en su postura. Cuando abrió la boca, en un bostezo cavernoso, mostró los colmillos, afilados y largos como un índice humano.

Manfred, cuidadosamente, movió el gatillo hasta que sintió su resistencia, con un chasquido casi inaudible; luego fijó las líneas cruzadas de la mira sobre la frente del mandril. Tocó el primer gatillo, siempre concentrado en la frente peluda del animal, y el fusil le golpeó el hombro. El disparo resonó en todo el valle, descendiendo desde los barrancos como un trueno.

El mandril dio un giro mortal desde la piedra, mientras el resto del grupo huía cuesta abajo, gritando de pánico.

Manfred se levantó y, con la mochila al hombro, descendió cautelosamente por la pendiente. Encontró el cadáver del simio acurrucado al pie de la roca. Aún se retorcía con movimientos reflejos, pero faltaba la parte alta del cráneo. Había sido amputada a la altura de los ojos, como con un golpe de hacha. La sangre brotaba a chorros por la base del cerebro, manando sobre las piedras.

Manfred hizo girar el cadáver con los pies, satisfecho. Esa bala especial, de punta hueca, podía decapitar a un hombre con la misma pulcritud, y el fusil había sido certero a trescientos metros, con una desviación inferior a los dos centímetros.

—Estoy más preparado que nunca —murmuró, mientras descendía por la montaña.

Shasa no había vuelto a Weltevreden ni visto a Tara desde el viaje a Pretoria. Llevaba todo ese tiempo sin salir de la jefatura de policía. Comía en la cantina policial y dormía unas pocas horas en el dormitorio instalado sobre la sala de operaciones. Por lo demás, estaba totalmente dedicado a preparar la redada.

Sólo en la provincia del Cabo había que entenderse con casi ciento cincuenta sospechosos. Para cada uno de ellos era preciso extender la orden de allanamiento, establecer los lugares donde se podía hallar al sujeto y nombrar a los oficiales de policía que efectuarían cada arresto.

Se había elegido el domingo deliberadamente, pues casi todos los sujetos eran calvinistas devotos, miembros de la iglesia holandesa reformada, y no dejarían de asistir a los servicios religiosos de la mañana. Se podía anticipar el paradero de cada uno con un alto grado de certeza. Con toda probabilidad, los encontrarían en una actitud mental religiosa, carentes de toda sospecha y sin voluntad de presentar resistencia al arresto.

Llegó el viernes a mediodía, y sólo entonces recordó Shasa que, al día siguiente, se celebraría el picnic de cumpleaños de su abuelo. Entonces llamó a Weltevreden desde la jefatura policial.

—Oh, *chéri*, qué mala noticia. Sir Garry se llevará tal desilusión... Ha preguntado por ti a cada momento, desde su llegada... y todos tenemos muchas ganas de verte.

—Lo siento, *Mater*.

—No puedes reunirte con nosotros, siquiera por una hora?

—No es posible, *Mater*, créeme. Yo lo siento tanto como el que más.

—No hace falta que subas a la montaña, Shasa. Bastaría con que bebieras una copa de champagne con nosotros, en Weltevreden, antes de iniciar el paseo. Puedes volver a tu oficina inmediatamente, a seguir trabajando en eso tan importante. ¿No harás el intento, *chéri*, siquiera por tu madre?

Al notar que el muchacho vacilaba, agregó:

—Vendrán Blaine y el mariscal Smuts. Los dos lo han prometido. Si llegas a las ocho en punto, sólo para desear feliz cumpleaños a tu abuelo, prometo que podrás irte antes de las ocho y media.

—Oh, está bien, *Mater* —capituló él, sonriendo—. ¿No te aburres de salirte siempre con la tuya?

—He tenido que aprender a soportarlo, *chéri* —respondió ella, riendo también—. Hasta mañana.

—Hasta mañana —saludó él.

—Te amo, *chéri*.

—Yo también, *Mater*.

Cortó la comunicación, sintiéndose culpable por haber cedido ante su madre. Iba a llamar a Tara, para decirle que no podría acompañarla al picnic, cuando uno de los sargentos lo llamó, desde el otro extremo del cuarto.

—Señor Courtney, esta llamada es para usted.

—¿Quién es?

—No lo dijo, pero es una mujer.

Shasa caminó hacia el aparato, sonriendo. Tara, anticipándose, había sido la primera en llamar.

—Hola. ¿Eres tú, Tara? —dijo, ante el tubo.

Se produjo un silencio. Sólo se oía el ruido suave de alguien que respiraba con ansiedad. Los nervios del muchacho se pusieron tensos. Bajó la voz, tratando de que sonara amistosa y alentadora, y pronunció, en afrika-ans:

—Habla el jefe de escuadrilla Courtney. ¿Se trata de la señora con quien ya he conversado?

—*Ja*. Soy yo.

Reconoció la voz: joven, sofocada, temerosa.

—Le estoy muy agradecido. Lo que usted hizo ha salvado muchas vidas, vidas de personas inocentes.

—Los periódicos no dijeron nada sobre las armas —susurró la mujer.

—Puedes estar orgullosa de lo que ha hecho —repitió él. Y agregó, siguiendo su inspiración: —Habrían muerto muchas personas; tal vez hasta mujeres y niños pequeños.

Las palabras "niños pequeños" parecieron decidirla, pues balbuceó:

—Todavía hay mucho peligro. Están planeando algo terrible. Espada Blanca va a hacer algo. Pronto, muy pronto. Le oí decir que será la señal, que pondrá a la nación de cabeza...

—¿Puede decirme qué será? —preguntó Shasa, tratando de no asustarla, siempre en voz baja y tranquilizadora— ¿Qué es lo que planea?

—No lo sé. Sólo sé que ha de ser muy pronto.

—¿Puede averiguar de qué se trata?

—No sé. Puedo intentarlo.

—Por el bien de todos, por las mujeres y los niñitos, ¿tratará de averiguar de qué se trata?

—Sí, lo intentaré.

—Me encontrará aquí, en este teléfono... —De pronto recordó su promesa a Centaine. —O en este otro número. —Le dictó el número de Weltevreden. —Pruebe primero aquí; si no me encuentra, en el otro número.

—Comprendo.

—¿Puede decirme quién es Espada Blanca? —Era un riesgo calculado. —¿Conoce su verdadero nombre?

De inmediato se oyó un chasquido y la comunicación se cortó. Ella había colgado. Shasa bajó el tubo y se quedó mirándolo. Tenía la sensación de que, con esa última pregunta, la había asustado para siempre.

"Algo que pondrá a la nación de cabeza." Lo perseguían esas palabras, abrumándolo con una ominosa sensación de un desastre inminente.

Manfred manejaba tranquilamente por la ruta De Waal, junto a los edificios de la universidad. Era pasada la medianoche; las calles estaban casi desiertas, descontando a unos pocos juerguistas que volvían a sus casas, a paso inestable. El coche que conducía era un pequeño Morris, nada digno de atención, en cuyo baúl, bajo un trozo de tela alquitranada bastante raída, viajaba el fusil. Manfred vestía el mameluco azul de los empleados del ferrocarril; sobre él se había puesto una gruesa tricota de pescador y un sobretodo pesado.

Iba ya hacia su puesto, para evitar que lo vieran en las montañas de día, armado con un fusil. En los fines de semana, las laderas de Table Mountain eran muy frecuentadas por montañistas, observadores de pájaros, exploradores y amantes.

Pasó ante la estación forestal y giró por avenida Rhodes, para avanzar por ella hacia la montaña, cuya mole ocultaba la mitad del estrellado cielo nocturno. Ya a poca distancia, aminoró la marcha y echó un vistazo al espejo retrovisor, para asegurarse de que no lo siguiera ningún vehículo. Luego apagó los faros y giró abruptamente hacia un sendero forestal.

Siguió por él a paso de hombre hasta llegar al portón de la estación forestal. Allí se detuvo y, dejando el motor en marcha, bajó para probar su llave en la cerradura del portón. Se la había dado Roelf, asegurándole que el guardabosques era amigo. La llave giró con facilidad. Manfred condujo el Morris al interior de los terrenos y cerró tras de sí, colocando el candado en la cadena, pero sin cerrarlo.

Estaba ahora en el tramo inferior de un camino de cornisa, por el que ascendió en una serie de giros cerrados. Un kilómetro y medio más allá, justo antes de llegar a la cima, sacó el Morris del camino, dando marcha atrás, para que no estuviera a la vista de cualquier transeúnte. Retiró el máuser del baúl y lo envolvió cuidadosamente con una tela alquitranada. Después cerró con llave las portezuelas del automóvil y desanduvo el trayecto, rumbo al camino que rodeaba la montaña, llevando el arma al hombro. Utilizó su linterna lo menos posible, sólo para iluminar momentáneamente el camino, ocultando el rayo con su propio cuerpo.

A los veinte minutos interceptó el sendero que ascendía directamente el barranco Esqueleto e iluminó con su linterna el cartel de cemento, para leer las palabras pintadas allí.

CAMINO SMUTS

El bloque de cemento se parecía más a una lápida que a un letrero, y él sonrió ceñudamente ante lo apropiado de la comparación. El viejo mariscal había hecho de esa cuesta el más famoso de todos los accesos a la cumbre.

Manfred ascendió a buen paso, sin descansar. A trescientos cincuenta metros de altura llegó a la cima achatada. Allí se detuvo por un momento, para mirar hacia atrás. Mucho más abajo, el valle de Constantia se acurrucaba en la noche, iluminado sólo por el polvo estelar de algunas lámparas. Él le volvió la espalda e inició los últimos preparativos. Dos días antes había explorado el lugar, hasta elegir el sitio desde donde haría el disparo. Había medido la distancia exacta desde allí hasta el punto del sendero en que un hombre se haría visible al llegar a la cima.

A ese sitio se trasladó. Era un hueco entre dos cantos rodados, algo cubierto por los matorrales de la montaña. Extendió la tela alquitranada sobre las matas bajas y elásticas, para acostarse en ella, bien extendido, aplanando las plantas hasta convertirlas en un cómodo colchón.

Se retorció hasta tomar la posición de disparo; con el máuser apoyado contra la mejilla, apuntó al extremo del sendero, doscientos cincuenta metros más allá. A través de las lentes Zeiss distinguía cada rama del arbusto que crecía junto al camino, claramente recortado contra el suave resplandor que surgía del valle.

Dejó el arma en la tela alquitranada, frente a él, listo para el uso inmediato. Después se levantó el cuello del sobretodo hasta las orejas y se acurrucó. Tendría que esperar largamente en el frío. Para pasar el tiempo, revisó todos los planes que lo habían llevado a ese lugar y la posibilidad de que, al día siguiente por la mañana, poco antes o poco después de las diez y media, su presa ascendiera por el sendero que llevaba su nombre y apareciera en las líneas cruzadas de su mira telescópica.

Los informes sobre Jan Christian Smuts, minuciosamente reunidos por la *Abwehr* en Berlín, donde él los estudiara tan ávidamente, demostraban que, desde hacía diez años, en esa misma fecha, el mariscal de campo acudía a su cita con un viejo amigo. El destino de una nación dependía de que él volviera a hacerlo.

Shasa cruzó los portones de Weltevreden y condujo su Jaguar por el largo camino de entrada hasta el *château*. Frente a la casa había diez o doce automóviles; entre ellos, el Bentley de Blaine. Estacionó junto a él y consultó la hora. Eran las ocho y diez; llegaba tarde. *Mater* estaría enfadada, pues era muy partidaria de la puntualidad.

Ella volvió a sorprenderlo: se levantó de un salto de la larga mesa para correr a abrazarlo. Las veinte personas estaban ya reunidas para disfrutar del famoso desayuno de Weltevreden. El aparador gruñía bajo el peso de la comida en sus fuentes de plata. Los sirvientes, vestidos con largas *kanzas* blancas y feces rojos, estallaron en grandes sonrisas al ver a Shasa, en tanto los invitados emitían un placentero zumbido de bienvenida.

Allí estaban todos los que Shasa amaba: el abuelo Garry a la cabecera de la mesa, vivaz como un duende travieso; Anna, a su lado, con la cara roja fruncida en una infinidad de sonrisas, cual un amistoso bulldog; Blaine; Tara, encantadora como la mañana de primavera; Matty, toda pecas y pelo de zanahoria; el *Ou Baas*, y *Mater*, por supuesto. Sólo faltaba David.

Shasa se acercó a cada uno de ellos, riendo y bromeando, entre abrazos, besos y apretones de manos. Hubo exclamaciones y silbidos cuando echó un picotazo a la mejilla ruborizada de Tara. Entregó al abuelo Garry su regalo y esperó, a su lado, a que él desenvolviera los ejemplares de la primera edición de *Byrchell's Travels*, especialmente encuadernados, entre exclamaciones de deleite. Estrechó la mano del *Ou Baas*, respetuosamente, encendido de placer ante su elogio:

—Estás haciendo muy buen trabajo, *Kerel*.

Por fin, intercambió algunas palabras apresuradas con Blaine, antes de cargar su plato ante el aparador y ocupar una silla entre Tara y *Mater*.

Se negó a tomar champagne, aduciendo:

—Hoy tengo que trabajar.

Y jugó con el pie de Tara, bajo la mesa, mientras participaba en la hilaridad que resonaba a lo largo de la mesa.

Demasiado pronto, todos se levantaron; las dos mujeres fueron en busca de sus abrigos, mientras los hombres salían a asegurarse de que las alfombras y los cestos de picnic ya estuvieran en los automóviles.

—Lamento que no puedas acompañarnos, Shasa —dijo el abuelo, llevándolo a un lado—. Tenía esperanzas de que pudiéramos conversar un rato, pero Blaine me ha dicho lo importante que es tu trabajo.

—Trataré de venir mañana por la noche. Por entonces, la presión ya habrá cedido.

—No volveré a Natal sin haber pasado un rato contigo. Tú eres el que prolongará el apellido Courtney, mi único nieto.

Shasa sintió un arrebato de profundo afecto por ese anciano sabio y gentil; de algún modo, el hecho de que ambos padecieran una mutilación (Sir Garry, de la pierna; Shasa, del ojo) parecía haber forjado entre ellos un vínculo aún más fuerte.

—Hace años que no voy a Theuniskraal a visitarlos, a ti y a Anna —estalló Shasa, impulsivamente—. ¿Puedo ir a pasar un par de semanas con ustedes?

—Nada nos daría mayor placer.

Sir Garry lo abrazó, en el momento en que se acercaba el mariscal Smuts.

—¿Todavía hablando, viejo Garry? ¿No la terminas nunca? Vamos, tenemos que trepar una montaña. El último en llegar a la cima irá a un asilo para ancianos.

Los dos amigos se sonrieron. Habrían podido pasar por hermanos; ambos eran de contextura liviana, pero fuertes y bien proporcionados; ambos lucían perillas plateadas y deplorables sombreros.

—¡Adelante!

Sir Garry blandió su bastón, enlazó su brazo con el del mariscal de campo y lo condujo al asiento trasero del Daimler amarillo de Centaine.

El Daimler encabezaba la procesión, seguido por el Bentley de Blaine. Tara arrojó un beso a Shasa, al pasar. El muchacho permaneció en los peldaños de entrada de Weltevreden, desierta y silenciosa después de aquella partida. Por fin subió a su propio cuarto, seleccionó unas cuantas camisas limpias, medias y calzoncillos y guardó todo en un bolso.

Mientras bajaba la escalera se desvió hacia el estudio de Centaine y tomó el teléfono. Atendió uno de los sargentos de guardia en la sala de operaciones de la jefatura.

—Hola, sargento. ¿Hay algún mensaje para mí?

—Un momento, señor. Voy a mirar. —Volvió a los pocos segundos.

—Sólo uno, señor. Hace diez minutos. Fue una mujer que no quiso dar su nombre.

—Gracias, sargento.

Shasa cortó apresuradamente. Descubrió que le temblaba la mano y se le había acelerado la respiración. *Una mujer que no quiso dar su nombre.* Tenía que ser ella. ¿Por qué no lo había llamado a Weltevreden, si tenía el número?

Permaneció junto al teléfono, deseando que sonara. No ocurrió nada. A los cinco minutos dio en pasearse por la habitación, entre las amplias puertas ventanas y el enorme escritorio de barniz dorado, vigilando el aparato silencioso. Estaba indeciso; ¿debía volver a la jefatura, por si ella volvía a telefonearle allá? ¿Y si llamaba a Weltevreden? ¿Convenía llamar al sargento? No, eso ocuparía la línea.

—¡Vamos! —rogó—. ¡Llama!

Echó una mirada a su reloj. Había perdido treinta y cinco minutos sin decidir nada.

—Tengo que dejar las cosas así. No puedo esperar todo el día.

Se acercó al escritorio y alargó la mano hacia el instrumento. Sonó antes de que pudiera tocarlo. No lo esperaba, y el timbre le hirió ásperamente los nervios. Levantó arrebatadamente el tubo.

—Jefe de Escuadrón Courtney —dijo, en afrikaans—. ¿Es usted, *Mevrou?*

—Olvidé el número. Tuve que volver a casa para buscarlo —dijo la mujer. Su voz estaba enronquecida por el esfuerzo de haber corrido. —No pude llamar antes. Había gente, mi esposo...

Se interrumpió. Había dicho demasiado.

—Está bien. No se preocupe. Todo está bien.

—No —dijo ella—. Lo que van a hacer es terrible, terrible.

—¿Quiere contármelo?

—Van a matar al mariscal de campo...

—¿Qué mariscal de campo?

—El *Ou Baas*, el mariscal Smuts.

Por un momento, Shasa no pudo hablar; luego estalló:

—¿Sabe cuándo piensan hacerlo?

—Hoy. Hoy le dispararán un tiro.

—Eso no es posible. —Shasa no quería creerlo. —El *Ou Baas* ha subido a Table Mountain en un picnic, con...

—¡Sí, sí! —La mujer estaba sollozando. —En la montaña. Espada Blanca lo está esperando en la montaña.

—Oh, Dios mío... —Shasa se sentía paralizado, como si tuviera las piernas llenas de cemento y un gran peso en los pulmones. Por un instante no pudo respirar. Luego dijo: —Usted es una mujer valiente. Gracias por lo que ha hecho.

Dejó el tubo en la horquilla y abrió apresuradamente el cajón del escritorio. Las Beretta con incrustaciones de oro estaban en su estuche.

Retiró una y verificó la carga. Había seis balas en el cargador y una carga extra dentro del estuche. Shasa se metió la pistola en el cinturón y la carga en el bolsillo, ya marchando hacia la puerta.

La pistola era inútil como no fuera a quemarropa, pero los rifles de caza estaban bajo llave, en un armario de la sala de armas; las municiones se guardaban por separado y su llave estaba en el Jaguar. Le llevaría minutos preciosos ir en su busca, abrir el armario, descolgar su Mannlicher, buscar las balas... No tenía tiempo que perder. El grupo había partido casi cuarenta minutos antes. A esas horas ya debían de estar por la mitad de la montaña. Allí estaban todas las personas que él amaba... y un asesino las esperaba arriba.

Bajó los peldaños a toda carrera y se arrojó de un salto a la cabina abierta del Jaguar. El automóvil arrancó con un bramido, girando en un círculo cerrado. La grava volaba de sus ruedas traseras, en el camino de entrada, mientras la aguja del cuentakilómetros ascendía rápidamente hasta los ciento veinte por hora. Shasa cruzó los portones y se lanzó hacia las estrechas curvas de la ruta, que rodeaba la base de la montaña. Más de una vez estuvo a punto de derrapar fuera del camino, dada la velocidad con que tomaba las curvas, pero aun así tardó quince minutos enteros en llegar al Jardín Botánico. Los otros vehículos estaban allí, estacionados en una fila irregular. Por lo demás, el área de estacionamiento estaba vacía.

Shasa echó un vistazo a la montaña, que se empinaba seiscientos metros por encima de él. Tenía a la vista el sendero que ascendía desde el bosque, zigzagueando por el barranco del Esqueleto y pasando junto al hoyuelo de Breakfast Rock, en la línea del horizonte, para cruzar luego el borde hacia la cima plana.

—Una línea de pecas avanzaba por la senda, apenas saliendo del bosque. El *Ou Baas* y su abuelo marcaban el furioso paso de costumbre, demostrándose mutuamente su buen estado físico. Al sombrearse los ojos reconoció el vestido amarillo de su madre y la falda turquesa de Tara, apenas motas de color contra el muro gris y verde de la montaña. Iban muy por detrás de los ancianos.

Shasa echó a correr. Subió la primera cuesta al trote, marcándose el ritmo. Al llegar al camino de circunvalación, a los trescientos metros, se detuvo junto al letrero de cemento para aspirar profundamente unas cuantas veces. Mientras tanto, estudió el sendero hacia adelante.

A partir de allí era muy empinado; zigzagueaba por el bosque, siguiendo la ribera del arroyo en una serie de peldaños rocosos, desiguales. Lo encaró a buen paso, pero sus zapatos eran de suela fina y no le ofrecían agarre. Cuando salió del bosque, lo hizo jadeando desesperadamente y con la camisa empapada de sudor. Aún faltaban casi trescientos metros hasta la cima, pero vio inmediatamente que había ganado terreno con respecto a los suyos.

Estaban diseminados a lo largo de la senda. Las dos primeras siluetas eran las del abuelo y el *Ou Baas*. A esa distancia resultaba imposible distinguir a uno del otro, pero quien los seguía a pocos pasos era Blaine; se estaba demorando, sin duda, para que los ancianos no se exigieran demasiado. El resto del grupo iba de a dos o de a tres, con las mujeres mucho más atrás.

Tomó aliento y gritó. Las mujeres se detuvieron para mirar hacia atrás.

— ¡Deténganse¡ — les gritó, con toda la fuerza de sus pulmones. — ¡No sigan!

Una de las mujeres lo saludó con la mano (Matty, probablemente), pero siguieron ascendiendo. No lo habían reconocido ni entendido su orden de parar. Lo tomaban por otro montañista amistoso. Estaba perdiendo tiempo; los ancianos estaban por llegar a la cima.

Shasa volvió a trepar con todas sus fuerzas, saltando por sobre los obstáculos, sin prestar atención al fuego que tenía en los pulmones ni al agotamiento de sus piernas; subía por pura fuerza de voluntad.

Cuando sólo le faltaban tres metros para alcanzar a Tara, la muchacha miró hacia atrás.

— ¡Shasa! — exclamó, encantada, aunque sorprendida. — ¿Qué haces...?

Él la rozó al pasar.

— No puedo detenerme — gruñó, sin dejar de ascender.

Pasó junto a Anna y, después, junto a su madre.

— ¿Qué pasa, Shasa?

— ¡Después!

No tenía aliento para respuestas; toda su existencia estaba en las piernas atormentadas. El sudor le chorreaba en el ojo, enturbiándole la visión.

Vio que los dos ancianos tomaban el breve tramo transversal, previo a la cima, y se detuvo para gritar otra vez. La voz surgió sólo como un jadeo agónico. El abuelo y el Ou Baas desaparecieron por sobre la cresta de la pendiente, seguidos por Blaine a veinte pasos de distancia.

El disparo sonó opacado por la distancia, pero aun así Shasa reconoció el chasquido claro y distinto de un máuser.

De algún modo halló nuevas fuerzas para volar hacia la cima, saltando de roca en roca. Ese único disparo aún parecía resonar en su cabeza. Oyó el grito de alguien. O tal vez era sólo el salvaje sollozar de su aliento y el trueno de la sangre en sus propios tímpanos.

Manfred De La Rey pasó toda la noche en su escondrijo. Al amanecer se levantó para estirar los miembros, aflojando los músculos, hasta eliminar el frío que se había filtrado por su sobretodo, penetrándole hasta los huesos. Se alejó algunos pasos para orinar.

Luego se quitó el sobretodo y la tricota, ambos comprados a un ropavejero de la Parade. No tenían marcas y sería imposible identificarlo por ellos. Hizo un bulto con las prendas y las escondió bajo una roca. Luego volvió a su escondrijo y se tendió en la tela alquitranada. Como algunas briznas de hierba le obstaculizaban la visión, las arrancó hasta que pudo apuntar al extremo del camino.

El blanco se veía con toda claridad. Puso un cartucho en el máuser y volvió a apuntar. En esa oportunidad, enroscó el dedo al gatillo trasero y presionó hasta oír ese pequeño y satisfactorio chasquido. Después retiró el seguro con el pulgar y dejó el fusil frente a sí.

Se dejó estar en la inmovilidad, paciente como el leopardo en el árbol, por sobre el abrevadero; sólo sus ojos amarillos tenían vida. Dejó pasar las horas sin aflojar por un solo instante su vigilia.

Cuando aquello ocurrió, fue con una brusquedad que habría tomado por sorpresa a otro vigía. No hubo advertencia, ruido de pasos ni voces. La distancia era demasiado grande para percibirlos. De pronto, una silueta humana apareció en la punta del sendero, recortada contra el azul del cielo.

Manfred estaba listo. Apoyó el fusil contra su hombro, con un movimiento fluido, y su ojo fue naturalmente a la abertura de las lentes. No le fue necesario buscar con la mira telescópica, pues la imagen del hombre apareció instantáneamente en su campo visual, aumentada y con nitidez.

Era un anciano de hombros estrechos, que llevaba una camisa blanca de cuello abierto y un sombrero de paja, amarillento de vejez. La perilla plateada centelleaba a la luz del sol primaveral. Las líneas cruzadas de la mira, muy estables, ya estaban perfectamente alineadas con el centro de su pecho angosto, unos centímetros por debajo de la V formada por el cuello abierto. Nada de tiros a la cabeza, decidió Manfred; dispararía al corazón.

Tocó el gatillo y el máuser tronó en sus tímpanos, mientras la culata se estrellaba contra su hombro.

Vio el impacto de la bala que aplastó la camisa suelta contra el pecho flaco. La visión de Manfred estaba tan ampliada que hasta pudo ver la salida del proyectil: salió por la espalda del viejo, en una larga cola rosada, formada por sangre y tejido vital, como plumas de flamenco. Aunque el cuerpo frágil cayó al pasto, perdiéndose de vista, la nube de sangre persistió por una milésima de segundo, antes de asentarse.

Manfred se puso de pie y echó a correr. Había planeado su huida metro a metro, hasta llegar al Morris. Un salvaje regocijo dio fuerzas a sus piernas y velocidad a sus pies.

Alguien gritó a sus espaldas; fue un sonido asombrado y quejoso. Pero Manfred no se detuvo a mirar.

Shasa llegó a la cima a toda carrera. Los dos hombres estaban arrodillados junto al cuerpo tendido en la hierba, al costado del camino. Ambos levantaron la vista hacia Shasa, atónitos.

El muchacho echó una sola mirada al cuerpo tendido boca abajo. La bala tenía que haber sido una dum-dum, dada la amplitud del agujero de salida. Había tallado un hueco en la cavidad pectoral en donde cabían sus dos puños.

No había esperanza alguna. El anciano estaba muerto, y Shasa cobró coraje. Más adelante habría tiempo para el dolor. Ahora había que ocuparse de la venganza.

—¿Vieron quién lo hizo? —jadeó.

—Sí. —Blaine se levantó de un brinco. —Lo vi por un instante. Cortó camino por Oudekraal Kop—. Iba vestido de azul.

Shasa conocía íntimamente esa ladera de la montaña. El asesino había girado alrededor del pie del kop y le llevaba una ventaja de dos minutos, apenas.

—El sendero de cornisa —barbotó—. Va hacia el sendero de cornisa. Trataré de interceptarlo en lo alto de Nursery Ravine.

Echó a correr otra vez hacia atrás, rumbo a Breakfast Rock.

—¡Cuidado, Shasa! —le gritó Blaine—. Lleva el fusil. Yo se lo vi.

El sendero de cornisa era el único medio por el que un vehículo podía llegar a la parte plana, según razonó Shasa mientras corría. Puesto que eso había sido tan cuidadosamente planeado, el asesino debía de tener un vehículo para huir, estacionado en algún punto de ese camino.

La estrecha huella describía una amplia vuelta alrededor de Oudekraal Kop; luego volvía al borde y corría a lo largo del barranco, hasta cruzarse con el camino de cornisa, a setecientos u ochocientos metros de distancia. Había otro sendero poco utilizado, que cortaba por el lado opuesto del Kop. Era difícil de encontrar, y cualquier equivocación lo llevaría a un callejón sin salida contra el precipicio. Pero si lo hallaba podría ahorrarse unos cuatrocientos metros.

Halló el sendero y tomó por él. Estaba obstruido por las hierbas en dos puntos, y era preciso luchar con las ramas entrelazadas. En otro sitio, junto al borde, se había desmoronado. Shasa tuvo que retroceder y tomar carrera para saltar por sobre el vacío, con ciento cincuenta metros de abismo más abajo. Aterrizó de rodillas, se levantó trabajosamente y siguió corriendo.

Irrumpió inesperadamente en el camino principal, chocando de lleno contra el asesino de mameluco azul, que venía corriendo en dirección contraria. Notó fugazmente el gran tamaño del hombre y la amplitud de sus hombros. Un momento después rodaban juntos, pecho contra pecho, lanzando manotazos salvajes, cuesta abajo. El impacto había hecho volar el fusil de las manos del asesino, pero Shasa sintió su elástica dureza, el bulto de sus músculos, y quedó espantado por la primera impresión de fuerza física. Supo de inmediato que no podía enfrentársele. Contra toda su resistencia, el hombre lo puso de espaldas y montó sobre él.

Las caras de ambos estaban a pocos centímetros de distancia. El asesino tenía la barba, negra y rizada, empapada de sudor, la nariz torcida y las cejas muy densas; pero fueron sus ojos los que aterrorizaron a Shasa. Eran amarillos y horriblemente familiares. Sin embargo, tuvieron sobre el muchacho un efecto catalizador, transformando su miedo en fuerza sobrehumana.

Liberó un brazo a tirones y logró apartar al asesino lo suficiente como para arrancar la Beretta de su propio cinturón. No había puesto ningún cartucho en la cámara, pero golpeó hacia arriba con el caño corto, clavándolo en la sien de aquel hombre, y sintió que el acero hacía crujir el hueso del cráneo.

El hombre aflojó su presión y cayó hacia atrás, mientras Shasa se incorporaba sobre las rodillas, tratando de cargar la pistola. El cartucho entró en la cámara con un chasquido metálico. Sólo entonces notó Shasa que estaban muy cerca del precipicio; estaba arrodillado en el borde mismo. Mientras intentaba apuntar hacia aquella cabeza barbada, el asesino desplegó su cuerpo como una navaja y plantó ambos pies en el pecho del muchacho.

Shasa se vio arrojado hacia atrás. La pistola disparó, pero la bala se perdió en el aire, mientras él franqueaba el borde del precipicio en caída libre. Por un momento miró hacia abajo; había metros y metros de vacío, pero un trecho más allá quedó atascado en un pequeño pino que había hallado asidero en una grieta de la roca.

Colgado contra la faz del barranco, con las piernas bamboleándose en el aire, miró hacia arriba. La cabeza del asesino apareció por sobre el borde. Esos extraños ojos amarillos se clavaron en él por un instante; luego, desapareció. Shasa oyó que sus botas crepitaban en el camino. Después le llegó el sonido inconfundible de un fusil al ser cargado y amartillado.

"Va a acabar conmigo", pensó. Sólo entonces se dio cuenta de que aún tenía la Beretta en la mano derecha.

Desesperado, enganchó el codo izquierdo al pequeño pino y apuntó la pistola hacia el borde del barranco, por sobre su cabeza.

Una vez más, la cara y los hombros del asesino aparecieron contra el cielo. El largo caño del máuser apuntaba hacia abajo, pero resultaba incómodo maniobrar con un arma tan larga en ese ángulo, y Shasa disparó un instante antes de que el hombre pudiera tomar puntería. Oyó que la pequeña bala de la pistola golpeaba contra la carne. El asesino soltó un gruñido y desapareció de la vista. Un momento después, alguien gritó a lo lejos, y Shasa reconoció la voz de Blaine.

En ese instante, los pasos del asesino se alejaron a toda carrera. Un minuto después, Blaine asomaba por el borde, mirando a Shasa.

—¡Sosténte! —ordenó, enrojeciendo por el esfuerzo y con voz insegura.

Se quitó el grueso cinturón de cuero y lo cerró formando un lazo. Luego se tendió boca abajo en el suelo y bajó el aro de cuero para que Shasa pudiera pasar un brazo por él. Aunque Blaine era fuerte y la práctica de polo le había desarrollado anormalmente el pecho y los brazos, forcejearon por varios minutos antes de que pudiera izar a Shasa hasta el camino.

Por algunos segundos permanecieron tendidos, el uno junto al otro. Por fin, Shasa se levantó, para dar unos pasos vacilantes a lo largo del sendero, en seguimiento del fugitivo. Pocos pasos más allá, Blaine se le adelantó, en una carrera enérgica que acicateó a Shasa para seguirlo. Se le puso a la par, mientras Blaine jadeaba, por sobre el hombro:

—¡Sangre! —Señalaba unas salpicaduras rojas y húmedas sobre una piedra plana del camino. —¡Le diste!

Cuando llegaron al amplio camino de cornisa, iniciaron el descenso, hombro con hombro, ayudados por la pendiente. Aún no habían llegado al primer recodo cuando oyeron que un motor se ponía en marcha en el bosque, más abajo.

—¡Tiene auto! —Jadeó Blaine, mientras el motor rugía en un *crescendo*.

El ruido se alejó velozmente. Ellos se detuvieron, escuchando cómo se perdía en el silencio. Las piernas de Shasa ya no soportaban el peso de su cuerpo; lo dejaron caer, hecho un montículo en medio de la ruta.

En la estación forestal había un teléfono. Shasa se comunicó con el inspector Nel, de la jefatura, y le dio una descripción del asesino.

—Tendrán que actuar de prisa. Es obvio que este hombre tiene la huida bien planeada.

El club de montañistas tenía una camilla liviana en la estación forestal, pues esa montaña cobraba muchas vidas por año. El guardabosques les asignó a seis trabajadores negros para que la llevaran. Acompañados por ellos, volvieron al extremo del barranco Esqueleto.

Allí estaban las mujeres. Centaine y Anna, bañadas en lágrimas, trataban de consolarse mutuamente. Habían cubierto al muerto con una de las alfombras.

Shasa se arrodilló junto al cadáver y levantó una esquina de la alfombra. Las facciones de Sir Garry Courtney habían cedido ante la muerte, dejándole la nariz arqueada y picuda; los párpados cerrados estaban profundamente hundidos, pero había en él una suave dignidad, que lo asemejaba a la máscara mortuoria de un frágil César.

Shasa lo besó en la frente. Sintió la piel fría y aterciopelada bajo sus labios. Cuando se incorporó, el mariscal Smuts le apoyó en el hombro una mano consoladora.

—Lo siento, muchacho —dijo—. Esa bala era para mí.

Manfred De La Rey se apartó al costado de la ruta, manejando con una sola mano. Sin apagar el motor, desabotonó la pechera de su mameluco.

La bala le había penetrado por debajo y por delante de la a .ıla, clavándose en el grueso acolchado del músculo pectoral, en ángulo hacia arriba. No halló el orificio de salida; eso significaba que aún la tenía en el cuerpo. Cuando tanteó suavemente la cara posterior del hombro, descubrió una hinchazón tan sensible que estuvo a punto de gritar involuntariamente al tocarla.

El proyectil estaba justo bajo la piel, pero no parecía haber penetrado en la cavidad torácica. Apretó su pañuelo a la herida del sobaco y abotonó otra vez el mameluco. Después consultó su reloj. Faltaban algunos minutos para las once. Habían pasado apenas veintitrés minutos desde que hiciera el disparo por el cual su pueblo sería libre.

Una sensación triunfal y apasionada sobrepasaba al dolor de la herida. Volvió a la ruta y continuó serenamente su trayecto por la base de la montaña. Ante los portones del ferrocarril, mostró su pase al custodio y obtuvo autorización para estacionar el Morris ante los cuartos de descanso para fogoneros y maquinistas. Dejó el máuser bajo el asiento del automóvil. Otros se ocuparían del arma y el vehículo. Caminó de prisa hasta la puerta trasera de la sala de descanso. Allí lo estaban esperando.

Roelf se levantó de un salto, lleno de preocupación, al ver sangre en el mameluco azul.

—¿Estás bien? ¿Qué pasó?

—Smuts ha muerto —dijo Manfred.

Y su júbilo salvaje se contagió a los otros. Nadie pronunció palabras ni gritos de victoria, pero todos saborearon en silencio ese momento fundamental sobre el que giraría la historia.

Tras largos segundos, Roelf volvió a quebrar el silencio.

—Estás herido.

Mientras uno de los *stormjagters* salía para ocuparse del coche, Roelf ayudó a Manfred a quitarse el mameluco sucio. Había muy poca sangre, pero la herida estaba hinchada y amoratada. El agujero de la bala era una perforación negra de la que manaba linfa acuosa y rosada. Roelf atendió la herida y la vendó con gasas del botiquín.

Como Manfred apenas podía usar el brazo izquierdo, fue su amigo quien se encargó de afeitarle la negra barba. Sin ella, se lo veía mucho más joven, apuesto y limpio, pero estaba pálido por la pérdida de sangre y la debilidad. Lo ayudaron a ponerse un mameluco limpio y Roelf le puso en la cabeza la gorra de fogonero.

—Pronto volveremos a encontrarnos —le dijo—. Y me enorgullezco de ser amigo tuyo. Desde ahora en adelante, la gloria te seguirá por tanto tiempo cuanto vivas.

El maquinista se adelantó, diciendo:

—Debemos irnos.

Roelf y Manfred se estrecharon la mano. Por fin, el muchacho giró en redondo y siguió al maquinista al andén, donde esperaba la locomotora.

La policía detuvo el tren carguero en la estación de Worcester. Revisaron todos los vagones mientras un agente subía a la cabina de la locomotora para hacer lo mismo.

—¿Qué problema hay? —preguntó el maquinista.

—Parece que esta mañana mataron a un figurón, en Table Mountain. Tenemos una descripción del asesino. Hay bloqueos policiales en todas las rutas y estamos revisando todos los vehículos.

—¿A quién mataron? —preguntó Manfred.

El agente se encogió de hombros.

—No sé, amigo, pero ha de ser alguien importante, a juzgar por el alboroto que hay.

Bajó de la cabina. Pocos minutos después, la señal cambió a verde y el tren partió de la estación con rumbo norte.

Cuando llegaron a Bloemfontein, el hombro de Manfred se había hinchado hasta convertirse en un bulto duro y purpúreo; el dolor era insoportable. Acurrucado en un rincón de la cabina, gemía suavemente, vacilando al borde de la inconsciencia, con la cabeza llena de alas negras.

Roelf había telefoneado anticipadamente. En Bloemfontein lo esperaban amigos que lo sacaron subrepticiamente de la estación.

—¿Adónde vamos?

—A ver a un médico —le dijeron.

Y la realidad se quebró en un rompecabezas de oscuridad y dolor.

Tuvo conciencia del sofocante olor del cloroformo. Cuando despertó estaba en una cama, dentro de un cuarto soleado, pero amoblado en un estilo monástico. Tenía el hombro cubierto de vendas limpias. A pesar de las náuseas dejadas por la anestesia, se sentía nuevamente de una pieza.

Junto a la ventana, sentado en una silla, esperaba un hombre. En cuanto se dio cuenta de que Manfred estaba despierto se acercó a él.

—¿Cómo se siente?

—Más o menos. ¿Se ha producido... el alzamiento? ¿Nuestro pueblo ha tomado el poder?

El hombre le clavó una mirada extraña.

—¿No sabe nada? —preguntó.

—Sólo sé que hemos triunfado... —comenzó Manfred.

Pero el hombre tomó un periódico y lo dejó sobre la cama. Permaneció de pie a un lado mientras el muchacho leía los titulares:

MAGNICIDIO EN TABLE MOUNTAIN

SE CULPA A OB POR EL ASESINATO DE FAMOSO HISTORIADOR

SMUTS ORDENA ARRESTO Y ENCARCELAMIENTO DE SEISCIENTAS PERSONAS.

Manfred se quedó mirando aquella página impresa, sin comprender, mientras el hombre le decía:

—Usted mató a quien no correspondía. Eso dio a Smuts la excusa que necesitaba. Todos nuestros líderes han sido detenidos. A usted lo están buscando por todo el país. No puede quedarse aquí. La policía vendrá en cualquier momento.

Manfred abandonó la ciudad en la parte trasera de un camión, cubierto de malolientes cueros crudos. La Ossewa Brandwag había sido diezmada por los arrestos. Los miembros que aún estaban en libertad, asustados y temerosos, huían en busca de refugio. Nadie quería arriesgarse a dar alojamiento a ese fugitivo. Lo pasaron de casa en casa, una y otra vez.

El plan no había previsto otra cosa que el asesinato y una triunfal revuelta, después de la cual Manfred hubiera debido surgir como héroe popular, para tomar el sitio que le correspondía en el nuevo gobierno republicano. Ahora todo era correr y ocultarse, enfermo y débil, con una recompensa de cinco mil libras puesta a su cabeza. Nadie lo quería; representaba un riesgo peligroso. Cada uno lo entregaba a otra persona en cuanto podía hallar a quien cederle la responsabilidad.

Los periódicos publicaron listas de las personas arrestadas y encarceladas, en las cuales él encontró muchos nombres conocidos. Leyó con horror los de Roelf y el reverendo Tromp Bierman. Se preguntó cómo se las arreglarían, en adelante, Sara, tía Trudi y las muchachas. Pero le costaba pensar y concentrarse, pues la desesperación lo había privado de su valor. Conoció entonces el terror del animal acorralado y herido.

Le llevó ocho días hacer el viaje a Johannesburgo. Aunque no había sido su intención dirigirse a Witwatersrand, las circunstancias y el capricho de sus colaboradores lo encaminaron hacia allí. En trenes y camiones, también a pie, por las noches, cuando su herida comenzó a cicatrizarse y le volvieron las fuerzas, llegó a la ciudad.

Tenía una dirección, su último contacto con la hermandad que intentar, y tomó el tranvía desde la estación ferroviaria. El número que necesitaba era el 36.

Se trataba de uno entre varios chalés separados entre sí, y Manfred empezó a levantarse para bajar del tranvía en la parada siguiente. En eso vio al policía uniformado en la puerta del número 36 y volvió a dejarse caer en el asiento.

Cuando el tranvía llegó a la terminal, entró en un café griego, al otro lado de la ruta. Entregó sus últimas monedas por una taza de café y la bebió lentamente, inclinado sobre la infusión, tratando de pensar.

Había evitado, en esos ocho últimos días, decenas de bloqueos e investigaciones policiales, pero tenía la sensación de que se le agotaba la suerte. Ya no había escondites disponibles para él. Desde allí, el camino lo llevaba a la horca.

Al mirar a través del grasiento escaparate, le llamó la atención un letrero con el nombre de la calle. Algo se agitaba en su memoria, pero sus primeros esfuerzos no lograron aprehenderlo. De pronto sintió que recuperaba el ánimo y divisó un débil fulgor de esperanza.

Al salir del café, siguió la calle cuyo nombre había reconocido. La zona se deterioró rápidamente, hasta convertirse en una barriada de cobertizos y casuchas. En la ruta hollada y sin nivelar no se veían ya caras blancas. Los negros asomados a las ventanas o a los malolientes callejones lo observaban impasiblemente, a través del insondable vacío que separa, en África, a las distintas razas.

Por fin halló lo que estaba buscando. Era un pequeño almacén de ramos generales, atestado de parroquianos negros, ruidosos y rientes; las mujeres, con los bebés atados a la espalda, regateaban ante el mostrador. Pero el alboroto descendió al silencio en cuanto ese blanco entró en el local. Todos les cedieron el paso respetuosamente, sin mirarlo de frente.

El propietario era un anciano zulú, cuya esponjosa barba parecía hecha de lana blanca; vestía un traje abolsado, a la manera occidental. Abandonó a la negra que estaba atendiendo para acercarse a Manfred, inclinando la cabeza con deferencia para escuchar su pedido.

—Acompáñeme, *Nkosi.* —Después de guiar a Manfred hasta el depósito de la trastienda, le dijo: —Tendrá que esperar, tal vez por mucho tiempo.

Y allí lo dejó.

Manfred se dejó caer en un montón de bolsas de azúcar. Estaba hambriento y exhausto; el hombro volvía a palpitar. Acabó por quedarse dormido, pero lo despertaron una mano sobre el hombro y una voz grave al oído.

—¿Cómo supiste dónde buscarme?

Manfred se levantó trabajosamente.

—Mi padre me dijo dónde podía encontrarte —respondió—. Hola, Swart Hendrick.

—Han pasado muchos años, pequeño Manie. —El gigantesco ovambo le sonreía, mostrando el hueco negro de los dientes faltantes; la cabeza, cruzada de cicatrices, era negra y reluciente como una bala de cañón. —Muchos años, sí, pero nunca puse en duda que volveríamos a encontrarnos. Nunca, en todos estos años. Los dioses de la espesura nos han atado, pequeño Manie. Siempre supe que vendrías a mí.

Los dos hombres estaban solos en el cuarto trasero de Swart Hendrick, La casa era una de las pocas construcciones de ladrillos en la barriada de la Granja de Drake. Sin embargo, los ladrillos estaban sin cocer y el edificio no era tan ostentoso como para distinguirse entre las casuchas que se apretaban a él. Swart Hendrick había aprendido, mucho antes, que no le convenía llamar la atención de la policía blanca hacia su riqueza.

En el cuarto delantero, las mujeres cocinaban y hacían sus labores, mientras los niños lloraban o reían entre los pies. Tal como correspondía a su situación, Swart Hendrick contaba con seis esposas en la ciudad, y todas convivían en amistosa relación simbiótica. Los celos posesivos de las occidentales monógamas les eran totalmente desconocidos. Las esposas más antiguas jugaban un papel preponderante en la selección de las más jóvenes. De la multiplicidad, todas obtenían considerable prestigio. Tampoco se resentían por el dinero que él enviaba a las esposas del campo, ni por sus periódicas visitas al *kraal*, para aumentar el número de sus vástagos. Todas se consideraban parte de una misma familia. Cuando los hijos del campo llegaban a la edad en que podían beneficiarse con un traslado a la ciudad, para ampliar su educación y su fortuna, contaban con muchas madres adoptivas, capaces de brindarles el mismo amor y aplicar la misma disciplina que los había guiado en el *kraal*.

Los niños más pequeños eran quienes mandaban en la casa. Uno de ellos, totalmente desnudo, trepó al rezago de Swart Hendrick, que ocupaba su banquillo tallado, símbolo de rango para un jefe tribal. Aunque estaba sumido en intensa discusión con Manfred, no dejó de acariciar tranquilamente al pequeño, como lo hubiera hecho con un cachorro mimado. Cuando el jarro de cerveza quedaba vacío, bastaba con dar una palmada para que una de las esposas más jóvenes, la linda zulú o la núbil basudo, de pechos redondos y duros como huevos de avestruz, trajeran otra jarra y se arrodillaran ante Hendrick para ofrecérsela.

—Y bien, pequeño Manie, hemos conversado sobre todo y dicho cuanto había que decir. Y volvemos al mismo problema.

Swart Hendrick levantó el jarro de cerveza para tragar un buen sorbo de aquel engrudo espeso y blanco. Después de chasquear los labios, limpió la medialuna de cerveza que tenía en el labio superior con el dorso del brazo y lo entregó a Manfred, continuando.

—El problema es el siguiente. En todas las estaciones de ferrocarril, en todas las rutas, hay policías blancos que te están buscando. Hasta se te ha puesto un precio. Y qué precio, pequeño Manie. Ofrecen cinco mil libras por ti. ¿Cuántas cabezas de ganado, cuántas mujeres se podrían comprar con esa cantidad? —Se interrumpió para estudiar el asunto y meneó la cabeza, maravillado. —Me pides que te ayude a salir de Johannesburgo para cruzar el gran río del norte. ¿Qué hará la policía blanca si me atrapa? ¿Me colgarán en el mismo árbol que a ti? ¿O me enviarán a partir piedras en la prisión de *Ou Baas Smuts* y el rey Jorgito? —Swart Hendrick suspiró teatralmente. —Es una difícil pregunta, pequeño Manie. ¿Puedes responder?

—Has sido como un padre para mí, Hennie —recordó Manfred, en voz baja—. ¿Qué padre deja a su hijo a merced de las hienas y los buitres?

—Si soy tu padre, pequeño Manie, ¿por qué tu rostro es blanco y el mío negro? —Hendrick sonrió. —Entre nosotros no hay deudas. Fueron pagadas hace mucho tiempo.

—Tú y mi padre eran hermanos.

—Cuántos veranos han ardido desde aquellos tiempos. —Hendrick lloró el paso del tiempo con un penoso meneo de cabeza. —Y cómo cambiaron el mundo y los que en él viven.

—Hay algo que nunca cambia, a pesar de los años, Hennie.

—¿Y qué es eso, oh, criatura de cara blanca que clama mi paternidad?

—Un diamante, negro padre mío. Los diamantes nunca cambian.

Hendrick asintió.

—Hablemos, entonces, de un diamante.

—De uno, no —corrigió Manfred—. De muchos diamantes. Una bolsa llena de diamantes yace en un sitio lejano, del que sólo tú y yo sabemos.

—Los riesgos son grandes —dijo Hendrick a su hermano—. Y en mi mente acecha la duda, como el león cebado en la densa espesura. Tal vez los diamantes estén donde el niño blanco dice, pero aun así me espera el león de la duda. El padre era un hombre complejo, duro y sin misericordia. Presiento que el hijo ha llegado a ser como su padre. Habla de amistad entre nosotros, pero ya no siento calor en él.

Moses Gama mantenía la mirada fija en el fuego; sus ojos eran oscuros e inescrutables.

—Trató de matar a Smuts —musitó—. Es un duro bóer como los de antaño, los que masacraron a nuestro pueblo en el río de la Sangre e hicieron trizas el poder de los grandes jefes. Esta vez han sido derrotados, como en 1914, pero no están aniquilados. Se levantarán otra vez para luchar, esos duros bóers, cuando termine la guerra de los blancos al otro lado del mar. Convocarán a sus impis y, una vez más, presentarán batalla a Smuts y a su grupo. Es costumbre de los blancos (y he estudiado bien su historia) rechazar, cuando se hace la paz, a quienes más lucharon durante la guerra. Presiento que, en el próximo conflicto, los blancos rechazarán a Smuts y que triunfarán los duros bóers. Y este muchacho blanco es uno de ellos.

—Tienes razón, hermano mío —asintió Hendrick—. No había mirado tan hacia el futuro. Es enemigo de nuestro pueblo. Si él y los suyos suben al poder, aprenderemos una amarga lección de esclavitud. Debo entregarlo a la venganza de quienes lo buscan.

Moses Gama alzó su noble cabeza para mirar a su hermano mayor.

—La debilidad de las multitudes consiste en que no llegan a ver el horizonte. Su mirada permanece fija en la panza o en los genitales —dijo—. Has admitido que padeces esa debilidad. ¿Por qué, hermano mío, no tratas de elevarte por sobre ella? ¿Por qué no levantas los ojos y miras al futuro?

—No comprendo.

—El mayor peligro para nuestro pueblo es su propia paciencia, su pasividad. Somos un gran rebaño bajo la mano de un astuto pastor. Nos mantiene aquiescentes con su despotismo paternal, y la mayor parte de nosotros, por no ir más allá, nos dejamos adormecer hasta una aceptación que confundimos con contento. Sin embargo, el pastor nos ordeña y come nuestra carne a voluntad. Es nuestro enemigo, pues la esclavitud en que nos tiene, a fuer de insidiosa, imposibilita incitar al rebaño a la rebelión.

—Si él es enemigo nuestro, ¿qué son los que llamas los duros bóers?

—Hendrick estaba perplejo. —¿No son acaso enemigos peores?

—De ellos dependerá la libertad última de nuestro pueblo. Son hombres sin sutilezas ni artificios. No es de ellos la sonrisa y la palabra amable que disimulan el acto brutal. Son hombres furiosos, llenos de miedo y odio. Odian a los indios y a los judíos, odian a los ingleses, pero por sobre todo odian y temen a las tribus negras, pues nosotros somos muchos y ellos, pocos. Nos odian y nos temen porque tienen lo que nos corresponde por derecho. Y no podrán disimular ese odio. Cuando lleguen al poder, enseñarán a nuestro pueblo cuál es el verdadero significado de la esclavitud. Con su opresión, transformarán a las tribus, que ahora son rebaño, en una gran estampida de búfalos furiosos, ante cuya fuerza nada quedará en pie. Debemos rezar por este blanquito tuyo y por todo lo que él representa. De él depende el futuro de nuestro pueblo.

Hendrick pasó largo rato mirando el fuego. Por fin, lentamente, alzó su gran cabeza calva para mirar a su hermano, lleno de enorme respeto.

—A veces pienso, hijo de mi padre, que eres el hombre más sabio de toda nuestra tribu —susurró.

Swart Hendrick mandó buscar a un sangoma, un curandero tribal. El hombre preparó un ungüento para el hombro de Manfred. Una vez aplicado, caliente y fétido, resultó muy eficaz. En el curso de diez días, Manfred se encontró en condiciones de volver a viajar.

El mismo sangoma proporcionó una tintura herbácea, con la que Manfred dio a su piel el tono exacto de los negros del norte. Los ojos amarillos no eran una grave desventaja. Entre los mineros negros que volvían a sus hogares, cumplido el contrato con Wenela, existían ciertos símbolos que confirmaban su rango de sofisticados hombres de mundo: baúles de lata para guardar los tesoros adquiridos, la rosada libreta de ahorros, llena de numeritos, el plateado casco de minero, que se les permitía conservar, y, por último, un par de anteojos ahumados.

Uno de los Búfalos de Hendrick, que trabajaba en la oficina de ERPM, se encargó de proporcionar los papeles de viaje, totalmente auténticos. Manfred abordó el tren de Wenela con sus anteojos ahumados y la piel teñida del mismo color que sus vecinos. Todos eran Búfalos de Hendrick y lo rodearían para protegerlo.

Le resultó extraño, pero tranquilizador, que los escasos funcionarios blancos que encontró en el largo viaje rara vez lo miraran de frente. Como era negro, la mirada de esos hombres parecía resbalar por su cara

Manfred y Hendrick abandonaron el tren en Okahandja y, con un grupo de trabajadores, subieron al ómnibus que los llevaría en esas últimas millas, calurosas y polvorientas, hasta el kraal de Hendrick. Dos días después volvieron a ponerse en marcha, esta vez a pie, con rumbo noroeste, internándose en el páramo ardiente.

Durante la temporada anterior había llovido bien; encontraron agua en muchas de las hoyas del Kavango. Pasaron dos semanas antes de que aparecieran los kopjes, como una caravana de camellos contra la neblina azul del calor, a lo largo del horizonte desértico.

Mientras avanzaban hacia las colinas, Manfred se dio cuenta de que era totalmente forastero en ese desierto. Hendrick y su padre habían echado raíces en él, pero el muchacho, desde la infancia, había vivido en ciudades, grandes o pequeñas. Nunca habría podido regresar sin la guía del negro; más aún, no habría sobrevivido sino unos pocos días en esa tierra implacable.

El kopje hacia el cual avanzaban parecía idéntico a los demás. Sólo al escalar la empinada ladera granítica, al erguirse en la cumbre, acudieron los recuerdos en tropel. Quizás habían sido deliberadamente sofocados, pero ahora brotaban otra vez, en nítidos detalles. Manfred casi pudo ver las facciones de su padre, devastadas por la fiebre, y sentir el hedor de la gangrena. Recordó, con renovado tormento, las ásperas palabras de rechazo con que el padre lo había impulsado hacia la salvación

Sin vacilar, se encaminó hacia la grieta que abría la cúpula de granito y se arrodilló ante ella. El corazón le dio un vuelco cuando, al mirar hacia abajo, no distinguió nada en las intensas sombras.

—Conque los famosos diamantes han desaparecido —rió Hendrick, cínico, al ver su horror—. Tal vez se los comieron los chacales.

Manfred, sin prestarle atención, sacó de la mochila una línea de pesca. Después de atar la plomada y el firme anzuelo a un extremo, los dejó caer por la hendedura y trabajó con paciencia, paseando el anzuelo a lo largo de la grieta, mientras Hendrick lo observaba, sentado en la estrecha franja de sombra, sin ofrecerle aliento.

El anzuelo se clavó en algo, muy en el fondo. Manfred, con cautela, aplicó presión a la línea. Como resistiera, fue recogiéndola, cada vez con mayor energía. De pronto algo cedió y el anzuelo quedó libre. El muchacho recogió el cordel, mano sobre mano. Una punta del gancho se había abierto por el peso, pero aún había un fragmento de lona podrida sujeto a la punta.

Manfred rehizo el gancho y volvió a dejarlo caer por la grieta, hurgando en lo hondo, centímetro a centímetro, hacia los costados, hacia arriba, hacia abajo. Después de media hora, el anzuelo volvió a trabarse.

En esa oportunidad, el peso siguió colgado en él. Algo rozaba contra el granito y, poco a poco, un bulto informe surgió a la vista. Lo recogió lentamente, conteniendo el aliento en el último par de metros. En el momento en que lo retiraba de la grieta, la lona del viejo saquito se abrió, dejando deslizar una cascada de piedrecitas blancas sobre la roca.

Dividieron los diamantes en dos montones iguales, como habían acordado, y echaron suertes por la oportunidad de elegir en primer término. Ganó Hendrick. Manfred guardó su parte en la bolsa de tabaco vacía que había llevado con ese fin.

—Dijiste la verdad, pequeño Manie —admitió Hendrick—. Hice mal en dudar de ti.

A la noche siguiente llegaron al río y durmieron juntos frente al fuego. Por la mañana, después de enrollar las frazadas, se miraron de frente.

—Adiós, Hennie. Tal vez el camino vuelva a unirnos.

—Ya te lo he dicho, pequeño Manie: los dioses de la espesura nos han atado. Nos volveremos a ver. De eso estoy seguro.

—Espero con ansias ese día.

—Sólo los dioses decidirán si volvemos a vernos como padre e hijo, como hermanos... o como enemigos mortales.

Hendrick se echó la mochila al hombro y, sin mirar atrás, se alejó por el desierto. Manfred lo observó hasta perderlo de vista. Luego siguió la ribera hacia el noroeste. Esa noche llegó a una aldea de ribereños. Dos jóvenes lo llevaron en canoa hasta la orilla portuguesa. Tres semanas después, Manfred llegaba a Luanda, capital de la colonia portuguesa, y tocaba el timbre del consulado alemán.

Aguardó tres semanas en Luanda, esperando órdenes de la *Abwehr* de Berlín. Poco a poco fue comprendiendo que la demora era deliberada. Había fracasado en la tarea asignada y, en la Alemania nazi, el fracaso era imperdonable.

Vendió uno de los diamantes más pequeños, a una fracción de su valor real, y aguardó a que se cumpliera su castigo. Todas las mañanas se presentaba en el consulado alemán, pero el agregado militar lo despedía disimulando apenas su desprecio.

—Todavía no hay órdenes, Herr De La Rey. Debe tener paciencia.

Manfred pasaba sus días en los cafés de la costa; las noches, en albergues baratos, repasando interminablemente los detalles de su fracaso, o pensando en tío Tromp y en Roelf, que estaban en un campo de concentración, en Heidi y el niño, que estaban en Berlín.

Por fin llegaron sus órdenes. Se le proporcionó un pasaporte diplomático alemán para que se hiciera a la mar en un carguero portugués, hasta las Islas Canarias. Desde allí voló a Lisboa en un avión civil, de matrícula española.

En Lisboa se encontró con el mismo desprecio deliberado. Se le indicó, con indiferencia, que buscara alojamiento y esperara esas órdenes, que parecían no llegar nunca. Escribió cartas personales al coronel Sigmund Boldt y a Heidi. Aunque el agregado consular le aseguraba que habían salido en valija diplomática hacia Berlín, no recibió respuesta.

Vendió otro diamante pequeño para alquilar un alojamiento más amplio, en un viejo edificio de la ribera del Tajo. Pasaba los largos días ociosos leyendo, estudiando o escribiendo. Comenzó a trabajar en dos proyectos literarios, simultáneamente; eran una historia política de Sudáfrica y una autobiografía, ambas planeadas para animarse y sin intención de ser publicadas. Aprendió portugués con un maestro retirado, que vivía en el mismo edificio, y no abandonó su riguroso entrenamiento físico, como si aún boxeara profesionalmente. Llegó a conocer todas las librerías de segunda mano que había en la ciudad; allí compraba cuanto libro de leyes podía hallar, en alemán, inglés o portugués. Pero el tiempo libre aún le pesaba en las manos. Lo irritaba esa imposibilidad de tomar parte en el conflicto que rugía en todo el globo.

La guerra se volvió contra las potencias del Eje. Los EE.UU. de América habían ingresado en el conflicto y sus fortalezas voladoras estaban bombardeando las ciudades de Alemania. Manfred supo de la terrible conflagración que había destruido a Colonia y escribió otra carta a Heidi, tal vez la centésima desde su llegada a Portugal.

Tres semanas después, en una de sus visitas regulares al consulado alemán, el agregado militar le entregó un sobre. Con un arrebato de alegría, reconoció en él la letra de Heidi.

Le decía que, por no haber recibido ninguna de sus cartas anteriores, había llegado a creerlo muerto. Expresaba su maravilla y su agradecimiento por que estuviera con vida y adjuntaba una instantánea de sí misma con el pequeño Lothar.

Por la fotografía, Manfred vio que su esposa había engordado un poco; eso le daba un aspecto más asentado y bello que el de su último recuerdo. Su hijo, en poco más de tres años, se había convertido en un robusto jovencito, lleno de rizos rubios, cuyas facciones prometían fuerza, además de belleza. Como la fotografía era en blanco y negro, no mostraba el color de sus ojos. Las ansias de Manfred por verlos a ambos se tornaron abrasadoras. Escribió a Heidi una carta larga y apasionada, explicándole su situación e instándola a hacer lo posible por procurarse un pase, a fin de reunirse con él en Lisboa. Sin dar detalles específicos, le dio a entender que estaba en condiciones financieras de mantenerlos a ambos y que tenía planes para un futuro común.

Heidi De La Rey, despierta en su cama, escuchaba los bombardeos, por tercera noche consecutiva. El centro de la ciudad estaba devastado; la ópera y la estación ferroviaria, totalmente destruidos; por la información a la que tenía acceso en el Departamento de Propaganda, sabía de los triunfos aliados en Francia y en Rusia, así como de los cien mil soldados alemanes capturados en Minsk.

A su lado, el coronel Sigmund Boldt dormía de un modo muy inquieto, dando vueltas y gruñendo hasta perturbarla más que los lejanos bombardeos norteamericanos. En realidad, él tenía motivos para estar preocupado. Todos lo estaban desde el fallido intento de asesinato contra el Führer. Ella había visto películas sobre la ejecución de los traidores, donde se mostraba cada ínfimo detalle del tormento, con las víctimas colgadas en ganchos para reses. El general Zoller había sido uno de ellos.

Sigmund Boldt no había tomado parte en la conspiración; de eso

Heidi estaba segura; pero tampoco estaba tan lejos como para no verse afectado por la ola que levantó el atentado. Heidi era amante suya desde hacía casi un año, y ya notaba las primeras señales de su falta de interés hacia ella. Sabía, además, que el coronel tenía sus días contados en el poder y la influencia. Pronto volvería a estar sola, sin raciones alimentarias especiales para ella y el pequeño Lothar.

Siguió escuchando los bombardeos. El ataque había terminado y el ruido de los motores se redujo a un zumbido de mosquitos. Pero volverían. En el silencio siguiente a su desaparición, Heidi pensó en Manfred y en sus cartas, a las que ella nunca había contestado. Él estaba en Lisboa; en Portugal no había bombardeos.

Al día siguiente, mientras desayunaban, habló con Sigmund.

—Sólo pienso en el pequeño Lothar —explicó.

Y creyó ver un destello de alivio en la expresión del coronel. Quizá ya había estado pensando cómo deshacerse de ella sin alboroto. Esa misma tarde escribió a Manfred enviando la carta al consulado alemán en Lisboa, y adjuntó una fotografía suya y del niño.

El coronel Sigmund Boldt actuó rápidamente. Aún gozaba de suficiente influencia como para conseguir un pase y documentos para Heidi, en menos de una semana. La llevó al aeropuerto en su Mercedes negro y la despidió con un beso al pie del avión.

Tres días después, Sigmund Boldt era arrestado en su casa de Grünewald. Una semana más tarde moría bajo interrogatorio, en una celda de la Gestapo; en todo momento había alegado su inocencia.

El pequeño Lothar De La Rey echó su primer vistazo al África espiando entre las barandillas del carguero portugués, que entraba a la Bahía Table. Sujeto de la mano por sus padres, rió de placer cuando los remolcadores salieron al encuentro de la nave.

No había guerra desde hacía dos años, pero Manfred había tomado precauciones extraordinarias antes de llevar a su familia al África. Para empezar, escribió a tío Tromp, que había sido liberado al terminar la guerra. Por él supo las noticias políticas y familiares. Tía Trudi estaba bien y las dos muchachas se habían casado. Roelf, liberado al mismo tiempo que tío Tromp, había vuelto a su puesto en la universidad. Era feliz con Sara y esperaban un nuevo miembro en la familia para fines de ese año.

En lo político, el panorama era prometedor. Aunque la *Ossewa Brandwag* y las otras organizaciones paramilitares habían sido desmembradas y sumidas en el descrédito, sus integrantes formaban parte del Partido Nacional, liderado por el doctor Daniel Malan, rejuveneciendo y vigorizando esa agrupación. La unidad afrikaner era más sólida que nunca; la inauguración de un gran monumento a los voortrekker, en un kopje de Pretoria, había entusiasmado al *Volk* de tal modo que muchos de quienes habían combatido por Smuts, en Italia y el Norte de África, acudían en tropel a apoyar la causa.

Más aún, Smuts había cometido un error político al invitar a la familia real británica a visitar el país. Esa presencia había servido para polarizar los sentimientos del público, entre los angloparlantes y los afrikaners. Aun muchos de los hombres de Smuts estaban ofendidos por la visita.

El doctor Hendrick Frensch Verwoerd, que había abandonado su cátedra en la universidad de Stellenbosch para convertirse en el director de *Die Vaderland*, sólo permitió una referencia a la visita real en su periódico: advirtió a los lectores que podía producirse algún corte de tránsito en Johannesburgo, debido a la presencia de visitantes extranjeros en la ciudad.

Al pronunciarse el discurso de lealtad, en la inauguración del Parlamento sudafricano, el doctor Daniel Malan y todos los miembros de su Partido Nacionalista se habían ausentado de la Cámara, a modo de protesta.

Tío Tromp concluía su carta diciendo: "Ya ves que hemos salido de la tormenta fortalecidos y purificados como *Volk*, y más decididos que nunca en nuestros esfuerzos. Nos esperan días de grandeza, Manie. Vuelve a la patria. Necesitamos hombres como tú."

Aun así, Manfred no tomó decisiones inmediatas. Volvió a escribir a su tío para preguntar, en términos velados, qué se sabía de una espada blanca que él había dejado allá. Después de cierta demora, recibió la seguridad de que nadie sabía nada sobre su espada. Discretas averiguaciones entre amigos empleados en la policía permitían aseverar que, si bien el caso de la espada desaparecida aún estaba abierto, ya no se lo tenía bajo investigación activa y nadie conocía su paradero ni el nombre de su propietario. Debía suponerse que no se la hallaría jamás.

Manfred dejó a Heidi y al niño en Lisboa para viajar por tren a Zurich, donde vendió el resto de los diamantes. Dada la euforia de postguerra, los precios eran elevados; por lo tanto, pudo depositar casi doscientas mil libras en una cuenta numerada de Crédit Suisse.

Al llegar a Ciudad del Cabo, la familia bajó a la costa sin llamar la atención, aunque Manfred, como ganador en las Olimpíadas, habría podido ser blanco de una gran publicidad, de haberlo deseado. Pero se movió con cautela; visitó a antiguos amigos, ex miembros de la OB y aliados políticos, para asegurarse de que no hubiera sorpresas desagradables cuando otorgara su primera entrevista al periódico *Burger*. Explicó al periodismo que había pasado la guerra en Portugal, país neutral, porque no deseaba luchar por un bando ni por el otro. Ahora volvía a su patria para ofrecer su contribución al progreso político del sueño afrikaner: una República de Sudáfrica, libre de los dictados de cualquier potencia extranjera.

Había dicho lo que más convenía; era un triunfador olímpico, en una tierra donde se veneraba al atletismo. Era gallardo, inteligente y devoto; tenía una esposa atractiva y un lindo hijo. Aún contaba con amigos en puestos elevados. Y el número de esos amigos crecía cada vez más.

Se asoció a una próspera firma de abogados, con sede en Stellenbosch. El socio principal era un abogado llamado Van Schoor, muy activo en la política y toda una luminaria del partido Nacionalista. Él propició el ingreso de Manfred en su agrupación.

El joven se dedicó plenamente a los asuntos de Van Schoor y De La Rey; con la misma aplicación, a los del Partido Nacionalista del Cabo. Demostró gran capacidad como organizador en la recolección de fondos. Al terminar 1947 era ya miembro de la Broederbond.

La *Broederbond* o "hermandad" era otra sociedad secreta de los afrikaners. No había reemplazado a la difunta *Ossewa Brandwag*, sino que existía a la par y, con frecuencia, compitiendo con ella. A diferencia de la OB, no era rimbombante y abiertamente militar; no contaba con uniformes ni ceremonias a la luz de las antorchas. Trabajaba en silencio, en grupos pequeños, usando las casas particulares y las oficinas de hombres poderosos e influyentes, pues la participación sólo se ofrecía a los mejores. Consideraba a sus miembros como una élite de super-afrikaners, cuya finalidad era la formación de una República Afrikaner. Al igual que la desbandada OB, se rodeaba de un férreo secreto. A diferencia de ella, exigía de sus miembros mucho más que una estirpe puramente afrikaner. Cada uno debía ser líder de un grupo o, cuanto menos, un líder en potencia. La invitación a incorporarse a la hermandad llevaba consigo la promesa de una gran preferencia y de favor político en la futura república.

La primera recompensa de Manfred fue casi inmediata: al inaugurarse la campaña para las elecciones generales de 1948, De La Rey fue elegido candidato oficial por el Nacionalismo a la banca marginal por la Holanda de los hotentotes.

Dos años antes, en una elección parcial, la banca había sido obtenida, en nombre del Partido Unido de Smuts, por un joven héroe de la guerra, proveniente de una rica familia angloparlante: Shasa Courtney, que volvía a ser nominado por el Partido Unido para las elecciones generales.

A Manfred De La Rey le fue ofrecida una banca más segura, pero él prefirió deliberadamente la Holanda de los hotentones. Buscaba la oportunidad de enfrentarse nuevamente a Shasa Courtney. Recordaba vívidamente aquel primer encuentro, en el muelle de pesca de Walvis Bay. Desde entonces, sus destinos parecían haberse ligado inextricablemente en un nudo gordiano; Manfred presentía que era preciso enfrentarse a ese adversario una vez más, para desatar ese nudo.

A fin de prepararse para la campaña y de satisfacer su larga enemistad, inició una investigación sobre la familia Courtney, en particular sobre Shasa y su madre, la señora Centaine de Thiry Courtney. Casi de inmediato descubrió áreas misteriosas en el pasado de la mujer, que fueron acentuándose a medida que ampliaba sus investigaciones. Entonces empleó a una firma de investigadores parisinos, que debían examinar en detalle los antecedentes familiares de Centaine y sus orígenes.

En la visita mensual a su padre, alojado en la Prisión Central de Pretoria, sacó a relucir el nombre de Courtney y suplicó al frágil anciano que le dijera cuánto sabía sobre esa familia.

Al inaugurarse la campaña, Manfred sabía que sus investigaciones le habían otorgado una importante ventaja. Se lanzó a los forcejeos de toda elección sudafricana con gran placer y determinación.

Centaine de Thiry Courtney estaba en la cima de Table Mountain, un poco apartada con respecto a los demás. Desde el asesinato de Sir Garry, la montaña la entristecía invariablemente, aun cuando la contemplaba desde las ventanas de su estudio de Weltevreden. Esa era la primera vez que ascendía a la cumbre desde aquel día trágico, y estaba allí sólo por no rechazar la invitación de Blaine, que deseaba ir oficialmente acompañado por ella. "Además", se dijo, por ser franca consigo misma, "sigo siendo lo bastante *snob* como para disfrutar de una presentación ante los reyes de Inglaterra."

El *Ou Baas* estaba conversando con el rey Jorge, señalando los puntos geográficos salientes con su bastón. Llevaba su viejo sombrero de paja y unos pantalones sueltos, abolsados; su parecido con Sir Garry causó en Centaine una punzada de dolor que le hizo desviar la mirada.

Blaine estaba con el pequeño grupo que rodeaba a las princesas reales. Estaba narrando un cuento, y Margarita Rosa rió, encantada. "Qué bonita es", pensó Centaine, "qué piel tan tersa. Una verdadera rosa de Inglaterra". La princesa se volvió para decir algo a otro de los jóvenes, que había sido presentado a Centaine un momento antes. Era oficial de la fuerza aérea, como Shasa; hombre apuesto de rostro fino y sensitivo. Centaine sintió que despertaban sus instintos femeninos al captar la mirada secreta que intercambiaba la pareja. Era inconfundible y le levantó el ánimo; siempre le ocurría lo mismo cuando veía a dos enamorados jóvenes.

El humor sombrío volvió casi de inmediato. Pensando en el amor y en la juventud, estudió a Blaine. Él, ignorante de su mirada, se mostraba tranquilo y encantador; pero había plata en su pelo, relucientes alas de plata por sobre esas orejas salientes que ella amaba tanto, y profundas arrugas en su cara bronceada, alrededor de los ojos, en las comisuras de la boca y junto a la nariz aguileña. Su cuerpo seguía siendo firme, plano de vientre, gracias al ejercicio de caminar y cabalgar, pero era como el león viejo. Más deprimida aún, Centaine se enfrentó al hecho de que Blaine ya no estaba en la flor de la vida. Antes bien, se lo veía en el umbral de la ancianidad.

"Oh, Dios", pensó, "yo misma voy a cumplir cuarenta y ocho años dentro de pocos meses". Y levantó la mano para tocarse la cabeza. Allí también había plata, pero tan diestramente teñida que parecía apenas la decoloración del sol africano. En la intimidad de su alcoba, el espejo le revelaba otras verdades desagradables, antes de que ella las ocultara bajo cremas, polvos y maquillaje.

"¿Cuánto tiempo nos queda, querido mío?", preguntó para sus adentros, con tristeza. "Ayer éramos jóvenes e inmortales, pero hoy veo, por fin, que para todo hay un término."

En ese momento Blaine giró hacia ella. Centaine reconoció su rápido gesto de preocupación al verla entristecida. Después de disculparse ante los otros, se acercó a ella.

—¿Por qué tanta seriedad en un día tan bello? —preguntó, sonriente.

—Estaba pensando en que eres un desvergonzado, Blaine Malcomess.

La sonrisa de su compañero desapareció.

—¿Qué pasa, Centaine?

—¿Cómo puedes exhibir tan flagrantemente a tu querida ante las cabezas coronadas del imperio? —acusó ella—. Ha de ser un delito capital. Podrían decapitarte en la Torre.

Él la miró fijamente por un momento; entonces su sonrisa volvió, juvenil y gozosa.

—Mi querida señora, tiene que existir un modo de escapar a esa fatalidad. ¿Y si cambiara tu posición? De impúdica amante a casta esposa.

Ella rió de un modo infantil. Pocas veces lo hacía, pero en esas ocasiones, Blaine la encontraba irresistible.

—Qué momento y qué lugar para recibir una proposición matrimonial. Y más aún para aceptarla.

—¿Qué dirían sus majestades si te besara aquí y ahora?

Blaine se inclinó hacia ella, que dio un salto atrás, sobresaltada.

—¡Qué hombre tan loco! Ya verás cuando lleguemos a casa —amenazó.

Él la tomó del brazo y ambos fueron a reunirse con los demás.

—Weltevreden es una de las casas más encantadoras del Cabo —reconoció Blaine—. Pero no me pertenece. Y quiero cruzar el umbral de mi propia casa con mi novia en brazos.

—Pero no podemos vivir en tu casa. —Centaine no necesitaba dar explicaciones. Por un momento, el fantasma de Isabella pasó entre ellos como una sombra oscura.

—¿Y en el chalé? —preguntó él, riendo para borrar el recuerdo de su esposa—. Tiene una cama estupenda. ¿Qué otra cosa se necesita?

—Lo conservaremos —aceptó ella—. Y de vez en cuando nos escaparemos para hacerle una visita.

—¡Oh, domingos pecaminosos! ¡Bien!

—Mira que eres vulgar, hombre.

—Bueno. ¿Y dónde viviremos?

—Buscaremos una casa. Una casa especial para los dos.

Fueron quinientos acres de montaña, playa y costa rocosa, con abundantes plantas de protea y una magnífica vista a la bahía y al verde Atlántico. La casa era una inmensa mansión victoriana, construida a fines de siglo por un viejo magnate minero; necesitaba desesperadamente la atención que Centaine procedió a dedicarle a manos llenas. Sin embargo, ella mantuvo el nombre: Rhodes Hill. Para Centaine, uno de sus principales atractivos era que le posibilitaba, tras veinte minutos de viaje en el Daimler, estar en los viñedos de Weltevreden.

Shasa había tomado la presidencia de la empresa Courtney al terminar la guerra, aunque Centaine conservaba un sitio en el directorio y no faltaba a ninguna reunión. Él y Tara se mudaron al gran *château* de Weltevreden, pero Centaine los visitaba todos los fines de semana y, a veces, con más frecuencia. Experimentaba una punzada de dolor al ver que Tara había cambiado la disposición de los muebles y rediseñado los jardines, pero se esforzaba en mantener la boca cerrada.

En esos tiempos pensó con frecuencia en la anciana pareja de bosquimanos que la rescató del mar y el desierto. En esas ocasiones cantaba suavemente el himno que O'wa había compuesto para el bebé Shasa:

"Sus flechas volarán a las estrellas
y cuando los hombres digan su nombre
hasta en ellas se oirá...
Y hallará agua buena,
dondequiera vaya hallará agua buena..."

Si bien, después de tantos años, los chasquidos y las entonaciones del idioma San se le trababan extrañamente en la lengua, se decía que la bendición de O'wa había dado sus frutos. Eso, junto con su propia y rigurosa dirección, habían encaminado a Shasa hacia las aguas buenas de la vida.

Poco a poco, con la ayuda de David Abrahams en Windhoek, Shasa había inyectado a la empresa Courtney un nuevo espíritu de vigor, juventud y aventura. Aunque los veteranos, Abrahams y Twentyman-Jones, meneaban la cabeza, y hasta la misma Centaine se veía obligada, de vez en cuando, a vetar los proyectos más arriesgados de su hijo, la compañía cobró ímpetu y aumentó su importancia. Cada vez que Centaine examinaba los libros u ocupaba su asiento, ante la mesa del directorio, hallaba menos motivos de queja y más para felicitarse. Hasta al doctor Twentyman-Jones, el parangón de los pesimistas, se le había oído murmurar: "Ese muchacho tiene bien puesta la cabeza." Y luego, horrorizado por su desliz, había agregado, morosamente: "Eso sí, buen trabajo nos dará que la conserve así."

Cuando Shasa fue elegido candidato del partido Unido, en las elecciones parlamentarias parciales por la Holanda de los hotentotes y obtuvo su victoria por estrecho margen, Centaine vio que todas sus ambiciones maternales se convertían en realidad. Era casi seguro que se le ofreciera algo más importante en las elecciones generales venideras: tal vez el puesto de viceministro de Minería e Industria. Más adelante, algún ministerio de gabinete. ¿Y después? Centaine dejó que la idea le provocara pequeños escalofríos, pero no se permitió demorarse en ella, por si la ambición malograba su suerte actual. Sin embargo, era posible; su hijo era bien dotado: hasta el parche negro aumentaba su personalidad; hablaba con gracia e inteligencia; sabía interesar a la gente y hacerse simpático. Era rico, ambicioso y astuto. Además, contaba con su propio respaldo y el de Tara. Era posible, más que posible.

Por alguna notable contorsión dialéctica, Tara Malcomess Courtney había retenido intacta su conciencia social, aunque manejaba la finca de Weltevreden como si hubiera nacido para ello. Como cabía esperar, conservó su nombre de soltera. Era capaz de volar de su elegante vecindario a las clínicas y los comedores populares de las barriadas pobres sin pisar en falso, y llevaba consigo donaciones más cuantiosas de las que Shasa hubiera deseado.

Se lanzó a los deberes de la maternidad con idéntica dedicación. Sus tres primeros intentos dieron resultados masculinos, saludables y bulliciosos. Eran, por orden de antigüedad, Sean, Garrick y Michael. En su cuarta visita al lecho de partos produjo, sin perder tiempo ni esfuerzos en el proceso, a su obra maestra. Tara le dio el nombre de su propia madre, Isabella. Shasa quedó hechizado por ella desde el momento mismo en que la levantó en brazos y recibió un poquito de leche cortada en el hombro.

Hasta ese momento, había sido el espíritu de Tara y su interesante personalidad lo que había impedido que su marido, por aburrimiento, respondiera a las invitaciones, sutiles y no tan sutiles, lanzadas por las aves de presa femeniles.

Centaine, muy consciente de que las venas de su hijo estaban cargadas con caliente sangre de Thiry, se atormentaba por la indiferencia de Tara ante el peligro. "Oh, *Mater*, Shasa no es de ésos." Centaine sabía hasta qué punto lo era. "*Mon Dieu*, si empezó a los catorce..." Sin embargo, acabó por tranquilizarse cuando "la otra" entró finalmente en la vida de Shasa, pero bajo la forma de Isabella Courtney Malcomess. Habría sido muy fácil que un desliz fatídico acabara con todo, destrozándole el dulce cáliz que ella estaba por saborear. Ahora, por fin, Centaine se sentía a salvo.

Sentada bajo los robles, junto al campo de polo de Weltevreden, se sintió huésped de honor en la que fuera su casa, honrada y satisfecha. Las niñeras de color atendían a los dos más pequeños; Michael tenía poco más de un año; Isabella aún mamaba. Sean estaba en el medio del campo, sentado en el pomo de la silla, chillando de entusiasmo, en tanto el padre lo llevaba a todo galope. Seguro entre los brazos de Shasa, lo instaba:

—¡Más rápido, papá, más rápido!

Garrick, en las rodillas de Centaine, saltaba de impaciencia.

—¡A mí! —chillaba—. ¡Ahora yo!

Shasa se acercó al galope y sofrenó al poni en seco. Bajó a Sean de la silla, aunque se prendía como un abrojo, mientras Garrick abandonaba de un brinco el regazo de Centaine, para correr hacia su padre.

—¡Yo, papá, me toca a mí!

Shasa se inclinó desde la silla y levantó al niño para montarlo delante de él. Una vez más, partieron al galope; era un juego del que nunca se cansaban. A la hora del almuerzo ya habían agotado a dos caballos.

Se oyó el ruido de un vehículo que bajaba desde el *château*, y Centaine se levantó involuntariamente al reconocer el latido característico del Bentley. De inmediato recobró la compostura y salió al encuentro de Blaine, con un poco más de dignidad de la que permitía su ansiedad. Al ver la expresión con que bajaba del coche apretó el paso.

—¿Qué pasa, Blaine? —preguntó, dándole un beso en la mejilla—. ¿Algo anda mal?

—No, por supuesto —la tranquilizó él—. Los nacionalistas han anunciado a sus candidatos al Parlamento. Eso es todo.

—¿Quién compite contra ti? —Centaine era toda atención—. ¿Otra vez el viejo Van Schoor?

—No, querida mía. Sangre nueva. Es alguien a quien probablemente no hayas oído mencionar: Dawid Van Niekerk.

—¿Y a quién nombraron candidato por la Holanda de los hotentotes?— Como lo viera vacilar, insistió de inmediato. —¿Quién es, Blaine?

Él la tomó del brazo y la condujo lentamente hacia la familia, que se había reunido bajo los robles para tomar el té.

—La vida es muy extraña —dijo.

—Blaine Malcomess, te pedí una respuesta, no unas cuantas joyas de filosofía casera. ¿Quién es?

—Lo siento, querida —murmuró él, apenado—. Han nombrado a Manfred De La Rey como candidato oficial del partido.

Centaine se detuvo en seco, sintiendo que la cara se le quedaba sin sangre. Blaine la sujetó con más fuerza, viendo que vacilaba sobre los pies. Desde el principio de la guerra, Centaine no había tenido noticia alguna de su segundo hijo, el que nunca reconociera.

Shasa inició su campaña con una asamblea abierta en el salón de los *boyscouts* de Somerset West. Viajó con Tara desde Ciudad del Cabo, a lo largo de cuarenta y cinco kilómetros, hasta esa bella aldehuela situada al pie del Paso Sir Lowry, tras la escarpada barrera de las montañas. Tara insistió en que utilizaran su viejo Packard; nunca se había sentido cómoda en el nuevo Rolls-Royce de Shasa.

—¿Cómo soportas usar cuatro ruedas que cuestan lo suficiente como para vestir, educar y alimentar a cien niños negros desde la cuna hasta la tumba?

Por primera vez en su vida Shasa comprendió lo práctico y prudente de no exhibir su riqueza a los ojos de los votantes. Tara era, en verdad, inapreciable. Como político con aspiraciones, no habría podido pedir una pareja mejor. Madre de cuatro niños encantadores, franca, dueña de fuertes opiniones y de una astucia natural, que se anticipaba a los prejuicios y los entusiasmos del rebaño. Además, era llamativamente hermosa y su sonrisa podía iluminar cualquier mitin aburrido; a pesar de haber tenido cuatro alumbramientos en poco más de cuatro años, seguía luciendo una figura maravillosa, de cintura estrecha y buenas caderas; sólo su busto había crecido.

"Puesta frente a frente con Jane Russell, le sacaría una ventaja redonda", pensó Shasa, riendo por lo bajo.

Ella lo miró de soslayo.

—Esa es tu risa de degenerado —lo acusó—. No me digas lo que estás pensando. Prefiero escuchar tu discurso.

Él lo ensayó ante Tara, empleando los gestos adecuados, mientras ella intercalaba alguna sugerencia sobre el contenido o la forma de expresión. "Aquí convendría una pausa más larga", o "Muéstrate feroz y decidido", o "Yo no insistiría tanto en eso del Imperio. Ya no está a la moda".

Tara seguía manejando a un ritmo furioso. El viaje terminó pronto. A la entrada del local había grandes retratos de Shasa, en mayor tamaño que el natural, y el salón estaba gratificantemente lleno. Todos los asientos estaban ocupados; hasta había diez o doce jóvenes de pie en la parte trasera. Parecían estudiantes; a Shasa le pareció que no tenían la edad suficiente para votar.

El organizador del Partido Unido, con una insignia partidaria en la solapa, señaló a Shasa diciendo que no necesitaba presentaciones y exaltó la buena obra realizada por el distrito durante su breve representación previa.

Después se levantó Shasa, alto y elegante con su traje azul, no demasiado nuevo ni demasiado fino, pero de impecable camisa blanca, pues sólo los petimetres usaban camisa de color. Llevaba corbata de la fuerza aérea, para recordar al público su actuación durante la guerra. El parche sobre el ojo era otro acento sobre los sacrificios hechos por el país. Su sonrisa resultó encantadora y sincera.

—Amigos míos —comenzó.

Y no pudo ir más allá. Ahogó su voz un pandemonio de pataleos, estribillos y burlas. Shasa trató de convertirlo en broma, fingiendo que dirigía aquel orquestado alboroto, pero su sonrisa fue perdiendo sinceridad, según los gritos se prolongaban, sin señales de acallarse, ensañándose más y más con el correr de los minutos. Por fin resolvió iniciar su discurso, hablando a gritos para hacerse oír por sobre el tumulto.

Eran unos trescientos, que habían ocupado toda la parte trasera del salón; dejaron bien en claro que apoyaban al Partido Nacionalista y a su candidato, agitando banderas donde se veía la insignia de la agrupación y retratos del grave y apuesto Manfred De La Rey.

Pasados los primeros minutos, los votantes más maduros, que ocupaban la parte delantera del salón, presintieron la demostración de violencia y sacaron a sus esposas por la entrada lateral, provocando un renovado estallido de burlas.

De pronto, Tara Courtney se levantó de un salto para ponerse junto a Shasa. Enrojecida de furia, los ojos grises duros y refulgentes como bayonetas, chilló:

—¿Qué clase de hombres son ustedes? ¿Les parece justo esto? ¿Y se titulan cristianos? ¿Dónde está su caridad cristiana? ¡Al menos, den a este hombre su oportunidad!

Su voz tenía volumen, y su furiosa belleza sofrenó al público. La caballerosidad innata de los jóvenes comenzó a hacer su efecto. Uno o dos se sentaron, sonriendo mansamente, y el ruido comenzó a ceder. Pero un hombre corpulento, de pelo oscuro, se adelantó para incitarlos:

—Vamos, muchachos, despachemos al *Soutie* a Inglaterra, que es donde debe estar.

Shasa conocía a ese hombre. Era uno de los organizadores partidarios locales. Había formado parte del equipo olímpico de 1936 y pasado casi todas las guerras internado en un campo de concentración. Era profesor de abogacía en la universidad de Stellenbosch. Shasa lo desafió, en afrikaans:

—¿No cree, *Meneer* Roelf Stander, en el imperio de la ley y en el derecho a expresarse libremente?

Antes de que pudiera concluir llegó el primer proyectil, describiendo una amplia parábola, para estrellarse contra la mesa, frente a Tara. Era una bolsa de papel, llena de excrementos de perro. Inmediatamente se produjo un bombardeo de fruta pasada y rollos de papel higiénico, pollos muertos y pescado podrido.

Los partidarios del Partido Unido se levantaron para pedir orden a gritos, pero Roelf Stander convocó a sus hombres con un gesto y todos, gozosamente, se lanzaron a la batalla. Entre las sillas tumbadas, las mujeres gritaban, los hombres lanzaban juramentos y todos caían amontonados.

—Manténte detrás de mí —indicó Shasa a Tara—. ¡Aférrate de mi chaqueta!

Se fue abriendo camino hacia la puerta, golpeando a quienquiera se le interpusiera. Un hombre cayó ante un gancho de derecha de Shasa.

—Eh, oiga —protestó quejosamente, desde el suelo—, yo soy de los suyos.

Shasa, sin prestarle atención, sacó a Tara por la puerta lateral y la arrastró corriendo hasta el Packard.

Ninguno de los dos habló hasta que estuvieron otra vez en la ruta principal, con los faros apuntando hacia la mole oscura de Table Mountain. Sólo entonces, Tara, que iba al volante, preguntó:

—¿A cuántos derribaste?

—A tres de los otros... y uno de los nuestros.

Ambos estallaron en una nerviosa carcajada de alivio.

—Parece que esto va a ser muy divertido.

La campaña de 1948 se libró con animosidad creciente. En todo el país, brotaba la comprensión de que Sudáfrica había llegado a un fatídico cruce de caminos.

Los hombres de Smuts estaban horrorizados por la intensidad de los sentimientos que los nacionalistas habían logrado engendrar entre los afrikaners. No estaban preparados, en absoluto, para la movilización casi militar de todas las fuerzas al mando del partido nacionalista.

Había pocos votantes negros y, entre todos los sudafricanos blancos, los afrikaners formaban una pequeña mayoría. Smuts había confiado en el apoyo de los angloparlantes, junto con una moderada fracción del electorado afrikaner. Al acercarse el día de las elecciones, ese moderado respaldo se fue dejando ganar por la ola de histeria nacionalista. En el Partido Unido los ánimos se tornaban cada vez más sombríos.

Tres días antes de las elecciones, mientras Centaine, en su nuevo jardín, supervisaba el agregado de cien rosales de flores amarillas, el secretario salió a presurosamente de la casa.

—Ha venido el señor Duggan, señora.

Andrew Duggan era director del *Cape Argus*, periódico que, entre los que se publicaban en el Cabo en idioma inglés, tenía la mayor circulación. Era buen amigo de Centaine y visitaba regularmente su casa, pero aun así resultaba muy desconsiderado de su parte llegar sin previo aviso. Centaine tenía el pelo hecho un desastre, a pesar del gran pañuelo; estaba arrebatada, sudorosa y sin maquillaje.

—Dígale que no estoy en casa —ordenó.

—El señor Duggan le hace llegar sus disculpas, pero dice que es un asunto de extremada urgencia. En realidad, dijo "de vida o muerte", señora.

—Oh, está bien. Dígale que lo atenderé dentro de cinco minutos.

Después de cambiarse los pantalones sueltos y el suéter por un vestido de mañana, se dio unos apresurados toques con el cisne de los polvos y corrió al salón delantero, donde Andrew Duggan contemplaba el Atlántico, desde las puertas ventanas. Su bienvenida no fue del todo efusiva; ni siquiera le ofreció la mejilla para un beso, como pequeña muestra de su descontento. Andrew se deshizo en disculpas.

—Ya sé que es un atrevimiento venir de este modo, Centaine, pero necesitaba hablar contigo y no podía hacerlo por teléfono. Di que me perdonas, por favor.

Ella, ablandada, sonrió.

—Te perdono. Y te voy a ofrecer un té, para demostrártelo.

Le llevó la finísima taza de porcelana y se sentó en el sofá, a su lado.

—¿Así que de vida o muerte? —comentó.

—Más correctamente, de vida y nacimiento.

—Me intrigas. Explícate, Andy, por favor.

—He recibido informaciones extrañísimas, Centaine, apoyadas por documentos que, en principio, parecen auténticos. Si lo son, me veré obligado a publicar la historia. La información se refiere a ti y a tu familia, pero especialmente a ti y a Shasa. Es muy perjudicial...

Se le apagó la voz. Miró a Centaine como pidiéndole permiso para continuar.

—Sigue, por favor —dijo ella, con una calma que no sentía.

—Para no ser demasiado explícito: se nos ha dicho que tu casamiento con Blaine ha sido tu primer y único casamiento. Centaine sintió que el plomizo peso del horror se aplastaba contra ella. —Y eso, naturalmente, significaría que Shasa es ilegítimo.

Ella alzó la mano para interrumpirlo.

—Respóndeme a una sola pregunta: tu informante es el candidato nacionalista por la Holanda de los hotentotes o uno de sus representantes. ¿Me equivoco?

Él inclinó la cabeza en un leve gesto afirmativo, aunque dijo:

—No podemos dar a conocer nuestras fuentes. Lo prohíben las normas de nuestro periódico.

Guardaron silencio por largo rato, mientras Andrew Duggan estudiaba a Centaine. Qué mujer extraordinaria era, indómita aun frente a la catástrofe. Lo entristecía pensar que a él podía tocarle aniquilar sus sueños. Adivinaba sus ambiciones y simpatizaba con ellas. Shasa Courtney tenía mucho que ofrecer a la nación.

—Tienes los documentos, naturalmente —preguntó Centaine.

Él sacudió la cabeza.

—Mi informante los retendrá hasta que yo me comprometa a publicar la historia antes de las elecciones.

—¿Y tú lo harás?

—Si no obtengo de ti algo que refute esas afirmaciones, tendré que publicar. Es de interés público.

—Dame tiempo hasta mañana por la mañana —pidió ella—. Como favor personal, Andy.

—Muy bien —accedió el periodista—. Te debo eso, cuanto menos. —Y se levantó. —Disculpa, Centaine. Ya te he robado demasiado tiempo.

En cuanto Andrew Duggan se hubo retirado, Centaine subió a darse un baño y a cambiarse. Media hora después iba en el Daimler rumbo a la ciudad de Stellenbosch.

Eran bastante más de cinco cuando estacionó frente a las oficinas de Van Schoor y De La Rey, pero la puerta se abrió a su primer empujón. Uno de los socios aún estaba trabajando.

—*Meneer* De La Rey se retiró algo temprano. Llevó un expediente para trabajar en su casa, sin que lo molestaran.

—Tengo que tratar con él algo muy urgente. ¿Puede darme su dirección particular?

Era una casa con techo de tejas, modesta, pero agradable, situada en terrenos junto al río. Alguien dedicaba mucho cuidado al jardín, pues estaba lleno de flores, a pesar de lo avanzado de la estación y las primeras nieves que cubrían la montaña.

Abrió la puerta una rubia alta y fuerte, de facciones bonitas y pecho limpio. Su sonrisa era reservada, mantuvo la puerta cerrada a medias.

—Querría hablar con *Meneer* De La Rey —le dijo Centaine, en afrikaans. ¿Puede informarle que ha venido la señora Malcomess?

—Mi esposo está trabajando. No me gusta molestarlo... Pero pase; le preguntaré si puede recibirla.

Dejó a Centaine en la sala de entrada, empapelada en rojo oscuro, con cortinas de terciopelo y pesados muebles teutónicos. Centaine estaba demasiado nerviosa como para sentarse. De pie en medio del ambiente, se dedicó a contemplar las pinturas colgadas sobre el hogar, sin prestarles la menor atención. Por fin notó que la estaban observando.

Giró rápidamente. Un niño, desde la puerta, la estudiaba con serena franqueza. Era un muchachito encantador, de siete u ocho años, cuyos rizos rubios contrastaban con los ojos y las cejas oscuros. Sus ojos eran los de Centaine, y ella los reconoció inmediatamente. Ese niño era nieto suyo; lo supo por instinto, y el impacto la hizo temblar. Ambos se miraron fijamente. Por fin, Centaine juntó coraje para aproximarse, paso a paso, y tenderle la mano.

—Hola —saludó, con una sonrisa— ¿Cómo te llamas?

—Soy Lothar De La rey —respondió él, con aire importante— Y tengo casi ocho años.

"¡Lothar!", pensó Centaine. El nombre traía recuerdos y dolores que agregar a sus emociones. Aún así, logró mantener la sonrisa.

—Qué niño grande y bonito... —comenzó.

Iba a tocarle la mejilla cuando reapareció la mujer, a sus espaldas.

—¿Qué haces aquí, Lothie? —protestó—. No has terminado de comer. Vuelve a la mesa inmediatamente, ¿me entiendes?

El niño salió a toda carrera, mientras la mujer se disculpaba con una sonrisa.

—Perdone; es que está en la edad inquisitiva. Mi esposo la va a recibir, *Mevrou* ¿Quiere acompañarme, por favor?

Centaine, aún estremecida por el breve encuentro con su nieto, no estaba preparada para el nuevo golpe de verse con su hijo cara a cara. Manfred estaba sentado ante un escritorio lleno de documentos. Clavó en ella su desconcertante mirada amarilla y dijo en inglés:

—No puedo decir que sea un placer recibirla en mi casa, señora Malcomess. Usted es enemiga mortal de mi familia y de mí mismo.

—Eso no es cierto. —Centaine notó que su voz sonaba sofocada y tra-tó, desesperadamente, de dominarse.

Manfred hizo un gesto despectivo.

—Usted robó y estafó a mi padre y lo dejó lisiado. Por su culpa ha pa-sado la mitad de su vida en prisión. ¡Si lo viera ahora! Es un anciano deshecho e inútil. Entonces no vendría a pedirme favores.

—¿Está seguro de que vengo a pedirle un favor? —preguntó ella.

Manfred soltó una risa amarga.

—¿A qué otra cosa puede venir? Me ha perseguido... desde el día en que la vi en la corte, durante el juicio de mi padre. Me ha seguido y obser-vado, acechándome como una leona hambrienta. Sé que busca destruirme como destruyó a mi padre.

—¡No! —Centaine sacudió la cabeza con vehemencia, pero él prosi-guó, implacable.

—Ahora se atreve a venir para suplicarme favores. Ya sé lo que quiere.

Abrió el cajón de su escritorio y retiró una carpeta de archivo. Los papeles que contenía cayeron sobre el escritorio. Entre ellos, Centaine re-conoció los certificados de nacimiento franceses y viejos recortes de pe-riódico.

—¿Quiere que se los lea o prefiere hacerlo usted misma? ¿Qué otra prueba necesito para mostrar al mundo que usted es una prostituta y su hijo, un bastardo?

Ella hizo un gesto de dolor ante las palabras.

—Ha sido muy minucioso —observó, con suavidad.

—En efecto, muy minucioso. Tengo todas las pruebas...

—No —le contradijo ella—. Todas, no. Usted sabe de uno de mis hi-jos bastardos. Pero hay otro. Le hablaré de mi segundo bastardo.

Por primera vez, Manfred dio muestras de inseguridad. La miraba fi-jamente, sin saber qué decir. Por fin sacudió la cabeza.

—Usted no tiene vergüenza —se maravilló—. Se jacta de sus peca-dos ante el mundo entero.

—Ante el mundo entero, no —corrigió Centaine—. Sólo ante la per-sona a quién más conciernen. Sólo ante ti, Manfred De La Rey.

—No comprendo.

—Entonces te explicaré por qué te seguía; por qué te acechaba como una leona, según tu expresión. No era del modo en que una leona acecha a su presa, sino tal como una leona vigila a sus cachorros. Sabrás, Manfred, que tú eres mi otro hijo. Te di a luz en el desierto, y Lothar te alejó de mí antes de que viera tu cara. Eres hijo mío y Shasa es tu medio-hermano. Si él es bastardo, tú también. Si lo aniquilas con ese hecho, te aniquilas a ti mismo.

—¡No le creo! —Manfred retrocedió ante ella. —¡Mentiras, puras men-tiras! Mi madre era una alemana de noble cuna. Tengo su fotografía. ¡Mi-re! ¡Allí está, en la pared!

Centaine le echó un vistazo.

—Ésa era la esposa de Lothar —explicó— Murió casi dos años antes de que tú nacieras.

—No, no es cierto. No puede ser cierto.

—Pregúntale a tu padre, Manfred —dijo ella, con suavidad—, Ve a Windhoek. Allí estará registrada la fecha en que murió esa mujer.

Él comprendió que era verdad y cayó en la silla, hundiendo la cabeza en las manos.

—Si usted es mi madre, ¿cómo es posible que la odie tanto?

Centaine se acercó a él.

—No tanto como me he odiado yo misma por abandonarte y renunciar a ti. —Y se inclinó para besarlo en la cabeza. —Si al menos... Pero es tarde, demasiado tarde. Tal como has dicho, somos enemigos, separados por un abismo tan grande como el océano. Ninguno de nosotros podrá cruzarlo jamás, pero no te odio Manfred, hijo mío. Nunca te he odiado.

Lo dejó así, encorvado sobre su escritorio, y salió lentamente de la habitación.

Al día siguiente, sobre el mediodía, telefoneó Andrew Duggan.

—Mi informante ha retirado sus declaraciones, Centaine. Me dice que todos los documentos relacionados con el caso han sido quemados. Creo que alguien se encargó de él, Centaine, pero no sé quién pudo ser.

El 25 de mayo de 1948, víspera de las elecciones generales, Manfred arengaba a una inmensa multitud, en la iglesia reformada de Stellenbosch. Todos los asistentes eran férreos partidarios nacionalistas. No se permitió el ingreso de ningún opositor; Roelf Stander y su brigada se encargaron de eso.

Sin embargo, tampoco Manfred pudo iniciar su discurso. La ovación que la multitud le brindó, de pie, lo mantuvo en silencio por cinco minutos completos. Al terminar, todos permanecieron en atento silencio, mientras él les daba una visión del futuro.

—Bajo el gobierno de Smuts, esta tierra nuestra se poblará con una raza de mestizos pardos. Los únicos blancos restantes serán los judíos: esos mismos judíos que, en este mismo instante, en Palestina, están asesinando a inocentes soldados británicos a diestra y siniestra. Como bien saben todos, Smuts se ha apresurado a reconocer al nuevo estado de Israel. Era de esperar: los patrones que le pagan son los judíos propietarios de las minas auríferas...

—Skande! —gritó la multitud—. ¡Escándalo!

Él hizo una pausa impresionante antes de continuar:

600

—Lo que nosotros ofrecemos, en cambio, es un plan... No, más que un plan: una visión, una visión noble y audaz que asegurará la sobrevivencia de Nuestro *Volk*, con su sangre pura, inmaculada. Una visión que, al mismo tiempo, protegerá a todos los otros pueblos de esta tierra: los de color del Cabo, los indios, las tribus negras. Este concepto grandioso ha sido forjado por hombres de genio, que trabajan con dedicación y desinteresadamente, hombres como los doctores Theophilus Dönges, Nicolaas Diederichs y Hendrik French Verwoerd. Mentes brillantes, todas.

La multitud rugió en señal de acuerdo. Él tomó un sorbo de agua y revisó sus notas hasta que se hizo el silencio.

—Es un concepto idealista, cuidadosamente elaborado, totalmente infalible, que permitirá a las diferentes razas vivir en paz, dignidad y prosperidad, al tiempo que les hará mantener su identidad y cultura propias. Por este motivo, hemos denominado a esta política "separatismo". Tal es nuestra visión, que llevará a nuestra tierra a la grandeza; una visión que maravillará al mundo, ejemplo para todos los hombres de buena voluntad. Es lo que llamamos *Apartheid*. Ese, mi amado pueblo, es el manto glorioso que estamos preparados para tender sobre nuestro país. *Apartheid*, mis queridos amigos: eso es lo que les ofrecemos. La brillante visión del *Apartheid.*

Pasaron varios minutos sin que pudiera hablar. Cuando retornó el silencio, él prosiguió en un tono más práctico y seco.

—Naturalmente, antes será necesario desenrolar a los votantes de color que ya están registrados en los padrones...

Cuando terminó, una hora más tarde, lo llevaron en andas desde el salón.

Tara y Shasa, muy juntos, esperaban que los funcionarios electorales acabaran con el recuento de votos y anunciaran el resultado de la elección en el distrito de la Holanda de los hotentotes.

El salón estaba ocupado por una multitud entusiasta. Se oían risas, estribillos y alguna violencia. El candidato nacionalista, en el otro extremo, acompañada por su rubia y alta esposa, estaba rodeado por un inquieto grupo de partidarios.

Uno de los organizadores del partido Unido hizo frenéticas señas a Shasa, por sobre la multitud, pero el joven estaba charlando animadamente con un grupo de admiradoras. Fue Tara quien acudió discretamente al llamado. Volvió pocos segundos después.

Shasa, al ver su expresión, interrumpió la charla para ir a su encuentro, abriéndose paso por entre la multitud.

—¿Qué pasa, querida? Parece que hubieras visto a un fantasma.

—El *Ou Baas* —susurró ella—. Un llamado telefónico desde el Transvaal. Smuts ha perdido Standerton. Ganaron los nacionalistas.

—Oh, no, por Dios —exclamó Shasa, horrorizado—. Hace veinticinco años que el *Ou Baas* retiene esa banca. No pueden hacerlo a un lado ahora.

—Los británicos hicieron a un lado a Winston Churchill —observó Tara— Ya no quieren más héroes.

—Es una señal —murmuró el joven—. Si Smuts desaparece, todos desaparecemos con él.

Diez minutos después llegó otro telefonema. El coronel Blaine Malcomess había perdido las elecciones de Gardens por casi un millar de votos.

—Un millar de votos... —Shasa trató de aceptarlo. —Es un viraje del diez por ciento más o menos. ¿Qué pasará ahora?

El funcionario electoral subió al estrado, en un extremo del salón. Tenía los resultados en la mano. La multitud quedó en silencio, pero se inclinó ansiosamente hacia adelante.

—Señoras y señores, los resultados de la elección por el distrito de la Hotentocia Holandesa —entonó—. Manfred De La Rey, Partido Nacionalista, tres mil ciento veintiséis votos, Shasa Courtney, Partido Unido: dos mil doce votos. Claude Sampson, Independiente. ciento noventa y seis votos.

Tara tomó a Shasa de la mano y ambos salieron, encaminándose hacia el Packard. Ocuparon el asiento delantero, pero Tara no puso el motor en marcha. Ambos estaban conmovidos y confusos.

—No lo puedo creer —susurró ella.

—Me siento como si estuviera en un tren a toda marcha —dijo Shasa—. Corre por un largo túnel oscuro, sin que haya modo de escapar ni de detenerlo. —Lanzó un suave suspiro. —Pobre Sudáfrica —murmuró—. Sólo Dios sabe lo que te depara el futuro.

Moses Gama estaba rodeado de hombres. El pequeño cuarto, con sus paredes de hierro corrugado, estaba lleno de bote a bote. Eran su guardia pretoriana, entre los cuales Swart Hendrick era el jefe.

Sólo iluminaba el cuarto una humeante lámpara de parafina, cuya flama amarilla destacaba las facciones de Moses.

"Es un león entre los hombres", pensó Hendrick, comparándolo otra vez con uno de los antiguos reyes: Chaka o Mzilikazi, aquellos grandes elefantes negros. Así habrían convocado ellos a los jefes guerreros, así habrían ordenado la batalla.

"En estos mismos instantes, los duros bóers festejan su victoria en todo el país —decía Moses Gama—. Pero yo digo, hijos míos, y lo digo con verdad, que, bajo la hoguera de su orgullo y su avaricia, yacen las cenizas de su propia destrucción. No será fácil y puede ser lento. Será un trabajo duro, amargo, hasta sangriento. Pero el mañana nos pertenece.

El nuevo viceministro de Justicia abandonó su oficina y recorrió el largo pasillo de Unión Buildings, esa enorme fortaleza diseñada y construida por Sir Herbet Baker, sobre un pequeño kopje contiguo a la ciudad de Pretoria. Era la sede administrativa del gobierno sudafricano.

Afuera estaba oscuro, pero casi todas las oficinas tenían las luces encendidas. En todas ellas se estaba trabajando fuera de horario. No era nada fácil hacerse cargo de las riendas del poder, pero Manfred De La Rey disfrutaba en todos sus detalles de la tediosa tarea a él asignada. Era sensible a los honores para los cuales había sido elegido. Era joven (según algunos, en demasía) para el puesto de viceministro. Pero ya les demostraría que se equivocaban.

Llamó a la puerta del ministro y entró al escuchar la orden:

—*Kom Binne*. ¡Pase!

Charles Robberts Swart, "Blackie", era tan alto que llegaba casi a la deformidad. Tenía las manos enormes en el escritorio frente a sí.

—Manfred. —Su sonrisa fue como una grieta aparecida en una laja granítica. —Aquí tienes el pequeño regalo que te prometí. Recogió un sobre que lucía el sello de la Unión Sudafricana y se lo entregó.

—Jamás sabré como expresarle mi gratitud, ministro. —Manfred tomó aquel sobre. —Mi única esperanza de expresarla es por medio de mi lealtad y mi abnegado trabajo en los años venideros.

Ya en su propia oficina, Manfred abrió el sobre y desplegó el documento que contenía. Saboreando lentamente cada palabra, leyó el indulto otorgado a nombre de Lothar De La Rey, convicto de varios crímenes y sentenciado a prisión por vida.

Manfred volvió a doblar el documento y lo guardó nuevamente en su sobre. Al día siguiente lo entregaría al director de la prisión personalmente. Allí estaría para tomar a su padre de la mano y guiarlo a la luz del sol.

Se levantó y, acercándose a la caja fuerte, hizo girar la combinación y abrió la pesada puerta de acero. Había allí tres carpetas de archivo, en el estante superior, que él llevó a su escritorio. Una provenía de Inteligencia Militar; la segunda, del CID; la tercera, de su propio Ministerio de Justicia. Había hecho falta tiempo y planes cuidadosos para retirar de los archivos oficiales todos sus antecedentes. Allí estaban las tres, en su escritorio: los únicos datos existentes sobre "Espada Blanca".

Sin darse prisa, leyó las tres, cuidadosamente. Cuando terminó había pasado ya la medianoche, pero ya estaba seguro de que nadie había establecido nunca el vínculo entre "Espada Blanca" y Manfred De La Rey, ganador de una medalla olímpica y actual viceministro de Justicia.

Recogió las tres carpetas y las llevó a la oficina exterior, para pasarlas por la máquina trituradora. Mientras observaba las finas bandas de papel que surgían por el otro lado, como fideos enroscados, analizó lo que había descubierto en ellas.

—Conque hubo una traidora —murmuró—. Fui delatado. Una mujer, una mujer joven que hablaba en afrikaans. Ella lo sabía todo: desde lo de las armas en Pretoria hasta la emboscada en la montaña. Es la única mujer joven que lo sabía todo.

A su debido tiempo recibiría su castigo, pero Manfred no tenía prisa: había muchas cuentas que ajustar, muchas deudas que cobrar.

Cuando la última página de los informes quedó reducida a diminutas serpentinas, Manfred cerró su oficina con llave y fue en busca del nuevo Ford sedan negro, el que correspondía a su rango.

En él volvió a la suntuosa residencia oficial que ocupaba, en el elegante suburbio de Waterkloof. Subió la escalera hacia el dormitorio, con cuidado de no despertar a Heidi. Estaba otra vez embarazada; su sueño era algo precioso.

Tendido en la oscuridad, no pudo conciliar su propio sueño. Tenía demasiado en que pensar, demasiados planes a trazar. Sonriente, pensó: "Conque al fin tenemos la espada del poder en nuestras manos... y ya veremos quiénes son ahora los perros sometidos."

Ray Bradbury

Cementerio para lunáticos

Todo comienza en Hollywood. Un guionista de cine recibe una invitación para ir a un cementerio del gran estudio donde trabaja. Allí descubre el cuerpo de un hombre asesinado veinte años atrás. El misterio se devela a través de una serie de extraños encuentros con un director de cine excéntrico, un actor frustrado, fanáticos cazadores de autógrafos, un genio de los efectos especiales, y varios otros personajes. La acción se precipita hacia un final verdaderamente cinematográfico. *Bradbury* en su mejor nivel.

Cathy Cash Spellman

Pintado en el viento

Pintado en el viento es la historia de una bella mujer dueña de un destino excepcional: un circo ambulante, minas de oro y plata, escenarios teatrales, magia y misticismo. Esta interesante novela ha sido comparada con *Lo que el viento se llevó*.

Stuart Woods

Oculto en la profundidad

En 1982 un submarino soviético encalló cerca de una base naval secreta de la NATO en el sur de Suecia. Tras intensas negociaciones el submarino fue liberado. Muy pronto, sin embargo, periscopios desconocidos fueron avistados nuevamente, ¡hasta en la propia Estocolmo! Una gran novela de acción y suspenso, de fascinante realismo y autenticidad.

Ken Follett

El valle de los leones

Enclavado en las montañas de Afganistán está el Valle de los Leones, un lugar detenido en el tiempo. Allí se encuentran una joven inglesa, casada con un médico francés que presta ayuda a los guerrilleros nativos, un agente norteamericano, y un despiadado comandante ruso que quiere matar al jefe guerrillero. *Ken Follett*, autor de *La Isla de las Tormentas* y otros grandes best sellers, ha escrito esta exótica historia de espionaje, romance y traición, realmente apasionante.

Leon Uris
QB VII

Un libro memorable del gran autor de *Trinidad* y *Éxodo*. Un escritor judío denuncia los crímenes cometidos por un médico nazi durante la Segunda Guerra Mundial y es demandado por difamación. Comienza un juicio de inesperadas consecuencias.

Kim Wozencraft
Rush

Novela autobiográfica, de descarnada autenticidad, que desnuda la corrupción policial en la lucha contra el narcotráfico. Es la odisea de una mujer policía que penetra en el salvaje submundo de la droga y se vuelve adicta...